国家出版基金项目

复旦古代文章学研究书系
王水照 主编

宋人选宋文与宋代文章学研究

李法然 著

复旦大学出版社

国家社科基金重大项目"中国古代文章学著述汇编、整理与研究"
（批准号：15ZDB066）阶段性成果

复旦古代文章学研究书系序

王水照

2007年12月,我编纂的文章学大型资料汇编《历代文话》由复旦大学出版社推出,获得了学术界颇为普遍的关注。为了促进文献整理与专题研究的结合,我们从2009年开始主办文章学研讨会,目前业已持续四届,不少学界同人热情参与,就文章学的基本文献、核心观念、重要范畴、理论体系等话题,进行了深入细致的讨论。而今各类科研项目、学术会议甚至博士论文,以文章学为主题的也越来越多。可以说文章学已经成为古代文学研究领域新的学术生长点。

编纂《历代文话》的初衷,除了提供基础文献的便利,更希望大家利用它来开拓文章学研究,甚至重新认识中国文学的特质。汉文字、汉语言、汉文体是最能体现中国文学民族特色的三个因素,以古代汉语书面形态而呈现的文言文,其书写文本即文章。文章作为话语权力的象征,在古人文化活动中地位尊崇,深入而广泛地影响传统社会,极具民族文化特点。不过"五四"时期狂飙突进的新文学运动与白话文运动,对古代文章学的存续与衍化产生了重大影响,文言文被白话文取代,民族文化深厚积淀受到忽视,西方的文学观念成为主流。以文学性标准来审视古代文章,文章是否属于文学作品不免产生问题。与此相应,什么样的文章才能进入现代学术观念下的文学史书写,到现在也未彻底解决。

中国文学带有"杂文学"性质,体现出自己的民族特点。比照西方文学样式的诗歌、散文、小说、戏剧四分法,文章与散文即未能完全相合。在现今的古代文章研究中,一直有偏重文学性的倾向,更有所谓文学性散文的提法,我觉得可能不宜把古代文章的文学性、艺术性理解得太窄。韩愈的古文名作"五原",就具有一种以逻辑推理而呈现出的语言气势,而不一定有所谓的"抒情性""形象性"这类文学因素。列名宋代古文六大家的曾巩,以说理文见长,有着"擅名两宋、沾丐明清、却暗于现今"的奇特历史遭遇,重要原因之一就是现代人按照现代文学散文概念观照的结果。如果认真清理和总结我国古代文章的理论成果和写作经验,探明传统文章已经历史地形成的独特概念系统,那些在现代文学分类中不属于文学性散文的说理文,事实上却是中国古代文学的重要组成部分,由此基础产生的中国文学的观念也应该与西方的文学观念不同。我们需要把古代文章里面所包含的有永恒性价值的东西挖掘出来,既尊重现代的文章观念,又充分考虑传统的文章学特质,提升出或者说建立起具有中国特色的文学观念,祛除西方文学观念对中国文学的遮蔽。

对于文章特质的体认,既不能以西律中,也不必凡古皆是。章太炎提出,"文学者,以有文字著于竹帛,故谓之文;论其法式,谓之文学"。我们的文章学研究,并不是要恢复到一切文字就是文章的古老观念,而是既要注重吸收西方散文的审美性,又注重中国古代文章固有的形式与特点,在现代文学理论的观照下,从文化场景与观念流变的角度对其重新阐释与评价。"中国文学"不是一个凝固不变的概念,它有一个动态发展变化的过程,从文史哲三位一体当中逐渐分离开来。对于文章的把握,也需要关注文章与其他文类从相互融并到渐次剥离、分流的轨迹。谛观传统文章的衍化轨迹,古人的"杂文学"认识当中,未始没有逐渐萌生以审美价值为核心,重形象、重抒情的"纯文学"观念倾向。文章学的深入,需要立足于对这种内在理路的细致梳理之上。

原有的"杂文学"观念(包括政论、传记、学术等类应用文),现在看来仍然具有生命力。我国古代丰富的文章学著作,都有大量既具民族特性又有理论深度的阐述,其中是有一个"中国文章学"体系存在的。我们需要通过细绎具体的作家、作品与文章学理论著作,对前人已有的诸种批评范畴和术语,如"气""势""法"之类加以系统的梳理,并予以准确稳妥的现代阐述;进而从中及早建立文章学的批评术语和批评模式,寻绎出中国文章学的特点、范畴和体系,从而在正确了解传统文章特点的基础上,全面认识中国文学的民族特点,提升我们的研究水平。

我一直期待学界能有一部"中国古代文章学通论",从文章学的概念、范围、形制、体式、范畴、源流、思想及至理论体系诸端,提供符合中国文学实际的全面阐释。此前编纂《历代文话》,现在进行《历代文话新编》《域外文话丛编》的辑录,也是想从文献建设的层面,为实现这一目标提供学术支持。兹事体大功深,尚需学界同人的共同努力。但九层之台起于累土,不妨先从具体文类、文章现象等专题研究开始,为文章学研究筑实根基。这次我们推出"复旦古代文章学研究书系",正是希望立足本土资源,注重传统与新知的对话续接,进而对文章学的面貌、特质与价值,从研究视野与研究方法方面,提供一种学术的探索与尝试。

本书系收入了慈波《文话流变研究》、江枰《苏轼散文研究史稿》、常方舟《失落的文章学传统：〈古文辞通义〉》、倪春军《宋代学记文研究：文本阐释与文体考察》、戴路《南宋后期骈文学研究》和李法然《宋人选宋文与宋代文章学研究》等六种著作。《文话流变研究》是通代的综合研究,从文话形制、文化场域与文章思想角度,来动态把握文章学发展脉络。《苏轼散文研究史稿》从宋代大家的文体研究生发开去,带有跨时段特点。常方舟的著作则属于专书研究,通过专书细研来回应传统文章学在新时代的命运。另三种不约而同地将论题聚焦于宋代,或关注文体,或突出文类,或重视选本,反映出宋代之于文章学成立的特殊意义。

慈波《文话流变研究》以历时流变的轨迹与理论价值的寻绎为并行线索,对以文话为中心的中国古代文章学理论进行整体论述。全书自科举文化、文章派别与文化新变三个维度,勾勒出文话发展演进、繁荣兴盛与融会总结期的时段样貌。研治中注重个案细部考察,更突出长时段视野下的大判断,并尝试构建文话的批评话语系统。

江枰《苏轼散文研究史稿》是一部较完整的苏文研究史,通过考察苏文在历代被评论、刊刻和研读情况,全面展示苏文从北宋中期至清末八百余年的研究历程。著作细致考察苏文的结集情况,梳理各时代读者对苏文的关注热点,复以专题形式从政治、科举与学理等角度,揭示苏文接受情况的消长。论著重视苏文的演变历程,又着力于抉发变化之后的深层原因。

常方舟《失落的文章学传统:〈古文辞通义〉》对清末民初湖北学者王葆心的著作型文话《古文辞通义》作专门探研。著作将此书定位为近代文化守成主义阵营文章学思想的集大成者,抉发其体大思深、古今会通的文章学思想,从学术互动、结构转型和教育实践等多个角度,剖析近代文章学所处的历史语境和学科全貌,并以专书研究带动广域思考,阐发近代文章学思潮的落幕动因及其历史结局。

倪春军《宋代学记文研究:文本阐释与文体考察》是目前第一部全面研究学记文的论著。著作详细考察宋代兴起的新型记体文章——学记文的文体起源、成立与演变、传播等过程,总结其文体性质和艺术特征,采用文献考证和文本细读相结合的研究方法,深入解读了学记文本的文学思想与文化内涵。

戴路《南宋后期骈文学研究》以制度运作为切入点,关注文体形态和功能,考察词科、荐举、禅林等制度对制、表、启、疏等诸文体的影响,在士人活动空间中探讨骈文写作的实际过程。著作归纳了效果论、知识论、创作论等骈文学的理论层级,在作品与理论的互动关系中呈现南宋后期作为宋—元—明转型开端的显著特征。

李法然《宋人选宋文与宋代文章学研究》以宋人选宋文为出发点,辨析选本的文体分类,认为这是推动宋代"文章学"成立的机制。宋人借此摆脱了中世以来的文章观念与文章传统,建立起当代文章典范,展现了文章审美的变革。宋人选宋文名义上追寻古代文章的写作方式,事实上为近世文章写作开创了新传统。

以上六部著作提供了文章学探研的可能路径,也呈现出一些共同的学术面向。首先,文章考察与理论探研相结合。最核心层面的文章学内涵,当然指向文章理论的专门研究。但文章作品与理论本即互为指涉,具体而微的文本解析、修辞方法、艺术技巧,是通向理性升华的津驿;而文章理论若不回向文本,则易导致对塔说相轮式的空中推演。江枰就是通过对八百年来苏轼文章被研究与接受的专题性纵向梳理,来呈现苏文的文章史意义。倪春军则始终将宋代的学记文视作文学文本来加以解读,追溯文体渊源,梳理发展演变,呈现了学记文体内部的体类特征和体性流变。

其次，在场感的强化。传统文章在古人生活中无域弗届，文章学自不应限于单纯的形式研究，需要关注文章观念之后的时代环境与社会现实，突破只从形式看现象的认知拘限，注重其背后的内蕴与本质。李法然就重视"周程、欧苏之裂"既已发生之后的历史语境，审视宋人选宋文中所体现出的宋人知识结构，展现宋代文章学向民间社会沉降的过程。常方舟则贴近晚清民初文学文化原生语境，为《古文辞通义》提供近代文章学思潮兴起、发展和衰退的微观阐释框架，展现近代文章学议题的连续性。

再次，思想史视野的引入。文章学在实用的写作学层面观照之外，也需要揭橥文章著作编撰者的隐含意图、文化心态和思想关怀，这样的文章学研究才活态而有温度。慈波在关注晚清民初文化场域之际，就提出在新的生存空间中，因应西学以应激、返观本身而自省成为文话发展的新路向。戴路揭示南宋后期思想向文化转型，从而探究出文章学著作编纂者深层的价值关怀。

另外，稀见文章学史料的发掘，也是本书系的一个显著特点。长期以来，多有文章学文献或流落域外，或孤本尘封，未能得到充分利用。近年来古籍数据化有了极大发展，大批珍本古籍影印出版，域外汉籍增速回流，更多的稀见文章学史料开始进入研究者视野，文章学版图新构成为可能。慈波即系统利用了域外珍藏的《论学绳尺》，究明了此书版本源流。他对于陈绎曾文话著述的考释，也堪称全备。戴路也发掘了不少罕见的四六选本、类书及四六话。常方舟则充分利用了《古文辞通义》的前身《汉黄德道师范学堂讲义》与《高等文学讲义》，从而得以考察王葆心文章学理论的动态形成。

本书系当然也不能完全避免探索的学步痕迹。这六位作者都是我的学生，奇文共欣赏，疑义相与析，大家曾在复旦一起度过温馨美好的论学时光。与"日本宋学研究六人集""复旦宋代文学研究书系"一样，"复旦古代文章学研究书系"也是开放性的，欢迎更多的学界朋友以优秀著作加入本书系行列，共同打造学术品牌，推动中国文章学研究走向繁荣新局。

2020年6月10日

目　录

第一章　绪论 … 1
- 一、作为背景的宋代文章学 … 1
- 二、关于"宋人选宋文" … 6
- 三、作为方法的选本批评 … 13
- 四、先行研究综述 … 17
- 五、本书的旨趣与章节设置 … 25

第二章　宋代文章观念的确立：宋人选宋文与宋代文体学 … 31
- 第一节　宋人选宋文中的杂文文体与宋代文章观念的形成 … 32
- 第二节　从文笔之文到诗文之文：宋人选宋文中的箴铭颂赞与四言诗 … 47
- 第三节　以不文为文：宋人选宋文对乐语文体的认识与接受 … 67
- 第四节　宋人选宋文与宋代科场文体
  ——以苏轼"南省说书"为中心 … 82
- 本章小结 … 97

第三章　宋人当代文章史的建构：宋人选宋文中典范作家作品的形成与演进 … 100
- 第一节　宋人文章选本与"宋六家"的确立
  ——兼论"宋六家"确立的文章学意义 … 101

第二节　两宋之际文章典范的递变
　　——以《二十先生回澜文鉴》为中心 …………… 123
第三节　被遗忘的作者与被遮蔽的文章史
　　——以马存及其险怪文风为中心 …………………… 139
本章小结 …………………………………………………… 158

第四章　知识视域下的宋人选宋文 …………………… 161

第一节　宋人选宋文类目与宋代精英阶层的知识世界
　　——以《新刊国朝二百家名贤文粹》为中心 ……… 163
第二节　追摹"圣人之道":《续文章正宗》中的理事关系与文道关系 …………………………………………………… 179
第三节　道学选本的转型与文道关系的处理
　　——兼论《古文集成》中的道学文章 ……………… 195
第四节　"周旋调护":《宋文鉴》的编纂与元祐学术 …… 209
第五节　"欲合周程、欧苏之裂":浙东后学对《宋文鉴》的继承与展开
　　——以叶适《习学记言序目·皇朝文鉴》为中心 …… 226
本章小结 …………………………………………………… 239

第五章　从经世致用到人伦日用:文章写作的日常化与文章学的下移 ……………………………………………… 243

第一节　"失控"的批评话语:举业选本与文章学的下移 … 244
第二节　宋代尺牍选本与日用文书写作传统的建立 …… 261
本章小结 …………………………………………………… 278

结语 ………………………………………………………… 282

附表 ………………………………………………………… 298

参考文献 …………………………………………………… 331

第一章
绪　论

　　2007年王水照先生所编《历代文话》的问世,带动了"文章学"这一学科研究的蓬勃发展,以"文章学"为题的科研项目与学位论文逐年增多。在较早以"文章学"为题的博士学位论文、复旦大学赵冬梅的《中国古代文章学》中,作者提出了中国古代文章学的两种文献载体:"我国向无建立严密的知识体系的科学传统,因此要在传统典籍中找到一种关于文章的定义是非常困难的。明确这一问题,最好的办法还是着眼于能够体现古人文章观念的各类著作,这就是各种各样的文章选本、文章总集与大量的文话作品。"①指出能够体现古人文章观念的文献,一是选本,一是文话。近年来,在《历代文话》的带动下,文话著作越来越多地受到人们的关注,出现了大量文话史、文话个案研究以及利用文话材料讨论文章学问题的研究。鉴于此,笔者拟着眼于文章学文献的另一端,即文章选本与文章学的关系展开本书的论述。

一、作为背景的宋代文章学

　　宋代是文章学成立与展开的重要阶段,②王水照先生明确指出:"古文研究与批评真正成为一门学科,即文章学之成立,殆在宋代。"③由此,宋代文章学应当被视为中国古代文章学成立的标志。文章学之成立,具体说来应当包含"文章"观念的确立、文章学著作的勃兴与文章理论批评的建

---

① 赵冬梅《中国古代文章学》,复旦大学博士学位论文,1998年,第14页。
② 关于中国古代文章学成立的时间,学界尚存争议,吴承学先生认为中国古代文章学成立于魏晋南北朝,祝尚书先生以为成立于宋孝宗朝。本书采取王水照先生的观点,即以整个宋代作为中国古代文章学成立的时间。
③ 王水照《文话:古代文学批评的重要学术资源》,《四川大学学报(哲学社会科学版)》2005年第4期。

构及相关话语的形成。这三点,在宋代均已出现。

文章学的成立有赖于相关著作的产生:"作为文章批评的最重要载体,文话在宋代的兴起标志着中国文章学的成立。"①与此同时,宋代文章学的成立,也与宋代文章观念的成熟密不可分。"文"在中国古代是一个变动不居的概念,如朱东润所说:"读中国文学批评,尤有当注意者,昔人用语,往往参互,言者既异,人心亦变。同一言文也,或则以为先王之遗文,或则以为事出沉思、功归翰藻之著作。"②从先秦天地自然之文,到周秦以降的礼乐人文,至汉代衍生出"文章"的含义,始侧重于今人所说的"文辞"之文。在宋代,"文章"观念经历了一次重大的转折,即从"文笔"对举框架转变为"诗文"对举框架。自此之后,"文章"的含义再未发生变化,"文章"观念最终成熟:"从诗文互融到文笔之分再到古文崛起,迨至宋代'文章'的内涵与概念都已经趋于稳定,为文章学的成立奠定了学理基础。"③与此同时,在"文笔"框架转向"诗文"框架的过程中,唐宋"古文运动"起到了至关重要的作用,郭绍虞便明确表示"古文运动是促成诗文之分的关键"④。对此,赵冬梅也指出:"诗与文的明确区分只能是在公众所认可的散文范式建立起来以后,这个工作是由韩愈所代表的古文家们来完成的……古文的崛起使写作活动的划分不再持守'文'与非'文'的唯一标准,而基本归属于诗或者文的构造中。"⑤可见,诗文之别首先在于形式,但不同的形式必然引发不同的表现特质,唐人对此已有自觉的思考。陈晓芬指出:"权德舆是十分关注文章类型区别的一个代表人物,他在不少文集序中一再表达了这方面的思考。……他把寄意言情的功能主要落实在诗歌上,散文则应彰扬事业,阐明义理,行教化讽喻之事。"⑥从散文表现特质的角度出发,思考诗歌与散文的区别,是诗文对举框架形成过程中的

---

① 王水照、慈波《宋代:中国文章学的成立》,王水照、朱刚主编《中国古代文章学的成立与展开——中国古代文章学论集》,复旦大学出版社,2011年,第139页。
② 朱东润《中国文学批评史大纲(校补本)》,上海古籍出版社,2016年,第3页。
③ 王水照、慈波《宋代:中国文章学的成立》,《中国古代文章学的成立与展开——中国古代文章学论集》,第141页。
④ 郭绍虞《试论"古文运动"——兼谈从文笔之分到诗文之分的关键》,《照隅室古典文学论集》下编,上海古籍出版社,1983年,第87页。
⑤ 赵冬梅《中国古代文章学》,第25页。
⑥ 陈晓芬《中国古典散文理论史》,华东师范大学出版社,2011年,第204—205页。

重要一步。

陈柱对于上述"古文运动"与诗文之分的关系提出了异议,称:"至唐韩愈退之倡为古文,虽名为起八代之衰,而文笔之分途,实亦尚沿六朝之习惯。故昌黎散文,言情者不多,而于韵文出之。至宋之欧阳六一,而后上追司马,虽气象大小不侔,而风情独绝。于是六朝所认为笔者,亦变而为文矣。"①可见,"文笔"框架真正转型为"诗文"框架,不但需要散文在形式与功能上与诗相区别,更重要的是"笔"全方位地取代"文",包括言情与审美功能。自汉大赋之瑰丽,到六朝骈文之绮靡,文章创作一直在向重文的方向发展。但文学批评的发展却未能与此同步。如汉大赋的作者,虽始终强调"曲终奏雅"的讽喻功能,但如方孝岳所说:"讽喻仁义,是赋家的口号,而'辩丽可喜',终是他们所以能够立于文学之林为一大宗的特色。"②由此看来,文学批评严守重义不重文的传统,与创作之间撕开了深刻的裂痕。直到宋代文章学中"义味说"的出现,这一问题才基本得到解决。马茂军称:"义味说对义理的审美丰富了中国古代美学的内容。"③"义"是儒学义理之"义",而赋予儒学义理以审美之"味"则是宋代文章学之创举。由此,宋人调和了"文章"内在的事业、义理、教化、讽喻功能与外在的审美形式,如赵冬梅所说:"北宋经过诗文革新运动,古典散文的传统已基本确立,古代文章审美的实用性与实用的审美性的二重技能随之定型。"④"更为符合古代散文写作与研究状况的应该是兼具二端,在古代的写作活动中,二者其实是二而一的事情。"⑤

由此,宋人的"文章",是以唐宋"古文运动"为背景的、"诗文"对举框架下的"文"。宋代的"文章"在体式上以古文为主,同时包含骈文与非诗的韵文,功能上承担起与诗相区别的义理、事功,同时为上述功能建立起相适应的审美外形,从而取代六朝之"文笔",建立起全新的写作范式。宋代的文章学,便是关于这样的"文章"的学问。

---

① 陈柱《中国散文史》,上海三联书店,2014年,第248页。
② 方孝岳《中国文学批评》,生活·读书·新知三联书店,2007年,第65页。
③ 马茂军《宋代文章学》,社会科学文献出版社,2016年,第70页。
④ 赵冬梅《中国古代文章学》,第4页。
⑤ 赵冬梅《中国古代文章学》,第12页。

上述对于宋代"文章"的定义似嫌冗长,却也反映出这一观念内部的复杂面貌。因此,与宋代文章学相适应的理论建构,也是复杂而综合的。一方面,宋代文章学重视文法,祝尚书指出:"前此的诗赋格法、江西诗法以及一切诗文研究的成果,为南宋人建构文章学体系准备了充分的条件,提供了丰富的资源。"①另一方面又如郭绍虞所说:"道学家都有他思想上的根据,故其文论,多重在原理上的讨论,而不是方法上的考究。"②可见,与宋代"文章"内在义理、事功以及外在审美形式相适应,宋代文章学也是抽象原理与具体作法并重的。不过,这两个层面在宋代也并非平行展开的:"在此之前,对文章学的探讨多局限于格法的讨论,详于各类文体的特征、渊源、风格等方面的分析,多有评判盛行的各类文体的热情,却少有对文章作全面审视的眼光,因此对技法的热衷超过了对文章之学的兴趣。宋代的文章之学则在尚用的基础之上,展开了一系列的深入研讨,几乎涵盖了文章的所有领域……可以说,诸如文道论、文气论、文体论、文境论、文法论、鉴赏论等文章学领域,都已纳入宋人的研究视野。"③也就是说,宋代有关格法体式等文章具体作法的讨论,是在前代基础上的延续与发展,而有关文章抽象原理的讨论与全面审视,在宋代则是从无到有的。

在宋代文章学有关文章抽象原理的本体论之中,最为重要的命题便是文道关系。如前所述,宋代的"文章"观念兼具道学之"义"与审美之"味",那么"文"与"道"如何相处,便是宋代文章学所要解决的重要问题。唐宋"古文运动"与"儒学复古运动"紧密相关,古文先驱们提出了"载道"说。如罗根泽指出:"前人虽已提出载道之说,而道是什么,非常模糊;韩愈则作《原道》,说明道是指仁义之道,儒家之道。"④然则韩愈已开宋儒讨论文道关系之先河。与此同时,宋人有关文道关系的讨论,还面临着如何重构儒家秩序这一巨大的思想困境。正如刘方指出的:"宋代理学的崛起是由于从中唐以来儒家价值终极依据的崩溃,从而激发和产生了重建儒

---

① 祝尚书《宋元文章学》,中华书局,2013年,第45页。
② 郭绍虞《中国文学批评史(上册)》,商务印书馆,2010年,第384页。
③ 王水照、慈波《宋代:中国文章学的成立》,《中国古代文章学的成立与展开——中国古代文章学论集》,第147页。
④ 罗根泽《中国文学批评史》,商务印书馆,2015年,第514页。

家价值终极依据的努力,在此一挑战的应战下,激发出理论的高度发达。"①这是宋代知识阶层所共同面对的文化环境,无论是道学之士还是文学之士,都要接受这一思想领域的挑战。因此所谓的"古文运动"与"儒学复古运动"便具有了同构性,宋代的古文作者几乎无不言道。由此,文道关系以及与之相关的作者心性修养,成为宋代文章学的一个核心问题。

关于文章技法的讨论虽然前代早已有之,但在宋代文章学中,仍然产生了独特的面貌。邹云湖曾提到:"宋代社会以文官政治为主,从中央到地方的各级公事都离不开各类应用文字。"②认为宋代文章学重文法与文官政治、文书行政有关。如王水照先生所说:"赵宋王朝的权力结构又是以广大庶族士大夫为基础而建立起来的,是一个典型的文官政府。"③而维系庶族士人进入文官政府的通道便是科举制度。科举制度同样对宋代文章学产生了重要的影响,赵冬梅指出:"正像诗话的繁荣与唐代诗歌创作的繁荣与科举制度有关,文话也与宋代的取士标准直接关联着。文话的产生主要是为了指导文章的写作。"④文官政治与科举制度在宋代政治生活中是相辅相成的,士人们通过科举的选拔进入文官队伍,以习举子业时养成的写作习惯从事文书行政。正如朱刚所说:"考试入仕制度和'文书行政'模式,使中国的士大夫大都具备足够的书面表达能力,这使他们多能进行文学创作,但反过来也使传统的文学带上深刻的士大夫烙印。"⑤宋代古文家的官僚或预备官僚身份,促使他们执着于文法的探求,这是宋代士人面对的现实环境,也是宋人有关文章技法的讨论有别于前代的契机。

正如前文所述,宋代的"文章"观念与文章学的内涵都十分复杂,难以一言以蔽之。以上,仅就其大端,略加陈述,以为本书之背景,亦为本书所要提出的问题的来源。

---

① 刘方《文化视域中的宋代文论》,学林出版社,2006 年第 79 页。
② 邹云湖《中国选本批评》,上海三联书店,2002 年,第 93 页。
③ 王水照《"祖宗家法"的"近代"指向与文学中的淑世精神——宋型文化与宋代文学之研究》,《王水照自选集》,上海教育出版社,2000 年,第 7 页。
④ 赵冬梅《中国古代文章学》,第 54 页。
⑤ 朱刚《中国文学传统》,高等教育出版社,2018 年,第 25 页。

二、关于"宋人选宋文"

宋代是文章学成立与展开的时代,与此同时,也是文章选本盛行的时代。仅张智华调查过的南宋文章选本就达 74 种之多。① 印刷业的高度发达彻底改变了文学传播的模式,也使得选本批评进入了全新的发展阶段。文章学的勃兴,刺激了作为批评手段的选本的发展,同时选本的生产与消费,也促进人们对文章的阅读与评论。文章学与文章选本的共同繁荣,无论是从文章选本的角度看,还是从文章学的角度看,宋代都是举足轻重的时间节点。因此,研究文章选本与文章学的关系,宋代是首先应当予以关注的。

本书将研究对象限制为宋朝人的当代文章选本,即"宋人选宋文"。"宋人选宋文"这一概念最早为四库馆臣所提出,在《宋文选》一书的"提要"中,馆臣言道:"宋人选宋文者,南宋所传尚夥,北宋惟此集存耳。"② 相似的概念,在学界应用最为广泛的是"唐人选唐诗",除此之外,"宋人选宋词""元人选元曲""清人选清诗"等概念,在学界也有应用。而"宋人选宋文"这一概念,笔者仅见李建军在《宋人选宋文之典范——〈宋文鉴〉编纂、价值及影响考述》一文中有所使用。一个时代所编选的当代文章选本,一方面表现了当代人的文章创作实践,一方面又反映出当时人的批评观点。方孝岳提出过文学批评与文学创作一贯说,在《中国文学批评》一书的"导言"中指出:"批评和文学本身是一贯的,看这一国人所讲究所爱憎所推敲的是些什么,比较起来,就读这一国的文学作品,似乎容易认识一点。……我们研究一国的文学批评,第一要注意文学批评和文学作品的本身有互相影响的关系。"③ 而文学选本,正是在物质层面连接创作与批评的纽带。特别是当代文学选本,既反映了当时的创作风尚,又反映了当时的批评趣味,其间关系,自然容易看出。以《宋文鉴》为例,论者称:"《宋文鉴》是一

---

① 张智华《南宋的诗文选本研究:南宋人所编诗文选本与诗文批评》,北京师范大学出版社,2002年,第33—52页。
② 永瑢等《四库全书总目》卷一八六,中华书局,1965年,第1695页。
③ 方孝岳《中国文学批评》,第17页。

部北宋诗文总集,它囊括了北宋的诗文精粹,是我们研究宋代文学史、文学思潮、文学批评史必不可少的基本的文学资料。《宋文鉴》也是吕祖谦那个时代对北宋文学成果的一次检阅,体现了南宋人的价值观念,是全面把握南宋人的文学观念,以及南宋文学对后世文学影响的最基本的文学资料。"[1]便指出了研究宋人当代文章选本的意义。

与此同时,当代文章选本的出现,也是宋代文章选本的新现象。事实上,文章选本,或曰以选文的方式标举文章典范,并不始于宋人。这方面,当推《文选》为鼻祖。如郭英德等所说:"萧统的《文选》从总集编纂的角度讲,是承继《文章流别集》的传统而有所变化,改集文为选文,以此方式提供文学范本,指导文学写作。"[2]《文选》编成之后,获得了极大的影响力。唐人极重此书,如王应麟指出:"李善精于《文选》,为注解,因以讲授,谓之《文选》学。少陵有诗云'续儿诵《文选》',又训其子'熟精《文选》理',盖《选》学自成一家。江南进士试《天鸡弄和风诗》,以《尔雅》'天鸡'有二,问之主司。其精如此。故曰:'《文选》烂,秀才半。'"[3]以至于终唐一代对于诗文典范的选择,也一以《文选》为准。虽然"唐人选唐诗"现象在今天为人所广泛关注,但在当时,却并未能撼动《文选》的地位,甚至无法与《文选》相提并论。如姚铉所说:"今世传唐代之类集者,诗则有《唐诗类选》《英灵》《间气》《极玄》《又玄》等集,赋则有《甲赋》《赋选》《桂香》等集。率多声律,鲜及古道,盖资新进后生干名求试者之急用尔。岂唐贤之文,迹两汉,肩三代,而反无类次以嗣于《文选》乎?"[4]这一现象在宋初即获得改变,"嗣于《文选》"而编选唐人作品的《文苑英华》与《唐文粹》相继问世,专收宋人当代作品的"宋人选宋文"也很快出现。因此,在讨论"宋人选宋文"的产生时,《文选》影响力的衰落是重要的前提。

陆游全面地描述了《文选》一书在宋代影响力的变迁:"国初尚《文选》,当时文人专意此书,故草必称'王孙',梅必称'驿使',月必称'望舒',山水必称'清晖'。至庆历后,恶其陈腐,诸作者始一洗之。方其盛时,士

---

[1] 徐傲雪《〈宋文鉴〉的编纂与传播》,湖北大学硕士学位论文,2016 年,第 1 页。
[2] 郭英德等《中国古典文学研究史》,中华书局,1995 年,第 136 页。
[3] 王应麟撰,翁元圻辑注《困学纪闻注》卷一七,中华书局,2016 年,第 2021—2022 页。
[4] 姚铉《文粹序》,《唐文粹》卷首,《四部丛刊初编》本。

子至为之语曰:'《文选》烂,秀才半。'建炎以来,尚苏氏文章,学者翕然从之,而蜀士尤盛。亦有语曰:'苏文熟,吃羊肉。苏文生,吃菜羹。'"①对于《文选》影响的这一转变,王应麟解释为科举罢诗赋所致:"熙、丰之后,士以穿凿谈经,而选学废矣。"②但此说只能解释《文选》自身的衰落,却不能解释"宋人选宋文"对于《文选》的取代。正如前举陆游所说,庆历之际作者恶《文选》之"陈腐",南渡后苏文大兴,为学者所宗。显然,文章本身并没有因罢诗赋而衰落。《文选》自身的衰落则是因为其所代表的文章观念已经无法适应时代需求。如阮元所说:"自唐、宋韩、苏诸大家以奇偶相生之文为八代之衰而矫之,于是昭明所不选者,反皆为诸家所取。"③事实上,在《文选》风行的唐代,便已经出现不满其文章观念而追求复古者,但唐代的复古与宋代有别。如罗根泽所说:"唐代的复古是复三代两汉之古,宋代的复古是复唐代之古。"④韩愈尚"非三代两汉之书不敢观"⑤,而有唐人的复古实践在前,宋人不必远追三代两汉,而可以摆脱《文选》的影响,取法距离自己更近的唐人文章作为古文典范。由此编纂而成的《唐文粹》,便可以视为"宋人选宋文"的先声。很快,宋人自己的作品也加入了古文典范之中。南宋吕祖谦的《古文关键》可以作为代表,此书"选录韩、柳、欧、曾、苏轼父子和张耒等诸家文凡六十余篇,除了韩、柳以外,其余都是宋人,显然是宋代古文运动的产物。该书一反前人上溯六经,继以秦汉的作法,收文从韩愈开始"⑥,至此,宋人选文的偏好,彻底从《文选》转移到当代的作家作品之上。

伴随着典范选择的变化,宋人对于《文选》的编选思想也逐渐表现出不满。苏轼便表示:"舟中读《文选》,恨其编次无法,去取失当。"⑦如果说编选唐人文章的《唐文粹》及其所开启的"宋人选宋文",只是在取法对象上发生了更新,而编选思想仍然是《文选》的延续的话,那么对《文选》的上

---

① 陆游《老学庵笔记》卷八,中华书局,1979年,第100页。
② 王应麟撰,翁元圻辑注《困学纪闻注》卷一七,第2022页。
③ 阮元《揅经室集》三集卷二《书梁昭明太子文选序后》,中华书局,1993年,第608页。
④ 罗根泽《中国文学批评史》,第649页。
⑤ 韩愈著,刘真伦、岳珍校注《韩愈文集汇校笺注》卷六《答李翊书》,中华书局,2010年,第700页。
⑥ 赵冬梅《中国古代文章学》,第15页。
⑦ 苏轼《苏轼文集》卷六七《题文选》,中华书局,1986年,第2092页。

述认识,显然代表了宋人文章选本更为深刻的转变。真德秀称:"今行于世者,惟梁昭明《文选》、姚铉《文粹》而已,由今眂之,二书所录,果皆得源流之正乎?"①便是将《选》《粹》并称,而有意超越二者。刘克庄为《文章正宗》所作题跋称:"是书行,《选》《粹》而下,皆可束之高阁。"②相同的考语,也出现在刘克庄对"宋人选宋文"的评价之中。在为《崇古文诀》所作的序中,刘氏称此书"可以扫去《粹》《选》,而与《文鉴》并行矣"③。与此相仿,赵汝腾也称汤汉的《妙绝古今》"轶梁统之《选》而过之精矣"④。可见,除典范选择上的更迭外,在编选思想上超越《文选》,已成为宋人选编当代文章时的普遍追求。

超越《文选》,直取唐宋的思想也为宋代文章选本呼应唐宋"古文运动"、展现宋代古文之学提供了条件。如方孝岳所说:"散文之学,自唐朝韩愈、柳宗元以后才有途径可循,本来散文自古有之,但古时人不谈文术,也无所谓骈散之别,至于六朝骈俪之流弊,取法古时崇尚质朴之文,开启途术,自成一学,为此后千余年之效法,乃是韩愈所倡始。"⑤可见宋人复古至韩愈而止,取法近代,方能建立起一套有别于古的宋代文章学。

随着《文选》影响力在北宋的衰退,唐代文章选本方得以问世,以完成唐代文章的经典化。如美国人田安(Anna M. Shields)所说:"公元900年,唐朝覆亡以前,该朝经典尚未确立。这应该是宋代诗人和文人的任务:在以手抄书卷形式传下来的唐代诗歌洪'澜'之中,排列名次顺序,选取精华,从而确立经典。"⑥前举《唐文粹》与《文苑英华》便是在这一背景下诞生的。宋人旋即便开始着手本朝文章选本的制作,使得本朝文章迅速成为文章写作的新典范。这一过程迥异于唐代文章。一般说来,选本对一代文章的总结会滞后于一代文章范式的成熟。如邓建所说:"降至徽宗

---

① 真德秀《文章正宗纲目》,《文章正宗》卷首,文渊阁《四库全书》本。
② 刘克庄《后村先生大全集》卷一〇〇《跋文章正宗》,《四部丛刊初编》本。
③ 刘克庄《后村先生大全集》卷九六《迂斋标注古文序》。
④ 赵汝腾《妙绝古今序》,汤汉《东涧先生妙绝古今文选》卷首,《中华再造善本》,北京图书馆出版社,2005年。
⑤ 方孝岳《中国散文概论》,生活·读书·新知三联书店,2007年,第307页。
⑥ [美]田安著,马强才译《缔造选本:〈花间集〉的文化语境与诗学实践》,江苏人民出版社,2016年,第110页。

朝及以下，宋代文学的发展进入了鼎盛与中兴之间的相对低谷阶段与平缓时期，一些临时性的表象逐渐散去，真正的内在质素逐渐沉淀……由于此期宋代文学的特质已经凝定，并得到选家的确认，故而出现了大量专选宋人之作的选本。"①但与此同时，大量"宋人选宋文"实已先于此出现。欧阳修曾编《文林》，所收即"时人之文佳者"②。欧阳修本人的文章也较早被"宋人选宋文"收入，周必大编《欧阳文忠公集》卷五十九所作《考异》称："庆历四年(1044)，京师刊《宋文粹》十五卷，皆一时名公之古文。《正统论》七篇在焉。"③前引陆游所言指出，庆历间正是《文选》影响力由盛转衰的关键时间点，可见当《文选》的影响力衰落之后，"宋人选宋文"选本迅速风行，以填补典范文章的空白。此书又有续作，《郡斋读书志》卷二十著录《圣宋文粹》，称："辑庆历间群公诗文，刘牧、黄通之徒皆在其选。"④《秘书省续编到四库阙书目》著录《宋文粹》三十卷，叶德辉以为即此书。⑤《通志》著录《宋新文粹》三十卷，祝尚书疑"所谓《宋新文粹》即《圣宋文粹》，盖较十五卷本晚出，故谓之'新'也"。⑥此外，《续资治通鉴长编》载仁宗至和二年(1055)"翰林学士欧阳修言京师近有雕布《宋贤文集》，其间或议论时政得失，恐传之四夷不便，乞焚毁，从之"⑦。《通志》又著录《续宋贤文集》《宋文薮》等书。这些宋人编选的当代文章选本，以赵宋之国号命名，显然是有意识地对本朝文章写作实践进行总结，尽管在今人看来，当时宋代文章的独特范式尚在形成阶段。这些选本对于时效性有着执着的追求，甚至在入选作家在世之时便已经风行开来。如前举周必大所说收入《正统论》的《宋文粹》，便是在欧阳修尚在世的庆历年间刊行的。除使用国号突显所选文章的时效性外，"宋人选宋文"的命名甚至精确到了年号，如周必大编订《欧阳文忠公集》所用校本有《编年庆历文粹》《熙宁时文》，《郡斋读

---

① 邓建《宋代文学选本研究——基于"选学"立场的返观与重构》，武汉大学博士学位论文，2009年，第25页。
② 曾巩《曾巩集》卷一六《与王介甫第一书》，中华书局，1984年，第255页。
③ 欧阳修《外集》卷九，《欧阳文忠公集》卷五九，《四部丛刊初编》本。
④ 晁公武著，孙猛校证《郡斋读书志校证》卷二〇，上海古籍出版社，1990年，第1071页。
⑤ 叶德辉考证《秘书省续编到四库阙书目》卷一，《宋史艺文志·补·附编》，商务印书馆，1957年，第375页。
⑥ 祝尚书《宋人总集叙录》附录一，中华书局，2004年，第528页。
⑦ 李焘《续资治通鉴长编》卷一七九，中华书局，2004年，第4341页。

书志》著录《政和文选》等,从中也可看出宋人对于通过选本的编纂总结整理当下文章写作的热忱。

上述选本多数已经亡佚,今天所能见到的编订时间最早的"宋人选宋文",为北宋末年成书的《圣宋文选》,即前引四库馆臣所谓仅存的北宋"宋人选宋文"。李之仪称:"丙戌(崇宁五年,1106)正月九日过彦国……徐视几上散帙,得《老杜诗》《五代史》《庐陵欧公集》《宋文选》,不觉骇愕。"①则此编之成书必在此前。宋室南渡之后,出现了上述"宋人选宋文"的集大成者《宋文鉴》。此书的编刊,正是针对当时书坊中"一时刊行""疏无伦理"的《宋文海》进行的订正和重编。正如周必大所说,《文海》"书坊刊行可耳,今降旨校正刻板,事体则重,恐难传后。莫若委馆阁别加诠次,以成一代之书"②。最终由吕祖谦完成编纂的《宋文鉴》,实现了周必大"成一代之书"的设想。此书编于孝宗朝,是时,北宋已经在事实上成为一个独立的历史阶段,关于北宋的种种纷争多数也已经尘埃落定。不同于上述北宋诸多"宋人选宋文"对时尚的追求,《宋文鉴》已经具备了对前代文章作系统总结的条件。虽然在编成之后一度受到争议而影响到刊刻和传播,如李心传记载:"时序既成,将刻板,会有近臣密启:'所载臣僚奏议,有诋及祖宗政事者,不可示后世。'乃命直院崔大雅更定,增损去留凡数十篇,然迄不果刻也。"③但这部出于当世名公之手的《宋文鉴》,终究取代了北宋诸多"宋人选宋文",成为北宋一代文章典范的代表。甚至在当世已经出现了《宋文鉴》的注本,史载咸淳九年(1273)闰六月"朝散郎师显行进《注皇朝文鉴》"④,黄震有《文鉴注释序》,称:"凡国朝之典故、诸贤之出处、世道之升降,亦无不了然于其间,遂辅成我宋一代全书。"⑤注释的出现可以看出宋人对于《宋文鉴》接受的热情,而从黄氏之言可以看出,作注的行为仍然是从此书"一代全书"的地位出发的。

---

① 李之仪《姑溪居士文集》卷一七《赠人》,《姑溪居士全集》,《丛书集成初编》,中华书局,1985年,第135页。
② 吕乔年《太史成公编皇朝文鉴始末》,吕祖谦《宋文鉴》附录一,中华书局,1992年,第2117页。
③ 李心传《建炎以来朝野杂记》乙集卷五,中华书局,2000年,第597页。
④ 脱脱等《宋史》卷四六《度宗》,中华书局,1975年,第915页。
⑤ 黄震《黄氏日抄》卷九〇《文鉴注释序》,文渊阁《四库全书》本。

《宋文鉴》的编纂是一次官方行为,但在《宋文鉴》的接受过程中,非官方的力量起到了重要作用。如王学泰所说:"事情就是这样的奇怪,官方越是排斥,越是禁止的东西,民间往往就越加热衷。《宋文鉴》的命运也是如此。朝臣议论纷纷,皇帝日渐冷淡,吕祖谦缄口不言,而民间却数次刊刻。"①非官方因素的介入,加之《宋文鉴》难以逾越的高度,使得之后"宋人选宋文"的发展方向发生了转变,他们不再追求对当代文章写作的全面总结,而是通过对文章的遴选,实现某一特定意图或观点的表达。如楼昉编《崇古文诀》、谢枋得编《文章轨范》,专注于文章写作教学;持不同学术观点的士人也可以通过选本的编纂进行思想的表达,如真德秀编选《文章正宗》《续文章正宗》,专选"以明义理、切世用为主,其体本乎古,其指近乎经者"②,以表达理学家的文章观;民间书坊则推出了《论学绳尺》等选本,以为摄利之途。可以说,南宋中后期以后的文章选本,呈现出异彩纷呈的面貌。其丰富性和多样性,是前所未有的。

"宋人选宋文"现象及其所产生的文本数量都极其丰富,恕难面面俱到,在此,仅就本书所使用的"宋人选宋文"概念略作几点说明。所谓"选本"一般来说是以总集形式呈现的。邓建为"选本"下定义时便指出:"只选录某一位作家之作品的个人作品选,固然亦可称为选本,但选本作为一个约定俗成的观念,多数情况下是指选录多位作家之作品的文集。"③但是,在宋人选宋文之中,如《苏门六君子文粹》,人各一集,合为一书,目之为总集亦可,目之为丛刻亦可,拆开则复为个人选集。又如七十卷本《三苏先生文粹》,虽非人各一集,也是先以人分,每人之下,再以类次,但卷号相连。其中单个作家的文章,可以抽出单行,如吕祖谦编有《东莱标注三苏文集》,又有《东莱标注老泉先生文集》,郎晔注有《经进三苏文集事略》,而今传世者,惟《经进东坡文集事略》。如此,则未合成一书者,如《欧阳先生文粹》《曾南丰先生文粹》等,其性质与在文章学上的意义,与合成一书者无异,应当纳入考察范围。此外,笔者以宋人选宋文研究宋代文章学,

---

① 王学泰《〈宋文鉴〉的编刻与时政》,《传统文化与现代文化》1993年第4期。
② 真德秀《文章正宗纲目》,《文章正宗》卷首。
③ 邓建《宋代文学选本研究——基于"选学"立场的返观与重构》,第1页。

所关注的实际上是"选"这一行为所体现的文学批评。因此,在宋代总集中,凡以在一定范围内网罗全部作品为目的,而不以"选"为能事的,均不在考察范围之内,如近似于别集丛刻的《二程集》《清江三孔集》等家集,网罗一方文献的《吴都文粹》《成都文类》等地方总集,以及具有档案性质的《皇朝名臣奏议》《本朝大诏令》等诏令奏议集等。除专选宋代文章的选本外,如《古文关键》《崇古文诀》等包含宋代文章的通代选本,同样含有选家对于本朝文章的选择与其间包藏的批评观点,其中所选宋代文章,仍应视为"宋人选宋文"。况且如邓建所说,"此类选本编纂的动因之一,乃是在前代与宋代兼选的架构中,给宋代作家作品一个合适的位置"①,对于认识宋代文章学的意义尤为显著。对于这类有评有选的文章选本,前人关注的重点常在评语乃至圈点中体现出的批评观点。笔者既然将这类选本纳入"宋人选宋文"的考察范围,则仍以选文当中体现出的批评观点为中心,评点仅作参照。要之,本书所谓的"宋人选宋文",既指"宋朝人的当代文章选本"这一类文献,也指"宋朝人对于当代文章的甄选"这一行为。除以文本形态出现的"宋人选宋文"外,宋人文章批评中其他能够体现"选"的领域,如自编文集过程中对自己作品的删汰和编次,又如数家并称的品评标榜,也可体现出对于典范作家的选择。这类对于作家作品的"选",虽不能单独作为研究对象,但必要时仍然可资参考。

三、作为方法的选本批评

文章选本与文章学的关系,建立在其所具有的文章批评功能上。文章选本是古人表达文章批评观点的重要手段,如鲁迅所说:"凡是对于文术自有主张的作家,他们所赖以发表和流布自己的主张的手段,倒并不在作文心,文则,诗品,诗话,而出选本。"②《文心》《文则》《诗品》《诗话》,均为文学批评专书,而鲁迅却谓古人的批评主张不在此类著作。选本中所表现出的批评功能是全方位的,如余宝琳所说:"至于中国,众所周知对于选

---

① 邓建《宋代文学选本研究——基于"选学"立场的返观与重构》,第 27 页。
② 鲁迅《选本》,《鲁迅全集》第七卷,人民文学出版社,2005 年,第 138 页。

集所扮演的角色的思考于文学史、理论与价值的理解至为重要……这些选本广泛涉及了文学与文化研究的各个范畴,包括文学的界定与本质、文学与历史的关系、文学分期与变化的概念、文类的概念及其与个体作者间的关系、评价的标准和它对诗人的命运的影响以及阐释的模式。"①在文章被赋予崇高的"载道"功能、抽象地讨论写作技法尚未获得普遍认可的时代,选本的重要性甚至超过了文章学理论著作。如赵冬梅所说:"人们宁可编撰文章总集与选本,示人以具体之法,也不肯大谈文法,降低了立言著述的品位。古文倡导的是载道、明道,单纯强调文法是很有嫌疑的,所以'深于古文者,亦未尝多作议论。'"②抽象议论文法的文话,尚有降低古文品位之嫌,而选本则是指示文法的鲜活载体。在选本与文话之间,选本在古人的批评策略中似乎尚优于文话。

文章选本能够表达批评观点的机制,在于"选"这一行为。邹云湖指出:"'选择'作为一种价值判断行为的本质特征决定了文学选本的'选'本身就是一种重要的批评实践。"③事实上,"选"是文学批评之中一种普遍的方法。戴燕以为,文学史便是通过"选"的手段,实现经典作品的确立:"在文学史的讲述当中,选择什么样的作品——视其为代表性与示范性——为例,是由特定的文学经典观念决定的。"④德国人瑙曼(Manfred Naumann)则将这一方法延伸至具体作品的研究:"可以把文学史的和以作品为中心的研究活动看作是殊途同归的方法……文学史强调的是本文在历时轴上的重要性,而解释则用一种附加的选择法将那样一些本文挑选出来,它们应当在共时轴上重新进入某种审美关系,并进而通过获得新的重要性而归入历史之中。"⑤可见,无论是对文学史历时性的描述,还是对文学作品共时性的解释,"选"都是不可或缺的重要手段。

从以上的论述可以看出,文学史与文学批评、文学理论相表里,如美

---

① [美]余宝琳著,何鲤译《诗歌的定位——早期中国文学的选集与经典》,乐黛云、陈珏编选《北美中国古典文学研究名家十年文选》,江苏人民出版社,1996年,第255—256页。
② 赵冬梅《中国古代文章学》,第57页。
③ 邹云湖《中国选本批评》,第1页。
④ 戴燕《文学史的权力(增订版)》,北京大学出版社,2018年,第152页。
⑤ [德]瑙曼著,范大灿译《作品与文学史》,[德]瑙曼等著,范大灿编《作品、文学史与读者》,文化艺术出版社,1997年,第192页。

国人韦勒克(René Wellek)与沃伦(Austia Warren)所说:"文学理论不包括文学批评或文学史,文学批评中没有文学理论和文学史,或者文学史里欠缺文学理论与文学批评,这些都是难以想象的。"①而选本则是将"选"的手段转化为文本形态,从而绾合文学史、文学批评与文学理论的文献。不同于割裂的"史"与"论",选本将抽象的批评理论,通过对作家、作品的选择、列举等具体行为表现出来,从而完成经典系统的塑造,并以总集的形式实现批评功能。如邹云湖所说:"而选本的读者虽然会在选本中与作者直接遭遇,有面对面的交流,但这种遭遇、交流实际上是早已经选者的'选'所精心安排策划的,是选者煞费苦心的预谋。"②选本建立起文章典范,提供可以效仿的文章范式,由此回应文章史与文章理论、文章批评方面的话题。可见,选本实现批评功能的途径是使一部分文章完成经典化,即干预文章的传播过程。如邓建所说:"选本对作家作品的传播是一种'有意义的传播',正是因为选本文学批评功能的实现,选本对作家作品的传播才真正具有意义——在这个意义上说,选本对作家作品的传播实际上是一种批评性的传播。"③

美国人艾布拉姆斯(M. H. Abrams)将艺术批评描述为作品与世界、作者、读者的三组关系,④选本的加入,则扰动了这一相对稳定的三角形图示。选者首先与作者、作品接触,而读者与作品的交接,则经过了选本的过滤。可见,除因所选皆为前人已经写定的文章,无法改变作品反映世界的方式外,选家意志的加入使选本批评成为作者、作品、选者、选本与读者的五方联动,其机制远比上述艾氏所给出的图示复杂。在新的批评机制中,作品的中心地位也让位于选者选本。钟惺称选本"虽选古人诗,实自著一书"⑤,四库馆臣在总结《箧中集》以至《唐诗鼓吹》等唐诗选本之得失之后,指出:"盖求诗于唐,如求材于山海,随取皆给。而所取之当否,则如

---

① [美]韦勒克、沃伦著,刘象愚、邢培明、陈圣生、李哲明译《文学理论》,生活·读书·新知三联书店,1984年,第32页。
② 邹云湖《中国选本批评》,第296页。
③ 邓建《宋代文学选本研究——基于"选学"立场的返观与重构》,第172页。
④ 参[美]M. H. 艾布拉姆斯著,郦稚牛、张照进、童庆生译《镜与灯:浪漫主义文论及批评传统》,北京大学出版社,1989年,第5—7页。
⑤ 钟惺《隐秀轩集》卷二八《与蔡敬夫》,上海古籍出版社,1992年,第469页。

影随形,各肖其人之学识。"①均可由此理解。而在选者、选本对于艺术批评的影响之中,作品与读者这一组关系是处于首位的。如鲁迅所说:"选本所显示的,往往并非作者的特色,倒是选者的眼光。"②"如此,则读者虽读古人书,却得了选者之意,意见也就逐渐和选者接近,终于'就范'了。……读者的读选本,自以为是由此得了古人文笔的精华的,殊不知却被选者缩小了眼界。"③指出选者通过改变读者的视界,左右他们对于文学作品的理解与认识。这样的影响,甚至渗透到了专业的文学研究之中。美国人宇文所安(Stephen Owen)提醒文学史的编者警惕选本的影响,却又无奈地指出:"这里的问题不是我们失去了多少文本,更重要的是认识到后来一个十分不同的文化世界决定了哪一部分汉魏作品应该流传。如果说得危言耸听一点,我们根本就不拥有东汉和魏朝的诗歌;我们拥有的只是被南朝后期和初唐塑造出来的东汉和魏朝的诗歌。"④可见,今人眼中的文学史,完全建立在古人的选本批评基础之上,是经过选者意志加工而成的面貌,而非某一"客观"事实。由于选本控制了传世文献的数量与范围,今人已无力改变由选本塑造的文学史。但认识了选本批评之于文学史演进的作用,至少可以避免在文学史书写与研究的过程中误入歧途。由此,"选"是文学批评中之一基本手法,而"选本批评"则是文学研究过程中应时时秉持的视角。

具体到本书,笔者意图破解宋人选宋文中所蕴含的选者意志,从而观照宋代人对宋代文章学的建构。选本之中所体现的文章批评,实是对具体作品的玩味与涵泳,而非抽象的理论论说。因此,选本相对于文话的优势,就在于其与具体作品的紧密结合。如王兵所指出的:"选家在选文过程中隐匿的文学主张在其对作品的评点中得到了很好的实践,或者选家在序跋中明确提出的理论观点立刻在选文实践中得到了印证,反之亦

---

① 永瑢等《四库全书总目》卷一九〇,第 1727 页。
② 鲁迅《"题未定"草》,《鲁迅全集》第六卷,第 436 页。
③ 鲁迅《选本》,第 139 页。
④ [美] 宇文所安著,田晓菲译《瓠落的文学史》,《他山的石头记:宇文所安自选集》,生活·读书·新知三联书店,2019 年,第 20 页。

然。"① 读者在阅读选本时,也是在赏玩具体作品的过程中,潜移默化地接受了选家的批评观点,而不是对批评理论的生吞活剥。但研究文章选本批评的难点也正在于此,没有明确的理论论述,我们只好通过选家"选"的行为,抽绎出其中潜藏的批评观点。邓建对选本有一段极好的描述:"作为一种富含批评意义的文学文本,文学选本在逻辑层面上可以被拆解为物质外壳和理论内核:物质外壳是指选本赖以存在并承载其功能的文本样态,也就是选本的形态;理论内核则主要指选本的文学批评功能。"② 由于选本呈现给我们的只是总集形态的物质外壳,而批评理论作为理论内核深藏其间,因此本书对于选本批评的研究,便是设法透过物质外壳,以照见其理论内核。

四、先行研究综述

本书从宋人选宋文的角度探讨宋代文章学的问题,实为宋代文章选本研究与中国古代文章学研究的交叉。相关的先行研究,也宜依此分别论述。

(一) 中国古代文章学研究

现代学术意义上的"文章学"诞生于 20 世纪初。1905 年,刘师培在《国粹学报》第 1 卷第 4、5 期连续发表了《周末学术史序》,其中的《文章学史序》,依照西学分类,将中国传统的"文章之学"放置在心理学、伦理学等十六门学科之中,以现代学术眼光,审视中土文章遗产。经过百余年的发展,文章学以及中国古代文章学研究都取得了长足的发展,相关成果汗牛充栋。在此,仅就与书相关者,略作分类梳理。

1. 中国古代文章学本体研究

关于中国古代文章学的本体研究,主要集中于两个问题的讨论:一是中国古代文章学的成立时间与发展分期;二是中国古代文章学的性质

---

① 王兵《论古代文学选本的批评机制与理论价值》,《鞍山师范学院学报》2010 年第 3 期。
② 邓建《宋代文学选本研究——基于"选学"立场的返观与重构》,第 55 页。

与归属。

关于前者,王水照、慈波、张志勇等先生均认为中国古代文章学成立于宋代,①祝尚书先生更加明确地将成立时间确定在南宋孝宗朝。②吴承学先生则认为宋代成立并兴起的只是"古文文章学",而"中国古代文章学"成立的时间应定在魏晋南北朝。③胡大雷先生考证出文话著作出现在隋唐,据以确定中国古代文章学的成立时间。④至于中国古代文章学的发展分期,也因对其成立时间的不同判断,出现了不同的认识。如吴承学、何诗海认为章句之学促使文学研究从外部批评转向内部研究,是六朝文章学的渊源,⑤而宁俊红则认为程颐正式提出"文章之学"这一概念,经朱熹、吕祖谦等人的发展,至明清由关注法度转向关注审美领域。⑥

关于后者,晚近民国之文章学研究,如唐恩溥《文章学》、龚自知《文章学初编》、顾实《文章学纲要》与蒋祖怡《文章学纂要》等,大体上以近代学校教育之学科建设为契机,有意识地援入西方方法论,来处理中国传统的文章形式,带有明显的建立现代性的学科的意图。与此同时,对于写作实践的指导也是此一时期文章学学科的教学目标之一。20世纪50、60年代以来,对文章学的认识,经历了由篇章语言学、应用写作学向中国古代散文理论的转变。张寿康在《文章学古今谈》(《语文战线》1980年第8期)一文中指出了这一时期文章学篇章语言学的属性,以及指导应用写作、服务语文教学的目的。1981年,中国文章学研究会成立,其主要成员为文秘、编辑、中小学语文教师与高校中从事写作教学科研的教师,也同样均与写作及语文教学活动密切相关。嗣后,张寿康《文章学概论》《文章学导论》、蔺羡璧《文章学》、孙移山《文章学》、程福宁《文章学基础》、曾祥芹《文章学探索》、张会恩《文章学初论》等一批以"文章学"命名的学术专著问世。21

---

① 王水照、慈波《宋代:中国文章学的成立》,《复旦学报(社会科学版)》2009年第2期;张志勇《再论古代文章学的"宋代成立说":以古文运动为中心》,《深圳大学学报(人文社会科学版)》2017年第5期。
② 祝尚书《论中国文章学正式成立的时限:南宋孝宗朝》,《文学遗产》2012年第1期。
③ 吴承学《中国文章学成立与古文之学的兴起》,《中国社会科学》2012年第12期。
④ 胡大雷《"文笔之辨"与中国文章学的成立——"文话"出现于隋唐考辨》,《社会科学研究》2013第2期。
⑤ 吴承学、何诗海《从章句之学到文章之学》,《文学评论》2008年第5期。
⑥ 宁俊红《论古代"文章学"的兴起与嬗变》,《中南大学学报》2016年第6期。

世纪以来,中国古代文章学逐渐转向古代文学研究领域,如汪春泓《关于"文章学"与"文学批评"的思考》(《湘南学院学报》2004年第3期)、曾枣庄《文章学须以文体学为基础》(王水照、朱刚主编《中国古代文章学的成立与展开——中国古代文章学论集》)等,分别讨论了文章学与文学批评、文体学的关系,中国古代文章学成为文学研究视角下关于中国古代文章的研究。

2. 中国古代文章学资料汇编与文献研究

学科的发展离不开研究资料的整理。2007年,王水照先生主编的《历代文话》出版,确立了文章学资料与诗学、词学资料对等的地位。此后很快便出现了余祖坤主编的《历代文话续编》(凤凰出版社,2013年)。2014至2015年,旨在中国古代文章学资料汇编整理与研究的三个国家社科基金重大项目——郭英德先生主持的"中国古代散文研究文献集成"、王水照先生主持的"中国古代文章学著述汇编、整理与研究"与莫道才先生主持的"历代骈文研究文献集成"先后立项。三个项目各有侧重:郭先生打破经史子集四部界限,在更为广阔的视野下搜寻中国古代散文研究文献;王先生仍然着眼于单独成书、成卷的文话著作,但编选态度由"删汰繁芜"转变为"网罗放佚",收集范围较《历代文话》显著扩大,各种稀见文话资料不断涌现;莫先生则专注于骈文资料的整理编辑。上述项目已经推出《稀见明人文话二十种》(上海古籍出版社,2016年)、《稀见清人文话二十种》(复旦大学出版社,2021年)、《骈文要籍选刊》(北京燕山出版社,2019年)等阶段性成果。此外还有曾枣庄先生主编的《宋代文话全编》(巴蜀书社,2021年),依人编次,辑录宋代作家与文章有关的言论,包括文章本事、文人轶事等,也包括对文章的品评、鉴赏,以及关于文法句法的讨论。

随着文献整理的深入,有关中国古代文章学资料的研究也蓬勃展开。关于文话著作的综合研究,慈波较早在博士学位论文《文话发展史略》中系统梳理了中国古代文话发展演进、繁荣兴盛、融汇总结等各个阶段,并对若干文话个案进行了考订,后在此基础上出版了专著《文话流变研究》(复旦大学出版社,2020年)。龚宗杰《明代文话研究》(中华书局,2019

年)、蔡德龙《清代文话研究》(中国社会科学出版社,2017年)等,则是关于文话著作的断代研究。除此之外又有关于中国古代文章学的专人、专书研究,如高洪岩的博士学位论文《陈绎曾与元代中后期的文章学》(复旦大学,2002年)、常方舟《失落的文章学传统:〈古文辞通义〉》(复旦大学出版社,2020年)等。这些论著关注到文评者、著作与文章学之间的互动关系,拓展并加深了学界对于文章学的认识。

3. 中国古代文章学理论研究

随着文献研究的深入,利用相关文献进行的理论研究也日益繁荣。仍以上述三个重大项目为例,在整理资料的同时,也推出了相关的研究著作或论文集。如郭先生团队出版了《中国古代散文研究文献论丛》(商务印书馆,2016年)等。王先生团队编辑出版了《中国古代文章学的成立与展开:中国古代文章学论集》(复旦大学出版社,2011年)、《中国古代文章学的衍化与异形:中国古代文章学二集》(复旦大学出版社,2014年)、《中国古代文章学的阐释与建构:中国古代文章学三集》(复旦大学出版社,2017年)、《中国古代文章学的形态与体系:中国古代文章学四集》(复旦大学出版社,2020年)等四部会议论文集,并推出了收录中国古代文章学研究著作的"复旦古代文章学研究书系"。莫先生则主编了以书代刊的《骈文研究》。中国古代文章学日益成为新的学术增长点,主要包括如下几个方面。

(1) 有关文章学理论的综合研究。1998年,由王先生指导的博士学位论文,赵冬梅的《中国古代文章学》问世。此篇为国内最早以"古代文章学"为题的学位论文之一,对于古代文章学中的一些核心问题多有涉及,具有奠基意义。祝尚书《宋元文章学》(中华书局,2013年)在大量爬梳材料的基础上,力图加以剪裁熔铸,并以科举为文章学兴盛和成熟的历史契机,特别关注文章学材料中有关程式与格法的内容。马茂军《宋代文章学》(社会科学文献出版社,2016年)上编致力于文章学学科体系建设,讨论宋代文章学之范畴、中国古代散文理论之发展历程、宋代散文艺术之精神,以及宋代文章批评话语、具体文体与具体文章学著作、文章学家的考论;下编则为文章学专书的个案研究。罗婵媛《南宋文章学研究》(中山大学,2015年)以南宋文章学之文道关系为核心问题,依学派讨论南宋士人的文章学思想,并进一步讨论宋人对于文章之道、艺关系的处理。李由《宋代文章学考论》(南京大学,2017年)则通过对苏轼、黄庭坚、《崇古文诀》、《文髓》与《敎斋古文标准》等五个个案的细致考察,回应了文章学研究中诸如文章学与举业、重视文法与苏文的接受以及古文评点之学与性理之学的结合等若干问题。

(2) 中国古代文章学的分体研究。杨旭博士学位论文《宋代文体观念研究》(清华大学,2011年),选取大文体(style)概念,具体包含文学类别、文本体裁、篇章体制和文学风貌,提出"宋代文体学"应包含宋代的"文体学"与有关"宋代文体"的学问。任竞泽《宋代文体学研究论稿》(商务印书馆,2011年)围绕宋代文体学承前启后的地位和意义展开,前编讨论《沧浪诗话》《辞学指南》《玉海·艺文》《文章正宗》等书中展现出的宋人文体观念与分类实践,后编选取帖子词、语录、杂文、乐语、学记、宫祠等文体作个案研究。谷曙光《贯通与驾驭:宋代文体学述论》(人民文学出版社,2016年)亦分二编,上编讨论宋代文体形态,在文体嬗变的历程之中,讨论宋代文体的继承、发展与变异;下编关注宋代文体理论,同样在文体思想嬗变的视野之下,拈出宋代"破体"思想以及与之相关的文体话语,并特别注意到宋代文体学之新现象与"宋型文化"的互动,为宋代文体学的讨论寻找更为广阔的文化语境。张海鸥《宋代文章学与文体形态研究》(中山大学出版社,2018年)通过对一系列具体问题的研究,在微观层面上关注宋代文章学和文体形态学,前三章通过宋人自编别集、文话著作与古文选本,探讨宋代文章学思想与文体分类思想的新变化,第四至十二章则为文体个案研究,考镜源流,明确所论各体的缘起、用途、样式、变化等,以小见大,观照种类繁多,形态各异的宋代文章。

(3) 关于散文、骈文、辞赋等三大类主要文体理论的研究。散文理论研究如张恩普、任彦智、马晓红《中国散文理论批评史论》(东北师范大学出版社,2009年)、陈晓芬《中国古典散文理论史》(华东师范大学出版社,2010年)等;骈文理论研究如奚彤云《中国古代骈文批评史稿》(华东师范大学出版社,2006年)、吕双伟《清代骈文理论研究》(人民出版社,2011

年)等;辞赋理论研究如许结的《中国辞赋理论通史》(凤凰出版社,2016年)、踪凡《赋学文献论稿》(商务印书馆,2017年)等。此外,对于一些具体文体的研究,也进入了中国古代文章学研究的视野,如倪春军《宋代学记文研究:文本阐释与文体考察》(复旦大学出版社,2021年),专就记体文中的"学记"一体展开,梳理这一文体起源、成立、流变、传播过程,将学记视作文学作品进行解读的同时,梳理其文体特征与文体形态的嬗变。

(二) 宋代文章选本研究

人们对于文章选本的研究源远流长,自古以来,文章总集的编纂、著录、阅读与研究便从未中断过。在此,仅就与本书研究相关的宋代文章选本研究略作梳理。

1. 宋代文章选本叙录

1999年,张智华发表了《南宋文章选本叙录》,此篇收录范围限定在南宋人所编纂的文章选本,分通代选本、断代选本、地域选本、数人文章选本与个人文章选本予以著录,所收文章选本凡74种,各种皆有简短叙录,侧重于版本源流。值得注意的是,此篇不囿于选本为总集的成见,而将个人文章选本纳入考察范围,值得在定义"选本"概念时予以考虑。2004年,祝尚书编成《宋人总集叙录》,是书同样侧重于文献考订,调查宋人所编总集的存佚情况与版本源流,集前人有关宋人总集文献研究之大成。以上两种叙录,为后人研究宋人总集提供了寻找文献的便利。

2. 宋代文章选本专题研究

专著方面,有张智华《南宋的诗文选本研究:南宋人所编诗文选本与诗文批评》(北京师范大学出版社,2002年)。是书除第一章总论外,第二、三章为南宋文学选本(含诗歌选本)的叙录和版本研究,前举张氏《南宋文章选本叙录》亦包含于其中。第四章分别探讨南宋文章选本与古文家文论、理学家文论与政治家文论的关系,实则将选本批评套入罗根泽、郭绍虞分别所著《中国文学批评史》均提到的北宋论文三派的理论框架中。第五章为诗歌选本与诗歌批评。第六章则改用南宋学派与文派的理论框架,探讨南宋选本与吕祖谦、朱熹及陈亮、叶适学派的关系。此外还有三篇综论宋代文章选本的学位论文,分别为孙武军《南宋文章选评思想研究——以五部选评本为例》(陕西师范大学,2009年)、张秋娥《宋代文章评点研究》(武汉大学,2010年)与王婧文《南宋古文选本批评研究》(沈阳师范大学,2014年)。张秋娥文分上下两编,上编为文献研究,对《古文关键》等一系列南宋古文选本进行了较为翔实的考察,下编则主要关注古文选本以"评点"形式呈现出的文学批评,在"选"与"评"之间,关注点侧重于"评"。孙武军所作为《古文关键》《文章轨范》《崇古文诀》《文章正宗》《古文集成》等五种选本的个案研究。王婧文仍以上述五种选本为研究对象,重点研究其中的创作论与风格论。至于有关文章选本个案研究的单篇论文与论著,可谓汗牛充栋,在此难以尽述。总体上看,吕祖谦所编《宋文鉴》与《古文关键》最受关注。其次《崇古文诀》《文章正宗》《文章轨范》等文章评点本、《论学绳尺》等专门的科场选本也颇受重视。这些选本规模适中,有评语、圈点,批评观点的表达较为明确,比较容易受到关注并展开讨论。相比之下,以"文粹"命名的一系列数人或单人选本,以及《新刊国朝二百家名贤文粹》《圣宋名贤五百家播芳大全文粹》等数百卷的大型选本,则较少有人问津。

3. 选本批评研究

关于选本之于文学批评的作用,也久已为人所关注。方孝岳《中国文学批评》(1934年)便设有专章讨论"宋代几部代表古文家的文学论的总集"。张伯伟《中国古代文学批评方法研究》(2002年)专设"选本论"一章,也将选本视作中国古代文学批评的方法之一,为选本批评研究提供了研究方法。邹云湖《中国选本批评》(2002年)为迄今所见的第一部选本批评研究专著。是书导言开宗明义,指出选本是一种批评手段。正文第一至五章,依时代顺序研究汉魏六朝、唐五代、宋元、明、清的文学思潮与选本,为选本批评之具体研究。第六章讨论选本批评之原理,为选本批评的理论研究,依照构成选本的三个基本要素——作者、选者、读者,在选本与三者的关系之中寻求选本批评的机制,强调"选"这一行为间接体现出的批评观点,同时兼及选本副文本,即序跋、圈点、评语的辅助作用。邓建的博士学位论文《宋代文学选本研究——基于"选学"立场的返观与重构》(武汉大学,2009年)希望建构一"选本之学",是关于选本本身的理论研究。其中第五章直接讨论选本批评,同样关注到"选"的行为在选本批评中发挥的作用,以及作者、选者、读者三方面因素的互动,并广泛论及选本对作品的诠释、对审美风尚的标举、对文学流派的建构乃至对文学思潮的引领。除此之外,第六章讨论选本之传播,事实上也关乎选本批评中选本与读者之关系。其余各章,讨论宋代选本本身之流变、形态,以及制约选本生成的因素,也通过影响"选"这一行为,间接成为选本批评之背景。2010年,王兵发表了《论古代文学选本的批评机制与理论价值》与《古代文学选本批评效能的影响因素》两篇文章,同样从内外两个层面,讨论选本如何展现批评观点以及选本所展现的批评观点如何发挥功效。值得注意的是,上述关于选本与选本批评的论著多合诗文乃至诗词文而言,并非专就文章选本与文章批评立论。

  选本批评的实践方面,蒋旅佳的博士学位论文《宋元文章总集分体与分类研究》(中山大学,2014年)就总集之编纂本身而言,所关注在于总集的分体分类体例,即所收作家作品的叙次方式。第一章关注《文选》所确立的编纂体例对宋元文章选本的影响,兼顾所分类目、各体类之间的次序乃至分体分类之层级等。第四、五两章,关注"以古文为时文"风气下南宋文章总集之编次方式。分别以《古文关键》《崇古文诀》《古文集成》《文章正宗》《文章轨范》《论学绳尺》等六种文章选本为中心,讨论"以人叙次""以时叙次""以体叙次""以类叙次""以技叙次""以格叙次"等编次方式,回应文章学上八大家之形成、秦汉唐宋文派之离立、时文文体地位之升降、理学家之文论、宋人有关创作规律之探讨以及科场文章认题立意之法等话题,展现出南宋以文章写作教学为目的的选本多样化的叙次方式及其背后所反映出的文章学命题,或曰宋人选本在面对不同文章学问题意识时所采取的不同编纂策略。此正为宋人文章选本分体分类之于宋代文章学研究的意义。除此之外,上述有关宋代文章学的研究,如罗婵媛、李由、杨旭之博士学位论文,马茂军、任竞泽、李建军、叶文举之著作等,或设专章讨论宋人选本,或以选本为专题讨论宋人文章学,均是将选本批评运用于宋代文章学研究之实践。已俱见于上文,在此不再重复。

五、本书的旨趣与章节设置

本书以宋人选宋文为出发点,以宋代文章学为落脚点,而以选本批评作为绾合二者的手段。即从宋人选宋文出发,通过对宋人编选当代文章的研究,尝试认识并描述宋代文章学,探究宋人选宋文中所反映出的宋人对"文章"的认识、对本朝文章史的建构,以及在文章研究领域关心的问题与相关观点,从而将宋代文章学还原到宋代的历史语境与宋人的创作实践当中。在此基础上,再尝试归纳宋代文章学的特点、范畴与体系,若有所得,则是立足于"宋代文学"的"宋代文章学"。

文章学成立的标志有三,即"文章"观念的成熟、文章学著作的繁荣与文章学话语的建构。文章选本自身也可视为文章学著作,那么文章学著作的繁荣这一点似不待言。"文章"观念的成熟与文章学话语的建构,事实上也可通过对文章选本的研究进行回应。中国古代的"文章"概念是变动不居的,各个时期都有其不同的"文"的概念与标准,那么通过文章选本的编选宗旨,便可以看出哪些文字算作"文"。具体到宋代,文章选本中体现出了以古文为中心的"文章"观念。如吴承学指出:"宋代文章总集的编纂,既反映出古文新文体的勃兴,也反映了以古文为中心的时代风气。"[①]方孝岳也称"自从欧阳修提倡韩愈的文章,所谓古文之学,就从此成立,历宋、元、明以至清朝,作古文的,虽然说是上法六经,而实是以韩愈为不祧之祖,以欧阳修为不迁之宗。宋朝人选有几部古文总集,就是根据这种观念而出现",[②]并以《古文关键》为个案对此问题进行了展开。要之,文章选本的选录范围,是宋人"文章"观念活生生的体现,而"文章"观念的基本定型,是"文章学"成立与展开的前提条件。本书欲在研究宋人选宋文的过程中,清理其中所展现的"文章"观念,从而回应宋代在中国古代文章学成立与展开过程中的重要地位。

至于文章批评话语的建构,选本主要是通过文章的经典化完成的。

[①] 吴承学《中国古代文体学研究》,人民出版社,2011年,第326页。
[②] 方孝岳《中国文学批评》,第163页。

如余宝琳所说:"所有这些关于中国诗歌的历史与理论的论题都可以包容于经典的形成这一总标题下,而在传统的中国,选集恰恰是这一过程的主要媒介与表达方式。"①选本在作者与读者之间制造出"经典",并迫使读者接受。而读者在选本之中,除选者所制造出的经典之外,几乎别无选择。随着一代代读者成为新的选者,"经典"也在不断被强化。如宇文所安所说:"时间距今越近,古典文学作品选就越发呈现出一致性,这种一致性得到一个标准文学史的支持,使得人们对文学过去的基本发展脉络可以得出相当统一的结论。"②不过,宋代尚处在这一"经典化"过程的起步阶段。"宋六家"的经典格局已经出现,但"经典"尚未僵化,选本对"经典"的塑造尚存在着丰富的可能性。如邓建所说,宋代文章选本之中,"既有通选有宋一代之文者,亦有专选某一时段、某一特定群体之文者;既有民间文人自发编纂者,亦有朝廷敕令修纂者;既有连篇累牍、卷帙浩繁者,又有简易成编、篇幅省净者。众多选编形式不一、选编中心各异的文章选本,高密度、多向度、全方位地展现了宋文发展之盛况。"③不同的编选旨趣形成了选本的不同面貌,从而使得宋代选本所塑造的"经典"也呈现出丰富性与多样性,值得探究。

  以上是就选本本身对文章学基本问题的回应而言的。本书将论述的时段定位在宋代,"宋代"也自有其特殊意义。纵观近代以前的中国历史,宋代是一个剧烈变化的时代。自从日本学者内藤湖南提出了著名的"内藤命题"之后,史学界有关宋代的"变革论"便层出不穷,大致包括唐宋变革论、两宋变革论、宋元变革论等。上述"变革论"事实上并不矛盾,而是可以互为补充,共同描绘出中国社会由中世(Middle Ages)走向近世(Early Modern)的完整过程。两宋三百余年,完全处在这一"过程"之中,正可见宋代大转折、大变局的历史地位。若将"宋代"视为一个整体,那么这个整体便处在中世与近世之间,起到承上启下的作用;若具体审视宋代内部的各个时段,则上述变革诸说又各具意义,有宋一代处于连续不断的

---

① [美] 余宝琳《诗歌的定位——早期中国文学的选集与经典》,第256页。
② [美] 宇文所安《过去的终结:民国初年对文学史的重写》,《他山的石头记:宇文所安自选集》,第320页。
③ 邓建《宋代文学选本研究——基于"选学"立场的返观与重构》,第50页。

变化过程之中。在这样的时代风貌之下,宋人在审美领域也发生着重要的转型。如美国人艾朗诺(Ronald Egan)所说:"北宋期间,士大夫对'美'的追求在不同的领域里都跨出以往的范围,冲破以往认为不可逾越的界限。"①这一点表现在诗歌领域,所谓"诗分唐宋"已经为学界所熟知,而周裕锴则以"选体""唐音""宋调"概括中国古典诗歌的审美范型及其流变。②那么,宋代社会转型在文章之学中有无体现?是否可以从宋代文章之学中提炼出有别于前代的审美范型?这也是值得关注的。宋代社会既在中世与近世之间起到转折与衔接作用,那么宋代文章学也便成为"文章"由中世进入近世的关捩。前文所述任竞泽、谷曙光对于宋代文体"拐点"作用的认识,可以扩展至全部宋代文章学。

以上为本书所欲处理的三个核心问题:其一,宋代"文章"观念的确立与"文章学"的成立;其二,宋人选宋文与宋代作家作品的经典化;其三,宋代文章审美的新变化。这三个核心问题,将贯穿于本书论述之始终。而本书的章节设置,将依照如下具体问题展开。

其一,宋人选宋文与宋代文体学。如前所述,文体学是文章学的重要研究课题,曾枣庄甚至断言:"文章学必须以文体学为基础。"③而文章选本,恰好是文体学材料的渊薮,如田安所说:"在绝大多数文化中,选文对于文体范式的形成相当重要,要理解中国文学体式发展,尤需关注此点。"④文章选本之于文体学研究,有其特殊意义与特殊方法。论者以《宋文鉴》为例揭示了选本文体学研究的特性:"《宋文鉴》不是议论文体的专著,和《文选》等其他总集一样,它的理论不够完整,它的分类失之于繁琐。但是,它选文精当,规模宏大,流传广泛,是中国古代文体理论发展中的不可缺少的一环。"⑤选本并未给出抽象的文体学理论,如吴承学所说:"宋人

---

① [美]艾朗诺著,杜斐然、刘鹏、潘玉涛译《美的焦虑:北宋士大夫的审美思想与追求》,上海古籍出版社,2013年,第2页。
② 参周裕锴《中国古典诗歌的三种审美范型》,《学术月刊》1989年第9期。
③ 曾枣庄《文章学须以文体学为基础》,《中国古代文章学的成立与展开——中国古代文章学论集》,第6页。
④ [美]田安《缔造选本:〈花间集〉的文化语境与诗学实践》,第3页。
⑤ 谭钟琪《吕祖谦文学研究》,扬州大学硕士学位论文,2002年,第45页。

文章总集的选录情况所反映出来的文体内涵,不是'标准答案'。"①而分类的烦琐,恰恰是因为选本文体体系的建构必须视所选文章的具体情况进行归类,而无法事先制定一个完整统一的原则。由此,选本所表现出的文体学,其不完整处,比整饬的文体学理论更能贴合创作实践,是"活"的文体学。本书的第二章,拟结合宋人选宋文的文体分类,探讨宋代历史语境下,若干具体文体的生成或发展。此外,所谓"文章",实由一个个具体文体组成,因此对具体文体的关注,也可以组织成"文章"概念生成与演进的脉络。

其二,宋人选宋文对宋代文章史的建构,即宋代作家作品的经典化。随着唐宋变革的进行与"古文运动"的展开,宋人迫切需要寻求与时代相适应的文章典范。文章选本是实现这一要求的绝佳载体。即使是以保存一代文献为指归的《宋文鉴》,也不可能真正穷尽一代文章,吕乔年叙述《宋文鉴》编选之始末,即称:"即关秘书集库所藏,及昔年所记忆,访求于外,所得文集凡八百家,搜捡编集,手不停披。"②而实际编成,仅收三百余家,其去取之严可见,虽有一篇入选,亦是在其所建构的文学史中占有了一席之地。吕祖谦对当代文章史的建构,是与古文运动的发展过程相适应的,论者注意到:"宋代的古文运动有着它自己的发展轨迹,有它自己的兴起、发展和衰微的过程……对此,《宋文鉴》在篇目和数量上都有生动的反映和真实的记录。"③至于作家作品的经典化,则如方孝岳所说:"到了吕祖谦这部《古文关键》出来,兼包唐、宋而非断代,专取一体而非兼体;六朝的文章体制不同,固绝不收入,秦汉的文章和六经接近的,他也不收。"④在这里,不但出现了六朝文章与古文的分野,也出现了秦汉古文与唐宋古文的分野,⑤宋人文章选本已经塑造出迥异于前代的文章范式。本书的第三章,拟从宋人选宋文看宋代文章经典作家、经典作品形成、稳定并产生影

---

① 吴承学《从总集看宋人的古文观念》,《中国古代文章学的成立与展开——中国古代文章学论集》,第165页。
② 吕乔年《太史成公皇朝文鉴始末》,第2117页。
③ 徐傲雪《〈宋文鉴〉的编纂与传播》,第24页。
④ 方孝岳《中国文学批评》,第164页。
⑤ 参吴承学《中国古代文体学研究》,第329—331页。

响的过程;探究宋人选宋文如何反映一代文章写作的面貌,如何定位宋代文章写作,由此描绘出宋人心目中的宋代文章史;并尝试与今人文学史中对宋代文章的表述加以对比,分析其间异同。

其三,宋人选宋文中所体现出的宋人知识结构。王水照先生指出:"宋代士人的身份有一个与唐代不同的特点,即大都是集官僚、文士、学者三位于一身的复合型人才,其知识结构一般远比唐人淹博融贯,格局宏大。"①这是"宋代变革"理论,具体来说是其中的"唐宋变革"论在宋代社会文化的主体——宋代士人身上的表现。门阀士族在宋代彻底瓦解,经术传家的士族子弟与诗赋起家的进士群体的对立不复存在。与此同时,儒学也经历着向思考"天人之际"的宋学转型的过程。反映在文章学上,便是对文道关系的关注。如陈晓芬所言:"宋初的散文理论起步于中唐铺设的途径之上,其突出表现就是把文道关系作为核心论题,充分强调儒道对于文的主导作用。不过,当宋人在深入阐释道的内涵时,各家的认识倾向与关注重心即显出差异,并相应引申出各具特色的创作主张。"②除儒学外,处理实际政务的能力也日益受到宋代士人的重视,如邓小南所说,在五代时期,便已经"可以观察到文臣群体中'文士'与'文吏'式的角色素质在碰撞中的融通,注意到其边际的不断模糊化"③。宋人选宋文所展现的宋代文章学,与政治实践的关系是密切的,这一点从《宋文鉴》连篇累牍地选录奏议文章便可窥一二。要之,"文章"在宋代是一门独立的学问,同时也是各种学问的表达方式。这样,文章学与宋代士人的全部知识结构,必然会发生交叉与相互影响。本书的第四章拟就此展开。

其四,宋代文章学的日常化转向。宋人选宋文带动了宋代文章的经典化,同时也反映了宋代文章的日常化。二者相反相成,而后者主要对应着"宋代变革"论之中的"两宋变革"或"宋元变革"论。南宋以降,士人阶层分化,地方精英崛起,已为学界重视。具体到文学领域,王水照先生指出:"而到南宋中后期,士人阶层的分化加剧,大量游士、幕士、塾师、儒商、

---

① 王水照《情理·源流·对外文化关系——宋型文化与宋代文学之再研究》,《王水照自选集》,第30页。
② 陈晓芬《中国古典散文理论史》,第224页。
③ 邓小南《祖宗之法:北宋前期政治述略》,生活·读书·新知三联书店,2006年,第143页。

术士、相士、隐士所组成的江湖士人群体纷纷涌现,构成举足轻重的社会力量。"①这一转型带来了两个后果:其一,士人不再需要儒学、吏能、文章三位一体的综合知识结构,只要得其一偏,便可以名世,因此"文章"之学被重新从复合型人才的知识体系中抽离出来,抽象地讨论作文技法与文章之"美"成为可能;其二,沉降到民间社会的文章,不得不遵守民间社会的游戏规则,具体来说便是商业对于文章评价标准与传播过程的介入,正如王先生所说:"在南宋,文学作品的商品化程度越来越高,融入宋代整个商品经济体系之中;它与文学日益紧密的联系和结合,深刻影响到文学的演变和发展,这是南宋社会转型、经济转轨、文学转变的一个标志。"②上述两点,又都关乎宋代文章审美的新变,如艾朗诺所说:"总的说来,北宋末士大夫的精神内容和表达方式都扩宽了,以前被认为离经叛道的娱乐和各种对美的追求得以见容,而且可诉诸文字。在某方面,士大夫接纳了商人阶级的品味,市价成为鉴定艺术品的准则之一,无论谈的是一株牡丹花,一幅唐代的画,或一首名诗人的艳词。而一件古物值不值得保存,不再以狭窄的伦理教条为依据。"③本书的第五章,拟尝试回应这一问题。

以上各章,均依讨论相应问题所选取的具体选本或选本中的某一现象分为若干节。要之,本书并非宋代文章选本的文献研究,而是以问题串联个案,即以某一文章选本或宋代文章选本中的某一现象,回应文章学之中的具体问题,并以此实现依托宋人选宋文研究宋代文章学的目标。需要指出的是,本书既欲以宋人选宋文回应宋代文章学中的基本问题,限于学力,只能关注宋代文章学的主轴,即唐宋"古文运动"与宋代古文之学的展开,而站在四六立场的宋代骈文选,与其间反映出的宋四六写作与宋代骈文学,暂不在考虑范围之内。

---

① 王水照《南宋文学的时代特点与历史定位》,《文学遗产》2010年第1期。
② 王水照《南宋文学的时代特点与历史定位》,《文学遗产》2010年第1期。
③ [美]艾朗诺著,杜斐然、刘鹏、潘玉涛译《美的焦虑:北宋士大夫的审美思想与追求》,第3页。

第二章
宋代文章观念的确立：宋人选宋文与宋代文体学

吴承学指出："宋代是中国文学与文体学发展的重要时期，宋代文章总集具体而准确地反映出宋人的文体观念以及相关的文学观念，为文学批评提供了特别的研究视角。"①揭示出一条通过选本研究文体，进而进行文章学研究的路径。关于文章总集与文体学产生关系的机制，前人已有发明。如蒋旅佳所说："从编纂实践层面看，总集编纂需要文体辨析，溯各体之源流，明各体之正变，文体的分类是为总集编纂服务的。同时，总集作为文体分类的实践性操作，又对文体分类的兴盛起着推波助澜的作用，总集是文体分类渊薮。"②可以看到，选本对于文体分类的反映，离不开"实践"二字。古人文体理论的提出，通常要面对批评者之前存在过的一切文体，将处在不同时代、不同社会历史背景中的文体置于共时性平面上进行讨论和总结。但总集对文体的描述则具有实践性，不同时代的总集所反映出的，是文体的历时性变化；而某一特定总集所反映的，则是当下鲜活的文体观念。杨旭参照"中国文学史"的两种读法，③提出："'宋代文体学'有两个层面的含义，一是关于'宋代文体'的学问，也即对宋代已有的文体进行研究。二是'宋代的'文体学，也即对宋人的文体理论进行研究。"④准此，经由"宋人选宋文"研究"宋代文体学"，恰好可以糅合这两个层面，即"宋代的"关于"宋代文体"的学问。

上述辨析虽显拗口，却是不无意义的。宋人选宋文对宋人文体实践与文体观念的准确反映，对于研究宋代文章之学至关重要。如钱穆所说：

---

① 吴承学《中国古代文体学研究》，人民出版社，2011年，第318页。
② 蒋旅佳《宋元文章总集分体分类研究》，中山大学博士学位论文，2014年，第5页。
③ 参王水照《三个遮蔽：中国古代文章学遭遇"五四"》，王水照、朱刚主编《中国古代文章学的成立与展开——中国古代文章学论集》，代前言第7页。
④ 杨旭《宋代文体观念研究》，清华大学博士学位论文，2011年，第24页。

"大凡文体之变,莫不以应一时之用,特为一种境界与情意而生。"①又如吴承学所说:"文体具有特定文化上的指向,文体指向一般与特定时代的文化精神是同一的。文体产生与演变也同样指向时代的审美选择与社会心理,所以文体形态是有丰富意味的形式。"②均指出文体的递变更迭与时代之审美风貌之间的联系。至于文体的历时性发展与文章学之间的关系,当以文体递变所反映出的"文章"观念变迁为其枢要。"文章"观念从来不是抽象的,也不是单一的,而是建立在一系列具体文体之上的。正如郭英德等在研究挚虞的《文章流别集》时指出,此书"将前人习用的文章一词与各种类别的文体创作具体联系起来,即等于明确提出比诗赋更高一层的中国式的文章或文学概念,并给出了这种文学概念的确切外延"。③ 因此,研究宋代文章学,首先应该经由宋人选本中有关文体的认识,廓清宋代的"文章"观念。本章拟沿此思路,从宋人选宋文中,抽取历时性变化较大的若干文体,以为个案,力图从中梳理出宋人"文章"观念的演变与最终的确立,借以展开对宋代文章学的研究。

第一节　宋人选宋文中的杂文文体与宋代文章观念的形成

宋人总集、别集之中,多有"杂文""杂著"文体。对此,前人已多有研究。不仅治宋代文体学者关注此体,研究现代文学之"杂文"者,也多偏好自《文心雕龙·杂文》而下,梳理"杂文"之源流。"杂文""杂著"既称"杂",又如何可以成为一种文体?此类文体的成立显然依靠编集过程的框定,如任竞泽所说:"作为文体专称意义上的杂文是在宋明人总集别集的编纂过程中定型的。"④但别集只面对一家作品,若此作者确有某体作品,却数

---

① 钱穆《中国民族之文字与文学》,《中国文学论丛》,生活·读书·新知三联书店,2002年,第19页。
② 吴承学《中国古代文体学研究》,第239页。
③ 郭英德等《中国古典文学研究史》,第128页。
④ 任竞泽《宋代文体学研究论稿》,商务印书馆,2011年,第239页。

量不多,不足以特设一体类目者,皆可归入"杂文",即吴讷所说:"文之有体者,既各随体裒辑,其所录弗尽者,则总归之杂著也。"①故别集之中"杂文"的形成具有一定的偶然性,不具备普遍的文体意义。与之相对,总集选本理论上可以面对一切宋人作品,且对某一作品收与不收,具有一定的主动权。因此选本当中收入一批作品,而以"杂文""杂著"称之,更能体现宋代"文章"整体视野下的"杂文"。本节即拟在梳理宋代文章选本中作为文体的"杂文"的基础上,全面回顾截止到宋代的"杂文"概念的流变,以期在厘清宋代"杂文"文体的同时,对宋代"文章"观念的形成有更深入的了解。

一、宋代文章选本中作为文体的"杂文"

宋代文章选本之中,有自名为"杂文""杂著"的文体,最为论者所关注的,当为《宋文鉴》之"杂著"类。学者在讨论宋代"杂文"概念的新变时,也常以《宋文鉴》"杂著"为例,如吴承学指出:"从宋代开始,'杂文'又有'杂著'之名。吕祖谦《宋文鉴》卷125至127收录'杂著'。'杂著'即'杂文',但与《文心雕龙·杂文》的含义相去甚远。"②此处所说的"相去甚远",指的是"杂文"具体所包含的文体,《文心雕龙·杂文》中所列对问、七、连珠,均不见于《宋文鉴》"杂著"。但是,就《宋文鉴》所收"杂著"的性质,吴先生进一步指出:"这些文章从标题上,难以明确归入某类文体。"③由此可见,在"文章之枝派,暇豫之末造"④这一意义上,《宋文鉴》并未对《文心雕龙》有所突破。如吴讷所说:"文而谓之杂者何?或评议古今,或详论政教;随所立名,而无一定之体也。"⑤徐师曾亦称:"以其随事命名,不落体格,故谓之杂著。"⑥可以看出,《宋文鉴》之"杂著",正是无一定之体,而总归于"杂"

---

① 吴讷《文章辨体序说》,人民文学出版社,1962年,第46页。
② 吴承学、刘湘兰《复杂的"杂文"》,《古典文学知识》2018年第5期。
③ 吴承学、刘湘兰《复杂的"杂文"》,《古典文学知识》2018年第5期。
④ 刘勰著,范文澜注《文心雕龙注》卷三《杂文》,人民文学出版社,1958年,第254页。
⑤ 吴讷《文章辨体序说》,第45—46页。
⑥ 徐师曾《文体明辨序说》,人民文学出版社,1962年,第137页。

的。在这一点上,《宋文鉴》完全沿用"杂文"的本意,对这一概念,并没有发展。在这里,"杂文"仍然只是一批不易归类的文体的总称,其自身并没有文体学意义。

宋人所编总集中,真正可以展示出"杂文"观念新变的,当为《文苑英华》之"杂文",以及由此而来的《唐文粹》之"古文"。关于二者之关系,前辈学者多已关注。如朱迎平指出:"宋代编纂《文苑英华》时,立'杂文'类,凡二十九卷,其中绝大部分为无法归入传统文体的唐代古文家的创作。'杂文'之名,遂沿用后代。至姚铉辑《唐文粹》,更将古文家的杂文作品径直辑为'古文'八卷。"①又如吴承学称:"这些'古文'也反映出当时人们心目中古文这种特殊文体的体制:从内容来看,这些'古文'都与宣传儒家之道或者积极干预时政有关;从形式来看,姚铉所谓'古文'主要是原、规、书、议、言、语、对、经旨、读、辩、解、说、评等文体。"②再如任竞泽所说:"《唐文粹》中以'古文'明确代表'杂文',这我们可以从其所选'古文'篇目与《文苑英华》及上述明代总集中的杂文的重合相似中看出。"③获得了"古文"地位的"杂文"最终凝定为一种特定的文体,其内涵与外延变得明确统一,并获得了确定的文体特征,由泛指难以归类的各体文章,逐渐具有了特定的文体意义。

类似现象,在"宋人选宋文"中也可以看到。如《苏门六君子文粹》,除李廌一家外,其余五家均设"杂著"一体。张耒"杂著"除书三篇、《药戒》一篇外,其余皆为书后、题跋,又有"杂题"一体,也可视为题跋;黄庭坚名下"杂著"较为复杂,含对问、书简、祭文及赋、铭、赞等韵文,但仍以书后、题跋为主;陈师道"杂著"唯《孔北海赞》一篇,实为史论,类似于"书《孔北海传》后";晁补之则有《齐物论》一篇,同样实为"书《齐物论》后",还有杂说若干篇。由此可以看出,《苏门六君子文粹》中所设"杂著",虽然充分体现出"杂"的特征,却以杂说、书后、题跋为主,这一点与《七集》本《东坡集》《后集》文体分类中的"杂文"十分相似。这些文体在南宋三苏选本中或称

---

① 朱迎平《唐代古文家开拓散文体裁的贡献》,《文学遗产》1990年第1期。
② 吴承学《宋代文章总集的文体学意义》,《中国社会科学》2009年第2期。
③ 任竞泽《宋代文体学研究论稿》,第253页。

"杂说""杂书",如婺州本《三苏先生文粹》;或径称"杂文",如《重广眉山三苏先生文集》。可见,不同于前文所述的"古文",杂说、题跋是作为文体的"杂文"的另一种指向。

除此之外,"宋人选宋文"中,还有不自名为"杂文",但实际上与前揭作为文体的"杂文"的两种含义相一致的文体分类。如《观澜文集》丙集,大致依文体编次,而在卷十五、十六收入石介《二大典》《辨谤》、杨亿《录蠹书鱼辞》、黄庭坚《跋韩愈送穷文》《跛溪移文》、王安石《谏官》《原过》、司马光《训检文》等,虽然文体不一,却均符合上述"杂文"的含义。结合此书甲、乙二集均有自名的"杂文"一体,有理由相信,这批文章就是编者所认定的"杂文"。又如《圣宋文选》卷一欧阳修论体文后,收入《易问》《原弊》二篇;卷八收孙复《尧权议》《舜制议》《文王论》《辨四皓》《董仲舒》《辨杨子》《书汉元帝赞后》《书贾谊传后》《罪平津》《无为指》;卷十三收曾巩《唐论》《国体辨》《问尧》《论习》《邪正辨》《说非》《说用》《说言》《说非异》《治之难》《读贾谊传》《书魏郑公传》;卷十五于石介论体文后,收入《是非辨》《辨谤》《辨惑》《辨私》《辨易》《朋友解》《书淮西碑后》《录蠹书鱼辞》《击蛇笏铭》;卷二十九收入张耒《斋说》《药戒》《讳言》《敢言》及《读韩信传》等书后六篇;卷三十一收黄庭坚《论语断篇》《孟子断篇》《跛溪移文》《解疑》;卷三十二收陈瓘《学易说》《文辨》。可以看出,上述所举各篇,或为解、说、原、辨等"古文",或为杂说、题跋,均符合前揭作为文体的"杂文"的定义。欧阳修、石介二家之作附于论体之后,编者显然以议论文章视之,正符合前举任竞泽书中所说杂文"议论纵横、辨析入理"的风格。① 张耒所收,与《宛丘文粹》"杂著"所包含的文体高度重合,即杂说、书后。其余各人所收,或在此人文章之首,或在其末,文体虽杂,却不与其他文体混同。又如《文章正印》别集卷十四以下,收入解、辨、原、辞等文体,附于全书之末,亦似编者有意为之,虽不自名"杂文",却显然是有异于其他各体的一个特殊群体。显然,在上述选本的编者看来,这些文章具有相似的特征,是作为文体的"杂文"。

---

① 任竞泽《宋代文体学研究论稿》,第253页。

由此可见,"杂文"虽然以"杂"为特征,但在宋人文章选本之中,已经形成了大致稳定的范畴。它包含解、说、原、辨等以议论为中心的唐代古文家手中新型的"古文"文体,以及杂说、题跋等。可以认为,在宋代文章选本的文体分类体系中,"杂文"已经可以被视作一种特定的文体。不过"杂文"的"杂"依然是不可忽视的,因此有必要就截止到宋代的"杂文"观念的演变进行一番梳理。

二、"杂文"概念的演进

"杂文"概念较早出现于《后汉书·文苑传》中。姑举数例如下,以窥其一斑:

> 所著赋、诔、吊、书、赞、《七言》《女诫》及杂文,凡十八篇。又著《明世论》十五篇。(《杜笃传》)
>
> 所著赋、论、诔、哀辞、杂文凡十六篇。(《苏顺传》)
>
> 著《楚辞章句》行于世。其赋、诔、书、论及杂文凡二十一篇。又作《汉诗》百二十三篇。(《王逸传》)
>
> 著赋、颂、箴、诔、书、论及杂文十六篇。(《赵壹传》)
>
> 作《矫世论》以讥切当时。而徙入山中,覃思著述。以莫知于世,故作《应宾难》以自寄。又案《汉记》撰中兴以后行事,为《皇德传》三十篇,行于世。余所作杂文数十篇,多亡失。(《侯瑾传》)

从这些记载中可以看出,首先,"杂文"是与著作相对的,成书之著作如《楚辞章句》,以及类似著作的成组文章,如《明世论》《汉诗》《皇德传》均被单独著录;其次,"杂文"是与成体之文相对的,附于各体文章之末,对此前辈学者指出:"《后汉书》著录传主著述,有一个稳定的体例,即能归类的,列出类名;不能归类的,则列出篇名。"[1]"传主所著文辞的著录,包括各种文体及未归入各体的杂出篇章。"[2]这些"不能归类的""未归入各体的杂出篇

---

[1] 吴承学《中国古代文体学研究》,人民出版社,2011年,第263页。
[2] 郭英德《中国古代文体学论稿》,北京大学出版社,2005年,第64页。

章",便是"杂文"。

与著作相对的"杂文",便是不能单行的各体单篇文章;与各体文章相对的"杂文",便是未能归入各体的杂出文章。这两种含义的"杂文",在后世均被沿用。如《晋书·李充传》称:"充注《尚书》及《周易旨》六篇、《释庄论》上下二篇、诗赋表颂等杂文二百四十首,行于世。"①《袁宏传》称:"撰《后汉纪》三十卷及《竹林名士传》三卷、诗赋诔表等杂文凡三百首,传于世。"②可见这里的"杂文",与经部之《尚书》《周易》注解以及史部之《后汉纪》《竹林名士传》等著作相对,包含诗赋表颂、诗赋诔表等各体单篇文章。而在各体单篇文章内部,与成体文章相对的作为杂出文章的"杂文",又可作细分。首先是与诗赋相对的"杂文",如《北齐书·刘逖传》称:"所制诗赋及杂文文笔三十卷。"③将诗赋单独提出,而以一切有韵之文与无韵之笔与之相对。又如《隋志》著录:"《梁武帝诗赋集》二十卷、《梁武帝杂文集》九卷。"④也是将诗赋与杂文分别编集。其次是与包含诗赋在内的各体文章相对的"杂文",如《魏书·刁雍传》称:"凡所为诗赋颂论并杂文,百有余篇。"⑤在此与杂文相对的,除诗赋外,还有颂论等各体文章。

宋代的"杂文"概念可以说是集前代之大成,上述"杂文"的含义在宋人笔下均有所体现,而以与诗赋对举的"杂文"最为常见。如范祖禹《三班奉职墓志铭》称:"所为诗赋、杂文十五卷,藏于家。"⑥李纲《古灵陈述古文集序》称:"嗣子绍夫裒集公文章,得古律诗、赋、杂文凡若干篇。"⑦秦观称:"赋中作用,与杂文不同。""赋家句脉,自与杂文不同。"⑧也是将"杂文"与赋对举的。此类用例尚多,不暇枚举。而上述其余"杂文"的含义,在宋代也有沿用。如欧静《蔡中郎文集序》称:"为《灵纪》、十《意》,及诸杂文章凡百四篇。"⑨其中"诸杂文章"的表述正相当于"杂文"的"各体单篇文章"的

---

① 房玄龄等《晋书》卷九二《李充传》,中华书局,1974 年,第 2391 页。
② 房玄龄等《晋书》卷九二《袁宏传》,第 2398—2399 页。
③ 李百药《北齐书》卷四五《刘逖传》,中华书局,1972 年,第 616 页。
④ 魏徵、令狐德棻《隋书》卷三五《经籍四》,中华书局,1973 年,第 1076 页。
⑤ 魏收《魏书》卷三八《刁雍传》,中华书局,1974 年,第 871 页。
⑥ 范祖禹《范太史集》卷四九《三班奉职墓志铭》,文渊阁《四库全书》本。
⑦ 李纲《梁溪集》卷一三八《古灵陈述古文集序》,文渊阁《四库全书》本。
⑧ 李廌《师友谈记》,中华书局,2002 年,第 20 页。
⑨ 欧静《蔡中郎文集序》,蔡邕《蔡中郎文集》卷首,《四部丛刊初编》本。

含义。又如《宋史·王洙传》称:"预修《集韵》《祖宗故事》《三朝经武圣略》《乡兵制度》,著《易传》十卷、杂文千有余篇。"①将"杂文"与著作相对,且"杂文"记篇数而不记卷数,充分体现出不同于成书著作的"单篇"文章概念。此外如《周启明传》称:"有古律诗、赋、笺、启、杂文千六百余篇。"②又如王庭珪《故刘推官墓志铭》称:"有诗、赋、论、杂文十卷。"③都是将杂文与包含诗赋在内的各体文章相对。至于苏颂《朝议大夫致仕石君碣铭》称"其著于笔札则有《易论》《解经训传》、杂文、歌诗总七十卷藏于家"④,"杂文"同时与诗歌、著作对举;晁说之《汝南主客文集序》称"乃得公诗若干,杂文、论、表章若干,定著为若干卷"⑤,"杂文"同时与诗及各体文章并列,可以视作上述不同层次的"杂文"概念的叠加。

虽然在宋代,与诗赋相对的杂文仍然是"杂文"概念的主流,但窃以为最值得关注的现象不在于此。如前所述,在宋代文章选本之中,"杂文"逐渐趋向于特定文体的指称,这一点在宋人的有关编集的叙述中也能得到体现。宋人在罗列某人著述之时,文体愈分愈细,与各体文章对举的"杂文",所能涵盖的范围也便愈来愈小。如:

> 总歌、诗、赋、颂、私试五题,杂文、碑记、书启、序引、表状、祭文凡数百章,十万余言。(王禹偁《王黄州小畜集》卷十九《东观集序》)

> 凡卷第古律诗十二、杂文、议、论、赞、记八、表、书、启、序三、祭文、碑、志、行状七、制诰十,总五十卷。(苏颂《苏魏公文集》卷六六《吕舍人文集序》)

> 求访遗文者三年,得上朝廷章九、古律诗三百一十有二、《易规》十有一、《洪范小传》一、诗之序论四、杂文十有七、书十有六、序十有三、墓志等九、记赞铭题跋四十有九,编成一十二卷。(晁子健《嵩山文集跋》)

> 裒集遗文,以类编次,仅得外制二百二十二、表疏九十八、奏札六

---

① 脱脱等《宋史》卷二九四《王洙传》,中华书局,1985 年,第 9816 页。
② 脱脱等《宋史》卷四五八《周启明传》,第 13442 页。
③ 王庭珪《卢溪文集》卷四五《故刘推官墓志铭》,文渊阁《四库全书》本。
④ 苏颂《苏文公文集》卷五五《朝议大夫致仕石君碣铭》,中华书局,1988 年,第 834 页。
⑤ 晁说之《嵩山文集》卷一七《汝南主客文集序》,《四部丛刊续编》本。

十八、故事十九、讲义十九、启八十四、杂文七十六、古律诗二百三十九、乐府三十四,厘为四十卷。(张坚《华阳集跋》)

从上述序跋中可以看到,越来越多的文体从"杂文"中被排除,"杂文"也便越来越指向特定的文体。

在诸多与"杂文"对举的文体中,诏令奏议的位置似乎特别重要。前举《吕舍人文集》之制诰十卷,《华阳集》之外制二百二十二篇、表疏九十八篇、奏札六十八篇,以及《嵩山文集》之"上朝廷章"九篇皆是。而在一些表述中,奏议成为直接与杂文相对待的文体,如:

> 所著《南郊野录》六卷、《燕申编》二卷、《角上丛编》五卷、《西斋文集》十卷,其诗及杂文、制诏又千余篇。(范镇《石工部扬休墓志》)

> 所著有《毛诗说》、《论语尚书周礼讲义》、奏议、杂文行世。(《宋史·许奕传》)

> 旧所称《经文集》五十卷,《诗书论语说》、《金华讲义》、内外制、杂文百余卷与毅父他文今皆不复传。(王迈《清江三孔集跋》)

> 所著《诗书论语说》、《金华讲义》、内外制、杂文共百余卷。(《宋史·孔武仲传》)

以上案例中,"杂文"均与著作、诗歌及诏令奏议对举。如前所述,不同层次的"杂文"概念可以叠加,各体文章首先与著作、诗赋对举,而在这一部分"文章"中,诏令奏议又与"杂文"被明显分为两类。其间的层次关系,从薛嘉言《刘安上行状》所云"有诗五百篇,制诰、杂文三十卷"[1]也可看出。由此,与诏令奏议对举的"杂文"也可以视作宋代"杂文"概念演进过程中的新现象。

至于"杂文"与各体文章对举,以至其自身也成为"各体"之一,已见于前文的论述。由此,截止到宋代,"杂文"概念经历了逐步缩小的过程:首先是与著作对举的"杂文";其次是与诗赋对举的"杂文";再到与奏议制诰对举的"杂文";最后是与各体文章对举,自身也成为一种特定文体的"杂

---

[1] 薛嘉言《刘安上行状》,刘安上《给事集》附录,文渊阁《四库全书》本。

文"。在这一过程中,相伴随的是与"杂体"对举的各体文章的成立。因此,"杂体"概念演进的过程,实关乎"文章"观念的成熟。

三、"杂文"与文章观念的形成

从上文对"杂文"概念演进过程的梳理可以看出,"杂文"概念的每一次缩小,都是由于一部分不"杂"的成分从"杂文"中分离出去。因此,由"杂文"概念的演进过程,可以反观"文章"观念及其中各体文章相继成立、成熟的过程。

早在东汉,诗赋已为人所重。如朱东润指出:"观丕之言,一再期于不朽,谓诗赋之长,足以垂令名于千古。"①《汉书·艺文志》设立独立的"诗赋略",可以视作"诗赋"在各类文体中率先独立,并成为图书目录的一个部类。而此时的图书分类法中,并没有为除诗赋以外的单篇文章设置专门的部类。如刘师培所说:"西汉之时,总集、专集之名未立;隋唐以上,诗集、文集之体未分。班《志》之叙艺文也,仅序诗赋为五种,而未及杂文。诚以古人不立文名,偶有撰著,皆出入六经、诸子之中;非六经、诸子而外,另有古文一体也。"②可见"诗赋略"并非"集部",二者的区别在于,前者是在内容上区别于六经、诸子,后者是在形式上收容单篇文章。"集部"未立,则出入六经、诸子的单篇文章便无所着落。既不同于重辞采的诗赋,又不同于已经成书的经部、子部著作,因而不得不以"杂"处之。这便是与著述、诗赋相对的"杂文"。

此时的"杂文",约略相当于后世的"集部"。如郭绍虞所说:"《蔡邕传》于举其著述之后,更谓:'所著诗、赋、碑诔、铭、赞、连珠、吊、箴、论议、独断、劝学、释诲、叙乐、女训、篆势、祝文、章表、书记凡百四篇传于世。'备举其目,其繁琐何如!后世于此种杂著,举以纳诸文集之中,则因其形体而定其体制,正亦极需要这种归纳的方法者。"③指出了《后汉书》中的"杂

---

① 朱东润《中国文学批评史大纲(校补本)》,上海古籍出版社,2016年,第27页。
② 刘师培《论文杂记》,《刘申叔遗书》,江苏古籍出版社,1997年,第713页。
③ 郭绍虞《中国文学批评史》上册,商务印书馆,2010年,第146页。

文"与"集部"著作之间的关系。事实上,史传之中,也出现了以著述形式呈现的"杂文",如:

> 宝又为《春秋左氏义外传》,注《周易》《周官》凡数十篇,及杂文集皆行于世。(《晋书·干宝传》)

> 所著诗赋、诏册、铭诔、论议等杂文一百卷,号曰《元氏长庆集》。又著古今刑政书三百卷,号《类集》,并行于代。(《旧唐书·元稹传》)

这里明确指出各体文章合称"杂文","杂文"总归一处而称"集",与其他著述相对。"杂文"与"集部"的关系昭昭然矣。而当时的"文章"观念,也正与"集部"有关。如邹云湖所说称《文章流别集》"把同是人荀勖在《中经新簿》中丁部所收的诗赋类同的各体文章纂集到一起,将单纯的'文章家集'变为文集,奠定了集部的范围"①,这里所谓的"文章家集",当为荀勖所撰《文章家集叙》十卷,在《隋志》中与《文章志》《续文章志》等书并列于史部簿录篇中。可见,当时多种以"文章"命名的著作,均指向目录学上的"丁部",即后世的"集部",其"文章"观念是目录学上安置以单篇形式出现的著述的部类,即与著作相对的"杂文"。

以上作为"集部"的"杂文",多包含诗赋而言。如前文所述,诗赋是各类文体中率先独立的,诗赋的成立,甚至早于"集部"。因此,作为"集部"的"杂文"之中,诗赋与非诗赋的其他篇章天然处在对立的地位。而"杂文"与诗赋对举,又与六朝"文笔"之辨有关。如方孝岳所说:"六朝人所说的文笔之分,即是诗赋和杂文之分。"②有关"文笔"之辨,当以萧绎所言最为详尽:

> 然而古人之学者有二,今人之学者有四。夫子门徒,转相师受,通圣人之经者,谓之儒。屈原、宋玉、枚乘、长卿之徒,止于辞赋,则谓之文。今之儒,博穷子史,但能识其事,不能通其理者,谓之学。至如不便为诗如阎纂,善为章奏如伯松,若此之流,泛谓之笔。(《金楼子·立言》)

---

① 邹云湖《中国选本批评》,上海三联书店,2002年,第17页。
② 方孝岳《中国散文概论》,生活·读书·新知三联书店,2007年,第308页。

由此观之,"文笔"之辨,实包含儒、学、文、笔四项,而由儒与文两项分化而来。由"夫子门徒"分化而来的儒与学,大约对应六经、诸子。"文"既有"止于辞赋"云云,当可以对应诗赋,而从中又分化出"不便为诗""善为章奏"之"笔","泛谓之笔"云云,也显示出"笔"具有驳杂的特征。由此,儒、学、文、笔四分法之下的"文笔",即"集部"之中诗赋与杂文的对举。在"文笔"之辨的语境中,"文"或曰"文章"观念,一度专属于诗赋。如陈柱引述班固《两都赋序》"而后大汉文章,炳焉与三代同风"云云,称"此以文章二字专指词赋而言"①。但至迟在宋代,"文章"与"杂文"的概念,便都固定在了与诗赋对举的"杂文"上。如陆游所说:"南朝词人谓文为笔。"②反过来说,便是上述作为"笔"与诗赋对举的"杂文",获得了"文"的属性。诗赋具有独立性,是"杂文"之中不"杂"的特定文体,而其他篇章仍旧因"杂"的特征,被称作"杂文"。由此,"文笔"对举框架转型为"诗文"对举框架,③而"文章"的概念,也由专指诗赋转向非诗赋的篇章,随着"杂文"概念的演进,实现了一步重要的跨越。

前文提及,宋代"杂文"概念出现了新的变化,开始与诏令奏议对举。而"文章"观念也在"诗文"对举框架下,进一步缩小其范围,明晰其边界。"杂文"与诏令奏议对举的现象,不仅发生在文体分类上,而且进一步延伸到编集的过程中。如经苏轼审定的"六集"之中,《内制》《外制》《奏议集》便抽出单行,不与《东坡集》《后集》合编。同样,周必大所编《欧阳文忠公集》,也分列《居士集》《外集》与诏令奏议各体。这样按照文章类别分小集编纂别集的做法,在宋代并不罕觏。如李昭玘《宋故益州路诸州军水陆计度转运使直史馆护军赐紫金鱼袋赠尚书工部侍郎李公神道碑》称:"凡论策、章奏为卷若干,杂文、古风、律诗为卷者若干。"④论策、章奏与杂文、古律诗分标卷数,显然是分小集编纂的,而后者所收,正相当于前举《居士集》《外集》与《东坡集》《后集》。更有甚者,在与诗赋对举的"杂文"观念影

---

① 陈柱《中国散文史》,上海三联书店,2014年,第100页。
② 陆游《老学庵笔记》卷九,中华书局,1979年,第117页。
③ 赵冬梅《中国古代文章学研究》,第32页。
④ 李昭玘《乐静集》卷二九《宋故益州路诸州军水陆计度转运使直史馆护军赐紫金鱼袋赠尚书工部侍郎李公神道碑》,文渊阁《四库全书》本。

响下，杂文与古律诗也常常分别编集，如：

> 有古律诗歌词五卷，杂文六卷，奏稿十卷，外制三卷，进故事五卷，经筵讲义三卷。（《宋史·杜范传》）

> 公所著有《易义》若干卷，章疏若干卷，诗若干卷，杂文若干卷。（曾肇《彭待制汝砺墓志铭》）

> 所著诗十卷，杂文二十卷，奏议二卷，《吏役录》三卷，《杜诗传注》十八卷，藏于家。（张守《毗陵集》卷一三《枢密院检详文字鲁公墓志铭》）

上述史传碑志对于传主著述的著录，皆依照诗若干卷、杂文若干卷、奏议若干卷、制诰若干卷的形式，或杂以其他著述。可见，"杂文"不仅是文体名称，杂文集还成为可以与诗集、奏议制诰集以及其他成书著作并列的著述形式。在总集的编纂中，诏令奏议也常有独立的谱系，如李邴编《玉堂制草》十卷、洪遵编《中兴以来玉堂制草》三十四卷、周必大编《续中兴制草》三十卷，一脉相承，而与以品藻文章为目的编纂的选本绝不相类。此外在目录学上，如《通志·艺文略》在"文类"之下，特设"制诰""表章""奏议"等小类，《直斋书录解题》也在集部下设"章奏"类，都表明诏令奏议已经成为特殊的著述形式，而从"杂文"中剥离出去。

诏令奏议与"杂文"的离立，在于其功能定位之不同。儿岛献吉郎曾把中国散文的体裁分为议论、序记、诏令、奏疏、题跋、书牍、碑碣七类。①其中诏令奏议自有渊源，陈柱论述韩愈散文，即将"实用类"文章单列一体，称"期在时人通晓，不欲以文传世，而文亦工；此从魏晋得来，魏晋奏疏，亦多绝去华辞也。后世实用文最宜法此"②，可见在"学而优则仕"的语境下，诏令奏议是最切实用的文章形式。而"杂文"则常常与诗赋一起，承担起投谒的功能。唐人投谒书启，已多称"献杂文"若干首。宋人承此风习，仅以欧阳修书信中所言为例：

> 谨以所业杂文五轴赞阍人，以俟进退之命焉。（《投时相书》）

---

① ［日］儿岛献吉郎著，孙俍工译《中国文学通论（上）》，山西人民出版社，2015年，第41页。
② 陈柱《中国散文史》，第198页。

>前日辱以诗赋杂文启事为贽。(《与张秀才第一书》)
>
>辱所示书及杂文二篇。(《答孙正之第一书》)
>
>蒙示书一通并诗赋杂文两策。(《与祖择之书》)

此外,如陈淳称:"或有早登科第,便又专事杂文,为干求迁转之计。"①也指出"杂文"与投贽的关系。投贽的目的既然是全面地展现自己的思想观点与表达观点的能力,那么,投贽之文的要求也是相对综合的。精深之义理、明白之议论、洞达之史识与飞扬之文采,均为所应当展示的内容。而这种综合性质的文章,即秦观所谓"钩列、庄之微,挟苏、张之辩,摭班、马之实,猎屈、宋之英,本之以诗书,折之以孔氏"的"成体之文"②。"成体之文"对于文章范式的确立起着至关重要的作用,③从以上的论述可以看出,"杂文"与奏议制诰的离立,参与了文章"成体"的进程。

至于宋代文章选本之中,作为文体的"杂文",也与"古文运动"以降"文章"观念的新发展有关。前文已经提到过《唐文粹》"古文"类与《文苑英华》"杂文"类的渊源关系。这不只是类目名称的转变,其背后同样存在着"文章"观念的转变。吴承学认为《唐文粹》"古文"类"代表了宋人比较狭义的古文观念"④,伴随着"古文运动"的深入,这样"狭义的古文观念",很有可能取代旧有的"文章"观念。然而事实并非如此,作为文体的"杂文",始终作为"文章"观念的一部分,而未能由此发展成为新的"文章"观念。与此同时,伴随着文章辨体的深入,作为文体的"杂文"也在逐步消解。如前文所举《观澜文集》,甲集卷二十四收苏轼《孔子堕三都》一篇,出《志林》,而同样出于《志林》的《范增论》,《层澜文选》收入后集卷四"论"类。而《观澜文集》丙集卷十五、十六中可被视作"杂文"各篇中,王安石《原过》在《层澜文选》中被收入后集卷一"原"体。其余各篇《层澜文选》虽未收,但此书设有"楚辞""文""题跋"等类,可以收容《录蠹书鱼辞》《跋奚移文》《跋韩愈送穷文》等篇。此外,《层澜文选》设有"文总类",其中所收

---

① 陈淳《北溪字义》卷下,中华书局,1983年,第56页。
② 秦观著,徐培均笺注《淮海集笺注》卷二二《韩愈论》,上海古籍出版社,1994年,第751页。
③ 赵冬梅《中国古代文章学研究》,第32页。
④ 吴承学《宋代文章总集的文体学意义》,第197页。

司马光《事神》,见《观澜文集》丙集卷二十,也属于可以视作"杂文"之类;又所收苏洵《辨奸》,《观澜文集》未收,但可以对标丙集卷十五所收石介《辨谤》;又所收苏轼《明正》《日喻》,见《东坡集》卷二十三"杂文"类。可见,《层澜文选》"文总类",即相当于其他宋人总集、别集之"杂文"类。《层澜文选》又设"诗总类",用以处理不易归类之诗。由此,其"文总类"也是用以处理不易归类之文。在这里,"杂文"又回归了处理"杂出篇章"的本意。

由上所述,可以看出,"杂文"观念的演进,始终伴随着"文章"观念的发展。至宋代,出现与奏议制诰对举的"杂文",标志着"成体之文"的"文章"观念正式成立。此后,"杂文"凝固为一种特殊文体,未再取得新的发展,也未能衍生出新的"文章"观念,甚至这种文体本身也出现了消解。而从"杂文"与"文章"观念发展的同步性来看,宋代"杂文"发展的停滞,也反映出"文章"观念在宋代臻于成熟。

余论:"杂文"文体的新变与"文章"观念的新趋势

虽如前文所述,"杂文"在宋代的发展已经趋于停滞,但在宋人选宋文中,仍然有一些关于"杂文"的新现象,值得我们关注。如在宋人语境中,"杂文"通常与举业有密切的关系。"杂文"一度作为一种考试文体出现,《旧唐书》及《旧五代史》中便多有"试杂文"的表述。这一制度至宋代依然存在,如《续资治通鉴长编》载景德四年(1007)陈彭年"请令有司详定考校进士诗赋、杂文程序"①、天禧元年(1017)"诏自今特旨召试者,并问时务策一道,仍别试赋论或杂文一首"②等。这里的杂文或许不是一种文体专称,而是取其"杂出文体"的本意,泛指一切举业文章。但是,当王安石进行科举改革,将经义文确定为考试文体之后,"杂文"便走向了这一意义的反面,转而指称与考试所用"经义"相对的各体文章。如《建炎以来系年要录》载绍兴十三年(1143)高闶称:"神宗始以经术造士,遂罢诗赋。又虑不

---

① 李焘《续资治通鉴长编》卷六五,中华书局,2004 年,第 1461 页。
② 李焘《续资治通鉴长编》卷九〇,第 2081 页。

足以尽人材,乃设词学一科,以试杂文。"①时少章《三槐诗集序》亦以经解、杂文对举。②吕祖谦称:"看时文三百篇,更看杂文十四五家。"③也是以"杂文"与考试所用的"时文"相对的。如前所述,"杂文"概念的演进与宋人"文章"观的生成密切相关,而这一概念在关于考试文体的使用上发生了分化,也可视作科举与"文章"观念之间复杂关系的缩影。

又如《五百家播芳大全文粹》亦设"杂文"类,其中所收,有王禹偁《代伯益上夏启书》《拟留侯与四皓书》《拟裴寂祷华山文》三篇。与此相仿,《重广眉山三苏先生文集》卷八十"杂文"中收《代侯公说项羽辞》一篇。由此可见,类似代拟古人口吻所作的文章,在宋代文章选本中也被视作"杂文"。任竞泽指出:"宋明以来总集中的'杂文''杂著'多有'以文为戏'的文体特征。"④这一特征在上述代拟古人之作中得到了充分的体现。如前文所述,"杂文"与奏议制诰对举,而奏议制诰是在"学而优则仕"的语境下最切实用的文体。与此相对,"杂文"的特征便是"无用",而上述代拟之作则将"无用"发挥到了极致。与此同时,此类"无用"的拟作,又特别适合展现作者的写作才能,对此宋人已经指出:"盖此等文备众体,可以见史才、诗笔、议论。"⑤它们非常适合投赘之用。虽然没有证据确定上述作品就是投赘之作,但至少宋人的"杂文"观念,以及"杂文"所应当具备的素质,与投赘一脉相承,以展现写作能力为核心,而不以实用为能事。

与此同时,《五百家播芳大全文粹》中的杂文还包括了朱熹《喻学者》《白鹿书院》、李石《劝学文》、黄庭坚《子弟诫》《喻学文》《檄朋友结课》等篇。此类劝学之作与学规院规作品,不能说是"无用"的。但这些作品的实用,却不依托"学而优则仕"的语境,与庙堂之上的文书行政无关,而是纯粹的民间日用文章。这里有多篇以"喻""檄"为题的作品。《二百家名贤文粹》之"杂文"类中,也包含有"檄谕",所收如《檄蜀文》《谕幽燕檄》

---

① 李心传《建炎以来系年要录》卷一四八,中华书局,2013年,第2794页。
② 时少章《三槐诗集序》,吴师道《敬乡录》卷一一,《适园丛书》本。
③ 吕祖谦《增广关键丽泽集序》,《续增历代奏议丽泽集序》附录,《吕祖谦全集》第40册,浙江古籍出版社,2017年,第108页。
④ 任竞泽《宋代文体学研究论稿》,第256页。
⑤ 赵彦卫《云麓漫钞》卷八,中华书局,1996年,第135页。

《诫谕诸提举常平司恤民》《诫谕百官修举职事》等,可以看出,所檄的对象是敌对势力,所谕的对象是文武百官,均是行政过程中所用的公文文体。上述《五百家播芳大全文粹》中的"喻""檄",显然是对这些公文文体的模仿,但已经完全脱离行政功能,而沉淀在了民间社会。前举纯粹"无用"的游戏之作,与此处所言纯粹"有用"的民间日用文章,二者相反相成,均可视作宋代"杂文"文体的新动向。再结合前文所述"杂文"演进与"文章"观念发展的关系,可以认为,上述"杂文"新动向中显示出的"成体之文"观念的深化与文章功用向民间的沉淀,也是宋代"文章"观念发展的新趋势。

第二节 从文笔之文到诗文之文:宋人选宋文中的箴铭颂赞与四言诗

王水照、慈波先生指出宋代文章"由创作的实际情况来看,'文章'以古文为主体,又包含了赋、骈文以及铭、赞、偈、颂等诗歌以外的韵文作品"①,可见此时的箴铭颂赞等在"文章"观念中已经十分边缘化。经过"古文运动"的洗礼,宋代的"文章"观念已经发生了重大的转变,"古文"成为"文章"的主流风行于世,而骈文则"退为极少数文体的专用文章形式,受到严格的运用限制"②,箴铭颂赞等有韵之文的命运与此相似。可见,箴铭颂赞在宋代的处境,实在关乎"古文运动"语境下"文章"观念的转变。在宋代,"文章"观念经历了一次重大的转折,即从"文笔"对举框架转变为"诗文"对举框架。如罗根泽所说:"至'文''笔'分别所占据的时代,当以南北朝为中心。其衰落时期,刘天惠以为在赵宋。"③此后,"诗文"分别取代了"文笔"分别,如方孝岳所说:"六朝人所说的文笔之分,即是诗赋和杂

---

① 王水照、慈波《宋代:中国文章学的成立》,王水照、朱刚主编《中国古代文章学的成立与展开——中国古代文章学论集》,复旦大学出版社,2011年,第141页。
② 奚彤云《中国古代骈文批评史稿》,华东师范大学出版社,2006年,第65页。
③ 罗根泽《中国文学批评史》,商务印书馆,2015年,第174页。

文之分。"①这一转变对箴铭颂赞等有韵之文的文体地位产生了重要的影响。在"文笔"对举的时代,依照"无韵者笔也,有韵者文也"②的原则,只有诗赋以及箴铭颂赞等韵文才有资格称为"文"。而到了"诗文"对举的时代,"文章"的概念,由专指诗赋转向非诗赋的篇章,箴铭颂赞等有韵之文便面临如何自处的困境。一方面,它们仍然属于"文"的范畴,却并非作为"文章"观念核心的"古文";另一方面,作为韵文,又不像诗赋一样拥有强大的创作传统,足以与新生的"文"相抗衡。从此,箴铭颂赞等有韵之文,只得屈居于"杂文"之中。上节提到的宋人"杂文"的新变,正包括了箴铭颂赞等韵文文体进入"杂文"的范畴,如《二百家名贤文粹》中的"杂文"一类,便有赋颂铭箴赞等韵文文体。在此,笔者拟从宋人选宋文选本对箴铭颂赞文体的处理切入,讨论有韵之文面对"诗文"对举框架如何与新的"文章"观念相适应,借以从一个侧面观照宋代"文章"观念的新变。

在此还应指出的是,箴铭颂赞各自经历了复杂的衍化过程,在此仅截取"宋代"这一横断面,并且主要关注四种文体作为"韵文"的共性。事实上,关注韵文体式上的共性,也正是宋代的特色。此前如《文选》颂赞在卷四十七,箴铭在卷五十六,史述赞又单独列在卷五十史论之后。《文选序》称:"颂者,所以游扬德业,褒赞成功。……次则箴兴于补阙,戒出于弼匡。论则析理精微,铭则序事清润。美终则诔发,图像则赞兴。"③虽然在顺序上与正文的编次不同,但着眼于褒赞、补阙、序事、图像的功用,其中又杂以戒、论、诔等,显然并未依照体式上的共性将箴铭颂赞视为同类。宋初《唐文粹》大致沿袭了这一思路,并将铭依照功用分为勒石之铭(含墓铭)与规诫之铭,分别编次。同样编于宋初的《文苑英华》则将箴铭颂赞视为同类,编在一处。之后选宋文的选本大都采用这样的方式。本文同样沿用这一视角,并对与箴铭颂赞一样以四言韵语为基本体式,且同样受到"文笔"对举框架转向"诗文"对举框架影响的四言诗也一并论及。

---

① 方孝岳《中国散文批评·中国散文概论》,生活·读书·新知三联书店,2007年,第308页。
② 刘勰著,范文澜注《文心雕龙注》卷九,人民文学出版社,1958年,第655页。
③ 萧统《文选序》,李善注《文选》卷首,上海古籍出版社,1986年,序第2页。

一、宋代文章选本对箴铭颂赞文体的处理

在宋代"文章"观念丕变的语境下,朝廷礼乐活动所需的赋颂之文为箴铭颂赞提供了生存的空间,①而词科考试则提供了制度保障,如论者指出:"词科文字以典雅博赡为风格,以润色宏业为旨称,其所试体裁,无论是与国家制度直接关联的制、诰、布露,还是箴、铭、颂、赞,从题目上看均与国家的制度、礼乐、典章、文事密切相关。"②词科与宋代箴铭颂赞的关系从文章选本的编选情况也可看出,如迄今可见唯一的北宋宋人选宋文,残本《圣宋文海》卷八所收《欹器铭》为绍圣二年(1095)试题,《玉磬铭》为崇宁元年(1102)试题,又如海源阁本《新刊国朝二百家名贤文粹》卷一八二所收《绍圣元会颂》为绍圣三年(1096)试题,《皇帝展事于郊丘颂》为建中靖国元年(1101)试题等。③

作为对《圣宋文海》的修订,宋廷授意编纂的《宋文鉴》则展现出箴铭颂赞的礼乐职能。如卷七二所收陈彭年《大宝箴》、田锡《用材箴》、赵师民《劝讲箴》等,均为进奏的劝谏之箴。史载:"会赵元昊反,罢进讲。师民上书陈十五事……因献《劝讲箴》。"④箴与言事之疏同上,便具有了类同奏议的功能,事实上,田锡《用材箴》便被收入《田表圣先生奏议集》中。又如卷七四所收宋祁《籍田》《明堂》二颂,即因明道二年(1033)籍田礼与皇祐三年(1051)明堂礼而作。⑤ 编次上,此书将箴铭颂赞编在奏疏表章之后,代表官方立场的周必大序反映出如此编次的理由:

> 古赋诗骚,则欲主文而谲谏;典册诏诰,则欲温厚而有体;奏疏表章,取其谅直而忠爱者;箴铭赞颂,取其精悫而详明者;以至碑记论序书启杂著,大率事辞称者为先,事胜辞则次之,文质备者为先,质胜文

---

① 参赵惠俊《朝野与雅俗:宋真宗至高宗朝词坛生态与词体雅化研究》,复旦大学出版社,2019年,第99页。
② 管琴《词科与南宋文学》,北京大学出版社,2018年,第86页。
③ 据管琴《词科与南宋文学》,第69—83页。
④ 脱脱等《宋史》卷二九四,中华书局,1985年,第9823页。
⑤ 见王应麟《玉海》卷七六、九六,文渊阁《四库全书》本。

则次之。①

古赋诗骚冠于各体之前,是"《文选》类"总集的定则。② 而典册诏诰以下各体,则是按照与行政运作的关系次第疏远的顺序编排的。如此,箴铭颂赞获得较为靠前的排名,与其所承担的朝廷礼乐职能有关,与词科选考这四种文体同一机杼。

但即便是上述在词科与礼乐制度之下收入箴铭颂赞的总集,在处理这些文体的方式上也显现出宋代的新变。如前举《二百家名贤文粹》所收箴铭颂赞虽同样与朝廷礼乐及词科有关,但此书将这四种文体统编于全书最后的"杂文"之中。如吴讷所说:"文之有体者,既各随体衰集;其所录弗尽者,则总归之杂著也。"③将箴铭颂赞编入杂文,即是将其排除出"文之有体者"之外,而视之为应当收录却无法归类的文体。可见,即便是有词科与礼乐的制度保障,箴铭颂赞的文体地位也出现了下降。

与此同时,宋代箴铭颂赞无论是创作还是文集的编纂都出现了转变。宋学超越性的思考与宋人好议论的作风进入了箴铭颂赞的写作,并表现在宋人选宋文对这四种文体的处理方式上。如《二百家名贤文粹》所收司马光《颜乐亭颂》与苏辙《抱一颂》,前者参与了"北宋'颜子学'的一次高潮"④,后者"采道书中语作《抱一颂》,此非独道家事,乃瞿昙正法也。"⑤此篇作于苏辙闲居颍昌初期的崇宁三年(1104),出入二教而"全身心地归依于颜子"⑥,所反映的正是北宋后期士人在"党禁"背景下安顿心灵的尝试。以上两篇打破了颂体装点门面、粉饰太平的单一职能,使这一文体可以用于讨论性理之学,而作用于士人的内在心灵,反映出宋人颂体创作的新动向。在宋人选先宋文,如《唐文粹》中,颂的对象一般是人,如帝王、大臣等,以及他们的德政,而宋人选宋文在诸多美颂之颂中选入此二篇,也反映出南宋选家对于上述动向的认可。

---

① 周必大《皇朝文鉴序》,吕祖谦《宋文鉴》卷首,中华书局,1992年,序第2页。
② 参郭英德《中国古代文体学论稿》,北京大学出版社,2005年,第177页。
③ 吴讷《文章辨体序说》,人民文学出版社,1998年,第46页。
④ 朱刚《唐宋"古文运动"与士大夫文学》,复旦大学出版社,2013年,第219页。
⑤ 苏辙《栾城后集》卷五《抱一颂》,《苏辙集》,中华书局,1990年,第947页。
⑥ 朱刚《唐宋"古文运动"与士大夫文学》,第225页。

这一动向体现在选本的编次上,如同书卷一八三所收铭体前两篇,田锡的《白兽樽铭》与王禹偁的《折槛铭》,劝君之纳谏与臣之敢谏,尚关乎君臣之义。第三篇晏殊的《奥室铭》,所谓"奥室"是士人阅典宪、敦诗书、育妻子的场所,无论道之行与不行,"奥室"均是士人独立的精神家园。在这里,宋人"独立个体的内在超越"[1]已经显现。第四篇石介的《击蛇笏铭》,高倡天地纯刚至正之气,与前一篇精神迥异,但同样根植于宋代士人高扬的独立人格,实为一体之两面。如张海鸥所说,宋人"在铭文中借物寓意,游心于历史、人生,忖度其中的哲思理趣,欣赏其中的审美情趣,体现出不囿于物的内省态度"[2]。这样的编次呈现出铭一体由关乎政教的勒勋与垂戒[3],转向士大夫精神世界的表达。

至于宋人之好议论,如海源阁本《二百家名贤文粹》卷一八五所收柳开《五箴》等,脱离了对君王的劝谕与对时政的箴规,纯然是士大夫笔下自我道德的砥砺。如果说其间尚有箴体本来具有的"官箴""私箴"之别的话,[4]那么卷一八六所收苏过《东交门箴》,以史事为规诫的对象,实为史评,而李石《六箴》则纯为政论。它们以箴规之体,行论说之事。又如《崇古文诀》,大抵以作家时序编次,而同一作家之下,则各体混编。论者注意到,《崇古文诀》所收以论体为主,[5]而箴铭颂赞混迹于论说文之间,未加轩轾。可见在宋人重议论的批评语境下,楼昉并未将四种有韵之文视为特例。由此,宋人好议论的文章学取向在选本所收有韵之文中得以显现。

宋人在箴铭颂赞中发明心性,展开议论,使有韵之文承担起古文的功能。如《观澜文集》丙集卷一三所收石介《画箴贻君豫》,勾画儒家道统谱系,要求君豫易嗜画之心为嗜学之心,完德性、传圣贤,完全是儒学复古之声口,虽然采取韵文文体,但所展现出的却是宋初古文中文体革新与思想转型的互动。与此相似的还有丙集卷一四所收司马光《无为赞贻邢和

---

[1] 朱刚《唐宋"古文运动"与士大夫文学》,第227页。
[2] 张海鸥《宋代文章学与文体形态研究》,中山大学出版社,2018年,第279页。
[3] 参吴承学、刘湘兰《箴铭类文体》,《古典文学知识》2009年第6期。
[4] 参赵俊玲《说"官箴""私箴"——兼及〈文心雕龙〉与〈文选〉对箴文的评录》,《前沿》2011年第20期。
[5] 参李建军《宋人古文选评之典范——〈崇古文诀〉选评特色及价值考述》,《古籍整理研究学刊》2013年第1期。

叔》,此篇反驳道家对于"无为"的阐释,发挥以守正、处静为根本的儒家进退出处之道。此篇作于元丰八年(1085)正月十九日,①在此前后,邢恕有依附蔡确,为之谋划固相事。②司马光之言,当有所指。两篇所论有所不同,但命名方式相似,均在表示文体的"箴""赞"之后,有"贻某某"字样。类似的命名方式还有石介《可嗟贻赵狩》、苏轼《稼说送张琥》,以及《观澜文集》丙集卷一一所收马存《子长游赠盖邦式》等。值得注意的是,欧阳修的名篇《送王陶序》,一题《刚说送王先辈之岳阳》,③也采用了这样的命名方式,而马存《子长游》在《层澜文选》及《古今事文类聚》等书中,也题作《子长游赠盖邦式序》。也就是说,上述各篇文体虽为箴、铭、说或不知名的杂体,④但所承担的功能实为赠序。它们以韵文的形式,对特定对象进行说教,从而承担起古文的功能。

由此可见,箴铭颂赞在宋代处在转变与调整之中。对此,文章选本的编者在安排这些文体的编次时,显示出矛盾与无奈。他们一方面希望保留上述文体参与朝廷礼乐的崇高地位,另一方面,面对当时的实际创作情况和日益强大的古文传统,对于如何确定箴铭颂赞的文体地位表现出犹疑。

这样的犹疑表现在刊刻于宋元之际的《类编层澜文选》之中。此书对箴铭颂赞文体的处理方式,在宋代文章选本之中最为特别。《层澜文选》前集收诗赋,后、续、别三集收文章,泾渭分明,而箴铭颂赞在前集卷八至卷一〇,与诗赋合编,与文章对立,俨然又回到了"文笔"对举框架。但细检此书四集之内容,便可以发现前后二集略同于曾国藩《经史百家杂钞》之著述门,续集略同告语门,别集略同记载门。二书在一些具体文类的归属上虽然有所出入,但三分法以及分为三类的依据则大略相当。然则《层澜文选》前集所收,便可以对应《经史百家杂钞》著述门之词赋类。曾书以姚鼐《古文辞类纂》之颂赞、箴铭二类附于词赋之后,⑤则同样可以以此理

---

① 马峦、顾栋高《司马光年谱》卷七,中华书局,1990年,第203页。
② 参李焘《续资治通鉴长编》卷三五一,中华书局,2004年,第8410页。
③ 见欧阳修《欧阳文忠公集》卷四二《送王陶序》,《四部丛刊初编》本。
④ 张海鸥指出,此类文章"皆合'赠人以言'之义,但在文集或入杂著类"。参张海鸥《宋代文章学与文体形态研究》,第251页。
⑤ 见曾国藩《经史百家杂钞序例》,《经史百家杂钞》卷首,岳麓书社,1987年,序例第1页。

解《层澜文选》前集以箴铭颂赞附诗赋之骥尾,实在是箴铭颂赞文体地位不确定之下的无奈之举。

上述犹疑与无奈反映出由"文笔"对举框架向"诗文"对举框架转变的过程中,箴铭颂赞文体的边缘化。在处理四种文体的具体入选篇目时,于参与朝廷礼乐活动的作品之中,羼入士人书写自我心性、发表个人见解之作,反映出箴铭颂赞被边缘化之后寻求与新的"诗文"对举框架相适应而发生的新变。而新变的方向,显然是向作为新的"文章"观念主流的古文靠拢。

二、破体为文:箴铭颂赞文体界限的松动

箴铭颂赞被边缘化之后,人们对其文体的认识也不再清晰。加之前文所述在"古文运动"的困境下宋代箴铭颂赞的主动求变,以及宋人创作过程中"破体为文"的偏好,反映在选本的编纂之中,便是箴铭颂赞文体界限发生松动而趋近于古文。

首先,箴铭颂赞之中可以包含古文的因素。以赞体为例,其自身较为驳杂,至少可以分为有韵之赞与无韵之史赞,如吴讷所说:"大抵赞有二体:若作散文,当祖班氏史评;若作韵语,当宗东方朔《画象赞》。"①《文心雕龙·颂赞》篇二者合述,②《文选》编次则判然二分。在此后的"《文选》类"总集中,《唐文粹》中两类混编,但如前所述,《唐文粹》对赞的认识着眼于功能而非体式。着眼于体式的《文苑英华》,将史赞收入论体中,赞体则专收有韵之赞。《宋文鉴》所收有有韵之赞,亦有如司马光《河间献王赞》等近似史赞者,更有张咏《拟富民侯传赞》、王回《晋蔡谟赞》等包含史传、赞两部分的作品。海源阁本《二百家名贤文粹》卷一八七至一八九所收赞,悉依所赞人物编次,而全然不顾其体式为有韵之图赞还是无韵之史赞。从这种收入与编排方式看,宋人选宋文虽着眼于体式将箴铭颂赞视为同类,但在此框架下,却又打破体式界限,对散体的议论文章持开放态度。

---

① 吴讷《文章辨体序说》,第48页。
② 刘勰著,范文澜注《文心雕龙注》卷二,第156—159页。

除此之外，更为值得注意的是，在宋代文章总集中，箴铭颂赞文体有时也会被直接视作古文文体。一部分古文选本，如《古文关键》《文髓》《妙绝古今》《文章轨范》等书所收箴铭颂赞，实则只有苏轼《三槐堂铭》《汉鼎铭》《王元之画像赞》《王仲仪真赞》等数篇。这一部分箴铭颂赞是由于作品自身带有散体序文而被视为古文的。

以《三槐堂铭》为例，在《重广眉山三苏先生文集》（以下简称《三苏文集》）卷一九径题《三槐堂记》。此篇之文体，在苏轼本人的表述中即已出现混淆。其手订《东坡集》题《三槐堂铭》，而《乌台诗案》却有"与王巩作《三槐堂记》并《真赞》"条，①《东坡后集》所收《率子廉传》亦有"居士尝作《三槐堂记》"云云。② 对此，孔凡礼判断："《文集》无《三槐堂记》，有《三槐堂铭》，《铭》之长叙叙三槐堂事，即记。"③《崇古文诀》评云："发明天人意好，序文理致甚长，然亦人所可到。至于铭诗，则不可及矣。学者须是看了序文，且掩卷默想铭文当如何下语，却来看他所作，方有长进。"④兼及序文义理，但重点仍在铭文作法。而《三苏文集》收为记，则显然是单就序文而言。后世对此篇的接受，也多演绎序文中"天可必乎""天不可必乎"所阐发的天人之道，如《唐宋文醇》卷三八所言：

> 天之道，积气盈朔，虚之不齐，归其余于终而生闰，则不齐者齐矣。……而人每于及身验之，不验则怨天尤人，非圣而疑经，亦惑之甚矣。轼谓必待其定而后求之，可为善言天者。天之定，必其余也。⑤

此可以视作这类意见的代表。可见，《三槐堂铭》被混同为古文，是因其序受到了文章选本与后世接受者的格外关注。

与此相类，《历代名贤确论》卷四四收入苏轼《汉鼎铭》，可见此篇虽为韵文形式，但被宋人视为史论。《文髓》卷九截取《汉鼎铭引》以为论，称："禹之铸鼎，本非为宝，周之毁鼎，则以三国争之为宝。翻案体。"⑥《玉海》

---

① 朋九万《东坡乌台诗案》，《丛书集成初编》，中华书局，1985年，第28页。
② 苏轼《苏轼文集》卷一三《率子廉传》，中华书局，1986年，第422页。
③ 孔凡礼《苏轼年谱》卷一八，中华书局，1998年，第424页。
④ 楼昉《崇古文诀评文》，王水照编《历代文话》第1册，复旦大学出版社，2007年，第493—494页。
⑤ 弘历《御选唐宋文醇》卷三八，文渊阁《四库全书》本。
⑥ 周应龙《文髓》卷九，台北"国家图书馆"藏明宣德三年（1428）刻本。

卷八八截取其中"善夫吾丘寿王之说"一段。① 黄震评此篇："谓禹鼎为用器,此灼然考见始末之论。"②亦就序文之议论而言。又如宋本《增注古文关键》卷一三收入苏轼《王仲仪真赞》,专取其序,而备论古文篇法,《金华丛书》本则径题《王仲仪真赞叙》,注云:"原题云'并叙',东来先生专取其叙,故去'并'字。"③《太学新编黼藻文章百段锦》卷下以此篇序文为"援引格"之"先骂破法"的例文,④茅坤评此篇"先于小序中点次,故赞文特爽"⑤,当与此处所云"先说破"有关。上述两篇,同样是因为流传过程中序文地位的突显,而被选本作为古文收入。

至于《王元之画像赞》,《百段锦》截取此篇之序,为"下字格"之"避讳字"的例文。⑥《乌台诗案》有"与王纷作碑文"条,据供状所引,所谓"碑文",即为此篇。⑦ 可知此篇体裁虽为画赞,但功用实为碑文。箴铭颂赞与碑实在有着不解之缘,《唐文粹》卷六七在铭中附入陈子昂《昭夷子赵氏碣颂》,此篇在四库本《陈拾遗集》中作碑,《文章辨体汇选》则归入颂。此外《唐文粹》将勒石之铭与墓志铭一起,编在碑之后,也可见两种文体的关联。《文心雕龙》论述碑文,称:"夫属碑之体,资乎史才。其序则传,其文则铭。"⑧序、铭并称,但编次在铭箴、哀吊之间,仍属于韵文序列。但如论者指出:

> 由于"序"文的语体比较自由,更利于作者表达情感,所以作者在撰写墓碑文时,往往对"序"文着力较多。以致"序"文的篇幅变得越来越长,内容也越来越丰富。倒是"铭"辞,似乎成为"序"文的依附物。⑨

碑志序文与铭文地位的消长,或许有助于我们理解文章选本之中箴铭颂

---

① 王应麟《玉海》卷八八,文渊阁《四库全书》本。
② 黄震《黄氏日抄·读文集四》,《历代文话》第1册,第716页。
③ 吕祖谦《古文关键》卷下,《金华丛书》本。
④ 方颐孙《太学新编黼藻文章百段锦》卷下,《续修四库全书》第1717册,上海古籍出版社,2002年,第688页。
⑤ 茅坤《宋大家苏文忠公文抄》卷二七,《唐宋八大家文钞》第7册,黄山书社,2010年,第3759页。
⑥ 方颐孙《太学新编黼藻文章百段锦》卷下,《续修四库全书》第1717册,第695页。
⑦ 朋九万《东坡乌台诗案》,第16页。
⑧ 刘勰著,范文澜注《文心雕龙注》卷三,第214页。
⑨ 吴承学、刘湘兰《碑志类文体》,《古典文学知识》2009年第3期。

赞因其序文而与古文发生混同的过程。在"古文运动"的语境下,有韵之文借助散体序,在古文选本中获得了一线生机。

如前所述,箴铭颂赞自身也可以承担古文的功能,具备古文的写法特征,从而与新的"文章"观念相适应。因此除因序文而混同于古文外,箴铭颂赞本身也发生了与古文的混同。如《层澜文选》后集卷一〇,收苏轼《文与可飞白赞》,题《书文与可飞白后》,归"题跋"类。此篇文体界定的偏移或许与其所赞的内容有关。《东坡集》中将此篇与诸画赞编于一处,但其所赞实为文同书法。所谓"赞象之作"本应具备的"昭述勋德,思咏政惠"①的功能,所依托的艺术作品既无画面形象,这一功能如何实现?苏轼在此巧妙地将画中之人置换为作画之人,以书法作品的作者文同为叙述对象。所谓见字如面,苏轼在此篇中状貌其书而怀想其人,进而引申至二人之相知。这样的写法在画赞中并非正体,而恰能为体式灵活的题跋所容纳。此外,在苏轼以前,宋人题咏飞白书一类的书法作品,常用记、序等古文文体,②苏轼此篇用赞也显得特立独行。而《苏轼文集》卷六九收《跋君谟飞白》一篇,则此篇题咏文同飞白书,实际上也承担着题跋的功能,被选本改动题目归入题跋也便顺理成章。

被视为古文的箴铭颂赞,在南宋文章选本之中,也承担起了指导举业写作的功利性职能。如《百段锦》专门"裒集前哲之雄议博论,取其切于用者"③,其定位为"文章蹊径"④,服务于"当时科举之学"⑤。此书截取苏轼《二疏图赞》自"孝宣中兴"至"不足骄士",以为二疏去官在杀三良臣之前,为"议论格"中"考究岁月"之反例。⑥ 又如同书卷上所收苏轼《九成台铭》全篇,为"议论格"之"以存验亡"例文,评云:"人以韶为亡,东坡以为存,诚以宇宙间喙喙相呼,窍窍相应,未尝停息,则韶自若也。"⑦着眼于苏轼以

---

① 桓范《赞象》,严可均辑《全上古三代秦汉三国六朝文》,中华书局,1958年,第2525页。
② 如晏殊《元献遗文补编》卷一《御飞白书记》,《宋人集乙编》本;欧阳修《欧阳文忠公集》卷四〇《仁宗御飞白记》,《四部丛刊初编》本;文同《丹渊集》卷二五《御赐飞白序》,《四部丛刊初编》本等。苏轼本人也有《仁宗皇帝御飞白记》,见《苏轼文集》卷一一,第343页。
③ 陈岳《太学新编黼藻文章百段锦序》,方颐孙《太学新编黼藻文章百段锦》卷首,第643页。
④ 方颐孙《太学新编黼藻文章百段锦序》,方颐孙《太学新编黼藻文章百段锦》卷末,第697页。
⑤ 永瑢等《四库全书总目》卷一九七,第1798页。
⑥ 方颐孙《太学新编黼藻文章百段锦》卷上,第672页。
⑦ 方颐孙《太学新编黼藻文章百段锦》卷上,第668—669页。

"天籁"为"韶之大全",从而翻"韶亡"之案的议论方法。可见,箴铭颂赞不但混同于古文,且已经被用于讨论时文写作的技法。

《百段锦》所收《二疏图赞》,截取片段,撮述论旨,径拟题为《二疏知机》,则其作为赞体的特性被完全忽视,而被视同一般的议论文字,用于指导举业文章的写作。但《九成台铭》被视作古文接受并选录,却仍然保持作为韵文的体式与文体名称。茅坤称此篇为"铭之变体"①。关于"变体",吕祖谦具体指出:"东坡《九成台铭》实文耳,而谓之铭,以其中皆用韵。"②显然,在吕祖谦心目中,《九成台铭》作为"文"的写法特征胜过了作为"铭"的外在形式。铭这一文体,或者说有韵之文,也由此进入了宋人以古文为中心的"文章"谱系。

宋代文章选本中,箴铭颂赞文体界限发生松动,有韵之文与古文发生混同,反映出宋人文体观念与相关创作实践的转变。箴铭颂赞或者借由序文,完成了类似于碑志由韵文转向古文的过程;或者自身承担古文的表达功能,参与宋人关于文章写作的讨论。在宋代文章选本中,箴铭颂赞作为"文"的特征,超越了其自身的韵文形式,成为受到关注的对象,有韵之文也由此在"诗文"对举的框架下,找到了与新的"文章"观念相适应的途径。

三、辨名析理:文章选本中的理学家箴铭颂赞

在宋代箴铭颂赞的作者中,理学家群体非常引人注目。这一点,在选本的编纂中也有所反映。在南宋,理学与词学成为对立的两股力量,对此学界已多有讨论。③朱熹不屑于词科文章,认为"其中古今事目次辑鳞比而亦有成章矣"④,琐屑疏阔,无用于国家。黄震也表示:"既为宏词,则其

---

① 茅坤《宋大家苏文忠公文抄》卷二七,第3741页。
② 周密《浩然斋雅谈·评文》,《历代文话》第1册,第1113页。
③ 参张兴武《论词科选才与南宋四六文的振兴》,《浙江大学学报(人文社会科学版)》2018年第5期;管琴《词科与南宋文学》,第177—213、282—287页等。
④ 朱熹《晦庵先生朱文公文集》卷七四《策问》,《朱子全书》第24册,上海古籍出版社、安徽教育出版社,2010年,第3576页。

人已自绝于道德性命。"①将词学与道学摆放在对立的位置上。但与此同时,理学阵营内部也不乏热衷于词科者,如与朱熹同列"东南三贤"的吕祖谦、理宗朝对理学有复兴之功的真德秀,以及浙东后学王应麟,均词科及第。此外,即使是对词科持负面态度或不屑置评的理学家,也会对考试科目中的箴铭颂赞文体产生兴趣。在宋代的箴铭颂赞中,出现了一批理学家的典范作品。它们在有韵之文向古文靠近的过程中,不仅承担起功利性的举业写作指导职责,也参与了超越性的道学义理表达。

代表理学家立场编选本朝文字的《续文章正宗》不收箴铭颂赞。宋人选本之中,处理理学家箴铭颂赞作品,比较有代表性的是林之奇所编《观澜文集》。此书所收宋人箴铭颂赞,分散在甲、乙、丙三集之中,除苏轼《王仲仪真赞》与《三马赞》外,均为理学家之作,或者代表理学立场。其中甲集卷一五所收张载的《东铭》《西铭》,更是理学家发明义理的名篇。《观澜文集》的性质,论者一向以为是指导初学写作之用。②但吕祖谦对《东》《西》二铭的注释,则脱离了此书传授写作技法的宗旨,完全是对其中道学义理的疏证。可见林、吕师生在选注此二篇时,对其作为道学文章的特殊性有着清晰的认识。据二程后学记录:"横渠学堂双牖,右书《订顽》,左书《砭愚》。伊川曰:'是起争端。'改之曰《东铭》《西铭》。"③可知此二篇在创作之初,有铭之实,而无铭之名,其命名方式更接近古文家手中的"杂文"。程颐的改造,还原了两篇文章原本的文体,正式宣告了道学文章对箴铭颂赞的占领。朱熹同调刘清之指出:"本朝只有四篇文字好:《太极图》《西铭》《易传序》《春秋传序》。"④可见有韵之文已经可以和阐发经义的专题论文相提并论。程颐本人也作《视》《听》《言》《动》四箴,以有韵之文阐发儒学义理。《观澜文集》未收《四箴》,吕祖谦在编选《宋文鉴》时则予以收入。如前所述,《宋文鉴》所收箴铭颂赞,受到官方立场影响,体现出朝廷礼乐

---

① 黄震《黄氏日抄·读文集十》,《历代文话》第 1 册,第 895 页。
② 参黄灵庚《东莱集注观澜文集点校说明》,林之奇,吕祖谦注《东莱集注观澜文集》卷首,《吕祖谦全集》第 25 册,浙江古籍出版社,2017 年,第 1 页;杜海军《林之奇〈观澜文集〉及其对唐宋派形成的影响》,《闽江学院学报》2010 年第 6 期等。
③ 程颢、程颐《河南程氏外书》卷一一,《二程集》,中华书局,2004 年,第 418 页。
④ 朱熹《朱子语类·论文》,《历代文话》第 1 册,第 212 页。

职能。但与此同时，或许是受乃师的影响，吕祖谦也收入了一些理学家的典范作品。如见于《观澜文集》的《击蛇笏铭》、《庆历盛德颂》、《无为赞》、《东》《西》二铭，以及同样阐发儒学义理的《克己铭》等，均为《宋文鉴》所收。而浙东大儒叶适在其《习学记言序目》中评论《宋文鉴》所收箴铭颂赞，则专取刘敞《让箴》、程颐《四箴》、吕大临《克己铭》、石介《庆历盛德颂》、苏辙《管幼安赞》等篇，或谈儒学义理，或论士人出处，对在有韵之文中表达理学立场的现象进行了强调与固化。

在《观澜文集》所收理学家箴铭颂赞中，比较值得关注的是丙集卷一三中程颢的《颜乐亭铭》。此篇与前文提到的司马光《颜乐亭颂》一道，推动了北宋中期颜子学的高潮。阐发"孔颜乐处"，可以说是程颢的拿手好戏，史载："敦颐每令寻孔、颜乐处，所乐何事，二程之学源流乎此矣。"①而乃弟程颐也曾以一篇《颜子所好何学论》名动太学。② 但程颢、司马光所作铭、颂的写作契机，则是孔宗翰造颜乐亭。③ 二篇均因亭名"颜乐"，而回应宋代儒学中"孔颜乐处"这一重要话题，这种写法事实上代表了宋儒以箴铭颂赞阐发儒学义理的一种重要方式。如张海鸥指出："宋人庵、堂、轩、斋、室之用名，多用省、敬、德、仁等儒家文化色彩明显的名字。"④由此宋儒为其庵堂斋室作铭，也多就其命名而阐发其中蕴含的儒学义理。同卷所收黄庭坚的《所性斋铭》与《殖斋铭》，也属于这一类型。除铭文以外，理学家也会在此类写作中选用箴体，如朱熹《敬斋箴》、真德秀《勿斋箴》《思诚斋箴》等。事实上此类作品选用箴和铭是等效的，黄榦《勉斋集》卷二二有《代书晦庵先生四斋箴》，文中则有"又为此铭"⑤云云，显然所谓的"四斋箴"实指朱熹《四斋铭》。无论是铭还是箴，此类作品都面对所居处的斋室，旨在解说其命名之由。周裕锴在讨论禅林庵堂道号时指出："庵堂道号的命名皆有自觉的宗教意识，或为自身的生缘出处，或为做工夫时的体

---

① 脱脱等《宋史》卷四二七，第 12712 页。
② 见朱熹《伊川先生年谱》，程颢、程颐《河南程氏遗书》附录，《二程集》，第 338 页。
③ 参司马光《司马光集》卷六八《颜乐亭颂序》，四川大学出版社，2010 年，第 1401 页。程《铭》题下注："为孔周翰作。"见《河南程氏文集》卷三，《二程集》，第 472 页。此篇代李清臣作，可见朱刚《唐宋"古文运动"与士大夫文学》，第 219 页。
④ 张海鸥《宋代文章学与文体形态研究》，第 268 页。
⑤ 黄榦《勉斋集》卷二二，文渊阁《四库全书》本。

悟,或为所追求的禅学境界,都有其内在依据。"①这一判断移诸理学家也同样可以成立,但将其中的"禅学"换为"儒学"即可。这些斋室箴铭的重点,不在斋室建筑所占据的物理空间,而在于斋室命名所表现的精神世界。

这种手法事实上不限于理学家之作,也不限于阐发道学义理。如前举张著在讨论"文学家之铭"时,所举黄庭坚的《任运堂铭》与苏轼的《清隐堂铭》,也是因堂宇之名而阐发"任运""清隐"之理。② 但理学家对这一手法的运用,可以说蔚为壮观,并且有其自觉。《朱子语类》载:

> 登先生藏书阁,南轩题壁上题云:"于穆元圣,继天测灵;开此谟训,惠我光明。靖言保之,匪金厥籥;含英咀实,百世其承!"意其为藏书阁铭也,请先生书之,刻置社仓书楼之上。先生曰:"只是以此记书厨名,待为别做。"③

可见,朱熹不满于只记书橱名的藏书阁铭,"待为别做",显然是要在铭文中另有一番发挥。道学后学们也自觉地阐发朱熹箴铭颂赞中的道学义理,如黄震谓《学古斋铭》《敬恕斋铭》《求放心斋铭》"皆切己工夫之语","《敬斋箴》则先生自警者。作圣工夫,于斯为至"。④ 可见无论是在创作上还是批评上,理学家都自觉地关注到斋室箴铭阐发儒学义理的作用。这种自觉也反映在选本的编次之中。《文章正印》以及由此衍生的《古文集成》开始集中处理理学家的箴铭颂赞,如所收铭体文,自《东》《西》二铭以下,全部为理学家阐发义理之铭。而其中绝大部分,又是通过发明斋堂名号的意蕴展开的:或推衍《周易》中的宇宙本体,如《艮斋铭》《蒙斋铭》《复斋铭》等;或讨论理学家的为学功夫,如《敬斋铭》《恕斋铭》《中斋铭》等。值得注意的是,如《文章正印》卷一六至一八收录朱熹以下理学家斋室铭,卷一八收杨万里、曾丰之后,又自程颢开始,收录理学家的其他铭文。可见此书不仅是将理学家铭集中编次,且在理学家铭中,又将斋室铭单独分

---

① 周裕锴《维摩方丈与随身丛林——宋僧庵堂道号的符号学阐释》,《新宋学》第五辑,复旦大学出版社,2016年,第10页。
② 张海鸥《宋代文章学与文体形态研究》,第271页。
③ 黎靖德《朱子语类》卷一〇七,中华书局,1986年,第2675—2676页。
④ 黄震《慈溪黄氏日抄分类古今纪要》卷三六,《中华再造善本》,北京图书馆出版社,2005年。

出一子目。

还有一个现象值得注意,依傍斋室命名阐发儒学义理的手法,不限于箴铭文体。《文章正印》前集卷一七与《古文集成》乙集卷八,都集中收录理学家的斋室记,也采用了相同的手段。其中复斋、敬斋、存斋、克斋等斋名,在《古文集成》庚集所收斋室铭中也有出现。在两种形式迥异的文体之间,采取了相似的手法,表达着相同的主题。如此,作为有韵之文的箴铭颂赞便获得了与作为古文的记相同的功能,成为宋儒发明道学的手段。在《朱子语类》中,朱熹在讨论"克己复礼"时,反复提及吕大临《克己铭》,此外又提及张栻《克己斋铭》,也可见作为韵文的箴铭颂赞可以参与关于义理的讨论,在这一点上获得了与古文对等的权力。

关于唐宋"古文运动",一种观点认为,其与唐宋之际的儒学复古运动为一体之两面,如葛晓音指出:"古文运动在它的早期,就不只是以散文反对骈文的一场文体革新,而是儒道自身由礼乐转向道德、由雅颂转向讽喻、由章句转向义理的一场革新。"① 从这种意义上讲,原本承担礼乐、雅颂功能的箴铭颂赞,在宋代逐渐承担起阐发义理、砥砺道德的功能,最终为理学家所占领,标志着在"文笔"对举框架转向"诗文"对举框架的过程中,作为"文"的箴铭颂赞完成了向古文的趋同。

四、由诗入文:四言诗文体地位的演变

与箴铭颂赞同样以四言韵语为基本体式的四言诗,在宋代文章选本中,也出现了文体界限的松动与文体地位的演变。因而在讨论箴铭颂赞之后,附带讨论有关四言诗的问题。

《宋文鉴》遵循《文选》体例,在卷一二收入一卷四言诗,冠于诗体之首。其中尹洙《皇雅》十首,为梁雅乐歌旧题。② 但尹洙超越后世郊庙歌,直追《诗经》之雅诗,以十首组诗的形式,陈述宋代自受命以至封祀告成功

---

① 葛晓音《论唐代的古文革新与儒道演变的关系》,氏著《汉唐文学的嬗变》,北京大学出版社,1990年,第167页。
② 参郭茂倩《乐府诗集》卷三,中华书局,1979年,第30—31页。

的过程,颇似《大雅》中周民族的史诗。而每首冠以小序陈作诗之义,缀以诗题、章句,形式上也模仿汉儒解《诗》。由此,尹洙《皇雅》命名之由,当不同于梁乐"取《诗》'皇矣上帝,临下有赫'"①,而是欲作"皇朝之大雅"。周密称:"姜尧章《铙歌鼓吹曲》乃步骤尹师鲁《皇雅》。"②据姜夔自序,其《圣宋铙歌鼓吹曲》为奏进之雅乐。③ 刘辰翁亦以尹洙《皇雅》比附姜夔所作及柳宗元之《铙歌》。④ 则尹洙《皇雅》为参与朝廷礼乐活动的乐章无疑。与此相似的还有刘敞的《魏京》与《闵雨》二诗。前者因庆历二年(1042)建大名府为北京而作,序中明确表示"考声撰辞,以继《大雅》"⑤;后者则因久旱得雨而作,诗前"臣伏见"云云,称"投进以闻",本集标为奏状,⑥可知此诗为奏进之作。同样,梅尧臣的《袷礼颂圣德》也是因国家礼乐活动而作的美颂之诗,据本集后附《奖谕》可以明确其性质,也可知梅尧臣的投献获得了回报。⑦ 此外《明堂乐章二首》,见于《宋史·乐志》,为元符亲享明堂之乐。⑧ 以上数篇,文体界限较为明晰。其关乎朝廷礼乐制度,则与宋代箴铭颂赞相类。

　　但也正因与箴铭颂赞相类,礼乐话语下的四言雅诗非常容易与颂体文相混。如《唐文粹》卷二〇颂丙中附入柳宗元《平淮西雅》,而绍圣二年(1095)礼部所拟词科《程试考校格》,将此篇与韩愈《元和圣德诗》列为颂体之范例。⑨ 相应的,颂也会混同于雅诗,《观澜文集》丙集卷一八所收石介《庆历圣德颂》,时人便多视之为诗。欧阳修为石介作《墓志》,已称"作《庆历圣德诗》"⑩,此后刘挚作《王开府行状》、李清臣作《韩忠献公琦行状》、苏轼作《范文正公文集叙》与《富郑公神道碑》,均有"作《庆历圣德诗》"云云。⑪

---

① 魏徵、令狐德棻《隋书》卷一三,中华书局,1973年,第292页。
② 周密《浩然斋雅谈·评文》,《历代文话》第1册,第1121页。
③ 参姜夔《白石道人歌曲》卷一《圣宋铙歌鼓吹曲十四首》,《白石道人集》,《四部丛刊初编》本。
④ 刘辰翁《须溪集》卷六《刘次庄考乐府序》,文渊阁《四库全书》本。
⑤ 刘敞《魏京》,吕祖谦《宋文鉴》卷一二,第156页。
⑥ 刘敞《公是集》卷三《闵雨诗并状》,文渊阁《四库全书》本。
⑦ 梅尧臣著,朱东润校注《梅尧臣集编年校注》卷八,上海古籍出版社,1980年,第130页。
⑧ 脱脱等《宋史》卷一三三,第3101—3102页。
⑨ 徐松辑《宋会要辑稿·选举》一二之三,第9册,上海古籍出版社,2014年,第5496页。
⑩ 欧阳修《欧阳文忠公集》卷三四《徂来石先生墓志铭》,《四部丛刊初编》本。
⑪ 见刘挚《王开府行状》,《忠肃集》拾遗,中华书局,2002年,第473页;李清臣《韩忠献公琦行状》,杜大珪《名臣碑传琬琰集》中卷四八,文渊阁《四库全书》本;苏轼《苏轼文集》卷一〇《范文正公文集叙》,第311页;苏轼《苏轼文集》卷一八《富郑公神道碑》,第531页。

一旦脱离礼乐制度,四言诗的文体界限便更加容易模糊,而与箴铭颂赞混同。《宋文鉴》卷一二收程颢《颜乐亭》诗,此篇实为此前讨论的《颜乐亭铭》。功用相类、体式相同,造成了四言诗与箴铭颂赞的混淆。这一现象与诗歌自身的发展过程有关,雅诗在发展过程中发生了离散,如《小学绀珠》提出"诗二十四名",箴铭颂赞便赫然在列。① 论者指出:"四言诗在文体的发展中,已由'混合的'文体变成了单一的文体,由对'风''雅'和'铭''赞'等文体的包含关系,变成了并列关系。"②解释了为何上述"雅诗"的文体界限明晰,而脱离礼乐制度的四言诗便会出现文体界限模糊的现象。

但是,四言诗文体界限的模糊并不限于与曾经隶属于"混合的"四言诗的箴铭颂赞的混淆。《宋文鉴》卷一二收王安石《新田》《潭州新学》二诗。此二诗又见于《崇古文诀》卷二〇,《潭州新学》又见于《妙绝古今》卷四。《崇古文诀》标举"古文",但其对于入选文体的把控实较为宽松,论者述及此书所收文体,多包含"诗"在内。③ 不过应当注意到,除上述王安石的两首四言诗外,这两种选本再无诗体入选。因此,与其说这两种选本兼收诗文,毋宁说是将四言诗视作了古文。二诗皆有序,但其进入古文选本的过程似乎与序的关系不大。楼昉评《新田》诗,有"此诗此序,读之全然不觉"云云,诗、序并称;而评《潭州新学》则称:"笔力高简,百来字中,有多少回旋委折。"④观此诗序尚不足百字,简单交代建学之始末与作诗之缘起,亦不见"回旋委折",楼氏所评,当单就诗本身之叙事而言。也就是说,不同于前文所举《三槐堂铭》等篇,楼昉收录此二诗,是直接将诗之正文视作古文,从中汲取"往复宛转"与"回旋委折"的古文笔法的。

宋人文集的编次也反映出对四言诗文体定位的犹疑。《宋文鉴》卷一二收苏轼四言诗六首,其中除和陶二首的体式与文体定位均由所和原作确定外,《江郊》《洞酌亭》与《观棋》三首,分别见于《东坡后集》卷五、六、

---

① 王应麟《小学绀珠》卷四,《丛书集成初编》,中华书局,1985 年,第 158 页。
② 高华平《从"混合"到单一:四言诗的文体特征及衰落原因》,《华中师范大学学报(哲社版)》1992 年第 1 期。
③ 如吴承学《宋代文章总集的文体学意义》,《中国社会科学》2009 年第 2 期;李建军《宋人古文选评之典范——〈崇古文诀〉选评特色及价值考述》,《古籍整理研究学刊》2013 年第 1 期;张秋娥《宋代文章评点研究》,武汉大学博士学位论文,2010 年,第 57 页等。
④ 楼昉《崇古文诀评文》,《历代文话》第 1 册,第 487 页。

七,三卷均为诗,而《何公桥》一首则见于《后集》卷八,与赋及箴铭颂赞等有韵之文合编。《后集》经过苏轼目验认可,①而四言诗一体分隶诗、文,反映出时人包括苏轼本人对于其四言诗作品文体的归属犹豫不决。这一现象不仅发生在《后集》中,苏轼手订的《东坡集》也将《息壤诗》《新渠诗》与《颜乐亭诗》收入卷一九,虽仍冠以诗之名,却从编年诗中抽离出来,置于文章之首,与词赋及箴铭颂赞合编。需要指出的是,笔者所说的"合编"只是归于一卷或相邻数卷之中,四言诗与赋及箴、铭、颂、赞各体之间的界限仍然是分明的。《东坡集》《后集》的编排与前举《颜乐亭铭》《庆历圣德颂》与诗的混同不同,只是将部分四言诗从诗体中剥离出来,归入有韵之文的行列。

关于这一部分四言诗脱离诗体而进入"文"的序列,窃以为应当借由"五七言古今体诗"概念的成立加以考察。朱刚在梳理中国文学传统中"诗"这一概念的流变时指出,自《汉志》收"歌诗二十八家","五言、七言诗体的观念又逐渐稳固下来,而且这一次几乎是凝固不化了"。②"五七言诗"的观念固化的过程绵延甚久,其最终完成并"凝固不化"当在唐宋之际。程千帆则有直截的判断:"求五七言古今体诗于历祀,唐宋尚已。"③

"五七言诗"观念固化的过程,可以征诸唐宋人的言论。唐五代时期,"五七言诗"得到了强调。如唐人所作书序,有"出平生所著五七言三百篇见简"④"以公五七言兼六言二百篇,目曰《碧云集》"⑤云云。《旧五代史》则称钱佐"幼好书,性温恭,能为五七言诗"。⑥ 以至于在宋人口中,"五七言"可以直接用来代指"诗"。如张耒称黄庭坚"一扫古今,出胸臆,破弃声律,作五七言,如金石未作,钟磬声和,浑然有律吕外意。"⑦又如曾丰叙述其为县丞之日常,云:"踞绳床,对崆峒,哦五七言,答燕闲。"⑧在上述语境

---

① 参张海鸥《宋代文章学与文体形态研究》,第7页。
② 朱刚《中国文学传统》,高等教育出版社,2018年,第83页。
③ 程千帆《全宋诗序》,《程千帆全集》第14卷,河北教育出版社,2000年,第102页。
④ 顾云《唐风集序》,董诰等《全唐文》卷八一五,中华书局,1983年,第8586页。
⑤ 孟宾于《碧云集序》,《全唐文》卷八七二,第9128页。
⑥ 薛居正等《旧五代史》卷一三三,中华书局,1976年,第1774页。
⑦ 何汶《竹庄诗话》卷六,中华书局,1984年,第129页。
⑧ 曾丰《缘督集》卷一八《赣县丞厅记》,文渊阁《四库全书》本。

中,"五七言"均应理解为"诗"之代称。在宋代,"四六"已经成为骈文的代称。而在宋人碑志序跋中,"五七言"又常与"四六"对举。如"至于四六、五七言,则尤兄延之题品发明又已曲尽其妙"①,"五七言精深,四六高简,散语尤古雅"②,"以其所作五七言、四六数篇下问,且求跋"③,"江湖士友为四六及五七言,往往祖后村氏"④,可见与"四六"代称骈文相类,"五七言"已经成为代称诗的习惯表述。

在此基础上,"五七言古今体诗"的说法也在逐渐形成。如文同称:"东平先生以古律、五七言诗共六帙,因其甥朱景副书为示。"⑤朱松称:"料理十数年所学为古律诗五七言若干篇。"⑥林希逸称:"古今五七言可与子昂、元结、浩然相上下。"⑦完成固化的"五七言古今体诗",作为文体学上一个特定的概念,含义稍稍溢出其名称所标示的体式,如程千帆所说:"习惯上,人们把不很发达、为数较少的杂言古诗和六言绝句也附属于五七言诗的体系中。"⑧可以看到,作为"诗"最原始样貌的四言诗并不被包含在内。"五七言古今体诗"观念定型之后,便具有了一定的排他性。后起的词曲固然被逐出"诗"的范畴,原始形态的四言诗甚至也没有被列入五七言诗的体系中。

综上所述,宋代文章选本对四言诗的处理与箴铭颂赞相似,承担朝廷礼乐职能的四言雅诗大致保持了其原有的文体定位,但在一定程度上会与颂相混,而脱离了"雅诗"传统的四言诗却被作为"文"传播和接受。四言诗虽然保持了"诗"之名,却未能进入由"文笔"对举框架转向"诗文"对举框架的过程中,逐渐概念固化为"五七言古今体"的"诗"的范畴,从而混同于与"诗"对举的"文"之中。

---

① 朱熹《晦庵先生朱文公文集》卷八二《跋溪上翁集》,《朱子全书》第24册,第3874页。
② 刘克庄著,辛更儒笺校《刘克庄集笺校》卷一四一《杜尚书》,中华书局,2011年,第5630页。
③ 林希逸《竹溪鬳斋十一稿续集》卷一三《林君合诗四六跋》,文渊阁《四库全书》本。
④ 洪天锡《墓志铭》,《刘克庄集笺校》卷一九五,第7574页。
⑤ 文同《丹渊集》卷二五《费先生诗集序》,《四部丛刊初编》本。
⑥ 朱松《韦斋集》卷九《上赵漕书》,华东师范大学出版社,2010年,第147页。
⑦ 林希逸《竹溪鬳斋十一稿续集》卷一二《陈西轩集序》,文渊阁《四库全书》本。
⑧ 程千帆《古今诗选》前言,《程千帆全集》第10卷,第3页。

小　结

宋代"文笔"对举框架转变为"诗文"对举框架之后，箴铭颂赞等有韵之文仍然属于"文"的范畴，却失去了"文章"观念核心的地位。朝廷礼乐活动与词科考试为箴铭颂赞保留了一定的位置。但与此同时，箴铭颂赞文体自身也在进行着调整，以寻求与新的"文章"观念相适应。调整的主要方向便是向作为新的"文章"观念核心的"古文"靠近。宋代文章选本对于箴铭颂赞等文体的处理反映出上述文体地位的边缘化及相关调整。宋代士人尝试以箴铭颂赞书写自我心性、发表个人见解，从而使有韵之文在一定程度上承担起古文的功能，此类作品已经为文章选家所接纳。宋代文章选本不但收入承担古文功能的箴铭颂赞，而且直接将一部分作品视为古文，并以之讨论写作技法，从中可以看出箴铭颂赞为适应新的"文章"观念而趋向古文所取得的成效。其中最具代表性的是理学家的创作。理学家虽对雕琢镂刻的词科文章颇为不屑，却对箴铭颂赞表现出浓厚的兴趣，并以之创作了大量讨论道学义理的作品。在儒学复古运动的语境下，道学家对箴铭颂赞的占领，使之与古文共同承担"载道"功能，从而完成了箴铭颂赞向古文趋同的进程。

上述宋代文章选本中体现出箴铭颂赞的种种新变，正是有韵之文走出"文笔"之文，汇入"诗文"之文的过程。二者虽然都具有"文"之名，但实质则迥然不同。四言诗在宋代虽然仍保留着"诗"的名称，却未能完全进入"诗文"框架中"诗"的范畴，被迫归入有韵之文。由此可以看出，由"文笔"对举框架转向"诗文"对举框架的过程中，主动的一方实为"诗文"之"诗"，当"诗"具有了相对稳定的内涵与外延之后，有别于"诗"的著述形式才被动地形成了"文"。由此，宋代的"文章"体式正式成熟。如赵冬梅所说："诗文之别是对文章观念进行定义的一个必要环节，从人们关于诗文批评的态度，可以折射出文章学的逐步形成与发展成熟。"[①]自此之后，"文

[①] 赵冬梅《中国古代文章学》，第32页。

章"的含义再未发生变化,"文章"观念的成熟为"文章学"的成立提供了条件:"从诗文互融到文笔之分再到古文崛起,迨至宋代'文章'的内涵与概念都已经趋于稳定,为文章学的成立奠定了学理基础。"①宋代以后,箴铭颂赞与四言诗再未进入"文章"观念的核心,但上述文体面对"文章"观念的转变所作出的反应与调整中所蕴含的有关宋代文章学成立的信息,是不容忽视的。

第三节 以不文为文:宋人选宋文对乐语文体的认识与接受

任竞泽指出,宋人的"杂文"概念"也包括一些为正统文人所鄙视的'卑体'之文,主要有乐语、帖子词、青词、祝疏文、上梁文、上牌文等"。② 由此可见,"杂文"之"杂"也包含不为人所重之意。而上述文体进入总集本身,也是备受争议的。例如收入了乐语、上梁文等文体的《宋文鉴》,自编成之日起,便聚讼纷纭,直到宋代结束仍未停歇。宋人程泌称:"文以鉴为言,非苟云尔也。……至若教坊乐语之俳谐、风云露月之绮组,悉当削去,乃成全书。"③甚至到了明代,还有王文禄提出:"致语、批判甚陋也,乌可取也。"④二人提到乐语品格卑下,不足以当此书"以文为鉴"的编纂原则。乐语是一种具有音乐性与仪式性的文体,广泛应用于各种官私宴饮之中,如徐师曾所说,为"优伶献伎之词"⑤。这种佐筵侑觞之文,虽然盛于宋代,却不为宋人所重。然而《宋文鉴》入选乐语的行为,却折射出在宋代边缘文体纷纷走入人们的视野,类似乐语的情况不为罕觏。如钱锺书先生所说:"文章之革故鼎新,道无他,曰以不文为文,以文为诗而已。"⑥本节拟借用

---

① 王水照、慈波《宋代:中国文章学的成立》,王水照、朱刚主编《中国古代文章学的成立与展开——中国古代文章学论集》,第141页。
② 任竞泽《宋代文体学研究论稿》,商务印书馆,2011年,第254页。
③ 程泌《洺水集》卷九《书皇朝文鉴后》,文渊阁《四库全书》本。
④ 王文禄《文脉》卷二,王水照编《历代文话》第2册,复旦大学出版社,2007年,第1698页。
⑤ 徐师曾《文体明辨序说》,人民文学出版社,1962年,第169页。
⑥ 钱锺书《谈艺录》,生活·读书·新知三联书店,2001年,第98页。

"以不文为文"的判断,以乐语为个案,关注这种"不文"的文体进入"文"的过程,以及其背后所体现出的宋代"文章"观念的新变。

学界对于乐语的研究,多集中在音乐、表演形式与教坊制度方面。① 近年来,也出现了一批从文体角度研究乐语体式、结构、特征乃至作者心态的文章。② 其中,周剑之同样注意到宋人基于俳谐娱乐属性对乐语的批评,并从写作场域的角度予以回应,认为南宋乐语发生在官方宴饮场合,具有官场交际属性,由此进一步提炼出乐语的典型书写方式及其在南宋士人社会中的作用。③ "场域"概念的引入,有助于我们理解乐语文体的生成过程。与此同时,官方宴饮作为乐语的重要写作场域,使得这一文体与职官制度特别是词臣制度产生了密切的联系,前举徐师曾之言便有"于是命学士撰致语以畀教坊"④云云,为士大夫的乐语写作提供了制度保障。除此之外,乐语最终作为一种文体得以成立,还有赖于宋人的编集行为,前举有关乐语文体意义的讨论,正是围绕《宋文鉴》入选乐语展开的。因此,本节将从职官制度与编集为切入点,讨论宋人对于乐语写作与乐语文体的接受过程,观照上述乐语由"不文"转变为"文"的问题。

在此还需要说明,乐语是一种复合型的文体,在体式上亦诗亦文,一般来说至少由骈文形态的"致语"和齐言诗形态的"口号"组成。如果用于官方宴饮场合,还会有勾合曲、勾放词及队名等。关于上述概念,王文诰的界定较为清晰:"本集乐语,有勾放各作者,统谓之教坊词。无勾放各作者,谓之致语口号。"⑤但王氏如此辨析之后,方"庶几不紊",也可见古人对于上述概念的区分往往并不十分严格。本节在综合考察古人对以上种种概念的使用的基础上,对乐语展开讨论。在论述过程中,一般以"乐语"泛

---

① 参见黄竹三《"参军色"与"致语"考》,《文艺研究》2000年第2期;张世宏《东坡教坊词与宋代宫廷演剧考论》,《广东社会科学》2001年第2期;杨晓霭《宋代声诗研究》,中华书局,2008年,第351—394页;徐燕琳《论宋代乐语的诗乐渊源》,《戏剧艺术》2012年第4期等。
② 参见张国强《教坊"致语"考述》,《音乐研究》2007年第1期;任竞泽《宋代文体学研究论稿》,第270—292页;谷曙光《贯通与驾驭:宋代文体学述论》,人民文学出版社,2016年,第132—152页;彭玉平《宋代乐语作者及其创作心态初探》,《华南师范大学学报(社会科学版)》2016年第5期等。
③ 周剑之《士人宴饮与南宋致语书写方式的生成》,《江海学刊》2021年第4期。
④ 徐师曾《文体明辨序说》,第169页。
⑤ 参苏轼《苏轼诗集》卷四六《坤成节集英殿宴教坊词致语口号》王文诰案语,中华书局,1982年,第2494页。

指这一文体,以"致语"指代其中的骈文部分,"口号"指韵语部分。

一、从行为到文体:乐语由唐入宋的演变

一般认为乐语出现在宋代。明人贺复征指出:"致语始于宋人,盖内庭宴饷,侍御优伶之辞。"①后世学者多祖述此说。也有论者表示反对,如黎国韬指出:"致语在盛唐以至五代时期早已流行,其产生并不始于宋代。"②关于文体的生成过程,郭英德先生提出:

> 中国古代文体的生成大都基于与特定场合相关的"言说"这种行为方式,这一点从早期文体名称的确定多为动词性词语便不难看出。人们在特定的交际场合中,为了达到某种社会功能而采取了特定的言说行为,这种特定的言说行为派生出相应的言辞样式,于是人们就用这种言说行为(动词)指称相应的言辞样式(名词),久而久之,便约定俗成地生成了特定的文体。③

指出一种文体的产生,通常经历了"从行为到文体"的发展过程。这一观点有助于理解由唐入宋乐语文体的生成与演变。

宋代以前的乐语尚未形成文体,多是作为一种行为出现在文献之中的。这一点黎国韬已经指出:"这种表演形式在盛唐、中唐、晚唐均有出现,五代十国时期更是相当流行,而且当时优人念诵的文字内容与宋代成熟的乐语文体也存在形式上的相似。"④黎氏所举,多为与宋代乐语表现形式相似的"句当音声"的诵念。而对照上述"从行为到文体"的过程,乐语中的"致语"部分,在作为文体出现之前,与之相应的行为应当先具有"致语"的名称。

这一过程在唐代已经完成。《资治通鉴》载唐咸通九年(868)"刺史杜慆飨之于球场,优人致辞",原注:"致辞者,今诸藩府有大宴,则乐部头当

---

① 贺复征《文章辨体汇选》卷二〇〇,文渊阁《四库全书》本。
② 黎国韬《"致语"不始于宋代考》,《中山大学学报(社会科学版)》2010年第2期。
③ 郭英德《中国古代文体学论稿》,北京大学出版社,2005年,第29页。
④ 黎国韬《"致语"不始于宋代考》,《中山大学学报(社会科学版)》2010年第2期。

筵致辞,称颂宾主之美,所谓致语者是也。"①可见在宋人看来,这里的"致辞",便是宋代"称颂宾主之美"的"致语"。相同的行为,相似的名称,有理由认为,这里的"致辞"便是宋代作为文体的"致语"发展过程中的重要环节。这种作为行为的"致语"在宋代依然存在,如宋初杜审琦"陈内宴于福宁宫,昭宪后临之,祖宗以渭阳之重,终宴侍焉。及为寿之际,二帝皆捧觞列拜,乐人史金著者,粗能属文,致词于帘陛之外"②,将祝寿宴会上乐人的诵念行为称作"致词"。

与此同时,宋代"致语"的用法也在发生着改变。宋人惯用宴会流程的描述中,有类似"上参军色进致语"③"乐人念致语口号"④等,其中的"致语",已经不再是"进""念"的行为,而是所进、所念的内容。显然,在唐宋之间,"致语"完成了由动词用法向名词用法的转变,实现了作为文体的"致语"形成过程中的重要一步。

形式上,唐代也出现了与宋代乐语相似的文本。如敦煌 P.4889 号卷子,徐俊拟题为"颂司空口号并序"。⑤ 此篇所谓"序",即以骈文形式称颂前来宣问的司空,"口号"则是典型的七言韵语形式。由此,这一残卷构成了完整的"致语+口号"形式,加之"序"结尾处"敢呈口号"等套语,可以看到,此篇已经与宋代作为文体的乐语相差无几。

但此时的乐语写作,尚处在非原创性的"集体创作"阶段。前引敦煌卷子"颂司空口号并序"中的口号诗并不是孤立存在的,P.2809、P.3128、P.3911等卷子中的《望江南》词,内容与这首"口号"相同。⑥ 同一内容以不同形式见于多个卷子之中,可见这一内容在当时当地广为传唱,并非某一特定作者出于某一特定目的的创作。作为表演的乐语,搬演现成内容,这样的形式在宋代也有遗存。《湘山野录》载:

> 顷有眉守初视事,三日大排,乐人献口号,其断句云:"为报吏民

---

① 司马光《资治通鉴》卷二五一,中华书局,1956 年,第 8122 页。
② 文莹《玉壶清话》卷三,中华书局,1984 年,第 30 页。
③ 孟元老撰,邓之诚注《东京梦华录注》卷七,中华书局,1982 年,第 184 页。
④ 陈骙《南宋馆阁录》续录卷六,中华书局,1998 年,第 217 页。
⑤ 徐俊《敦煌遗书诗歌散录》卷上,《敦煌诗集残卷辑考》,中华书局,2000 年,第 837 页。
⑥ 参徐俊《敦煌诗集残卷辑考》,前言第 47—48 页。

须庆贺,灾星移去福星来。"新守颇喜。后数日,召优者问:"前日大排,乐词口号谁撰?"其工对曰:"本州自来旧例只用此一首。"①

这样反复搬演的"旧例",显然只能应付表演,而很难作为"文体"传播和接受。因此,原本作为行为的乐语,距离作为文体的乐语尚有一步之遥。窃以为,乐语成为文体,尚待两个条件:其一为创作主体的转变,即士大夫作为写作主体进入乐语文本的生成过程;其二是在编集行为中作为文体被文集接纳。

二、职官制度与乐语升格

乐语与倡优密切相关,被宋代文人士大夫视作卑体,不愿与其有所接触,但职官制度却迫使他们介入了乐语的写作。士大夫最初进入乐语写作场的契机是词臣职掌,文学侍从之臣有责任参与宫廷音乐的制作。这里的宫廷音乐包括雅乐,也包括俗乐。事实上,宋室对于作为俗乐的乐语非常重视,并在春秋大宴这样的隆重场合予以使用。所谓"乐工致辞,继以诗一章,谓之'口号',皆述德美及中外蹈咏之情"②,事实上就是作为文体的"乐语",这也为两制词臣参与乐语写作提供了契机。

词臣参与乐语的写作,据《宋史》载,"世宗尝令翰林学士及两省官分撰俳优词,付教坊肄习,以奉游宴。锡复上疏谏"③,可知五代时已经有翰林学士等高级文官参与教坊俗乐乐词制作。但是这样的行为只是偶一为之,并未形成制度。且从高锡上疏的行为来看,制作俗乐乐词并不为士林所接受。直到真宗朝,关于文人是否应该撰写教坊乐词的争论仍在继续。《长编》载天禧三年(1019)十二月丙午:

> 翰林学士钱惟演上言:"伏见每赐契丹、高丽使御筵,其乐人词语多涉浅俗。请自今赐外国使宴,其乐人词语,教坊即令舍人院撰,京府衙前令馆阁官撰。"从之。既而知制诰晏殊等上章,援引典故,深诋

---

① 文莹《湘山野录》卷上,中华书局,1984年,第11页。
② 脱脱等《宋史》卷一四二《乐志》,中华书局,1985年,第3348页。
③ 脱脱等《宋史》卷二六九《高锡传》,第9250页。

> 其失。乃诏教坊撰讫,诣舍人院呈本焉。①

钱惟演建议馆阁替代教坊撰写乐语,招致晏殊的反对,从最终妥协的结果可以看出,词臣最初介入乐语的写作过程,是从修改润色开始的。晁补之也表示:"著作职今不修日历,甚闲,但改教坊判官致语口号等及小祠祭校对祝版尔。"②审其语气,乃是认为馆职从事上述工作难登大雅之堂。不过,两制馆阁已经不得不参与到制作俗乐乐词的工作中。

宋真宗朝复兴礼乐和粉饰太平的需求赋予了翰林学士撰写乐语的使命,陈元锋指出,以杨亿为代表的真宗朝翰林学士,"在颂美功德与缘饰礼乐的时代氛围中","呈现了'盛世'之音的气象与格调"。③如此,"内廷宴飨"作为太平景象的展示,其间所使用的乐语,也自然成为翰林学士的职责。由此,两制馆阁参与教坊俗乐乐词的创作最终确定为一种制度,《宋朝事实类苑》记载:"学士之职,所草文辞,名目浸广。……教坊宴会曰白语。"④《南宋馆阁续录》载绍兴元年(1131)诏:"乐章赞颂、敕葬载祭文,夏国人使到驿、宴设教坊白语,删润文字及答高丽书文,并依旧制,长、贰分诸官撰。"⑤乐语正式成为馆阁词臣的"工作文体"。后世仍有人不以词臣撰写乐语为然,但面对这一现象,却也无可奈何。如杨慎言:"宋时御前内宴,翰苑撰致语,八节撰帖子,虽欧、苏、曾、王、司马、范镇皆为之。盖张而不弛,文武不能百日之蜡,一日之泽,圣人亦不之非也。"⑥以一张一弛为开脱之辞。徐师曾则以为:"当时名臣,往往作而不辞,岂其限于职守,虽欲辞之而不得欤?"⑦将宋代名臣的乐语创作视作出于职守不得已而为之。由此看来,虽然宋代的两制馆阁官有些不情愿,但还是接受了为教坊俗乐制作乐词的工作。

同样,职官制度也使非翰苑士大夫大规模接触到乐语写作。地方宴

---

① 李焘《续资治通鉴长编》卷九四,中华书局,2004年,第2174页。
② 李廌《师友谈记》,中华书局,2002年,第30页。
③ 陈元锋《北宋翰林学士与文学研究》,复旦大学出版社,2019年,第4页。
④ 江少虞《宋朝事实类苑》卷二九,上海古籍出版社,1981年,第363页。
⑤ 陈骙《南宋馆阁续录》卷五,第49页。
⑥ 杨慎撰,王大厚笺证《升庵诗话新笺证》附录一《升庵诗话新辑·翰林撰致语》,中华书局,2008年,第1086页。
⑦ 徐师曾《文体明辨序说》,第170页。

饮活动很大程度上是对宫廷宴饮的模仿,如洪迈所说"圣节所用祝颂乐语,外方州县各当筵致语一篇"①。内廷宴飨所用乐语既然由两制馆阁官操刀,那么地方政府的宴饮活动自然委之于州学教授或其他僚属。擅长撰写乐语的僚属更容易获得幕主的赏识,因而撰写乐语的行为成了下层文人干谒的手段。如"韩绛宣抚陕西,见(蔡确)所制乐语,以为材,荐于弟开封尹维,辟管干右厢公事"②,又如"吕申公守维扬,秦观以举子谒见。时适中秋,云山阁新成,宴客其上。公素闻秦才名,即烦撰乐语云云。公得之大喜,即召同席,礼为上客"③,蔡确与秦观都因为所撰乐语而受到礼遇,甚至得到举荐。由此,向来不屑于撰写乐语的州学教授也改变了态度,如《齐东野语》记载,"王季海守富沙日,漕使开宴,命子复撰乐语,季海读之称善。询司谒者曰:'谁为之?'答曰:'新任某州熊教授也。'自此甚见前席"④,可见州学教授由迫于职守而撰写乐语,转而成了以乐语干谒的受益者。

至于士大夫参与与职官制度无关的私家宴饮乐语的创作,起步晚于宫廷宴飨与地方宴饮用的乐语。欧阳修以致仕高官身份创作的《会老堂致语》,可以视为现存第一篇士大夫所作私家宴饮的乐语。此后它又经苏轼的发扬光大,至南宋,始大为风行。欧、苏皆有翰苑经历,苏轼并有丰富的内廷乐语创作。可见,宋人私家乐语的创作,也是经由职官制度与职事活动,由庙堂被带入民间的。

职官制度使得士大夫参与乐语的写作,促进了乐语的升格。两制馆阁官员作为文学极选,参与乐语的撰写,无疑为这种文体的升格提供了契机。与此同时,参与写作工作的文人也为乐语的升格找到了途径,即参照汉大赋,将讽谏融入美颂之中,如王文诰所说:"其法,凡朝政缺失舆情不便,皆得以达天子,故致语皆以下采民言讴谣击壤等意为指归。"⑤与此同时,雅俗之间并非永远畛域分明。赵惠俊指出:"帝王之所以要举行国家

---

① 洪迈《容斋随笔》五笔卷三,中华书局,2005年,第866页。
② 脱脱等《宋史》卷四七一《蔡确传》,第13698页。
③ 解缙等《永乐大典》卷八二二,中华书局,1986年,第257页。
④ 周密《齐东野语》卷八,中华书局,1983年,第148页。
⑤ 苏轼《苏轼诗集》卷四六,中华书局,1982年,第2474页。

性宴饮活动,多是为了通过与民同乐的方式展现天下太平,故而宴饮所用之乐显然也要满足普通市民的审美趣味与娱乐需求,应该具备雅俗共济的特征。"①乐语属于教坊俗乐,又经过两制馆阁的整顿而雅化,正符合这一要求。正如徐嘉瑞所说:"其体制似亦来自民间,而传于教坊乐工之口;其后荐之庙堂,典礼隆重,始命翰林为之,故其致语皆文雅之四六,口号皆典丽之诗歌。"②馆阁两制的介入,成为乐语由民间走向庙堂的重要媒介,宣告了文人可以参与乐语的写作,并为我们留下了第一批文人乐语作品。

同样在宋代的职官制度的影响下,乐语形成了相对固定的写作程式。元人总结道:"乐工间白。一破题,二颂德,三入事,四陈诗。"③类似的术语在宋代已经开始使用,如宋人评曾巩乐语,称:"颂圣德一联云:'惟天为大,荡荡乎无能名焉;如日之升,皓皓乎不可尚已。'坐客皆击节赏之。"④可见在宋代,人们已经注意到乐语程式中各部分的分解。与此同时,宋人也开始注意到乐语有别于其他文体的写法特征,即所谓"得体"。如张邦基表示:"优词乐语,前辈以为文章余事,然鲜能得体。"⑤而认真考虑乐语的得体与否,也表明宋人已经承认了乐语的文体地位。在讨论乐语之"得体"时,宋人特别重视与同为两制职守的制诰文体的区别。如王大成指出:"子由作文潞公麻词云:'郭氏有永巷之严,裴公有绿野之胜。'乃饯文公归洛致语耳,非王言也。"⑥又如罗大经诟病当世词科文体,认为"寻常四六手"所作制诰"雕刻求工,又如宾筵乐语,失王言之体矣"⑦。如前所述,乐语最初进入士大夫的视野,便是经由掌王言的两制之手实现的。而此处以"王言"与"乐语"相对,标举乐语有自身的文体特征,虽然在价值判断上仍然偏向"王言"之体,但也可见在宋人心目中,乐语已经是具有特异性的独立文体。

---

① 赵惠俊《朝野与雅俗:宋真宗至高宗朝词坛生态与词体雅化研究》,复旦大学出版社,2019年,第90页。
② 徐嘉瑞《近古文学概论》,《民国丛书第一编》,第59册,上海书店,1989年,第336页。
③ 陈绎曾《文章欧冶》,《历代文话》第2册,第1271页。
④ 陈鹄《西塘耆旧续闻》卷五,中华书局,2002年,第335页。
⑤ 张邦基《墨庄漫录》卷七,中华书局,2002年,第203页。
⑥ 王大成《野老记闻》,王楙《野客丛书》附录,中华书局,1987年,第353页。
⑦ 罗大经《鹤林玉露》甲编卷四,中华书局,1983年,第59页。

三、宋人文集对乐语的接纳

乐语致语虽然已经为宋代士大夫所接受,并毋庸置疑地成为他们写作的一种文体,但还不能认为乐语已经可以作为"文章"被接受。类比同样用于花间樽前、倚声应曲的词,词体在宋代虽然完成了雅化过程,但在目录学上始终独立于文集,在文体上被认为是下"文章"二等的"诗之余"。因此,乐语致语由"不文"进入"文"的范畴,尚需宋人编集行为的参与,即进入宋人诗文集,并进而被文集接纳。

乐语在形式上并不是单一的体式,至少可以分为骈文致语与韵语口号两部分,内廷宴飨致语的结构更加复杂。如杨晓霭指出:"文人别集的编纂往往采取按体分类的凡例,对这类由多种文体组合而成的特殊体类,总要进行切割。"① 经切割收入文集的方式,可以参见黄庭坚《山谷外集》卷七收《送曹黔南口号》,而《山谷别集》卷五则有《送曹黔守致语》。如此致语属文,口号属诗,各不相扰。但如前所述,乐语既然已经成为宋人普遍接受的文体形式,那么在编集过程中,也应当作为一个整体获得在文集中的地位。

在作为一个整体进入编集过程时,乐语一度与词的关系十分密切。周必大所编《欧阳文忠公集》便将欧阳修的《会老堂致语》编入卷一三二《近体乐府》。同卷还收有《西湖念语》一篇,由骈体致语与一组十三阕《采桑子》组成。在编集过程中,应当是认作组词加序的形式,而收入《近体乐府》的。翻检《全宋词》,可以看到一些应酬之作有骈体词序,如黄公度《朝中措·梅词二首贺方帅生朝并序》,以及黄裳《蝶恋花·月词》等,与致语口号结构相仿。而黄公度又有《蝶恋花》一阕,径以"劝酒致语"为题。这些词前冠以骈文,略似乐语中的骈体致语,只是将齐言口号诗换为长短句。于是在编集的过程中,这类作品被视为词并序,被收入词集而非诗文集。一直到明人所编《啸余谱》,仍将乐语置于词与南北曲之间,在音乐文

---

① 杨晓霭《宋代声诗研究》,中华书局,2008 年,第 358 页。

学的发展序列上讨论这一文体。

像欧阳修《会老堂致语》这样,韵语部分为齐言却被收入词集,究竟属于特例。多数由骈体致语加齐言口号组成的乐语,由于体式中不包含长短句,在编集过程中只能进入诗文集。这也成为乐语摆脱词的尴尬处境的天然优势。接下来的问题是,作为整体的乐语应当进入诗集还是文集。即这个整体应当视为"诗(口号)并序(致语)"还是"序(致语)附诗(口号)"。查慎行处理苏轼所作乐语,均以"口号并致语"的形式收入诗集,如王文诰所说,采取了"割截致语口号二种,若各卷之诗叙与诗一式登载,以口号为诗,而致语为叙"①的处理方式。此外,又如秦观《中秋口号》,于《淮海集》卷八、《淮海后集》卷三两见,后者有骈体引,题注:"一云云山阁白语。"②同卷又有《致政同议口号并引》,"并引"一作"致语"。③ 以上两篇,显然也是以诗(口号)为主,而骈体致语则被视为诗序,作为诗的附属收入诗集。事实上,秦观乐语最受关注的也确为口号部分,如《中秋口号》一篇,即前引《大典》"公素闻秦才名,即烦撰乐语云云",而被《大典》省略的"云云"二字,《方舆胜览》未作省略,所引正是此篇的口号。④

不过,作为整体的乐语普遍受到人们关注的还是前面的致语部分。前举明人所编《啸余谱》,虽然将乐语视为音乐文学,但所收欧阳修《西湖念语》竟只有骈体致语,而未收后面的《采桑子》词,⑤从中也可看出致语部分在乐语接受过程中的重要地位。因此,即便是像前举秦观"口号并序"形式的作品,在宋人集中也多被编入文集。如司马光《庆文公八十会口号》,因诗前有骈体序(致语),而被编入卷六九,未与其他题为"口号"的诗作合编。而这首带有"序"的口号,在洪迈口中便被称为"庆文潞公八十会致语"。⑥ 同卷又有《御筵送李宣徽知真定府口号》,已经将其中所包含的骈文部分标明为"作语",只是没有体现在题目之中。又如傅察《忠肃集》

---

① 苏轼《苏轼诗集》卷四六,第 2474 页。
② 秦观著,徐培均笺注《淮海集笺注》后集卷八《中秋口号并引》,上海古籍出版社,1994 年,第 1439 页。
③ 参秦观著,徐培均笺注《淮海集笺注》后集卷八《致政通议口号并引》校记,第 1441 页。
④ 祝穆《方舆胜览》卷四四,中华书局,2003 年,第 801 页。
⑤ 程明善《啸余谱》卷四,《四库全书存目丛书》集部第 425 册,齐鲁书社,1997 年,第 507 页。
⑥ 洪迈《容斋随笔》卷一,第 12 页。

卷下所收《天宁节前筵口号》《天宁节后筵口号》《天宁节马前口号》等,均包含致语而编入文集。可见,宋人制题时单称"口号",也可兼指包含致语在内的完整乐语。而在编集时,显然着眼于骈体致语部分,将作为整体的致语口号编入文集。

这样的现象也发生在宋人引述致语口号的过程中,如吕本中记载:"正宪公守河阳,范蜀公司马温公往访,公具燕设口号,有云:'玉堂金马,三朝侍从之臣;清洛洪河,千古图书之奥。'"①称"口号"而所引实为骈体致语。又如王明清称:"崇宁初,文肃为元长攘其相位。文肃以观文守南徐,时元度帅维扬,赴镇过郡。元度开燕甚勤,自为口号云:'并居二府,同事三朝。怅契阔于当年,喜逢迎于此地。'又云:'对掌紫枢参大政,同扶赫日上中天。'"②所引兼含骈体致语与口号诗,而行文中则单称"口号"。或可类比碑志文体的发展,本为韵文的碑志文的地位被散体序所取代,人们在称引碑志时,所引事实上多为散体序。更进一步,傅察《忠肃集》卷下收《送杜守口号》一篇,纯为口号诗而无致语部分,却与前举三篇天宁节口号合编,视为文而非诗。显然,这里首先将作为整体的乐语视作文,而将口号视作整体乐语的一部分。如此,事实上不带骈体致语的口号,跟随着整体乐语的概念进入了"文"的范畴。由此也可以反证宋人文体观念中,存在一个作为"文"的"乐语"。

四、从编集行为看宋人对乐语的认识

宋人的编集行为反映出"文"这一概念对乐语的接纳,同时也反映出宋代士人对乐语文体的接受过程与对乐语文体的认识。如前文所述,乐语得以进入宋代诗文集,很大程度上有赖于其骈体致语加齐言口号诗的体式特征。不同于词体的雅化,受诗文的影响被视作"留存世间的自我生命痕迹"③,从而实现文献的保存,乐语反而是以诗文的体式,而受到词倚

---

① 吕本中《紫微诗话》,何文焕《历代诗话》,中华书局,1981年,第371页。
② 王明清《挥麈余话》卷二,《全宋笔记第六编》第2册,大象出版社,2013年,第38—39页。
③ 赵惠俊《朝野与雅俗:宋真宗至高宗朝词坛生态与词体雅化研究》,第415页。

声应曲的影响,始终没有脱离演出形式与交际功能。因此,乐语文献得以保存,也着眼于其"用",虽进入诗文集,却有别于一般的诗文。

与宋人最初接触乐语文体乃迫于职守相应,编集过程中处理乐语的方式,也是视其为捉刀为替的公文,而非自我生命的书写。宋人分小集编纂的别集中收入乐语,便在制诰集,如苏轼乐语,在七集本中收入《内制集》;不分小集的别集中,乐语也与制诰文体合编,如苏颂《坤成节集英殿宴教坊词》《兴龙节集英殿宴教坊词》等,见于《苏魏公文集》卷二八"内制"类。与此类似的还有宋代翰苑总集对乐语的收录,如洪遵《中兴以来玉堂制草序》所云:"凡将相之除拜、后妃之封册、诏旨之敚、乐语之奏、上梁之文、布政之榜,无不备具。"①这是以翰林承旨身份撰写的官方文件。在宋代,"玉堂制草"类总集自成一序列。宋国史《艺文志》载《五代国初内制杂编》十卷、《建隆景德杂麻制》十五卷,②《玉海》载《嘉祐学士院草录》,最初以"玉堂制草"命名者当为李邴,《直斋书录解题》称"承平以前制诰"③,当即前引洪遵序所谓"自承平有之"云云,以下便是洪遵《中兴以来玉堂制草》三十四卷与周必大《续中兴制草》三十卷。可见,自五代宋初至南宋孝宗朝的翰苑撰述均经历过结集。这些总集的编纂由翰林学士主持,在学士院进行,收录对象为学士院所撰文书,具有官方档案汇编性质,本"不以能文为本"。不过,翰苑总集对乐语的处理方式,如同前言两制馆阁官迫于职守接受了乐语的撰写,为乐语进入文集提供了可能性,并以官方的名义加以确认。

以上乃是就士人在词臣任上操刀的内廷宴飨乐语而言的,至于私家宴饮乐语,在文集中被认识与接受的过程更为曲折。如前举欧阳修《会老堂致语》,堪称传世的第一篇士大夫私人乐语,却被收入词集之中。相似的还有苏轼《赵悴成伯母生日致语口号》《王氏生子致语口号》等篇,在七集本见于《续集》,黄庭坚《送曹黔守致语》亦见《别集》,则此类作品,均被作者本人归入不收之列。可见,宋代士大夫对此类乐语的价值有所保留。

---

① 王应麟《玉海》卷六四,文渊阁《四库全书》本。
② 参王应麟《玉海》卷六四"建隆景德麻制"条。
③ 陈振孙《直斋书录解题》卷五,上海古籍出版社,1987年,第134页。

不过,总集与类书却乐于收录此类作品,反映出宋人对乐语文体认识与接受的另一角度。

以《圣宋名贤五百家播芳大全文粹》(以下简称《播芳大全》)及其副产品《圣宋名贤四六丛珠》为例,二书均收入了大量乐语。分类方面,二者皆先列圣节乐语,此后为生辰、饯宴、庆贺等乐语。在这一点上,二书相似,《播芳大全》各本也相仿。① 关于二书的性质,论者指出:"它代表两宋较高社会人士的社交活动,酬酢往来,应上答下。"②窃以为其中"较高社会人士"的表述值得商榷。揆之情理,这种麻沙本的实用书,其预设读者群显然不会是受过良好文学训练的馆阁之士与高级士大夫,正如侯体健所说:"作为一个初涉四六公文写作的下层文人,对四六类书的内在需求,肯定比高层文人要强烈得多,这是可以推测的。"③显然,此类书籍的预设读者尚没有机会接触到圣节、御筵乐语的制作。因此,二书首列圣节乐语,无非是题中应有之义,展示出乐语所能达到的最高功用。而真正对预设读者有指导意义的则是生辰、饯宴、庆贺等类。正如四库馆臣所说,《播芳大全》"中间多采宦途应酬之作,取充卷数,不能一一精纯"。④ 对此,论者多从启文入手进行论证,如前引周剑之文,从启文中梳理出"以职官制度为基础"的"士人关系网络"。事实上,上述二书收入乐语总量不及启文,因此分类也不及启文繁密,但从生辰、饯宴各类的编次中,仍能看到接受庆贺者身份地位递减的次序。这样,乐语被宋代士大夫接受之后,具备了与启文相仿的依照职官建立起的关系网络进行人际交往的职能。这一点,由总集编纂活动体现,并确定为乐语写作的范式,继续指导着后来的写作者。

由此看来,士人在接受乐语这一书写形式时,始终着眼于其倚声应曲之用。或施于庙堂之上的礼乐活动,或用于日常生活中的交际往来。与

---

① 《圣宋名贤五百家播芳大全文粹》的版本极其复杂,可参全十一妹《〈五百家播芳大全文粹〉编纂流传考》,北京大学硕士学位论文,2013年。但所收乐语三卷,各本大略相同。
② 姚从吾《〈宋五百家播芳大全文粹〉对宋代史研究的贡献》,《唐宋附五代史研究论集》,大陆杂志社,1967年,第10页。
③ 侯体健《士人身份与南宋诗文研究》,复旦大学出版社,2018年,第234页。
④ 永瑢等《四库全书总目》卷一八七,第1698页。

词体雅化向传统上"雅"的诗文靠拢不同,乐语由"不文"进入"文"的范畴,是"文章"传统反过来接纳了原本"不文"之文。在此过程中,宋人的编集行为起到了至关重要的作用。

宋人对于乐语文体的认识与接受,反映在编集行为中。甚至连欲从《宋文鉴》中删去乐语而后快的程泌,其《洺水集》中,也收入致语若干篇。可见,无论理论上对乐语的态度如何,这种文学样式已经植根于宋代士人的写作生涯之中,无法撼动。乐语也毋庸置疑地成为宋代文体的成员之一。

小　结

从上文的论述可以看出,前人对于《宋文鉴》"教坊乐语之俳谐、风云露月之绮组,悉当削去""致语、批判甚陋也,乌可取也"的指责,恰好说明传统上不以为文的体式,在宋代已经可以被视为"文"。乐语在宋代经历了从民间被荐入庙堂,再由庙堂转回民间的过程。在这一过程中,士大夫进入了乐语的写作场,成为这一文体的创作主体。乐语本来是宴会上伶人称颂宾主之美的行为,经由两制馆阁官制作教坊乐词的职守而被士大夫接触,再经由州郡僚属与致仕高官,其写作场由中央扩展至地方与私人,最终发展为宋代士人日用交际的文字形式。宋人的编集行为,反映出对乐语文体的认识与接受,并参与了乐语被纳入"文章"范畴,确立为一种文体的进程。宋人的"文章"观念也由此接纳了这部分倚声应曲的作品。由此回视为人所指责的《宋文鉴》乐语,总结北宋一代这一文体的发展,所收多数为翰苑操刀之作,反映出士大夫最初接受这一文体的状态;士人所为私家乐语是时尚方兴未艾,而《宋文鉴》收入欧阳修《会老堂致语》一篇,正是此类乐语的发轫之作。由此,《宋文鉴》的编纂,清晰地反映出乐语由"不文"向"文"发展的过程,其自身也成为这一过程中的关键一步。在乐语文体的演变及其背后的"文章"观念的变化过程中,《宋文鉴》所选篇目都处在关键的枢纽处。由此可以回应前人的指责,《宋文鉴》所取的乐语,正反映出乐语之所以可取。

乐语在宋代从行为演变为文体,并不是一个孤立的事件。前引任著中列举了一连串的"卑体"文章,其中上梁文与乐语的关系便极为密切。前举徐嘉瑞书中便指出:"此等致语,皆用长篇四六,与上梁文念语无异。"①宋人文集如陈宓《龙图陈公文集》卷一九所收《安溪月湖念语》,正与其所作上梁文合编于一处。如谷曙光所说:"在传统文人眼里,上梁文自然是不登大雅之堂的雕虫小技。……延至宋代,此种与建筑风俗休戚相关的特殊文体乃大盛,今存众多宋人文集里都有上梁文。"②上梁文也是一种由仪式行为衍化而来的文体。此外如任竞泽所说:"宋沈斐辑《嘉祐集附录》卷下载有《老苏先生会葬致语口号》一篇。这便如同刘勰《文心雕龙》之'哀吊'所言'班彪、蔡邕,并敏于致语',更近于'致哀辞'之意了。"③哀吊场合也需要致辞与相应的音乐形式,而《宋文鉴》便将乐语与哀辞合编为一卷。此外又如四库馆臣称《华阳集》"青词密词道场文斋文乐语之类,虽属当时沿用之体,而究非文章正轨,不可为训"④,称《丹阳集》"惟青词功德疏教坊致语之类,沿宋人陋例,一概滥载于集中,殊乖文体"⑤,将宗教仪式所用文体与乐语连类,一并归入"不文"的行列。由此也可看出,这一系列边缘文体在宋代纷纷进入了"文章"范畴。

乐语的发展迄元明而未绝,如元人王义山《稼村类稿》、袁桷《清容居士集》、蒲道源《闲居丛稿》,明人倪岳《清溪漫稿》、程敏政《篁墩文集》、吴宽《家藏集》、孙继皋《宗伯集》等都收入了乐语作品。这一时期的乐语除公私宴饮之用外,进一步向养生送死的人伦日用沉降。如元人谢应芳《龟巢稿》卷八所收《娶妇拜祖先致语》《合卺致语》《拜舅姑致语》《新婿整容致语》《新妇整容致语》《新亲遣使请上客致语》等,显然用于婚礼;卷一○、一五所收《招魂致语》《祝先致语》与《送灵致语》等,则用于丧礼。此外,上述元明以降的乐语多以"致语"名篇,文集则倾向于只收骈文部分。这样的处理方式削弱了音乐性与表演功能,而更接近文本形态的"文章"。再进

---

① 徐嘉瑞《近古文学概论》,第331页。
② 谷曙光《贯通与驾驭:宋代文体学述论》,第178—180页。
③ 任竞泽《宋代文体学研究论稿》,第288页。
④ 永瑢等《四库全书总目》卷一五二,第1314页。
⑤ 永瑢等《四库全书总目》卷一五六,第1346页。

一步发展,则成为"寿文""寿序"一类文体。欧阳修《圣节五方老人祝寿文》,便是以"寿文"命名乐语体式的文章。至清人则云:"往甲午秋,萧山徐徽之母七秩,同人有为征寿言者,余为作生日致语,仅二百余言。夫寿文与致语,一也。致语则宋有之,寿文始于明,末流颇滥。"①至此,乐语已经彻底脱离了宴饮的特定场合与音乐的特殊媒介,可以独立承担起"诗可以群"的功能。由此看来,乐语等仪式性的应用文字,处在不断发展变化过程中,而宋代无疑是其中至关重要的一个横断面,经过宋代士大夫的写作与编集活动,乐语被固定在了"文章"观念之中。

回到开头借用的钱先生的"以不文为文"的判断。钱先生在《中国文学小史序论》中指出:"往往有公认非文学之资料,无取以入文者,有才人出,具风炉日炭之手,化臭腐为神奇,向来所谓非文学之资料,经其着手成春之技,亦一变而为文学,文学题材之区域,因而扩张,此亦文学史中数见不鲜之事。"②可以视为对"以不文为文"的注解。乐语本来具有"文"的体式,其为"不文"者,无非系于题材(subject)之品卑。③而其进入"文"的范畴,正是"文学题材之区域"的扩张。由此,通过乐语进入宋代文章总集的过程,可以一窥宋代"文章"观念的递变。

第四节　宋人选宋文与宋代科场文体
——以苏轼"南省说书"为中心

科举与文章学有着纠缠不清的关系。一方面,举业的需要促进了对文章作法的研究与探讨,大量的文章学著作也是应举业需要而生的。祝尚书甚至称"时文程式化是文章学成立的'接生婆'"④。与此同时,科举呈文与古文写作之间也存在着间隙,杨万里就表示:"夫业科目者,固将有以

---

① 缪荃孙《艺风堂杂钞》卷五《沈甸华与门人陆寅书》,中华书局,2010年,第210页。
② 钱锺书《中国文学小史序论》,《人生边上的边上》,生活·读书·新知三联书店,2002年,第102页。
③ 参钱锺书《中国文学小史序论》,《人生边上的边上》,第96页。
④ 祝尚书《宋元文章学》,中华书局,2013年,第40页。

合乎今之律度也。合乎今未必不违乎古,合乎古未必售于今。"①这使得醉心举业者无法领会古文的真谛,甚至有观点认为,元代废科举,正是古文复苏的契机:"予亦长怪乎壬辰北渡以来,后生晚进诗文往往皆有古意,何哉?以其无科举故也。学者乘此间隙,何艺不可进,又岂止简启而已。"②就文体来说,北宋中期以降,策论经义在科举中的分量越来越重,而策论文体也受到了选本的青睐。策论尚可视为介于科举文体与一般文体之间,除应举进身之外,也用于发表政见或一般性的议论。那么,在宋代文章选本之中,是否有一种专门用于科举的文体,更适合反映科场文章与宋代文章学的关系?苏轼的一组被称作"南省说书"的文章引起了笔者的注意。

吕祖谦编选《宋文鉴》,卷一一一设立"说书"一体,收入苏轼的三篇作品。③《苏轼文集》卷六收入《三传义》十篇,包含上述收入《宋文鉴》的三篇,题下原注:"南省说书十道。"④关于这组文章的性质,历来说法不一。笔者拟先就此展开论述,辨析旧说,明确这组文章的性质;之后依照《宋文鉴》的文体分类,将"说书"视为一种文体,通过与宋代较为成熟的策、论对比,尝试廓清其文体特征;进而结合南宋以来苏轼文章的结集情况,探究后人对这一文体的认识及其发展演变过程;最后尝试说明,吕祖谦专为这组文章设立"说书"一体的用意,以及"说书"体在宋代之后的影响。在此需要说明,由于历来文集收入这组文章时所加的总题不一,如《南省讲三传十事》《南省说书十道》《三传义》等,本节姑且参照《宋文鉴》对此文体的命名,从《苏轼文集》题下注中,采取最能体现其性质的"南省说书"总称这组文章。

一、苏轼"南省说书"的性质

宋代经筵官设有崇政殿说书,又有资善堂说书、皇子位说书、国子监

---

① 杨万里《诚斋集》卷六六《答徐广书》,《四部丛刊初编》本。
② 杜仁杰《欧苏手简序》,佚名《欧苏手简》卷首,日本内阁文库藏日本正保二年(1645)刻本。
③ 吕祖谦《宋文鉴》卷一一一,中华书局,1992年,第1543页。
④ 苏轼《苏轼文集》卷六,中华书局,1986年,第182页。

说书等。因而一望"南省说书"之名,很容易认为是经筵讲义一类文章。徐师曾即云:"按说书者,儒臣进讲之词也。人主好学,则观览经史,而儒臣因说其义以进之,谓之说书。然诸集不载,唯《苏文忠公集》有《迩英进读》数条,而《文鉴》取以为说书。"①曾枣庄也表示"宋代设有侍讲、侍读等官,皇帝常听他们讲论经史,因此,不少宋人别集中还收有经筵讲义、南省说书、玉堂答问、进故事之类的文章"②,明确点出"南省说书"十道;又称"宋代设有侍读、侍讲、崇政殿说书等经筵讲官……他们的讲稿称为说书或经筵讲义。《皇朝文鉴》收有说书,《南宋文范》收有经筵讲义"③,将《宋文鉴》所收"说书"与《南宋文范》所收经筵讲义视为同一类文章。窃以为此说不确。

首先,徐师曾提及《苏轼文集》卷七收录的《迩英进读》,与"《文鉴》取以为说书"者,实为两组不同的文章。《迩英进读》八篇,皆为汉唐史事,而"南省说书"则是围绕《春秋》三传展开的。苏轼于元祐二年(1087)、七年(1092)两度出任侍读。④ 虽然在类书形态的史料中,侍读、侍讲常常并称,⑤但在宋人语境中,讲、读之间隐然存在分工。如宋神宗诏:"今月十五日开讲《论语》,读《宝训》。"⑥所讲者为经,所读者为史。姜鹏也指出:"侍读官的职责有由模糊而确定为读史的过程。"⑦有关苏轼进读之事,《长编》载王彭年奏曰:"臣闻翰林学士兼侍读苏轼每当进读……所进汉唐事迹,多以人君杀戮臣下,及大臣不禀诏令,欲以擅行诛斩小臣等事为献。"⑧亦就汉唐事迹而言,可与《迩英进读》八篇互证。此外,苏轼也曾进读《宝训》,《长编》有"翰林学士兼侍读苏轼言:臣今日迩英进读《宝训》,及雍熙、淳化间事"⑨云云。以上皆为史书,正如苏辙《亡兄子瞻端明墓志铭》所

---

① 徐师曾《文体明辨序说》,人民文学出版社,1962 年,第 140 页。
② 曾枣庄《中国古代文体学》下卷,上海书店出版社,2012 年,第 789 页。
③ 曾枣庄《宋文通论》,上海人民出版社,2008 年,第 610 页。
④ 孔凡礼《苏轼年谱》卷二六、三一,中华书局,1998 年,第 783、1060 页。
⑤ 参孙逢吉《职官分纪》卷一二,文渊阁《四库全书》本;徐松辑《宋会要辑稿》职官六之五六至六六,上海古籍出版社,2014 年,第 3190—3198 页;等等。
⑥ 徐松辑《宋会要辑稿》方域三之二一,第 9309 页。
⑦ 姜鹏《北宋经筵与宋学的兴起》,上海古籍出版社,2013 年,第 68 页。
⑧ 李焘《续资治通鉴长编》卷四二二,中华书局,2004 年,第 10219—10220 页。
⑨ 李焘《续资治通鉴长编》卷四一四,第 10053 页。

说:"每进读至治乱盛衰、邪正得失之际,未尝不反覆开导,冀上有所觉悟。"①而就笔者管见所及,尚未见有苏轼进讲《春秋》的记录。

此外,苏轼"南省说书"与宋人经筵讲义殊为不类。关于宋人经筵讲义的体式与内容,吴晓荣《两宋经筵与学术》中有扼要的概括。② 兹据该文归纳如下:第一,引述经文或简称"某章";第二,以"臣闻"或"臣某曰"领起;第三,内容上应发明经旨,推衍治道。苏轼"南省说书"则与此不同。以《问小雅周之衰》为例,此篇题目是对《左传·襄公二十九年》"季札观乐"一段的撮述;形式上,题目既有"问"字,正文则以"对"字领起,以"谨对"结束,而非以"臣闻""臣某曰"领起;内容上也并未发明经旨,推衍治道,在简单概述《诗经》与周之盛衰的关系后,便着力论述"《小雅》周之衰"与"《小雅》周之盛"两派观点。前引《文体明辨序说》同样注意到这一点:"今读其词,大抵皆文士之作,而于经史大义,无甚发明,不知当时说书之体,果然乎否也?"③要之,无论是体式还是内容,"南省说书"均与宋人经筵讲义不同。

排除了经筵讲义,那么苏轼"南省说书"十道的性质究竟是什么?苏辙《亡兄子瞻端明墓志铭》记载苏轼省试《刑赏忠厚之至论》后,称:"复以《春秋》对义,居第一。"④郎晔《经进东坡文集事略》最早将此事落实到这组文章上来,称:"仁宗嘉祐二年(1057),欧阳文忠公修考试礼部,既置公第二,复以《春秋对义》居第一,即此十事。见公墓志。"⑤指出这是一组考试文章。由此便可以理解,这组文章中以"问"字领起问目,正文以"对""谨对"字样起结,虽与经筵讲义不类,却与对策十分相似,这便使"南省说书"在形式上与考试之作建立起联系。此外,"南省"是尚书省的别称,⑥而在宋代,又常用在有关尚书礼部试的表述之中。如《长编》:"尝经南省下第而不愿就文学者,免将来文解。"⑦便直以"南省"二字代指礼部试。

---

① 苏辙《栾城后集》卷二二《亡兄子瞻端明墓志铭》,《苏辙集》,中华书局,1990年,第1121页。
② 吴晓荣《两宋经筵与学术》,南京大学硕士学位论文,2013年,第123—127页。
③ 徐师曾《文体明辨序说》,第140页。
④ 苏辙《亡兄子瞻端明墓志铭》,第1118页。
⑤ 郎晔《经进东坡文集事略》卷三,《四部丛刊初编》本。
⑥ 参王应麟《玉海》卷一二一,文渊阁《四库全书》本。
⑦ 李焘《续资治通鉴长编》卷一二九,第3054页。

明确了"南省说书"十道是一组考试文章,那么,这是一次什么样的考试?《苏轼全集校注》文集卷六援引《宋史·选举志》云:"凡进士,试诗、赋、论各一首,策五道,帖《论语》十帖,对《春秋》或《礼记》墨义十条。"①认为"南省说书"十道是参加礼部贡举的墨义文章。检《宋史·选举志》原文,知此为宋初制度。② 自此至嘉祐二年,又屡经变化,因而窃以为仍应进一步探究。黄强提出:"庆历科举改革的发起者们废除帖经、墨义,改试阐发经典义理的'大义',对宋代义理之学的勃兴起到了激活的作用。"③龚延明、祖慧便将苏轼"南省说书"作为"问大义"加以介绍。④ 但此说也不甚稳妥,《长编》载庆历八年(1048)四月,"诏科场旧条,皆先朝所定,宜一切无易"⑤,庆历改墨义为"大义",并没有得到贯彻。

就此,曹家齐、陈安迪指出:"苏轼参加的嘉祐二年省试考试内容,应就是庆历新政失败后改回的旧制,仍当考试诗、赋、策、论、帖经、墨义诸内容。从前述来看,《春秋》或《礼记》墨义显然只是考试内容之一,并非复试内容。"⑥以为"《春秋》对义"是省试的一个单场。果然如此,便会出现一个问题难以解决:嘉祐二年省试号称得人,为何同年之中只有苏轼一人存有这组文章?以此为"旧制"中便已经存在的科目,就更难以解释为何我们在宋人文集中找不到第二组同样类型的文章。显然,这种考试应当只有少数人参加,甚至连后来同应制科的二苏兄弟也没有一同参加此次考试。

此外,苏轼"南省说书"十道,也与所谓"墨义"不同。《宋史·选举志》称:"自唐以来,所谓明经,不过帖书、墨义,观其记诵而已,故贱其科。"⑦观"南省说书"各篇,如前举《问小雅周之衰》,备论《诗经》与周之盛衰的关系,折中《小雅》周之衰"与《小雅》周之盛"两派观点,绝非仅仅体现记诵功夫。

---

① 苏轼《苏轼文集》卷六,《苏轼全集校注》,河北人民出版社,2010年,第606页。
② 脱脱等《宋史》卷一五五《选举志》,中华书局,1975年,第3604页。
③ 黄强《现存宋代经义考辨》,《扬州大学学报(人文社会科学版)》2005年第2期。
④ 龚延明、祖慧《宋代登科总录》,广西师范大学出版社,2014年,第7676页。
⑤ 李焘《续资治通鉴长编》卷一六四,第3945页。
⑥ 曹家齐、陈安迪《苏轼进士科名次甲第考释——兼说宋朝进士甲乙丙科问题》,《中国史研究》2018年第1期。
⑦ 脱脱等《宋史》卷一五五《选举志》,第3605页。

然则"南省说书"究竟出于何种考试制度?《长编》载天圣四年(1026)九月,"诏礼部贡院举人有能通三经者,量试讲说,特以名闻,当议甄擢之"①。方笑一指出此即《长编》嘉祐二年十二月戊申条所谓的"说书举",并援引胡宿《论增经术取士额状》"贡院别试经义十道,直取圣贤意义解释对答,或以诗书引证,不须全具注疏"云云,论述"说书举"的考试方法。②据《长编》嘉祐二年十二月戊申条,"说书举"于是时取消,③嘉祐二年初参加礼部试的苏轼,恰赶上了这一考试的末班车。考虑到"南省说书"恰为十道,且有"说书"的名目,场所、科目、数量均对,推断这组文章是苏轼参加"说书举"考试的答卷,或许可以成立。

有关北宋"说书举",史料多语焉不详。前贤讨论宋代科举制度时,也多表示"其制未明"。④ 从前引《长编》的记载来看,这是一道"选做题",符合上文提出的"少数人参加"的条件。目前可知的参试者有钱藻"应说书进士、贤良方正能直言极谏,皆中其科"⑤,顾临"皇祐中,举说书科"⑥,商傅"皇祐五年(1053)郑獬榜擢第,继登说书科"⑦,张宗雅"由乡贡以说书赐进士出身"⑧,郑扬庭"皇祐中登进士第,复中说书科"⑨,刘恕"十八岁,试经义、说书皆第一"⑩。可惜上述诸人所作,皆未能传世。其中刘恕所作,司马光称:"先具注疏,引先儒异说,末以已意论而断之。"⑪论者或以此为式。⑫ 而苏轼的"南省说书"十道得以完整保存,无疑为研究此类考试提供了珍贵的史料,并使我们得以一窥此类文章的文体特征。

---

① 李焘《续资治通鉴长编》卷一○四,第2422页。
② 方笑一《"经义"考》,《华东师范大学学报(哲学社会科学版)》2002年第6期。
③ 李焘《续资治通鉴长编》卷一八六,第4496页。
④ 参金中枢《北宋科举制度研究(上)》,《宋史研究集》第十一辑,1979年,第10页;龚延明、祖慧《宋代登科总录》,第7634页;张希清《中国科举制度通史》宋代卷,上海人民出版社,2017年,第69页;等等。
⑤ 曾巩《曾巩集》卷四二《故翰林侍读学士钱公墓志铭》,中华书局,1984年,第571页。
⑥ 脱脱等《宋史》卷三四四《顾临传》,第10939页。
⑦ 元好问《曹南商氏千秋录》,张金吾《金文最》卷一一八,中华书局,1990年,第1686页。
⑧ 陈襄《古灵集》卷二○《崇国太夫人符氏墓志铭》,文渊阁《四库全书》本。
⑨ 冯椅《先儒著述》下,《厚斋易学》附录二,文渊阁《四库全书》本。
⑩ 范祖禹《范太史集》卷三八《秘书丞刘君墓碣》,文渊阁《四库全书》本。
⑪ 司马光《司马光集》卷六五《刘道原十国纪年序》,四川大学出版社,2010年,第1350页。
⑫ 参方笑一《"经义"考》,《华东师范大学学报(哲学社会科学版)》2002年第6期;祝尚书《宋代科举与文学》,中华书局,2008年,第328页;等等。

二、"南省说书"的文体特征

关于"南省说书"的文体特征,前文在比较其与经筵讲义的异同时已略有涉及,如就儒家经典中的问题展开论述,但并不发明经旨,也没有推衍治道等。不得不承认,仅凭现存的这一组文章,说清"说书"类文章的文体特征,殊非易事。然而,宋代考试文章中尚有策、论二体,与此类文章相近而互有异同。因此,笔者将通过与策、论进行对比,尝试廓清"说书"一体的特征。

宋代的考试论,题目出自经史,以儒家经典中的语句作为论题者为数不少。仅以《苏轼文集》卷二所收为例,其省试所作《刑赏忠厚之至论》,出自《尚书·尧典》"刑疑附轻,赏疑从重,忠厚之至"①。而殿试所作《重巽以申命论》,则出自《周易》巽卦《彖辞》。两篇学士院试论——《孔子从先进论》和《春秋所以定天下之邪正论》,则分别出自《论语·先进》"如用之,则吾从先进"②和《春秋谷梁传序》"成天下之事业,定天下之邪正,莫善于春秋"③。至于策,如方笑一所说:"在六朝及唐代,策问其实也包含了问经义在内。"④宋代的情况同样如此,真宗朝便有人提出:"今策问宜用经义,参之时务。"⑤实践方面,如欧阳修《南省试进士策问三首》其三,就《周易》及其《系辞》发问。⑥ 这道策问似未被嘉祐二年省试实际采用,而苏轼当年所作《天子六军之制》,则出自《周礼·夏官·大司马》:"凡制军,万有二千五百人为军。王六军,大国三军,次国二军,小国一军。"⑦也是问经义的策题。如此,策、论两体均有以儒家经典语句出题、考问儒家经典大义者,这一点与对问经义的"南省说书"一致。因为这一点一致性,不难想见,"说书"这样一种在宋代考试中昙花一现的文体,会受到策、论两种久已成熟

---

① 《尚书·尧典》,阮元校刻《十三经注疏》,中华书局,2009 年,第 285 页。
② 《论语·先进》,阮元校刻《十三经注疏》,第 5426 页。
③ 《春秋谷梁传序》,阮元校刻《十三经注疏》,第 5125 页。
④ 方笑一《"经义"考》,《华东师范大学学报(哲学社会科学版)》2002 年第 6 期。
⑤ 李焘《续资治通鉴长编》卷六五,第 1459 页。
⑥ 欧阳修《居士集》卷四八《南省试进士策问三首》,《欧阳文忠公集》卷四八,《四部丛刊初编》本。
⑦ 《周礼·夏官·大司马》,阮元校刻《十三经注疏》,第 1792 页。

的文体的影响。

这种影响首先体现在考试条式上。上文提及,"南省说书"形式上以"问"领起问目,以"对""谨对"起结,这便是受到对策条式影响的结果。《贡举条式》所载"不考"式中即有"漏写官题"与"试卷不写'奉试'及'对'或'谨对'、'论曰'或'谨论'"等条。① 文献虽产生于南宋,但北宋制度同样如此。《宋史·蒋之奇传》记载:"又举贤良方正,试六论中选,及对策,失书问目,报罢。"②《宋会要辑稿·贡举杂录二》载:"周杞陈乞男无逸于元符三年(1100)秋赴郓州应进士举,准试院榜示称考中优等,于第三道策漏'谨对'二字驳放。"③可见,在北宋,漏写问目与"对""谨对"字样,同样被视为相当程度的违例。不过,现存苏轼"南省说书"所写问目似乎并不完整,应当是作为文章流传的过程中省略的结果。宋人对策中也有类似的案例,如陆九渊《外集》"程文"类中,即有《问制科》《料敌》《问赈灾》《问唐取民制兵建官》《问德仁功利》《问汉文武之治》等,④题目撮述问目而成,与苏轼"南省说书"各篇相似,而前举苏轼《天子六军之制》,则连"问"字一并省略。

此外,"南省说书"所受策、论条式的影响,还有"识题"一项。前引《贡举条式》所载"不考"式中,有"试赋论不识题"⑤一条。前人在论述宋代制科六论时指出:"皆以能言论题出处为奇,而初不论其文之工拙,盖与明经墨义无以异矣。"⑥所谓"能言论题出处",便是"识题"。《长编》载"应制科陈彦古所试六论,不识题,及字数皆不足准式,不考"⑦可证。宋代其他考试论也有"识题"的要求,即以苏轼《刑赏忠厚之至论》为例,其中《传》曰:'赏疑从与,所以广恩也。罚疑从去,所以慎刑也。'"⑧便是"识题"之句。"南省说书"也有类似的句子,如《问小雅周之衰》中"季札观周乐,歌《小雅》,曰:'思而不贰,怨而不言,其周之衰乎?'"⑨《问君子能补过》中"僖子

---

① 丁度等《贡举条式》,《附释文互注礼部韵略》附录,文渊阁《四库全书》本。
② 脱脱等《宋史》卷三四三《蒋之奇传》,第 10915 页。
③ 徐松辑《宋会要辑稿》选举四之一,第 5317 页。
④ 陆九渊《陆九渊集》卷三一,中华书局,1980 年,第 363—371 页。
⑤ 丁度等《贡举条式》,《附释文互注礼部韵略》附录,文渊阁《四库全书》本。
⑥ 马端临《文献通考》卷三三,中华书局,2011 年,第 979 页。
⑦ 李焘《续资治通鉴长编》卷二四六,第 6002 页。
⑧ 苏轼《苏轼文集》卷二《刑赏忠厚之至论》,第 33 页。
⑨ 苏轼《苏轼文集》卷六《问小雅周之衰》,第 183 页。

之病也,告其子曰"①数句,以及《问大夫无遂事》中"《公羊传》曰:'媵不书,此何以书?以其有遂事书。大夫无遂事,此其言遂何?大夫出疆,有可以安国家、利社稷,则专之可也。'"②等皆是。

由此可见,"南省说书"与经论、经义策同样以儒家经典出题,同为以议论为基本手法解说儒家经典的文章,且有相同的考试条式。因此,在写法上也很容易受到策、论的影响。

杨胜宽总结"苏家说理文字"的特征,有"借题发挥、指陈时弊、独抒己见及善于取譬等"③,其中"独抒己见"一条,在苏轼试论中有充分的体现。仍以省试所作《刑赏忠厚之至论》为例,便有"自出机杼"④之评。此篇可以"想当然耳"⑤"何须出处"⑥而被擢高第,可见当时试论对于标准答案的要求相对宽松。"说书举"的考试要求也同样宽松,徐积在抨击当时的明经考试时,以"说书举"作为对比,言道:"且朝廷亦尝置说书科,亦何尝拘以注疏?故近年多得其人。"⑦不拘注疏使得"独抒己见"的经论写法进入了"南省说书"的写作当中。仍以《问小雅周之衰》为例,此"衰"字,杜预注为"衰,小也"⑧,而苏轼以周之盛相对,显然以"衰"为衰微之意。孔颖达疏云:"服虔读为衰微之衰,谓幽厉之时也。"⑨苏文中亦有"夫幽、厉虽失道,文、武之业未坠"⑩云云可证。而服虔之说恰为孔疏所不取者。苏轼此文不但在"衰"这一概念的解释上突破了传统注疏,进而对经典文本中"小雅周之衰"的判断也有所突破。在幽、厉失道云云之后,又言:"而宣王又从而中兴之,故虽怨刺并兴,而未列于《国风》者,以为犹有王政存焉。"并得出结论:"《小雅》者,兼乎周之盛衰者也。昔之言者,皆得其偏,而未备也。"⑪

---

① 苏轼《苏轼文集》卷六《问君子能补过》,第184页。
② 苏轼《苏轼文集》卷六《问大夫无遂事》,第189页。
③ 杨胜宽《说苏轼论体散文——苏轼散文分体研究系列之一》,《乐山师范学院学报》2008年第4期。
④ 永瑢等《四库全书总目》卷一八七,第1702页。
⑤ 赵令畤《侯鲭录》卷七,中华书局,2002年,第178页。
⑥ 陆游《老学庵笔记》卷八,中华书局,1979年,第102页。
⑦ 徐积《节孝先生文集》卷三〇《上赵殿院书》,《中华再造善本》,北京图书馆出版社,2006年。
⑧ 杜预注,孔颖达疏《春秋左传正义》卷三九,阮元校刻《十三经注疏》,第4358页。
⑨ 杜预注,孔颖达疏《春秋左传正义》卷三九,阮元校刻《十三经注疏》,第4358页。
⑩ 苏轼《苏轼文集》卷六《问小雅周之衰》,第183页。
⑪ 苏轼《苏轼文集》卷六《问小雅周之衰》,第183页。

于是引出其折中"《小雅》周之盛"与"《小雅》周之衰"两派的论述。

但与此同时,"借题发挥"与"指陈时弊"两条,在"南省说书"中体现得并不充分。前举《问小雅周之衰》,虽对注疏乃至经文均有所突破,但并未将立论上升至关乎治道的大问题上。通观全篇,均就经文原有的话题展开讨论,即围绕"季札观乐"一段,就《诗经》特别是《小雅》与周之盛衰的关系这一话题,发表自己的看法。究其原因,当是受到了考试策的影响。同样围绕《诗经》展开的、苏轼《御试制科策》中对于"王政所由,形于诗道。周公《豳》诗,王业也,而系之《国风》。宣王北伐,大事也,而载之《小雅》"①的回答,将策问所言《诗经》各部分与王政所由的关系解释清楚,并针对《诗大序》所云"政有小大,故有小雅焉,有大雅焉"②即问题产生的依据加以议论,除此之外,未作任何发挥。在对策考试条式的"不考"式中,本有"策义不应所问而别指事"③一项。而被"南省说书"继承的问答形式,也使得回答必须围绕问题展开,正如《文心雕龙》所说:"对策王庭,同时酌和。"④问答之间,有如唱和,从而限制了论述过程中展开的空间。因而,"南省说书"虽受到经论的影响,却并不能如经论一般"借题说自家议论"⑤,更遑论推衍至经纶世务的层面。此前在对比"南省说书"与经筵讲义时,提到"南省说书"并未推衍治道,原因恐正在于此。

综上,宋代考试策、论中均有关于儒家经典者,"南省说书"受到这两种文体的影响,而与这两种文体互有异同。条式上,"南省说书"受到策、论写问目,"对""谨对"字样与"识题"要求的影响。写法上,"南省说书"与经论均从经典文句出发展开议论,均不受传统注疏束缚,而能独出己见。但受对策的考试条式及其因问作答形式的影响,议论过程中的发挥余地受到了限制,使"说书"更关注于经文本身,就经文原有话题展开论述。

---

① 苏轼《苏轼文集》卷九《御试制科策》,第290页。
② 毛亨传,郑玄笺,孔颖达疏《毛诗正义》卷一,阮元校刻《十三经注疏》,第568页。
③ 丁度等《贡举条式》,《附释文互注礼部韵略》附录。
④ 刘勰著,范文澜注《文心雕龙注》卷五《议对》,人民文学出版社,1958年,第440页。
⑤ 茅坤《宋大家苏文忠公文抄》卷一三,《唐宋八大家文钞》第7册,黄山书社,2010年,第3259页。

三、对"说书"文体的认识及其演变

苏轼"南省说书"不见于《东坡集》《后集》,清人王文诰称:"《春秋对义》本集不载。"①当就此而言。宋代曾经出现过这组文章的单行本,《宋志》著录《南省说书》一卷,②未详为何人何时所编。不过,为作者本人所弃,最初以单行本的形式流传,最终为后人收入文集,这样的传播方式与二苏进卷颇为相似,③也从一个侧面印证了"南省说书"考试文章的性质。就笔者管见所及,这组文章最早出现于宋高宗绍兴三十年(1160)刊刻的《重广眉山三苏先生文集》之中,④此时上距苏轼去世已有五十九年。因而,目前可知的对于这组文章文体的定位,全部来自南宋以后的接受者。在此,笔者拟对南宋以后这组文章的出现情况略作考述,在此过程中,结合文集的编纂,探讨当时的编纂者对"说书"文体的认识。

吕祖谦所编《宋文鉴》卷一一一收入"南省说书"十道中的三道,并为此单独设立"说书"一体。在收入时保留其原有的"问""对""谨对"等体现考试文章条式的形式,并且此卷前为苏轼和陈师道的两道对策,后为张庭坚的两道经义,均为考试文章。如周必大所说:"复谓律赋经义,国家取士之源,亦加采掇,略存一代之制。"⑤显示出吕祖谦的编纂意图。但吕祖谦将"说书"与同为考试文章的"经义"截然分作二体,从中也可以看到其对"南省说书"不同于经义的特殊性的认识。与此相似的还有前举郎晔《经进东坡文集事略》,此书首先揭示出这组文章的性质,在此不再赘述。国家图书馆藏《标题三苏文》残宋本,卷四二收此十篇,总题《南省讲三传十事》,其编次以及保留"问""对""谨对"的形式均同郎本,二者或同出一源。

明成化本《东坡七集》的情况较为特殊。该书《续集》卷九收入这组文

---

① 王文诰《苏文忠公诗编注集成总案》卷一,《续修四库全书》第 1315 册,上海古籍出版社,2002 年,第 459 页。
② 脱脱等《宋史》卷二〇八《艺文志》,第 5369 页。
③ 参江枰《二苏对其〈策论〉的摒弃及二书的流行》,《学术论坛》2018 年第 1 期。
④ 中华再造善本工程编纂出版委员会《中华再造善本总目提要》唐宋编,国家图书馆出版社,2013 年,第 776 页。
⑤ 周必大《皇朝文鉴序》,吕祖谦《宋文鉴》卷首,中华书局,1992 年,第 2 页。

章,总题《南省说书十道》。与上述各本相同,此本保留了"问""对""谨对"等形式特征。更为值得注意的是,此卷在《南省说书十道》之前,收录了《禹之所以通水之法》《修废官举逸民》《天子六军之制》《休兵久矣而国益困》《关陇游民私铸钱与江淮漕卒为盗之由》等五篇,恰好是苏轼嘉祐二年应举所作的五道对策。① 这样,苏轼参加礼部试的文章,除《刑赏忠厚之至论》已见于《东坡集》外,均被编到了一起。可见,编者对于这组文章的性质和原有功用有着清晰的认识。但是,此书又将所收"南省说书"十道的文体标为"经说"。经说一般为解经的著作,而非考试文字,如孙奕《履斋示儿编》有《经说》五卷,②二程兄弟有《经说》八卷。③ 鉴于前揭《续集》此卷所收明显指向考试文章,很难想象编者会在文体上将"南省说书"混同于解经著作,因而以"经说"作为这组文章文体的名称,当是一种权宜之计,亦如《宋文鉴》单设"说书"一体,而绝不与策、论、经义等其他考试文体相混,突出了"南省说书"不同于其他考试文章的特殊性。此本虽编于明代,但此书序云:"求其全集,则宋时刻本虽存,而藏于内阁。仁庙亦尝命工翻刻……得宋时曹训所刻旧本及仁庙所刻未完新本,重加校阅仍依旧本卷帙,旧本无而新本有者,则为《续集》。"④准此,《续集》各篇均源自明仁宗"新本",而"新本"则翻刻自内府藏宋本,由此《续集》编排中体现出的对于"南省说书"性质的认识,很可能也来自宋人。

此外,也有一些选本在收入这组文章的过程中改动了原貌,以致于掩盖了其原有的功用。前举《重广眉山三苏先生文集》卷一五,以及七十卷本《三苏先生文粹》卷一六皆是如此。《重广眉山三苏先生文集》总题《三传义》,七十卷本《文粹》总题《三传十事》,均无"南省"字样,标题上的变动取消了其作为考试文章的提示,从而隐藏了这组文章的本事。形式上,二者均删除了"问""对""谨对"等字样,而直以原问目作题目,从而消解了原本应用于"说书举"的形式。二书发生了上述相同的变动,但在此十篇之

---

① 参《苏轼文集校注》卷七,第 751 页注释一。
② 孙奕《履斋示儿编》卷二一六,中华书局,2014 年,第 22—100 页。
③ 程颢、程颐《河南程氏经说》,《二程集》,中华书局,2004 年,第 1027—1166 页。
④ 李绍《重刊苏文忠公全集序》,苏轼《明成化本东坡七集》卷首,第 1 册,国家图书馆出版社,2019 年,第 12—14 页。

中,编次又颇为不同。可知这一改动亦由来已久,二书所收或有不同的来源。另外,百卷本《重广分门三苏先生文粹》卷七总题《南省讲三传十事》,题目虽无"问"字,正文却仍以"对""谨对"起结,大体保留了这组文章原有的考试条式。但在编次上,此书将这组文章与非考试场合所作的经论及解经文字编在一处,而与二苏所作考试策论相去甚远,又显示出对其考试文章性质认识的模糊。由此,百卷本《文粹》或可看作总集编者对这组文章的认识发生转变的过渡状态。[①]

对原有形式的改变,对原有功用的掩盖,使得对这组文章文体的认识也发生了变化。以七十卷本《文粹》为例,此本自卷十二起,所收为苏轼之论体文,至卷一四,多为考试之作,卷一八至卷二三则为政论、史论等。卷一五所收同样是论,题目均出自《春秋》经,唯最后一篇《春秋变周之文》出自《公羊传》何休解,似有意结撰的首尾完整的一组经论。卷一七则为《尚书解》十道、《论语解》两道、《孟子解》一道。而收入苏轼"南省说书"的卷一六,却未标明文体名称。这样,未标文体的"南省说书"十道,被夹在一卷经论和一卷经解之中,或可看出七十卷本《文粹》编者对于这组文章究竟应该归于经论、经义还是经解颇为犹豫。而这三卷又一同穿插于数卷论体文之中,或可看出编纂者更倾向于将这三卷文章统归于论体。而从《重广眉山三苏先生文集》收入"南省说书",总题《三传义》上看,似乎该书的编者更倾向于将这组文章的文体确定为经义。

明刊《重编东坡先生外集》卷一二至一五,内容与七十卷本《文粹》卷一五至一七一致,但已看不到七十卷本《文粹》编者对于这组文章文体定位的犹豫。此三卷文章,文体均明确标为"经义",总题《春秋义十篇》《三传义十篇》《书义十篇》《论语义二篇》《孟子义一篇》。其中《三传义》亦无"问""对""谨对"字样,唯题下小字称"南省说书"。但显然不同于吕祖谦,《外集》编者已将"说书"与"经义"视作完全相同的一种文体。明刊《重编东坡先生外集》亦以宋本为依据,[②]由此可见,在宋代,"南省说书"十道已

[①] 百卷本《文粹》虽有"重广分门"字样,但研究者指出其底本尚早于七十卷本《三苏先生文粹》。参杨忠《〈重广分门三苏先生文粹〉影印说明》,安平秋、郝平主编《日本宫内厅书陵部藏宋元版汉籍选刊》第137册,上海古籍出版社,2012年,第2页。
[②] 参江枰《明代苏文研究史》,江西人民出版社,2010年,第160—166页。

经被视作经义文进行传播。

由上文的梳理可以看出,对于"南省说书"十道的认识,经历了由参加礼部"说书举"的特殊文体到一般的经义文的转变。这一转变过程在宋代已经完成。必须指出的是,南宋人对于"南省说书"十道原有功用的认识虽已模糊,但在科举改革废诗赋而兴经义的背景下,将这组文章直接理解为经义文,恐怕更能彰显其考试文章的性质。上文论述的《文粹》等选本,本有服务科场的意图,如吴承学所说:"八大家所定的'文章指南'在当时之所以产生巨大的社会反响,原因之一就是它们可能是'制义之金针'。"①因而可以说,对于"南省说书"十道认识的转变,与科举制度的转变同步,是南宋文章学与科举纠缠不清的关系的体现。而降及今日,学者在研究科举与文学时,仍倾向于将"南省说书"视为现存宋代经义文的开端加以论述。②

由此可见,由于"说书举"存在的时间过短,传世的文本过少,以至于在南宋人的认识中,其文体的定位便已经模糊,并最终与经义合流。这样的认识一直影响到今天。前文将"说书"与经论、对策比较,可以看出其受到这两种文体的影响。而这种影响,又随着"说书"一体,汇入经义文的发展过程之中。由此,可以归纳出由经论、经义策到经义的发展序列,而"南省说书"正是这一发展序列中的一环。

余论:《宋文鉴》单设"说书"体原因蠡测与"说书"体的影响

由于传世"说书"类文本,目前仅见苏轼所作十篇,因而"说书"作为一种文体究竟能否成立,笔者也没有十分的把握。但是,吕祖谦在编选《宋文鉴》的过程中,确实为这一组文章单独设立了一个文体,这一现象却颇值得探究。同为浙东大儒的叶适在读《宋文鉴》时谈到:"苏轼说《春秋》,庆历嘉祐时文也;张庭坚《书义》,熙丰时文也。"③或许,吕祖谦这样做的目的就是有意识地体现"庆历嘉祐时文"与"熙丰时文"的区别与联系。细较

---

① 吴承学《中国古代文体学研究》,人民出版社,2011年,第331页。
② 祝尚书《宋代科举与文学》,第328—332页。
③ 叶适《习学记言序目·皇朝文鉴四》,王水照编《历代文话》第1册,复旦大学出版社,2007年,第292页。

两种文体,确有差别,也确有千丝万缕的联系。如祝尚书指出:"经义程式的名称,除多'余意''原经'两项外,与'论'相同。"①其中"原经"虽不在后来的论体程式名目之中,但据方笑一所说:"经义中一般必须指明题目的出处,或交代题目的来历,这一部分称为'原经'。"②可知,这正是前文所述"说书"文体从当时经论文中承袭而来的"识题"部分。但经义的题目直接取自经文,而非就经典内容发问,这或许是经义在"说书"基础上的新变。

进一步,从"经义文"概念发展过程的角度出发,吕氏单设"说书"一体,或许表明"经义"作为一种文体概念,是伴随着王安石科举改革而形成的。在此之前,宋人提及"经义"时,均作"经旨""经典大义"之意。今举《长编》中数例,以窥其一斑,如"召九经李符于内殿问经义,赐本科出身"③,"上令择官详校,因访群臣通经义者"④,"诏诸路转运使举通明经义可为国子监讲官者"⑤。出现于科举场合,则为考试内容,如"次试策五篇,问经义者三,问时务者二"⑥。偶尔作为考试科目,如"明经先经义而后试策"⑦,然观其后又有"问以经义"云云,可见在此处以"经义"命名科目,也是就其内容而非文体而言。后人在经义作为文体概念早已成熟定型的基础上,回视这一文体的发展历程,便将"说书"作为其发端。吕祖谦应当也看到了"说书"与经义的关系,但又从"经义"概念变迁的史实出发,未将"说书"归入作为文体的"经义"之中。

吕祖谦在《宋文鉴》卷一一一中收入对策、"说书"与经义三种文体,正好反映出时文文体的发展过程。如前所述,"说书"取法于策论,而发展为经义,在策论与经义之间起衔接作用。宋代经义又成为元代科场文章的取法对象,如倪士毅所说:"宋之盛时,如张公才叔自靖义,正今日作经义者所当以为标准。"⑧在宋代仅短暂出现,并只有一组作品传世的"说书"体

---

① 祝尚书《宋代科举与文学》,第325页。
② 方笑一《"经义"考》,《华东师范大学学报(哲学社会科学版)》2002年第6期。
③ 李焘《续资治通鉴长编》卷一二,第275页。
④ 李焘《续资治通鉴长编》卷四三,第908页。
⑤ 李焘《续资治通鉴长编》卷一一一,第2585页。
⑥ 李焘《续资治通鉴长编》卷一三五,第3214页。
⑦ 李焘《续资治通鉴长编》卷一八一,第4381页。
⑧ 倪士毅《作义要诀自序》,《历代文话》第2册,第1498页。

的文体形态,竟然在元代科场上再次现身。《元史·选举志》载:"汉人、南人,第一场明经经疑二问。"①许家星指出,经疑以"问答形式考查学子对朱子四书的理解,着重文本的异同比较,疑似辨析,融会贯通"②,形式上与宋代"说书"颇为类似。元人陈栎尚存经疑数篇,③其以"问"领起围绕儒家经典的问目,以"对""谨对"起迄正文的形式,均与苏轼"南省说书"相类。经疑考试在明初仍被沿用,明人袁黄表示:"我朝洪武四年(1371)开科,头场文字用经疑。"④虽然明代科举头场旋即改考八股文,但其中仍然可以看出由经义递变而来的影响。⑤

要之,依照《宋文鉴》的文体分类,将"说书"视为一个文体,廓清这一文体的特征,并将其放置在经义发展的过程之中,便可以看出由策论到经义发展的过程。策论作为发表意见的手段,为高扬淑世精神的宋代士大夫所重,而经义却作为专门的科举文体,特别是王安石科举改革的产物,而为传统士大夫所轻。然而,策论毕竟经由"说书"而发展成为经义,乃至八股制义。这一过程或可视为宋代文章学的发展向举业倾斜的缩影,而"说书"正是这一过程的枢纽。

本 章 小 结

文体学是研究文学批评的重要进径,如郭绍虞所说:"文体分类学,不仅与修辞学有密切关系,即对中国文学批评史的研究,也同样是个主要环节。"⑥具体到文章学研究也是如此,如曾枣庄所说:"文章学必须以文体学为基础,因为研究篇章结构、音韵声律、语言辞采、行文技法,必须落实到

---

① 宋濂等《元史》卷八一,中华书局,1976年,第2019页。
② 许家星《"字义"与"经疑"的一体——论〈四书通旨〉对"四书"诠释体式的新探索》,《中国哲学史》2014年第4期。
③ 见李修生主编《全元文》第18册,凤凰出版社,1998年,第225—234页。
④ 袁黄《游艺塾续文规》卷四,日本内阁文库藏明刻本。
⑤ 参朱刚《从修辞到体制——扇对与八股文》,《中国古代文章学的阐释与建构——中国古代文章学三集》,复旦大学出版社,2017年,第58—70页。
⑥ 郭绍虞《提倡一些文体分类学》,《照隅室古典文学论集》下编,上海古籍出版社,1983年,第547页。

具体的诗文,而具体的诗文都是以不同的诗文体裁而存在的。"①宋代文章选本体现出文体观念的历时性变化,从中可以看出文章学的发展,任竞泽甚至表示:"从某种意义上来说,中国文学史可以说就是中国文体发展史。"②由此,经由宋人选本研究宋人对于当代文体的认识,便具有了文章史意义。

治文章之学的先决条件,在于廓清"文章"这一概念。但不同于较早获得独立地位的"诗赋","文章"观念经历过长期的发展,具有与生俱来的"杂"的特性。由杂凑在一起的一系列作品,逐渐形成稳定的内涵与外延,这便是"文"这一概念定型的过程。由此,"文章"观念在发展并最终确立的过程中,与"杂文"这一概念有着密不可分的关系。其间,"文章"不断排除不"杂"的部分,而剩下的"杂文"便成为新的"文章"。在宋代文章总集中,出现的以"杂文"命名的文体,可以视作这一过程的化石。但成为文体的"杂文",并未取得进一步的发展并由此产生新的"文章"观念。宋代"杂文"发展的停滞,反映出"文章"观念在宋代臻于成熟。仍然具有"杂"的特征的"文章",其范围已经大致稳定。作为文体的"杂文"完成了其在"文章"观念发展过程中的使命,进而这种文体本身也出现了消解,又逐渐散入文集,成为"文章"的一部分。

与此同时,"杂文"之"杂"还意味着一定的开放性,可以将一向不成"文章"的文体,接纳进"文章"的范畴之中。宋代文体学经历了由"文笔"对举框架向"诗文"对举框架的转型,箴铭颂赞等有韵之文在前者理所当然地属于"文"的范畴,但在后者却颇难找到恰当的位置。"杂文"使得上述文体得以成为"文章",并由此展开了箴铭颂赞等有韵之文向作为"诗文"之"文"的"古文"靠拢的过程。此外,大量产生于民间的仪式性、宗教性乃至日用文体,不为士大夫所重,却也经由"杂文"进入了"文章"范畴。乐语、上梁文等"卑体"文进入总集成为"文章",虽然为士大夫所诟病,但也丰富了宋代"文章"的含义,参与了"文章"观念发展的过程。

---

① 曾枣庄《文章学须以文体学为基础》,王水照、朱刚主编《中国古代文章学的成立与展开——中国古代文章学论集》,复旦大学出版社,2011年,第6页。
② 任竞泽《宋代文体学研究论稿》,商务印书馆,2011年,第2页。

由此可见,"杂文"产生、发展与消解的过程,折射出"文章"观念在宋代趋于稳定,这为关于"文章"的研究,即"文章学"在宋代的成立提供了支持。与此同时,"文章"观念的稳定是相对的。在宋代,中国社会经历了剧烈的转型,具体到"文章"观念也是如此。旧的"文章"观念退出,新的"文章"观念加入,宋代相对稳定的"文章"观念的形成,事实上伴随着由唐入宋新的"文章"范式的产生。宋代文章学,便在这种相对稳定又不断变化的"文章"观念中展开。后文的论述,也将以此为基础,在宋代文章学的诸多新现象中,寻求其相对稳定的时代风貌。

第三章
宋人当代文章史的建构：
宋人选宋文中典范作家作品的形成与演进

宋人选宋文除框定了"文章"观念的范畴外，也确立了一批相应的文章写作典范，从而反映出宋人对于本朝文章史的认识。朱东润在《中国文学批评史大纲》的开篇言道："凡一民族之文学，经过一发扬光大之时代者，其初往往有主持风会，发踪指使之人物，其终复恒有折衷群言，论列得失之论师，中间参伍错综，辨析疑难之作家，又不绝于途。凡此诸家之作，皆所谓文学批评也。得其著而读之，一代文学之流变，了然于心目间矣。"[①]从宏观上指出文学批评的性质，即古人对其当代文学的理论引领和对前代文学的理论总结，并指出，研究文学批评的目的在于了解一代文学之流变。朱氏对于文学批评性质与目的的总结，在宋人选宋文自然也同样适用。宋人选宋文或总结一代之文学，如《宋文鉴》对于北宋文学的总结；或引领一代之潮流，如在孝宗朝推崇苏轼背景下产生的诸多三苏选本。更为重要的是，宋人选宋文以文学总集的形式，直接为读者提供了阅读与模仿的范本。因此，选本批评更有能力反映一代文学之流变。但如邹云湖所说："选本的读者虽然会在选本中与作者直接遭遇，有面对面的交流，但这种遭遇、交流实际上是早已经选者的'选'所精心安排策划的，是选者煞费苦心的预谋。"[②]作者与读者之间有了选本这道媒介，读者对于某一作者乃至作者群体、一代之作者的认识，实际上经过了选本的塑造。因此，应该说选本批评更有能力建构一代文学之流变。

选本建构文章史的主要手段是对文章典范的选择与确定。宋人选宋文在宋代文章经典化的过程中起到了至关重要的作用，如魏希德（Hilde De Weerdt）所说："12世纪中期到13世纪中期出版的合集中，一些古文作

---

① 朱东润《中国文学批评史大纲（校补本）》，上海古籍出版社，2016年，第1页。
② 邹云湖《中国选本批评》，上海三联书店，2002年，第296页。

者及其文章逐渐成为一组非正式的正典文本。"①便是有关文章选本中古文作家作品经典化的准确表述。由此,通过对宋人选宋文入选作家作品的研读,可以探讨宋人自己构建的当代文学史,以及对当代文学典范的塑造。从选目出发,通过对选本入选作家作品的量化统计,确定宋代选家心目中的"名家",这一工作前人已经付诸实践。如邓建在其博士学位论文中,开列出《宋文鉴》等十二种宋代文章选本中入选文章数量位列前十的唐宋作家,再依照在这份名单中出现的频率,确定了十五位宋代选家心目中的唐宋文章"名家"。②谭新红也做过类似的工作,不过研究对象并非选本,而是从王水照先生《历代文话》中,翻检出一百一十九篇获得过宋人高度评价的唐宋文章,共涉及作家二十五人。③ 不过,上述研究有一相似之处,即将全部的宋代选本或宋代批评视为一个整体,通过对这一整体的统计,得到宋人的共识。但是,两宋三百余年,宋人对本朝文学发展的认识与对文学典范的选择有无历时性的变化?这是本章希望考虑的问题。

第一节 宋人文章选本与"宋六家"的确立
——兼论"宋六家"确立的文章学意义

宋人文章选本对于文章典范的选择与确立,首先体现在其对"宋六家"乃至"唐宋八大家"确立所起到的作用上。对此,人们久已有所关注。虽然"唐宋八大家"的正式定型有待于明人选本,但如郭象升指出:"自吕祖谦等选录古文,皆以欧曾王苏,上配韩柳。明初临海朱右乃集退之、子厚、永叔、子固、介甫、明允、子瞻之文,为七大家。嘉靖时,唐顺之、茅坤又益以子由,而八大家之说始定。"④可见宋人文章选本对"八大家"之说的草

---

① [比]魏希德著,胡永光译《义旨之争:南宋科举规范之折冲》,浙江大学出版社,2015年,第114页。
② 邓建《宋代文学选本研究——基于"选学"立场的返观与重构》,第189—190页。
③ 谭新红《论宋人对唐宋文经典的建构》,《江汉大学学报(社会科学版)》2018年第4期。
④ 郭象升《文学研究法》,太原中山图书社,1932年,第101页。

创之功。这一论断也为海外学者所熟稔,如海保元备指出:"八家之名目在《真西山读书记》中就能见到,可知早在宋代已有此称。不过,只是到了明初的朱右,始采录八家之文,编成《八先生文集》。"①时贤也就此问题进行了深入的开掘与阐发,相关研究颇丰。可以说,宋代文章选本对于"八大家"确立所起到的作用已经成为不容置喙的共识。而与此同时,这又是在研究宋人文章选本与宋代文章学的过程中所无法绕过的话题。在此,笔者仅对"宋六家"确立过程中与宋人文章选本有关的若干具体问题略加论述,并尝试说明"宋六家"典范的确立对于宋代文章学发展的意义。

一、"三苏选本"与三苏文章典范的确立

宋室南渡之初,苏学之禁解除,在宋高宗"最爱元祐"的号召下,苏文成为当时文章接受的热点。所谓"人传元祐之学,家有眉山之书"②,此时出现了大量的"三苏选本",③反映出人们对三苏文章接受的热情空前高涨。南渡"三苏选本"带来三苏文章典范的确立,有两点值得关注:其一,三苏文章被接受的范围,已经大大超出了此前分别流传的三苏别集边界,篇目大量增加,形态也发生着变化;其二,三苏不再是三个独立个体,而是成为"三苏"这一整体被接受。

关于第一点,尤以苏轼文章最为显著。苏轼虽亲手编订《东坡集》并亲自审定《后集》,但其文章的编辑工作远未臻于完成。至其子苏过手中,仍有大量家传遗稿未得到妥当的处理。④ 从宋本《七集》到今天流行的《苏轼诗集》《苏轼文集》,苏轼别集的形态经历了翻天覆地的变化,南宋初三

---

① [日]海保元备著,吴鸿春译《渔村文话》,王水照编《历代文话》第10册,复旦大学出版社,2007年,第10106页。
② 郎晔《经进东坡文集事略》卷首《苏文忠公赠太师制》,《四部丛刊初编》本。
③ 本节使用的三苏选本主要有《重广眉山三苏先生文集》八十卷,《中华再造善本》影印宋绍兴三十年(1160)刻本(以下简称《三苏先生文集》);《三苏先生文粹》七十卷,《中华再造善本》影印宋婺州吴宅桂堂刻王宅桂堂修补本(以下简称重广分门三苏先生文粹》);《重广分门三苏先生文粹》一百卷,《日本宫内厅书陵部藏宋代版汉籍选刊》影印宋巾箱本(以下简称百卷《文粹》);《标题三苏文》六十二卷存三十四卷,国家图书馆藏宋淳熙蜀刻本;《东莱标注三苏先生文集》五十九卷,《中华再造善本》影印宋刻本等。
④ 参[日]原田爱《蘇軾文学の継承と蘇氏一族—和陶詩を中心に—》,日本中国书店,2015年,第128—129页。

苏选本参与了这一过程,也由此成为苏轼文集演变过程中的重要环节。其中,三苏选本的选篇与编次可以看到在本集基础上加以调整、补充的痕迹。如《三苏先生文集》卷三八、三九所收策问,大致相当于《东坡集》卷二二,但《私试策问》多一首。又如百卷本《文粹》卷一一至三〇所收史论中,有十六篇苏轼作品被标注为"志林",篇目与郎晔《经进东坡文集事略》卷一二至一四所收"海外论"十六篇同。与《后集》卷一一所收"志林"相较,将"越既灭吴"一篇拆分为《范蠡论》与《子胥论》两篇,并多出《宋襄公论》与《士燮论》(一作《范文子论》)二篇。《标题三苏文》卷六一、六二"海外论"存十三篇,但有缺页,所存既有《范蠡》《子胥》二篇,则原本规模当与百卷本《文粹》、郎晔本同。虽然《后集》号称经过苏轼目验,但关于其中"志林"部分的篇目与分合,显然还未处置停当。三苏选本提供了这组文章的另一种形态,这一形态的"海外论",为郎晔所采用。而在成化本《七集》中,所增《宋襄公》《士燮》仍孤悬于"志林"之外,被编入《续集》卷八。

此外,三苏文章选本还展现出苏轼文集形态变化过程中大量集外文的涌现。① 如成化本《续集》卷九所收省试策五道,朱刚认为"它们恐怕就是由《文粹》的编者最初搜罗到的苏轼集外文"②。同卷又有《南省说书》十道,也是经由三苏选本汇入苏轼文集系统的。③ 至于今本《苏轼文集》卷六五所收史评,多数来自百卷本《文粹》卷八九与七十卷本《文粹》卷三九、四〇。但这些文章在三苏选本中还未形成固定的规模、篇目和组织形式。如在《宋文鉴》与《标题三苏文》中,这些文章的一部分一度以《杂说》的名目出现,未分篇目。即使在分别拥有篇题之后,这些篇目分合还是不确定的,如《尧桀之民》与《齐高帝欲等金土之价》,以及《戴安道不及阮千里》与《琴鹤之祸》,在三苏选本中都曾合为一篇。在编排上,如《尧不诛四凶》《伊尹五就桀》《宰我不叛》《曾参曰唯》《扬雄言许由》《韩愈优于扬雄》《管

---

① 本节使用的苏轼"集外文""佚文"等概念,均指不见于宋本《六集》,即《东坡集》《后集》《奏议集》《内制集》《外制集》与《应诏集》的文章。若从刊刻时间上看,刻于绍兴年间的《重广分门三苏先生文粹》《重广眉山三苏先生文集》等,早于大部分后续别集系统,与宋本《外集》几乎同时产生。因此,至少可以说三苏选本与《外集》,在总集与别集两条路径上,共同承担了甄收与确定苏轼集外文的功能。
② 朱刚《苏轼苏辙研究》,复旦大学出版社,2019年,第339页。
③ 参本书第二章第四节。

仲分君谤》《管仲无后》《穰苴》《商君功罪》《王翦用兵》《孟尝君宾礼狗盗》《田单火牛》等篇,在百卷本《文粹》中皆附于卷一一至二〇所收二苏史论之下,与集中收入史评的卷八九相隔甚远,而在七十卷本《文粹》中,这批文章已经悉数归于卷三九、四〇史评之中。由此可以看出,面对大量散乱的苏轼集外文,南渡三苏选本加以收拾与编订,对于苏轼文集面貌的确定起到了重要作用(详见"附表"表1)。

关于第二点,宋人对三苏文章的接受,起初是不均等的。苏轼是无可争议的文章典范,而乃父乃弟,似乎是附苏轼之骥尾。但在南渡时期形成的一系列三苏选本中,三苏文章却被视作一个整体,选家在三人之间并不作轩轾。其中,三苏文章的署名会被作出调整,最为典型的案例当为二苏"五经论"的归属问题,至今聚讼纷纭。对此,朱刚先生认为,"因为苏轼没有关于五经的'论'文,而苏辙另外还有同类文章,所以《文粹》的编者将这一组五经论割属苏轼名下了"①,指出署名权的调整出于编者所为。类似的事例在三苏选本之中并非罕觏,以《三苏先生文集》为例:苏辙《闵子祠堂记》在卷一九题作苏轼;卷四一所收苏辙《私试策问二十六首》,实即《栾城集》卷二〇《私试进士策问二十八首》,所少二首,则见于卷三九苏轼名下;卷七四将苏洵《谥法论》四篇归入苏辙名下。更有甚者,此书卷五五之全部、卷五六之《周公下》、卷五七《老子》上下及卷六〇之全部,均出《栾城应诏集》,却署名苏轼。由是,此书实是将二苏进论打通,按照一定规则重新编排,删去苏辙《夏》《商》《周》三论(已据《古史》收于他处),又插入苏轼《正统论》三篇、《思治论》一篇,编为一大组,而合署苏轼之名。如此大幅度的署名调整,说明三苏选本的编者并不认为三苏作品之间有什么不同,在他们眼中,这些全部都是作为整体的"三苏文章",而具体署谁的名字,则完全可以视情况作出相应安排。

这一现象表明,南宋选本对于三苏文的接受,由知人论世的作者论转向功利性的写作技法。而最需要进行写作技法训练的,莫过于应试举子。陆游记录了当时的俗谚,称:"苏文熟,吃羊肉。苏文生,吃菜羹。"②南宋之

---

① 朱刚《苏轼苏辙研究》,第342页。
② 陆游《老学庵笔记》卷八,中华书局,1979年,第100页。

初出现的大量三苏文章选本,显然与举业有关。

基于这一认识,南宋三苏选本的诸多现象,也应当以写作技法与举业指导来进行解释。如四库馆臣称七十卷本《文粹》"所录皆议论之文,盖备场屋策论之用者也"①,傅增湘也以为《东莱标注三苏文》"选书策史论为多,以备士子帖括之用"②,可知此类选本大量收集三苏策论佚文的初衷不在于其中所表达的观点,而在于苏氏一族场屋文字的写法。在宋代科举制度的运行过程中,策论的地位日趋重要。元祐以后进士科分裂为诗赋与经义,但两科均需考试策论。况且,三苏选本所收策论,很多就是二苏的考试文字,如百卷本《文粹》卷三九、四〇收入苏轼、苏辙各一组由《刑赏忠厚之至论》领衔的考试论,卷四一、四二则分别为二苏应制举所作"秘阁六论",次第井然。此外,今本《苏轼文集》卷三论《春秋》十篇,与卷六《书义》《三传义》,都是三苏选本中以经义或经解的名目出现的苏轼佚文。可见,三苏选本大量收集三苏佚文是为了提供科场写作指导,而所提供的范文已经超出了策论的范围,进而为南宋举子所需要的经义写作提供服务。

既然选家关注的是三苏文章的写作技法而非所表达的观点,那么三苏选本所收策论中思想与观点的"主人",即文章的"作者",便不再重要。相应的,编者更加关注策论文章的论题。早期的三苏选本大量采用分体、分类的编次方式,利于备考时翻检使用。三苏别集中原本成组的论体文被打散,按照需要重新以类编次。如《标题三苏文》所收苏辙《进论》《进策》,及苏轼《海外史论》皆单独成组;《三苏先生文集》中,苏辙《历代论》《古史论》也单独成组,但二苏进论却打通重编;而到了两种《文粹》之中,则将二苏全部有关历史人物的论体文全部打通(七十卷本《文粹》按人编次,故将三苏论体文分别打通),按所论时代重新编次。如朱刚先生所说:"对于南宋的应考举子来说,这样的文本等于按时代顺序汇编了苏辙的有关议论,方便其参考采择,可以说非常符合市场的需要。"③可见,南宋三苏文章选本中,采取整体分门的形式,每门之下三苏文章混编,"三苏文章"

---

① 永瑢等《四库全书总目》卷一九三,中华书局,1965年,第1767页。
② 傅增湘《藏园群书经眼录》卷一八,中华书局,2009年,第1238页。
③ 朱刚《苏轼苏辙研究》,第347页。

作为整体被接受,甚至三苏之间可以共享文章的署名权,均与此类选本举业文章写作指导的用意有关。

三苏选本通过分类与编次,为读者提供了一套完整的科场范文。但南宋早期的三苏选本,尚未明确提示读者应当在何种层面上关注和学习苏文。稍晚出现的《标题三苏文》与《东莱标注三苏文集》,便明确以题注、眉批与点抹的形式,发明选文的主旨与脉络,展现苏文在写作技法上的优长。黄灵庚先生详细解释了吕祖谦"标"与"注"的含义:标明文章"警策"之处;提纲挈领的评点。① 其中《东来标注三苏文集》在选目上与七十卷本《文粹》的承袭关系十分明显,显然这一选本的用力点不在"选",而在于指导科场写作的"评",这也使三苏选本与举业指导的关系更近了一步。对散见于举业评点中的写作指导加以总结,便成为文章格法。吕祖谦论作文法,开列出"上下""离合"以至"典严"等三十一种"格制",②并在《古文关键》中有"某某格"的表述。而《论学绳尺》《太学新编黼藻文章百段锦》等,更直接按"格"编次选文。苏轼正是《看古文要法》与《古文关键》中标举的文章典范,在《百段锦》中也占到全书举宋人例的30%。可见,经由三苏选本的转型,苏文典范终于进入格法范本之中,成为举业写作技法的重要参考。

值得注意的是,在三苏选本中大量涌现的三苏佚文中,除直接提供写作技法的三苏场屋策论外,主要见于今本《苏轼文集》卷六五的史评文字,也占据了半壁江山。如此大量的史评,可以为科场策论的撰写提供素材,这与磔裂前人文章,以类编次的科场帖括之书十分相似,其用意不在于典范的模仿与文法的学习,而是作为写作素材,以备场屋中取用。后来出现的专门帖括之书,如四库馆臣谓"皆预拟程试答策之用"③的《永嘉先生八面锋》,正多杂取二苏文字。可见三苏选本对于苏氏文章的拣选与拾遗,无不体现着与科举的关系,并影响着后续的举业指导用书。

三苏选本虽以收录表达思想观点的策论与史评为主,但编者的着眼

---

① 黄灵庚《东莱标注三苏文集点校说明》,吕祖谦《吕祖谦全集》第27册,浙江古籍出版社,2017年,第2页。
② 见吕祖谦《古文关键·看古文要法》,《历代文话》第1册,第237页。
③ 永瑢等《四库全书总目》卷一三五,第1148页。

点既然不在思想观点本身,他们审视三苏文章典范的目光,也就不复有全牛,而是基于举业写作指导的目的,批郤导窾,不断对三苏文章进行分解、剖析,使之一步步走向细碎深狭,力图为"以无法胜"①的苏文,建立起可供按图索骥的法度。原本,苏文以"漫衍浩荡""自然成文"②著称,苏轼本人标榜其文"如万斛泉源,不择地皆可出""常行于所当行,常止于不可不止"。③ 这种一泻千里、自由无碍的文风,为当时已日益形成固定格套与程式的科场文章注入了一丝活力。但在举业选本的编选者与评点家对文章写作技法的不懈探寻与细致分析之下,本如流水的苏文也难免遭遇"抽刀断水"的下场,被肢解为细碎的格法与精彩片段,供举子们学习揣摩。

二、欧曾文章:另一条经典化道路

在宋六家之中,除"三苏"并称外,"欧曾"并称也是一个显著的现象。曾肇为曾巩撰写行状,称"公稍后出,遂与文忠公齐名"④。宋六家俱出欧阳修门下,而独曾与欧并称,以其学欧最肖之故。如晁公武所说:"欧公门下士,多为世显人。议者独以子固为得其传,犹学浮屠者所谓嫡嗣。"⑤朱东润也指出:"论文之说,最有当于欧公者,独为曾巩。"⑥因此,同"三苏"一样,笔者在此将"欧曾"视作一个整体,观察其在选本中的经典化过程。

选本的情形可以支撑上述判断,除"三苏选本"外,南宋还存在独立的"欧曾选本",显示出"欧曾文章"同样具备特有的经典化路径。迄今所知的欧曾选本有两种:其一为朱熹所编,今不存,但王柏有《跋欧曾文粹》,称"得于考亭门人,谓朱子之所选"⑦;其二为陈亮所编,分为《欧阳先生文粹》与《曾南丰先生文粹》,二集宋刻本俱存。可以看出,欧曾选本与三苏

---

① [朝] 黄玹《梅泉集》卷六《答李石亭书》,景仁文化社,1999年,第368页。
② 惠洪《石门文字禅》卷二七《跋东坡悦池录》,《四部丛刊初编》本。
③ 苏轼《苏轼文集》卷六六《自评文》,中华书局,1986年,第2069页。
④ 曾肇《曲阜集》卷三《子固先生行状》,文渊阁《四库全书》本。
⑤ 晁公武著,孙猛校证《郡斋读书志校证》卷一九,上海古籍出版社,1990年,第995页。
⑥ 朱东润《中国文学批评史大纲(校补本)》,上海古籍出版社,2016年,第132页。
⑦ 王柏《鲁斋王文宪公文集》卷一一《跋欧曾文粹》,《续金华丛书》本。

选本之间存在着明显的不同：三苏选本多数是书坊攫利的产品，难以确切考知编者，如张元济所谓"盖南渡之后，文禁大开，苏氏父子文字为一时所矜尚，坊肆争相编刻，以谋锥刀之利"①，其面向的读者群也是尚未步入精英阶层的应考士子；欧曾选本则有明确的编者，尽管朱熹与陈亮在学术观点上存在着显著的差异，但他们首先均属于作为知识精英的士大夫。由此，编者与受众的不同使欧曾选本对于欧曾文章的接受倾向，与三苏选本之于三苏文章产生差异：三苏选本更倾向于对功利性的写作技法的接受，而欧曾选本则更偏重于学理性与思想性。

学术思想方面，在高宗朝便已经显示出王学与程学争夺的局面。如朝廷屡次下令"取士毋拘程颐、王安石一家之说"②"毋以程颐、王安石之说取士"③，作为学术的苏学并没有参与这场争夺。倒是争夺的一方——程学中人，视欧曾文章为学术思想上的典范。如朱熹直言"欧公之文则稍近于道，不为空言"④"欧公文字锋刃利，文字好，议论亦好"⑤"固宜以欧曾文字为正"⑥。又如朱东润指出："子固论文，言'理当无二'，所谓理者，谓道理之理，与朱子之说近，而与东坡之说大异。"⑦均显示出欧曾文章与南宋接受者相契之处乃在于其中的道理。王柏《跋欧曾文粹》称："抑又尝闻朱子取文字之法，文胜而义理乖僻者不取，赞邪害正者文辞虽工不取。"⑧指出朱熹所作欧曾选本的去取标准在于义理之正。即便是学术思想异于朱熹的陈亮，也在其《书欧阳文粹后》中指出："公之文根乎仁义而达之政理，盖所以翼《六经》而载之万世者也。"⑨可见，在重视欧曾文章之思想学术内容这一点上，朱熹与陈亮之间是一致的。

朱熹虽一生服膺曾巩文章，"为之作年谱，考订精实。又为作谱序，其

---

① 张元济《宝礼堂宋本书录》，《张元济全集》第8卷，商务印书馆，2009年，第116页。
② 脱脱等《宋史》卷三一《高宗八》，中华书局，1975年，第585页。
③ 脱脱等《宋史》卷三五《孝宗三》，第667页。
④ 朱熹《朱子语类·论文》，《历代文话》第1册，第226页。
⑤ 朱熹《朱子语类·论文》，《历代文话》第1册，第213页。
⑥ 朱熹《朱子语类·论文》，《历代文话》第1册，第217页。
⑦ 朱东润《中国文学批评史大纲（校补本）》，第132页。
⑧ 王柏《鲁斋王文宪公文集》卷一一《跋欧曾文粹》，《续金华丛书》本。
⑨ 陈亮《陈亮集》卷二三《书欧阳文粹后》，中华书局，1987年，第245页。

文殊类南丰"①,但其口中又不乏对曾文的不满之辞,如"曾文一字挨一字,谨严,然太迫"②"只是关键紧要处,也说的宽缓不分明"③等。日本学者斋藤正谦敏锐地指出,朱熹对曾巩的服膺,事实上仍在思想层面,这一点若以三苏为参照尤为明显,称:"朱子不喜三苏,不喜其议论耳,非必不喜其文词也。其喜南丰,喜其议论耳,非必喜其文词也。"④将三苏之文词与曾巩之议论对举。这一点也见于朱熹本人的言论,如"二家之文虽不同,使二公相见,曾公须道坡公底好,坡公须道曾公底是"⑤,这里的"好"与"是",显然也是就文词与议论而言的。事实上,朱熹对三苏的批评限于论学之内容,钱锺书先生指出,"朱子早岁本号诗人,其后方学道名家"⑥,其对文词事实上有着高超的鉴赏能力,一旦离开学理层面而讨论诗文之艺术形式,便也不吝惜对三苏投以赞赏之词,如"老苏之文高,只议论乖角"⑦,又如"东坡文字明快,老苏文雄浑,尽有好处"⑧,皆是专就文词而言的。查慎行称"朱子于苏氏兄弟挥斥不遗余力,而诗中则称为苏仙,往往次其旧韵,极相引重,亦可见公道难泯",⑨也指出朱熹对待三苏议论与文词的不同态度。

由此,在文章经典化的过程中,欧曾与三苏之间俨然出现了议论与文词的分工。如郭绍虞指出:"三苏用力于文者多,曾巩致力于道者深。"⑩而在这样的分工之中,欧曾文章更接近理学家理想中的载道。如《隐居通议》载:"先儒谓欧文粹如金玉,又以为有造化在其胸中,而未有以道视之者。《答吴充秀才》一书,则其知道可见矣。南丰说理则精于其师,如曰'及其心有所得'而下二三百言,非所诣之至,何以发明透彻。东坡雄伟固所不逮,伊洛微言或未有过也。予详此言,似谓欧曾可以合周程,而苏自

---

① 刘壎《隐居通议》卷一四,《丛书集成初编》,中华书局,1985年,第150页。
② 朱熹《朱子语类·论文》,《历代文话》第1册,第212页。
③ 朱熹《朱子语类·论文》,《历代文话》第1册,第219页。
④ [日]斋藤正谦《拙堂文话》卷四,《历代文话》第10册,第9885页。
⑤ 朱熹《朱子语类·论文》,《历代文话》第1册,第222页。
⑥ 钱锺书《谈艺录》,生活·读书·新知三联书店,2001年,第252页。
⑦ 朱熹《朱子语类·论文》,《历代文话》第1册,第217页。
⑧ 朱熹《朱子语类·论文》,《历代文话》第1册,第211页。
⑨ 查慎行撰,张载华辑《初白庵诗评》卷中,国家图书馆藏清乾隆刻本。
⑩ 郭绍虞《中国文学批评史(上册)》,商务印书馆,2010年,第366页。

成一家。"①又如陈宗礼所说:"嘉祐中,欧阳文忠公以古道倡,南丰之曾、眉山之苏,胥起而应。眉山父子兄弟稽千载治乱成败得失之变,参以当世之务,机圆而通,辞畅而警,立言之有补于世,美矣。然求其渊源圣贤,表里经术,未有若吾南丰先生之醇乎醇者也。"②皆是在曾、苏对比的语境下,高标曾巩之经术。由此,欧曾文章似不必承担文章技法方面的典范功能。特别是曾巩,似不以文词取胜。如郭象升指出:"子固湛深经术,雅近匡、刘,微以繁絮沉闷为病,故后人有骈胁大胳之诮。"③以为曾巩之文词未及其议论。又如前举斋藤氏之言:"曾南丰之文,典雅有余,而精彩不足,当时为苏氏兄弟所掩。虽朱子称扬之,不必置于欧、苏之列,故未显。"④同样分论文词与议论,而以曾巩之文未及苏氏。可见,在文章经典化过程中,宋代人对曾巩文章的接受并不在文词。

然而欧曾毕竟更近乎文章家,在醇正的理学家看来,他们对于文道关系的处理是颠倒的。如朱熹认为曾巩"亦只是学为文,却因学文,渐见些子道理"⑤,此言与程颐对于韩愈"却倒学了"⑥的指责如出一辙。陆九渊也注意到欧阳修与韩愈在"欲因学文而学道"这一点上的一致性。⑦由此,南宋人对于欧曾文章思想层面的接受,实是将其视为韩愈以下载道之文的写作范式的延续。欧曾上接韩愈,已经是宋人的共识。欧阳修每有"今之韩愈"之称,如韩琦荐欧阳修,称:"欧阳修,今之韩愈也,而陛下不用,臣恐后人如唐,谤必及国。"⑧苏轼为欧集作序,亦称:"士无贤不肖,不谋而同曰:'欧阳子,今之韩愈也。'"⑨降及南宋,杨万里称:"当时天下之人皆以欧公为今之韩愈。"⑩员兴宗称:"天下士率曰今之韩愈,而欧亦规愈自名

---

① 刘壎《隐居通议》卷二,第 17 页。
② 陈宗礼《南丰先贤祠记》,《江西通志》卷一二六,文渊阁《四库全书》本。
③ 郭象升《文学研究法》,第 101 页。
④ [日]斋藤正谦《拙堂文话》卷四,《历代文话》第 10 册,第 9885 页。
⑤ 朱熹《朱子语类·论文》,《历代文话》第 1 册,第 219 页。
⑥ 程颢、程颐《河南程氏遗书》卷一八,《二程集》,中华书局,2004 年,第 232 页。
⑦ 陆九渊《陆九渊集》卷三四《语录》上,中华书局,1980 年,第 399 页。
⑧ 陈师道《后山丛谈》卷五,中华书局,2007 年,第 66 页。
⑨ 苏轼《苏轼文集》卷一〇《六一居士集叙》,第 316 页。
⑩ 杨万里《诚斋策问》,《丛书集成续编》第 104 册,上海书店,1994 年,第 284 页。

者。"①众口一词,可见这一判断为当时人所公认。至于曾巩,朱熹《曾南丰先生年谱》称:"公之文高矣,自孟韩子以来,作者之盛,未有至于斯。"②吕祖谦称欧文"祖述韩子",曾文"专学欧"③,可见在宋人的认识之中,韩—欧—曾构成一条文章写作的发展序列。由前引《隐居通议》"而苏自成一家"云云,可以看出,三苏文章在一定程度上是游离于这一谱系之外的。王十朋称:"韩欧之文,粹然一出于正,柳与苏好奇而失之驳。至论其文之工、才之美,是宜韩公欲推逊子厚,欧阳子欲避路放子瞻出一头地也。"④也指向韩欧为一序列而与苏不同。选本方面,朱熹除编纂《欧曾文粹》外,也曾编纂过《昌黎文粹》,又称:"人要会作文章,须取一本西汉文,与韩文、欧阳文、南丰文。"⑤可以视作其昌黎、欧曾文并选之用意的夫子自道。

将欧曾文视为韩愈以来写作传统的延续,事实上是以思想史的视角,在"儒学复古运动"的语境下,讨论唐宋"古文运动"。宋人尚"统",而宋初士人所构建的"道统"与"文统"事实上无法截然分开。如王水照先生所说,宋初柳开、孙何、孙复、孔道辅、石介等人,"更强调以'道'为本位的文统观,甚至把道统、文统合二为一"⑥。这些兼祧道统与文统的士人,同时也是被宋代文章选本建构出的第一批典范作家。在产生于北宋末期的《圣宋文选》这一迄今所能见到的时代最早的宋人选宋文中,王禹偁以及名列"宋初三先生"的石介、孙复悉数入选。此书偏好选入成组论体文,但王禹偁和孙复却几乎没有论入选,尤可说明此二人的入选源于选家对其文章本身而非特定文体的重视。其中孙复入选的文章,几乎是今天我们所能见到的全部《孙明复小集》的内容。土田健次郎指出,在"道统"建立的过程中,"有一个主导性的人物孙复,他把董仲舒、扬雄、王通、韩愈并列在一起,给予赞赏"⑦。那么,选本的关注点乃在于其"继统"。事实上,这批士人均以绍承韩愈之"统"自居,如《能改斋漫录》载:"始天水赵生,老儒也,

---

① 员兴宗《九华集》卷二〇《跋刘原父文》,文渊阁《四库全书》本。
② 刘壎《隐居通议》卷一四,第150页。
③ 吕祖谦《古文关键·看古文要法》,第235—236页。
④ 王十朋《梅溪先生文集》卷一九《读苏文》,《四部丛刊初编》本。
⑤ 朱熹《朱子语类·论文》,《历代文话》第1册,第228页。
⑥ 王水照《北宋的文学结盟与尚"统"的社会思潮》,《王水照自选集》,第119页。
⑦ [日]土田健次郎著,朱刚译《道学之形成》,上海古籍出版社,2010年,第36页。

持韩愈文数十篇授开,开叹曰:'唐有斯文哉。'因谓文章宜以韩为宗,遂名肩愈,字绍元,亦有意于子厚耳。"①则柳开亦俨然自视为"今之韩愈"。因而以欧曾上接韩愈,事实上也便是将欧曾置于这一古文发展的谱系之中。如朱熹所说:"文气衰弱,直至五代,竟无能变。到尹师鲁欧公几人出来,一向变了。"②便是着眼于欧阳修绍继宋初古文,矫五代文气之衰而言的。

由此,宋初古文的发展脉络,在南宋凝结为欧曾文章典范,并以"欧曾选本"的形式实现了经典化,完成了一条有别于三苏文章的经典化道路。如王水照先生所说:"尽管从个人才性来看,欧与曾更为接近……但时代的需要和客观的美学标准却使曾巩为苏轼'所掩','精彩不足'而缺乏竞争能力。"③欧阳修在"付嘱斯文"时选择的转变,或许已经预示了"欧曾"与"三苏"两条不同的经典化路径。但两个文章典范系统分别发展的局面并没有维持太久。傅增湘称《注陆宣公奏议》"婺州刊本,板式不大,与余所见《欧阳文粹》《南丰文粹》字体相同"④,又称《三苏先生文粹》"写刻精湛,与袁寒云藏《南丰文粹》殆同时所刊也"⑤,可见分别代表两种文章典范系统的"三苏选本"与"欧曾选本",已经为书商合并起来。至于吕祖谦,于《看古文要法》中标举韩柳欧苏,至《古文关键》,终于确立起无限接近于"唐宋八大家"的文章典范。

三、元祐后学的退场与张耒、王安石的消长

吕祖谦在《古文关键》中标举韩柳欧曾、三苏、张耒之文,被认为与成熟的"八大家"谱系只有一步之遥。不过,如果将视野放大到《看古文要法》与《续增历代奏议丽泽集文》等著作,便会发现吕祖谦所标举的大家,除韩柳欧苏之外,还包括曾巩、王安石、苏辙、李觏、秦观、张耒、晁补之在内。由此,在吕祖谦总结"八大家"的过程中,事实上发生了元祐后学的退

---

① 吴曾《能改斋漫录》卷一〇,《全宋笔记》第五编第 4 册,大象出版社,2012 年,第 11 页。
② 朱熹《朱子语类·论文》,《历代文话》第 1 册,第 202 页。
③ 王水照《曾巩的历史命运——〈曾巩研究专辑〉代序》,《王水照自选集》,第 508 页。
④ 傅增湘《藏园群书经眼录》卷四,第 275 页。
⑤ 傅增湘《藏园群书经眼录》卷一八,第 1283 页。

场。最终曾巩与苏辙进入了选本所确立的文章谱系,作为苏门后学的秦观与晁补之却不为选本所重。至于张耒与王安石,则经历了一番较量,而以王安石的胜利告终,张耒退出,"八大家"的规模正式确立。

元祐后学一度也是选本标举的对象,至少在北宋末年成书的《圣宋文选》中,可以看到"苏门四学士"中的张耒与黄庭坚,以及活跃于徽宗朝文坛的唐庚与陈瓘。在吕祖谦的叙述中,黄庭坚为秦观、晁补之所取代,当归因于黄庭坚之文名为诗名所掩,而秦、晁、张三家则确以文章名世。而三家之中,又以张耒为最。宋人论此三家,或"秦张"并称,或"晁张"并称,①张耒一家,始终在被标举之列。张耒先从学于苏辙,后转投苏轼门下,其游于苏门日久,持论也最近于二苏。朱东润以为"文潜之说出于苏氏兄弟"②,而径由张耒讨论二苏之文道论。且如晁公武所说:"文潜,少公客也。诸人多早没,文潜独后亡。"③《宋史》则称:"时二苏及黄庭坚、晁补之辈相继没,耒独存,士人就学者众。"④均是以苏门在世的最后一位代言人视之。朱刚指出,程颐与苏辙"在失去了兄长的岁月里,他们成为兄长学说的最权威的解释者"⑤,然则张耒之于整个苏门的意义,或可类比苏辙之于苏轼的意义。恰好张耒与苏轼都曾经贬官黄州,这一人生经历上的相似性,也赋予张耒对苏轼作品无可争议的解释权,如王楙便因此倾向于采信其对苏轼《卜算子》词的解释。⑥由此,在三苏缺席《圣宋文选》的情况下,此书大量收入张耒文章,显然是着眼于其对于整个苏门的代表性。张耒文章宛如退潮后的礁石,在元祐后学退场之后,作为硕果仅存的代表,被南宋选家保存下来。

这样,张耒作为苏门的代言人,理所当然地拥有极高的文坛地位。在成书于北宋的《圣宋文选》中,张耒占据绝对的优势,其作品被收入达七卷之多,占全书的五分之一强,王安石虽也入选,但受重视的程度显然无法

---

① 参刘帼超《苏门三学士晁、秦、张"善文不善诗"说——以两宋之际的文学批评话语为考察中心》,《理论界》2018年第2期。
② 朱东润《中国文学批评史大纲(校补本)》,第146页。
③ 晁公武著,孙猛校证《郡斋读书志校证》卷一九,第1016页。
④ 脱脱等《宋史》卷四四四《张耒传》,第13114页。
⑤ 朱刚《唐宋"古文运动"与士大夫文学》,第299页。
⑥ 王楙《野客丛书》卷二四,中华书局,1987年,第276页。

与张耒相比。到了南宋孝宗朝的《宋文鉴》，局面便发生了颠倒，王安石文章的入选数量仅次于苏轼、欧阳修，而入选文章在百篇以上者仅此三人，与之相比，张耒入选的文章却不足二十篇。事实上，张耒与王安石在南宋选本中的较量一直处于胶着状态。同样出于吕祖谦之手的《古文关键》，却将张耒与韩柳欧曾三苏并称，而非王安石。楼昉"受业于吕祖谦，故因其师说，推阐加密"①而编成的《崇古文诀》，也收张耒文而未收王安石文。此外，《五百家播芳大全文粹》中，王安石文章入选数量达71篇，较张耒占有绝对优势；而《二百家名贤文粹》中，张耒入选42篇，王安石入选35篇，二人势均力敌。② 可见，王安石对张耒的取代要到明代选本中"唐宋八大家"正式定型之时方才完成。而在宋代选本之中，选家的视角各有侧重，张耒与王安石的文章学地位便互有消长。

王安石在南宋的声名为蔡京诸人所累，事实上，在北宋末年，人们并不惮于讨论王安石的文章。如李之仪称："窃闻平居专以欧阳永叔、王介甫之文备肘后之索。"③李清照称："王介甫、曾子固文章似西汉。"④皆以欧王、曾王文章并称。但是到了南渡之初，在士人普遍将靖康之变的发生归咎于王安石新政的语境下，文章选本大量选入王安石文章是难以想象的。这一由政治局面造成的文章接受形态并未持续太久，如王学泰所说："后来随着局势的稳定，士大夫的反王浪潮也逐渐平息了。……这些议论出自不同政治背景、不同派别的士大夫之口说明了他们对于新旧党争及元祐党禁的起因作了较认真的思考，并对宋代士大夫之间党同伐异的作风有所反省。"⑤此后反王语境淡化，士人们面对曾经的政争，态度日趋理性，王安石的立身行事、道德文章开始在一定程度上重新被接受，如朱熹所说："二公之学皆不正。但东坡之德行那里得似荆公。"⑥于是，王安石具有

---

① 永瑢等《四库全书总目》卷一八七，第1699页。
② 二书统计数据依据裴云龙《北宋六家散文的经典化研究（1127—1279年）》，北京师范大学博士学位论文，2015年，第154—155页。
③ 李之仪《姑溪居士文集》卷一六《答人求所为诗文书》，《丛书集成初编》，中华书局，1985年，第127页。
④ 胡仔《苕溪渔隐丛话》后集卷三三，人民文学出版社，1962年，第254页。
⑤ 王学泰《〈宋文鉴〉的编刻与时政》，《传统文化与现代文化》1993年第4期。
⑥ 黎靖德编《朱子语类》卷一三〇，中华书局，1986年，第3100页。

了与张耒进行比较的可能。人们接受张耒、王安石文章的视角,也在一定程度上由被政见所左右,而回归到文学本位。

王安石文章的价值也愈来愈为南宋选家所重。吕祖谦在《看古文要法》中称王文"纯洁,学王不成,遂无气焰"。① 同样一段话在《增广关键丽泽集文》中多出"文当学"三个字②,可见吕氏虽对王文有所不满,但仍以之为可以效仿的文章典范。反倒是张耒文章,吕祖谦称其"知变而不知常",又称秦观文章"知常而不知变",晁补之文章则被称"粗率"。③ 吕氏论作文法,主张"笔健而不粗,意深而不晦,句新而不怪,语新而不狂。常中有变,正中有奇"④,可见上述对秦、张、晁三家的评价,是以其各得文章之一偏,皆未臻于文章之妙境。由此,吕祖谦虽在选文过程中放弃了王安石而选择了张耒,但在评价上,王文已经不输以张耒为代表的苏门学士。此后,立足于文学本位对王文的正面评价,便不绝于南宋选本与文话著作。如楼昉评《潭州新学诗》"笔力高简",评《新田诗》"往复宛转,含无限意思,真文字之妙",⑤评《桂州新城记》"法度森严,词意涵蓄",评《信州兴造记》"叙事有法",评《读孟尝君传》"转折有力";⑥又如黄震评《子贡论》"理有文畅,可以成诵",评《王霸论》"明白可读",评《老子》"此论甚工,当写出熟读",评《推命对》"文极工,当写读",评《汴说》"文甚工,可读",评《答韶州张殿丞书》"文字宛转可观"等,⑦均从文章写作方面出发进行评价。楼昉受业于吕祖谦,而专以文章名世,⑧黄震则为朱门后劲,二人学术观点不同,但在对待王安石文章方面,却均显示出关注其文章写作成就的倾向。可见,当政争话语退居次位,从文学本位出发讨论王安石文章,已经成为南宋批评家的共识。王安石在文章写作方面确有其优胜之处,足以跻身"八大

---

① 吕祖谦《古文关键·看古文要法》,《历代文话》第1册,第236页。
② 见吕祖谦《增广关键丽泽集文》,《续增历代奏议丽泽集文》附录,《吕祖谦全集》第40册,第109页。
③ 吕祖谦《古文关键·看古文要法》,《历代文话》第1册,第236页。
④ 吕祖谦《古文关键·看古文要法》,《历代文话》第1册,第237页。
⑤ 二篇题为诗,而《崇古文诀》收入,实视之为古文。
⑥ 楼昉《崇古文诀评文》,《历代文话》第1册,第487—488页。
⑦ 黄震《黄氏日抄·读文集六》,《历代文话》第1册,第765—769页。
⑧ 参陈振孙《迂斋先生标注崇古文诀序》,陆心源《皕宋楼藏书志》卷一一四,浙江古籍出版社,2016年,第2018页。

家"之列,如郭象升所说:"介甫笔力,在诸人中为最高,几与退之相亚。"①由此,王安石最终得以取代张耒,以其文章自身的成就,而被后人视作文章典范。

除此之外还应当注意的是,南宋大量收入王安石作品的选本,如《宋文鉴》《二百家名贤文粹》等,关注点多不限于文章写作,而兼有保存一代文献、总结一代学术的用意。《宋文鉴》自不待言,②《二百家名贤文粹》则如是书跋所说:"此书旁搜类聚,总括精华,会众作如汇百川,气象浑大,诚足以补前人缺典。观者不特可以识斯文正宗,抑见巍巍皇宋文物之盛如此云。"③也是以观北宋一代风貌为选编之用意。如此,王安石的典范意义又不局限于文章写作。员兴宗称:"昔者国家右文之盛,蜀学如苏氏、洛学如程氏、临川如王氏,皆以所长,经纬吾道,务鸣其善鸣者也。"④以王氏之学与苏、程鼎足而三。郭孝友称:"逮熙丰间,临川王文公又以经术自任,大训厥辞,而尤详于道德性命之说,士亦翕然宗之。于是文雅跨汉轹唐,炳然与三代同风。言文章则欧阳为之伯,语经术则临川为之冠。"⑤更是以王氏经术之学与欧阳修以下的古文之学分庭抗礼。由是,王氏之学已经成为总结北宋一代人文学术不可或缺的部分,甚至可以说是首要部分。如朱刚所说:"经过激烈的拉锯式交替后,其在北宋的结果是王安石的'新学'取得官方意识形态的地位,被宋徽宗和蔡京牢牢树为'国是'。所以,就'古文运动'所孕育的新思想征服一个国家而言,我们不能不说王安石才是真正的'成功'标志。"⑥南宋士人在回望北宋一代时,无论如何无法置这一事实于不顾。余英时将南宋政治文化称作"后王安石时代",指出:"王安石变法是一次彻底失败的政治实验——这是南宋士大夫的共识。但这场实验的效应,包括正面的和负面的,都继续在南宋的政治文化中占

---

① 郭象升《文学研究法》,第102页。
② 参本书第四章第四节。
③ 佚名《新刊国朝二百家名贤文粹》卷末,《中华再造善本》,北京图书馆出版社,2005年。
④ 员兴宗《九华集》卷九《苏氏王氏程氏三家之学是非策》。
⑤ 郭孝友《六一祠记》,《江西通志》卷一二六。
⑥ 朱刚《唐宋"古文运动"与士大夫文学》,第334页。

据着中心的地位。王安石的幽灵也依然附在许多士大夫的身上作祟。"①严复所谓"中国所以成为今日现象者,为善为恶,姑不具论,而为宋人之所造就,什八九可断言也"②,准此,也可以说,南宋所以成为南宋现象者,为善为恶,皆为王安石所造就。南宋士人欲明当下之情形,就必然上溯至王安石,《宋文鉴》意图以文为鉴,大量收入王安石作品,当由此理解。

由此,王安石于学问在北宋占有重要的一席之地,于文章则在欧阳修之平淡、曾巩之法度、苏轼之波澜之外,复开纯洁一格,于学于文,均可以跻身北宋最高成就的代表。王安石最终取代张耒进入"八大家"的行列,其文章的上述意义,也终于被发掘出来。而这一发掘的过程,展示出宋人选文视角的变化。如前所述,张耒被视作苏门在世的最后一位代言人,是"后东坡时代"文章的代表。《层澜文选》后集卷一〇连续收入欧阳修《吊石曼卿文》、苏轼《祭欧阳文忠文》与张耒《祭苏东坡文》颇具象征意义,以后辈代表作家为前辈代表作家写作墓志的形式,在北宋诗文革新的序列中,将张耒放置在石延年、欧阳修、苏轼之后,其视角是自上而下的,是对北宋文章史延续与发展的展望。但张耒等人毕竟没能在苏轼之后创造出新的文章高潮,对张耒的标举事实上只具有文章史上承上启下的意义。然而,文章史的延续为靖康之变所打断,如邓建所说:"尤其是北宋覆亡、南宋初立,客观上造成北宋作为一个相对独立的时代被从宋代历史发展的整体链条中割裂出来,这就使得选家在痛定思痛之余,开始对此前直至整个北宋的文学创作活动进行全面观照与客观评判。"③北宋既已成为一个相对独立的历史阶段,苏轼身后文坛的沉寂,便由整个宋代文学的中衰,变成了北宋一代文学极盛之后的衰微期。④那么张耒等人的承上启下,便因无下可启而失去了意义。南宋选本对于王安石的标举,视角是自下而上的,是立足于南宋回视北宋一代的人文风貌。因此,选本之中王安石对张耒的取代反映出选家视角的转变,由对本朝文章的发展脉络的描

---

① 余英时《朱熹的历史世界:宋代士大夫政治文化的研究》,生活·读书·新知三联书店,2011年,自序二第8—9页。
② 严复《严几道与熊纯如书札节钞(三十九)》,《学衡》1923年第13期。
③ 邓建《宋代文学选本研究——基于"选学"立场的返观与重构》,第25页。
④ 参洪本健《从〈宋文鉴〉的编选看有关北宋散文繁荣的若干问题》,《古籍研究》2000年第2期。

述,转变为对前朝文章最高成就的总结。

四、"宋六家"确立的文章学意义

宋代文章选本确立了宋六家在文章史上的地位,同时却也使宋代文章史的叙述趋于简单化,这一点备受诟病。刘咸炘便直言:"世言唐宋文,皆曰'八家',一若韩、柳可以尽唐,欧、苏、曾、王可以尽宋者然。此大谬也!"①从文章史叙述的角度,过于强调八大家的代表性,确实会遮蔽大量文章发展过程中的丰富现象。由此看来,标举宋六家之于宋代文章史的意义,尚在两可之间。然而,宋六家的文章学意义,还可以从文章观念的角度加以理解。

为了打破宋六家对于北宋文章史的遮蔽,刘氏举出具体反例,称:

> 司马光朴直平实,时乃迫两汉。《通鉴》删六朝人文尤见笔力,而世亦无称者。与欧并称者有刘敞原父、刘攽贡父,与曾、王同著于欧门者有王回深父,生稍晚而见赏于介甫者有王令原父,文皆雅劲,非独南宋人不及,即苏门诸子亦不逮。敞、攽文,学《春秋》公羊、谷梁氏传,《礼》戴氏记,亦近西汉人。宋司马、二刘,经史之学皆深于欧,其文亦欧所畏,世徒以议论序记为古文,欧遂独居大宗耳。②

在这里,刘咸炘认为司马光与二刘的经术史学均超越欧阳修,因而不满文章史上宋文尽于六家的表述。但从另一个角度说,经术史学的退出,正是宋六家确立的文章学意义,事实上也正是刘氏所说的"徒以议论序记为古文":宋六家以其创作实践,为古文确定了独立的意义与边界。

文章学之成立,首先在于"文章"观念之成立。"以有文字著于竹帛,故谓之文"③的"文章"显然无法等同于作为"文章学"的"文章"。文章学成立的前提,便是"文章"观念脱离经史著作而获得独立。事实上,宋人对宋六家的接受,起初也是混杂着经史著作而言的,如刘敞评价欧阳修《新五

---

① 刘咸炘《文学述林》,《历代文话》第 10 册,第 9750 页。
② 刘咸炘《文学述林》,《历代文话》第 10 册,第 9753 页。
③ 章太炎《文学总略》,《国故论衡》,商务印书馆,2010 年,第 73 页。

代史》,称:"退之不为史,于道其犹未。胡为体明哲,曾是回怨诽。……天意晚有属,先生拔乎汇。是非原正始,简古斥辞费。"①其接受的对象是历史著作,其接受的视角则是"是非正始"的史识。但此后,《新五代史》之《伶官传论》《宦者传论》《六臣传论》《一行传论》等篇被《崇古文诀》《层澜文选》《古文集成》《文髓》等文章选本收入,历史著作的接受形式被改造成单篇文章,接受的视角也转向文章写作。与此同时,以经史见长的司马光、刘敞、刘攽纷纷退出经典作家序列。可见,以文章见长的宋六家获得标举,标志着有别于经史的"文章"的成立,并获得了接受史的认可。

萧统所撰《文选序》,已经排斥"以立意为宗,不以能文为本"的经史著作。但宋六家笔下的"文章",仍然展现出与萧统所选的"文章"极大的区别。在《文选》的时代,区别于经史的文章,是"壮夫不为"的雕虫小技。而当时的知识阶层需要表达思想时,子书仍然是重要的载体。如论者指出,中古时代的子书作者"无不认为他们的子书著作是'立一家之言'、展现和保存自我以求实现不朽声名的唯一重要途径。虽然赋、诗写作不辍,但是被视为小道,至少在理论的层次上是如此,即如曹丕所谓'文章乃经国之大业'者,在很大意义上恐怕也是指像《典论》这样的子书"。② 由此可见《文选》时代的"文章"观念及其与子书的分工。

这样的情形在宋代发生了很大的改变,文章与子书的功能开始合二为一。朱刚指出,宋代"士林之间流传着许多单行的贤良进卷,实际上可以视为子书的复兴。……当然,基本的构成单位是一篇一篇用古文写作的策、论,脱离了进卷的整体后,也自具独立性,就此而言,它又是唐宋'古文运动'的成果"③。也就是说,这种成组编纂的策论,是以古文的形式承担起子书的功能。而除进卷之外,这样的形式在宋代文章选本中还有很多。如《圣宋文选》收入十四位作者共四百余篇文章,平均每人近三十篇,就单个作者来说,规模不可谓不大。而支撑起这样规模的,主要是成组论体文,其他文体不过是点缀。这些系列论文中,只有李清臣的直接来自进

---

① 刘敞《公是集》卷九《观永叔五代史》,文渊阁《四库全书》本。
② 田晓菲《子书的黄昏:中国中古时代的子书》,傅杰编《望道讲座演讲录——复旦大学中文学科发展八十五周年纪念文集》,复旦大学出版社,2010年,第334页。
③ 朱刚《唐宋"古文运动"与士大夫文学》,第258—259页。

卷,可见《圣宋文选》编者所重视的,并非进卷本身,而是组成进卷的成组论的形式。前举"三苏选本"将苏氏史论打通重排,形成内容上前后关联、形式整饬的一大组,则是成组论的新形态。又如《十先生奥论》,每卷必有一总题,或数卷合用一总题,以总题统摄一组论体文。其中有本身成组的文章,如杨万里的《圣贤论》十四篇,完全搬取本集中的《圣徒论》;也有一些明显是编者拼凑成组的,如杨时《史论》十篇,其中八篇出自本集卷九,另两篇则出自《语录》。

宋代并非无子书,如前举刘咸炘书中称:"周之《通书》、张之《正蒙》则子书之良也。"①郭象升也指出:"《通书》《正蒙》,古雅欲追周秦诸子。"②但上述两种子书不为宋代文章选本所重。同时,"古文运动"经历过与"儒学复古运动"同步的阶段,"载道"即表达思想的功能已经无法从文章中消除。但在表达形式上,"文章"却可以有别于经、史、子部著作。这种既具有古文形式,又承担子书功能的成组论受到了高度的重视,可见当时人已经认识到具有单篇形式、区别于经史著作的"文章",可以取代子书,承担起表达思想即"载道"功能。由此,可以说,宋代文章选本标举"宋六家"的文章学意义,正是为这样的"文章"寻找到了相应的写作典范。

与此同时,"文章"并未彻底沦为思想的附庸,尽管理学家们不遗余力地尝试着将文章纳入他们的思想体系,③但"文章"最终保持了其有异于道学的特色。这也是"宋六家"的确立之于文章学的又一重意义。如前文所述,早期的"古文运动"经历了与"儒学复古运动"同步的阶段,早期的古文家兼祧文统与道统。如韩淲称:"本朝庆历间诸公:韩魏公、富郑公、欧阳公、尹舍人、孙先生、石徂徕,虽有愤世疾邪之心,亦皆学道,有所见,有所守。下至王介甫、王深甫、曾子固、王逢原,犹守道论学。"④指出宋六家与早期兼祧"道统""文统"的古文家的关系,但与此同时,其中被标举为"守道论学"的王深甫、王逢原等人,正是前引刘咸炘之言中被宋六家遮蔽的古文家。这些人的退出,标志着宋六家在形成过程中与早期古文家的关

---

① 刘咸炘《文学述林》,《历代文话》第10册,第9753页。
② 郭象升《文学研究法》,第103页。
③ 参本书第四章第二、三节。
④ 韩淲《涧泉日记》卷中,《全宋笔记》第六编第9册,大象出版社,2013年,第114页。

系发生了弱化。因此,承此统续而下的宋六家,在接受史上并未被视为理学家。他们代表了"文章"一途,最终形成了独具特色的典范体系,与道学一途的典范分庭抗礼。杨时称:"唐之韩退之,今之孙明复、石守道、欧阳公之徒,皆其人也。然此数人者,其智未足以明先王之道、传孔孟之学,其所守不叛于道,盖寡矣。"①前一句揭示出古文家在传道方面的功绩,而后一句则明确指出其与道学家的要求多有未符。此外,明人王守谦称:"迨宋五星聚奎,已兆理学大明之象,倘论文章家,其欧、苏、曾、王乎?"②已经显示出将理学家与古文家对举的倾向。至清人沈德潜,则称:"宋五子书,秋实也;唐宋八家之文,春华也。"③明确区分了宋五子与唐宋八大家。"宋六家"与"宋五子"的离立,进一步规约了其所代表的"文章"观念的范围。因而当"宋六家"典范凝定之后,"宋五子"便很难进入"文章"典范体系。如《圣宋文选》不收二程文章,四库馆臣称:"盖不以文士目之也。"④可见"文"这一概念已经具有了排他性。即便是朱门后学真德秀,在编纂收录宋代文章的《续文章正宗》时,也未能使"宋五子"进入其所标举的"正宗"的"文章"谱系之中。曾经难解难分的"文统"与"道统"之间出现了明确的区隔,这一现象在文章史上被称作"周程、欧苏之裂"。至于"周程、欧苏之裂"之于文章史的意义,尚待后文处理。但至少,独立于"道统"的"文统"的出现,标志着"文章"成为可以被单独讨论的对象。

上述两重文章学意义,还可以举司马光被接受的例子,以窥其一斑。司马光在宋人选宋文中获得了相当的重视,"其地位仅次于苏、欧、韩、柳、王、曾六家。"⑤但如前引刘咸炘所说,司马光实以著《资治通鉴》名世。此外,司马光还曾跻身于道学家的典范之列。朱熹作《六先生画像赞》,便将周敦颐、程颢、程颐、邵雍、张载与司马光并称。⑥可见,司马光退出宋六家

---

① 杨时《龟山集》卷一八《与陆思仲书》,文渊阁《四库全书》本。
② 王守谦《古今文评》,《历代文话》第 3 册,第 2123 页。
③ 沈德潜《归愚文钞》卷一一《唐宋八家文序》,《清代诗文集汇编》第 234 册,上海古籍出版社,2010 年,第 537 页。
④ 永瑢等《四库全书总目》卷一八六,第 1695 页。
⑤ 邓建《宋代文学选本研究——基于"选学"立场的返观与重构》,第 195 页。
⑥ 朱熹《晦庵先生朱文公文集》卷八五《六先生画像赞》,《朱子全书》第 24 册,上海古籍出版社、安徽教育出版社,2010 年,第 4001—4003 页。

体系的过程,与"文章"同经史、道学的分离同步。降及南宋,选本在收入司马光文章时,如《二十先生回澜文鉴》等,多从《资治通鉴》中截取"臣光曰"云云,冠以题目,将史学著作改造成单篇形式的古文。与此相似,上述选本所选胡寅文章,也多将其历史著作《读史管见》改造成古文。可见,当宋六家确立之后,其所代表的"文章"形式已经不可撼动。

由此,"宋六家"确立的文章学意义在于:确定了既有别于经史著作,又有别于道学的"文章"观念,并提供了写作范式。而这样的"文章",成为近世知识分子标准的表达方式,影响了宋代以降近千年的写作形态。

小　结

裴云龙在研究宋六家的经典化时指出:"这个系统是半开放性的,韩柳并称的先期存在其实已经给这一系统定下了一个基调。"[1]基调既已确定,这一系统尚需具体内容来填充。值得注意的是,所谓的"半开放性"在宋代是一直存在的,而"宋六家"的概念,则是明人在宋代文章选本中已经形成的大致稳定的文章典范系统的基础上进一步抽绎而成的。因而本节所关注的重点,不在于宋代文章选本所描绘出的成型的"宋六家"谱系,而是借用"宋六家"这一概念,描述其以各自的方式进入这一系统,并聚合、凝定为作为整体的古文典范的过程。在这一过程中,三苏文章更偏重于写作技法,并且与举业教学的关系日趋密切;欧曾文章则侧重思想性,备受理学家推崇;王安石文章的接受与政治紧密相关,当士人将宋室南渡的责任归咎于新政时,王安石的文章无法获得正常的接受,而一旦失去这一语境,人们便发现,当他们想要了解当下的政治文化时,王安石文章是无法绕过的。宋六家进入经典体系的方式各有侧重,但笔者不得不承认,这样的区分在一定程度上迁就了叙述策略。事实上,宋六家均为"集官僚、文士、学者三位于一身的复合型人才"[2],超越性的思想、面向现实的政治

---

[1] 裴云龙《北宋六家散文的经典化研究(1127—1279年)》,第10页。
[2] 王水照《情理·源流·对外文化关系——宋型文化与宋代文学之再研究》,《王水照自选集》,第29—30页。

文化与作为表达方式的辞章,在他们身上也是综合体现的。

宋六家的确立,是基于南宋人立足于当下回视前朝对北宋一代文章最高成就的总结。如前所述,王安石得以取代张耒,获得宋六家的最后一个席位,便可以视作这一过程的缩影。与此同时,宋六家的确立也代表了唐宋"古文运动"的完成,如朱刚所说:"作为八大家中的最后一家,苏辙的去世标志着'经典'创作时代的结束。接下去就是八大家作品被'经典化'的时代,即后'古文运动'时代。"①对于宋六家的标举,便是身处后"古文运动"时代的南宋人对于这样一场"运动"成果的总结。这样一场"运动",终结了文章写作"连篇累牍,不出月露之形;积案盈箱,唯是风云之状"②的面貌,使文章成为可以用来表达思想的手段。于是思想的表达也脱离了子史著作,转由文章承担。宋六家的确立,正式确定了这样一种"文章"观念,并为之提供了写作范式。如果说"古文运动"的兴起与思想的表达及所要表达的思想有关的话,那么上述"文章"观念与写作范式一旦确定,便不再受思想领域新动向的左右。于是当理学在南宋也完成了"集大成"时,"宋六家"与"宋五子"便形成了对立。原本作为知识精英的代表,综合体现政事、儒学、辞章的宋六家,最终成为文章家所崇奉的圭臬,"文章"也由此获得了独立发展的空间。

第二节 两宋之际文章典范的递变
——以《二十先生回澜文鉴》为中心

宋代文章选本缔造了以"唐宋八大家"为代表的文章典范,其中的"宋六家"集中于北宋。降及南宋,文章选本未能塑出如韩柳欧苏一般影响之后千余年的经典作家。同时,为今人所熟知的"中兴大家",如陆游、范成大、周必大等人,却多数不为宋人选本所重。南宋文坛"文学成就的高

---

① 朱刚《唐宋"古文运动"与士大夫文学》,第 412 页。
② 魏徵、令狐德棻《隋书》卷六六《李谔传》,中华书局,1973 年,第 1544 页。

度渐次低落,但其密度和广度却大幅度上升"①的特点,在文章选本中被放大而愈发凸显。两宋之际的文章典范发生了怎样的转变?为何在文章选本中呈现出如此迥然不同的面貌?本应发挥塑造文章典范功能的选本,为何却在南宋制造了一个"小家喧腾"的局面? 在此,笔者拟在对《二十先生回澜文鉴》及《十先生奥论》《诸儒奥论策学统宗》,乃至《文章正印》《古文集成》等选本进行考察的基础上,归纳出一个选本系统,并通过这一选本系统塑造的文章典范,讨论两宋之际文章典范的递变,并尝试揭示这一转变发生的原因。

一、《二十先生回澜文鉴》及其选文倾向

宋人编注的《二十先生回澜文鉴》至今已无足本传世,残本亦十分罕觏,南京图书馆所藏宋刻本是迄今所见最为完善的版本。是书为丁丙旧藏,《善本书室藏书志》有叙录,其略曰:

> 《二十先生回澜文鉴》十五卷、《后集》八卷,宋麻沙刊本。承奉郎连州签书判官厅公事虞祖南承之评次,慢亭虞夔君举笺注。两虞,仕履无考。夔题慢亭,或为闽人。是书目录后有"建安江仲达刊于群玉堂"长方木记,后有"二十先生行实"一叶。……《宋史·艺文志》不载。倪灿《补宋艺文志》有《类编回澜文选》十卷《后集》二十卷《别集》十卷。范氏《天一阁书目》始著于录,注:"四十卷,蓝丝格,钞本,缺首六卷,序、目均佚。"疑与倪《补志》所载同即一书。合计之则四十卷,分言之则有前、后、别之异。书名微有不同者,坊贾之为也。②

这段记载有两处可作辨析。其一,丁氏称是书《前集》存十五卷,《后集》存八卷,傅增湘所说与此相同。③ 但南图对前后集的著录与丁、傅二氏正好相反。应以南图所定前后集为是。此书两集各卷卷端均题"二十先生回

---

① 王水照《南宋文学的时代特点与历史定位》,《文学遗产》2010 年第 1 期。
② 丁丙《善本书室藏书志》卷三八,浙江古籍出版社,2016 年,第 1639—1640 页。
③ 参傅增湘《藏园群书经眼录》卷一七,中华书局,2009 年,第 1253 页。

澜文鉴卷之几",未标明前后集。但所收司马光《诸侯论》总评称:"学者详味此篇,更以胡寅《管见》所评,反覆互观,则胸中当有定见也。胡寅此评已见《前集》。"①可见此篇所在之存十五卷者当为《后集》。而所谓"胡寅此评",当指另集存八卷者所收胡寅《诸侯论》,出《读史管见》卷一,则此存八卷者当为《前集》。后文称引此书卷数所称前后集悉依此。其二,《宋志补》著录当为《类编层澜文选》,②丁氏误记。该书今存元刻本,与《回澜文鉴》为两种书,且性质绝不相同。《层澜文选》分体编次,而《回澜文鉴》依人编次。但两书之间又不无关系,这一点后文还将展开。

是书之《后集》虽缺卷九至一三,所幸目录俱在,又有《二十家行实》,可以知其所收作者篇目。《前集》残损更为严重,仅存卷一三以下,且如丁《志》所称:

> 另集之十三至二十凡八卷,既无全集可稽,序跋可核,事实可求。第十三卷所采者为马存、为张耒、为李觏,十四卷为胡寅,十五卷撰名阙,十六卷为陈傅良,十七卷为陈亮,十九、二十卷为叶适。③

卷一五失作者题名,篇目亦多不见他书。唯《除挟书律论》见《古今合璧事类备要》,题陈傅良撰。④此外,卷一八同样不具撰人,丁《志》遗漏。此卷所收篇目亦多不见他书,惟《三王》一篇,见《诸儒奥论策学统宗》,题"敷文"撰。⑤此"敷文"疑指郑伯熊,吴子良称:"永嘉木尚书待问,少从学于郑敷文。敷文,大儒也,名伯熊,字景望。"⑥加之丁《志》提及的马存诸人,前集所知之作者仅此。

总而言之,此书虽为残本,但依据目录、《行实》与残存部分,依然可以窥见其大致面貌。此书的另一特点是每篇均有编号:《前集》凡一百二十号,所存自七十三号起,丁氏所谓"旧注凡一百二十篇,而七

---

① 虞祖南评,虞夔笺注《二十先生回澜文鉴》,南京图书馆藏宋刻本。后引此书,不作特别标注,均据此本。
② 黄虞稷、倪灿撰,卢文弨订正《宋史艺文志补》,商务印书馆,1957年,第265页。
③ 丁丙《善本书室藏书志》卷三八,第1640页。
④ 谢维新《古今合璧事类备要》外集卷一七,文渊阁《四库全书》本。
⑤ 谭金孙《诸儒奥论策学统宗》卷一,《宛委别藏》本。
⑥ 吴子良《荆溪林下偶谈》卷四,《历代文话》第1册,第583页。

十三篇以上则不可知矣"①殆准此;《后集》凡一百号。则前后二集共收二百二十篇文章,而可知其篇目者已占三分之二强(详见"附表"表2)。其不可知者,亦可根据全书体例,作出大致推断。因此,分析此书选文倾向的条件是具备的。

此书之编纂,与科举教学有密切的关系。《后集》目录之后所列《二十家行实》,例称"登进士第""历官之某",于方恬、戴溪二家,还特别指明"南省进士第一人",可见编者对于入选作家科名之重视。正如钱建状通过《二百家名贤文粹》研究宋人进卷时注意到,"其篇首有《世次》,多注明入选作家应制举之年"②,那么此书《行实》对于科名仕宦的重视,也能反映出其与科举教学的关系。不过,在处理文章典范与科举教学的关系方面,此书的选目显示出两种完全不同的倾向。

此书《前集》自马存起,前后二集作者各依时序排列,可以推知,《前集》所佚十二卷七十二篇,皆为北宋的经典作家作品。卷一三收马存、张耒、李觏三家,除张耒《药戒》一篇外,均见《类编层澜文选》。可见二书书名之间的相似性并非平白无故,二者在内容上,也存在联系。《前集》所存北宋文章仅此一卷,《后集》所存稍多,卷一至三均为北宋文章。其中除司马光《诸侯论》《远谋》、王安石《谏官》外,均见于《圣宋文选》,而《谏官》则见于《观澜文集》。由此可见,此书所选北宋文章,与宋人文章选本中约定俗成的北宋古文的经典作家作品大致一致。而此书举业教学的意图,则是包蕴在这些经典古文典范之中的。这一点,也与此书书名所示与《观澜文集》《层澜文选》的联系相一致。如论者指出:"林氏《观澜文集》所辑之时,虽莫得知,而其辑《观澜文集》之初旨,盖以为传授弟子举业习文所用之教本,则此书亦为吕祖谦早年反复诵读也。"③吕祖谦注释《观澜文集》,乃因其习举子业时反复诵读,而其所注此书,又用于丽泽书院之教学。可见《观澜文集》虽编选古文经典,但事实上是以古文经典展现时文作法。

---

① 丁丙《善本书室藏书志》卷三八,第1640页。
② 钱建状《宋代贤良投献与策论文的传播——兼论二苏"五经论"的著作权问题》,王水照、侯体健主编《中国古代文章学的形态与体系:中国古代文章学四集》,复旦大学出版社,2018年,第176页。
③ 黄灵庚《东莱集注观澜文集点校说明》,《吕祖谦全集》第25册,第1页。

《回澜文鉴》所选北宋各篇,亦应作如是观。

至于南宋文章,《后集》卷四所选汪藻、洪迈二家凡五篇记体文较为特殊。二人均为南渡四六大家,其文章入选古文选本实属罕觏。此书所选篇目之中,见于其他古文选本的也只有汪藻《寓斋记》一篇,见《层澜文选》。这五篇记体文都是十足的"美文",而与《层澜文选》的互见也表明,这五篇文章与举业教学的关系,与上述北宋典范是一致的。

而占此书现存篇幅绝大部分的南宋文章,则表现出截然不同的面貌。首先在体裁上,不同于所收北宋文章以记、序、杂文为主,此书中的南宋文章,几乎是清一色的论体文。对论体文的重视本身便与科举教学密切相关,吕祖谦表示:"有用文字,议论文字是也。"①所谓的"有用",正是指有用于科场。体现在选本之中,则如张海鸥所说:"由于论体文在考试中最重要,所以多数选本都以议论文章为主。"②《回澜文鉴》选南宋文章多论体,也应当在这一视野下进行理解。况且,所选南宋文章,有些就是科场所用。如《前集》卷一九、二〇所选叶适十篇,全部出自其《进卷》;《后集》卷一五、一六所选郑湜《君体》三篇、《相体》三篇、《国体》四篇,为相互关联的成组论文,《行实》称郑氏"有《奏议》《进卷》行于世",则所收十篇论体文,极有可能也是出自《进卷》。又此书所选作者,如陈傅良、陈亮、叶适、吕祖谦等,均生于南宋举业教育最为发达的浙东地区,其人也多为出色的举业教师。如魏希德(Hilde De Weerdt)指出:"12世纪后半叶,永嘉县在全国闻名遐迩,因为它培养了大量的登科及第考生。它在考试上的成功以及永嘉作为一种科举导向的教学传统,一同促成其举业中心的名望。"③前举叶适《进卷》,正是当时流行的举业教学读本,所谓"有叶适《进卷》、陈傅良《待遇集》,士人传诵其文,每用辄效"④。因此可以说,此书所选出的南宋文章典范,与其科举教学的主旨的关系更为密切。这一选文倾向涵盖所选绝大多数南宋文章,除前举汪藻、洪迈之记体文外。即便是像周必大这样仍然保持着"集官僚、学者、文士三位于一身"的北宋风貌的作者,其入

---

① 吕祖谦《古文关键·看古文要法》,《历代文话》第1册,第237页。
② 张海鸥《宋代文章学与文体形态研究》,中山大学出版社,2018年,第97页。
③ [比]魏希德著,胡永光译《义旨之争:南宋科举规范之折冲》,第69页。
④ 马端临《文献通考》卷三二,中华书局,2011年,第932页。

选文章的偏好仍与陈傅良等科举教师一致。

可见,在此书所收南北两宋文章典范之间,存在着明显的差异,即举业教学的意图由潜藏到显豁的转变。是书的编者在篇末总评中表达出有意折中这两种选文倾向的意图。试略举数例,如马存《子长游赠盖邦式序》总评:"此篇说司马子长之文得于周游历览之中,议论已自脱洒。中间铺叙,自南浮长淮而下,句句精神。每吟哦至此,未尝不心醉也。"汪藻《永州玩鸥亭记》总评:"此记之作,本自叙也,最难下笔。今其铺叙自首及末,如常山之蛇,一字不可增减。学者能日复熟焉,当见笔力顿进,非吴下阿蒙矣。"陈傅良《国势》总评:"此篇首论天下之势,其立难成、其成难变,故强者不易弱,弱者不易强。中间引秦、唐之势以为证。议论既然高,造语亦警拔。"可以看出,无论是北宋经典古文、南宋举业教师之作,还是此书自出机杼所收的汪、洪二氏文章,编者的关注重点都相仿。评语的写作颇为程序化,惯以三段论文,既重议论、识见,又重行文之法,乃至学者所能获得的收效。其绾合两种选文倾向,使之归于文章写作教学一途的意图十分明显。

然而,此书依作者时代编次的体例,凸显出两宋之间不同的选文倾向,使得上述总评中的掩饰显得十分无力。反而是过于程序化的写法,使来自不同维度的批评话语显得更加支离。由此,此书的选文倾向可以视为展现两宋之际文章典范递变的绝佳案例。

二、《回澜文鉴》与"奥论系"文章典范

《回澜文鉴》选目中杂糅的两种选文倾向,事实上均渊源有自。如前所述,其中的北宋古文典范,与《观澜文集》《层澜文选》以及《圣宋文选》等选本一致。其对于南宋文章的选文倾向,则可以从以《十先生奥论》(以下简称《奥论》)为代表的选本之中找到渊源。

《回澜文鉴》所收南宋作家与《奥论》高度重合,吕祖谦、杨万里、胡寅、方恬、陈傅良、叶适、刘穆元、戴溪、张震、朱熹、张栻等均见于《奥论》。而此书所独见者,除上文已经提及的汪藻、洪迈二家外,有陈亮、周必大、刘

子翚、林之奇、刘公显等。其中刘子翚当为《奥论》原有而今佚,如蒙文通所说,《奥论》"第五卷为陈傅良文,有《文王论》二篇,《伊尹论》二篇。详校核之,《文王论》后一篇诚陈氏文,前一篇则刘子翚文,所谓平山先生者也"①。蒙先生同时指出:"《十先生奥论》既有刘屏山《文王论》残文,则知《十先生奥论》原有刘子翚一家,抄拾者误杂之陈傅良各卷中,而陈氏遂有两《文王论》。《奥论》本每卷各一人,此既有刘氏之文,则《奥论》原有刘氏文一卷或二卷。"②观《回澜文鉴》后集卷一三、一四,正是刘子翚文章二卷,凡十篇,而《文王论》赫然在其中,与蒙先生有关《奥论》的推断一致,也表明《回澜文鉴》与《奥论》之间存在着关系。事实上,这层关系从书名当中也可以看出。关于《奥论》的书名,四库馆臣表示不解,称:"此四十卷中,核其所作者已十六人。但题曰十先生,所未详也。"③对此,前举蒙氏著作中也做出过解释:"今案合三集言之,可知者已十六人。若后集无所阙佚,自是十人。前集依旧存者计之,有吕祖谦、胡寅、方恬、陈傅良、杨万里、刘穆元、戴溪、张震、叶适九人,合刘子翚为十人,此前集亦十人也。知十先生云者,每集皆十人也。"④将"十先生奥论"解释为三集分别为"十先生"。《回澜文鉴》同样如此,所谓"二十先生",而目录具存之后集已足二十人,可知亦是前后二集分别为"二十先生"。由此,如果说"回澜"与"观澜""层澜"相关的话,那么"二十先生"便是"十先生"的扩展。书名中"二十先生"与"回澜"并存,也体现出此书两种选文倾向的离立。

《回澜文鉴》南宋文章选目虽与《奥论》高度重合,但两书之间却没有明确的因袭关系。《回澜文鉴》与《奥论》重合的篇目,评注则多有不同。此外,两书选目也存在明显的不同,但在不同的背后,又隐然有千丝万缕的联系。例如前集卷一四所收胡寅各篇,仅《韩信论》一篇见《奥论》且题目相同;而《义士论》《报仇论》《诸将论》三篇,虽亦见于《奥论》,但在《奥论》中分别题作《豫让》《张良》《秦》,其余各篇则不见于《奥论》。但《回澜文鉴》与《奥论》所收胡寅文章的共同之处在于,均是由《读史管见》中节

---

① 蒙文通《中国史学史》,上海人民出版社,2006年,第151页。
② 蒙文通《中国史学史》,第153页。
③ 永瑢等《四库全书总目》卷一八七,中华书局,1965年,第1704页。
④ 蒙文通《中国史学史》,第153—154页。

出。又如卷一九、二〇所收叶适各篇，亦与《奥论》大多不重合，同时见于二书者仅《财计》上、中二篇，而《财计中》在《奥论》中又题作《钱弊楮券》，但出于叶适《进卷》，则为二书之同者。此外，卷一五、一六所收郑湜各篇，如前所述，与《奥论》所收当均出自其《进卷》，但《君体三》《相体三》《国体五》三篇不见于《奥论》；卷一九、二〇所收戴溪论西汉君臣各篇，《宣帝》《公孙弘》二篇不见于今本《奥论》。然而按类编组的方式，使得此书独见的篇目，与《奥论》所收各篇之间存在相同的性质和明显的联系。

《奥论》在南宋选本体系中并不是孤立存在的，宋代的另一种选本《诸儒奥论策学统宗》，书名中同样带有"奥论"字样，显示出两书的关联。此书不甚常见，有必要略作考论。此书各本多不具撰人，唯《宛委别藏》本题"心易谭巽中叔刚校正，存理谭金孙叔金选次，桂山谭正叔孙端订定"①，《四库全书总目》于总集类存目著录："凡《后集》八卷、《续集》七卷、《别集》五卷，而阙其《前集》。"②而《宛委别藏》所收，正是《前集》五卷。关于三谭，馆臣与阮元皆以为元人。但《书林清话》载："茶陵谭叔端，刻《新刊淮南鸿烈解》二十一卷，见缪《续记》。又刻《新刊精选诸儒奥论策学统宗前编》五卷，见阮《外集》。"③《新刊淮南鸿烈解》缪荃孙定为宋本，④则三谭所编订的《策学统宗》也可视作宋人文章选本。此书在后世的影响力较《奥论》稍大，元明两代递有刊刻。元人陈绎曾称："余成童，剽闻道德之说于长乐敖君善先生，痛雕虫之习久矣，乃得《诸儒奥论统宗》观读，议论精当，文章有法，手录以还。"⑤其文章学名著《文筌》与《诗谱》便是首先附于此书刊行的。⑥《四库全书总目》称："原本又以陈绎曾《文筌》、石桓《诗小谱》冠于卷首，而总题曰'新刊诸儒奥论策学统宗'。"⑦则馆臣与阮元所见，当均为此元刻本。此本今存《前集》五卷、《后集》三卷，藏中国台湾"国家图书馆"。此

---

① 参阮元《揅经室集》外集卷三《策学统宗前编五卷提要》，中华书局，1993年，第1238—1239页。
② 永瑢等《四库全书总目》卷一九一，第1738页。
③ 叶德辉《书林清话》卷三，中华书局，1957年，第84页。
④ 参缪荃孙《新刊淮南鸿烈解二十一卷宋刊节本跋》，刘安著，何宁集释《淮南子集释》附录四，中华书局，1998年，第1530页。
⑤ 陈绎曾《新刊诸儒奥论统宗文筌序》，《新刊增入文筌诸儒奥论策学统宗》卷首，台湾"国家图书馆"藏元刻本。按："乃得"云云为通行本《文筌序》所无。
⑥ 参杜泽逊《明宁献王朱权刻本〈文章欧冶〉及其他》，《文献》2006年第3期。
⑦ 永瑢等《四库全书总目》卷一九一，第1738页。

外,国家图书馆藏有明刻《诸儒奥论》,秦一鹏称此书"则胜国时汶阳陈君所纂,其自叙云得自长乐敖君善"①,所举即前引陈绎曾《文筌序》,知此《诸儒奥论》即《策学统宗》。是书今存《前集》二卷、《续集》二卷。所谓《前集》二卷,与元刻本《前集》五卷相当,唯最末多出杨万里《韩子》一篇,可知是在元刻本的基础上,将各集均合并为两卷。此外,上海图书馆藏有《重刊大字单篇策学统宗》,为此书之又一版本。该本不分集,将全书打通重新厘为八卷。经核对,此本卷一与卷二前半相当于《宛委别藏》本,即是书《前集》之全部,卷二之后半相当于台藏本《后集》卷一、二,卷三前半相当于台藏本《后集》卷三,卷五与卷六前半相当于国图本《续集》,则卷三之后半、卷四、卷六之后半、卷七、卷八未见于他本,当为原书《后集》卷四以下及《别集》。如此,上图本大致包含了原书四集的全部内容,唯阙叶十分严重,当与另外三本合看。要之,合四种《策学统宗》而观之,除上图本阙叶外,已经可以大致拼凑起此书的规模(详见"附表"表3)。

至于《策学统宗》与《十先生奥论》之关系,前举蒙氏文中言道:"盖先有止斋《奥论》一书,其后或广之为《十先生奥论》三集,分类编之则有《诸儒奥论》三集。"②以为《策学统宗》是《奥论》的分类改编本。其判断大致无误,可以采信,但其中或有可容商榷之处。盖蒙先生所见仅《宛委别藏》本《策学统宗》前集五卷,若合现存四本观之,则多有溢出今本《奥论》之篇目。如陈亮之《高祖》《光武》《明帝》《章帝》《七制》《陈涉》《项羽》《郦食其》《韩信》等篇,而今本《奥论》却不收陈亮。对此蒙先生称:"当时陈龙川、唐说斋实与吕、叶齐名,乃此编独不取。……龙川、说斋皆以开罪于晦翁而见黜。"③但陈亮一家赫然见于《策学统宗》之中,这一现象是值得关注的。虽然不能排除陈亮一家见于今本《奥论》阙卷的可能,但在文献不足征的情况下,仍应姑且认为这是《策学统宗》对于《奥论》的补充。又如刘子翚《秦》《平勃》《三国》《西晋》《东晋》《太宗》《宪宗》等篇,如前文所述,《奥论》本应有刘氏一家而今本佚,《回澜文鉴》所收刘子翚二卷可能就是《奥论》

---

① 秦一鹏《诸儒奥论序》,《诸儒奥论》卷首,国家图书馆藏明万历刻本。
② 蒙文通《中国史学史》,第154页。
③ 蒙文通《中国史学史》,第157页。

阙文,但此数篇亦不见于《回澜文鉴》。再如吕祖谦《高祖》二篇、《景帝》《武帝》《元帝》等篇,《奥论》中有吕氏《考古论》一组,备论西汉君臣,却不见此数篇。即便是独占今存《奥论》篇幅四分之一强的陈傅良,《策学统宗》中仍可见其佚文,如《秦》《曹参》《霍光田千秋蔡义》等篇。此外,《奥论》几乎不收北宋作家,而《策学统宗》却有苏洵《六国》《管仲》《项羽》、苏轼《秦》《管仲》《乐毅》《范增》《张良》《贾谊》《晁错》、苏辙《夏》《商》《周》,以及秦观《晁错》。由此可见,《策学统宗》之选目与《奥论》有重合,也有补充,但选文倾向大致一致。因此,将《策学统宗》与《奥论》关系的表述修订为"增订分类改编本",庶几可以无大谬矣。

《策学统宗》的选目与《回澜文鉴》也有关联,其对《奥论》的"增订",很多可以从《回澜文鉴》中找到依据。如前陈亮之《高祖》与《陈涉》以下四篇,不见于《奥论》,却见《回澜文鉴》前集卷一七。又如《回澜文鉴》后集卷七收吕祖谦《高祖》二篇其一与《景帝》《武帝》等,同卷与之编入一组的《文帝》《宣帝》又同时见于《奥论》与《策学统宗》。由此,前文所述《回澜文鉴》与《奥论》的关系,也适用于《策学统宗》对《奥论》的增订与改编。或许可以这样认为:在南宋已经形成了一个文章典范系统,《十先生奥论》《策学统宗》以及《回澜文鉴》的南宋部分,分别从中选取了一部分文章,造成了三者之间同中有异、异中见同的面貌。

同样受到这一典范系统影响的还有《文章正印》及其后身《古文集成》。如《回澜文鉴》所收林之奇一家,不见于《奥论》,但《复古论》《抑商贾》《民备》三篇,均见于《文章正印》,陈傅良《和戎》《国势》亦见《文章正印》。又如《前集》卷一八《三王》一篇,依前所推为郑伯熊作,而《文章正印》亦有郑氏文三篇;《后集》卷一二所收杨万里五篇均出《千虑策》,《文章正印》所收《论相》上下二篇亦出《千虑策》。而《文章正印》与《奥论》的关系,则如刘震孙所说,"有以《奥论》名者,未必皆出幽入冥之语"[①],显然其在编纂《文章正印》时,见到过《奥论》一书。《文章正印》在论体之中增入叶肃《情》《性》《命》三论以下各篇,便是对"出幽入冥"云云的回应。但除

---

① 刘震孙《新编诸儒批点古今文章正印》卷首,台湾"国家图书馆"藏宋刻本。

此以外,此书的论体部分仍然可以看出《奥论》的影响。如吕祖谦《匈奴》《循吏》,陈傅良《民论》《吏论》《国势论》《恢复论》上下,郑湜《君体论》上下、《相体论》,方恬《机论》等,均见《奥论》,又陈傅良《武备论》,《奥论》则题吕祖谦。如果再将视野放宽,则欧阳修之《本论》、苏洵之《明论》、方恬之《激俗》《理财》、李清臣之《法原》等均见于《策学统宗》。

由此可见,南宋存在着相互关联、属于同一系统的一批文章典范。这批文章典范作为一个整体在坊间流传,如周密合论戴溪、吕祖谦两篇《萧望之论》,称"尽小人之情状,有不期同而同者"①,而这两篇文章均见《策学统宗》,编次亦相邻。同样,欧阳修《本论》、苏洵《明论》,在《策学统宗》《文章正印》《古文集成》三书中,也都是同时入选且编次相邻的。各个选本从中各取所需,于是形成了相关却有差异的面貌。其间的差异性甚至是互补的,如《策学统宗》,杨士奇称:"前辈读史,必因其人而考其时,因其事而揆诸理,故各极其所见。"②观《策学统宗》所收,史论的规模占据了全书四分之三。而《文章正印》论体却更偏向于时务论。这一点从方恬一家选目便可看出,如前所述,《奥论》与《文章正印》所选方恬文章重合者仅《机论》一篇,而《奥论》独选,为《秦》与《西汉》五篇;《文章正印》独选则为《激俗论》《练兵论》《原守论》《理财论》《国本论》,将二者结合,方能看出这一系统中所选方恬文章的全貌。由此推而广之,综合上述几种选本,可以约略得到这一文章典范系统的样貌。

至于前举蒙先生提到的陈傅良《奥论》,则可参见孙诒让所言:"《止斋奥论》,明刊本卷首题:永嘉陈傅良著述,严陵方逢辰批点。前六卷皆论,篇数与《论祖》同,惟不分四书、诸子诸目,编次先后亦小异。"③准此,《止斋奥论》与《论祖》大致为一书。今检《论祖》与《奥论》所收陈傅良文并不重合,说《止斋奥论》为《十先生奥论》的前身恐不确。但南宋确实存在以"奥论"命名的传统。如孙氏又言:"又案:《四库全书总目》载宋刊《十先生奥论》四十卷,以宋人论十五家分类编,之内亦有止斋作,则《奥论》之名由来已久。"④

---

① 周密《浩然斋雅谈评文》,《历代文话》第1册,第1110页。
② 杨士奇《东里文集》卷一〇《题诸儒奥论后》,中华书局,1998年,第143页。
③ 孙诒让《温州经籍志》卷二〇,中华书局,2011年,第1003页。
④ 孙诒让《温州经籍志》卷二〇,第1003页。

据方回所说,方恬亦"有《奥论》行世"①。此外《宋会要辑稿》提到过一种《七先生奥论》,②则更有可能是《十先生奥论》的前身。这一传统甚至可以追溯到北宋张方平的《刍荛奥论》。③ 准此,这个流行于南宋坊间的选本系统及其所建构的文章典范体系,笔者姑且称之为"奥论系"选本与文章典范。

三、地域与时效:南宋文章典范的特色

《回澜文鉴》所选北宋篇目与《圣宋文选》《观澜文集》《层澜文选》所树立的文章典范一致,而南宋篇目则体现出"奥论系"文章典范。两种文章典范系统之间,也并非全然断绝。如前举蒙氏著作便指出:"《十先生奥论》去取之意,亦《圣宋文选》之例。所收共十六人,除伊川先生一篇外,皆南宋文也。二书实可相续,无所轩轾。"④揭示出两种文章典范系统的一致性,解释了《回澜文鉴》得以兼包两个系统的文章典范的原因。但与此同时,两者之间的差异也是明显的。如前文已经提及,《回澜文鉴》南宋文章体现出的"奥论系"文章典范特重论体文。虽然论体为宋人普遍所重,如晁说之所言:"自嘉祐以来尚论策,而士各力于论策,乃得苏轼、曾巩辈,至今识者各仰之。"⑤且《圣宋文选》亦多收论体。但观《回澜文鉴》所收北宋文章,却恰恰避开了《圣宋文选》中所选的论体文。如论者指出,《圣宋文选》所收"文体多样,有论、序、记、书、策等,并非仅限于士子科举所用文体"⑥。《回澜文鉴》与《圣宋文选》重合之篇目,恰以记、序、杂文为主。唯《后集》卷一司马光《诸侯论》《智伯论》《燕丹论》《唐论》题为"论",而前三篇均从《资治通鉴》"臣光曰"节出,《智伯》《燕丹》二篇见于《圣宋文选》,但

---

① 方回《桐江续集》卷二〇《赠方太初三首》,文渊阁《四库全书》本。
② 徐松辑《宋会要辑稿》刑法二之一二七,上海古籍出版社,2014年,第8355页。
③ 张方平《乐全集》卷六至一四收《刍荛论》十卷,为制举进卷。单行本《刍荛奥论》二卷,有《粤雅堂丛书》本,略相当于《集》本卷六至九。粤雅堂本遇"慎"字称"今上御名",则底本当成书于宋孝宗朝。
④ 蒙文通《中国史学史》,第157页。
⑤ 晁说之《嵩山文集》卷一《元符三年应诏封事》,《四部丛刊续编》本。
⑥ 李培文《〈圣宋文选全集〉考述》,《南京图书馆新馆开放暨百年馆庆学术研讨会论文集》,广陵书社,2008年,第442页。

题为"说",可归入杂体。反倒是《策学统宗》较《十先生奥论》多出的北宋文章以史论为主。可见,"奥论系"文章典范对于论体文的重视,并不同于宋人之普遍重视论体,其与北宋文章典范之间,存在着系统性的差异。窃以为,这种差异主要体现在地域性与时效性上。

宋代文学典范表现出地域性,并不自南宋始。北宋很多文学体派、文人群体,皆发源于特定地方,有着强烈的地域特色。如王水照先生便以钱惟演幕下的洛阳文人集团为例,探讨过地域环境与文人集团的关系。[①] 但北宋作家群体必须借助中央朝廷的力量,才能发挥出影响。彼时的文坛盟主,在政治上同样具有较高地位,居于京城,执文坛之牛耳,而能使其所倡导的文风风行四方。这种现象,随着两宋之际士人的转型而发生转变。治文学史者描述先秦与西汉文学之变时指出:"先秦时代多元性的地方文化圈,虽相互影响,但却是平行的存在。在汉代这个中央集权的统一王朝,政治中心自然成为文化中心;它同地方文化不再是平行关系,而是统驭关系。"[②]窃以为这样的差异也可套用在两宋之际。如侯体健所说,北宋的文人群体"毫无例外是在京洛地区聚集,借助了中央文化的优势,形成了具有全国影响力的团体。从北宋末年开始,各类地域性文人群体逐渐发育,到了南宋中后期已经成为文人聚集的常态,尽管作为中央的临安地区仍是重要的中心,但纵向相比,较之之前已经衰弱许多"[③]。这样的转变,也体现在文章选本所树立的文章典范之中。

地域性在《回澜文鉴》所选南宋文章及其所体现的"奥论系"文章典范中,表现得最为明显的当属浙东文人,如陈傅良、陈亮、郑伯熊、叶适、吕祖谦、戴溪等人皆生于浙东,这样的阵容也大致见于《奥论》。此外,在入选文章数量上,《奥论》也明显偏重于浙东作者,如前举蒙先生文中所说:"此三十八卷中,陈傅良文独有十一卷,叶适文五卷,吕祖谦、杨万里文各四卷,余十二家文为十二卷。此编之作,实以女婺之学为主,可概见也。"[④]浙东文章诚为南宋文章之大观,如刘咸炘所说:

---
① 王水照《北宋洛阳文人集团与地域环境的关系》,《王水照自选集》,第 153—173 页。
② 章培恒、骆玉明《中国文学史》,复旦大学出版社,1997 年,第 176 页。
③ 侯体健《士人身份与南宋诗文研究》,复旦大学出版社,2018 年,第 9 页。
④ 蒙文通《中国史学史》,第 157 页。

> 南宋学派最盛,为朱、张、陆、吕、陈、叶并峙之时。而吕祖谦、叶适、陈傅良、陈亮皆以文名,皆苏氏之后昆也。傅良、亮又皆学欧。祖谦、傅良,科举之文耳。亮与其友倪朴稍能自肆。适,兼工诸体,足以成家,又以文传授,南宋之文成派者惟此而已。①

寥寥数语,便将浙东文派的代表作家及其风格,以及浙东文派在南宋文章史上的意义一一交代清楚。其中吕祖谦以下的代表作家,悉为"奥论系"文章典范所重。可见,浙东文人群体,或曰浙东文派,作为一个地域性的整体,在南宋文章史上的特殊地位与价值,已俱为宋人所认识,并表现在选本所树立的文章典范之中。

除浙东文人之外,江西、四川与福建文人也多见于"奥论系"文章典范之中。江西"有古文家乡之目"②,北宋之欧、曾、王与黄庭坚、刘弇等人自不待言,降及南宋,如刘咸炘所说,"长孺父万里亦以文名,务为奇崛,与闽中一派相伯仲,其远源则黄庭坚,其后起则刘辰翁。辰翁有子将孙,其派与永嘉同盛"③,勾画出一条以黄庭坚、杨万里、刘辰翁为主线的江西文脉的主线。其中刘辰翁生当宋末,未及为宋代选本所收。杨万里则是前举蒙先生著作所提及《奥论》入选文章在一卷以上诸人中,唯一一位非浙东作家。《回澜文鉴》亦收杨万里文章二卷,依此书体例也属收文较多者。《文章正印》及其后身《古文集成》则更加重视江西作者,刘弇与黄庭坚悉见于此二书之中。此外,《文章正印》论体作者不见于《奥论》之人中,如曾焕、胡铨等皆江西人,陈谦、郑伯熊等则为永嘉人。正如黄宗羲所说:"晚宋二派,江左为叶水心、江右为刘须溪。宗叶者,以秀峻为揣摩;宗刘者,以清梗为句读。"④"奥论系"文章典范中浙东、江西作家双峰并峙的局面,由此也可略窥知一斑。四川与江西向为宋代之文章渊薮,不过在南宋选本之中,四川一派似乎不及江西一派显著,如刘咸炘便感慨:"宋六家,蜀与江西各得其半。其后蜀文不扬,而江西直传至近代,称

---

① 刘咸炘《宋元文派略述》,《文学述林》,《历代文话》第 10 册,第 9754—9755 页。
② 王葆心《古文辞通义》卷一四,《历代文话》第 8 册,第 7778 页。
③ 刘咸炘《宋元文派略述》,第 9756 页。
④ 黄宗羲《沈昭子耿岩草序》,《黄梨洲文集》,中华书局,2009 年,第 350 页。

为古文家乡。"①但在"奥论系"文章典范之中,如《策学统宗》仍以三苏文章为重要的典范作品。此外《奥论》中收入张耒文章,蒙文通解释为:"张文潜为苏门之巨子,自应见重于蜀。"②将苏门弟子列入蜀文门墙。至于福建,在南宋逼仄的国势之下,成为行在所背后重要的支撑,以至闽浙经常并称。其地传道南之学,又是宋代出版业之重镇,因此也成为了人文荟萃之地。观《回澜文鉴》之中,如胡寅、刘子翚、郑湜、林之奇等,俱为闽籍作家。由是,四川与福建作家在南宋文章选本之中与浙东、江西作家形成四维并举的地域性文人群。

由此可见,不同于北宋文章典范形成了世所公认的以"宋六家"为代表的经典作家谱系,文章选本中的南宋作家,却呈现出区域性的分布特征。郭象升描述南宋中兴文坛,称:"逮至孝光,朱熹起建安,罗愿起新安,吕祖谦起金华,陈亮起永康,陈傅良、叶适起永嘉,文章炳炳,有北宋承平之风。周必大、楼钥,亦能总持风会。"③可以看出,其中起于四方的各家多数为南宋文章选本所选中,而身份上与北宋六家相仿,坐镇庙堂,主持风会的周必大、楼钥,却未能获得选本的垂青。与此同时,还有一个现象值得注意,前举多收江西文章的《文章正印》,其编者刘震孙居蜀,而作序之结衔为武安军签判,其爵里、历官均与江西无关。从中也可看出,地域性的文章典范,随着文章选本突破了地域限制,从而完成了其经典化的过程。

至于时效性,事实上,这是保证"奥论系"文章经典得以生成的前提。在"宋六家"的典范意义被确定之后,仍然有新的文章得以跻身经典行列,甚至形成了新的经典文章系统,所依靠的正是人们对于经典文章时效性的追求。如魏希德所说:"12世纪和13世纪前期,古文经典还未完全确立。唐代合北宋各家的地位已经稳固,但经典作品的范畴还是可变的。这种经典作品方面的开放性使得当时作者也能被包含进去,当时的作品

---

① 刘咸炘《蜀诵》卷一,《推十书(增补全本)》丙辑第3册,上海科学技术文献出版社,2009年,第799页。
② 蒙文通《中国史学史》,第157页。
③ 郭象升《文学研究法》,太原中山图书社,1932年,第103—104页。

也占据更大的份额。"①典型的例证，是塑造"宋六家"典范地位的选家，如吕祖谦、真德秀等，其自身也旋即进入了"奥论系"典范系统。然而，"奥论系"文章典范的形成固然归功于对时效性的追求，其消亡同样应当归咎于对时效性的追求。上述经典作家作品风行一时之后，便迅速过时。在《论学绳尺》《策学绳尺》一类选本中，选家已经无意收入这些去自己未远，曾经也被列入典范之作，转而热衷于"取公私试魁选之作汇为一编"②，追逐更为时新的典范。慈波在考述《论学绳尺》编刊过程之后，称："两次续刊的篇幅都不大，也便于操作。特别是科举考试持续进行，新的科场论体佳作不断出现，更为续刊提供了新鲜范本。从传播的角度说，恰好印证了科场诗文时效性较强的特点。"③持续追踪最新鲜的范本，也反映出晚宋文章选本将追求时效性发挥到了极致。如果说"奥论系"文章典范尚代表了一时的经典作家作品的话，那么到了《论学绳尺》，则完全是与时俱进的。南宋选本过于追求时效性，造成了入选对象的频繁更迭，从而很难沉淀为稳定的经典作家作品。

小　结

《回澜文鉴》所收文章，显示出两种不同选文倾向的杂糅。事实上，这种杂糅，广泛存在于通选两宋文章的选本之中，如《文章正印》《古文集成》等。但《回澜文鉴》依人编次的体例，使得两种选文倾向与作者时代之间的对应关系非常清晰。从中可以看出选文倾向的杂糅之中，又明显存在着两宋之别。不同于北宋文章形成了相对稳定的以"宋六家"为代表的经典作家作品，《回澜文鉴》所收南宋文章反映出当时坊间流传着一批属于同一系列的文章典范，其中又以《十先生奥论》及其增订、衍生选本最为典型，因此可以称之为"奥论系"文章典范。《回澜文鉴》所选南宋文章，正从属于这一系统。这一系统的文章典范具有鲜明的地域性与时效性。地域

---

① [比]魏希德《义旨之争：南宋科举规范之折冲》，第125页。
② 傅增湘《藏园群书题记》卷一九《精选皇宋策学绳尺跋》，上海古籍出版社，1989年，第961页。
③ 慈波《〈论学绳尺〉版本问题再探》，《文学遗产》2015年第4期。

性造成了南宋文章无法形成如"宋六家"一样世所公认的经典作家作品,而时效性决定了文章典范体系的不稳定。这些共同造就了南宋文章典范有别于北宋的独特面貌。

此外仍应注意的是,南宋文章典范中的地域性又与学派密切相关。前文所述《奥论》中的地域性特征,蒙文通称:"而又间及程、朱、杨时、张栻之文,此为女婺之学,后与朱氏一派合流……殆以南轩之徒,后多折入止斋之门。张文潜为苏门之巨子,自应见重于蜀。而杨万里则初学于张浚,后学于胡铨。"①便是以学缘解释这一现象的。陈柱称:"宋六家之文体,欧阳修最长于言情,子固、介甫长于论学,三苏长于策论。其后朱子继南丰之作,为道学派之文。三苏之文,至叶适、陈亮等流为功利派之文矣。"②也指出南宋文章中地缘与学缘之关系。而如《回澜文鉴》所载《行实》,于张栻特别表彰其"传伊洛之学";《策学统宗》多见刘子翚集外文,除以之代表闽籍作家外,恐怕其中还含有展现朱子学渊源的意图;《奥论》也打破专收南宋的体例,收入程颐文章,则是专就学术而选文。另外,时效性又与举业密切相关。如前所述,《回澜文鉴》的编刊,带有指导举业写作的用意。而前举慈波文章,讨论《论学绳尺》选文的时效性问题,也是就其举业用书的性质而言的。由此,南宋文章典范与宋代思想及举业写作的关系,仍是有待深入探讨的话题。

第三节 被遗忘的作者与被遮蔽的文章史
——以马存及其险怪文风为中心

宋代文章选本造就了以"宋六家"为代表的文章典范,由此也奠定了今日关于文章史叙述的基础。与此同时,"宋六家"确立之后,具有了一定的排他性。文章史的丰富性会因"宋六家"的突显而受到遮蔽,未能进入"宋六家"典范谱系的作家也会被选择性地遗忘。文学史研究在某种程度

---

① 蒙文通《中国史学史》,第157页。
② 陈柱《中国散文史》,上海三联书店,2014年,第248页。

上可以理解为文学与历史的交集,研究者必须立足于文学现象,同时也需要借鉴史学的视角与方法。如戴燕所说:"文学史家虽然面对着特殊的文学问题,却也往往要借助历史学界普遍使用的话语来作为思考和回答的工具,从吸取史学的若干观念、技术到分享史学研究的一步步成果,文学史经常要从历史学科的发展中获取自己的资源。"①近年来,史学界开始注重动态的过程研究,如邓小南指出:"官僚政治制度不等于精致的政府形态与组织法,制度的形成及运行本身是一动态的历史过程,有'运作'、有'过程'才有'制度',不处于运作过程之中也就无所谓'制度'。"②这一思路若能引入文学史研究,便可以照见以往静态的文学史叙述中许多被遮蔽、被遗忘的角落。本节笔者以宋人选本中所见马存文章为中心,揭示出这位被遗忘的作家,以及与之相关的一段被遗忘的文章史,展现出其被"文学史"遮蔽、遗忘的过程,尝试据以还原宋代散文发展的历史现场。

一、被遮蔽的文章史:太学体以下的险怪文谱系

在宋代散文发展史上,出现了以"险怪"著称的"太学体",受到了学界的广泛关注。③ 其中,朱刚先生认为,所谓"太学体"是偶然出现并流行于

---

① 戴燕《文学史的权力》,北京大学出版社,2002年,第48页。
② 邓小南《走向"活"的制度史:以宋代官僚政治制度史研究为例的点滴思考》,《朗润学史丛稿》,中华书局,2010年,第500页。
③ 相关研究,如葛晓音《欧阳修排抑"太学体"新探》,《北京大学学报(哲学社会科学版)》1983年第5期;[日] 东英寿《「太学体」考—その北宋古文運動に於ける一考察—》,《日本中国学会報》第40集,1988年,译文载《复古与创新——欧阳修散文与古文复兴》,上海古籍出版社,2013年;[日] 高津孝《北宋文学の発展と太学体》,《鹿大史学》第36号,1989年,译文载《科举与诗艺——宋代文学与士人社会》,上海古籍出版社,2013年;祝尚书《北宋"太学体"新论》,《四川大学学报(哲学社会科学版)》1999年第3期;吕肖奂《欧阳修对奇险风格的矛盾态度:兼论其对太学体形成的影响》,《西南民族大学学报(人文社会科学版)》2005年第11期;朱刚《"太学体"及其周边诸问题》,《文学遗产》2007年第5期;冯志弘《范仲淹文学观与"太学体"主导思想的形成》,《清华学报》2008年第1期;张兴武《北宋"太学体"文风新论》,《文学评论》2008年第6期;许瑶丽《庆历"太学新体"新论:兼论欧阳修对庆历"太学新体"的促进》,《四川师范大学学报(社会科学版)》2008年第6期;谢琰《欧阳修排抑"太学体"发覆》,《安庆师范学院学报(社会科学版)》2008年第10期;许瑶丽《再论嘉祐"太学体"与"古文"的关系》,《西南民族大学学报(人文社会科学版)》2011年第1期;许外芳《北宋仁宗朝科举改革与"太学体"之兴衰新探》,《学术研究》2013年第4期;[日] 渡部雄之:《京东士风与庆历"太学新体"》,《新宋学》第七辑,复旦大学出版社,2018年等。

太学的,有别于社会上一般流行的文风,而非某一文体或文风的传称,①同时拈出"险怪"这一共同特征,由嘉祐"太学体"上溯至庆历"太学新体"以至于景祐"变体",勾画出一条由宋初隐士至庆历学官的"险怪文"谱系。在流行的文学史与散文史表述中,以"太学体"为代表的"险怪文"是宋代古文发展过程中的一股"逆流",经过欧阳修排抑太学体事件之后得到了"纠正",于是宋代散文发展进入了"平易流畅"的"正轨"。② 但是,在欧阳修排抑太学体之后,险怪文风事实上并未消亡。因此,有必要自太学体以下,继续梳理这一"险怪文"谱系。

在前举朱先生梳理的"险怪文"谱系中,"东州逸党"是十分重要的一环。朱先生在讨论宋初隐士时便指出:"抱持一种入世的思想而以'隐逸'身份生存于社会,这本身就很不协调,稍不克制就会与世冲突,而被视为'险怪'。"③进而发之为文,当入世思想与处士身份不可调和时,便会出现险怪文风。其中最具代表性的作家群体便是所谓"东州逸党"。史载范讽"既遭母丧,于是许归齐州持服。讽日饮酒自纵,所与游者,辄慕其所为,时号'东州逸党'"④,"山东人范讽、石延年、刘潜之徒喜豪放剧饮,不循礼法,后生多慕之。"⑤石介、杜默亦沾染风习,如吕肖奂所说:"'数十人'外,还有石介及杜默后来也都与此风气,他们在山东一带,形成了一个从生活方式到创作风格都放荡不羁的文人群体。"⑥生活方式的放荡不羁与他们的身份特征相关,这一群体的成员不仅包括如范讽这样的丁忧乡居的士大夫,也如叶梦得所说,"张文定安道未第时,贫甚,衣食殆不给,然意气豪举,未尝稍贬。与刘潜李冠石曼卿往来山东诸郡,任气使酒,见者皆倾下之"⑦,包括尚未得第的举子,其共同的身份特征便是介于出

---

① 参见朱刚《唐宋"古文运动"与士大夫文学》,复旦大学出版社,2013年,第66页。
② 参见袁行霈主编《中国文学史》第3册,高等教育出版社,2003年,第53页;章培恒、骆玉明主编《中国文学史新著》中卷,复旦大学出版社,2007年,第228页;祝尚书《北宋古文运动发展史》,北京大学出版社,2012年,第155页;袁世硕主编《中国古代文学史》中册,高等教育出版社,2018年,第187页等。
③ 朱刚《唐宋"古文运功"与士大夫文学》,第91页。
④ 李焘《续资治通鉴长编》卷一二〇,中华书局,2004年,第2834页。
⑤ 脱脱等《宋史》卷四四二《颜太初传》,中华书局,1985年,第13087页。
⑥ 吕肖奂《宋诗体派论》,四川民族出版社,2002年,第44页。
⑦ 叶梦得《石林诗话》卷中,何文焕辑《历代诗话》,中华书局,2004年,第427页。

处之间的"非官非隐"的状态。至于创作风格,则如苏轼所说:"吾观杜默豪气,正是京东学究饮私酒食瘴死牛肉饱后所发者也。"①可见"东州逸党"文风之险怪。有论者指出,"东州逸党""在纵酒狂歌,不为世用的背后是其志大气刚与慷慨报国的豪情以及欲有所为的积极入世精神"②,则道出了"东州逸党"的险怪文风,与他们出处之间的不可调和有着密切的关系。

苏轼对于杜默的评价十分经典,钱锺书先生在《容安馆札记》中反复沿用过类似的表述。因此,不妨以此为线索,进一步向下梳理这一"险怪文"谱系。譬如李廌,钱锺书先生称:"其诗文语粗气犷,真京东学究醉白酒饱死牛肉。"③措辞直承前引苏轼对杜默文风的评价,可以看出李廌文风与"东州逸党"的一致性。李廌一生数番应举,却始终未得一第。但不同于梅妻鹤子的林逋,李廌始终活动于士大夫周围,参与士大夫的写作活动。未得第却混迹于士大夫之间,依违于出处之间产生了张力,造成了李廌的"狂"与"怪"。绝意进取之后,李廌一度寓居襄阳,与以狂狷著称的魏泰并称,被当地人视为"襄阳二害"之外"又添一廌",④其行为之乖僻可见一斑。笔者在研读李廌时曾经提出:"自中唐的卢仝至北宋的东州逸党、泰山学派,再到南宋的刘过,可以梳理出一条有别于士大夫的民间写作谱系,这一谱系至南宋江湖诗人群体的出现而蔚为大观。"⑤处士心态发展至南宋,便与江湖文人发生了联系。关于这里的"江湖"二字,侯体健指出:"晚宋时候的'江湖'是这样的一个空间:它与官方相对待,是非官方的;它与隐居相对待,是非隐逸的。"⑥准此,"非官非隐"、依违于出处之间的写作生态,正是这一谱系传承的依据。

若从江湖与干谒的角度出发,时代早于李廌的徐积也应当纳入这一谱系。《鹤林玉露》载其"以襕幞谒贵人"⑦,这是江湖游士的生存状态。不

---

① 苏轼《苏轼文集》卷六八《评杜默诗》,中华书局,1986年,第2131页。
② 马银华《"东州逸党"诗人群创作考论》,《河北学刊》2009年第4期。
③ 钱锺书《容安馆札记》卷一,商务印书馆,2003年,第491—492页。
④ 胡仔《苕溪渔隐丛话》前集卷一二,人民文学出版社,1962年,第78页。
⑤ 参见拙稿《论李廌襄阳之行的民间转向》,《新宋学》第六辑,复旦大学出版社,2017年,第281页。
⑥ 侯体健《刘克庄的文学世界——晚宋文学生态的一种考察》,复旦大学出版社,2013年,第90页。
⑦ 罗大经《鹤林玉露》乙编卷一,中华书局,1983年,第120页。

同于李廌,徐积虽进士及第,却久隐不仕,远离士大夫圈子。后虽出任州郡僚属及州学教授,然而"政和六年(1116),赐谥节孝处士"①,可见时人仍以隐逸目之。《宋史》称:"科目既设,犹虑不能尽致天下之才,或韬晦而不屑就也,往往命州郡搜罗,而公卿得以荐言。若治平之黄君俞,熙宁之王安国,元丰则程颐,元祐则陈师道,元符则徐积,皆卓然较著者也。"②也表明徐积被视为遗逸。同样,徐积文风也有险怪一面。四库馆臣称:"其文乃奇谲恣肆,不主故常。"③钱锺书先生称徐积诗文"皆冗犷可厌,诗尤以怪诞之格,作腐朽之语"④。徐积本人则称:"凡作文必须自立,令前不见古人,后不容来者乃善。"⑤此外,徐积师从胡瑗,便为其险怪文风与"太学体"建立起联系。如此,徐积虽未获得"京东学究"之评,但从游走江湖的生态、非官非隐的心态、险怪文风以及与"太学体"的渊源的角度看,都应当将其文纳入"险怪文"谱系之中。

降及南宋,如前引拙文中提到的刘过,更有着明确的江湖谒客身份。岳珂称:"庐陵刘改之过以诗鸣江西,厄于韦布,放浪荆、楚,客食诸侯间。"⑥指出刘过以游荡江湖干谒为生。刘俣称:"予友刘改之少负不羁之才,加以迈往不屑之韵,落魄一世,傲睨万物。怒骂嬉笑,皆成文章,斗酒百篇,仡立可就。"⑦张世南则称:"流落江湖,酒酣耳热,出语豪纵,自谓晋、宋间人物。"⑧其不容于世的处士心态与放荡不羁的写作状态由此可见。由此产生的文风,自然也就偏向险怪一途,如钱锺书先生所说:"伧野粗獝,信似京东学究饮私酒、食瘴死牛肉,醉饱后所发。"⑨又与前引苏轼评杜默、钱先生评李廌如出一辙。由此,刘过便以江湖游士身份,进入了上述险怪序列之中。刘过称"故人陈同父未魁天下时,与余皆落魄不振。"⑩四

---

① 脱脱等《宋史》卷二一八《徐积传》,第13474页。
② 脱脱等《宋史》卷一五六《选举二》,第3654页。
③ 永瑢等《四库全书总目》卷一五三,中华书局,1965年,第1323页。
④ 钱锺书《容安馆札记》卷一,第184页。
⑤ 徐积《节孝先生文集》附录《节孝先生语》,《中华再造善本》,北京图书馆出版社,2006年。
⑥ 岳珂《桯史》卷二,中华书局,1981年,第22页。
⑦ 刘俣《龙洲集跋》,刘过《龙洲集》卷一五,文渊阁《四库全书》本。
⑧ 张世南《游宦纪闻》卷一,中华书局,1981年,第4页。
⑨ 钱锺书《谈艺录》,生活·读书·新知三联书店,2001年,第379页。
⑩ 刘过《龙洲集》卷一五《跋陈状元同父诗》,文渊阁《四库全书》本。

库馆臣亦称刘过"盖亦陈亮之流,而跅弛更甚者也"①,皆以陈亮与刘过并称。陈亮一生多次投献、干谒,却始终未获出仕,直到临终前一年,方一举夺魁,因此,其主要的创作生涯均可目之为江湖处士。至于其文风,同样近似"东州逸党",如钱先生所言:"大类京东学究,醉饱白酒牛肉,兴来漫与。"②可见,"东州逸党"而下,徐积、李廌、刘过、陈亮等,游走江湖的处士心态与险怪文风是其共同特征。

除江湖游士外,晚宋入元的士大夫,为故国守节,客观上同样呈现出非官非隐的生存状态。而经历了亡国之痛的遗民,其胸中块垒,并不亚于江湖游士,发为文章,便容易流入险怪。因此,遗民作家中同样出现了上述险怪谱系的延续。如宋亡之后"五年不言而卒"③的许月卿,方岳称:"得其文一通,怪怪奇奇,坐人尽惊。"④指出其文风之险怪。史载:"谢叠山尝书其门云:'要看今日谢枋得,便是当年许月卿。'"⑤可见许月卿对谢枋得的影响。钱锺书先生称谢枋得"自作语粗气厉,似刘过、杜默辈格调"⑥,可知其文章也可归入险怪一系。

由此可见,"太学体"虽然受到了欧阳修的排抑,但险怪文风却并未就此消亡。与此同时,还应注意到,这一文风也并非凭空产生的。如罗根泽先生所说:"韩愈对于文主'怪怪奇奇',则虽自谓不注重形式,而较萧李则实在注重形式了。柳宗元虽反对'好辞工书'……其作文方法,绵密繁琐,无非在求文章之美。以故韩柳是古文的集大成者,同时也是后来转返于怪丽的开导者。"⑦这样,韩柳对于古文形式的追求,实开后来险怪文风之先河。同时如马茂军所说:"中唐文学的实质则是寒士的不平则鸣。"⑧寒士的不平则鸣,也可视作上述"险怪文"谱系成员游走江湖的处士心态的渊源。

---

① 永瑢等《四库全书总目》卷一六二,第 1391 页。
② 钱锺书《容安馆札记》卷二,第 755 页。
③ 黄宗羲原撰,全祖望补修《宋元学案》卷八九,中华书局,1986 年,第 2973 页。
④ 方岳《秋崖集》卷三六《送许允杰序》,文渊阁《四库全书》本。
⑤ 黄宗羲原撰,全祖望补修《宋元学案》卷八九,第 2973 页。
⑥ 钱锺书《容安馆札记》卷二,第 857 页。
⑦ 罗根泽《中国文学批评史》,商务印书馆,2015 年,第 533 页。
⑧ 马茂军《唐宋文之争发微》,《社会科学研究》2012 年第 3 期。

在中唐寒士之中，卢仝可以视为宋代"险怪文"的鼻祖。卢仝诗文狂怪，上述"险怪文"谱系中人多受到他的影响。如石介称颂杜默，谓："玉川《月蚀》诗，犹欲相凭陵。"①苏轼亦称："作诗狂怪，至卢仝、马异极矣，若更求奇，便作杜默。"②可见"东州逸党"之险怪与卢仝之传承关系。徐积同样追摹卢仝，如苏轼所说："其诗文则怪而放，如玉川子。"③钱锺书先生也指出，徐积"古体欲出入玉川、李白、昌黎间，真画虎类狗，代斫伤手者也。"④又如陈亮，钱先生称其"学李白而劣，得玉川之皮骨"⑤。卢仝同样是一个依违于出处之间的人物，如项楚先生所说："卢仝终身不仕……然而从卢仝的气质来看，他并不是超然世外的隐士，在他内心中充满了对国事的关切，对十道的愤慨和对生活的热爱。"⑥项先生又揭出卢仝"孤僻的个性"与"穷困的生活"⑦，然则上述诸人得自卢仝的，不只是"作诗狂怪"，还有出处的不可调和。

综上所述，自中唐之卢仝，至于宋入元的遗民作家群体，一直存在着一个具有处士心态与险怪文风的写作谱系。这一谱系贯穿着宋代文章发展史，乃至唐宋"古文运动"之始终，应当引起论者的重视。而马存正是这一谱系的代表。

二、被遗忘的作家：宋代文章选本中的马存

笔者在研读宋代文章选本的过程中，发现很多选本都入选了马存的文章，入选次数甚至超过了秦观、晁补之和陈师道。可知在宋代，马存的文章得到了相当的重视。但在今人认识的宋代文学史上，马存却是一位无足轻重甚至名不见经传的人物。钱锺书先生感叹"子才声称翳如，著作

---

① 石介《徂徕石先生文集》卷二《三豪诗送杜默师雄》，中华书局，1984 年，第 13 页。
② 苏轼《苏轼文集》卷六八《评杜默诗》，第 2131 页。
③ 苏轼《苏轼文集》卷七二《徐仲车二反》，第 2294 页。
④ 钱锺书《容安馆札记》卷一，第 184 页。
⑤ 钱锺书《容安馆札记》卷二，第 755 页。
⑥ 项楚《卢仝诗论》，《柱马屋存稿》，商务印书馆，2003 年，第 167 页。
⑦ 项楚《卢仝诗论》，《柱马屋存稿》，第 170—171 页。

绝匙流传"①,"子才诗篇零落殆尽"②,余嘉锡先生则因元人类书中收马存《送陈自然西上序》一篇,特为过录,叹为奇文,③也可见马存(子才)文章之不易见。长期以来,马存被文学史所遗忘,直到最近,才有学者注意到了这位作家,对其生平进行了考述,并辑录了佚文。④窃以为,马存的遭际,可以视为上述"险怪文"谱系的缩影,值得进一步加以研讨。

马存《宋史》无传,自称是其五世孙的马廷鸾在《题察判学士家集后》当中记载了一些马存的生平。此外就是一些方志中的记载。一直到清代,《宋元学案》和《宋史翼》当中才出现了相对完整的传记。

马存曾经上书投谒苏轼,《上苏东坡书》称:"如赐收容,使备洒扫,当为公抑沮语言,触犯颜色,收拾遗文奇字,而藏之名山大川。虽至穷死,似或无悔。"⑤这次干谒取得了理想的效果,元祐三年(1088),苏轼知贡举,马存高榜得中。此次应举,马存同时获得了苏轼、苏辙兄弟二人的赏识。《宋史翼》本传详载此事,称其省试论"典举苏轼奇之,置高等",廷试策"详定官苏辙喜其远虑,欲以冠多士。同列间之,抑居第四"⑥。后人因视马存为苏门中人,如《诗薮》所开列的"皆从东坡游者"的名单中,马存便赫然在列。⑦马存中举后之仕履,如本传所说,"授镇南节度推官,再调越州观察推官"⑧,知其久为州郡僚属。由此可见,马存之仕履略同于徐积,虽有科名,却宦途不显。他的生存状态,正是依违于出处之间的。

马存认真讨论过出处问题,《璧水群英待问会元》收入马存残篇,即讨论"古之逸民",以为"潜者隐而未见,而终有见之时;遁者退而自藏,而终有显之意"⑨。但马存本人则始终"隐而未显,屈而未伸"。如前所述,马存

---

① 钱锺书《容安馆札记》卷三,第 2095 页。
② 钱锺书《宋诗纪事补订》卷三二,生活·读书·新知三联书店,2005 年,第 809 页。
③ 余嘉锡《读已见书斋随笔》,《余嘉锡论学杂著》,中华书局,1963 年,第 669—670 页。
④ 张培锋、黄文翰《北宋文学家马存考论》,《南开学报(哲学社会科学版)》2020 年第 6 期;黄文翰《北宋文学家马存佚文辑考——补〈全宋文〉的重要遗漏》,《图书馆杂志》2020 年第 11 期。
⑤ 马存《上苏东坡书》,佚名编《类编层澜文选》续集卷七,《中华再造善本》,北京图书馆出版社,2005 年。
⑥ 陆心源《宋史翼》卷二六《马存传》,浙江古籍出版社,2016 年,第 615 页。
⑦ 胡应麟《诗薮》杂编卷五,上海古籍出版社,1979 年,第 311 页。
⑧ 陆心源《宋史翼》卷二六《马存传》,第 615 页。
⑨ 刘达可《璧水群英待问会元》卷三一,《续修四库全书》,第 1217 册,上海古籍出版社,2002 年,第 442 页。

虽然高榜得中,却宦绩不显,只在州郡幕僚上徘徊。马存并非没有入仕济世之志,但始终没有施展的机会,因有"可怜一觉登天梦,不梦商岩梦攫郎"一联,与李商隐《贾生》"可怜夜半虚前席,不问苍生问鬼神"同一机杼。① 与此同时,马存不同于一般的郁郁不得志,其落落寡合之中,又带有愤世或弃世的情绪。由此可见,马存虽然中举出仕,却以一种处士心态示人。其处士心态又不同于庄子、陶渊明的闲适,而是充满紧张不安。

马存在《侯孟字序》《上苏东坡书》中将自己塑造为一个江湖游士,但其活动范围大致不出江淮之间,偶一至开封,则称:"过重湖,浮大江,度淮溯汴。"②以为卓然大役,并无壮游天地的气度。然而依照前引侯体健有关"江湖"的定义,马存的非官非隐的生存状态与出处之间难以调和的矛盾心态,正好赋予他江湖游士的身份特征。

马存为人落落寡合,不容于时风世俗,依违于出处之间,而于二者皆不得志。因而困顿穷愁,满胸块垒,发为文章,自然具有慷慨悲歌的风格。在《上苏东坡书》中,马存开篇便说:"愚僻常自叹鄙性,有大不幸。凡天下得利之处、众人之所汲汲者,自强其身,终不肯前。"③是其自知与众人时世之不合。马存曾经设计过或出或处的两种处世态度,在《披云堂碑》中,借僧普饶与程公眼中不同的披云堂展现出来,并总结道:"予虽愚不灵,异时亦庶几知公所谓者乎?不然,将随师玩弄杳冥,和朝霞而餐之。二者必有一得矣。"④但事实上,马存于二者皆未有得。在《俞彦明字序》中,马存写道:"物之抱负灵耀,而埋藏于荒碛尘壤之中、寂寞之境,抑遏拂蔚,终不可没,而时吐光怪,冲射天地,天下之人,始惊以为神奇。"⑤可以视为其自我写照。如此,则是欲出不能如日月星斗之明,欲处却又怀抱利器,时吐光怪,终不能掩。事实上,在这篇文章中,马存已经提出了解决方案,即所谓"《晋》曰:'君子以自昭明德。'惟自昭而进者,终不可掩屈"⑥,但从现存的

---

① 参王应麟撰,翁元圻辑注《困学纪闻注》卷一八,中华书局,2016年,第2103页。
② 马存《上苏东坡书》,《类编层澜文选》续集卷七。
③ 马存《上苏东坡书》,《类编层澜文选》续集卷七。
④ 马存《披云堂碑》,《类编层澜文选》别集卷九。
⑤ 马存《俞彦明字序》,王霆震编《新刻诸儒批点古文集成前集》甲集卷二,《中华再造善本》,北京图书馆出版社,2005年。
⑥ 马存《俞彦明字序》,《新刻诸儒批点古文集成前集》甲集卷二。

文章来看,这一解决方案并未见收效。马存在《浩斋记》中指责"士气卑弱",以为:"小不谐世,则摧败挫辱,作儿女声,有可怜憔悴之色。"①但其效慕燕赵之士,发为慷慨悲歌,与此也并无不同,都是出自胸中块垒有所不平。正如《上苏东坡书》所说:"遇事有所感激,不得其平而鸣,则语畅而条达。"②其为人处境也如此,其创作态度,也正是自中唐寒士得来的不平则鸣。

马存文风雄奇瑰丽,善于体物,喜好铺排,且常于文中用韵,因此无论作何体文章,都近于赋。无论是景物还是情绪,马存都能刻画毕肖,且一气铺排,造成一种铺张扬厉的风格。《子长游赠盖邦式》大段铺陈司马迁之游历且不论;《送陈自然西上序》中"米如买珠,薪如束桂,膏肉如玉,酒楼如登天;骤雨至矣,黑潦满道,则马如游龙;清霜激风,客衣无襦,抱膝而苦调,则火如红金"③,刻画客游京师之苦,怆然凄警;《俞彦明字序》中"固当抉浮云,截流波,刺虎南山,胫蛟长桥,边城飞尘,河角有彗,扫戎王之庭,斩佞臣之首,提携四顾间,天下事谁有不平者乎"④,描绘龙渊太阿之剑气,英姿勃勃,无不动人心魄。铺排之中,又夹杂用韵的段落,更觉音节和谐,气势恢宏。如《披云堂碑》中"循予襟又拂于袂,挂予帷裳,泛予轩窗。霜雪之交,枯叶飐飐,予身如裘;火轮不飞,众人淋漓,予身如绨"。而同篇"长风如兵,浩冲击也。漫漫之中,露秋碧也。忽兮须臾,万里辟也。青天无疵,睹白日也"⑤一段,则更近于楚些。又如《迎薰堂记》,模拟主客问答,前半铺陈景物,后半条列治统,写法上已经无限接近于赋,其不同于赋者,唯有用韵未及全篇而已。

马存虽然受到二苏兄弟的赏识,但其论文却又迥异于苏门者。苏轼中第之后皈依欧阳修倡导的平易流畅的文风,于是为文"渐老渐熟,乃造平淡"⑥。而马存则近乎偏执地好奇尚古。在《送霍明甫序》中,马存表示:

---

① 马存《浩斋记》,林之奇编,吕祖谦注《东莱集注观澜文集》丙集卷九,《吕祖谦全集》,第26册,浙江古籍出版社,2017年,第626页。
② 马存《上苏东坡书》,《类编层澜文选》续集卷七。
③ 马存《送陈自然西上序》,《东莱集注观澜文集》丙集卷一一,第651页。按,原题《送陈自然西上》,据《古文集成》甲集卷二、《层澜文选》别集卷七改。
④ 马存《俞彦明字序》,《新刻诸儒批点古文集成前集》甲集卷二。
⑤ 马存《披云堂碑》,《类编层澜文选》别集卷九。
⑥ 赵令畤《侯鲭录》卷八,中华书局,2002年,第203页。

"三代之文章,民之所知也,后世之学者有所不知也;当时以为常言相诰语也,后世之注释者不能意也。是后世之学者不如三代之民也,非子之耻也,学者之耻也。"①汲汲于恢复三代文章,推崇霍昕(明甫)"语梗而意切"的文风,以至爱屋及乌,将"读之有不能成句者"归咎于读者。这种观点,也使马存文章由雄奇瑰丽,流入"险怪"一途。

马存师从徐积,《宋元学案》将马存列为"节孝门人"。《(同治)重修山阳县志》称马存"寓居楚州,慕徐积之为人,尝从之游。积作诗赠之,题曰《淮之水》,存亦有长歌答积"②。徐积赠诗见《节孝先生文集》卷二《淮之水示门人马存》,此后徐积尚有继和,见《节孝先生文集》卷四《和马秀才》,称:"余为《淮之水》,鄱阳马进士为《长淮谣》,二篇大指,皆归于平和而无憾,是平世之音也。夫既歌而善矣,于是乎自反而和之也。"③徐积涉及马存之作,尚有《重阳日访马存秀才席上崔公太守》一首,见于《节孝先生文集》卷十五。马廷鸾所谓"今取徐集三诗系家集后"④,殆指此三首。如马廷鸾所说:"子才从节孝徐先生游且久,其文章雄直,雅似节孝。"⑤指出了师生之间在文章险怪方面的一致性。同时,马存又仰慕卢仝,有"长忆当年玉川子,殷勤会问苍生事"⑥之言。可见马存远绍卢仝,近承徐积,这一师承关系,显示出其与上述"险怪文"谱系的渊源。

马存同样对上述"险怪文"作者产生了影响。许从道称:"司马子长游天下,其所以求于世者与我异,倦而游,老而文始奇。"又称刘过"所得乎天者富贵不足以累其心,故能驱役山川,戏弄人物,剧谈痛饮,遗世自贤,亦与造物者游而未知所止也,其与子长孰后先乎"⑦,便与马存《子长游赠盖邦式》中"子长之文章不在书""欲学子长之为文,先学其游可也"⑧、《送陈

---

① 马存《送霍明甫序》,佚名编《新刊国朝二百家名贤文粹》卷一〇四,《中华再造善本》,北京图书馆出版社,2005年。按,原题《与霍明父序》,审其文体,实为序,从《宋元学案补遗》卷一"子才遗文"改。
② 张兆栋等《(同治)重修山阳县志》卷一五,《中国方志集成·江苏府县志辑》第55册,江苏古籍出版社,1991年,第229页。
③ 徐积《节孝先生文集》卷四《和马秀才并序》,《中华再造善本》,北京图书馆出版社,2006年。
④ 马廷鸾《碧梧玩芳集》卷一四《题察判学士家集后》,文渊阁《四库全书》本。
⑤ 马廷鸾《碧梧玩芳集》卷一四《题察判学士家集后》,文渊阁《四库全书》本。
⑥ 马存《披云堂碑》,《类编层澜文选》别集卷九。
⑦ 许从道《东阳游戏序》,刘过《龙洲集》卷一五。
⑧ 马存《子长游赠盖邦式》,《东莱集注观澜文集》丙集卷一一,第652—653页。

自然西上序》所谓"吾视囊中,不见乎有物;视吾胸中,耿耿者尚在也;以吾之耿耿者游天地间,庶几必有合乎"①,以胸中浩然之气,壮游天地之间同一机杼。许月卿受到马存的影响更为直接。钱锺书先生称其文风"怪而不妙,滑而不巧,只睹其卤莽灭裂耳""文之刻意者,艰涩不可句读"②,而这正是前揭马存对霍昕文风的赞许之处。许月卿将其所居之处命名为"天多许",称:"'仰面长啸天何多',马子才语也。"③方岳致书许月卿,称:"名其处曰天多许,得无大伤于奇乎? 盖执事平生所为文,往往亦坐此。"④可以看出,许月卿险怪文风中,不无马存的影响。

由此可见,马存登进士高第而宦途不显,身份上非官非隐,心态上陷入出处之间的尖锐矛盾而无法调和,以至于文风流于"险怪"。这些都展现出上述"险怪文"谱系的创作风格和理论主张。而在实证方面,马存文章源自卢仝、徐积,影响及于陈亮、许月卿等,也均在此前梳理出的"险怪文"谱系之中。因此,马存的文章创作与文章理论应当作为"险怪文"的代表,放置在"险怪文"谱系中进行审视。其声名与文名由显及隐的过程,也可以照见"险怪文"谱系的兴衰。

马存于两宋之际文名颇著,既有文章佳作,又得名家提品。如程氏所说:"子才文波澜雄壮,英毅有奇气,不可縶维。且徐节孝、苏文忠许可最厚,渊源有所自矣。"⑤《宋史翼》本传称:"摇毫顷刻数千言,文学鹤一时。"⑥可见其在当时文坛上的地位。马存文名一度与唐庚齐平,宋人有"文章则唐庚马存"⑦之说。《宋文鉴》卷八四收入唐庚《颜鲁公祠堂记》,《方舆胜览》卷六七则题马存作,也从一个侧面反映出马存与唐庚文风相近,文名相孚。马存文章在宋代流传颇广,不仅表现在总集的入选上。在别集的编纂方面,《宋志》著录《马存集》十卷又《经济集》十二卷,《通志》作《马子才集》十卷。《直斋书录解题》著录《马子才集》八卷。《景定建康志》

---

① 马存《送陈自然西上序》,《东莱集注观澜文集》丙集卷一一,第651页。
② 钱锺书《容安馆札记》卷一,第167页。
③ 许月卿《先天集》卷七《天多许记》,《四部丛刊续编》本。
④ 方岳《秋崖集》卷二七《答许教》。
⑤ 马端临《文献通考》卷二三七,中华书局,2011年,第6457页。
⑥ 陆心源《宋史翼》卷二六《马存传》,第615页。
⑦ 王洋《东牟集》卷九《与丞相论郑武子状》,文渊阁《四库全书》本。

有《马子才文》,未详卷数。《宋史翼》本传称"文集二十卷行世"①,《(同治)乐平县志》作《马节推集》二十卷,又称:"旧志有《拂膺集》,疑即指此,非别有集也。"②可见马存别集在宋代产生了多种版本,各家著录之题名、卷数各不相同。《文献通考》载矸轩程氏之言,谓马氏文集崇宁间遭禁毁,"故世罕传,传复讹舛"③。有感于此,程氏对马存文集做了一番整理工作,所谓:

> 近得其族党所储善本,参以板行者精加是正,厘为十一卷。凡为策二,策题四,时论三,史论二十二,古诗四十六,律诗五十,绝句八十四,记十一,序八,书四,启七,文疏八,杂著四,志铭十三。又为年谱,列于墓碣之次,以详其出处。④

这是如今可以看到的有关马存作品与文集面貌的最为详尽的记录。《永乐大典》卷二五三五载《浩斋记》,出"马子才集",是明初是集尚存。而上述各本至今已荡然无存矣。

三、文学史的权力:选本的遮蔽与马存的突围

我们今天对于文学史的认识,是"文学史"文本建构起的权威话语,这便是文学史的"权力"。但如戴燕所说:"这样一个'中国文学史'的形成,也是有着必要前提的:将一部分作家作品选为经典的过程,与对其他作家作品进行压制和淘汰的过程相伴随,而将所有类型的文学文本置于同一种阅读范式之下,也必然要以牺牲文学的丰富多样性为代价。"⑤具体到宋代散文史中,当"宋六家"这一经典序列在文学史话语中成形,便具有了排他性,造成了对于包括"险怪文"在内的其他文章写作范式的遮蔽。在这一背景下,马存文章鲜明的险怪风格,必然会导致其走向式微。

---

① 陆心源《宋史翼》卷二六《马存传》,第 615 页。
② 董萼荣等《(同治)乐平县志》卷八,《中国方志集成·江西府县志辑》第 31 册,上海书店,1993年,第 398 页。
③ 马端临《文献通考》卷二三七,第 6457—6458 页。
④ 马端临《文献通考》卷二三七,第 6458 页。
⑤ 戴燕《文学史的权力》,第 94 页。

马存之雄奇瑰丽每为人称道,然而物极必反,马存为人诟病处,也正在此。程氏称:"或疑其过于豪放,故宦业不甚显以没。"①《(万历)淮安府志》称马存"豪放类李太白,故其诗文脱去尘俗"②,斯为正面评价;而顾璘则称:"李尚《国风》而虚其虚,其弊也浮,温庭筠以及马子才诸君是也。"③"豪放类李太白"又成为负面评价,可见二者相反相成。费衮称:"诗作豪语,当视其所养,非执笔经营者可能。马子才作《浩斋歌》,似亦豪矣,反复观之,雕刻工多,意随语尽。"④王若虚称:"马子才《子长游》一篇,驰骋放肆,率皆长语耳。……其言吊屈原之魂云'不知鱼腹之骨尚无恙者乎',读之令人失笑。虽诗词诡激,亦不应尔,况可施于文邪?盖《马氏全集》,其浮夸多此类也。"⑤都是就此立论。由此看来,有关马存"过于豪放"的批评,并非全为"以成败论"⑥。程氏将马存文章之式微归咎于崇宁二年(1103)遭遇禁毁,但苏黄文名愈禁愈显,而马存文章却一经劫火便一蹶不振,其自身"过于豪放"的风格是不容忽视的因素。

事实上,在"险怪文"谱系中占有重要地位的"东州逸党",与文风平易流畅的欧阳修,同为北宋"古文运动"的重要两翼。程杰指出:"在范仲淹的周围,在政治改革的大旗下,走到一起的新一代士人实际上可以清晰地划分出两个不同的群体,这就是以石介、孙复等人为代表的京东士人群体和以欧阳修、梅尧臣等为代表的文人群体。"⑦双方并非自始便势不两立,二者共同参与了北宋"古文运动"。今人在梳理北宋"古文运动"史时,无一例外地要追溯到石介、孙复,乃至更早的柳开、穆修等人。石介作《三豪诗送杜默师雄》,在序中将石延年、杜默、欧阳修并称,其中前两人与石介本人均属于京东士人群,而加入欧阳修,显然引为同调。但最终,以欧阳修为首的文人群体却在文章经典化的进程中脱颖而出。作为一个整体的

---

① 马端临《文献通考》卷二三七,第6457页。
② 郭大纶等《(万历)淮安府志》卷一七,《天一阁藏明代方志选刊续编》第8册,上海书店,1990年,第759页。
③ 顾璘《论诗书》,黄宗羲编《明文海》卷一六一,文渊阁《四库全书》本。
④ 费衮《梁溪漫志》卷七,《全宋笔记》第五编第2册,大象出版社,2012年,第203页。
⑤ 王若虚著,胡传志、李定乾校注《滹南遗老集校注》卷三四《文辨》,辽海出版社,2006年,第386页。
⑥ 马端临《文献通考》卷二三七,第6457页。
⑦ 程杰《北宋诗文革新研究》,文津出版社,1996年,第77页。

"欧门"群体,必然带有盟主欧阳修的烙印,共同建立了宋代散文平易流畅的风格。如王水照先生所说:"欧阳修经过二三十年的不懈努力,既反对'剽剥故事,雕刻破碎'的西昆体骈文的流弊(前此是浮艳卑弱的五代体),又吸取宋初以来古文家写作的失败经验,才把建立平易自然、流畅婉转的风格,作为宋代古文运动的基本目标。"①这种由"欧门"文人群体奠定的平易风格,也与京东士人的险怪文风形成了对立,并终于为宋代选本所青睐,被确立为宋代文章的普遍风格。

平易流畅文风与"险怪文"的分道扬镳,与作者身份的差异有很大关系。张方平表示:"于时山东士人若刘潜、吴颢、石延年、韦不伐、陈靖、田度、马武十数人,皆负豪杰之气不得骋,相与纵酒为高。仆年少好奇论,与诸酒徒游,故不得笃志于学也。"②站在晚年成熟士大夫的立场上,指少年从游的"东州逸党"为不学。而正式提出"太学新体"这一概念,并旗帜鲜明地予以反对的,也正是张方平。③ 如前所述,欧阳修早年也被石介等人视为同调,如吕肖奂所说:"尤其是在'奇险'问题上,石介是积极倡导者,而欧阳修在庆历间也并不全然反对,并在诗风上还相当赞同'险怪'。"④但在嘉祐间,却又出现了排抑"太学体"事件。可见,张、欧两位反对太学险怪文风的干城,早年均与"险怪文"谱系渊源甚深,直接或间接地参与过险怪文风的建设。而他们转而反对险怪文风,都是在身份发生转变,获得了科举士大夫身份、确立了在科举士大夫之中的领袖地位之后。可见,造成身份转变的重要动因——"科举",也决定了文风的选择。张方平与欧阳修反对险怪的主张,都是在科举的语境下提出的,如许瑶丽所说:"张方平对'太学新体'的排抑主要体现的还是一个考官的立场,他所出落的也只是那些'尤诞漫不合程式者',其影响主要还是在科举文章范围之内。"⑤"欧阳修排抑'太学体'不单纯是一次文艺冲动,而是与其翰林学士的职责

---

① 王水照《嘉祐二年贡举事件的文学史意义》,《王水照自选集》,第226页。
② 张方平《张方平集》卷三四《谢苏子瞻寄乐全集序》,中州古籍出版社,1992年,第565页。
③ 参见张方平《张方平集》卷二〇《贡院请诫励天下举人文章》,第278—279页。
④ 吕肖奂《欧阳修对奇险风格的矛盾态度:兼论其对太学体形成的影响》,《西南民族大学学报(人文社会科学版)》2005年第11期。
⑤ 许瑶丽《庆历"太学新体"新论:兼论欧阳修对庆历"太学新体"的促进》,《四川师范大学学报(社会科学版)》2008年第6期。

及庆历年间遗留的科举改革的旧愿相关,排抑事件只是其整顿科场秩序、引导科场文风的一个典型事件。"①不过,排抑事件的影响毕竟溢出了科举语境之外,嘉祐二年贡举事件的确是欧阳修领衔确立宋文平易风格的过程中的重要一环。欧阳修黜落持险怪文风的刘幾,并得到宋仁宗的全力支持。虽然如前所述,此次排抑事件并未能让险怪文风彻底消失,但是仍然重创了以太学体为代表的"险怪文",至少达到了"文体自是亦少变"②的效果。

与此同时,在宋代散文史中被经典化的"宋六家",事实上全部来自欧阳修主盟的"欧门"文人集团,除苏洵以外均为科举的成功者,这一群体的形成也与嘉祐二年贡举密切相关。经历了欧阳修、苏轼相继主盟文坛,这一群体获得了极强的影响力。虽然在徽宗朝遭受禁毁,但随即在宋高宗"最爱元祐"的口号下迅速恢复元气。在此过程中,"宋六家"与科举的关系愈发牢固,如描绘出无限接近"宋六家"谱系的《古文关键》,便带有强烈的举业教学目的。至此,"宋六家"及其所代表的科举士大夫群体牢牢掌握了话语权。

反观马存,虽然受到二苏赏识,并高中第四名进士,却对科场文章十分唾弃。其《送霍明甫序》,将有关三代文风的讨论,建立在反对科场"新丽软熟之句"的基础之上,也便宣告了有别于"宋六家"的发展路径。而随着科举士大夫对话语权的全面掌握,险怪文风便留在了徘徊在士大夫边缘的非官非隐的作者群体,成为他们标榜自我身份的方式,并且脱离了经典化的进程,成为宋代文章史上潜行的一股暗流。

以上是文学史围绕宋代散文行使其选择与删汰权、确立权威话语的过程。可以看到,这一过程并非始于近代以来著作形态的"文学史"的撰写。文学史著作并非凭空产生的,而是脱胎于古人书目、文苑传、选本、诗文评等著述形式所展现的人们对文学发展史认识的一整套话语。其中,选本无疑承担着对作家作品选择与删汰的重要作用。如邓建在研究选本

---

① 许瑶丽《再论嘉祐"太学体"与"古文"的关系》,《西南民族大学学报(人文社会科学版)》2011年第1期。
② 李焘《续资治通鉴长编》卷一八五,第4467页。

的传播效应时指出:"选本传播因其荟萃精华、卷帙简便而达于极佳之传播效果,但另一方面却因其乃选本而非全本,又出现了新的问题——对部分作品的彰显,对另一部分作品的遮蔽,而这正是选本传播最大的特点。"①宇文所安(Stephen Owen)以汉魏诗歌为例,指出今天所能够看到的汉魏诗歌"是后代编选者根据他们的文学趣味筛选过滤的"②。宋代散文也同样如此,并且这一过程在宋代当时便已经展开。

上述平易流畅文风与"险怪文"之间的缠斗与消长,在文章选本之中得到了体现。在早期选本如《圣宋文选》中,双方尚能平分秋色。但之后,石介、孙复在文章选本中的地位迅速下降,以《宋文鉴》为例,收入石介文章仅十三篇,孙复则只有两篇文章入选,京东士人群体退出了宋代文章的典范体系,集体缺席了宋代文章选本所建构的经典文章。宋代文章选本在彰显以"宋六家"为代表的经典作家的同时,也对上述作家作品形成了遮蔽。不过,选本的遮蔽并非始终严密的,马存文章,便是其中的漏网之鱼。选本的彰显与遮蔽在马存文章的接受上出现了奇妙的悖反。其文章在今日受到冷落,正是因为选本对于"宋六家"典范系统以外作品的遮蔽。但与此同时,其文章能为今人所见,却又得益于选本的入选。可以说,在诸多被遗忘的作家中,马存无疑是相当幸运的。或许是由于马存同时还具有苏门后学的身份,宋代文章选本似乎常为这一群体网开一面。南宋选本中入选马存文章,具有保存文献之功。同时,也彰显出在"唐宋八大家"已经成为无可争议的经典的时代,马存文章所具有的独特意义。马存因而可以视作上述"险怪文"谱系的代表,将文章选本的遮蔽掀开了小小的一隅。

马存文章为操选政者所收,借助选本的传播效应,元明清三代,均有读者。如元人王义山谓彭华国北游,携文稿以归,则"马子才送盖邦式序,不专美矣"。③张之翰谓元正之"隆冬敞袭,走西北千余里,正马子才所谓'朔风惊沙,枯梢号寒'"④,引马存《送陈自然西上序》。陆文圭作《程光道

---

① 邓建《宋代文学选本研究——基于"选学"立场的返观与重构》,第175页。
② [美]宇文所安《瓠落的文学史》,田晓菲译《他山的石头记——宇文所安自选集》,第20页。
③ 王义山《送彭华国北游序》,李修生主编《全元文》第3册,凤凰出版社,1998年,第113页。
④ 张之翰《送元正之诗序》,《全元文》第11册,第277页。

字说》,其末句亦引《送陈自然西上序》。① 陈栎则以《子长游》所记司马迁之游与苏辙《上枢密韩太尉书》中汴梁之游,衬托赵子用京师之游。② 明人何乔新谓明初王祎《赠郭士中序》剽窃马存《子长游》。③ 清人方以智评《史记》,引《子长游》为据。④ 可见马存文集虽不存,但其中如《子长游赠盖邦式》《送陈自然西上序》等一二名篇,却在士人笔下反复被称引,延绵不绝。甚至当马存声名已湮没无闻之时,其文章的影响力仍然存在。清编《全唐文》卷九五六误收《送陈自然西上序》,署"马子才",如钱锺书先生所说,是"并不知马子才之名且误为唐人"⑤,但其文章却仍在传播。钱谦益《题归太仆文集》称:"归熙甫先生文集,昆山常熟皆有刻本,亦皆不能备。而《送陈自然北上序》《送盖邦式序》,则宋人马子才之作,亦误载焉。"⑥上述一二名篇,已脱落主名,而混入他人文集,可见马存声名之不显。但归有光乃明代唐宋派古文名家,混入归氏文集,可见马存文章,仍然作为典范发挥着影响。由此,马存成功地突出了宋代选本遮蔽的重围,继续参与到元明清古文的发展之中。

小　结

宋代文章选本造就了以"宋六家"为代表的文章典范,由此奠定了今日文学史的权威话语关于文章发展历程叙述的基础。与此同时,"宋六家"确立之后,便具有了一定的排他性。文章史的丰富性会因"宋六家"的突显而受到遮蔽,未能进入"宋六家"典范谱系的作家也会被选择性地遗忘。马存是研究选本的彰显与遮蔽效应的绝佳个案,此人在两宋之际文名颇显,而文集却不传。幸好宋人文章选本中保存了数篇文章,使我们得以大概了解其人其文。其为人落落寡合,依违于出处之间。困顿穷愁,满

---

① 陆文圭《程光道字说》,《全元文》第17册,第589页。
② 陈栎《送赵子用游京师序》,《全元文》第18册,第82—83页。
③ 何乔新《跋大事记续编》,《明文海》卷二一三,文渊阁《四库全书》本。
④ 方以智《文章薪火》,王水照编《历代文话》第4册,第3212页。
⑤ 钱锺书《宋诗纪事补订》卷三二,第809页。
⑥ 钱谦益《牧斋初学集》卷八三《题归太仆文集》,上海古籍出版社,1985年,第1759—1760页。

胸块垒,发为文章,具有慷慨悲歌的风格,而近乎偏执地好奇尚古,流入险怪一途。其为人为文,近承徐积,远绍卢仝,渊源有自。"东州逸党"与李廌等人可以视为其近世同调,其影响可以波及刘过、陈亮等江湖游士的文章写作,以及许月卿、谢枋得等晚宋入元的遗民文人。由此可以勾连起一个"险怪文"谱系,正是被以"宋六家"文为限定的散文史所遮蔽的宋代散文的另一条发展路径。这条路径并未因为欧阳修排异"太学体"的成功而消失,而是转入文章发展史的暗流,上下勾连,自中唐至宋末延绵未绝。在南宋,文章选本已经将"宋六家"塑造为无可争议的典范,但彼时选家的遗忘还未能彻底,马存文章的入选,也为我们揭开"宋六家"以外散文发展史的冰山一角。这一谱系之中诸人的共性,在于险怪的文风,也在于造成险怪文风的"非官非隐"的生存状态和出处之间难以调和的矛盾心态。宋代"险怪文"直承中唐寒士之文以及韩柳开始措意于古文技法的原始形态,展现了"古文运动"发生、发展的过程;作为北宋"古文运动"的重要一翼,代表了有别于科举士大夫平易流畅文风的另一种文章写作范式。

这一谱系在文学史上实在不应被忽略。但是,当散文史经历了删繁就简,形成了简洁清晰的线性叙述之后,历史的丰富性与复杂性便被隐藏在看似严整的叙事背后,未能进入其权威话语体系的"险怪文"谱系很快便湮没无闻。在欧阳修排抑"太学体"之后,因"用造语""模拟前人"[①]而受到欧阳修批评的王安石,并未进入"险怪文"谱系,而是在文学史中被整合到"宋六家"之中;在南宋被视为"偏枯""险怪"[②]的道学家,也没有为北宋的"险怪文"摇旗呐喊,转而在文章技法上推崇欧曾。此外,上述险怪文谱系中的陈亮,虽然被《二十先生回澜文鉴》《诸儒奥论策学统宗》等书大量选入,但这些选本带有强烈的举业指导目的,所选均为应世文章,显然是看重陈亮的状元身份,而非其落拓江湖的生存状态,这不能不说是选本对于宋代险怪文风的另一种遮蔽。可见,在强大的话语权力之下,险怪文风在文学史叙述中,被以"宋六家"为代表的文章主流进行了极大限度的同化、整合与瓦解。当我们尝试挣脱"文学史"的严格限定,回望文学发展的

---

① 曾巩《曾巩集》卷一六《与王介甫第一书》,中华书局,1984年,第 255 页。
② 佚名《续编两朝纲目备要》卷六,中华书局,1995 年,第 100 页。

历史时,便会发现:所谓的传世经典,在"文学史"上已有定论;而大量曾经出现过的文学现象,影响了文学发展的进程,却未能沉淀到现行"文学史"的书写之中。这些现象有待于重新发现与认识,揭示其文学史意义,以此补充与修订被现行"文学史"限定的文学史认知。而包括险怪文在内的宋代散文发展的原貌及其意义与价值,正待今日之学者进行钩稽、恢复与判断。

本 章 小 结

由宋人文章选本通过对典范作家作品的确立构建起的宋代文章史,在两宋三百余年间发生的历时性变化,大致可以分为三个阶段。第一阶段为北宋末期,以《圣宋文选》为代表,表现为特别重视北宋古文运动的先驱人物与北宋名臣。王禹偁以及位列宋初三先生的石介、孙复悉数入选,范仲淹、欧阳修、余靖等庆历名臣,以及司马光、王安石两位熙丰之间的政治领袖也在选目之中。这一阶段持续的时间不长,代表性选本也仅见《圣宋文选》一种。随即在以《宋文鉴》与《古文关键》《崇古文诀》等为代表的南宋选本中,上述各家悉数退场,"宋六家"的格局水落石出,宋人选宋文所建构的文章史也进入第二阶段。在"宋六家"还在进一步发展、稳固的同时,宋人选本所建构的文章史的第三阶段也开始形成。以《十先生奥论》《策学统宗》与《文章正印》《古文集成》等选本为代表,表现为地域性的分化与对时效性的高度重视。正因为这一特点,在第三阶段的文章史中,并未形成稳固的经典作家,但依然可以梳理出一个大致的典范系统。

宋人选宋文在确立经典作家作品的同时,也会对未被确立为"经典"的作家作品产生遮蔽。如前所述在"宋六家"凝定的过程中,宋初古文先驱与北宋名臣退场。第三阶段的典范系统,事实上也未能全面代表南宋文章写作的成就。南渡名臣如宗泽、李纲,四六名家如孙觌、綦崇礼,坐镇庙堂之上,主持中兴局面的周必大、楼钥,乃至为今人所熟知的中兴大家如陆游、范成大等,皆不在南宋文章选本所建构的经典作家之列。不过,文章选本在对一些作家作品形成遮蔽的同时,也会在不经意间留下一些线索。例如在诸多南宋选本中均有文章入选的马存,其背后是一整条被文章选本遮蔽的宋代险怪文谱系。在宋代平易流畅的整体文风之下,这一险怪文谱系是文章发展过程中的一道暗流,虽不能得到彰显,却也延绵整个宋代,不绝如缕。由此,不仅是对经典作家作品的确立,选本的遮蔽效应,同样反映出宋人对当代文章史的认识。准确把握文章选本对于作家作品的彰显与遮蔽,庶几可以勾画出立体、丰满的宋代文章发展史。

宋代处于中国历史的大变局中,史学家提出了中唐北宋转型、两宋转型、宋元转型等多种"转型"学说,可见宋代社会历史乃至人文思想领域变化之剧烈。宋人选宋文所建构的文章史的历时变化,也应当视作宋代各种"转型"的反映。靖康之变将北宋切割为一个相对独立的历史发展阶段,南宋选家立足于当下而回视北宋一代文章的发展,对其进行全面总结。由此,宋人对文章史的认识由第一阶段对文章线性发展面面俱到的描述,转变为第二阶段对北宋文章最高成就的总结。上文所述第二阶段对诸多作家的遮蔽,也正应如此理解。与此同时,被彰显的"宋六家",则是"集三位于一身"的复合型知识精英的代表,是中唐北宋转型反映在人文领域的成果。但这一局面并未持续太久。在人文思想领域出现了"周程、欧苏之裂","集三位于一身"的知识结构发生了离散。在社会历史领域,宋室南渡,国土逼仄,北宋便已经存在的"员多阙少"现象进一步加剧,越来越多的士人被限制在乡里的土地上。由此,一个个分散的,以血缘、地缘、学缘为纽带的士人群体,取代了立足于中央朝廷的"帝国士大夫"的话语权。宋人选本中所见文章史第三阶段所呈现出的面貌,正是知识阶层上述转变的反映。

社会的转型也会表现在知识阶层的表达方式上,"宋六家"的经典化,宣告了"文章"这样一种表达方式的确立。"宋型文化"影响了中国社会千余年,由"宋六家"确立的"文章",也便成为这千余年间的表达范式。不过,正如前文所述,宋代的社会转型是剧烈而复杂的。以"宋六家"为代表的范式虽然是以后千余年之中士人理想中的典范,但是在南宋,士人们的生存与写作状态便已经发生了改变。更何况,与"宋六家"同时,还潜藏着文章发展的暗流。宋代文章选本多产生于南宋,是南宋士人面对当下的现实情况,回视北宋代表"宋型文化"的经典作家作品而做出的选择。他们在选本之中,如何处理现实处境与理想的士大夫形态及其表达方式的矛盾,或曰如何在现实之中重构理想,这是笔者接下来所希望处理的问题。

第四章
知识视域下的宋人选宋文

宋代文章选本至徽宗朝以降,正式进入成熟阶段,至南渡以后,具有代表性的选本大量涌现出来。对此,论者解释为对宋代文学发展成果的回顾与总结,称此时的选家"开始对此前乃至整个北宋的文学创作活动进行全面观照与客观评判,进而编纂出高质量的选本"。① 然而应当注意到,宋代文学的发展并不是孤立的,而是从属于整个宋代文化的发展。王水照先生指出,宋代士人具有"文化整合的恢弘气魄","大都是集官僚、文士、学者三位于一身的复合型人才"②。在"复合型"的知识结构中,文章几乎无法抽出单行。因此对于这一时期文学的回顾与总结,事实上也就是对这样一种文化格局的回视与总结。从这个意义上说,南宋的文章选本,不仅是文学总集,也是一种新兴的著述形式,承担着展现宋人知识世界的功能。

上述北宋士大夫的知识结构与文化格局在宋仁宗庆历、嘉祐间臻于成熟,但旋即便开始走向其自身的反面。南宋浙东学者陈傅良将范仲淹之"名节"、欧阳修之"文章"与周敦颐之"经术",描述为"士大夫之学亡虑三变"③,既以"变"言之,则是后者否定前者,三者之间呈现出递进而互为否定的关系。"集官僚、文士、学者三位于一身"的士大夫带来了文化的整合,但同时也令三者陷入分裂。如朱刚所说:"当各具特长而又追求全面的士大夫们成为文化主体时,思想史视野下的分裂与对立,诸如'周程、欧苏之裂'等,便显得容易理解。"④

这里特别指出的"周程、欧苏之裂",对此,宋人已经有了清醒的认识。

---

① 邓建《宋代选本的演进与分期》,《广西社会科学》2012年第3期。
② 王水照《情理・源流・对外文化关系——宋型文化与宋代文学之再研究》,《王水照自选集》,第29—30页。
③ 陈傅良《止斋先生文集》卷三九《温州淹补学田记》,《四部丛刊初编》本。
④ 朱刚《唐宋"古文运动"与士大夫文学》,第119页。

程颐宣称:"古之学者一,今之学者三,异端不与焉。一曰文章之学,二曰训诂之学,三曰儒者之学。欲趋道,舍儒者之学不可。"①陈傅良笔下欧阳修与周敦颐之间已经隐然存在的裂隙,被程颐正式提出,可见"周程、欧苏之裂"的命名,确实恰如其分。北宋士大夫文化中的文章与道术,至此走向分裂。这一从复合走向分裂的过程,在被视作唐宋"古文运动"开端的韩愈的时代便已经埋下伏笔。包弼德(Peter K. Bol)在论述作为思想的文学时指出:"韩愈通过设想在文(文学)与道(理学家的兴趣)之间存在一种可以解决的张力,使学理上分立的内容被结合在一起。"②虽然说"可以解决",但"张力"毕竟是一种相互牵引制约而形成的不稳定状态,如罗根泽所说:"文道既相表里,则有道者自然有文,不必学文,亦不必更言能文。然韩愈因学文而求道,始有所得,故伊川谓其学道为倒学。"③这种脆弱的平衡在欧阳修的时代尚可维持,由此,欧阳修也被视作"古文运动"的"成功"。④ 但在欧阳修之后,学问散为新、关、蜀、洛数家,诸家各执一偏,而"集三位于一身"的知识结构及其所造就的北宋士大夫文化,从此成为遥不可及的理想。

以上是南宋的文章选本编者们所面对的文化局面。如此,这些选家们编纂文章选本的行为,可以看作处在"周程、欧苏之裂"既已发生之后,回视并总结北宋包含文章与道术在内"复合型"的文化格局,重拾"集三位于一身"的知识结构,从而追寻业已失落的北宋士大夫文化的努力。本章采取思想史(intellectual history)与文学史结合的研究视野,以南宋知识精英所编或体现知识精英立场的文章选本为个案,考察南宋文章选本的分类、编次、选目以及编纂过程中对知识领域有关问题的处理,关注作为知识精英的选本编者,是如何使用文章选本这一新兴的著作形态,展现他们所处的知识世界,并建构相关的知识体系,以收拾宋代文化日趋分裂的局面的。

---

① 程颢、程颐《河南程氏遗书》卷一八,《二程集》,中华书局,2004年,第187页。
② [美]包弼德著,刘宁译《斯文:唐宋思想的转型》,江苏人民出版社,2017年,第30页。
③ 罗根泽《中国文学批评史》,商务印书馆,2015年,第109页。
④ 参朱刚《唐宋"古文运动"与士大夫文学》,第334页。

第一节　宋人选宋文类目与宋代
精英阶层的知识世界
——以《新刊国朝二百家名贤文粹》为中心

类编总集与类书之间存在着千丝万缕的联系。类书的编录体裁中,便有"类文"一种。① 而方行铎在论述文学与类书的关系时,更将《文章源流》《文选》等类编总集,直接视作这种"专取其文"的类书。② 张涤华将类书定义为"荟萃成言,裒次故实,兼收众籍,不主一家,而区以部类,条分件析,利寻检,资采缀,以待应时取给者"。③ 据此定义,类书应具备对一定范围内的一切知识进行分类管理的功能。同理,类编总集也应有相似功能。因此,通过类编总集的分类方式,可以窥见该书所收范围内,编者与作者对于知识的认知。

此后编纂的总括一代文章的总集,如《文苑英华》《唐文粹》,因"以《文选》为蓝本",后世称之为"《文选》类总集"。④《宋文鉴》同样被视作"《文选》类总集",却放弃了《文选》体下分类的结构,转而采取体下直接依作者时序编排的方式。不过,体下分类的组织方式,却被宋代的另一部当代文章选本——《二百家名贤文粹》所继承。对于这样一部三百卷规模的大型选本,迄今为止专题研究尚不充分。本节先梳理此书之文献,判明此书之性质;在此基础上,结合此书的分类方式,通过与《文苑英华》《唐文粹》对比,揭示此书所呈现的宋人所特有的知识世界。

一、《二百家名贤文粹》文献研究与此书的性质

宋人所编《国朝二百家名贤文粹》三百卷,《读书附志》卷下著录,称

---

① 参王利伟《宋代类书概况及基本类型》,《宋代文化研究》第二十辑,四川大学出版社,2013年,第218页。
② 方行铎《传统文学与类书之关系》,天津古籍出版社,1986年,第97—99页。
③ 张涤华《类书流别》,商务印书馆,1958年,第4页。
④ 郭英德《中国古代文体学论稿》,北京大学出版社,2005年,第105页。

"《论著》二十二门,《策》四门,《书》十门,《碑记》十二门,《序》六门,《杂文》八门,总目六,分门六十二"①,并详载二百家姓名。此书今存,题《新刊国朝二百家名贤文粹》,书前有王俣庆元二年(1196)序,书后有"书隐斋"庆元三年(1197)跋,学者据此定为"庆元三年眉山书隐斋刻本"②。

此书规模宏大,卷帙浩繁,保存宋代古文文献,厥功至伟。但由于其中文献问题尚未厘清,以致利用此书研究与辑录宋代古文时,会出现重收、误收情况。此书的文献问题本不复杂,传世版本均为宋庆元三年书隐斋刻本。但均为残本,所残存的位置互有不同。对此,傅增湘表示:"此书近年内阁大库流散出残本,频年阅肆见四十七卷,余收得七卷,李木斋师有六卷,余卷分藏各家。海源阁亦藏残本一百九十七卷,卷次均经剜改。"③其中海源阁藏本今藏于国家图书馆,是现今存世的体量最大、最完整的残本,本节将大量使用此本,简称"海源阁本"。但正因其卷次均经剜改,为此本的使用增加了难度。

此外,傅增湘还著录过一种残本,"存卷十五、十八至二十、九十至九十三、一百六十四至一百六十八、一百七十至一百七十六、一百八十四至一百九十、二百五至二百八、二百七十二至二百七十七、二百八十五至二百八十六,计存四十一卷。……各卷钤有甓社书院文籍楷书朱记。内卷一百七十至七十六计七卷余藏"。④ 其中卷二〇五至二〇八、二七二至二七七、二八五至二八六现藏于上海图书馆。卷一七〇至一七六,即傅氏本人所藏七卷,现藏于国家图书馆,与潘氏宝礼堂原藏的卷六八至七二、一六五至一六八,⑤以及周叔弢原藏的卷一八八至一九〇⑥合为一部,凡十九卷,以下简称"国图本"⑦。至此,傅氏所录惟卷一五、一八至二〇、九〇

---

① 赵希弁《读书附志》卷下,晁公武著,孙猛校证《郡斋读书志校证》,上海古籍出版社,1990年,第1216页。
② 中华再造善本工程编纂出版委员会《中华再造善本总目提要》唐宋编,国家图书馆出版社,2013年,第763页。
③ 莫友芝撰,傅增湘订补《藏园订补郘亭知见传本书目》卷一六上,中华书局,2009年,第1530页。
④ 傅增湘《藏园群书经眼录》卷一八,中华书局,2009年,第1274—1275页。
⑤ 见张元济《宝礼堂宋本书录》,《张元济全集》第8卷,商务印书馆,2009年,第133页。
⑥ 见冀淑英《自庄严堪善本书目》,天津古籍出版社,1985年,第101页。
⑦ 国家图书馆所藏《新刊国朝二百家名贤文粹》残本凡三种,本节所称"国图本"特指此种,特此说明。另两种一为前举海源阁本,一为零页一册,未见。

至九三、一六四、一八四至一八七未见。其中卷九一、九二,可知即海源阁本卷一八、一九,①卷一六四即海源阁本卷七四,卷一八四至一八七即海源阁本卷八六至八九。惟卷一五、一八至二〇、九〇、九三面目不得而知。此外北京大学图书馆藏残本六卷,存卷一三五至一四〇,亦有"甓社书院文籍"楷书朱文藏书印。②

依据海源阁本与上图本、北大本、国图本的对应关系,可以恢复大部分被剜改的卷次,部分阙卷的内容也可推知。如卷一七七至一八〇,当为上执政书二至五,卷一八一至一八三则为上侍从书一至三,卷二二〇至二二三为祠庙记二至五。再参照《读书附志》给出的各体类目数量,策以下五体中所有类目与卷次的对应关系均可推知。此书目前可知的详细类目及海源阁本卷次与未经剜改的原书卷次的对应关系见附表表 4。

《读书附志》所提供的此书所收作者名单,起自宋初两朝为相的赵普,终于宋孝宗淳熙年间的宰相赵雄,可见此书为南宋人回视本朝自立国迄于中兴的文学发展而进行的总结。有关此书的去取原则,备载卷末"书隐斋"跋中。今录于此,并略作疏证,以判明此书之性质:

> 文章莫盛于国朝,而得见其全者或寡。自近岁传于世者,诗有《选》,经济有《录》,《播芳》《琬琰》皆有集。凡前辈大老巨工名儒,风骚翰墨,与夫抗奏发潜之文,亦略备矣。独其著述论议,所以经纬天人、发明道学、该贯今古者,或罕其传。脱或有传,则散而未一。此书旁搜类聚,总括精华,会众作如汇百川,气象浑大,诚足以补前人缺典。观者不特可以识斯文正宗,抑见巍巍皇宋文物之盛如此云。③

其中"诗有《选》"指曾慥《皇宋百家诗选》。《郡斋读书志》著录五十七卷,称:"选本朝自寇莱公以次至僧琏二百余家。诗序云:'博采旁搜,拔尤取颖,悉表而出焉。'"④知此书为南宋人所选宋初迄于南渡之诗。"经济有

---

① 见李国庆编《弢翁藏书题跋》,紫禁城出版社,2007 年,第 190 页。
② 上图藏本、北大藏本及前举海源阁本,均为《中华再造善本》所收。本节引用此书,均据《中华再造善本》,不出脚注。
③ 佚名《新刊国朝二百家名贤文粹》卷末,《中华再造善本》,北京图书馆出版社,2005 年。
④ 晁公武著,孙猛校证《郡斋读书志校证》卷二〇,第 1072 页。

《录》"指赵汝愚所编《经济录》。吕乔年《太史成公编皇朝文鉴始末》引朱熹语:"读者着眼便见,盖非《经济录》之比也。"小字:"《经济录》,赵公丞相编次。赵丞相谓《文鉴》所取之略,故复编次此书。"①所谓《经济录》即《皇朝名臣奏议》之别名。《文选补遗》卷五《条国家便宜奏》题下注:"赵汝愚进《经济录》奏札曰:'切惟古以来,凡有国家者,莫不自有一代规模制度,其事切于时而易行,不必远寻异世之法。故魏相为丞相,数条汉兴以来国家便宜故事,及贤臣所言,请施行之,此最明于治体之要也。'"②此言正见赵汝愚《乞进皇朝名臣奏议札子》中。③《播芳》疑指《圣宋名贤五百家播芳大全文粹》,所收以四六为主,多应酬之文。④《琬琰》当指《名臣碑传琬琰集》,即碑志史传文字。跋称"补前人缺典",说明此书的编选范围排除了上述"风骚翰墨,与夫抗奏发潜之文",即陶冶性情的诗、用世的奏议与应酬的四六、志传。而所谓"经纬天人、发明道学、该贯今古",则是正面提出此书所"补"的内容。

"究天人之际,通古今之变,成一家之言"⑤一向是中国传统社会知识分子著书立说的终极目标。"天人之际"被余英时拈出,作为讨论中国的"轴心突破"的关键词。⑥但值得注意的是,这一议题在"轴心突破"完成之后,被搁置了近千年,其间的儒家所关注的重点在于人伦层面的"礼",如清人赵翼所说:"六朝人最重三《礼》之学,唐初犹然。"⑦直到宋代新儒学的兴起,这一议题才被重新提出。在宋儒的论述中,先秦儒学中"天"的最后一点神秘主义色彩被彻底扫除。所谓"天之所以为天,本何为哉?苍苍焉耳矣。其所以名之曰天,盖自然之理也"⑧,"天"的含义已经无限接近于"理",学者的关注点也由人伦层面的"礼",贯通至天道层面的"理"。由此引出此书所补的第二项内容"发明道学"。其中"道学"当取广义,即"子思

---

① 吕乔年《太史成公编皇朝文鉴始末》,吕祖谦《宋文鉴》附录,中华书局,1992年,第2118—2119页。
② 陈仁子《文选补遗》卷五,文渊阁《四库全书》本。
③ 见赵汝愚《乞进皇朝名臣奏议札子》,《宋朝诸臣奏议》附录,上海古籍出版社,1999年,第1724页。
④ 参施懿超《宋四六论稿》,上海古籍出版社,2005年,第144—145页。
⑤ 司马迁《报任少卿书》,李善注《文选》卷四一,上海古籍出版社,1986年,第1865页。
⑥ 参余英时《论天人之际:中国古代思想起源试探》,中华书局,2014年,第51—62页。
⑦ 赵翼《廿二史札记》卷二〇,中华书局,2013年,第440页。
⑧ 程颢、程颐《河南程氏粹言》卷二,《二程集》,中华书局,2004年,第1228页。

子忧道学之失其传而作也。盖自上古圣神继天立极,而道统之传有自来矣"①之"道学"。而《中庸》所载圣圣相传的,正是夫子所罕言的"性与天道"②。也就是说,"发明道学",便是有关"经纬天人"的学问。这种学问由"天人之际"进一步落实到人事,便是"该贯今古"。宋代史学的发达已经屡为前人所道,而正是受到"经纬天人"与"发明道学"的影响,"宋代史学的优长在于史识、史论、史评的方面"③。也就是说,此书剥落了文章"酬酢以为宾荣,吐纳而成身文"④的外在功能,而直指知识阶层"立言"以安身立命的核心。而"立言"的具体内容,体现出宋代思想的新动向。

此书卷首有《二百家名贤世次》一卷,备载所收诸家科第,宛然一篇"二百家名贤登科录"。在"门阀贵族被消灭,'士'的产生途径只剩科举一条的北宋以降"⑤,进士及第便成为跻身"知识精英"阶层的重要标志。而此书的编纂体例,如跋中所谓"旁搜类聚",即搜集力求全备,而以分类的方式加以组织。由此,此书所收对象为宋代的知识精英,所选内容是他们"立言"的核心部分。而此书分类录文的方式同于类书,事实上是一种对知识的分类管理。这样,我们大可从中一窥宋代精英阶层的知识世界。

二、经史与天道:议论文字与宋代精英阶层的知识管理

论著是中国传统社会精英阶层手中承载知识、表达思想最为直接的著述形式,是上述"经纬天人、发明道学、该贯今古"各项最为理想的载体,是最为直接的"立言"手段。《二百家名贤文粹》凡三百卷,其中"论著"一类多达一百三十四卷,超过总卷数的三分之一,可见编者对于这一类文章的重视,也反映出宋代知识阶层对于文章等级关系的认识,如吕祖谦所

---

① 朱熹《中庸章句序》,《四书章句集注》,中华书局,1983 年,第 14 页。
② 朱熹《论语集注》卷三,《四书章句集注》,第 79 页。
③ 王水照、朱刚《苏轼评传》,南京大学出版社,2004 年,第 230 页。
④ 刘勰著,范文澜注《文心雕龙注》卷二,人民文学出版社,1962 年,第 66 页。
⑤ [日] 内山精也著,朱刚等译,慈波校译《庙堂与江湖——宋代诗学的空间》,复旦大学出版社,2017 年,第 284 页。

说："有用文字,议论文字是也。"①不过殊为可惜的是,所占比重最大的"论著"一类,其残缺也最为严重。一百三十四卷中,八十八卷已不可见,所存仅为三分之一。所幸宋代类编的大型总集尚多,如百卷本《重广类编三苏先生文粹》,以及七十八卷的《新刻诸儒评点古文集成前集》等。我们不妨以此为参照,以略补《二百家名贤文粹》"论著"类的残缺造成的缺憾。

今存《二百家名贤文粹》,以海源阁本卷一所收苏轼《巢父论》为开篇,所标类目为"古圣贤一",以下"古圣贤"论四卷,备论巢父、许由、夔、鲧、重黎、伊尹、太公、周公、孔子、伯夷、叔齐、柳下惠、季札、孔门弟子、孟子等。之后所存,国图本卷六八至七二,与海源阁本卷八至一三衔接,为"历代人臣"论,起自西汉之晁错、贾谊,迄于晋之王衍、祖逖。"古圣贤"论、"历代人臣"论,在宋人的论体文分类体系中,均属于"历代人物论"。而"历代人物论"之中,至少还应包括"帝王论",论述尧、舜、禹及夏、商、周的上古帝王,位列"圣贤论"以上,以及"历代人君论",论述列国以下历代君主,位列"历代人臣论"以上。②或有将列国君臣与历代君臣又加细分者,可以参看百卷本《三苏文粹》卷一一至二八。更进一步,"历代人物论"尚不应是宋人论体文分类的开端。"历代人物论"属"史论"的范畴,在此之上,应当还有"经论"。同样参照百卷本《三苏文粹》,以三苏五经或六经总论开篇,以下为各经以及四书分论。笔者不敢断言《二百家名贤文粹》一定也采取了这样的分类方式,但在"古圣贤"论以上缺失的六十三卷中,足以容下"经论"与"帝王论""人君论"的部分。

海源阁本卷一四至二一为"圣道"论,脱离了围绕经史的讨论,开启了另一个话题。论者指出,"受到新儒学,特别是理学观念的影响,南宋类书中越来越体现出不同于汉唐天命观的新的社会文化思潮的演进痕迹"③,并以《古今源流至论》各集以《太极图》《西铭》《通书》《四书》以及"道学""格物之学"等开篇为证。这一现象,也表现在《二百家名贤文粹》的"圣

---

① 吕祖谦《古文关键·看古文要法》,王水照编《历代文话》第1册,第237页。
② 参朱刚《苏轼苏辙研究》,复旦大学出版社,2019年,第344—346页。
③ 温志拔《知识社会史中的南宋类书——以〈古今源流至论〉为中心》,《福建师大福清分校学报》2016年第3期。

道"论中。此类备论宋代新儒学中"神""诚""明""德""权""仁""义""礼""四端"等概念,海源阁本卷一六以一卷篇幅论"学",卷一七则杂论儒行、不朽、功夫、言行、祸福等。卷一八以下收入周敦颐《通书》、张载《正蒙》、邵雍《观物篇》等理学先驱的经典著作。

"圣道"以下,为"治道""臣道"。若参照《古文集成前集》戊集卷一,于《大臣论》之上又收《为君难论》《君心论》《君体论》,则"臣道"之上,应当还有"君道"一类。"治道""君道""臣道",稍稍涉及具体人事,但以"道"命名,仍然是有关教化、礼乐、刑政的总则。以下"官职""用人""朋党""风俗""财用""兵""边防"等类,备论制度、食货、兵戎,可以总称为"时务论"。自"圣道"类以下,若参照《近思录》纲目,则"圣道"包含了"道体"以至"改过迁善,克己复礼"等类,即理学家的本体论与功夫论,"治道""君道""臣道",相当于"治国、平天下之道",以下则相当于"制度"与"君子处事之方"①。可见,"圣道"论以下各类,是按照理学家所划定的路径展开知识结构的。

若参照宋初所编、总结先唐及唐代文学的类编文学总集《文苑英华》与《唐文粹》中论体文的类目,则《二百家名贤文粹》"论著类"所体现出宋人独特的知识管理方式便可以一目了然。《文苑英华》论体分天、道(指道教、神仙等)、阴阳、封建、文、武、贤臣、臣道、政理、释、食货、兄弟、宾友、刑赏、医、卜相、时令、兴亡、史论、杂论等类,《唐文粹》则分天、帝王、封禅、封建、兴亡、正统、辨析、文质、经旨、让国、兵刑、临御、谏争、嬖惑、前贤、失策、降将、佞臣、郊寝、明堂、雅乐、车服、刑辟、谥议、历代是非、丧制等类。可以明显看出,二书对论体文的分类,与唐代至宋初的类书有着高度的一致性。巩本栋指出,《文苑英华》与《太平御览》的一致性,在于"按照天地君亲的人类社会和自然的秩序分类和安排所选文章的顺序"②。观二书对论体文的分类,均以"天"为首,而以下有关人事诸类,则以帝王为人间的核心进行呈现。尤以《唐文粹》最为鲜明,"天"类以下,便是"帝王"类,之后"封禅"等类,直接与帝王相关,而"辨析"至"让国"有关经典的学问、"前

---

① 黎靖德编《朱子语类》卷一○五,中华书局,1986 年,第 2629 页。
② 巩本栋《〈太平御览〉的分类及其文化意义》,《中国高校社会科学》2016 年第 2 期。

贤"以下有关历史的学问,与"郊寝"以下有关礼仪的学问,均围绕着帝王展开。

《二百家名贤文粹》表现出极其显著的变化。"经史论"取代了"天"类,被置于"论著"之首。前贤论述"宋型文化",每以讨论义理的朱子学为代表。① 但如周裕锴所说:"就是被清人目为空疏的宋代理学,实际上也是'以格物致知为先,明善诚身为要'。"② 更何况,在理学最终定型之前,在唐宋之间价值体系重构的过程中,经典的内在一致性与历史的前后一贯性,被视作重要的路径,二者分别以王安石与司马光为代表。③ 可见人文的经史取代了自然的"天",成为宋人一切学问的基础。接下来,"圣道"类集中体现了宋儒对于宇宙与人的新思考。此类思考自中唐已经发生,《唐文粹》注意到这一点,但并未将这些论述整合进论体文所承载的知识体系,而是专设"古文"一体,处置此类文章。④ 而在《二百家名贤文粹》中,如前所述,"圣道"论以下各类,依照《近思录》的纲目展开,"圣道"成为一切立足于人事的学问的起点。而在全部《二百家名贤文粹》"论著"类所构建的知识体系中,"圣道"上承经史,下启治术,在宋代精英阶层的知识世界中,处于关键的枢纽位置。

若再参照明人所编《性理大全》,可以发现,上述知识体系又有了进一步的发展。《性理大全》以《太极图》等著作为开端,继之以有关理气、性理与为学功夫的论述,佐以经史,再展开为君道、治道。仅就分类来看,与《二百家名贤文粹》相仿,但展开的方式,则完全以宋儒义理之学为基础,而有关经史与治道的学问,则是围绕义理之学组织起来的。包弼德认为,唐代的文化观"立足于历史",而宋代则"立足于观念",⑤《唐文粹》论体文与《性理大全》的组织方式,正好体现出唐宋之际思想转型的两端。而《二

---

① 关于"宋型文化",可参傅乐成先生《唐型文化与宋型文化》(氏著《汉唐史论集》,联经出版事业公司,1977年,第376—378页),以及日本学者宫崎市定《东洋的近世》(刘俊文主编《日本学者研究中国史论著选译》第1卷,中华书局,1992年,第218—227页)等。
② 周裕锴《宋代诗学通论》,巴蜀书社,1997年,第146页。
③ 参[美]包弼德著,刘宁译《斯文:唐宋思想的转型》,第286—313页。
④ 参吴承学《中国古代文体学研究》,人民出版社,2011年,第329页。
⑤ [美]包弼德《唐宋转型之反思——以思想的变化为主》,《斯文:唐宋思想的转型》附录,第539页。

百家名贤文粹》"论著"类,以"圣道"为枢纽,连接起经史与治术,正好处在转型的过程之中,体现出宋代精英阶层独具特色的知识管理方式。

三、投谒与问答:书简尺牍与宋代精英阶层的知识表达

如前所述,在中国传统社会中,士人进行知识表达最为直接的方式是论著。除此之外,书信往还也是表达知识的重要手段。且这一手段的重要性,在宋代有增强的趋势。《二百家名贤文粹》继"论著"与"策"之后,收"书"五十五卷,便反映出这一点。

首先,仍以《文苑英华》与《唐文粹》为参照。《文苑英华》所收"书"一体,先依受书人,后依所言内容分类,《唐文粹》悉依所言内容分类。《二百家名贤文粹》所收"书"类,则完全按照受书人分类,与上述二书皆不同。而更为不同之处在于,《二百家名贤文粹》所列受书人以皇帝为首。而《文苑英华》与《唐文粹》二书,皆专设"疏""书奏"文体,用以处置"上皇帝书"一类文章。① 因此《文苑英华》所列受书人是以太子为首的。

《二百家名贤文粹》所收"上皇帝书",又与《文苑英华》《唐文粹》所收奏疏颇有不同。如海源阁本卷六九所收王安石《上皇帝万言书》,作于嘉祐四年(1059)王安石入京为度支判官时,②而书中所言变法构想,影响了北宋之后数十年的政局。又卷七〇所收苏洵《上皇帝论十事书》,以布衣之身,备论大政,与《权书》《衡论》《几策》相发明。与王安石上书针锋相对的是卷七一所收苏轼作于熙宁二年(1069)的《上皇帝论人心风俗纪纲书》,苏轼时任开封府推官,③所言之事,则是关乎"国是"的大问题。同卷所收苏辙《上皇帝论三冗书》同样作于是年,则直指北宋承平百年的积弊,

---

① 《二百家名贤文粹》因已有赵汝愚《皇朝名臣奏议》一书,而未专设奏议类,却在"书"类当中为"上皇帝书"留下了位置。事实上,宋人对"上皇帝书"一类文章的文体定位不甚清晰,同样是分集编排的别集,《东坡七集》将《上皇帝书》《再上皇帝书》等编入《奏议集》,而《欧阳文忠公集》则将《准诏言事上书》编入《居士集》。准此,宋人对于"上皇帝书"究竟属于书简还是奏议颇有歧见。如此便可以理解《二百家名贤文粹》不收奏议,而在"书"中收入"上皇帝书"。
② 刘成国《王安石年谱长编》卷三,中华书局,2018 年,第 472—473 页。
③ 孔凡礼《苏轼年谱》卷八,中华书局,1998 年,第 166—167 页。

苏辙时方服除入京,尚未有具体任职。① 可见,不同于针对具体事务的奏疏,《二百家名贤文粹》所收"上皇帝书",可以与上书人的政治地位、具体职掌无关,而是面对皇帝全面阐述上书人的政治主张。从这个意义上来说,此类"上皇帝书"所体现的是上书人的"政论"而非"政见",是士人依据自己的学养形成的"一套对于政治的总体论述"②。而由此产生的"上皇帝书",可以视为一种特殊的投谒,投谒对象是皇帝本人。事实上,苏辙便因前举上书而入职制置三司条例司。

至于以下上宰相、执政、侍从、台谏、监司帅守书,则更为直接地承担着投谒的功能。这种完全依照受书人官职分类的方式,周剑之在研究宋代启文的分类时尝予以关注,并采取"门阀士大夫"向"科举士大夫"转型的理论框架加以解释:"在门阀士大夫居于领导阶层的时期,士人之间的关系网络的建立,更多依赖血缘、婚姻等方面的联系。而在科举士大夫占据领导地位的时期,士人之间的联系,则更多建立在科举制度与职官选任制度的基础上,从而形成一种新型的士人关系网络。"③以此回视依受书人官职分类的书简,便不难看出其投谒功能。但是书毕竟不同于启,启可以是高度程式化的、纯粹以应酬为能事的文体,但书必须有具体内容。因此,投谒书简也可视为表达知识的手段。

投谒书信常伴随着投献文字。如唐人举进士之行卷,便"往往另外准备一封书信,连同行卷一并投献。这封信除了表达自己希望被赏识、提拔的愿望之外,往往还将所献文字,加以扼要的介绍,以唤起对方的注意"。④宋代进士科虽因糊名、誊录制度,使得行卷之风不行,但在宋初科举制度尚不甚完善之时,仍有行卷行为发生。高津孝曾论及柳开与王禹偁的行卷活动。⑤ 而海源阁本卷七八(国图本卷一六八)所收田锡《上中枢相公书》,首称"乡贡进士田锡谨以长书一通,献于相公黄阁之下",又云"相公

---

① 孔凡礼《苏辙年谱》卷四,学苑出版社,2001年,第72—73页。
② 王水照、朱刚《苏轼评传》,第319页。
③ 周剑之《新型士人关系网络与宋代启文的繁盛》,王水照、侯体健主编《中国古代文章学的阐释与建构:中国古代文章学三集》,复旦大学出版社,2017年,第124页。
④ 程千帆《唐代进士行卷与文学》,《程千帆全集》第8卷,河北教育出版社,2000年,第27页。
⑤ [日]高津孝《宋初行卷考》,潘世圣等译《科举与诗艺——宋代文学与士人社会》,上海古籍出版社,2013年,第2—15页。

若以片文知于小人,则锡有二十编之文,愿受知于门下",又书中言道:"年龄在躬,三十有九。昔在于蜀,同与科场者,今皆列丹陛,升清贯,出奉帝皇之命,入居台省之职。而小人犹食人之食,衣人之衣,困为旅人,辱在徒步。"而田锡适于是年秋登进士第,①则此书为进士行卷无疑。

当然,进士行卷毕竟不是宋代科举的主流,而制举行卷,则更具宋代特色。钱建状等注意到宋代制举行卷,并指出:"受行卷目的的驱使,宋代的宰相、参知政事等执政官,两制、学士等侍从官,以及地方转运使或知州,是应制举者的最主要投献对象。"②而如前所述,宰相、执政、侍从、监司帅守,正是《二百家名贤文粹》"书"类的分类体系。事实上,海源阁本卷八二(国图本卷一七二)收冯澥《上文太师干求举贤良书》③、卷九八收蒋之奇《制举投献第一书》《第二书》,便是制举行卷。前引程先生文中指出唐代进士行卷投谒书信,需要对行卷文字进行扼要介绍。同样,宋代制举的干谒书简也是"重点放在解释、说明行卷内容,阐明其主旨与精神指向"的。④这样,原本由制举进卷中策论承担的知识表达功能,⑤也经由投谒行为,为书简所分担。

有别于依照受书人官职的分类方式,《二百家名贤文粹》所收"书"中,还有"师友问答"一类,以"师友"二字泛称受书人身份,而未再作细分。不同于此前数类面向政坛公开的书简,师友之间的往还书信,在一定程度上带有私密性。如海源阁本卷一〇〇所收吕大临《上横渠先生》三书,几全为通问寒温之语。私密性达到一定程度,在文体学上便应当划归为"尺牍"。对此浅见洋二指出,"文集中收录的文本是文人有意面向社会,并想要载入史册、流传于世的文本,自然带有强烈的公开性。与之相对,尺牍具有较强的私密性,或许不宜收入文集中。至南宋,尺牍才在文集的分类

---

① 罗国威《田锡年谱》,田锡《咸平集》附录二,巴蜀书社,2008年,第377页。
② 钱建状、艾冰梅《宋代制举与行卷》,《励耘学刊》2017年第1期。
③ 此篇《宋代蜀文辑存》卷三一据海源阁本卷八二收入,作冯澥,续补又据国图本卷一七二收入,作冯山,误。《全宋文》卷一七〇八、二八二一因之重收。
④ 钱建状、艾冰梅《宋代制举与行卷》,第118页。
⑤ 参朱刚《唐宋"古文运动"与士大夫文学》,第258页。

中占有稳固的位置"①,并举《东坡集》《后集》有"书"而无"尺牍"为证。从北宋"书""尺牍"判然二分,到南宋尺牍进入文集分类的过程诚如所言。窃以为在此过程中,还发生了"书"与"尺牍"合流的现象。如同为朱熹与吕祖谦的往还书信,在朱熹《晦庵集》中称作"书",而在吕祖谦《东莱集》中便称作"尺牍"。南宋作者及其亲属、后学,热衷于将"尺牍"混同于"书"编入文集,则是取消了师友往还的私密性,而一概公之于众。这一行为,或许是在践行北宋理学先驱"从个人内在生活到外在国家政策,全部用公道来贯通"②的处事态度。而这一过程,在《二百家名贤文粹》所收"师友问答"之书中,便已透露出端倪。

《二百家名贤文粹》对"书"的分类,与朱熹《晦庵集》颇有相似之处。元人黄溍《跋晦庵先生帖》称:"先生文集所载尺牍,分时事出处、问答两门。"③《二百家名贤文粹》面向公共政坛之书与师友问答之书对举的结构与此相同。所不同的是,《二百家名贤文粹》将面向公共政坛的部分依受书人身份细分,而师友问答则笼统归为一类;《晦庵集》则相反,面向公共政坛之书以"时事出处"一类含括,而师友问答部分则依受书人细分"汪张吕刘""陆陈""知旧门人"等类。如果说《晦庵集》的分类方式表现出南宋士人"转向内在"之后对于原属于"私"领域的知识表达更为重视的话,那么《二百家名贤文粹》总结北宋立国至南渡中兴之文章,表现出的便是宋代精英阶层知识表达方式转变的过程。

四、游赏与著述:文人意趣与写作技能

在中国文言散文之中,记与序一向被认为是"文学性"最强的两种文体。《二百家名贤文粹》虽号称"经纬天人、发明道学、该贯今古",但其中除上述承担知识管理与表达功能的策论与书简外,也收有记、序二体凡六

---

① [日]浅见洋二著,李贵等译,李贵校译《文本的密码——社会语境中的宋代文学》,复旦大学出版社,2017年,第53页。
② [日]土田健次郎著,朱刚译《道学之形成》,上海古籍出版社,2010年,第35页。
③ 黄溍《跋晦庵先生帖》,李修生主编《全元文》第22册,凤凰出版社,1998年,第152页。

十五卷,在全书中占有相当的比重。

记、序二体在宋代以前便已相当成熟,吴承学指出:"自从唐宋古文兴盛以后,出现文、史合流的倾向。文章学内部越来越重视叙事性,叙事性文章也大为增多。具体反映到文体之上,便是记体与传体的高度繁荣。"① 至于序则更可以远绍《毛诗序》与《太史公自序》。《文苑英华》与《唐文粹》之中均设有记、序二体。但比较二书与《二百家名贤文粹》对记、序二体分类的异同,仍然可以看出此二体在宋人笔下的新变。

前引吴先生文中已经注意到,"《文苑英华》中'厅壁记'共10卷,在记体之中所占分量最重"②。《文苑英华》对于"厅壁记"的重视,不仅体现在体量之大,也体现在分类之细。在"厅壁"之下,《文苑英华》又依所记官署细分为中书、翰林、尚书省、御史台、寺监、府署、藩镇、州郡、监军、使院、幕职、州上佐、州官、县令、县丞、簿尉、宴飨各类。正如朱刚所说:"一般地说,如果某一类别的子目被分得过细,很可能是此类题材的诗作十分发达的证明。"③"厅壁记"在宋代以前的发达可想而知。据唐人描述,"厅壁记"的内容为"叙官秩创置及迁授始末",作用是"欲著前政履历,而发将来健羡焉"。④ 可见,"厅壁记"完全着眼于为官职守,总结前辈经验,以备后人借鉴。此外,《文苑英华》又有"宴游记"七卷,体量上仅次于"厅壁记"。如果说"厅壁记"着眼于作为官僚的公事,那么宴游则是士大夫的私人空间。于是可以看到,宋初总结前代文学时,"公"与"私"的领域是被判然分开的。

《二百家名贤文粹》中所收记体,以"学记""祠庙记"与"楼观""堂宇记"为多。学记、庙记关系密切,均反映出宋代右文重学的风气,⑤可与前文有关"经史论"的论述相参,在此不必赘述。而诸多"楼观堂宇记",却是值得注意之处。此类所记楼观堂宇,多有宴游之处,从这个意义上说,此

---

① 吴承学《中国古代文体学研究》,第321页。
② 吴承学《中国古代文体学研究》,第322页。
③ 朱刚《从类编诗集看宋诗题材》,《文学遗产》1995年第5期。
④ 封演著,赵贞信校注《封氏闻见记校注》卷五,中华书局,2005年,第41页。
⑤ 参朱刚《"修庙"与"立学":北宋学记类文章的一个话题——从王安石〈繁昌县学记〉入手》,《华东师范大学学报(哲学社会科学版)》2018年第5期。

类与唐人"宴游记"相同。但此类宴游,并非全然私事,而是包含着一定的政治信息。如赵惠俊指出:"京城的宴饮活动可示太平,地方也同样需要类似的礼仪性活动的展示。……如果一地已然太平,但郡守无法通过宴饮、游冶等活动向民众展现太平,便是其过失。"①《二百家名贤文粹》所收"楼观堂宇记"便显示出宋人宴游的这一功能。如海源阁本卷一三一所收苏轼《超然台记》称:"余既乐其风俗之淳,而其吏民亦安予之拙也,于是治其园圃,洁其庭宇,伐安丘、高密之木以修补破败,为苟完之计。"治下百姓与地方官相安无事,于是治园圃,而为宴游之计。卷一三四所收孙觌《滁州重修醉翁亭记》也表示"山舒水缓,年丰事少,公日从僚吏宾客徜徉泉山,把酒临听,乐而忘归",将欧阳修乐游醉翁亭的背景描述为"年丰事少"。而刘尚荣则指出,"作者未忘自己的太守身份与职责,所谓'太守之乐其乐'实即作者刻意营造的'与民同乐'"②,以为太守之乐,事实上是其职责所在。

于是我们可以看到,在《二百家名贤文粹》所收"楼观堂宇记"中,宋代知识精英们营造宴游场所,主持宴游活动,事实上都是在履行其地方官的职守。而履行的方式,如前举孙觌记文中所说:"望清流关,吊古战场,而川湮谷变,不可复识矣。登卫公怀嵩楼,酌庶子泉,观李阳冰小篆,而笔画雄怪,号天下之奇迹。记菱溪石,徙置幽谷中,以遗好奇者洞心骇目之观。"采访古迹、探幽寻奇,无不充满着人文意趣。宋人每有"文章太守"之称,③而"文章"与"太守"的结合,也将"公"领域的官事职掌,与"私"领域的宴饮游赏结合起来,与前文所述"师友问答"之书中显示的"公"与"私"的贯通一脉相承。

不过,在《二百家名贤文粹》所收"楼观堂宇记"中,还有一类文章同样值得注意,如海源阁本卷一三二所收诸"轩记",卷一四一、一四二所收诸

---

① 赵惠俊《朝野与雅俗:宋真宗至高宗朝词坛生态与词体雅化研究》,复旦大学出版社,2019年,第74—75页。
② 刘尚荣《欧公居滁无乐考——〈丰乐亭记〉〈醉翁亭记〉别解》,《井冈山大学学报(社会科学版)》2013年第1期。
③ 如欧阳修《朝中措》词称刘敞"文章太守",苏轼《西江月》词称欧阳修"文章太守",秦观《与邵彦瞻》称鲜于侁"文章太守"。《(隆庆)高邮州志》卷七亦载杨蟠有"文章太守"之称。

"斋记",以及卷一四三所收诸"庵记"。这里的轩、斋、庵,不再是宴饮游赏与履行地方官职责之处,而是士大夫悠游退居与从事个人文化活动之所。同样的文人意趣,在上述诸记中,不再表现为宴饮游赏,而是表现为书斋生活。书斋作为一个封闭空间,隔绝了与外界的联系,为士人提供了反躬内省的场域。在这一场域中,"公"与"私"不再贯通,而是呈现出士人内在的精神世界与外在职守之间的紧张关系。这一点,在位列诸"轩记"之首的苏辙《东轩记》中便有充分的显现。① 由此,宋儒开启了"转向内在"的进程,与前述"公"与"私"的贯通形成一组充满张力的悖反。

与此同时,书斋是宋代精英阶层从事读书与著述活动的场所。有关书斋生活的记述,事实上也就是对于读书著述生涯的呈现。这便又回到了宋人右文重学的传统。这一点,在《二百家名贤文粹》对于序体的分类中也有所体现。此书序体以"经史序"为首,与前文所述"论著"类以"经史论"为首同一机杼。以下依著述形式,依次是"文集序""诗集序"与"图籍序",秩序井然。"送别序"与"名字序"单列于各类著述序之后,绝不相混。反观《文苑英华》文集、诗集、诗序与游宴、饯送、赠别序交错而出,而除诗文以外的著述形式,如经、子、家谱、日历、图籍等,总以"杂记"含括。由此可以看出,与宋初总结前代的情形相比,在《二百家名贤文粹》所体现的宋人知识体系中,读书著述成为一个单独的知识门类,而各种著述形式已经形成清晰的组织结构。读书著述在宋代的风行,也便从中得以体现。

关于读书著述之风,戴建国在研究汉宋之间类书之因革时指出:"唐前重学术竞争,学风高炽,有高尚的人文底蕴;唐及五代十国重智力较量,文风盛行,有真率的人文底蕴。"②如前文所述,成熟的"宋型文化"虽以义理之学为代表,但在宋代右文重学的风气下,首先兴起的是经史之学。"十三经"的格局最终形成,注疏的重要性也得到了强调。③ 这一学风的转变,力矫晚唐进士之浮薄。④ 前文有关宋代精英阶层的知识世界的论述,

---

① 参朱刚《唐宋"古文运动"与士大夫文学》,第222—225页。
② 戴建国《以类书为例看汉宋之间人文的嬗变》,《苏州大学学报(哲学社会科学版)》2008年第3期。
③ 参李焘《续资治通鉴长编》卷五九,中华书局,2004年,第1322页。
④ 参钱穆《国史大纲》,商务印书馆,1994年,第490页。

主要是沿着这条路径展开的。但与此同时,晚唐的"文风盛行"在宋代并未消弭,写作技能也仍然被强调。在上述《二百家名贤文粹》所收序体文所构建的著述形式的组织结构中,"文集"与"诗集"依然占据着重要的位置。而在《二百家名贤文粹》所构建的宋代精英阶层的知识世界中,于"经纬天人、发明道学、该贯今古"之外,仍然为"文学性"极强的记、序二体保留着位置,其本身也说明了这一点。由此看来,戴先生所谓唐前之"学风"与唐五代之"文风",同时为宋所继承,在宋代并驾齐驱。由此,张力与悖反再一次呈现在宋代精英阶层的知识世界中。

小　结

包弼德在论述宋初对文治的恢复时指出:"唐代的文对于学者们应该做什么有两个答案。初唐的朝廷学术告诉他们应该通过对文化传统与形式的编纂、综合,赞美海内的重新统一,改变五代以来的文化衰落。但是晚唐古文学者告诉他们应该建立独立的学术界,以反对流俗,为道德和共同的利益说话。"[1]本节用以参照的《文苑英华》与《唐文粹》,同样编于宋初,恰好对应了这两种不同的取向。《文苑英华》编订的初衷是在太平盛世"以文化成天下"[2],而姚铉编订《唐文粹》,则与中唐以下的"古文运动"有着千丝万缕的联系。[3] 二者共同开启了宋代精英阶层建构其知识世界的历程。至南宋庆元间编刊的《二百家名贤文粹》,这一知识世界已颇具规模。

从《二百家名贤文粹》的分类中,可以看出宋人以"圣道"绾合经史与治术,在知识门类上处于由训诂之学向义理之学的过渡之中;可以看出宋人在投谒与师友问答的过程中进行的知识表达,在表达方式上处于由面向公共空间向师友之间私密往还的过渡之中;也可以看出宋人在人文意趣的笼罩下,公与私之间、内与外之间,以及尊经学、重义理与重视写作技

---

[1] [美]包弼德著,刘宁译《斯文:唐宋思想的转型》,第186页。
[2] 周必大《平园续稿》卷一五《文苑英华序》,《文忠集》卷五五,文渊阁《四库全书》本。
[3] 参张涤华《关于〈唐文粹〉》,《安庆师范学院学报(社会科学版)》1982年第1期。

能之间存在的张力。如此,《二百家名贤文粹》中展现出的宋代精英阶层的知识世界,显示出不稳定的、紧张的状态。思想领域的"唐宋转型"正在发生,旧的文化传统与新的思想因素,尚处在胶着的较量当中。近年来,受到"唐宋转型"说的影响,以"宋型文化"进行宋代文史研究颇为流行,成果也颇为丰硕。然而,"宋型文化"作为一种文化类型,一定出于后人回视下的总结。而宋人当代文章选本中所反映出的知识世界,远较类型化的"宋型文化"更为丰富多彩。

第二节　追摹"圣人之道":《续文章正宗》中的理事关系与文道关系

随着南宋理学的勃兴,精英阶层的知识世界中存在的紧张与不稳定的状态愈发不被容忍。徐洪兴在描述理学发生的过程时,使用了"整合"(integration)这一概念。① 如果说北宋理学草创阶段以整合异质文化为主,那么降及南宋,整合的对象便是从传统学问中分裂出去的"训诂之学"与"文章之学",从而消解知识世界中的张力与悖反。真德秀编选的《文章正宗》一向被视作重要的道学家选本,真氏被评为"依门傍户,不敢自出一头地,盖墨守之而已"②,其持论当最近朱熹。因而研究者也多力图从《文章正宗》中寻求具有理学家特色的文章学观点,即理学家以"圣人之道"对"文章之学"的"整合"。前贤的研究,总结出《文章正宗》"主理""求正""宗经""尚雅""崇古"等特色,③以为此书理学色彩的表现。

作为《文章正宗》的续编,《续文章正宗》尚未见专门的研究。此书专选北宋文章,所谓"宗经""尚雅""崇古"便无从谈起;所选作家以"宋六家"为主,而最能代表理学特色的"北宋五子"却无一篇入选,则"主理""求

---

① 徐洪兴《思想的转型——理学发生过程研究》,上海人民出版社,2016年,第56页。
② 黄宗羲原撰,全祖望补修《宋元学案》卷八一《文忠真西山先生德秀》,第2696页。
③ 参漆子扬、马智全《从〈文章正宗〉的编选体例看真德秀的选学观》,《湖南大学学报(社会科学版)》2008年第2期;孙先英《论真德秀〈文章正宗〉的审美价值取向》,《贵州大学学报(社会科学版)》2009年第4期等。

正"又如何体现？换言之，离开了《文章正宗》的解释框架，当如何认识《续文章正宗》的编选意图？是否落实了理学家文论？落实的效果又如何？窃以为可以从《续文章正宗》的篇章结构入手，推求其中所蕴含的理事对举的理学思想体系，分析其中所体现的对文道关系的处理，以此作为对上述问题的回应。

一、正续之辨：从《文章正宗》到《续文章正宗》

作为《文章正宗》的续编，一般认为，《续文章正宗》专选北宋文章，是在时间上对《文章正宗》的延续。如明人胡松所作序中，便有"宋真希元氏忧之，乃即先秦两汉迄隋唐，录其文之粹，以正学者之习。……晚岁复取并世名儒之作"①云云，即将《续文章正宗》之"续"，理解为入选篇目在时间上与《文章正宗》的承续关系。此外，此书所存三篇宋人跋中，倪澄与梁椅跋均称此书为《国朝文章正宗》，郑圭跋虽称《续文章正宗》，但开篇便有"国朝东都之盛"云云，②可见宋人对于此书的认识，也是着眼于时间上接续《文章正宗》的。

此外，关于《续文章正宗》与《文章正宗》的关系，或可作别解，即内容上"正编"与"续编"的关系。这一点，可以从两书的编纂过程中看到端倪。刘克庄为真德秀所作《行状》称：

> 又取周、程以来诸老先生之文，摘其关于大体、切于日用者，汇次成编，名《诸老先生集略》，凡七十有八卷。又以后世文辞多变，欲学者识其源流之正，集录《春秋》内外传，止唐元和、长庆之文，以明义礼、切世用为主，否则辞虽工亦不录。其目有四，曰辞命，曰议论，曰叙事，曰诗赋，名《文章正宗》，凡二十余卷。③

可知在《文章正宗》之前，先有《诸老先生集略》。关于二者的编选宗旨，一

---

① 胡松《胡庄肃公文集》卷一《续文章正宗序》，沈乃文主编《明别集丛刊第二辑》第 62 册，黄山书社，2016 年，第 481 页。
② 见真德秀《续文章正宗》附录，《宋集珍本丛刊》第 106 册，线装书局，2004 年，第 194—197 页。
③ 刘克庄《后村先生大全集》卷一六八《西山真文忠公》，《四部丛刊初编》本。

称"关于大体、切于日用",一称"明义礼、切世用",大致相仿。而《集略》专收北宋理学先驱之作,则四库馆臣虽认为《文章正宗》"始别出谈理一派"①,但从"谈理"的角度讲,《文章正宗》实是《集略》的续作,即在汇次理学文章之后,进而处理理学产生之前的文章。《续文章正宗》在时间上再次回到北宋,内容上则可以视为《集略》续作之续作,即既已向上打通先秦至北宋五子的文章,再向下处理理学产生之后的非理学文章。

《文章正宗》虽然处理理学产生之前的文章,但其去取却以理学为标准。其主理而不主文,前人论述已多。如张履祥称:"至所选《文章正宗》一书,道理固是正当,文字终觉割裂。"②顾炎武称:"其所选诗一扫千古之陋,归之正旨,然病其以理为宗,不得诗人之趣。"③四库馆臣总结道:"真德秀《文章正宗》以理为主。如饮食惟取御饥,菽粟之外,鼎俎烹和皆在其所弃;如衣服惟取御寒,布帛之外,黼黻章采皆在其所捐。"④与此相反,《续文章正宗》虽也标举"正宗",却以入选当时已日渐被确立为古文经典的"宋六家"文为主。由此可以认为,《续文章正宗》是一部立足于理学立场,而面向古文传统的文章选本。

真德秀所作文章选本,最为引人注目之处在于独特的文体分类。《续文章正宗》与《文章正宗》的关系,也可以经由文体分类的调整略窥一二。关于《文章正宗》,前贤已有充分的讨论。如钱仓水指出,此书"就文体分类来讲,却确乎是一个大胆的、极有意义的,甚至是雷电般地令人耳目一新的归并"⑤,惊异于"四分法"的与众不同。而任竞泽则点出"四分法"的文体学意义:"唯有真德秀《文章正宗》'四分法',在分类上完全打破了以体类体裁划分类目的传统思维方式,而以文体的表达功能或者说表现方式来概括归并文类,从而包尽诸体,即吴讷所谓'古今文辞,固无出此四类之外者'。"⑥较之《文章正宗》,《续文章正宗》在文体分类上的新变主要表

---

① 永瑢等《四库全书总目》卷一八六,中华书局,1965年,第1685页。
② 张履祥《杨园先生全集》卷五四《训门人语三》,中华书局,2002年,第1481页。
③ 顾炎武著,黄汝成集释《日知录集释》卷三,上海古籍出版社,2014年,第53页。
④ 永瑢等《四库全书总目》卷一八七,第1699页。
⑤ 钱仓水《文体分类学》,江苏教育出版社,1992年,第179页。
⑥ 任竞泽《〈文章正宗〉"四分法"的文体分类史地位》,《北方论丛》2011年第6期。

现为：其一，取消"辞命""诗"两类；其二，将"议论"类析为"论理""论事"两类。

关于前者，四库馆臣给出的解释是《续文章正宗》实为"未成之本"①。但此说犹嫌未稳。观真德秀自言《文章正宗》"辞命"类：

> 独取《春秋》内外传所载周天子谕告诸侯之辞、列国往来应对之辞，下至两汉诏册而止。盖魏晋以降，文辞猥下，无复深纯温厚之指。至偶俪之作兴，而去古益远矣。学者欲知王言之体，当以《书》之《诰》《誓》《命》为祖，而参之以此编。则所谓正宗者，庶乎其可识矣。②

既然收入"辞命"类文章的下限被定为两汉，自两汉而下皆被排除出"正宗"的范畴，那么专收北宋文章的《续文章正宗》不设"辞命"类，也就是自然而然的事情了。由此，《续文章正宗》在文体分类上的调整，或许出于真德秀有意为之。

至于《文章正宗》所设"议论"一类，真德秀云："今独取《春秋》内外传所载谏争论说之辞、先汉以后诸臣所上书疏封事之属，以为议论之首。他所纂述，或发明义理，或敷析治道，或褒贬人物，以次而列焉。"③准此，《续文章正宗》中的"论理"类，大致相当于此处的"发明义理"之属；而"论事"类中，包括见于卷一七至一九的"谏争论列指切时病""从容讽谏泛陈治道"，以及卷二○有目无文的"议论事宜反覆利害""与公卿大夫陈论治道事宜""议论古事得失""辨论古人是非"④，正好与"书疏封事""敷析治道""褒贬人物"相对应。可见，《续文章正宗》是将"发明义理"的议论文章单独归为"论理"类，并提至全书之首；而其余的议论文章则统归于"论事"类。梁椅指出："文以理为准，理到则辞达。公于论理一门最所留意。"⑤可见，这一调整也是出于真德秀本意。

这样，经过真德秀的调整，《续文章正宗》的文体分类显示出不同于

---

① 永瑢等《四库全书总目》卷一八七，第1699页。
② 真德秀《文章正宗》卷首《文章正宗纲目》，文渊阁《四库全书》本。
③ 真德秀《文章正宗》卷首《文章正宗纲目》。
④ 真德秀《续文章正宗》目录，《宋集珍本丛刊》第105册，第641页。
⑤ 梁椅《续文章正宗跋》，真德秀《续文章正宗》附录，第195页。

《文章正宗》的格局,却可以在北宋找到渊源。苏轼在为欧阳修文集所作序文中称:"欧阳子论大道似韩愈,论事似陆贽,记事似司马迁,诗赋似李白。"①而出于苏门的秦观则言道:

> 夫所谓文者,有论理之文,有论事之文,有叙事之文,有托词之文,有成体之文。探道德之理,述性命之情,发天人之奥,明死生之变,此论理之文,如列御寇、庄周之所作是也。别白黑阴阳,要其归宿,决其嫌疑,此论事之文,如苏秦、张仪之所作是也。考同异,次旧闻,不虚美,不隐恶,人以为实录,此叙事之文,如司马迁、班固之作是也。原本山川,极命草木,比物属事,骇耳目,变心意,此托词之文,如屈原、宋玉之作是也。钩列、庄之微,挟苏、张之辩,摭班、马之实,猎屈、宋之英,本之以《诗》《书》,折之以孔氏,此成体之文,韩愈之所作是也。②

观秦观所言论理、论事、叙事,与《续文章正宗》完全一致;而苏轼所言"论大道"可对应"论理",其余"论事""记事"也与《续文章正宗》相对应。

从苏、秦二家对上述分类的具体解释以及所举出的代表人物可以看出,"论理"(论大道)对应儒学,"叙事"(记事)对应史才,"论事"对应吏能,而"诗赋"(托词)则对应辞章,四者均为士人安身立命所需的知识门类。四者的综合正好对应着"文史哲不分家"的学科体系,即"集三位于一身"的北宋士大夫的知识结构。理学发展至南宋,已经具备了统合四者的能力,至少在理学家的认识中确实如此。但在《续文章正宗》所承接的苏、秦二家的分类方式中,四者是被欧阳修与韩愈"成体之文"统合于一身的。二人正好是唐宋"古文运动"中前后相承的两位巨匠,可见这样的知识结构,可以以文章为载体加以呈现。

这样,《续文章正宗》作为文章选本,所面对的却不仅仅是文章本身,而且是以文章为载体的宋人的全部知识。在理学家看来,重拾北宋知识精英的知识结构本应由道学思想体系完成。而《续文章正宗》虽立足于理

---

① 苏轼《苏轼文集》卷一〇《六一居士集叙》,中华书局,1986年,第316页。
② 秦观著,徐培均笺注《淮海集笺注》卷二二《韩愈论》,上海古籍出版社,1994年,第751页。

学思想,却以古文传统中的经典文章承载上述知识结构。由此可以认为,作为"正编"的《文章正宗》,其编选意图在于以理学标准铨选宋前文章,而作为"续编"的《续文章正宗》,则意图寻求理学思想体系与宋代经典古文的契合点。

二、理一分殊:《续文章正宗》的理事对举结构

在《文章正宗》所分四类中,"议论"与"叙事"于古文写作之中应用最广,后人也多以此作为接受《文章正宗》一书的框架。如程端礼在《读书分年日程》中指出:"读韩文,先钞读西山《文章正宗》内韩文议论、叙事两体,华实兼者七十余篇,要认此两体分明后,最得力。"①这一框架也被沿用于对《续文章正宗》的接受中,如前举胡松序,称此书"取并世名儒之作,分议论、叙事二体"②。但如前文所述,"议论"一类在《续文章正宗》之中已被析为"论理"与"论事"。如此,则"论事"与"叙事"中共有的"事"字,便与"理"构成了一组形上与形下的关系。正如郑圭所说:"夫叙事、论事而不先于理,则舍本根而事枝叶,非我朝诸儒之所谓文也,非先生名书之本旨也。"③显然,《文章正宗》的"议论/叙事"结构已经被打破,而"理"与"事"的关系在《续文章正宗》之中被突显出来。

《续文章正宗》将讨论道学义理的议论文章单独编为"论理"一类,并置于全书之首,可见对此类文章的重视。这类文章所收数量为全书最少,在所收王安石《推命对》之后,真氏有评语,称:"论理之文可取者仅如此。"④可见数量之少,实因去取之严。去取的标准,则严格遵从唐宋儒学复古运动与理学思潮。以此书开篇所收欧阳修《本论》两篇为例,宋人每以欧阳修《本论》比附韩愈《原道》,如"观其词语丰润,意绪婉曲,俯仰揖逊,步骤驰骋,皆得韩子之体,故《本论》似《原道》"⑤,又如"退之《原道》辟

---

① 黄宗羲原撰,全祖望补修《宋元学案》卷八七《教授程畏斋先生端礼》,第2928页。
② 胡松《胡庄肃公文集》卷一《续文章正宗序》,第481页。
③ 郑圭《续文章正宗跋》,真德秀《续文章正宗》附录,第196页。
④ 真德秀《续文章正宗》卷二,《宋集珍本丛刊》第105册,第661页。
⑤ 孙奕《履斋示儿编·文说》卷一,《历代文话》第1册,第428页。

佛老,欲'人其人,火其书,庐其居',于是儒者咸宗其语。及欧阳公作《本论》,谓'莫若修其本以胜之,又何必"人其人,火其书,庐其居"也哉?'此论一出,而《原道》之语几废"①。可见,真德秀也是比附《原道》在唐宋儒学复古运动中的地位,以《本论》为反映宋代新儒学的压卷之作,而收录于《续文章正宗》全书的开端的。《本论下》主要言性善。欧阳修本不赞同言性,《答李诩书》便是这一观点的代表。真德秀以《本论》收入正文,而于其后全篇附录了《答李诩书》,称:"愚谓公以世人之归佛,而知荀卿性恶之说为非,其论美矣。至《与李诩书》,其说乃如此,故附见焉。"②可见,在《本论》与《答李诩书》之间,显然是以道学义理为标准进行了取舍。

理学家认为:"理无形状,如何见得? 只是事物上一个当然之则便是理。"③因此理须落实在事上,由事显现。同样,在文章学上事与理的关系也被强调,刘熙载便提出:"论事叙事,皆以穷尽事理为先。事理尽后,斯可再讲笔法。"④事理并称,理穷于叙事论事之中。真德秀本人也十分强调理事关系。如其所言:"人之为人,受天地正气以生。故其心虚灵不昧,其于义理,自然有知。……此即良知也,所谓本然之知也。然虽有此良知,若不就事物上推求义理到极至处,亦无缘知得尽。"⑤对此,徐洪兴解释道:"'良知'不是义理之极致,因此人须以先验的'理'去推求事物之理,以此来扩充心中之理,使达到义理之极致。"⑥可见"事"既是"理"的反映,也是推求"理"的途径。《续文章正宗》中理事对举的结构,亦当如是观。

余英时指出,宋代的古文运动、政治改革与道学思潮之间"贯穿着一条主线,即儒家要求重建一个合理的人间秩序"⑦。如果说"理"是这一秩序背后的依据,那么"事"便是秩序本身。余先生同时表示:"我所谓'秩序

---

① 陈善《扪虱新话》卷一一,《全宋笔记》第五编第10册,大象出版社,2012年,第87页。
② 真德秀《续文章正宗》卷一,《宋集珍本丛刊》第105册,第646页。
③ 陈淳《北溪字义》卷下,中华书局,1983年,第42页。
④ 刘熙载《艺概·文概》,《历代文话》第6册,第5569页。
⑤ 真德秀《西山先生真文忠公文集》卷一八《经筵进读手记》,《四部丛刊初编》本。
⑥ 徐洪兴《道学思潮》,上海社会科学院出版社,2006年,第461—462页。
⑦ 余英时《朱熹的历史世界:宋代士大夫政治文化的研究》,生活·读书·新知三联书店,2011年,第45页。

重建'是从社会的最基本单位——家——算起的。换句话说,人一生下来便置身于一层层一圈圈的'秩序'之中,每一个'秩序'都可以是'重建'的对象。"①观《续文章正宗》卷三至卷一〇所收诸墓志,上至元老大臣,下至妇人、处士,涵盖了家国天下的一切"秩序"。元老大臣、名儒文人与贤士大夫,皆有功业与著述,其事迹关乎治道,与"理"的关系较为显豁,不必赘述。在此重点关注处士、妇人事迹与"理"的关系。

欧阳修《连处士墓表》称:"其长老教其子弟,所以孝友、恭谨、礼让而温仁,必以处士为法……处士居应山,非有政令恩威以亲其人,而能使人如此,其所谓行之以躬,不言而信者欤?"②王安石《孔处士墓志铭》称:"汝人争讼之不可平者,不听有司而听先生之一言,不羞犯有司之刑,而以不得于先生为耻。……盖先生孝弟忠信,无求于世,足以使其乡人畏服之如此,而先生未尝为异也。"③兹举此二例,可见《续文章正宗》所收处士墓志,均为能独善一身,进而教化一乡者。王安石所作《王逢原墓志铭》言道:"士诚有常心以操圣人之说而力行之,则道虽不明乎天下,必明于己;道虽不行于天下,必行于妻子。内有以明于己,外有以行于妻子,则其言行必不孤立于天下矣。"④此言也可以作为上述处士墓志的总结,即真德秀选录处士墓志,是为了展现内明于己、外行于妻子之道,也就是道系于一人之身、一家之内与一乡之间的状态。与此相似,卷一一收入欧阳修《桑怿传》、曾巩《徐复传》《洪渥传》、苏轼《方山子传》与苏辙《巢谷传》,所记皆伟烈奇节之士,或沉于下僚,或居于乡里,或隐于山林,无奇功伟业,而有嘉言懿行。《洪渥传》云:"予观古今豪杰士传,论人行义,不列于史者,往往务撅奇以动俗,亦或事高而不可为继,或伸一人之善而诬天下以不及,虽归之辅教警世,然考之《中庸》或过矣。如渥之所存,盖人之所易到,故载之云。"⑤以不"过"亦不"不及"为参照,以"人之所易到"为标准,显示出与上述处士墓志所表彰的独善一身与教化一乡相同的旨归。

---

① 余英时《朱熹的历史世界:宋代士大夫政治文化的研究》,第875页。
② 真德秀《续文章正宗》卷一〇,《宋集珍本丛刊》第106册,第30页。
③ 真德秀《续文章正宗》卷一〇,《宋集珍本丛刊》第106册,第31页。
④ 真德秀《续文章正宗》卷一〇,《宋集珍本丛刊》第106册,第30页。
⑤ 真德秀《续文章正宗》卷一一,《宋集珍本丛刊》第106册,第44页。

相比于一身与一乡,宋代女性的活动空间常被限定在闺阃之内,是齐家的重要承担者。邓小南注意到了这一点,指出:"妇人不预外事,这在宋代被男女两性所认同。……宋代士大夫所作女性墓志铭,经常刻意强调女性相对于父母、舅姑、丈夫、子女的家内身份及其相应的责任与义务。"①《续文章正宗》所收妇人墓志可以为此提供佐证。如王安石《永安县君蒋氏墓志铭》称:

> 太君年二十一,归于钱氏,与兵部君致其孝。兵部君没,太君进诸子于学,恶衣恶食,御之不愠,均亲嫡庶,有鸤鸠之德,终不以贫故,使诸子者趋于利以适己。既其子官于朝,丰显矣,里巷之士以为太君荣,而家人卒亦不见其喜焉。自其嫁至于老,中馈之事亲之惟谨。……不流于时俗,而乐尽其行己之道,穷通荣辱之接乎身,而不失其常心,今学士大夫之所难,而以女子能之,是尤难也。②

全篇所言,无非事亲、相夫、教子,与"乐尽其行己之道"。篇后附录《答钱公辅学士书》,称:"不图乃犹未副所欲,欲有所增损。鄙文自有意义,不可改也。"③可见,墓志所记载的内容是王安石有意剪裁的结果。曾巩在《寿昌县太君许氏墓志铭》中言道:"昔先王之治,必本之家,达于天下,而女子言动有史,以昭劝戒。"④以齐家为先王之治之本,道出了真德秀编选妇人墓志的用意。

刘子健指出,南宋士人发展了儒学中"作为基础的形而上学、学以致知以及非精英主义的公众教育",认为"只有成功地建立了道德社会之后,他们才有可能给国家注入新的动力"。⑤ 南宋道学家的诉求由教化帝王转向教化乡里,于是闺阃之内、乡党之间的嘉言懿行受到了道学家的关注。上述对于妇人、处士事迹的选录,正与此相符合。

---

① 邓小南《"内外"之际与"秩序"格局:兼谈宋代士大夫对于〈周易·家人〉的阐发》,邓小南主编《唐宋女性与社会》,上海辞书出版社,2003年,第99页。
② 真德秀《续文章正宗》卷一〇,《宋集珍本丛刊》第106册,第36页。
③ 真德秀《续文章正宗》卷一〇,《宋集珍本丛刊》第106册,第36页。
④ 真德秀《续文章正宗》卷一〇,《宋集珍本丛刊》第106册,第39页。
⑤ [美]刘子健著,赵冬梅译《中国转向内在——两宋之际的文化转向》,江苏人民出版社,2002年,第118页。

若再将视野放大,安居一乡的处士可以以善行教化一方,则主政一方的亲民官便可以以善政造福一方。这一点在《续文章正宗》"叙事"类中也有所体现。如欧阳修《泗州先春亭记》,"先叙其修堤,次饯劳之亭,次通漕之亭,然后归先春亭,而证以单子过陈,见其'川泽不陂,梁客至,不授馆,羁旅无所寓'之说,谓皆三代为政之法,而张侯之善为政也",①又如曾巩《襄州宜城县长渠记》载"本朝孙永复之,民赖其利"②、《越州赵公救灾记》载"救荒之委折备焉"③。此外诸如学记、兴造记、厅壁记,与诸治河、治湖、治井、修城、修门、修堤等记,或考论制度,或称颂善政,为百里侯、二千石之典型。

由此,《续文章正宗》叙事类备载一人之善行,推衍至一家、一乡之间,再扩展至一方之善政。若再加之卷三至卷九所叙名儒文人、贤士大夫与元老大臣事迹,则构成了自修身以至于平天下的完整链条。前举刘克庄《行状》在记述真德秀编选《集略》《正宗》之前,尚有《读书记》一书:

> 《甲记》曰性命道德之理、学问知行之要,凡二十有七卷;《乙记》曰人君为治之本、人臣辅治之法,凡二十有二卷;《丙记》曰经邦立国之制、临政治人之方。……《丁记》曰出处语默之道、辞受取舍之宜,凡二卷。④

四记之间形成了一套完整的"内圣—外王"之学。⑤ 可以看出,《续文章正宗》理事对举的结构,正好与这套学说相呼应。正如朱熹所说:"修身以上,明明德之事也。齐家以下,新民之事也。"⑥高悬于上的论理文章与广泛铺开的叙事、论事文章,经由《大学》八条目产生了联系。至此,真德秀也通过《续文章正宗》的理事对举结构,找到了理学思想与文章传统的契合点。

---

① 黄震《黄氏日抄·读文集三》,《历代文话》第 1 册,第 670 页。
② 黄震《黄氏日抄·读文集五》,《历代文话》第 1 册,第 740 页。
③ 黄震《黄氏日抄·读文集五》,《历代文话》第 1 册,第 740 页。
④ 刘克庄《后村先生大全集》卷一六八《西山真文忠公》。
⑤ 参见刘兵《真德秀〈西山读书记〉研究》,华东师范大学硕士学位论文,2017 年,第 31 页。
⑥ 朱熹《大学章句》,《四书章句集注》,中华书局,1983 年,第 4 页。

三、圣人之道：以"文"绾合"体""用"的努力

宋儒刘彝有言："臣闻圣人之道,有体、有用、有文。君臣父子,仁义礼乐,历世不可变者,其体也。《诗》《书》史传子集,垂法后世者,其文也。举而措之天下,能润泽斯民,归于皇极者,其用也。"①这里所言"体""用",正好对应上文所言《续文章正宗》的理事对举结构。这里的"文"虽未必特指"文章",但"文章"总是可以包含在内的。且宋代以后"文章"成为知识阶层最为重要的表达手段,故这一概念及其与体、用的关系,姑且可以借用。如余英时所说："'文'是一条历史主线,把'体'和'用'绾合在一起了。"②这种绾合表现在《续文章正宗》一书,便是除了在思想上以理学家"理一分殊"的理论框架,用承载道学义理的"论理"文章统摄"叙事""论事"文章外,也试图在形式上统合古文传统中的经典文章与思想上的理事对举结构。

如前文所述,《续文章正宗》的文体分类可以在苏轼与秦观处寻找到渊源。但与苏、秦二家不同,此书没有单独设置对应辞章的"诗赋"或"托词之文"。在朱熹看来,"文"与"道"根本就是一事："道者,文之根本;文者,道之枝叶。惟其根本乎道,所以发之于文,皆道也。"③真德秀显然接受了这一主张。如张健所说："在《大学》'三纲领''八条目'系统中,并没有文章的位置。当程朱把文道关系置入德言关系架构中,文章就与《大学》的观念架构建立了关联。依朱子之说,《大学》中格物、致知、诚意、正心、修身,都是'明明德'之事,能'明明德',则'有德者必有言',有德者必有文,因而文章的根本在修德。"④因此在《续文章正宗》以《大学》八条目统合"理""事"的过程中,也就没有必要另外为辞章设立单独的类目,而是直接以当时已经被普遍接受的宋六家文承载"理""事"。从中可以看出,在真氏的观念中,"文"与"理""事"并不是并列的,而是绾合二者的手段,是以理学思想体系领的一切知识的载体。由此,以"文"绾合"理""事",可以

---

① 黄宗羲原撰,全祖望补修《宋元学案》卷一《文昭胡安定先生瑗》,第25页。
② 余英时《朱熹的历史世界：宋代士大夫政治文化的研究》,第308页。
③ 朱熹《朱子语类·论文》,《历代文话》第1册,第225页。
④ 张健《义理与词章之间：朱子的文章论》,《北京大学学报(哲学社会科学版)》2019年第3期。

视作《续文章正宗》寻求道学思想与古文传统契合点的另一层面。

既然文与道本为一事,那么文章的最高境界便是义理与辞章兼备,即所谓"畜道德而能文章"①。刘弇曾对曾巩表示:"如欧阳公之《本论》,王文公《杂说》,阁下《秘阁十序》,皆班班播在人口。"②《续文章正宗》"论理"类以《本论》开篇,而所收曾巩文章也多出自《秘阁十序》。可见上述文章不但在义理方面通过了"论理"类严苛的去取条件,且在辞章方面,在作品产生之初就获得了较大的影响。除此之外,吕祖谦评《送王陶序》,称:"凡文字用易象多失之陈,此篇使得疏通不陈,窒塞处能疏通。"③楼昉评《相国寺维摩院听琴序》,称:"法度之文,妙于开阖,可以观世变。自欧、曾以前有此等议论。"④黄震也称《推命对》"文极工"⑤。可见,"论理"一类选文不但以严格的道学义理为标准,且又兼顾文辞的优劣。"论理"类以外,如《桂州新城记》"理正文婉"⑥、《抚州颜鲁公祠记》"议论正,笔力高,简而有法,质而不俚"⑦、《袁州学记》"议论关涉,笔力老健"⑧,均是文义俱佳的典范。

然而,"文"与"道"紧密无间的关系,在《续文章正宗》中有时会出现松动。如在苏轼《盖公堂记》之后,附录张耒《药戒》,称"近世洪内翰景卢以此二篇相参较,以见其繁简优劣之不同"⑨,则完全是权衡文章之优劣,而无关义理之妥否。这一点,在处理文学性较强的记体文时尤为显著。叶适指出记文"如《吉州学》《丰乐亭》《拟岘台》《道州山亭》《信州兴造》《桂州新城》,后鲜过之矣。若《超然台》《放鹤亭》《筼筜偃竹》《石钟山》,奔放四出,其锋不可当,又关纽绳约之不能齐,而欧、曾不逮也"⑩。所举诸篇悉数入选《续文章正宗》。此外如此书所收《相州昼锦堂记》,有"文字委曲,善于形容"⑪之评,《木假山记》有"首尾不过四百以下字,而起伏开阖,有无限

---

① 曾巩《曾巩集》卷一六《寄欧阳舍人书》,中华书局,1984年,第254页。
② 刘弇《龙云先生文集》卷二一《上知府曾内翰书》,《豫章丛书》本。
③ 吕祖谦《古文关键》卷上,《吕祖谦全集》第40册,浙江古籍出版社,2017年,第53页。
④ 楼昉《崇古文诀评文》,《历代文话》第1册,第497页。
⑤ 黄震《黄氏日抄·读文集六》,《历代文话》第1册,第768页。
⑥ 黄震《黄氏日抄·读文集六》,《历代文话》第1册,第772页。
⑦ 楼昉《崇古文诀评文》,《历代文话》第1册,第498页。
⑧ 楼昉《崇古文诀评文》,《历代文话》第1册,第505页。
⑨ 真德秀《续文章正宗》卷一二,《宋集珍本丛刊》第106册,第5页。
⑩ 叶适《习学记言序目·皇朝文鉴三》,《历代文话》第1册,第279页。
⑪ 楼昉《崇古文诀评文》,《历代文话》第1册,第482页。

曲折,此老可谓妙于文字者矣"①之评等。以上均为传统的古文典范,但未经使之符合道学标准的处理即被收入此书。在这里,《续文章正宗》直接面向古文传统,而未见到寻求与理学思想的契合点的努力。古文传统与理学标准显示出分立的状态。

不只是分立,古文传统与道学标准有时还会发生龃龉。在前引真德秀历数王安石议论之非,并断言"论理之文可取者仅如此"之后,又有"若其他文章,则盖有卓然与欧曾并驰而争先者,各见之别卷"②之语。可见,真氏事实上允许于理不合但文辞可观的文章出现在此书中。例如苏轼《六一居士集叙》,朱熹便认为义理不足道而文辞有可观:"东坡《欧阳公文集叙》只恁地文章尽好。但要说道理,便看不得,首尾皆不相应。起头甚么样大,末后却说诗赋似李白,记事似司马迁。"③但仅就辞章而言,此篇同样在产生之初便已经获得较大影响,据苏籀记载:"坡撰《富公碑》以拟寇公,公稍不甚然之。作《德威堂铭》《居士集叙》,公极赏慨其文,咨嗟不已。"④且就朱熹指出的"首尾不相应"的弊病,也出现了不同意见,吕祖谦以为:"此篇曲折最多,破头说大,故下面应亦言大。今人文字上面言大,下面未必言大,上面言远,下面未必言远,如一文章配天,孔孟配禹,果然大而非夸。"⑤所言与朱熹正相反。于是《续文章正宗》从俗,以辞章可观收录了这篇文章。又如《峻灵王庙碑》与《伏波将军庙碑》,也被认为义理不佳:"如东坡一生读尽天下书,说无限道理。到得晚年过海,做昌化《峻灵王庙碑》,引唐肃宗时一尼恍惚升天,见上帝,以宝玉十三枚赐之云,中国有大灾,以此镇之。今此山如此,意其必有宝云云,更不成议论,似丧心人说话!""《峻灵王庙碑》无见识,《伏波庙碑》亦无意思。"⑥却也为《续文章正宗》所收录。甚至在道学家极为敏感的佛老问题上,真氏也会网开一面。苏轼《中和胜相院记》被评为"斯忠于佛者"⑦,其入选的意图,可谓与"重彼

---

① 楼昉《崇古文诀评文》,《历代文话》第1册,第490页。
② 真德秀《续文章正宗》卷二,《宋集珍本丛刊》第106册,第661页。
③ 朱熹《朱子语类·论文》,《历代文话》第1册,第217页。
④ 苏籀《双溪集》卷尾《栾城遗言》,《粤雅堂丛书》本。
⑤ 吕祖谦《古文关键》卷下,《吕祖谦全集》第40册,第100页。
⑥ 朱熹《朱子语类·论文》,《历代文话》第1册,第216页。
⑦ 黄震《黄氏日抄·读文集四》,《历代文话》第1册,第711页。

所以伤此"的《扬州龙兴十方讲院记》等篇正相反。

可见,当文辞确实可观时,无论是与义理离立还是发生龃龉,真德秀都会放开义理的标准而予以收录。义理标准的松动甚至使《续文章正宗》就文辞本身之优劣的判断,也常常与道学家的评价发生抵触。如朱熹评苏轼《赵清献公神道碑》"其文气象不好"①,评《潮州韩文公庙碑》"初看甚好读,子细点检,疏漏甚多"②,评秦观《龙井记》"全是架空说去,殊不起发人意思"③。"气象""布置""实"均为理学家评论文辞的重要范畴,④而"气象不好""疏漏""架空"的文章被收入《续文章正宗》,显然受到了古文自身传统的影响,如《仕学规范》评《赵清献公神道碑》:"老坡作文,工于命意,必超然独立于众人之上。"⑤《文章轨范》评《潮州韩文公庙碑》则称:"后生熟读此等文章,下笔便有气力,有光彩。"⑥相似的,《六一居士传》在理学话语中被评为"意凡文弱"⑦"更不成说话,分明是自纳败阙"⑧,可谓是文义俱不佳,而真氏同样予以收录。在此,其评文话语已经完全脱离了理学思想体系。

真德秀希望以"文"绾合"理""事",从而寻求文章外在形式与内在理学思想的契合点。但至此可以看到,在实际操作过程中,"文"与"道"的关系发生了动摇,甚至对文辞本身的评判标准也在强大的古文传统下作出了最大限度的妥协。从这一点上看,《续文章正宗》沟通文章道学的工作尚未获得全面的完成。

余论:道学选本的转型

刘彝所谓"圣人之道"中"体""用"与"文"的关系,正好对应真德秀在

---

① 朱熹《朱子语类·论文》,《历代文话》第 1 册,第 220 页。
② 朱熹《朱子语类·论文》,《历代文话》第 1 册,第 216 页。
③ 朱熹《朱子语类·论文》,《历代文话》第 1 册,第 226 页。
④ 如《朱子语类》评李觏文"文字气象大段好,甚使人爱之",评韩、曾文"却是布置",评苏轼文"《灵壁张氏园亭记》最好,亦是靠实"等。
⑤ 张镃《仕学规范·作文》卷三,《历代文话》第 1 册,第 319 页。
⑥ 谢枋得《文章轨范评文》,《历代文话》第 1 册,第 1052 页。
⑦ 朱熹《朱子语类·论文》,《历代文话》第 1 册,第 213 页。
⑧ 朱熹《朱子语类·论文》,《历代文话》第 1 册,第 216 页。

《续文章正宗》之中寻求理学与文章契合点的两个层面：其一，力图以"道"之"一"统领一切知识门类之"殊"，恢复北宋"三位一体"士大夫的知识结构，从而在思想内容上实现理学思想对各类文章的统领；其二，整合以"道"统领的知识体系与"文章"的外在形式，从而恢复文道不分的理想状态。前者反映出道学思想体系，后者则是对文道关系的处理，这使得《续文章正宗》虽然面对古文传统中的经典文章，却又不失理学家的立场。在前一层面上，《续文章正宗》的文体分类与宋人知识结构之间存在着对应关系；与此同时，其文体分类之中还隐含着理事对举结构，使对应儒学义理的"论理"类文章与对应其他知识门类的各类文章形成了形上与形下的关系，借由《大学》八条目的理论框架完成了在理学思想体系中对宋人各类文章的妥善安置。至于后一层面，也有朱熹"道者文之根本，文者道之枝叶"之言为其提供理论依据，使"道"与"文"也构成一组逻辑上形上与形下的关系。但是，如此精妙的理论，在具体的实践过程中发生了动摇，在兼顾义理与辞章的过程中显得力不从心，古文自身强大的传统仍然与道学思想体系保持着离立甚至发生龃龉。

  《续文章正宗》面对古文传统而力图以道学思想加以整合，这一尝试事实上渊源有自。王柏《鲁斋集》有《跋昌黎文粹》，称："右韩文三十有四篇，得于考亭门人，谓朱子所选，以惠后学。"①又有《跋欧曾文粹》，称："右欧阳文忠公、南丰曾舍人《文粹》，合上下两集六卷，凡四十有二篇，得于考亭门人，谓朱子之所选。"②可知朱熹曾经编选韩愈、欧阳修、曾巩三家文选。如前所述，朱熹持"文道一贯"说，那么上述选本可以视作朱熹本人对这一理论的尝试。然而，后人在继续这样的尝试时，也会面临相当的思想困境，这一点可以从真德秀的另一则材料中略窥一二：

    汉西都文章最盛，至有唐为尤盛，然其发挥理义、有补世教者，董仲舒氏、韩愈氏而止尔。国朝文治猗兴，欧王曾苏以大手笔追还古作，高处不减二子。至濂洛诸先生出，虽非有意为文，而片言只辞，贯

---

① 王柏《鲁斋王文宪公文集》卷一一《跋昌黎文粹》，《续金华丛书》本。
② 王柏《鲁斋王文宪公文集》卷一一《跋欧曾文粹》。

综至理,若《太极》《西铭》等作,直与六经相出入,又非董韩之可匹矣。①

此处虽然理义、世教与文章混融一片,但同时又隐然存在着等级差异。欧王曾苏仅获"不减"董韩之评,而濂洛诸子却非董韩可匹,三者之间高下立判。可见在朱熹之后,真德秀对于以道学思想整合古文传统已经感到力不从心。但两者在这里仍然可以并存,正好对应了真德秀所编的两部北宋文章选本——《诸老先生集略》与《续文章正宗》处理文道关系的方式。《集略》显然是以北宋五子的《太极》《西铭》等篇为道德文章的最高典范。如真氏本人所说:"圣人盛德蕴于中,而辉光发于外,如威仪之中度、语言之当理,皆文也。"②然而在《续文章正宗》中,真氏转而面对古文自身传统,以当世所公认的宋六家为"文"的代表,而力图以理学思想体系中以"道"统领的知识结构,即前一层面上已经获得的道学与文章的契合点,对"文章"进行整合。如前所述,这一尝试却未取得预期的效果。其中留下的有关文道关系的困惑,以及文与道之间的巨大鸿沟,尚待理学家们进一步的探索,以寻求解决的可能。

南宋后期,颇具理学背景的罗大经直言:"'文章一小技,于道未为尊',此论后世之文也。'文者,贯道之器',此论古人之文也。天以云汉星斗为文,地以山川草木为文,要皆一元之气所发露,古人之文似之。巧女之刺绣,虽精妙绚烂,才可人目,初无补于实用,后世之文似之。"③明显又回到了重道轻文的路数。但值得注意的是,这里为"贯道"的"古人之文"留下了位置。在理学传承谱系中晚真德秀一辈的王柏同样热衷于文章选本的制作,编有"《勉斋黄先生文粹》三十篇,《北溪陈先生文粹》三十一篇"④,专选黄榦、陈淳文章,又编有《五先生文粹》,专选周、张、二程、朱熹之文。可见王柏所作选本,皆专以理学家为入选对象,标榜道学传承统序,正反映出南宋后期理学家处理文道关系的方式。由此可见,在朱熹与

---

① 真德秀《西山先生真文忠公文集》卷三六《跋彭忠肃文集》。
② 真德秀《西山先生真文忠公文集》卷三一《问文章性与天道》。
③ 罗大经《鹤林玉露》丙编卷一,中华书局,1983年,第251页。
④ 王柏《鲁斋王文宪公文集》卷一一《跋勉斋北溪文粹》。

王柏之间,道学家编纂的文章选本发生了一次转型,而真德秀所编收录北宋文章的《诸老先生集略》与《续文章正宗》,恰好对应了这一转型的两端。在《续文章正宗》未能达到预期效果之后,南宋晚期理学家开始编选标榜自我门户的选本,以"宋五子"取代"宋六家",取消了"文"的独立价值,直接将"文"视为"道"的附庸。如此处理文道关系,较之朱熹一代理学家的"高明"之处,在于以避免与古文传统接触的方式,来求得在精密而自足的道学思想体系内部获得自洽。

第三节　道学选本的转型与文道关系的处理
——兼论《古文集成》中的道学文章

真德秀追慕"圣人之道",以文章选本的形式绾合"体""用"与"文"的努力并非个例。道学家热衷于编纂文章选本,只是所编选本多已亡佚。张智华表示:"有些论者根据朱熹一些文章和真德秀《文章正宗纲目》等认为:理学家文论以道为本、文为末,是从本体论角度来阐述的,其实这只是一个方面。"[1]指出了相关研究中存在的问题。但与此同时,张氏将明显带有科场用书性质的《十先生奥论》《诸儒奥论策学统宗》以及作为"四六专门性类书"[2]的《四六宝苑》悉数视作理学选本,以期全面反映理学家文论,这不能不说是面对"文献不足征"的一种无奈。由此可见经由选本研究道学家的文章学思想面临的困难,除上节讨论的《文章正宗》正续编外,几乎无法找到可供分析的个案。不过部分道学选本的序跋保存至今,有助于我们了解这些选本的编选思想。因此不妨转换视角,关注这些尚存序跋的佚书,或许可以获得不一样的观察。

上节提及,在朱熹与王柏之间,道学家编纂的文章选本发生了一次转型。本节便拟以王柏《鲁斋集》所存道学选本序跋,以及文献著录中王柏

---

[1] 张智华《南宋的诗文选本研究:南宋人所编诗文选本与诗文批评》,北京师范大学出版社,2002年,第135页。
[2] 参侯体健《士人身份与南宋诗文研究》,复旦大学出版社,2018年,第288页。

本人所编诗文选本为中心,试图对这一转型的过程加以具体呈现。至于选本中所体现的文章学思想,本节关注的重点则仍然放在本体论角度的文道关系上,毕竟这是道学家论文的大关节,也是宋人文章选本能够处理的知识领域的核心问题。是否如此前论者所说,就是"以道为本、文为末"?其间是否经过变化,又是如何反映在选本当中的?本节就此展开。仅凭文献著录与序跋提供的信息,尚不能获得直观的感受。幸而在南宋后期理学取得正统地位之后,理学家文论也影响到了非理学群体及其选本的制作。本节借助《古文集成》中的道学文章,窥见以选本形式展开道学家文论的具体表现。

一、王柏与道学家所编文章选本

王柏为朱熹三传弟子,早年却致力于举业、骈俪、古文、诗律,①其于文学涉足之深也如此,其《鲁斋集》中所保存的文章选本序跋,则颇有助于一窥理学家选本的面貌。

其中有《跋昌黎文粹》与《跋欧曾文粹》,记载了朱熹尝编选韩愈、欧阳修、曾巩三家文选。有关此二书的编选过程,由于材料不足,已不得而知。不过,朱熹确曾致力于韩、欧、曾三家的文献工作。如对韩愈,"参校众本,弃短取长"②而作《韩文考异》。前此已有方崧卿《韩文举正》,但朱熹不满其体例,所谓"但《举正》之篇所立四例,颇有自相矛盾者,又不尽著诸本同异,为未尽善"③,并提出具体的修改意见:

> 大书本文定本,上下文无同者,即只出一字。有同字者,即并出上一字。疑似多者,即出全句。字有差互,即注云:"某本作某,某本作某。今按云云,当从某本。"字有多少,即注云:"某本有,某本无。"字有颠倒,即注云:"某某字,某本作某某。""今按"以下并同。④

---

① 金履祥《仁山集》卷三《鲁斋先生文集目后题》,《丛书集成初编》,中华书局,1985年,第55页。
② 永瑢等《四库全书总目》卷一五〇,中华书局,1965年,第1288页。
③ 朱熹《晦庵先生朱文公文集》卷八三《跋方季申所校韩文》,《朱子全书》第24册,上海古籍出版社、安徽教育出版社,2010年,第3905页。
④ 朱熹《晦庵先生朱文公文集》卷七四《修韩文举正例》,《朱子全书》第24册,第3581—3582页。

在此基础上,便发展成为《韩文考异》。如莫砺锋所说:"所谓《修韩文举正例》,似应解作'修订《韩集举正》之条例'。而且《韩文考异》的实际行文方式(包括引原文及校勘记)基本上与上述条例是一致的。"①

朱熹对欧阳修文献的热心,则主要表现为对周必大编校《欧阳文忠公集》工作的关注。在书信中,朱熹常言及此,如对吕祖俭言:"益公近亦收书,于欧集考订益精,亦不易老来有许多心力也。"②对刘黼言:"益公寄惠《六一集》,纂次雠正之功勤亦至矣。"③朱熹又有《考欧阳文忠公事迹》一篇,云:

> 余读庐陵欧文新本,观其附录所载行状、谥议、二刻、四传,皆以先后为次,而此事迹者独居其后,岂以公诸子之所为而不敢以先于韩吴诸公及一二史臣之作耶?……间又从乡人李氏得书一编,凡十六条,皆记公事,大略与此篇相出入,疑即其初定之草稿。……因略考其异同有无之互见者,具列于左方。④

此处"附录所载"云云,与周必大所编《欧集》附录相合,则此"庐陵欧文新本",即周必大本无疑。那么这篇文章,则是直接就周必大的文献整理发表见解、较量异同。

此外,朱熹与周必大围绕欧阳修所撰《范文正公神道碑》及范、吕和解事的著名论争,也与周必大的文献整理有关。对此,前贤论述颇多,但尚有可以辨析之处。如马金亮、丁鼎提出:"二人关于范、吕解仇的论辩,客观上即出于周必大考订《欧集》的机缘。周必大在考订《欧集》的过程中,必然涉及《范公神道碑》一文……因此,他与好友吕祖俭、朱熹、汪逵等人探讨范、吕解仇问题。"⑤此说犹嫌未稳。周必大自称:"起绍熙辛亥(二年,1191)春,迄庆元丙辰(二年,1196)夏,成一百五十三卷,别为附录五卷。"⑥知《欧集》全书是时已经完稿。至于《范碑》所在的《居士集》,各卷均题"绍

---

① 莫砺锋《朱熹文学研究》,南京大学出版社,2000年,第31页。
② 朱熹《晦庵先生朱文公文集》卷四八《答吕子约》,《朱子全书》第22册,第2243页。
③ 朱熹《晦庵先生朱文公文集》卷五三《答刘季章》,《朱子全书》第22册,第2495页。
④ 朱熹《晦庵先生朱文公文集》卷七一《考欧阳文忠公事迹》,《朱子全书》第24册,第3430—3431页。
⑤ 马金亮、丁鼎《朱熹与周必大交谊考论》,《孔子研究》2014年第6期。
⑥ 周必大《平园续稿》卷一二《欧阳文忠公集后序》,《文忠集》卷五二,文渊阁《四库全书》本。

熙二年三月郡人孙谦益校正"，而自绍熙四年(1193)起，《欧集》已编成的部分便陆续付梓。①周必大参与论争的书信，《吕子约寺丞》题"庆元二年十月"②，《汪季路司业》题"庆元二年十二月"③，《朱元晦待制》题"庆元二年冬"④。可见论争发生时，《欧集》已经完稿，《居士集》更早已付梓。因此不会是周必大于编刻之中征求意见而引发讨论，更有可能是朱熹等人获见《欧集》全书而向周必大质疑。⑤无论如何，这场讨论无疑与《欧集》的整理有关。

至于曾巩，朱熹一向服膺其文章，且曾致力于模拟其风格，尝谓："余年二十许时，便喜读南丰先生之文，而窃慕效之，竟以才力浅短不能遂其所愿。"⑥在文献方面，朱熹编制过曾巩年谱，并作《南丰先生年谱序》《后序》，见于《隐居通议》，称："晦庵先生雅重南丰之文，为作年谱，考订精实。又为作谱序，其文殊类南丰，岂韩文公效樊孟意耶？今录于左。"⑦从中可以看出，年谱的制作与谱序的撰写，既是出于对曾文的服膺，也是仿效曾文成果的展示。

如上所述，朱熹于韩愈、欧阳修、曾巩三家文献用功如此，则其所编《昌黎文粹》与《欧曾文粹》亦非出于偶然。束景南指出："他在完成《韩文考异》以后又编选了一本《昌黎文粹》，在同周必大考订《六一居士文集》以后又编选了一本《欧曾文粹》，都是要贯彻他的这些文学思想。"⑧可见朱熹对韩、欧、曾选本的制作，与上述文献工作是相贯通的。

除以上两篇跋文之外，《鲁斋集》卷一一还存有《跋勉斋北溪文粹》一

---

① 参[日]东英寿《南宋本〈欧阳文忠公集〉的成立过程及其特征》，王水照等编《首届宋代文学国际研讨会论文集》，复旦大学出版社，2001年，第671页。
② 周必大《书稿》卷三《吕子约寺丞》，《文忠集》卷一八八。
③ 周必大《书稿》卷三《汪季路司业》，《文忠集》卷一八八。
④ 周必大《书稿》卷九《朱元晦待制》，《文忠集》卷一九三。
⑤ 此次争论为周必大所发起的可能性不大。周必大否认范、吕和解，但《欧集》中所收为记载和解事的"诸家本"。此外，周氏于论争之中所否定的《龙川略志》等材料，也曾为其按语所采信。从上述矛盾来看，周氏更可能是仓促应战。前举朱熹《考欧阳文忠公事迹》有"平心无怨恶"条，言及"自言学道三十年"及范、吕和解事，正是周、朱争论的焦点。许浩然以此为这场论争的起点，其说近是，参氏著《周必大的历史世界：南宋高、孝、光、宁四朝士人关系之研究》，凤凰出版社，2016年，第265—269页。
⑥ 朱熹《晦庵先生朱文公文集》卷八四《跋曾南丰帖》，《朱子全书》第24册，第3965页。
⑦ 刘壎《隐居通议》卷一四，《丛书集成初编》，中华书局，1985年，第150页。
⑧ 束景南《朱子大传："性"的救赎之路(增订版)》，复旦大学出版社，2016年，第840页。

篇,称:"右《勉斋黄先生文粹》三十篇、《北溪陈先生文粹》三十一篇、《经说》十五篇,金华后学王柏之所编集,而又附以杂著四十余章。北山何先生亦尝增定焉。"① 知此书为王柏本人所编,又经乃师何基增订。所收作者黄榦与陈淳,皆为朱熹高弟。其中黄榦得朱子学之嫡传,《宋元学案》载朱熹"病革,以深衣及所著书授先生,手书与诀"②,俨然禅宗以衣钵相付,以示法脉传承。此外,黄榦又为何基之师,所谓"勉斋之传,得金华而益昌"③。可见,黄榦实为南宋后期朱子学传承中的关键人物。至于陈淳,《宋史》称:"淳叹陆学张王,学问无源……反托圣门以自标榜。遂发明吾道之体统,师友之渊源,用功之节目,读书之次序,为四章以示学者。"④ 知其为朱子学中卫护师门之干将。与此二书相仿,《宋史艺文志补》又著录"王柏《五先生文粹》一卷"⑤。元人柳贯为王柏高弟金履祥撰写行状,称:"年二十三,乃即元章而谋之,将求书往谒敬岩王公泌。……元章曰:'见敬岩侄,不若见鲁斋兄。'先生亦曰:'曩尝获观《五先生文粹序》,而窃慕之,不知其为令兄也。'"⑥ 此序不存,幸有明人赵时春序,称:"不以名号其书,而直称之曰'先生'者,惟濂溪周子、洛程伯仲子、秦张子、闽朱子为然……故并称之曰'五先生'。"⑦ 可知所谓"五先生",即"北宋五子"之周、张、二程四子及南宋之朱熹。由此可见,王柏所编选本的特点在于其直接以理学家及其作品为入选对象,以文章选本的形式追溯师门渊源。

除上述选本,蔡由庚所撰《圹志》著录王柏著作中疑似文章选本尚有《文章续古》三十五卷、《文章复古》七十卷、《濂洛文统》二百卷、《文章指南》十卷等,另有诗选《诗可言》二十卷、《正始之音》七卷、《紫阳诗类》五卷等。⑧ 其书多已不存,但其中《濂洛文统》与金履祥所编《濂洛风雅》在书名

---

① 王柏《鲁斋王文宪公文集》卷一一《跋勉斋北溪文粹》,《续金华丛书》本。
② 黄宗羲原撰,全祖望补修《宋元学案》卷六三《文肃黄勉斋先生榦》,中华书局,1986年,第2021页。
③ 黄宗羲原撰,全祖望补修《宋元学案》卷八二《北山四先生学案》序录,第2725页。
④ 脱脱等《宋史》卷四三〇《陈淳传》,中华书局,1975年,第12790页。
⑤ 黄虞稷、倪灿撰,卢文弨订正《宋史艺文志补》,商务印书馆,1957年,第265页。
⑥ 柳贯《故宋迪功郎史馆编校仁山先生金公行状》,李修生主编《全元文》第19册,第335页。
⑦ 赵时春《五先生文粹序》,黄宗羲编《明文海》卷二四六,文渊阁《四库全书》本。
⑧ 蔡由庚《圹志》,王柏《鲁斋集》附录,《丛书集成初编》,中华书局,1985年,第193页。此文《全宋文》失收。

上存在关联,考虑到王、金二人的师弟关系,可以想见,《濂洛文统》所收也必为理学家所作有"蔼如仁义之言,蔚然道德之气"①的作品。此外《诗可言》存方回序,称:

> 《后集》各专一类,而论其诗者二十三人,曰:濂溪、横渠、龟山、罗豫章、李延平、徐逸平、胡文定、致堂、五峰、朱韦斋、刘屏山、潘默成、吕紫微、曾文清、文公、宣公、成公、黄谷城、黄勉斋、程蒙斋、徐毅斋、刘篁㟁、刘漫塘。②

所选亦皆理学中人。至于《紫阳诗类》,则是朱熹一人之诗选,《鲁斋集》卷一三有《朱子诗选跋》,或即此书。由此可见,王柏对于编选理学家所作诗文作品格外热心。

以上对王柏《鲁斋集》中所存文章选本序跋及王柏本人所编诗文选本进行了梳理。从中可以看出,朱熹虽然身为理学宗师,但所编文章选本却不存门户之见,而是着眼于当时已日趋定型的"唐宋古文八大家"中韩愈、欧阳修、曾巩三家。而王柏则热衷于标榜自我门户,编选理学家所作诗文作品,其选学思想与朱熹大为异趣。

二、道学选本的转型与文道关系的处理

上述道学家所编文章选本转型的背后,反映出的是不同时期的理学家在处理文道关系上的差异。

自北宋中期"周程、欧苏之裂"发生以来,理学家在文道关系上,多持重道轻文、作文害道的态度。如周敦颐称:"圣人之道,入乎耳,存乎心,蕴之为德行,行之为事业。彼以文辞而已者,陋矣!"③二程亦各有相关言论,如:"学者先学文,鲜有能至道。至如博观泛览,亦自为害。故明道先生教余尝曰:'贤读书,慎不要寻行数墨。'"④程颐所言则更为直截:"问:'作文

---

① 胡凤丹《濂洛风雅序》,金履祥《濂洛风雅》卷首,《丛书集成初编》,中华书局,1985年,第1页。
② 方回《〈诗可言集〉序》,王柏《诗疑》附录,朴社,1930年,第75页。
③ 周敦颐《周敦颐集》卷二《通书·陋第三十四》,中华书局,1990年,第40页。
④ 程颢、程颐《河南程氏外书》卷一二,《二程集》,中华书局,2004年,第427页。

害道否?'曰:'害也。凡为文,不专意则不工,若专意则志局于此,又安能与天地同其大也? 书曰"玩物丧志",为文亦玩物也。'"① 上述所言,皆以文、道为二事,作文无益于道,甚至妨害学道。因此,虽然"贯道"之文在早期理学家那里事实上也得到过一定程度的认可,如程颢解释"修辞立诚":"言能修省言辞,便是要立诚。……若修其言辞,正为立己之诚意,乃是体当自家敬以直内,义以方外之实事。道之浩浩,何处下手? 惟立诚才有可居之处,有可居之处则可以修业也。"② 但在这里,"修辞"只是被视作体道的手段。而另一方面,文章自身的优劣却不被在意,如程颐所言:"游、夏亦何尝秉笔学为词章也? 且如'观乎天文以察时变,观乎人文以化成天下',此岂词章之文也?"③ 于是北宋理学家也大多无意于作文,更无意于编选文章选本。

这一现象在南渡之后发生了改变,文与道在南宋理学家眼中不再是相互妨害的两事。朱熹提出:"道者,文之根本;文者,道之枝叶。惟其根本乎道,所以发之于文皆道也。三代圣贤文章,皆从此心写出,文便是道。"④ 将文与道视为一而二、二而一之事。反映到对诗文的态度上,如罗根泽所说:"程子站在道的立场上反对诗文,说诗文是害道的;朱熹也站在道的立场,但不反对诗文,而包举诗文,说文道是一贯的。"⑤ 不止朱熹,同为"东南三贤"之一的张栻也提出:"文质偏胜,则事理不得其中……夫有质而后有文,质者本也。然质之胜则失于疏略而无序,故当修勉而进其文,是则文者所以行其质也。"⑥ 吕祖谦则提出:"大凡有本则有文。夫人之须不离于颐颔,文生于本,无本之文,则不足贵。"⑦ 甚至与朱熹分庭抗礼的陆九渊也说:"穷理尽性以至于命,这方是文。"⑧ 上述诸家均致力于论述"道""质""本"等与"文"的一致性。而陆氏所说"穷理尽性"正是道学的终

---

① 程颢、程颐《河南程氏遗书》卷一八,《二程集》,第 239 页。
② 程颢、程颐《河南程氏遗书》卷一,《二程集》,第 2 页。
③ 程颢、程颐《河南程氏遗书》卷一八,《二程集》,第 239 页。
④ 朱熹《朱子语类·论文》,《历代文话》第 1 册,第 225 页。
⑤ 罗根泽《中国文学批评史》,商务印书馆,2015 年,第 889 页。
⑥ 张栻《南轩先生论语解》卷三,《张栻集》,中华书局,2015 年,第 149—150 页。
⑦ 吕祖谦《丽泽论说集录》卷一,《吕祖谦全集》第 4 册,第 35 页。
⑧ 陆九渊《陆九渊集》卷三四《语录》上,中华书局,1980 年,第 424 页。

极目的①。在这里,道学与文学获得了高度的统一。

前举朱熹所编《昌黎文粹》与《欧曾文粹》便是在这种文道关系的处理方式下产生的。既然文与道为一事,那么韩、欧、曾古文自然也是道的体现。这一主张亦渊源有自,朱松称赞他人文章:"窃观执事大笔余波溢为章句,句法峻洁而思致有余,此正如韩愈。……非深得夫圣人所取于《诗》之意,与夫古今述作之大旨,其孰能至此?"②已经认为韩愈文章与圣人之意相合。朱熹绍继家学,称:"韩愈氏出,始觉其陋,慨然号于一世,欲去陈言,以追《诗》、《书》、六艺之作,而其弊精神、糜岁月,又有甚于前世诸人之所为者。然犹幸其略知不根无实之不足恃,因是颇溯其源而适有会焉。"③以为韩愈"弊精神、糜岁月"之文章,能够"溯其源而适有会",而能"追《诗》、《书》、六艺之作"。在评论韩愈之后,朱熹继而表示:"而后欧阳子出。其文之妙,盖已不愧于韩氏。而其曰'治出于一'云者……是则疑若几于道矣。"④也是以欧阳修"不愧于韩氏"之文,能够做到"几于道"。前言朱熹服膺曾巩文章,也与曾文近道有关。朱熹自称:"熹未冠而读南丰先生之文,爱其词严而理正。"⑤又称:"南丰文却近质。他初亦只是学为文,却因学文渐见些子道理。"⑥明确表示经由学文可以见道。刘壎也指出:"朱文公评文专以南丰为法者,盖以其于周程之先首明理学也。"⑦也是从发明理学的角度理解曾巩文章的。由此可见,朱熹编选韩、欧、曾文章,与其理学宗师的身份并不相左。在"文道一贯"的观念下,三家古文皆是道的体现。此类选本的编选意图在于整合文与道,恢复"畜道德而能文章"⑧的理想状态,韩、欧、曾文章便是这种理想状态的典范。

然而,这一编选意图似乎难以得到有效的贯彻。除少数合道之作外,道学很难对强大的古文传统进行全面的兼容。这一点,从上节所述真德

---

① 参冯友兰《中国哲学史新编》下卷,人民出版社,1999年,第25页。
② 朱松《韦斋集》卷九《上赵漕书》,《朱子全书外编》,华东师范大学出版社,2010年,第147页。
③ 朱熹《晦庵先生朱文公文集》卷七〇《读唐志》,《朱子全书》第23册,第3375页。
④ 朱熹《晦庵先生朱文公文集》卷七〇《读唐志》,《朱子全书》第23册,第3375页。
⑤ 朱熹《晦庵先生朱文公文集》卷八四《跋曾南丰帖》,《朱子全书》第23册,第3918页。
⑥ 朱熹《朱子语类·论文》,《历代文话》第1册,第219页。
⑦ 刘壎《隐居通议》卷一四,第147页。
⑧ 曾巩《曾巩集》卷一六《寄欧阳舍人书》,中华书局,1984年,第254页。

秀的《续文章正宗》并未达到预期效果便可看出。于是,文与道重新陷入了分裂。这一趋势在高倡"文道一贯"的朱熹那里便已露端倪:

> 予谓老苏但为欲学古人说话声响,极为细事,乃肯用功如此,故其所就,亦非常人所及。如韩退之、柳子厚辈,亦是如此。其答李翊、韦中立之书,可见其用力处矣。然皆只是要作好文章,令人称赏而已,究竟何预己事,却用了许多岁月,费了许多精神,甚可惜也。①

三苏文章是朱熹一贯反对的,但评论韩、柳论文书简之时流露出惋惜之情,却与其以韩愈古文为道的体现相矛盾。此外如"然论其极,则古文之与时文,其使学者弃本而逐末,为害等尔"②"文字到欧、曾、苏,道理到二程,方是畅"③,则纯然是复述"作文害道"与"周程、欧苏之裂"之言。

由此可见,南宋后期理学家对文道关系的处理经历了向北宋重道轻文的回归。在此过程中,文章作为道学手段的作用得到突显,文章的地位因此得到一定程度的保留,但文章的独立价值,特别是其中的审美价值则被取消。这样,道学家的作品自然会取代韩柳欧苏等古文家的作品,成为新的文章典范。正如朱熹同调刘清之所说:"本朝只有四篇文字好:《太极图》《西铭》《易传序》《春秋传序》。"④

上节所述真德秀《诸老先生集略》便是基于这样的文道关系处理方式产生的。此书虽然不传,但对其后的理学家选本产生了一定的影响,包括王柏所编诗文选本。王柏著作中,除前举诗文选本外,又有《伊洛精义》一卷、《拟道学志》二十卷、《朱子指要》十卷、《伊洛指南》八卷等。⑤ 可以看出,王柏致力于对道学门户的梳理与文献的保存。而前举专选理学家作品,标榜师门与道学渊源的选本,显然是这一工作中的组成部分。由此,文章也成了道学的一部分,而不再是独立的著述。

王柏自称:"勉斋先生辞严任重,充拓光明,而《通释》尤为渊奥。北溪

---

① 朱熹《晦庵先生朱文公文集》卷七四《沧洲精舍谕学者》,《朱子全书》第 24 册,第 3593 页。
② 朱熹《晦庵先生朱文公文集》卷五六《答徐载叔》,《朱子全书》第 23 册,第 2648—2649 页。
③ 朱熹《朱子语类·论文》,《历代文话》第 1 册,第 214 页。
④ 朱熹《朱子语类·论文》,《历代文话》第 1 册,第 212 页。
⑤ 蔡由庚《扩志》,王柏《鲁斋集》附录,第 193 页。

先生辞畅义密,剖析精微,而《字义》为阶梯。皆所以为后学之津梁,以达于紫阳之室者也。此编非敢妄有铨择,亦以其尝玩味诵读者开其子侄云。"①可见其编选《勉斋北溪文粹》的意图在于以黄、陈文章为进径,抵达朱子学之堂奥,文章只是求道的手段。明人所撰《五先生文粹序》称:

> 五先生亡矣,天下之愿为弟子者,将无以致其力,故必求之五先生之文。……五先生之文,其于世者博,则世之不能为五先生,而徒为五先生之文者,必大乱真矣。故五先生之文,未有不粹者也。而曰"文粹"者,以别其乱真者耳。②

同样以文章为不能亲炙"五先生"而求其次的求道路径。其中特别标出"徒为五先生之文",文章的独立价值被"乱真者"的考语彻底否定。郭绍虞称王柏"以《四书》论文"③,也可见其消解文章之独立性,以文章依附于道的论文旨趣。

三、《古文集成》中的道学文章

道学家所编文章选本大量散佚,极少见存世者,特别是其中专选道学文章,标榜自我门户的选本,殊为可惜。不过,到了南宋后期,理学家标榜自我门户的风尚已经扩展至非理学群体,使我们得以从非理学选本中窥探其一斑。这方面,《古文集成》是一极好的例证。

关于《古文集成》的性质,侯体健指出:"从该书的性质来说,冠以'诸儒批点'更能准确反映其作为'汇编式评点型选集'的特色。"④对此,高津孝有较为详细的论述:"古文选本始于南宋吕祖谦的《古文关键》,经弟子楼昉的《崇古文诀》,再经略有己色的真德秀的《文章正宗》,到了宋末,合众为一,终于汇集为一个非常易于使用的形式出版了,这就是宋王霆震编

---

① 王柏《鲁斋王文宪公文集》卷一一《跋勉斋北溪文粹》。
② 赵时春《五先生文粹序》,黄宗羲编《明文海》卷二四六。
③ 郭绍虞《朱子之文学批评》,《照隅室古典文学论集》上编,上海古籍出版社,1983年,第432页。
④ 侯体健《南宋评点选本〈古文标准〉考论》,王水照、侯体健主编《中国古代文章学的阐释与建构——中国古代文章学三集》,复旦大学出版社,2017年,第277页。

《新刻诸儒批点古文集成前集》七十八卷。"①这里依四库馆臣的意见,以为所谓"汇编式评点型选集",即将《古文关键》《崇古文诀》《文章正宗》等文章评点之书合编为一书。

事实上,《古文集成》所汇编的范围恐不止于上述三种评点本。如此书所收石介《送祖择之序》《唐鉴序》《南京宋城县夫子庙记》《辩谤》等四篇,全部见于《圣宋文选》。此外欧阳修《送梅圣俞归河阳序》《答李诩论性书》、王安石《送孙正之序》等篇,也见于《圣宋文选》。又如马存《送陈自然西上序》《子长游赠盖邦式》《迎薰堂记》、程颐《易传序》、苏辙《上刘长安书》、王安石《谏官论》《送孙正之序》、石介《辩谤》等,均见《观澜文集》。可见,所谓"诸儒批点"的这部书,对于当时主要的文章选本多有吸收。

除此之外,还应当看到,《古文集成》并不只是简单的文章选本汇编。据张智华观察:"《古文集成》所选古文作家比《崇古文诀》更多,宋代当时古文作家如马存、程大昌、陈谦、方恬、郑景望诸人,皆在其中。"②注意到了《古文集成》超出所汇编诸书范围的作者篇目。

仔细检点下来,《古文集成》所收宋人作品374篇,③其中互见于《古文关键》《续文章正宗》《崇古文诀》《古文标准》《圣宋文选》《观澜文集》等书的作品尚不足五分之一,其中为当世所公认的宋六家作品又占到半数以上。反过来说,《古文集成》所收宋六家作品,包括苏辙、曾巩、王安石的全部,以及欧阳修、苏洵、苏轼的大部,皆因袭此前选本,表现的是当时批评界的共识,但这一部分所占比重并不大。而另一方面,大量独见于此书的作家作品,充分显示出此书在"汇编评点"之外个性化的一面,其中大宗便是理学家,又以南宋理学家为重,仅朱熹、张栻、真德秀三人作品便达到76篇,占所收全部宋人作品的五分之一,与汇编而来的作品大致相当。张海鸥、罗婵媛指出:"此书表现出明显的理学倾向,对南宋理学家尤其推崇。"④当即

---

① [日]高津孝《宋元评点考》,[日]高津孝著,潘世圣等译《科举与诗艺——宋代文学与士人社会》,上海古籍出版社,2013年,第79页。
② 张智华《南宋的诗文选本研究:南宋人所编诗文选本与诗文批评》,第129页。
③ 此统计数据依据孙武军《南宋文章选评思想研究——以五部选评本为例》,陕西师范大学硕士学位论文,2009年,第49页。
④ 张海鸥、罗婵媛《南宋古文选本中的文章学思想》,《中国古代文章学的阐释与建构——中国古代文章学三集》,第234页。

就此而言。

作为"汇编评点"之书,《古文集成》并非专门的道学选本。但从序文来看,其前身《古今文章正印》的编者刘震孙显然是理学中人。至于《古文集成》,如李致忠指出:"南宋书坊,特别是福建建阳书坊,自己或倩人编刊时尚文章……此书盖其中之一。"[1]以为此书旨在编刊时尚文章,则其对理学文章的重视未必出于学术观点,而是一时风尚。这一风尚在宋代即已被人注意到,如周密所言:"淳祐甲辰(四年,1244),徐霖以书学魁南省,全尚性理,时竞趋之,即可以钓致科第功名。自此非《四书》《东西铭》《太极图》《通书》《语录》不复道矣。"[2]这一风尚起初发源于太学,但如祝尚书所说:"太学历来是文学敏感的风标。"[3]太学风尚势必会影响社会风尚,道学家标榜自我门户,也随着乾淳"太学体"扩展到道学群体之外。此书如此重视道学作者,便显示出道学家标榜自我门户的影响。

当然《古文集成》受此影响的表现还不止于此。本书的体例,大致依体分集,"各集俱分门纂次"[4],也就是体下分门的结构。如"序"一体,甲集卷四先收赠序,后收书序,卷五则专收理学家为儒家经传所作序。赠序、书序与儒家经传序,便是体下所分之门。虽然《古文集成》并未标注各门的名称,但各门之中大略以时代先后为序排列却是明显的标志,表明分门的结构确实存在。

依此检视《古文集成》的编次,可以发现,其分门事实上并不细致,孙氏"相当严密"之说不确。如乙集所载诸记体文,只是简单地分成了亭台楼阁记、祠庙学记和与理学相关的斋记,若与《续文章正宗》卷一二至一六依所记内容将记体文分为学校、堂宇、厅壁、园、亭、轩、楼台、园、门、城、池、湖、井、堤、山、水、石、画、寺观、祠庙等类相较,其粗疏可见一斑。但是,几乎每一体都会独立分出一"理学门",甚至为了安置"理学门"不惜打破本已十分粗疏的分门框架。如甲集所收诸序,本如孙氏所说,依赠序与

---

[1] 李致忠《昌平集》,上海古籍出版社,2012年,第709页。
[2] 周密《癸辛杂识》后集,中华书局,1988年,第65页。
[3] 祝尚书《论乾淳"太学体"》,《新国学》第三卷,巴蜀书社,2001年,第231页。
[4] 沈初撰、卢文弨校《浙江采集遗书总录》辛集,张升编《〈四库全书〉提要稿辑存》第2册,北京书店出版社,2006年,第566页。

书序划分,但在欧阳修《送王陶序》下特别标明"论易",并依"论易"的内容而非"赠序"的形式,与理学诸子所作经、传、章句、讲义序一同编入"理学门"。由此可见,"理学门"的整饬得到了优先保障,而非理学的其他门类则杂乱粗疏,从中也可看出编者对于理学文章的重视。

上述"理学门"在《文章正印》中已见端倪,但在《古文集成》中变得更加整饬。在编次上,"理学门"一般缀于一体之末,显示出极强的系统性。其中丁集略显例外,不过丁集极有可能是从他处窜入的。傅增湘提出:"卷中丁集之表札辛集之封事等,于前后卷为不类,其阴文所标某集字已挖去,当是后集配入以足之者。"①按此书壬集卷一目录,称周敦颐《太极图并说》"见丁集",而今本丁集为表札,并无此篇,可知傅氏从内容上作出的判断大致不谬。但即便如此,今本丁集中也有自程颐《论经筵第一札子》至刘光祖《论道学非程氏之私言札子》等一系列讨论道学地位之作。而从其他各集之中"理学门"独立于一体文章之后,可以看出在编者的认识里,理学文章是普遍存在于各体文章之中,但在每一体中又显示出特殊性的一类文章。

此书甚至还有一些文体所收全部为理学文章,如见于壬集前三卷的"图"一体。以"图"为文体,或可上溯至挚虞《文章流别论》之"图谶"②,但这一文体在后世影响甚微,明代的文体学专著《文章辨体序说》与《文体明辨序说》均未涉及这一文体,而宋代总集设"图"一体的,也是绝无仅有。观《古文集成》所收,为宋儒有关《河图》《洛书》以及《太极图》《卦图》等的阐释文字,为远绍图谶而高度"哲理化"③的宋代象数之学。至于郭雍"兼山九图",王霆震云:"兼山传《易》于伊川,雍传其学,画为九图。"④但实际所收有文无图,从学术渊源上看,则应归于义理之学。这样,《古文集成》中"图"一体,似乎专为宋代理学家的《易》学论著而设,而于象数、义理之间不设轩轾。

---

① 傅增湘《藏园群书经眼录》卷一七,中华书局,2009年,第1253页。
② 见严可均编《全晋文》卷七七,《全上古三代秦汉三国六朝文》,中华书局,1958年,第3811页。
③ 潘富恩、徐洪兴主编《中国理学》第4册,东方出版中心,2002年,第15页。
④ 王霆震编《新刻诸儒批点古文集成前集》壬集卷三,《中华再造善本》,北京图书馆出版社,2005年。

还有一个现象值得注意,即《古文集成》有时会在"理学门"之外,并列出现可被视作"儒学门"的部分。如乙集所收诸祠庙学记,其中的祠、庙事实上都有限定。祠或为儒家先贤祠,如孟子祠、闵子祠、濂溪祠等,或为符合儒家理想人格的历史人物之祠,如严子陵、颜真卿等,而庙则为孔庙。庙记本与学记相关,如朱刚所说:"当时州县的学校,往往仅是孔庙的一个不常设的附属部分,而北宋朝廷兴办学校的政策,事实上也以修葺孔庙为先导。"①祠记、庙记与学记均会表达作者的儒学观点。这些文章在分门编次的过程中与讨论抽象义理的理学文章平行并列,一如《宋史》分设《儒林传》《道学传》,足见在编者的心目中,理学已经从儒学中独立出来而自成一门显学。

要之,《古文集成》各集分门编次的过程之中,大致皆有一批理学文章。这些文章总数在 150 篇左右,占所收宋人文章的二分之一弱。如此大量的理学文章成批出现在《古文集成》之中,足以见得理学的影响。前文所述理学家标举自我门户,消解文的独立性,使之成为道的附庸,都可以借助这批文章,一窥其具体表现。

小　结

依据王柏《鲁斋集》中所存序跋及文献著录,理学家曾经制作过大量的文章选本,如朱熹所编《昌黎文粹》《欧曾文粹》及王柏所编《勉斋北溪文粹》《五先生文粹》等。在朱熹与王柏之间,道学家所编文章选本存在着一次转型。朱熹所编选的文章选本,着眼于韩愈、欧阳修、曾巩等当世便已获得公认的古文大家,至王柏则热衷于祖述师门,编选理学家所作诗文作品。这一转型的背后,反映出的是不同时代理学家处理文道关系方式的不同。朱熹持"文道一贯"说,认为韩、欧、曾三家古文皆是道的体现,意图通过编选三家文章整合文与道。在此之后,文与道重新出现分裂,在道学家的论述中,文章仅作为道学的附庸,其审美价值的独立性被取消,道学家的作品因而取代古文家而成为新的文章典范,理学家标举自我门户

---

① 朱刚《"修庙"与"立学":北宋学记类文章的一个话题——从王安石〈繁昌县学记〉入手》,《华东师范大学学报(哲学社会科学版)》2018 年第 5 期。

的选本由此产生。随着理学正统地位的取得,理学家标榜自我门户的选文倾向影响到了非理学群体。《古文集成》各集之中均有独立的理学文章部分,总数在此书所收宋人文章的一半左右。如此大量且成系统的理学文章,足以窥见以文章选本展现道学家文论的具体表现形式。同时,理学家文章典范就此成立,与上一章谈到的"宋六家"及"奥论系"典范鼎足而三。

与此同时,另外一个事实同样值得注意:《古文集成》毕竟不是专门的理学选本。其中的理学文章,与其他文章之间保持着相对独立的姿态,使其他非理学文章自然形成一组,与理学文章相抗衡。无论是从分类、编次还是收录数量上看,《古文集成》都呈现出理学与非理学文章双峰并峙的结构,或者说是被撕裂为理学与非理学两扇。标榜自我门户,取消文章独立价值,避免与古文传统接触,这种处理文道关系的方式在道学群体内部可以得到自洽。但一旦打破自足的思想体系与学术团体,进入开放的社会文化生活中,强大的古文传统便无法回避。王十朋曾经评论韩柳欧苏文,称:"韩、欧之文粹然一出于正,柳与苏好奇而失之驳。至论其文之工、才之美,是宜韩公欲推逊子厚,欧阳子欲避路放子瞻出一头地也。"①这种论文与论道之间的龃龉,并非南宋后期理学家回避接触古文传统所能解决的。从上述《古文集成》中理学与非理学文章的撕裂上看,文道关系依然没有得到妥善的处理。

第四节 "周旋调护":《宋文鉴》的编纂与元祐学术

吕祖谦所编《宋文鉴》,堪称宋代文章选本中最重要的一种。此书远绍《文选》,近与《唐文粹》《元文类》鼎足而三②。凡治宋代文学、文章学与选本之学者,多无法绕过此书。因此,关于此书的研究也可谓汗牛充栋。

---

① 王十朋《梅溪先生文集》卷一九《读苏文》,《四部丛刊初编》本。
② 参章学诚撰,叶瑛校注《文史通义校注》卷一,中华书局,1985年,第41页。

凡此书成书之始末、版本之源流、编选之宗旨、后世之接受,已备见于前贤时哲的论述之中。其中,较为晚出的两篇文章——许浩然的《从〈宋文鉴〉的编修看南宋理学与馆阁之学的分歧》①与叶文举的《开放性的〈皇朝文鉴〉及其背后的学术之争——兼与〈古文关键〉编选的比较》②引起了笔者的兴趣。二位先生均关注到《宋文鉴》背后的学术纷争,前者从纷繁复杂的论争中抽绎出义理之学与馆阁词学的分歧着重论述,而后者则注意到理学家内部有关此书评价的分歧。本节以此为基础,重新梳理《宋文鉴》的编修过程,明确此书的性质,检讨此书的编纂意图,并探讨《宋文鉴》编纂的过程、意图与吕祖谦自身学术背景的关系,以期辨明其背后的学术纷争及吕祖谦面对纷争的态度和处理方法。这里需要说明,许先生文中所用"馆阁"是一个较为笼统的概念,大致包含内外制、秘书省、实录院等一系列涉及撰述职能的官职。本节为表述方便,仍袭用这一"馆阁"概念。

一、《宋文鉴》的编纂过程与"馆阁之学"

关于《宋文鉴》编纂的始末,备见于吕乔年所著《太史成公编皇朝文鉴始末》与李心传《建炎以来朝野杂记》乙集卷五"文鉴"条之中。对此,前贤时哲也多有引述。窃以为此书的编修过程殊非小事,实关系到《宋文鉴》一书的性质,因而仍有细加辨析的必要。

有关编修《宋文鉴》一事的缘起,王应麟称:"临安书坊有江钿新编《文海》,淳熙四年(1177)十一月,命校正刻板。壬寅,学士周必大召对清华阁,奏委馆阁官铨择。"③对此,周必大也有第一手的记录,《玉堂杂记》记载:

> 十一月壬寅轮当内直。……奏云:"《文选》之后有《文粹》,已远

---

① 许浩然《从〈宋文鉴〉的编修看南宋理学与馆阁之学的分歧》,《中国典籍与文化》2014年第3期。
② 叶文举《开放性的〈皇朝文鉴〉及其背后的学术之争——兼与〈古文关键〉编选的比较》,《浙江师范大学学报(社会科学版)》2015年第5期。
③ 王应麟著,武秀成、赵庶洋校证《玉海艺文校证》卷二〇,凤凰出版社,2013年,第950页。

不及。所谓《文海》，乃近时江钿编类，殊无伦理，书坊刊行可也。今降旨校正刻板，事体则重，恐难传后。莫若委馆阁官，铨择本朝文章，成一代之书。"上大以为然，曰："卿可理会。"奏乞委馆职，上曰："待差一两员。"其后遂付吕伯共祖谦。①

此后周必大又一再提及此事，如"臣事孝宗皇帝，间闻圣谕欲刻江钿《文海》。臣奏其去取差谬不足观，帝乃诏馆职裒集《皇朝文鉴》"②，"特命馆职精加采取，类为一书，将与《文选》《文粹》并传永久"③。从上述记载之中可以获得两个信息：其一，整顿《文海》、编修《宋文鉴》的倡议最早由周必大提出，而周必大当时的身份是翰林学士；其二，编修《宋文鉴》的任务由馆阁承担，而非直接派给吕祖谦个人。

吕祖谦在进呈《宋文鉴》的奏章中写道："伏蒙辅臣具宣圣谕，缘某已除外任，俯询所编次第。"④关于这里的"辅臣"，李心传记载："上对辅臣，因令王季海枢使问伯恭所编《文海》次第，伯恭乃以书进。"⑤明确了宣谕的"辅臣"是时任枢密使的王淮（季海）。这里出现了第二位与《宋文鉴》编纂密切相关的高级文官。对此吕乔年也有一致的记载⑥，并且指出，王淮在《宋文鉴》编纂过程中的作用还不止于此：

> 一日，参知政事王公淮、李公彦颖奏事。上顾两参道周公前语，俾举其人。……淮对："以臣愚见，非秘书郎吕祖谦不可。"上以首肯之，曰："卿可即宣谕朕意，且令专取有益治道者。"王公退，如上旨召太史宣谕。⑦

也就是说，从编纂《宋文鉴》人选的确定、任务的下达到成果的上呈，王淮始终参与其中。而从参知政事到枢密使，王淮经办《宋文鉴》编纂工作的身份，始终是执政官。

---

① 周必大《淳熙玉堂杂记》卷中，《丛书集成初编》，中华书局，1991年，第35—36页。
② 周必大《平园续稿》卷一五《文苑英华序》，《文忠集》卷五五，文渊阁《四库全书》本。
③ 周必大《玉堂类稿》卷四《论文海命名札子》，《文忠集》卷一○四。
④ 吕祖谦《东莱吕太史文集》卷三《进编次文海札子》，《吕祖谦全集》第1册，第51—52页。
⑤ 李心传《建炎以来朝野杂记》乙集卷五，中华书局，2000年，第596页。
⑥ 参吕乔年《年谱》，吕祖谦《东莱吕太史文集附录》卷一，《吕祖谦全集》第3册，第690页。
⑦ 吕乔年《太史成公编皇朝文鉴始末》，吕祖谦《宋文鉴》附录一，中华书局，1992年，第2117页。

由此可见,《宋文鉴》的编纂,是由翰苑词臣倡议、由执政大臣经手、由馆阁承担的国家行为。吕祖谦作为馆阁中的一员,具体执行了这项任务。因此,吕祖谦的身份虽然可以被抽象地认定为"理学家",但是编纂《宋文鉴》这一具体行为,却是笼罩在"馆阁之学"之下的。

在北宋三馆秘阁的职能中,"编书"是重要的一项①。南宋秘书省承接了这项职能,所谓"元丰官制行,尽以三馆职事归秘书省"②。吕祖谦供职秘书省期间,也多参与编书之事。如吕乔年于《年谱》之中提及的《徽宗皇帝实录》与《中兴馆阁书目》③,此外,今人辑出吕祖谦《进哲宗徽宗宝训表》一篇④,则此书也应是吕祖谦参与编修的。如此,《宋文鉴》的编纂也当为馆阁编书的一部分,而不应视作例外。事实上,吕祖谦本人也将《宋文鉴》与在馆阁所编他书等而视之。在与友人的往还书信中,吕祖谦经常提及馆阁编书的工作,如"但《徽录》已逼进书,而其间当整顿处甚多。自此即屏置它事,专意料理"⑤,"某供职亦既逾月,以史事期限迫促,殊无少暇,它亦不足言者"⑥,"以《实录》一两月间进书,日夕整顿无少暇"⑦。而有关《宋文鉴》的编纂,吕祖谦言道:"某馆下碌碌,无足比数。但史程限过促,又《文海》未断手,亦欲蚤送官,庶几去就可以自如。以此穷日翻阅,它事皆废。"⑧与上述所言如出一辙。可见,《宋文鉴》的编纂带给吕祖谦的感受,与《徽宗实录》等书并无区别,均是馆阁中的日常工作。

此外,楼钥为吕祖谦所作《祠堂记》称:"后为遗书阁,以庋平日所著如《大事记》《读诗记》《阃范》《近思录》《春秋》《尚书》讲议、《家法》《祭礼》及他书之未成者,皆可以传远垂后。"⑨不同于史传、碑志列举传主著述,这里开列的书目,当为祠堂中实际所藏。然而连"他书之未成者"都班班具载,

---

① 参龚延明《宋代崇文院双重职能探析——以三馆秘阁官实职、贴职为中心》,《北京大学学报(哲学社会科学版)》2016 年第 4 期。
② 程俱《麟台故事校证》卷一,中华书局,2000 年,第 7 页。
③ 吕乔年《年谱》,第 688—689 页。
④ 吕祖谦《吕集佚文》,《东莱吕太史文集》新增附录,《吕祖谦全集》第 3 册,第 790 页。
⑤ 吕祖谦《东莱吕太史别集》卷八《与朱侍讲》,《吕祖谦全集》第 2 册,第 386 页。
⑥ 吕祖谦《东莱吕太史别集》卷八《与朱侍讲》,《吕祖谦全集》第 2 册,第 386 页。
⑦ 吕祖谦《东莱吕太史别集》卷一〇《答潘叔度》,《吕祖谦全集》第 2 册,第 456 页。
⑧ 吕祖谦《东莱吕太史别集》卷八《与朱侍讲》,《吕祖谦全集》第 2 册,第 390 页。
⑨ 楼钥《楼钥集》卷五二《东莱吕太史祠堂记》,浙江古籍出版社,2010 年,第 971 页。

唯独不及《宋文鉴》。从中可以看出,在时人眼中,此书不属于吕祖谦"平日所著",因而与其他馆阁编书均未列入这一庋藏书目。

至此,还可以对《宋文鉴》编纂过程之中前贤关注较多的两个问题略作回应:其一是有关《宋文鉴》编选思想,周必大与吕祖谦之间存在的异同;其二是《宋文鉴》编成后面对的非议,特别是陈骙封还词头的举动。这两件事均被视为"馆阁翰苑之臣对于《皇朝文鉴》编修的干预"①。

有关周必大与吕祖谦的分歧,论者多举吕乔年所述:"周益公既被旨作序,序成,书来以封示太史。太史一读,命子弟藏之。盖其编次之曲折,益公亦未必知也。"②以此为周、吕分歧之所在。笔者不否认周、吕分歧的存在,但二人之间不应存在学术上的冲突。吕祖谦对周必大多有赞美之辞,如"子充无三日不往来。善类方孤,得其复留,于正道极有助"③,"近日子充留此,于正道甚有助"④,"周丈自春来请去之章已四上。……大抵目前善类,或去或病,悒悒殊鲜况也"⑤。其中"善类""正道"云云,显然引周必大为同类。至于周《序》本身,或许吕祖谦存在不同意见,但如叶适所说此《序》"无一词不谙"⑥,恐非周、吕二人产生分歧的原因。对于周《序》这种"润色鸿业"的行为,吕祖谦事实上给予了一定程度的认同。在接受馆职任命的谢启中,吕祖谦表示:"思枯才竭,不能舒藻而为国华;识眊志凋,不能献箴而达民瘼。"⑦此为自谦之辞,但也能反映出吕祖谦对于馆阁职能的认识,其中"舒藻而为国华"所云,便是馆阁"润色鸿业"的职能。而在《进编次文海札子》中,吕祖谦所言"某窃伏自念本朝文字之盛,众作相望,诚宜采掇英华,仰副圣意"⑧,简直与周《序》同一机杼。至于吕祖谦自叙《宋文鉴》之去取,谓:"如周美成《汴都赋》,亦未能侈国家之盛,止是别无

---

① 许浩然《周必大的历史世界:南宋高、孝、光、宁四朝士人关系之研究》,凤凰出版社,2016年,第254页。
② 吕乔年《太史成公编皇朝文鉴始末》,第2118页。
③ 吕祖谦《东莱吕太史别集》卷九《与刘衡州》,《吕祖谦全集》第2册,第418页。
④ 吕祖谦《东莱吕太史别集》卷一〇《答潘叔度》,《吕祖谦全集》第2册,第453页。
⑤ 吕祖谦《东莱吕太史外集》卷五《与李侍郎》,《吕祖谦全集》第3册,第645页。
⑥ 叶适《习学记言序目》卷四七,吕祖谦《宋文鉴》附录二,第2125页。
⑦ 吕祖谦《东莱吕太史文集》卷四《除馆职谢政府启》,《吕祖谦全集》第1册,第66页。
⑧ 吕祖谦《进编次文海札子》,第51页。

作者,不得已而取之。"① 同样是以赋起到"侈国家之盛"的作用,从而达到"润色鸿业"的目的。

至于陈骙封还词头事,李心传记载:"时方严非有功不除职之令,舍人陈叔进将缴之。"② 吕乔年记载:"时中书舍人陈骙缴公直阁命,以为推赏太优。"③ 而吕祖谦本人则称:"人心初不相远,窃闻果有驳章。……方圣上责实之日,尤重职名,非有显功,未尝除授。兼某已拜金缯厚赐,至于寓直中秘,实为太优。"④ 双方争议的焦点在于直秘阁的除命是否恰当。所谓职名"非有功不受",并非托词,此言又见于《朝野杂记》乙集卷八"孝宗奖郑自明魏元履"条⑤、卷一四"大臣去位不除职"条⑥,皆淳熙初事,楼钥也称:"时孝宗方以职名为重,非有功不除。"⑦ 知当时确有此说。陈骙反应也确嫌过激,直秘阁为贴职中最低一级⑧,《朝野类要》甚至有"京官直秘阁"⑨之言,吕祖谦时为朝散郎,已为朝官。但无论如何,双方所争是在具体的除命上对政策把握的宽严不同,不宜上升至学术之争。

事实上,吕祖谦与"馆阁之学"的渊源甚深。其外祖曾几两度出任馆职,所谓"几承平时已为馆职,去三十八年而复至"⑩。岳父芮烨与业师林之奇均有供职秘书省的经历⑪,伯祖吕本中于绍兴八年(1138)"二月,迁中书舍人。三月,兼侍讲。六月,兼权直学士院"⑫,一年之中先后掌两制。岳父韩元吉也曾权中书舍人⑬。至于吕祖谦本人,则于隆兴元年(1163)中博学鸿词科⑭,其《外集》卷三、四,正是当时所进的两卷词科进卷。而词科

---

① 吕乔年《太史成公编皇朝文鉴始末》,第 2118 页。
② 李心传《建炎以来朝野杂记》乙集卷五,第 596 页。
③ 吕乔年《年谱》,第 690 页。
④ 吕祖谦《东莱吕太史文集》卷三《除直秘阁辞免札子》,《吕祖谦全集》第 1 册,第 52 页。
⑤ 李心传《建炎以来朝野杂记》乙集卷八,第 638 页。
⑥ 李心传《建炎以来朝野杂记》乙集卷一四,第 743 页。
⑦ 楼钥《楼钥集》卷一〇五《龙图阁待制赵公神道碑》,第 1821 页。
⑧ 参《增置贴职御笔》,司义祖整理《宋大诏令集》卷一六四,中华书局,1962 年,第 627 页。
⑨ 赵升《朝野类要》卷二,中华书局,2007 年,第 45 页。
⑩ 脱脱等《宋史》卷三八二,中华书局,1985 年,第 11768 页。
⑪ 参陈骙《南宋馆阁录》卷八,中华书局,1998 年,第 121—122 页。
⑫ 脱脱等《宋史》卷三七六,第 11637 页。
⑬ 参周必大《掖垣类稿》卷七《辞兼中书舍人札子》,《文忠集》卷一〇〇。
⑭ 吕乔年《年谱》,第 683 页。

之设,正"以求代言人才"①。乾道七年(1171),吕祖谦除秘书郎②,初任馆职。自此以后,除丁忧、领祠外,吕祖谦一直供职于秘书省,再未离开过馆阁。由此,吕祖谦深谙"馆阁之学"。在馆阁中从事《宋文鉴》的编纂工作时,所面对的学术纷争,并非理学与"馆阁之学"的冲突。

要之,《宋文鉴》的编修,为词臣所倡议、宰辅所经办、馆阁所承担,而由吕祖谦具体执行。这一编修过程决定了此书的官修性质。吕祖谦参与《宋文鉴》的编修,是以"馆阁词臣"身份承担官修总集项目,而不应视为以"理学家"身份从事个人著述。由此,吕祖谦的编纂行为并非以其"理学家"身份对抗"馆阁之学",而是调取自身学术资源,与《宋文鉴》的编纂宗旨相适应,从而完成这一官修总集的编纂工作。

二、《宋文鉴》的编纂意图与吕氏家学

关于《宋文鉴》中所体现出的吕祖谦的编纂意图,论者已多有发明,笔者在此不必赘述。但上文明确了此书的性质为馆阁官修之书,那么在讨论此书的编纂意图时,宋孝宗的意志与这一工程的发起者周必大的相关表述,即是官方为此书的编纂意图所定下的基调,也应当予以考虑。

《宋文鉴》的编纂意图,首先在于存一代之文献。周必大揣度上意,称:"臣仰惟陛下,当宵旰励精,规恢大业,日不暇给之际,犹以余力,垂意本朝名士之著述。"③在其他场合,周必大也有类似的表述,如"深惟本朝述作之盛远过前代,而所谓《文海》者精粗混并,不足传远,乃诏馆阁之士刊定而缮写之,使学者有所矜式,德意厚矣"④。可见,宋孝宗与周必大对于《宋文鉴》的期待,在于收集整理本朝,即北宋一代之著述,使之具备整饬的形式,便于流传。

存一代之文献终究只是手段,而编纂《宋文鉴》的目的,在于观一代之

---

① 聂崇岐《宋词科考》,《宋史丛考》,中华书局,1980年,第169页。
② 吕乔年《年谱》,第687页。
③ 周必大《论文海命名札子》,《文忠集》卷一〇四。
④ 周必大《玉堂类稿》卷二〇《试军器监丞叶山》,《文忠集》卷一二〇。

治道。宋孝宗在下达编纂《宋文鉴》的任务时，便着重强调了这一点，因有"且令专取有益治道者"①之言。在《宋文鉴》进呈之后，宋孝宗也评价道："朕尝观其奏议，甚有益治道，当与恩数。"②甚至是在反驳陈骙封还吕祖谦除直秘阁词头时，理由依然是"祖谦所进《文海》，采取精详，有益治道，故以宠之"③。可见，"有益治道"的编纂意图，由宋孝宗提出，并在《宋文鉴》编纂的整个过程中，始终被强调。此书后来被赐名《文鉴》，也是取以文为鉴，观一代治道之意。张栻称："《文海》事，伯恭错承受。昔温公作《通鉴》似不为无益，前辈犹谓其枉用心。"④虽为负面评价，但以《文鉴》比附《通鉴》，也可看出时人对孝宗赐名《文鉴》用意的理解。

基于以文为鉴，以观一代治道的意图，宋孝宗特别重视《宋文鉴》中所收奏议。前举"尝观其奏议"云云，已经可证。此后，又有一系列围绕着《宋文鉴》所选奏议的动作。首先是崔敦礼删定《宋文鉴》奏议事。对此韩元吉言道：

> 以司马公《资治通鉴》于治乱得失、忠邪善恶有所未论者，凡一君之后为总说，一代之末为统论，成六十卷，号《通鉴要览》，皆以奏御。而上命公更定吕祖谦所编《文鉴》中群臣奏议，其增损去留，率有意义。⑤

将修《通鉴要览》与改订《宋文鉴》奏议二事连书，颇与孝宗赐名《文鉴》之举有异曲同工之意。朱熹评价吕祖谦原编奏议，称："伯恭所编奏议，皆优柔和缓者，亦未为全是。"⑥崔敦礼自叙删定《宋文鉴》奏议的工作，称："臣今于元降出本内取其缓而不切者删之，别撼要而有体者增之。"⑦去其优柔和缓者而增入撼要有体者，则改订工作仍是围绕"有益治道"进行的。此外，赵汝愚所编《皇朝名臣奏议》，也与《宋文鉴》奏议有关，赵氏自称："尝

---

① 吕乔年《太史成公编皇朝文鉴始末》，第 2117 页。
② 吕乔年《太史成公编皇朝文鉴始末》，第 2117 页。
③ 李心传《建炎以来朝野杂记》乙集卷五，第 596 页。
④ 张栻《语录》，《南轩先生集补遗》，《张栻集》，中华书局，2015 年，第 1502 页。
⑤ 韩元吉《南涧甲乙稿》卷二一《中书舍人兼侍讲直学士院崔公墓志铭》，《丛书集成初编》，中华书局，1985 年，第 433 页。
⑥ 黎靖德编《朱子语类》卷一二二，中华书局，1986 年，第 2954 页。
⑦ 崔敦礼《宫教集》卷五《进重删定吕祖谦所编文鉴札子》，文渊阁《四库全书》本。

命馆阁儒臣编类《国朝文鉴》,奏疏百五十六篇,犹病其太略。兹不以臣既愚且陋,复许之尽献其书。"①基于《宋文鉴》所收奏议,反复修订增补,可见宋孝宗实措意于此。

以上是宋孝宗与周必大为《宋文鉴》的编选意图所定下的基调。从此书修成之后孝宗的高度评价来看,其意图无疑得到了良好的执行。对此,《朝野杂记》所引《孝宗实录》提出了异议:

> 初,祖谦得旨校正,盖上意令校雠差误而已。祖谦乃奏以为去取未当,欲乞一就增损。三省取旨,许之。甫数日,上仍命磻老与临安教官二员同校正,则上意犹如初也。时祖谦已诵言皆当大去取,其实欲自为一书,非复如上命。②

针对这一说法,李心传已进行了辨析,称:"时侂胄方以道学为禁,故诋伯恭如此,而牵联及于伊川。"③但时贤仍多采信此说④,故尚可一辨。

宋孝宗的意图,最初或许是"校雠差误而已"。但据前举《玉堂杂记》的记录,孝宗已经采纳了周必大别为"一代之书"的建议。周氏又称:"江钿所编颇失之泛,故其命名有取于海。今若袭而用之,似未足以仰副隆指。"⑤可见《文鉴》与《文海》之有别,乃出于孝宗之"隆指",则"别为一书",实为孝宗意图。吕祖谦本人也表示:"某窃见《文海》元系书坊一时刊行,名贤高文大册尚多遗落,遂具札子,乞一就增损,仍断自中兴以前铨次,庶几可以行远。十一月十五日,三省同奉圣旨依。"⑥可见吕氏的方案经过了孝宗的批准,绝非擅自改动孝宗的意图。吕祖谦为官,一向不求有功,但求无过。这种思想屡见于往还书信中,如"职分之内不可惰偷,职分之外不可侵越"⑦,"内不敢旷职,外不敢立异"⑧。在馆阁中的工作同样如此,

---

① 赵汝愚《进皇朝名臣奏议序》,《宋朝诸臣奏议》附录,上海古籍出版社,1999年,第1725页。
② 李心传《建炎以来朝野杂记》乙集卷五,第597页。
③ 李心传《建炎以来朝野杂记》乙集卷五,第597页。
④ 如闵泽平《南宋"浙学"与传统散文的因革流变》,浙江大学出版社,2014年,第133页;叶文举《南宋理学与文学:以理学派别为考察中心》,齐鲁书社,2015年,第137—240页;许浩然《周必大的历史世界:南宋高、孝、光、宁四朝士人关系之研究》,第247页等。
⑤ 周必大《论文海命名札子》,《文忠集》卷一〇四。
⑥ 吕祖谦《进编次文海札子》,第51页。
⑦ 吕祖谦《东莱吕太史别集》卷一〇《答潘叔度》,《吕祖谦全集》第2册,第457页。
⑧ 吕祖谦《东莱吕太史别集》卷一〇《答潘叔度》,《吕祖谦全集》第2册,第458页。

"虽职守所及,不敢不勉。然不过区区缀缉简牍,外此无所关预。低回随众,殊以自愧"①。具体到《宋文鉴》的编纂,吕氏自称:"若断自渡江以前,盖以其年之已远,议论之已定,而无去取之嫌也。"②可见其所在意的仍然是避嫌远祸。基于这样的为官处事原则,吕祖谦也绝不会擅自改动宋孝宗的意图。

对于吕祖谦对《宋文鉴》编纂意图的执行能力,宋廷君臣似乎一直就不缺乏信心。关于确定编修《宋文鉴》人选的过程,李心传记载:"后二日,伯恭以秘书郎转对,上遂令伯恭校正,本府开雕,其日甲辰也。始,赵丞相以西府奏事,上问伯恭文采及为人何如,赵公力荐之,故有是命。"③这是同知枢密院事赵雄的推荐意见,此外还有前引吕乔年记载的参政王淮的推荐意见。可见,在编纂《宋文鉴》的人选问题上,宋孝宗与宰执达成了一致。事实上,吕祖谦并不以文学名世,对于文学也持一种无可无不可的态度。吕乔年转述乃父之言,称:"太史之于文也,有不得已而作,故今所传诗多挽章,文多铭志。余皆因事涉笔,未尝有意于立言也。是以平生之作,率无文稿。"④既然如此,为何自宋孝宗以至两府、翰苑,一致赞成由吕祖谦承担《宋文鉴》这样一部文学总集的编纂任务?

吕祖谦宿称"有中原文献之传"⑤,而此"中原文献",实贯穿于吕氏家学之始终。只要看《宋元学案》的叙述,便可窥见其一斑:

> 荥阳少年,不名一师。初学于焦千之,庐陵之再传也。已而学于安定,学于泰山,学于康节,亦尝学于王介甫,而归宿于程氏。⑥
>
> 大东莱先生为荥阳冢嫡,其不名一师,亦家风也。自元祐后诸名宿,如元城、龟山、廌山、了翁、和靖以及王信伯之徒,皆尝从游,多识前言往行以畜其德。⑦

---

① 吕祖谦《东莱吕太史别集》卷八《与朱侍讲》,《吕祖谦全集》第2册,第388页。
② 吕乔年《太史成公编皇朝文鉴始末》,第2118页。
③ 李心传《建炎以来朝野杂记》乙集卷五,第595—596页。
④ 吕乔年《东莱吕太史文集跋》,吕祖谦《东莱吕太史文集》新增附录,《吕祖谦全集》第3册,第908页。
⑤ 脱脱等《宋史》卷四三四,第12872页。
⑥ 黄宗羲原撰,全祖望补修《宋元学案》卷二三,第902页。
⑦ 黄宗羲原撰,全祖望补修《宋元学案》卷三六,第1233页。

这样,北宋自庆历以至元祐的学术,均被吕氏一族收拾统合于其家学之中。至于这批学问被称作"中原文献",则是相对于南渡之后的情形而言的。正如吕祖谦所说:

  昔我伯祖西垣公躬受中原文献之传,载之而南。……于是嵩、洛、关、辅诸儒之源流靡不讲,庆历元祐群叟之本末靡不咨。①

这样,融合了北宋各个时期、各个宗派,几乎是保存了北宋一代学问的吕氏家学,由吕本中"载之而南",并在南宋传承不辍。拥有"中原文献"之称的不只限于吕氏一族,如黄榦为朱熹所作《行状》,亦有"自韦斋先生得中原文献之传"②之说。此外,陈傅良称宋文仲"虽生长南土,其家学则中原文献也"③,韩淲称赵蕃"故家南渡衣冠少,前辈中原文献长"④,直到南宋后期,马廷鸾为韩禾所撰制词中,尚屡称其"识中原之文献,接诸老之典刑"⑤,"尝登乾淳诸老之门墙,尚接中原文献之绪论"⑥。士人口中笔下不断重复着"中原文献",可见这一表述在宋室南渡背景下有其特殊意义,诚如论者指出:"'中原文献之传'是在赵宋王朝迁鼎、学术南移的过程中基于正统思想、文化续承意识而兴盛起来的口号。"⑦而在诸多"中原文献之传"中,吕氏家学无疑是其荦荦大者。吕祖谦称乃师汪应辰"合诸老之规摹,而融其异同;总一代之统纪,而揽其精粹"⑧。这一评价,事实上也是在说吕祖谦本人得自家学师友的"中原文献之传"。可以看出,其中"总一代之统纪"云云,正是上文所述宋孝宗对于《宋文鉴》的期待。如此,南宋朝廷"中原文献之传"的诉求与吕氏一族"中原文献之传"的家学一拍即合,吕祖谦因此成为承担《文鉴》编修任务的不二人选。

  由此可见,《宋文鉴》作为馆阁官修之书所体现出的官方意旨,与吕祖

---

① 吕祖谦《东莱吕太史文集》卷八《祭林宗丞文》,《吕祖谦全集》第 1 册,第 115 页。
② 黄榦《勉斋集》卷三六《朝奉大夫文华阁侍制赠宝谟阁直学士通议大夫谥文朱先生行状》,文渊阁《四库全书》本。
③ 陈傅良《止斋先生文集》卷二〇《湖南提举荐士状》,《四部丛刊初编》本。
④ 韩淲《涧泉集》卷一三《二十五日次韵昌甫别后所寄》,文渊阁《四库全书》本。
⑤ 马廷鸾《碧梧玩芳集》卷四《韩禾行司农少卿兼国史兼侍读制》,文渊阁《四库全书》本。
⑥ 马廷鸾《碧梧玩芳集》卷四《韩禾除国子司业制》。
⑦ 陈开勇《宋代开封—金华吕氏文化世家研究》,中国社会科学出版社,2010 年,第 54 页。
⑧ 吕祖谦《东莱吕太史文集》卷八《祭汪端明文》,《吕祖谦全集》第 1 册,第 112 页。

谦作为编纂工作的实际承担者所秉持的学术背景并不矛盾。宋孝宗对于《宋文鉴》传一代之文献、观一代之治道的期许，事实上也就是吕氏家学中"中原文献之传"。由此，官方确定的编纂意图为吕祖谦展现其自身学术背景提供了空间，二者高度契合，成为推动《宋文鉴》编纂的合力。吕祖谦所面对的学术纷争，并不在其自身学术背景与《宋文鉴》编纂意图之间，而正在于上文论述的《宋文鉴》编纂意图内部。

三、《宋文鉴》的编纂与元祐学术

虽然《宋文鉴》的编纂意图在于存一代之文献、观一代之治道，但其所"存"所"观"，实际上有所取舍。关于这里的"一代"，庆历、嘉祐以上，不存在任何问题，而熙宁、元丰以下，则触及宋代士大夫的一块心病，即熙丰新法所带来的创伤。如沈松勤所说：

> 熙宁以后，赵宋王朝因王安石变法步入了周期性反复的怪圈，给士大夫群体带来了悲剧性的政治命运……又将北宋政权推向了覆亡之路，所以南渡后，"元祐学术"的整体价值与意义被格外地烘托出来，士人在痛苦反思北宋新旧党争的历史中，也以一种过于偏执的认同，展开了以"元祐学术"为判断标准的历史叙事。[1]

这样，《宋文鉴》对一代文献的保存、对一代治道的展现，也必须在"元祐叙事"之下进行。

关于"元祐叙事"，吕祖谦有着高度的认同。其称周必大所作《筠州重修道院记》"惬当无可议，发明元祐之政尤善"[2]，称陈傅良"振元祐之余算"[3]，皆着眼于对"元祐"的继承与阐发。这样的认同也反映在《宋文鉴》的编纂过程中。作为《宋文鉴》的前身，《宋文海》虽仅存六卷，但残存部分中仍能见到大量代表新党立场的诏令，而更早编纂的《圣宋文选》，也收有

---

[1] 沈松勤《"元祐学术"与"元祐叙事"》，《宋代政治与文学研究》，商务印书馆，2010年，第95页。
[2] 吕祖谦《东莱吕太史别集》卷八《与周丞相》，《吕祖谦全集》第2册，第415页。
[3] 吕祖谦《祭陈君举文》，《东莱吕太史文集》新增附录，《吕祖谦全集》第3册，第823页。

新党成员李清臣所著全面反映政治观点的《进卷》五十篇①。吕祖谦在《宋文海》基础上进行的重要修订，便是全面采取旧党立场。《宋文鉴》对王安石文章的处理颇可说明问题。此书收王氏文章112篇，数量上仅次于苏轼、欧阳修，而入选文章在百篇以上者仅此三人。但诚如论者所指出："王安石有关变法内容的奏疏则一概不选。"②姑举此一例，以见其一斑。

但是，坚持"元祐叙事"也殊非易事，因为元祐政治及其背后的元祐学术实在太过复杂。关于元祐政治，王水照、朱刚二先生指出："与王安石领导的新党相比，旧党本来就是乌合之众，失去了司马光这面大旗后，他们根本就不是一个统一体。"③元祐学术亦然，前举沈先生文中指出，元祐学术"在性质上，它作为北宋后期新旧党争的产物，不是某一学派的自称，而是具有敌意的他称，是'绍述'新党排斥政敌所使用的一个专门术语；在内容上，它通过蜀、洛、朔三党'相羽翼以攻新说'，黏合了蜀学、洛学、朔学三大学派中某些相通的经学思想，并辐射到了文学、史学、制度等多个文化层面"④。也就是说，与政治上的旧党相类，元祐学术也是相对于荆公新学而存在的，其内部本不是"一个统一体"，而是存在诸多异质甚至是互斥的组成部分。

在这里，吕氏家学的意义便凸显出来。吕公著在元祐政治与元祐学术中发挥的作用颇为值得关注。如方诚峰所说："到了元祐三年四月，右相吕公著'为司空、同平章军国事，仍一月三赴经筵，二日一朝，因至都堂议事'，同时空缺的左右相位置由吕大防和范纯仁继补。……吕公著作为平章军国事乃一个超越并统御三省、枢密院的角色。"⑤潘富恩、徐余庆则指出吕公著先"与司马光同掌权柄"，继而"独揽大权，权重一时"⑥，俨然视之为司马光的继任者。在司马光之后，吕公著成为元祐政治的实际统领者，勉强维系着元祐旧党这一不是统一体的统一体。至于学术方面，吕公

---

① 参朱刚《唐宋"古文运动"与士大夫文学》，第255页。
② 郭庆财《南宋浙东学派文学思想研究》，中华书局，2013年，第193页。
③ 王水照、朱刚《苏轼评传》，南京大学出版社，2004年，第392页。
④ 沈松勤《"元祐学术"与"元祐叙事"》，第94页。
⑤ 方诚峰《北宋晚期的政治体制与政治文化》，北京大学出版社，2015年，第53—54页。
⑥ 潘富恩、徐余庆《吕祖谦评传》，南京大学出版社，1992年，第4页。

著作为元祐宰相,也实际推动了"元祐学术"。这样,吕公著的存在使得吕祖谦较他人更有条件从事"元祐叙事"的工作。

吕祖谦面对的情况是,元祐学术已经全面复苏,但元祐学术内部混乱的局面仍然没有得到解决。一方面,早在靖康元年(1126),"太学学生就分裂为拥护'苏氏之学'的一派与拥护'王氏之学'的一派,两派打起架来,反把传承洛学的太学祭酒杨时轰走了。南渡之后,朝野改崇'元祐学术',爆发力最强的自然也是这潜伏已久的苏学"[1]。另一方面,"在绍兴之初的'更化'时期,杨时被荐入经筵,一批洛学之士也相继入朝"[2]。如此,在元祐学术复苏的势头中,其重要的组成部分蜀学与洛学,几乎是齐头并进。这样,《宋文鉴》在孝宗更化背景下完成"元祐叙事",其难点实际上是元祐更化的遗留问题,即蜀学、洛学如何相处。说到底,便是如何处理"周程、欧苏之裂"。

关于《宋文鉴》去取的凡例,吕祖谦没有留下系统的表述。倒是朱熹替他总结了出来:

> 伯恭《文鉴》,有正编其文理之佳者;有其文且如此,而众人以为佳者;有其文虽不甚佳,而其人贤名微,恐其泯没,亦编其一二篇者;有文虽不佳,而理可取者,凡五例。[3]

可以看出,其中除以文存人一条外,其余各条均是在处理文道关系。"文理之佳者"自然是最高理想,但真正做到这一点的文章可谓少之又少。诚如朱熹所说:"要之文章正统在唐及本朝各不过两三人,其余大率多不满人意。"[4]而剩下的两条,便是文与道各偏一端。

吕祖谦自身具有理学家身份,此外,在编纂《宋文鉴》的过程中还受到了来自理学阵营的压力。如朱熹曾致信吕祖谦,称:

> 《文海》条例甚当,今想已有次第。但一种文胜而义理乖僻者,恐不可取。其只为虚文而不说义理者,却不妨耳。佛老文字,恐须如欧

---

[1] 王水照、朱刚《苏轼评传》,第157页。
[2] 王水照、熊海英《南宋文学史》,人民出版社,2009年,第25页。
[3] 黎靖德编《朱子语类》卷一二二,第2954页。
[4] 朱熹《晦庵先生朱文公文集》卷六四《答巩仲至》,《朱子全书》第23册,第3108页。

阳公《登真观记》、曾子固《仙都观》《菜园记》之属乃可入，其他赞邪害正者，文词虽工，恐皆不可取也。盖此书一成，便为永远传布，司去取之权者，其所担当，亦不减《纲目》，非细事也。况在今日，将以为从容说议，开发聪明之助，尤不可杂置异端邪说于其间也。①

具体表明了选本去取所应遵循的原则。吕祖谦仕途虽不显赫，但久任馆职，地位清要，理学家或视之为在朝的代言人，如张栻便希望通过吕祖谦打击朝中反对程学的力量②。如此，吕氏一旦操持选柄，理学家们也希望借以表达他们的学术思想。况如前举朱熹"此书一成"云云，显然是看到了《宋文鉴》作为官修选本的传播效果，希望这一良好的传播媒介能为理学所用。

但如前文所述，吕祖谦虽然身为理学家，其编选《宋文鉴》的工作却是以馆阁之臣的身份进行的。因此，《宋文鉴》中呈现出的理学取向，同时也是进行"元祐叙事"的题中应有之义，而不应完全视作吕祖谦代表理学家的自我表现。因而若周密所言"朱氏主程而抑苏，吕氏《文鉴》去取多朱意"③，便似嫌太过。吴子良称："东莱编《文鉴》，晦庵未以为然。"④可见，《宋文鉴》之去取，实未能敷理学家之意。朱熹曾经表示："伯恭《文鉴》去取之文，若某平时看不熟者，也不敢断他。有数般皆某熟读底，今拣得也无巴鼻。"⑤张栻所言更毫不客气："伯恭近遣人送药与之，未回。渠爱敝精神于闲文字中，徒自损，何益！如编《文海》，何补于治道？何补于后学？"⑥其中"闲文字"云云，已经点出理学家们种种不满的原因。对此，朱熹有所展开，称《文鉴》不收崔德符《鱼诗》，"不知如何正道理不取，只要巧"⑦，又称所收《战国策序》"文健意弱，太作为、伤正气"⑧。其中"巧""文健意弱""作为""伤正气"，皆是责备吕祖谦耽于文而忽视道。此实不待多言，只要

---

① 朱熹《晦庵先生朱文公文集》卷三四《答吕伯恭》，《朱子全书》第21册，第1476页。
② 见张栻《新刊南轩先生文集》卷二四《答吕元晦》，《张栻集》，第1123页。
③ 周密《浩然斋雅谈评文》，《历代文话》第1册，第1120页。
④ 吴子良《荆溪林下偶谈》卷二，《历代文话》第1册，第550页。
⑤ 黎靖德编《朱子语类》卷一二二，第2954页。
⑥ 张栻《新刊南轩先生文集》卷二四《答朱元晦》，《张栻集》，第1132页。
⑦ 黎靖德编《朱子语类》卷一四〇，第3330页。
⑧ 朱熹《晦庵先生朱文公文集》卷六四《答巩仲至》，《朱子全书》第24册，第3108页。

看《宋文鉴》中所选欧、苏两家文章,几乎占了入选文章总数的五分之一,便可知吕祖谦于周程、欧苏之间,虽学宗周程,却绝不忽视欧苏一端。

对于自视醇儒的理学家几乎偏执地排斥欧苏一端,吕祖谦表示:"同时如唐勒、景差辈,浮词丽语,未尝一言与之辩,岂非判然不同,不必区区劳颊舌,较胜负耶?某氏之于吾道非杨、墨也,乃唐、景也,似不必深与之辩。"①视文与道为判然二事,从而取消了二者之间发生抵触的可能性。在《宋文鉴》中,吕祖谦便是采取这样一种态度,小心翼翼地平衡着"文且如此,而众人以为佳者"与"文虽不佳,而理可取者",即偏重于文与偏重于道的两种文章。朱熹虽然对此不满,却也颇有"理解之同情",称:"东莱《文鉴》编得泛,然亦见得近代之文。"②后半句即是说吕祖谦要在"元祐叙事"之下完成"存一代文献"的工作,如此才呈现出"编得泛"的面貌。

对于《宋文鉴》最终呈现出的这种面貌,林駧总结道:

> 经学至国朝而愈明。……诗体至国朝而始正。……文章杂体,至我国朝而尤盛。缙绅扬厉之文,如梁周翰《五凤楼赋》,铺陈艺祖圣德;进士科举之文,如王曾之《有物混成》,盖有古诗风骨;名臣奏议之文,如张方平之《谏用兵》、东坡之《疏买灯》、颍滨之《言条例》,尤其表里愈伟者。③

如此,经学与文学,乃至文学之中的各个层次,均在《宋文鉴》中展现出来。在脱离了元祐政争,单纯地总结元祐学术的条件下,吕祖谦终于将元祐学术中原本不相下的各个组成部分放置在了一起,从而完成了"元祐叙事"下对北宋一代文献的总结。

小　结

《宋文鉴》一书具有馆阁官修之书的性质。此书的编纂,是一项由翰苑词臣发起,由执政官员经办,由馆阁承担的国家行为。吕祖谦以馆职身

---

① 吕祖谦《东莱吕太史别集》卷八《与朱侍讲》,《吕祖谦全集》第 2 册,第 365 页。
② 黎靖德编《朱子语类》卷一二二,第 2954 页。
③ 林駧《古今源流至论》前集卷二,文渊阁《四库全书》本。

份,在多位执政的推荐下,具体执行了此书的编纂任务。吕祖谦熟谙"馆阁之学",在具体编纂过程中与周必大、陈骙等馆阁词臣虽偶有分歧,但均就事论事,并非理学与"馆阁之学"的学术之争。与此同时,吕祖谦自身的学术背景与《宋文鉴》作为官修总集所体现的官方意旨也不冲突。吕祖谦得自吕氏家学的"中原文献之传",与宋孝宗、周必大等人为《宋文鉴》制定的存一代文献、观一代治道的编纂意图高度契合,因而成为编纂《宋文鉴》的最佳人选。《宋文鉴》背后的学术纷争,事实上来自此书的编纂意图本身,是在南渡之后"元祐叙事"的背景下,总结一代文献、展现一代治道时,所不得不面对的元祐学术的遗留问题,即蜀学、洛学如何相容。对此,吕祖谦采取文与道为判然二事的态度,取消了二者发生抵触的可能,进而将其并置于《宋文鉴》之中,于二者之间取得平衡。

吕祖谦的这种处理方式,看似消除了文与道的矛盾。但从实际效果上看,有关的议论纷争反而因此而起。吕祖谦感叹:"《文海》奏篇,异数便蕃,一时纷纷,盖因忿激而展转至此。"① 各种学说并置于《宋文鉴》之中,评论者各自看到了《宋文鉴》的一个侧面,各自看到了他们认同的或反对的,这便造成了不同人乃至同一人对于《宋文鉴》的不同评价。关于文与道的关系,吴子良称:"自元祐后,谈理者祖程,论文者宗苏,而理与文分为二。吕公病其然,思会融之。"② 吕祖谦主观上有"合周程、欧苏之裂"的意愿,但在《宋文鉴》中,理与文仍然呈现为判然二分的状态。或许这根植于吕祖谦的治学态度,吕氏曾经表示:"至于周旋调护,宛转入细,正是意笃见明,于本分条理略无亏欠。若有避就回互笼络之心,乃是私意。"③ 在《宋文鉴》的编选中,吕祖谦所秉持的正是这种态度,于内意见笃明,而于外无所避就,从容周旋调护于众说之间。潘富恩、徐余庆指出,吕祖谦治学"具有浓烈的调和色彩"④。《宋文鉴》对于元祐学术的态度,也是"调和"而非"融合",元祐学术并未真正浑然一体。

---

① 吕祖谦《东莱吕太史外集》卷五《与李侍郎书》,《吕祖谦全集》第 3 册,第 647 页。
② 吴子良《筠窗续集序》,陈耆卿《筠窗集》卷首,文渊阁《四库全书》本。
③ 吕祖谦《东莱吕太史别集》卷一〇《与陈君举》,《吕祖谦全集》第 2 册,第 426 页。
④ 潘富恩、徐余庆《吕祖谦评传》,第 15 页。

第五节 "欲合周程、欧苏之裂":浙东后学对《宋文鉴》的继承与展开

——以叶适《习学记言序目·皇朝文鉴》为中心

吕祖谦在世时传道于浙东,与湖湘之张栻、福建之朱熹鼎足而三。所谓"朱元晦、吕伯恭以道学教闽、浙士"[①]。在其身后,浙东诸儒亦多传其学。刘壎指出:"宋乾淳间,浙学兴,推东莱吕氏为宗。"[②]其中以龙川水心一脉为甚,叶适自称:"东莱、龙川师道起,一时话言犹在耳。我辈勤苦常刿心,后生懒惰自迷已。"[③]浙东学者不同于濂洛诸儒之处,在于对事功的重视,这一点论者已有详尽的论述。此外,兼重辞章之学也是浙东学派的特色之一,李建军指出:"他们往往以文传学,学、文兼擅,后期传人发展为'文胜于学',甚而'但以文著'。"[④]吕祖谦文集中绝少论文之语,但在与陈亮的往还书信中,备论其《欧阳文粹跋》《伊洛正源书序》《三国纪年》《广惠王祈雨文》《题喻季直文编》《类次文中子引》《林公材墓志铭》等篇,[⑤]显示出与同朱、张诸儒的交往迥异的面貌。由此,浙东学者所传吕氏之学,包含辞章之学在内。而吕祖谦所编选的《宋文鉴》,作为宋代最重要的文章选本之一,也会对浙东之学产生影响。

叶适是南宋浙东学派的代表人物,同时也是被誉为"集本朝文之大成者"[⑥]的文章大家。其晚年所撰读书札记《习学记言序目》五十卷,卷四七至五〇为读《皇朝文鉴》部分。依照《宋文鉴》,评论北宋诗文,表达文学思想,是南宋重要的文话著作。[⑦] 对此,前贤已有较为充分的发掘与阐释。

---

① 叶适《叶适集》卷一七《胡崇礼墓志铭》,中华书局,2010 年,第 338 页。
② 刘壎《隐居通议》卷二,《丛书集成初编》,中华书局,1985 年,第 19 页。
③ 叶适《叶适集》卷七《陈伯明建读书堂于仙都岩盖缙云最胜特处市书名田役大费巨用众力一家不能专也余为作仙都行以坚其成》,第 74 页。
④ 李建军《宋代浙东文派研究》,中华书局,2013 年,第 19 页。
⑤ 参吕祖谦《东莱吕太史别集》卷一〇,《吕祖谦全集》第 2 册,第 429—438 页。
⑥ 叶绍翁《四朝闻见录》甲集,中华书局,1989 年,第 35 页。
⑦ 此四卷已收入《历代文话》第 1 册,第 241—300 页。本节引用《习学记言序目·皇朝文鉴》均据此,不出脚注。

笔者认为,作为阅读《宋文鉴》的读书札记,《序目》中所体现出的叶适对于北宋文学的认识与态度,同样值得关注。从中也可以看出《宋文鉴》对于浙东之学的影响及其文章学思想在浙学中的延续与发展。其中,从吕祖谦"会融"文、理,到叶适"欲合周程、欧苏之裂"①,当是重要的发展脉络。这一点在叶适此书对北宋古文传统的建构与解构中得到鲜明的体现。本节由此出发,讨论吕祖谦在《宋文鉴》中没能妥善解决的元祐学术的遗留问题,在浙东后学中是如何进一步展开的。

一、以古文为主的北宋文章史建构

吕祖谦所编《宋文鉴》虽是总结北宋一代的文章选本,但时人实不纯以文学目之。叶适《序目》便强调:

> 此书二千五百余篇,纲条大者十数,义类百数,其因文示义,不徒以文,余所谓必约而归于正道者千余数,盖一代之统纪略具焉,后有欲明吕氏之学者,宜于此求之矣。

可见叶适为《宋文鉴》所作四卷笔记,目的在于传吕氏之学。不过,如前所述,吕氏学问中辞章之学对浙东学者的影响极大。因此叶适《序目》之中,也包含大量对于《宋文鉴》文章学思想的发明。其中不乏对北宋一代文章的总评,承担起建构北宋文章史的职能。

《宋文鉴》总结北宋一代之文章,《序目》也有总体论述北宋文章发展趋势,勾勒北宋一代文章兴衰的条目。如在评论周必大所作《皇朝文鉴序》时,叶适指出:

> 按吕氏所次二千余篇,天圣明道以前,作者不能十一,其工拙可验矣。文字之兴,萌芽于柳开、穆修,而欧阳修最有力,曾巩、王安石、苏洵父子继之始大振。

此言北宋文章的兴起。在评论王禹偁《高锡》诗时,叶适对此观点加以

---

① 刘壎《隐居通议》卷二,第17页。

发挥：

> 此文章小气数，只论用世者，柳开、穆修至欧阳氏，以不用世之文，欲捩回机括，虽不能独胜，然后世学者要为有用力处。

高锡为宋初词臣，王禹偁原诗称其在中书力矫五代艳冶，叶适则不以为然，以为词臣文章终是"小气数"，而将矫正五代文章卑靡的功劳授予了柳开、穆修、欧阳修。由此可见，其所谓"文字之兴"云云，乃就纠正五代文风，形成北宋古文传统而言。

至于北宋文章在此后的发展与传承，叶适则在评论赋的过程中予以梳理：

> 初，欧阳氏以文起，从之者虽众，而尹洙、李觏、王令诸人，各自名家。……独黄庭坚、秦观、张耒、晁补之始终苏氏，陈师道出于曾而客于苏，苏氏极力援此数人者，以为可及古人。

此段直承上文，自欧阳修矫正五代文风之后，揭出其同辈尹洙、李觏及后辈王令等文章家，并特别点明"苏门四学士"及陈师道。加之前引"曾巩、王安石、苏洵父子继之始大振"，便建立起自柳开、穆修而至苏门文人的北宋文章作者谱系。

在梳理文章经典作家谱系时，叶适依循当时已逐渐成型的"唐宋古文八大家"格局。在列举典范作家时，叶适常常将"八大家"中的数家并称，如在总评赋体时言道："故韩愈、欧、王、苏氏皆绝不为。"又如在总评记体时言道："虽愈及宗元，犹未能擅所长也。至欧、曾、王、苏，始尽其变态。"总评论体时言道："虽韩愈、柳宗元、欧阳修、王安石、曾巩间起，不能仿佛也。"再如："自欧、曾、王、苏外，非无文人，而其卓然可以名家者，不过此数人而已。"合上述引文观之，去其重复，便可以得到一份完整的"唐宋八大家"名单，而其中的"宋六家"，便是上述文章作者谱系中的代表。论者已经关注到吕祖谦在"唐宋八大家"形成过程中的作用，[①]而从叶适的回应中

---

① 参黄强、章晓历《南宋时期集唐宋八大家为古文流派的趋势》，《扬州大学学报（人文社会科学版）》2001年第5期；杜海军《吕祖谦与"唐宋八大家"》，《广西师范大学学报（哲学社会科学版）》2006年第1期等。

可以看出,这一作用随着在浙东学者中产生影响而得到了强化。

与此相应,在构建北宋文章史过程中,叶适始终把关注的目光集中在古文上。这一点,从他选评的作者、篇目中便可看出。如前所述,叶适对词臣之作不以为然。与此相应,属于词臣创作的诏令类文章,《序目》中只评论了欧阳修、宋祁两家,共四篇。而其中严格使用骈体写作的,则只有宋祁《赐陕西招讨经略都部署司敕》一篇。其他骈文及韵文,叶适评论了表七家共九篇;箴二篇,铭、颂、赞各一篇。至于常见的骈文、韵文文体,如启、祭文等,《宋文鉴》亦入选数卷,而叶适竟一篇未评。与此形成鲜明对比的是其选评古文作品的数量,计有奏疏二十四家,作品近四十篇;记十三家,作品二十三篇;论六家共九篇;书七家共七篇;说书经义二家,作品五篇;以及序四篇,议三篇,策与制策共三篇,杂著、传各二篇和策问一篇。可以看出,叶适在撰写《习学记言序目》的过程中,有意识地回避了对北宋四六的评论。

事实上,叶适并非不能、不善、不重四六文的鉴赏与创作。吴子良记载:

> 水心于欧公四六,暗诵如流,而所作亦甚似之。顾其简淡朴素,无一毫妩媚之态,行于自然,无用事用句之癖,尤世俗所难识也。水心与筼窗论四六,筼窗云:"欧做得五六分,苏四五分,王三分。"水心笑曰:"欧更与饶一两分可也。"水心见筼窗四六数篇,如《代谢希孟上钱相》之类,深叹赏之。①

可知,叶适熟悉欧阳修的骈文,并且擅长于骈体文的写作。而与学生笑谈四六,并且对学生所作四六赞赏有加,也可见叶适至少不反对对四六的学习、研究和习作。由此可见,叶适对北宋骈文的回避,是一种刻意的行为,其中正表现出他在这部笔记中建构以古文为主的北宋文章史的自觉。

叶适虽不以《宋文鉴》为单纯的文学作品集,却又在《序目》中下大力气对其中所体现的北宋文章史进行梳理与建构。其中对以"宋六家"为代表的典范作家的标举以及对古文的重视,受到其所读原典《宋文鉴》

---

① 吴子良《荆溪林下偶谈》卷二,《历代文话》第1册,第555页。

的影响极大。吕祖谦本人虽然"未尝有意于立言",但其《宋文鉴》中体现的文章学观念,终于在浙东后学手中得到了强调与发挥。从中也可以看出前引李氏书中所指出的由"浙东学派"向"浙东文派"的转变的端倪。

二、对北宋古文传统的解构

应当注意到,在建构以古文为主的北宋文章史的同时,叶适《序目》中的大量评论又对这一古文传统进行了解构。如果说先前对于北宋古文传统的梳理与建构是在《宋文鉴》总结北宋一代文章的基础上"照着说",那么这一解构的过程,便是发挥吕祖谦文章学思想的"接着说"。

首先,《序目》对北宋一代文学从整体上进行了解构。在总评各体文章时,叶适习惯将该文体的渊源推向上古三代,再说汉唐如何,最后总结本朝诸公所作,以为终不及古人。以对奏疏的评论为例,叶适评道:

> 余尝谓尧、舜、禹、皋陶君臣以来,皆素有议论相传,虽汉唐褊狭,而其流风余烈,犹未尽绝。及后世以经术起之,无不欲上继尧禹而鄙陋汉唐;然古人论议断绝皆尽,而偏歧旁径,从横百起,莫觉莫知,而皆安之以为当然也,岂不可叹哉!

在这里,叶适首先对尧、舜、禹、皋陶以来的文章加以肯定,对汉唐文章,虽以为不及三代,也有所肯定。论及本朝文章,认为虽有意识地超越汉唐,上继尧禹,但从实际效果上看,却不如汉唐。上述的比较与褒贬是叶适有意识进行的,如叶文举所说:"叶适为了说明宋代文章的衰退,而大加表彰唐代文章。"①

此外,更为引人注目的,应当是《序目》对"八大家"的解构。对其中"宋六家",叶适几乎全部有过负面评价。可以《序目》评曾巩与苏洵、苏辙父子为例。叶适批评曾巩道:"巩文与识皆未达于大道而自许无敌,后生随和,亦于学有害。"此为《序目》批评曾巩的总则。准此,其评《贺南郊表》称:"夫文不务与事称,而纳谄以希进,最鄙下矣。"又评《救灾议》,称:"巩

---

① 叶文举《南宋理学与文学:以理学派别为考察中心》,齐鲁书社,2015年,第202页。

文虽工,然此议及《鉴湖序》,乃文人之累也。"苏洵善议论,善谈兵,叶适对苏洵的批评也正集中在这两点:"《权书》《衡论》《几策》,多谈兵,论为将,草野未除,去谊固远,今所取者一二而已。《六经论》尤失理,皆以为圣人机权之用,乃异闻也。"而对苏辙的议论,叶适也颇不以为然:"辙言'幼安之贤无以过人',可谓厚诬;'明于知时,审于处己,以能自全',尤不近理。""苏辙记闵子祠堂、东轩、遗老斋,辙以知道自许,虽求为有得之言,然与事不合。"前揭叶适梳理的北宋文章家谱系,有"曾巩、王安石、苏洵父子继之始大振",却又对上述作家有如此之多的负面评价,显示出叶适对其梳理的文章家谱系的矛盾态度。

即使是被认为有振兴北宋文章之功的柳开与欧阳修,也难逃叶适的批评。如评论欧阳修:"修之学未能进此,而抗然为争议之主,余惧后世之忘其本也,故重述之。""欧阳氏迫切之论,失古人意,徒使人悲伤而不足以为据也。"而对柳开的批评更显严厉:"柳开诸文及《补亡先生传》,邵雍诸诗及《无名君传》,虽深浅精粗,所造不同,至于尊己陋物,叫呼以自誉,失古人为学之本意,则其病一也。且开以藩篱未涉之狂气,安得使人舍其自安之奥室以从我?"可见,叶适对经典作家的解构,贯穿了整个北宋文章家谱系。李建军认为,叶适"对'今'(后世之文)的论断,往往失于苛刻"[①],由此可见一斑。对经典作家的解构,结合前揭对北宋文章的整体解构,构成了其对北宋古文传统的解构。

有破有立,叶适在解构经典作家的同时,也在寻求新的典范作家和经典作品,在一定程度上对北宋古文传统进行了重构。例如在评论奏疏时,叶适特别标举包拯的《论宋庠》,以为"此一项论议,虽非卓卓关系,然亦从古流通,至其时未断绝者,自后无复有矣"。又提出孙沔《论治本》一篇,认为"其辞有进无退,似两汉,非后人语也。……其气刚大,其诤之切如此"。此外,评论刘挚道:"吕氏言刘挚善为疏,其攻短安石,模写精妙,情态曲尽,而无迫切噪忿之气,一时莫能及。"均给予了较高的评价,并指出了刘挚奏疏的具体优点所在,显然是作为一体的典范加以评论的。而在评论

---

① 李建军《宋代浙东文派研究》,第443页。

论体时,以为"八大家"不能仿佛诸子与汉人,最后轻轻点出:"刘敞、王回,好援古义,有深远之思,学者更试求之。"认为唐宋论体文章的典范,并非"八大家",而是刘敞、王回。由此可见,叶适对北宋古文传统的重构,更关注于具体的典范性篇目,而在整体上仍对"八大家"的典范意义进行解构。清人黄与坚认为:"唐宋诸家文,自茅鹿门选八家,人徇以为然。究之唐宋不止八家,八家亦疵颣不少。凡学者,当有所别择,然后以材力,各造其所至。"①而叶适在茅坤未生之前,在"八大家"概念草创之时,便已经有了这样的认识。

综上,叶适在建构北宋古文传统的同时,也在对这一传统进行着解构。虽然叶适也尝试着对北宋古文传统进行重构,但重构的工作主要着眼于具体篇目,未能从整体上重新建立起北宋的古文传统。在此还应指出,叶适重构北宋文章史,在一定程度上也本诸吕祖谦。如吴子良指出:"至东莱编《文鉴》,多取原父文,几与欧、曾、苏、王并,而水心亦亟称之,于是方论定。"②点出了叶适推崇刘敞之所本,也显示出叶适如上所述的解构与重构,并非另立门户,而是在吕氏之学的影响之下进行的。

三、建构与解构并存的内在矛盾

前揭叶适对以"宋六家"为代表的北宋文章经典作家的解构中,其批评的依据主要是"不合道(理)"。如称苏洵"《六经论》尤失理",称苏辙记体文章"与事不合"等。在这一点上,叶适持论甚至比濂洛诸儒更为严苛。朱熹虽反感三苏文章,但对欧曾推崇备至,以为合道的典范。但叶适则在《序目》中称欧阳修"学未能进此",称曾巩"文与识皆未达于大道"。

即便如此,叶适有时也会对"不合理"的文章网开一面。如评论苏轼记体文章,称:

> 独苏轼用一语,立一意,架虚行危,纵横倏忽,数千百言,读者皆

---

① 黄与坚《论学三说·文说》,《历代文话》第4册,第3376页。
② 吴子良《荆溪林下偶谈》卷三,第569页。

> 如其所欲出，推者莫知其所自来，虽理有未精，而词之所至莫或过焉，盖古今论议之杰也。

虽然指出其议论"理有未精"，但是因为"词之所至莫或过焉"，而仍将苏轼论体文章推举为"古今论议之杰"。同样是评价苏轼，又称："买灯后所上书，于告君理体，疑若未足；然初学为文者，无不诵习，安石尤畏之。"也指出"理"上的瑕疵，但因为写作技巧高超，影响十分广泛，以至于使王安石"畏之"。与此相反，其评程颐《视听言动四箴》道：

> 程氏箴，其辞缓，其理散，举杂而病不切，虽欲以此自警，且教学者，然己未必可克，礼未必可复，仁未必可致，非孔颜之所以讲学也。

本为合道之文，但因为写作技巧不佳，未能达到应有的传播效果，便会受到叶适的批评。而评论石介策体文章则表示：

> 石介以其忿嫉不忍之意，发于偏宕太过之辞，……莫不震动惊骇，群而攻之，故回挽无毫发而伤败积丘陵矣，哀哉！然自学者言之，则见善明，立志果，殉道重，视身轻，自谓"大过上六当其任"，则其节有足取也。

在道义节行上大加赞赏的同时，对其因"偏宕太过之辞"而在实际效果上招致"群而攻之"表示惋惜。可见，叶适在以"合道"解构"宋六家"文的同时，也注重写作技巧之高下与实际的表达效果，正所谓"言之无文，行而不远"①。在所言"合道"的基础上，注重"文"与"行远"，甚至会因此在一定程度上接纳"不合理"的文章。

同样，前揭叶适标举"三代"而从整体上解构北宋文章，其背后也有"道"的因素。如郭庆财所说："仰溯往古，叶适认为'文'和'道'的最高标准是三代，三代礼文实即'王道'的体现，也是'文''道'统一的典范。"②这一观点可以叶适本人的言论加以证实。在评论周必大序时，叶适指出：

---

① 杜预注，孔颖达疏《春秋左传正义》卷三六，阮元校刻《十三经注疏》，中华书局，2009年，第4311页。
② 郭庆财《南宋浙东学者的文道思想述论——以吕祖谦、叶适为中心》，《湖州师范学院学报》2011年第3期。

> 按上世以道为治,而文出于其中;战国至秦,道统放灭,自无可论。后世可论惟汉唐,然既不知以道为治,当时见于文者,往往讹杂乖戾,各恣私情,极其所到,便为雄长;类次者复不能归一,以为文正当尔,华忘实,巧伤正,荡流不反,于义理愈害而治道愈远矣。

可见,其标举三代,正是因为三代之时"以道为治",文出道中,文与道的关系最为协调。但是,同样应当注意到,叶适并不执着于文必三代。例如在总评诗歌时,叶适指出:"汉中世文字兴,人稍为歌诗,既失旧制,始以意为五七言,与古诗指趣音节异,而出于人心者实同。"可见,当暂时搁置文道关系,而以文学为"出于人心者"时,叶适便承认后世文学与三代"实同",揭示出后世文学与三代文学的相通之处,从而论证了后世文学存在的合理性。

作为事功学派的重要成员,叶适讨论文道关系,不仅包括抽象哲理方面的道,也包括关乎现实的"治道"。这一点与吕祖谦编选《宋文鉴》的思想一致。上节提及《宋文鉴》观一代治道的编选意图及其对奏疏的重视。同样,叶适在《序目》之中,也以评奏疏为多,表现出与《宋文鉴》相同的有益治道的文学思想。但同时也应当注意到,数量上仅次于奏疏的记体文章,在《序目》评文中,同样占有极其重要的地位。在评论记体文章时,叶适明确表示:"韩愈以来,相承以碑志序记为文章家大典册。"赋予了记序碑志等"文学性"较为突出的文体崇高的地位。这样,奏疏与记体,在《序目》评论各体文章中,俨然呈现出双峰并峙之势。再看叶适评论这两种文体的书写策略,在评论奏疏时,虽也偶尔涉及文章优劣,但大量的笔墨集中于讨论其中涉及的政治得失;而在评论记体时,则集中笔墨,系统回顾唐宋"古文运动",评议其中的经典作家与经典作品。数量再次于记体的论体,评论方式同样如此。可见,叶适评论奏疏和记、论等文体,分别承担了文章有益治道的功能和审美功能,并不执其一端。而观其评论《中远》《松江秋泛》赋时所言"然上无补衮拯溺之公义,下无隐居放言之逸想,则其所谓中者,特居处饮食之奉而已,不足道也",显然在文学有益治道的功能之外,也承认其蕴含"隐居放言之逸想"的意义。

由此看来,叶适既认为文章应该合道,又强调文章的写作技巧和表达效果;既强调文出于道而标举三代,又表示文章出于人心而肯定后世文章;既认为文章应有益治道,又不否认文章自身的审美价值。显然,叶适同时使用了道学与文学两套标准来审视北宋的古文传统。这样便可以解释上述对北宋古文传统的建构与解构并存的现象。其对北宋古文传统的建构,对北宋文章家谱系的梳理,对以"宋六家"为代表的经典作家的标举,都是从文学出发审视北宋文章的结果;而其对北宋古文传统的解构,对所梳理出的北宋文章家谱系一一加以斥责,乃至对北宋文学整体加以否定,则是从道学出发审视北宋文章的结果。从这个意义上说,不只是《序目》对于北宋文章传统进行建构与解构的行为本身可以视作《宋文鉴》的影响,建构与解构二者并存的内在矛盾,也与吕祖谦编选《宋文鉴》所面对的困境是一致的,即元祐学术中文学与道学的对立。

四、所谓"欲合周程、欧苏之裂"

以上所言叶适在《序目》中同时使用道学与文学的双重标准审视北宋古文传统,也反映出其绾合日益分裂的道学传统与古文传统的努力。在评论论体文章时,叶适表示:"盖道无偏倚,惟精卓简至者独造;词必枝叶,非衍畅条达者难工。"同时在道与词两个方面提出要求。刘壎即表示:"闻之云卧吴先生曰:'近时水心一家,欲合周程、欧苏之裂。'"① 这一点也与吕祖谦调和元祐学术的努力一脉相承。

但叶适似乎不满足于吕祖谦的"周旋调护",而是力图在更深层次上实现文与道的融合。在这一点上,叶适颇有理论建树。在《序目》中,叶适指出:"按古诗作者,无不以一物立义,物之所在,道则在焉,物有止,道无止也,非知道者不能该物,非知物者不能至道。"沈松勤认为:"叶适融合原本分裂的程氏之'理'与苏氏之'文',并非将两家作简单的'撮合',而是建立在他对文道内涵的自我体认基础之上的一种融汇。"② 叶适在评论周必大序时指出:"人主之职,以道出治,形而为文。"沈先生正是

---

① 刘壎《隐居通议》卷二,第17页。
② 沈松勤《叶适"集本朝文之大成者"刍议》,《文学遗产》2012年第2期。

在叶适这样的文道观的基础上,指出其"合周程、欧苏之裂"所取得的成果。马茂军则以这样的文道观,结合叶适文论中的"义味说",认为:"义味是义与味的统一,是诗性与智性的统一。叶适的古文本体论,也不是简单的以道为本体,而是让文章合道,有事功,又有审美价值,是对宋代事功派、理学派、文学派文章观的超越和集大成。"①二者均从理论建构层面,说明了叶适处理文道关系的方式,并肯定了叶适弥合"周程、欧苏之裂"的努力的效果。

但是,一旦将视角落实到《序目》对北宋文章具体的认识与评价,便会发现,叶适文道并重、"德艺兼成"②的文道观,在其评文过程中,并未得到全面的贯彻。这一点在有关王安石的评价中体现得尤其显著。当坚持以道评文时,叶适给予王安石的全部是负面评价。在评周必大序和总评诏令类文章中,都提到王安石"以周孔自比,掩绝前作"对北宋文章的破坏。而在评论律赋时,叶适言道:

> 汉以经义造士,唐以词赋取人,方其假物喻理,声谐字协,巧者趋之,经义之朴阁笔而不能措。王安石深恶之,以为市井小人皆可以得之也;然及其废赋而用经,流弊至今,断题析字,破碎大道,反甚于赋。

从道的层面具体揭示出王安石排诗赋倡经义对北宋文章破坏的作用机制。而一旦专注于文学,叶适对王安石也会有赞许之词。如在评论王回赋时,提出:"自王安石、王回,始有幽远遗俗之思,异于他文人。"又在评论刘敞时提出:"刘敞言多古意,与王安石同。"由此可以看出,对王安石的正面评价,叶适总以只言片语,轻轻带出,且在评论他人时附带提及,显示出闪烁之意。而就是这些吉光片羽的正面评价,透露出叶适在不经意间,脱离了文道并重的文道观,而滑向以文论文。

在具体评文的过程中未能贯彻文道并重,还体现在叶适对赋的评论上。其言"昔梁孝王、汉武、宣每有所为,辄令臣下述赋,戏弄文墨,真俳优之雄;而历代文士,相与沿袭不耻,是可叹也",显然是站在道的立场上,斥

---

① 马茂军《南宋古文运动者的文章理论——以叶适为中心考察》,王水照、侯体健主编《中国古代文章学的阐释与建构——中国古代文章学三集》,第 270 页。
② 叶适《叶适集》卷二九《跋刘克逊诗》,第 613 页。

汉赋为空洞无物之文。而在评价梁孝王、汉武、汉宣时的赋家时，又言道："赋虽诗人以来有之，而司马相如始为广体，撼动一世，司马迁至为备录其文，骇所无也。"又显然放弃了道学立场，反过来以文学立场对"俳优之雄"赞誉有加。

又如前所述，叶适虽然认为苏轼论体文章"于理未精"而至使"科举希世之学，烂漫放逸，无复实理，不可收拾矣"，却也不得不承认其"古今论议之杰"的地位。可见，《序目》中的道学标准和文学标准仍然是分立的，叶适虽然注意到"由文合道""以道评文"，但在具体操作中，又时时无法兼顾，而偏向一端。因此，刘埙在提出叶适"欲合周程、欧苏之裂"的命题之后，又进一步指出："水心虽欲合之以矫俗，然其地位亦只文章家耳。"①

文道并重的文章理论难以贯彻到评文实践当中，显示出论道与论文之间的龃龉。叶适论道，仍远追三代。如前所述，在理论上，叶适也标举三代之文。但是，在具体的评文过程中，却提出："后世以经术起之，无不欲上继尧禹而鄙陋汉唐；然古人论议断绝皆尽，而偏歧旁径，从横百起，莫觉莫知，而皆安之以为当然也，岂不可叹哉！"认为现实中标榜三代之文，反而失去了三代的实质。从中可以看出，在操作层面上，现实之文与三代之道仍然存在着裂隙。这样的裂隙叶适也曾直接说出，如"'文学止于润身，政事可以及物'，修犹为此言，始悟人之穷力苦心于学问文词者，徒欲藻饰华泽其身而已，圣贤之事业，非所以责之也"，消解了治道与文学的关系；而"程氏兄弟发明道学，从者十八九，文字遂复沦坏"，更直指义理与辞章的关系。由此，"周程、欧苏之裂"在叶适的文论中仍有孑遗。

上文描述的叶适对北宋文学传统的建构与解构并存的矛盾现象，正是周程、欧苏之间的裂痕依然存在的体现。叶适虽然提出以文章合道的理论主张，但是也不得不承认，"此后世所以不逮古人也"。而在具体操作的过程中，同时却分别使用道学与文学两套评判标准，不同的标准导致不同的结果，从而造成了其对北宋文学传统的建构与解构并存，而未能描述出真正体现其文章观的文学传统。因而可以认为，叶适继承并进一步发

---

① 刘埙《隐居通议》卷二，第17页。

展了吕祖谦调和元祐学术的努力,在理论上建立起了能够弥合"周程、欧苏之裂"的文章观。但在事实层面,其弥合"周程、欧苏之裂"的工作进行得并不彻底,文章与道学的分裂依旧困扰着叶适,并未在实际的评文过程中得到真正的解决。

小　结

作为南宋浙东学术的代表,在继承吕氏之学的过程中,叶适主观上力图求全。其为吕祖谦所作祭文,称:"至于不以记为博,不以文为富;器不止于一能,学不期于偏就;事欲析而愈精,德欲充而兼冒:畅群儒之异旨,续先民之遗胄。周、孔之业,散而不述;禹、汤之功,息而不奏。"①记诵、文章、儒学、功业并举,并特别强调其不止一能、学不偏就。但事实上,叶适所传吕氏之学,却偏于文章一途。正如元人黄溍所说:"叶正则推郑景望、周恭叔,以达于程氏,若与吕氏同所自出。至其根柢六经,折衷诸子,剖析秦汉,迄于五季,凡所论述,无一合于吕氏。其传之久且不废者,直文而已,学固弗与焉。"②与此相应,叶适《序目》依照吕祖谦所编《宋文鉴》,对北宋古文传统进行了梳理与建构,进而又进行了解构与重构,凸显出对于《宋文鉴》中文章思想的发明与展开。与此同时,建构与解构并存的现象,是叶适同时使用了道学与文学两套标准来审视北宋的古文传统造成的。从中可以看出叶适与吕祖谦相似的问题意识,即如何处理元祐学术中文章道术的分裂。叶适致力于超越吕祖谦对二者的调和,在更深层面上弥合"周程、欧苏之裂"。这一努力在理论建构方面取得了成果,但是在实践方面,叶适未能描绘出符合其理论的文章传统,建构与解构并存的现象表明裂痕依然存在。文章、道术之裂,在叶适手中并未得到成功解决,也使得叶适在继承吕氏之学时无法求全而偏向文章一途。

叶适后学似乎也未能成功解决这一问题。他们在道学与文学之间,同样采取了偏执文章一端的态度,并在叶适的基础上变本加厉。浙东后

---

① 叶适《叶适集》卷二八《祭吕太史文》,第565页。
② 黄溍《送曹顺甫序》,《全元文》第29册,第32页。

学车若水在与叶适高弟陈耆卿的书信中写道:"南渡文章之柄,自东莱短死,水心实擅之。"①以为叶适承吕祖谦而操南宋之文柄。而吴子良为陈耆卿文集作序,则称:"文有统绪,有气脉。统绪植于正而绵延,枝派旁出者无与也;气脉培之厚而盛大,华藻外饰者无与也。六籍尚矣,非直以文称,而言文者辄先焉,不曰统绪之端、气脉之元乎!自周以降,文莫盛于汉、唐、宋。汉之文以贾、马倡,接之者更生、子云、孟坚其徒也。唐之文以韩、柳倡,接之者习之、持正其徒也。宋东都之文以欧、苏、曾倡,接之者无咎、无己、文潜其徒也。宋南渡之文以吕、叶倡,接之者寿老其徒也。"②梳理文章谱系,而将吕祖谦、叶适视为南渡之后,上承宋六家、苏门文人,下启浙东文派的枢纽。二者均将吕祖谦、叶适放置在文统之中,而俨然以继统者自居。而吕祖谦所传"中原文献",经由叶适,一传再传,其内容终于收缩为辞章之学。叶适继吕祖谦之后,"合周程、欧苏之裂"的努力以失败告终,而其所构建出又解构了的北宋古文传统,在道学语境退场的今天,却已基本上为我们所接受,成为了描述北宋文学史的通识。

本 章 小 结

身处南宋的文章选家,所面对的是具有"集三位于一身"的知识结构的北宋知识精英。因而在以文章选本的形式,对北宋一代文章进行总结的同时,也不得不对文章所承载的知识领域的相关问题进行处理。宋人选宋文中展现的宋代精英阶层的知识世界是充满张力而不稳定的。处在思想转型的过程之中,宋代知识领域中大量旧的文化传统与新的思想因素交错出现,相互纠缠,呈现出胶着的较量,而尚未发展到凝定的"宋型文化"。宋人选宋文将这一动态过程生动地还原出来。与此同时,上述文章选本的编者自身也属于知识精英阶层,面对知识世界中革故鼎新之际的无序状态,他们会感到焦虑不安,从而产生在知识领域中重建秩序的愿

---

① 车若水《答筼窗先生书》,《全宋文》第346册,第189页。
② 吴子良《筼窗续集序》,陈耆卿《筼窗集》卷首,文渊阁《四库全书》本。

望。如前举余英时所言,宋代知识分子在文学、政治与思想领域,均希望重建合理的秩序,那么知识世界中秩序的重建,自然也应当包含其中。

绾合日益走向分裂的文章与道术,重拾"集三位于一身"的北宋士大夫知识结构,是知识世界中秩序重建的重要课题。对此,南宋的知识精英们均表现出浓厚的兴趣。如吕祖谦称曾几"洙泗之渊源""风骚之统盟"[1],陈元晋则称魏了翁"会同蜀洛,上通洙泗之一源;凌厉庄骚,下掩渊云之众作"[2],均以道学与文章两方面对举。又如前举刘壎转述的关于叶适"欲合周程、欧苏之裂"的评价,则是对这一问题意识更为显豁的表述。

理学家群体中出现了两种处理文道关系的方式:或以文道为一事,从而追求"蓄道德而能文章"的境界;或认为文道相妨,作文害道。表现在文章选本的编纂上,前者以朱熹《欧阳文粹》《南丰文粹》等为代表,而真德秀《续文章正宗》为至今尚可见到的个案。此类选本立足于道学立场,来处理古文传统中的经典文章。文义俱佳的文章是此类选本所标举的最高典范,但在古文自身强大的传统之下,这样的编选意图很难取得理想的效果。后者则以真德秀《诸老先生集略》以及王柏《勉斋北溪文粹》《五先生文粹》等为代表。此类选本标举理学门户,视文章为道学的表达手段,取消文章的独立价值,以回避与古文传统接触的方式取得在道学思想体系内部的自洽。但也正是由于对古文传统的回避与对文章价值的漠视,以这样的方式处理文道关系并不能真正实现知识世界的秩序重建,反而加深了文章与道术间的裂痕。

相比之下,吕祖谦的态度较为圆融。正如刘永翔所说:"余尝谓天水诸儒惟东莱吕成公最无门户之见,可谓最擅择善而从者矣,朱子虽号集大成,然其性狷急,于兼容之道实有所不足也。东莱家学本获中原文献之传,而又博采群贤……其说实圆融也,其道实可行也,而其创实在其取舍之中也。"[3]吕氏之学表现在其兼容并包与取舍之间,吕氏家学所得"中原文献之传"足资取用,而《宋文鉴》的编纂,在馆阁语境下,面对孝宗更化之

---

[1] 吕祖谦《东莱吕太史文集》卷八《代仓部祭曾文清公文》,《吕祖谦全集》第1册,第106页。
[2] 陈元晋《渔墅类稿》卷二《上魏左史了翁启》,文渊阁《四库全书》本。
[3] 刘永翔《〈吕祖谦文学研究〉序》,《蓬山舟影:刘永翔文史杂说》,汉语大词典出版社,2004年,第478页。

中的"元祐叙事",也必须妥善处置"元祐学术"中的苏氏文章与程氏道学。吕祖谦的取舍造就了二者的平衡,但细检之下,吕氏于二者之间实是调和而非真正的融合。浙东后学在研习《宋文鉴》的过程中也在尝试处理这一问题,但依然没有妥善解决。面对文道之间难以弥合的裂痕,叶适以下的浙东学者普遍偏向了文章一途。

另一个现象值得注意。上述分析的文章选本个案的编者,几乎无一例外地具有深厚的理学背景。理学发展至南宋,几乎成为了士人知识所能达到的最高水准的代表。理学家也热衷于通过知识世界的秩序重构,完成对知识领域的占领。文章选本的制作与文章学见解的发表均是这一过程的组成部分。如郭绍虞所说:"南宋时代,只见道学家的活跃,不见古文家的气焰,故其文论没有古文家的主张,而所论遂偏于道的问题。"[1]文派与学派几乎合流,是南宋文章学发展中非常引人注目的现象。[2] 但是,"古文家"是否果真缺席了南宋文章学的建构? 包弼德提出:"南宋有很多诗人和文学家,但没有一个大作家把自己树立为思想文化的主力。文士普遍看起来只是对做文章感兴趣,并不因其文学成就而有更大的自任。他们还花更多的时间写一些关于写作技巧、细节的文章,而与之不同的是,北宋的文士很少关注这些具体问题,而是在谈论文更重要的意义。"[3]将有关"文更重要的意义"的探讨让位给理学家,而从知识世界的秩序重构中集体撤退,以自己的方式参与南宋文章学的建构,这一行为似乎也宣示了"文章之士"主观上有意识地与理学家分道扬镳。

具有理学背景的选家通过文章选本的形式,进行了种种在知识世界中重建秩序的尝试,但均未能对文章进行妥善的安置。从实际取得的效果上看,或视文章为异途,加深了文章道术之间的分裂;或偏于文章一途,与"文章之士"合流。而"文章之士",则干脆不屑于参与知识世界秩序重建的工作。"合周程、欧苏之裂"的理想事实上无法实现,对此,宋人已有

---

[1] 郭绍虞《中国文学批评史(下册)》,商务印书馆,2010 年,第 5 页。
[2] 参熊礼汇《南宋学派之争和散文流派的形成》,《中国古代散文艺术史论》,湖北人民出版社,2005 年,第 233 页。
[3] [美]包弼德著,刘宁译《斯文:唐宋思想的转型》,江苏人民出版社,2017 年,第 422 页。

所察觉,刘壎便无奈地表示:"文章乃道学家之所弃,安可得而合哉?"①至此,文章已不再作为完整知识体系中的有机组成部分,而是具有独立作用,可以单独讨论的知识门类。正如朱刚所说,这是近代学科体系被引进之前,中国文化中固有的有关分科的思想基础。② 由此,文章学也完成了其作为一门学科成立过程中重要的一个步骤。接下来便可以讨论,脱离了知识精英的控制,文章之学是如何展开其自身面貌的。

---

① 刘壎《隐居通议》卷二,《丛书集成初编》,中华书局,1985年,第17页。
② 参朱刚《唐宋"古文运动"与士大夫文学》,第107页。

第五章
从经世致用到人伦日用：
文章写作的日常化与文章学的下移

　　文章作者的身份在两宋之际发生了重大的转变，王水照先生指出："北宋的士大夫精英大都是集官僚、文人、学者三位于一身的复合型人才，南宋士人中的一部分，也基本上继承了这一特征，但能在这三方面均达到极高地位如欧阳修、苏轼者，已不多见，贤如朱熹，主要身份乃是学者，政治上和文学上的建树尚逊一筹。而到南宋中后期，士人阶层的分化加剧，大量游士、幕士、塾师、儒商、术士、相士、隐士所组成的江湖士人群体纷纷涌现，构成举足轻重的社会力量。"① 作者身份转变的影响，在诗歌领域表现得尤为明显，内山精也的《庙堂与江湖——宋代诗学的空间》一书便多围绕这一点展开。此书提出了"诗人"群体的产生及其自觉，叶晔则指出："而这种姿态的另一面，就是对士大夫理想范型的否定与背叛。"② 由此，这一身份转变之后的士人群体，处在了与传统士大夫对立的位置上。他们沉潜在民间社会，使用着与士大夫相同的文学语言与体式，却从事着迥异于士大夫的文学写作。这种变化也渗透到了文章领域，侯体健便指出："这些江湖士人，谋职地方军政幕府，相当一部分均需从事公牍文书写作。"③ 类似于"诗人"的职业"文人"群体登上了历史的舞台，他们的文章写作，是研究宋代文章学过程中无法忽视的。

　　本书在此之前所论，无论是经典文体的确立、经典作家作品的生成，还是官僚、文人、学者三位一体的知识分子通过文章选本进行知识整合的努力，都是围绕着文章选本对于文章经典化的作用展开的。但在论述过程中，却始终无法排除"逆经典化"进程的干扰。如诸多不够入流的文体

---

① 王水照《南宋文学的时代特点与历史定位》，《文学遗产》2010 年第 1 期。
② 叶晔《内山精也著〈庙堂与江湖——宋代诗学的空间〉》，王兆鹏、张剑主编《宋代文学研究年鉴（2016—2017）》，武汉出版社，2019 年，第 206 页。
③ 侯体健《士人身份与南宋诗文研究》，第 233 页。

不断进入"文章"体系,对"文章"的纯洁性造成的冲击,又如"宋六家"所代表的"文统"与"道统"的分立、南宋选本强调地方性而未能构建出统一的典范作家,以及前一章所描述的"欲合周程、欧苏之裂"的失败。可以看出,宋代文章之学并没有按照士大夫所规划的理想路径,发展为他们所希望获得的文章经典,尽管士大夫为此付出了极大的努力。显然,在文章发展的过程中,存在着非士大夫的影响因素。从上述两宋之际文章作者身份的转变可以看出,来自民间社会、处在士大夫对立面上的写作群体,是影响文章发展的重要力量。文章写作无法摆脱这股力量的控制,并最终随着作者身份的转变沉降到民间社会。那么民间社会对于文章写作有着什么样的认识与需求?文章学进入民间社会又会发生怎样的变化?本章便拟采用文章作者身份转变这一视角,讨论民间社会中的文章写作与文章学,尝试描述出文章学不同于"经典化"的"日常化"发展路径。

第一节 "失控"的批评话语:举业选本与文章学的下移

如前章所述,道学家虽认为作文妨道,却热衷于文章选本的制作。与此同时,他们试图通过对文章的选编,在文章批评之中,建立起他们心目中合理的"人间秩序",但这一尝试没有获得成功。文章选本的发展逐步脱离了以道学家为代表的士大夫的控制。这样,选本中所表现出的批评话语,也便随之脱离了士大夫所希望建构的秩序。程苏东在研究《史记》文本时指出:"这些'失控的文本'珍贵地呈现了'抄者'试图建构'有序文本'的过程及其所遭遇的挫折与困境。"[①]在此,笔者拟借用这一言说框架,试图描述文章选本"失控"与批评话语"失序"的过程,并尝试揭示其背后的文章学意义。

---

① 程苏东《失控的文本与失语的文学批评——以〈史记〉及其研究史为例》,《中国社会科学》2017年第1期。

一、文章选本"失控"与批评话语"失序"

士大夫对于文章选本的"失控",首先体现在选文权力的丧失。以道学家为代表的传统士大夫希望以选本树立道德文章的典范,①但实际上进入选本流布于世的,却往往是他们不愿示人的作品。如《十先生奥论》中多吕祖谦之作,但这些作品绝大多数不见于本集。《吕祖谦全集》所录《吕集佚文》多有出自《十先生奥论》者,如《时政论》之《苟且》《责实》《内外》《奔竞》《汉舆地图序》《武备》《匈奴》,《考古论》之《汉文帝》《武帝》《宣帝》《于定国》《韩延寿》《萧望之》,《历代圣君论》之《尧舜》《大禹》《成汤》《文王》《武王》等篇。此外《伊尹论》《周公论》见《策学统宗》,《汉文帝》见《八面锋》,《武成二三策如何论》见《论学绳尺》。对此,《全集》的点校者称:

> 宋宁宗庆元元年(1195)夏四月,吕祖俭"上疏留赵汝愚及不当黜朱熹、彭龟年等,忤韩侂胄,送韶州安置",后又被斥为伪道学朋党。在这种情况下,集中凡讽喻时政的议论文字,吕氏父子都得割爱,如《六朝十论》《考古论》《时政论》等等。②

以为上述篇目不见于本集,乃出于违碍。不过,上述以《十先生奥论》为代表的选本,所收诸多篇目均不见于作者本集,如蒙文通所说:"然即吕祖谦、陈傅良诸人集颇行于世,而此所录者,亦篇篇俱在集外。叶水心文,亦但取之别集,是亦集外文也。"③很难说这些不见于本集的篇目皆涉违碍。事实上,在与友人的书信中,吕祖谦表示:"前此谕及《博议》并《奥论》中鄙文,此皆少年场屋所作,往往浅狭偏暗,皆不中理,若或诵习,甚误学者。凡朋友问者,幸遍语之。"④已经可以说明问题。这些少年场屋之作被作者主动放弃,却在文章选本之中大肆流布。大量难以确切考知编者、以摄利

---

① 参本书第四章第二节。
② 黄灵庚《东莱吕太史集点校说明》,《吕祖谦全集》第1册,浙江古籍出版社,2017年,第3页。
③ 蒙文通《中国史学史》,上海人民出版社,2006年,第147页。
④ 吕祖谦《东莱吕太史别集》卷一〇《答聂与言》,《吕祖谦全集》第3册,第460页。

为目的的选本中形成的经典篇目,与士大夫作者及其亲属、门生所认可的篇目,俨然形成两个序列。而前者的生成与流布,则完全不受士大夫控制。如四库馆臣谓《止斋论祖》"疑傅良当日自悔其少作,故其门人编次之时,不以入集。特别录此本,私存为程试之用耳"①,但此书流入社会,便摆脱了士大夫的控制而迅速风行。

更进一步,士大夫还失去了对于选本之中所选文章文本生成的控制权,选家可以脱离作为"作者"的士大夫,自行"制造"他们的文章。这一现象自北宋末已经出现。如《圣宋文选》卷四司马光诸说体文中,《名分说》《智伯说》《燕丹说》等篇,均出自《资治通鉴》之"臣光曰"。降及南宋,《回澜文鉴》所收司马光《诸侯论》,同样出自此。同书所收胡寅《诸侯论》《称王论》,均出自《读史管见》,而《十先生奥论》所收胡寅《杂论》之《秦》《豫让》《项羽》《张良》《韩信》五篇,亦出自《读史管见》。如此从著作中割裂出独立的篇章,使得作品的生成不再只受"作者"的控制,至少选家参与了作品成篇的过程。除成篇之外,篇章的成组过程也脱离了"作者"的控制,而被选家掌握。如朱刚指出,宋人贤良进卷"五十篇策论不是简单堆积起来的,而是具备着一定的结构。也就是说,贤良进卷的性质其实不是别集,而是子书",甚至"只就篇目安排的结构形态来说,其层次性、体系性是高于先秦子书的"②。也就是说,论体文之成组,不仅是编集的需要,其编组方式本身也包含着意义。但在南宋文章选本之中,论体文的编组已经不再受"作者"的控制,编者可以任意排布论体文章,形成他们所需要的编组。一些文章本身出自成组论中,但是被选本的编者重新编组。如《十先生奥论》所收叶适《五经论》,全部见于《进卷》,但顺序不同。又据《回澜文鉴》所收《行实》,郑湜有《进卷》行世,《十先生奥论》所收《君体一》《君体二》《相体一》《相体四》《国体二》《国体三》《国体四》,以及《回澜文鉴》所收《君体》一至三,《相体》一、三、四,《国体》二至五,应当均出自《进卷》,却以不同的组合方式出现在两种选本当中。此外《十先生奥论》收吕祖谦"考古论",含《汉文帝》《武帝》《宣帝》《于定国》《韩延寿》《萧望之》,为一组关

---

① 永瑢等《四库全书总目》卷一七四,中华书局,1965年,第1541页。
② 朱刚《唐宋"古文运动"与士大夫文学》,第258页。

于西汉君臣的史论;而《回澜文鉴》卷七收入其中《文帝》《宣帝》二篇,又有其他来源的《高祖》《景帝》《武帝》三篇,形成了另一组有关西汉诸帝的史论。而如《十先生奥论》收入戴溪《西汉论》,含《武帝》五篇,《回澜文鉴》收入其中的一、二、五,径题上、中、下,则是编者有意掩盖重新编组的痕迹。作品之成篇与篇章之成组均由选家所掌握,作为"作者"的士大夫进一步失去了对于作品的控制。

更有甚者,作为"作者"的士大夫甚至失去了对其作品的署名权,表现在选本中,便是大量的互见现象。如前举以《十先生奥论》为代表的诸选本中所见吕祖谦佚文,《苟且》《奔竞》二篇见《十先生奥论》续集卷七,而在同书前集卷七则题叶适;又《武备》《匈奴》二篇《古文集成》题陈傅良。《十先生奥论》之中互见情况尚多,如前集卷五所收陈傅良之《文王》,又见刘子翚《屏山集》卷一;卷一一张震《春秋》,又见张九成《横浦集》之《春秋讲义发题》;后集卷二胡寅《西汉下》,又见葛胜仲《丹阳集》之《外戚论》。这一现象延伸到了"奥论系"选本之外,《黼藻文章百段锦》中,便常见到吕祖谦与苏轼互见的情况。如卷上题苏轼《灾异论》,又见吕祖谦《左氏博议》卷一一;卷下题苏轼《张释之论》,《二百家名贤文粹》题吕祖谦;同卷题苏轼《辞受予夺》,又见《左氏博议》卷一一。选本之中大量互见情况的出现,说明作为"作者"的士大夫对于文章的"失控"的程度已经相当严重,作品已不属于特定"作者",在选本中可以出现在任意一个署名之下。至于《重广眉山三苏先生文集》将二苏进论全部打通重新编次后署苏轼之名,则是"作者"对于文章编组与署名权的双重丧失。"作者"由此彻底失去对文章的控制,文章也由此成为任由选家摆布的对象。

作为"作者"的士大夫接连对文章的选择、文本的生成乃至作品的署名都失去了控制。他们希图通过文章选本制作建立"有序"的批评话语,也由此开始走向"失序"。随着对文章选本的"失控",文章批评话语的生成也不再依靠传统士大夫,而有赖于"失控"的选本。

士大夫失去对文章批评话语的控制,首先表现在"文统"可以脱离"道统"而取得独立地位。这正是此前所论述的"宋六家"确立的文章学意义。不过,"宋六家"毕竟还是拥有"三位一体"知识结构的综合性士大夫,彼时的文章家,仍然会时时提及"道统",以为自己增重,道学家也不完全排斥文章。但道学家与古文家的离心倾向始终存在,至南宋,"文统"已经脱离"道统"而自立。表现在批评方面,文章家不再需要借"道统"以自重,文章本身便是有价值的存在。如包弼德指出:

> 道德思想家愿意宣称自己有权威。……文士普遍看起来只是对作文章感兴趣,并不因其文学成就而有更大的自任。他们还花更多的时间写一些关于写作技巧、细节的文章,而与之不同的是,北宋的文士很少关注这些具体问题,而是在谈论文更重要的意义。①

所谓"文更重要的意义",便是借"道统"以自重。显然,南宋的文士已经不需要这样做。他们不宣称自己的权威,"不因其文学成就而有更大的自任",也就消解了传统士大夫们企图置入文章批评话语的"合理人间秩序"。他们只讨论文章写作技巧,而文章的意义也正是由写作技巧产生的。魏希德也指出:"对议论文日益增长的偏好来自新出现的一种修辞学的职业兴趣。通过对古文风格的议论范文进行结构和风格分析,可以教导学生如何表达关于社会、政治和文化议题的看法。"②这种教学不依赖于"道"的学理思想,而是以古文典范为出发点,以文章写作为落脚点,完全由文章到文章。由此,文章批评话语已经愈来愈脱离传统士大夫所希望建立的"秩序"。

"文统"既然脱离"道统"而自立,文章技法也便可以脱离载道的功能而获得独立。更进一步,技法甚至可以脱离文章而独立存在。文章家在讨论技法时会逐渐将目光聚焦到一点,而不复见全牛。如前举魏氏书中所说:"读者在浏览文字和找到主要论点及文章大纲之后,会被带到低一层的分析方法上去,留心到文章结构和文笔方面的两个特点:过渡部分和精采段落。"③其中的"过渡部分",便是所谓的"关键",这是首先被文章家关注到的。古人评点古文,特重转折斡旋处,如侯体健所说:"而在评点古文时,它们亦少有将一句话剥离篇章而展开批评的,即便讨论某个句

---

① [美]包弼德著,刘宁译《斯文:唐宋思想的转型》,第 422 页。
② [比]魏希德著,胡永光译《义旨之争:南宋科举规范之折冲》,第 115 页。
③ [比]魏希德著,胡永光译《义旨之争:南宋科举规范之折冲》,第 118 页。

子,也侧重于句子在篇章整体中的作用或者句子与句子的关系。"①这是古文批评有别于骈文专注于"警句警联"之处,但在传统士大夫看来,这仍然是第二义的。如朱熹以为:"柳文局促,有许多物事,却要就些子处安排。"②其不及韩处,正在于布置与结构的外露。吕祖谦所编《古文关键》虽以教人文章作法为目的,但在《看古文要法》中,却将纲目、关键、警策、句法排在主张、规模以下,③也是此意。

然而,即便是"第二义"的"关键",仍然不得不进一步做出让步,文章批评话语最终滑向了警句的摘抄,即魏氏所说的"精采段落",如《璧水群英待问会元》,已专设"时文警段"等类目,与四六类书的警句警联十分接近。吕祖谦虽然强调纲目、关键,却也指出:"夜间可专看段子文字,可用处多。"④在看文字法中为"段子"留下了一席之地。对此,吕氏也付诸实践,朱熹给吕祖谦的书信中称:"近见建阳印一小册,名《精骑》,云出于贤者之手,不知是否?此书流传,恐误后生辈,读书愈不成片段也。虽是学文,恐亦当就全篇中考其节目关键。又诸家之格辙不同,左右采获,文势反戾,亦恐不能完粹耳。"⑤此书今存,事实上就是对古文经典作品中精彩段落的摘编。朱熹的劝告并未能阻止《精骑》的风行,有论者认为,《古文关键》事实上就是《精骑》的后身。⑥ 而这方面最具代表性的当为《黼藻文章百段锦》,如陈岳所说:

> 古文之编,书市前后凡几出矣。务简者本末不伦,求详者枝叶愈蔓。驳乎,无以议为也。乡先生方君府博,闽中之文章巨擘。萤窗雪几间,裒集前哲之雄议博论,取其切于用者百有余篇,以《百段锦》名之。⑦

---

① 侯体健《士人身份与南宋诗文研究》,第 238 页。
② 朱熹《朱子语类・论文》,《历代文话》第 1 册,第 211 页。
③ 吕祖谦《古文关键・看古文要法》,《历代文话》第 1 册,第 234 页。
④ 吕祖谦《增广关键丽泽集文》,《续增历代奏议丽泽集文》附录,《吕祖谦全集》第 40 册,第 106 页。
⑤ 朱熹《晦庵先生朱文公文集》卷三三《答吕伯恭》,《朱子全书》第 21 册,第 1445 页。
⑥ 关于《古文关键》与《精骑》的关系,参见本栋《〈古文关键〉考论》,《文学遗产》2020 年第 5 期。
⑦ 陈岳《太学新编黼藻文章百段锦序》,方颐孙《太学新编黼藻文章百段锦》卷首,《续修四库全书》第 1717 册,上海古籍出版社,2002 年,第 643 页。

显然,此书的编纂是基于对此前古文选本的不满,而希望有所改进。改进的方式是破篇为"段",并依"格"编次。如彭国忠所说:"以'段'选文,体现出《百段锦》的主旨不在于选文,选文的目的在于备证据明文格。"①在这里,文章最终让位于文格。伴随着士大夫对于文章选本的"失控",文章批评话语愈来愈远离士大夫所制定的秩序,由"气象"而"关键"而"警句",最终走向了"失序"。

二、从"君子之事业"到"举子之事业"

文章选本的"失控"多发生在与举业有关的选本甚至是格法、帖括之书中。"文统"脱离"道统"之后,便迅速与举业结合。事实上,道学家们通过文章选本中"有序"的批评话语建立"人间秩序",所面临的困境也首先来自科举。

传统士大夫对于举业的态度本身便是矛盾的。无论是出于儒家传统"学而优则仕"的理想,还是宋代门阀士族已经瓦解,新型的乡绅阶层尚在酝酿之中的现实处境,应举出仕都是读书人最佳,乃至唯一的出路。但与此同时,以应举为目的而读书的"举子业",又不为传统士大夫所重。黄庭坚告诫其后辈:"亦不必专作举子事业,一大经,二小经,如吾甥明利之质,加意半年可了。当以少年心志,治君子之事业耳。"②无论是称谓上"君子之事业"与"举子之事业"的对比,还是对于所用工夫的分配,都显示出对于"君子事业"的绝对偏向。而在道学家的立场上,"君子事业"与"举子事业"的隔绝更为显著。宋代理学似乎天然与科举绝缘,无论是宋代早期的"陈抟—种放—穆修—周敦颐—二程"传道谱系,还是朱熹所建构的"北宋五子",其中多数人都没有科名。程颐"举进士,嘉祐四年廷试报罢,遂不复试。"③绝意进取之后,程颐对举业倒是比较宽容,却也注意到求仕与求道之间的矛盾:"人多说某不教人习举业,某何尝不教人习举业也?人若

---

① 彭国忠《宋代文格与〈黼藻文章百段锦〉》,王水照、侯体健主编《中国古代文章学的衍化与异形——中国古代文章学二集》,复旦大学出版社,2014年,第293页。
② 黄庭坚《山谷续集》卷一《与周甥惟深》,文渊阁《四库全书》本。
③ 朱熹《伊川先生年谱》,程颢、程颐《河南程氏遗书》附录,《二程集》,中华书局,2004年,第338页。

不习举业而望及第,却是责天理而不修人事。但举业,既可以及第即已,若更去上面尽力求必得之道,是惑也。"①而少年得第的朱熹,却对举业嗤之以鼻:"义理人心之所同然,人去讲求,却易为力。举业乃分外事,倒是难做。可惜举业坏了多少人!"②至于朱熹高弟陈淳,史载其"少习举子业,林宗臣见而奇之,且曰:'此非圣贤事业也。'因授以近思录,淳退而读之,遂尽弃其业焉"③,从中也可看出道学、举业之间存在非此即彼的尖锐对立。

正是这样的矛盾,导致举业成为传统士大夫对于"君子事业"秩序的建构及话语权的"控制"中最为薄弱的环节。即便是在对于举业最为反感的道学家之中,也不乏登进士第,并从事举业教育之人。更有甚者参与举业选本的制作,如吕祖谦编选科举教材《左氏博议》,又如被《宋元学案》列入《北山四先生学案》的方逢辰,注释了陈傅良的时文集《止斋论祖》。对此,以醇儒自居的朱熹颇为不满,称吕祖谦"留意科举文字之久,出入苏氏父子波澜,新巧之外更求新巧,坏了心路,遂一向不以苏学为非,左遮右拦,阳挤阴助,此尤使人不满意"④,指出吕祖谦在文章上留意举业的负面后果。对此,吕祖谦的态度也颇为矛盾。前举吕祖谦对于《十先生奥论》所收"少年场屋所作"给出"浅狭偏暗""皆不中理""甚误学者"的评价,以悔其少作的姿态,竭力澄清其场屋文字不足取法。又如在《左氏博议序》中,吕祖谦称:"幸因是书而胸中所存、所操、所识、所习,毫忽发谬,随笔呈露,举无留藏。又幸而假课试以为媒,借逢掖以为邮,遍致于诸公长者之侧。"⑤辩称《左氏博议》课试的外在形式,是被借用来发胸中之所存、所操、所识、所习的,也即士大夫传统中对于文章内容的要求。这里的闪烁其词,正显示出吕祖谦在"君子事业"与"举子事业"之间的两难处境。这样的选本事实上已经脱离了士大夫的控制,意在指导举业的肄习。如闵泽平所说:"无论是文以明道还是文以载道,文章的历史使命是不能被遗忘

---

① 程颢、程颐《河南程氏遗书》卷一一,《二程集》,第 416 页。
② 黎靖德《朱子语类》卷一三,中华书局,1986 年,第 243 页。
③ 脱脱等《宋史》卷四三〇《陈淳传》,第 12788 页。
④ 朱熹《晦庵先生朱文公文集》卷三一《与张敬夫》,《朱子全书》第 21 册,第 1334 页。
⑤ 吕祖谦《左氏博议》附录《左氏博议序》,《吕祖谦全集》第 15 册,第 558 页。

的,但课试之文作为功名利禄之阶,无非是枝辞赘喻,与道关联是极其脆弱的。"①可以看出,虽然吕祖谦仍然设法将文章写作放置在"君子事业"的控制之下,但"举子事业"所蕴含的强大能量,也在迫使他从事相关的活动。

可以说,带着应举的目的,功利性地进行文章写作能力的习得,已经成为南宋文章之学的重要现象。如祝尚书所说:

> 自唐宋以还,无论诗学、赋学还是文章学,它们的发展与兴盛,主要推动力就是背后那只似乎看不见的"手"——科举制度的变迁。功利的追逐和学术创新的冲动,刺激着学者们探讨诗赋及文章写作理论的热情,这说起来有些不太"高雅",但却是无法抹杀的历史事实。②

道学家们一方面高度警惕科举与功利这一"不太'高雅'"的因素对载道之文可能造成的影响,另一方面又置身于这种影响之下,无法免俗。可见,在文章由"君子事业"转向"举子事业"的过程中,道学家及其所代表的传统士大夫对于批评话语的控制力是羸弱的。

这种批评话语的"失控",也表现在作品的传播方面。如祝尚书所说:"人们常把科举考试比作指挥棒,它无形中操纵着士子治学的趋向;而在宋代,它还无形中刺激和操控着图书消费市场:随着科举政策的变化,各种适时、适用的科举用书立即大量编纂和印行,以满足士子们的需要。"③在这种"科举—出版"的强大控制之下,道学家对他们所不看重甚至希望毁弃的举业文字的传播无能为力。前举吕祖谦以为《左氏博议》《十先生奥论》"甚误学者",希望遍语朋友,也未能阻止这两种书的传播。《左氏博议》的流行与吕祖谦本人的阻止形成了鲜明的对比。

文章选本也未能脱离从"君子事业"到"举子事业"的进程,从而其自身成为举业用书的重要形式。如张海鸥等所说:"宋代科举规模远过于前代,科考范文读本应运而生,恰值印刷出版技术有了长足进步,因而南宋书坊间出现了不少专供考生参考的文章选本。"④对此,传统士大夫同样缺

---

① 闵泽平《南宋"浙学"与传统散文的因革流变》,浙江大学出版社,2014年,第144页。
② 祝尚书《宋元文章学》,中华书局,2013年,第40页。
③ 祝尚书《宋代科举与文学》,中华书局,2008年,第397页。
④ 张海鸥等《宋代文章学与文体形态研究》,中山大学出版社,2018年,第97页。

乏控制力。如前所述，宋代文章选本处理北宋文章的主要方式便是以经典古文作品作为举业习得的范本，无论是独立的"三苏选本"、专选北宋的《观澜文集》，以及通选两宋的《层澜文选》之北宋部分，还是基本上确定了"唐宋八大家"规模的《古文关键》，都是如此。正如魏希德所说："12 世纪晚期古文正典的特色就是一组唐宋时期的作家作品，它们占据了古文写作的中心地位，也被用来教导语言、阅读和写作。"①甚者，道学家引以为傲的载道之文，也不受控制地进入了举业选本，被当作试论范文来分析和学习。这一现象在《敕斋古文标准》中率先出现，如李由指出：

> 如果说标举"古文标准"体现出敕斋对以《古文关键》为代表的古文正典体系的重新阐释和局部调整，那么将"理学的标准"融入"古文的标准"，重视"道学统绪"，就体现了其在新的历史语境下所进行的具有文学史意义的革新。②

《敕斋古文标准》开始重视道学文章，或许可以解释为古文传统与道学传统的媾和。但如前所述，古文传统自身正在进行着"君子事业"向"举子事业"的转型。

在《文章正印》及其后身《古文集成》中，道学文章已经颇成体系。《文章正印》前集卷九收入欧阳修《答李诩论性书》以下讨论性理之学的书信，后集卷九、一〇于文体"序"下特别以小字标明"性理"；卷一一、一二虽未标"性理"二字，也同样是讨论性理之学的序体文；与此相类的还有卷一七、一八收入说体之中的理学家之作，卷一七标明"性理"，卷一八未标。几乎所有文体，都以独立的一组道学文章殿后。这一规律在《文章正印》中已露端倪，但尚不严格，如前举后集卷九至一二为道学文章，而卷一三、一四又收入杨万里、陈傅良、曾丰三家，在一定程度上消解了道学文章编组的独立性；又如前集卷一六至一八收祠庙学记与理学家记体文，但卷一六《义田记》《思亭记》《拟岘台记》不符合这一主题，而胡铨的《二友堂记》《遁斋记》、苏辙《闵子祠堂记》、杨万里《通州学记》《高安县学记》、杨长孺

---

① ［比］魏希德著，胡永光译《义旨之争：南宋科举规范之折冲》，第 125 页。
② 李由《理学思潮中古文标准的重构：南宋佚书〈敕斋古文标准〉考论》，王水照、侯体健主编《中国古代文章学的形态与体系：中国古代文章学四集》，复旦大学出版社，2020 年，第 235 页。

《吉州学记》《吉水县学记》等篇,内容上符合上述三卷所收,却未收入这一序列。至《古文集成》,对道学文章的收录与编次愈发整饬,上述问题也已一一改正。从错综到整饬,可见两书之间,编选道学文章的热情在不断增长。刘震孙在《文章正印》序中说:

> 自十六字之正印不传,有考亭夫子,以精察危微,一纯浑融,著为《中庸》之序,则尧舜之正印得所传;自六五字之正印不续,有康节先生,以元会运世,演为《皇极》之训,则箕子之正印有所属。是之为印,乃印之正。①

似乎他编选《正印》的初衷便是宣扬理学。但这实在与前举吕祖谦《左氏博议序》一样,是冠冕堂皇的矫饰之辞。《文章正印》与《古文集成》都是彻头彻尾的科举用书,二者之间的联系本身就可以说明这一点,如魏希德所说:"刘氏此书在充满竞争的考试用书市场表现得很好。在原书出版后不久,一部重编本也问世了。王霆震的《新刊诸儒评点古文集成》是原书的一部廉价版,证实了《新编诸儒批点古今文章正印》一类文集在南宋晚期举业中的市场价值。"②至于前举刘序中,又有"有以奥论名者"云云,当指《十先生奥论》,更是专为试论所编的论体文选本,如四库馆臣所说,"不出科举之学"③。但此书也收入杨时、朱熹、张栻等人之作,以至《宋史艺文志补》称此书所收乃"程张朱吕以下共十五人"④,俨然以道学选本视之。

传统士大夫高谈道德性理的文章,进入举业选本,成为学子们摄利的阶梯。他们试图通过文章批评话语建立的秩序,也在这一过程中瓦解。举业选本虽收入道学文章,却并没有使用道学家的批评话语,只是将这些文章作为论体文的典范,与其他古文正典一道,为士子提供写作的示范。由此可见,传统士大夫对于文章之学的"失控",造成了文章由"君子事业"向"举子事业"的转型,后者又加剧了士大夫对于文章的"失控",两者互为前提,如影随形。明乎此,以下便可以举业选本为中心,进一步讨论文章

---

① 刘震孙《新编诸儒批点古今文章正印》卷首,台北"故宫博物院"藏宋刻本。
② [比]魏希德著,胡永光译《义旨之争:南宋科举规范之折冲》,第234页。
③ 永瑢等《四库全书总目》卷一八七,第1704页。
④ 黄虞稷、倪灿撰,卢文弨订正《宋史艺文志补》,商务印书馆,1957年,第265页。

选本"失控"与批评话语"失序"的过程。

三、举业话语的"失控"与衡文之柄的下移

传统士大夫视文章为"君子事业",但文章之学最终脱离了士大夫的控制,转向"举子事业"。事实上,即使是在科举视域之下,同样发生了士大夫对文章批评话语的"失控"。

作为取士制度,科举在北宋被牢牢把握在朝廷手中。这一点,只要翻看《宋史·选举志》便可知。最为显著的,是北宋的两次科举改革,全部发动于朝廷,自上而下推行开去。不仅如此,王安石还组织编纂了《三经新义》,通过颁布全国统一的科举教材,推行他的新学学说。如刘成国所说:"王氏新学在政治力量的鼎力支持下,通过把持科场,由一家之私学一跃而成为正统的官方意识形态,无可争议地成为风靡全国的显学,王安石也以宰相之位而执学术界之牛耳。"[1]一位士大夫,可以将其一家之学,上升为国家统一的意识形态,对科举的把控是其中必不可少的环节。而这正是南宋理学家们梦寐以求的,如余英时所说:"理学家对王安石的学术虽评骘甚严,但对他的'德行'则十分推重,而尤其神往于他能掀动神宗、重建治道的气概。"[2]对科举的掌握,意味着在朝士大夫有权决定学子们的知识结构,乃至行文风格。科举的"指挥棒"在北宋文章的几次丕变中发挥了重要作用,北宋文学史上几次出现排抑"太学体"事件。朱刚指出,"太学体"在宋代史料中"只是偶然出现,算不得专门名称,其含义也至为简单,不过按字面理解为太学中流行的文风而已。当然严格地说,应该是跟社会上一般的文风产生了较大差异的太学文风,否则就不需要'太学体'这样一个说法"[3],破除了"太学体"是一种文风专称的成见,"太学体"之兴衰对于北宋文体递变的作用反而会更加凸显。每一次有异于社会风尚的新文风,都出现于太学,而终结于科场,二者又都与科举考试有关。由此

---

[1] 刘成国《荆公新学研究》,上海古籍出版社,2006年,第159页。
[2] 余英时《朱熹的历史世界:宋代士大夫政治文化的研究》,生活·读书·新知三联书店,2011年,自序二第13页。
[3] 朱刚《唐宋"古文运动"与士大夫文学》,第66页。

可见,在朝士大夫掌握了科举考试,也就掌握了衡文之柄,也即文章批评的话语权。

与此不同的是,南宋朝廷在科举标准的制定中,长期处于缺席状态。如魏希德所说:"11世纪后期和12世纪初期的改革派政府秉持的是干预主义的教育政策,在这种政策消亡之后,中央政府对考试内容的影响力减退了。"[1]最初,这种缺席或许出自朝廷主动的退让。经过靖康之变,士人们将责任清算到了王安石头上,他所主持的科举改革,以及借由科举推行一家之言的行为,自然也在被清算的行列之中。于是,朝廷小心翼翼地调停士人中间的各种学说及其相应的政治势力,以防一家独大,造成新的党争。南渡之初,朝廷中留任的新党官员与启复的元祐党人并存,如寺地遵所说:"靖康之变、南宋之建立以及南迁等一系列事态之激变,使旧党人士难以集结。一直等到国内治安恢复,他们才重新在南宋朝廷中集结起来。"[2]也就是说,元祐党人的复权滞后于南宋朝廷的建立,新党也未随着北宋的倾覆一同覆灭。南渡朝廷初臻稳定,双方的较量才刚刚开始。此时,调停双方势力便成为朝廷的重要任务。科举显然是双方争夺的焦点,但任何一方都没能复制王安石的成功。"取士毋拘程颐、王安石一家之说"[3]"毋以程颐、王安石之说取士"[4],在南宋被反复强调。

但是科举制度毕竟还在延续,南宋朝廷的撤退带来的科举标准制定权的真空,势必需要有人填补。在野士人及其所编选的文章选本承担起了这一职责,南宋书坊间涌现出的大量举业选本都说明了这一点。这些选本或者是以无主名的形式出现的,如清人刘声木所言:

> 坊间所刊俗书,专以备科举之用者,自北宋已然,《四库》亦著录。类如宋人选本《苏门六君子文粹》七十卷、《增注唐策》十卷、《十先生奥论》四十卷、《历代名贤确论》一百卷,皆当时能文书贾专刻之,以备程试之用。[5]

---

[1] [比]魏希德著,胡永光译《义旨之争:南宋科举规范之折冲》,第276页。
[2] [日]寺地遵著,刘静贞、李今芸译《南宋初期政治史研究》,复旦大学出版社,2016年,第91页。
[3] 脱脱等《宋史》卷三一《高宗八》,第585页。
[4] 脱脱等《宋史》卷三五《孝宗三》,第667页。
[5] 刘声木《苌楚斋续笔》卷六,中华书局,1998年,第361页。

前文所涉及的南宋"三苏选本"亦在此列。或虽有主名,却并非传统的士大夫,而是魏氏所谓的"专业教师",如《论学绳尺》的编选者林子长,张海鸥等称:"作教师的林子长编著《绳尺》,正应此需。此书之'出处''立说''评曰'及笺解、总评,等等,皆切要实用,显示出职业文章家的专业修养。"①所谓的"能文书贾""职业文章家",都显示出上述选本的制作者有别于传统士大夫的身份,这一特性使得此类选本几乎不受士大夫控制。由此可见,科举标准制定权的失落,是士大夫对于文章批评话语"失控"的重要契机。

在南宋,太学仍然是引领科场文风的中心,但此时的太学文风,同样深受"职业文章家"的影响,而非在朝士大夫所能控制。如周密记载:"南渡以来,太学文体之变,乾、淳之文,师淳厚,时人谓之'乾淳体',人材淳古,亦如其文。"②这一科举文风虽然导源于太学,但事实上深受永嘉举业教师的影响。关于"乾淳太学体"的发生,祝尚书有较为深入的考证,以为"所谓乾淳'太学体',即乾、淳时期受'永嘉派'重要作家陈傅良科举程文影响而兴起的文体,它主要流行于太学"③。以陈傅良为代表,以永嘉地区为中心,形成了一个"职业文章家"群体,如清人孙衣言所说:"吾乡南宋时学者极盛,而当时科举之文,亦推东瓯婺越。乡先生中,如陈文节之《待遇集》、叶文定之《进卷》及《八面锋》《奥论》《论祖》等作,皆所谓场屋文字,一时谓之'永嘉体'。"④王水照先生指出,自开禧年间以后的"七十多年(几占南宋时期的一半)成为一个中小作家腾喧齐鸣而文学大家缺席的时代"⑤,而正是这些地域性的中小作家,却因为掌握了科举衡文标准而在一定时期内具有了全国影响力,使"时文靡然由之一变,遂为多士之宗"⑥。对于地域性中小作家在科举标准制定中所获得的影响力,朝廷表现出高度警惕。史载庆元二年(1196)国子监之言:"已降指挥:'风谕士子,专以

---

① 张海鸥、孙耀斌《〈论学绳尺〉与南宋论体文及南宋论学》,《文学遗产》2006年第1期。
② 周密《癸辛杂识》后集,中华书局,1988年,第65页。
③ 祝尚书《论乾淳"太学体"》,《新国学》第三卷,第231页。
④ 孙衣言《逊学斋文钞》卷八《永嘉先生时文序》,《清代诗文集汇编》第662册,上海古籍出版社,2010版,第485页。
⑤ 王水照《南宋文学的时代特点与历史定位》,《文学遗产》2010年第1期。
⑥ 叶适《祭陈君举中书文》,《叶适集》卷二八,中华书局,2010年,第573页。

《语》《孟》为师,以六经子史为习,毋得复传语录,以滋盗名欺世之伪。所有《进卷》《待遇集》,并近时妄传语录之类,并行毁版。其未尽伪书,并令国子监搜寻名件,具数闻奏。'今搜寻到《七先生奥论》《发枢》……合行毁劈。"①在禁"伪学"的背景下,上述永嘉先生的场屋文字也遭禁毁。但事实上,上述场屋文字及其作者,未必对性理之学有着多么浓厚的兴趣,他们"只会传授与考试有关的基础知识和技巧"②。朱熹称:"然进卷之毁,不可谓无功。"③可见理学家事实上也并不认同这类书。但即便如此,这些场屋之作仍然没有逃脱与道学书籍一同被禁毁的命运。朝廷不惜放弃"大公"原则,祭出非常规的手段,打压掌握了衡文之柄的"永嘉先生",从中也可反观地域性中小作家对于科举标准的控制已经达到了何种程度。

与"职业文章家"相辅相成的是"能文书贾",事实上,前举永嘉地区的科举教师,很大程度上也依赖于当地发达的出版业。内山精也注意到了临安书肆与晚宋"江湖"诗坛的互动关系,称:"我们从陈起身上看到一种新姿态的开端:曾经深处印刷文化后台的书肆,成为有能力的组织者而活跃起来,去制造出新的潮流。"④这一点在文章方面也有体现,如慈波考论《论学绳尺》的成书过程,称:"《论学绳尺》在宋末的不断续刊,其根本原因当是由于此书'盛行于世',有高涨的市场需求。两次续刊的篇幅都不大,也便于操作。特别是科举考试持续进行,新的科场论体佳作不断出现,更为续刊提供了新鲜范本。"⑤商业化的出版模式,使得书贾可以敏锐地捕捉市场需求与科场风尚,两者结合,造成了此书的成功。书贾的初衷也许是捕捉时尚以摄利,但时尚一旦在他们的出版物中被确立为典范,便可以反过来影响举业衡文标准。如祝尚书所说:"科举用书又释放出巨大的反作用力,影响甚至左右着社会学风和考场文风。"⑥

---

① 徐松辑《宋会要辑稿》刑法二之一二七,上海古籍出版社,2014年,第8355页。
② [比]魏希德著,胡永光译《义旨之争:南宋科举规范之折冲》,第38页。
③ 朱熹《答孙敬甫》,《晦庵先生朱文公集》卷六三,《朱子全书》第23册,第3065页。
④ [日]内山精也著,朱刚等译《庙堂与江湖——宋代诗学的空间》,第270页。
⑤ 慈波《〈论学绳尺〉版本问题再探》,《文学遗产》2015年第4期。
⑥ 祝尚书《宋代科举与文学》,第397页。

上述"职业文章家"与"能文书贾",共同组成与传统的在朝士大夫相对的"地方精英",这是南宋士人中新兴的阶层。如包弼德所说:"作为一个描述社会成分的术语,'士'在唐代的多数时间里可以被译为'世家大族',在北宋可以译为'文官家族',在南宋时期可以译为'地方精英'。"①在朝士人的退场与地方精英的登台,这一转变也符合史学界所描述的"唐宋转型"。如侯体健所说:

> 美国宋史学界曾提出一个重要的命题,即南宋的"精英地方化"。这一命题得到了西方汉学界的基本认同,但又遭到大陆学界的许多质疑。抛开由"精英地方化"引申出来的一系列结论,仅就"地方精英"这一概念所指称的群体而言(这一群体或又称作"乡绅"),在南宋是普遍存在的,且这一群体的规模和影响力远超前代(包括北宋)。虽将之看作南宋较前代而言的独特现象略显牵强,但把它视为南宋社会的重要现象则是可以接受并符合实际的。②

由此可见,在朝士人对于科举标准的制定权及其背后的衡文之柄的"失控"并非一个孤立的现象,在"唐宋转型"的语境下,在野的"职业文章家"乃至民间出版商从传统的在朝士大夫手中接过衡文之柄,标志着宋代文章学的一次下移。

小　结

道学家希望通过文章选本体现出他们所建构的"合理人间秩序",将"道统""文统"统合于这一"秩序"之下,这一尝试没有获得成功。传统士大夫失去了对文章选本的控制,他们由此建构的秩序也便随之失效。"失控"的文章选本与"失序"的批评话语依照自己的方式发展,并最终与举业相结合。明人顾宪成称:"予观近来举子,仅读《文章轨范》数篇,自以为胸中有物。"③指出《文章轨范》一类古文选本,已经脱

---

① ［美］包弼德著,刘宁译《斯文:唐宋思想的转型》,第47页。
② 侯体健《刘克庄的文学世界——晚宋文学生态的一种考察》,第74页。
③ 袁黄《游艺塾续文规》卷六,日本内阁文库藏明刻本。

离了"有本之学",偏重于举业技法。而古文选本发展至帖括之书,完整的古文彻底成为"有用"的碎片,如陈柱所说:"古之美文一经割截,则其美全失,如割截美人之口鼻以论其美也。"①七孔既凿,古文便在繁密的分析与肆意割截中丧失了活力,如林岩所说:"在此追求功名的读书学习过程中,自然一切都以举业为目的,否则皆属旁骛。本来作为士人必备之素养的诗文创作,也被丢在一边,被蔑称为'外学'。"②原本脱胎于古文的文法讨论,却走向细致的格法与破碎的括套;原本与古文相伴的经世致用,陷入了进身应举这狭窄的一隅;而原本与时文相对而产生的"古文"概念,成为新的"时文"。正如祝尚书所说:"宋代的主要时文如策、论、经义等,北宋前期本来就是用古文写作,只是后来逐渐程式化,成了所谓'时文',而与古文拉开了距离。"③这一渐变的过程,被宋人文章选本清晰地展现出来。吕祖谦编选《宋文鉴》便十分重视科场文章,于卷一一一收入对策、说书、经义三种文体。对策虽用于科场但尚属古文,说书脱胎于策论,但已经具备专用于科场的特质,④经义则完全是科场文章。叶适指出:"苏轼说《春秋》,庆历嘉祐时文也;张庭坚《书义》,熙丰时文也。"⑤也道出吕氏如此编选以展现时文发展的用意。而以《十先生奥论》为代表的南宋举业选本,虽然还是论的形式,却已经是高度程式化的时文典范。就科场文章来说,北宋策论是典型的古文,明清八股已经形成了完全独立的体式,而南宋选本中以论体文形式出现的时文则是二者之间的过渡形态。

就举业指导而言,前文所论南宋"奥论系"选本完成文章典范两宋之际的转型,经历了由起初力图对士大夫经典古文作品重新加以解释,到脱离传统士大夫的文章经典谱系的过程。与此同时,我们不能忘记,在由古文向举业发展的过程中,选本形态与理学家选本有一突出的区别,即古

---

① 陈柱《中国散文史》,上海三联书店,2014年,序第3页。
② 林岩《南宋科举、道学与古文之学——兼论南宋知识话语的分立与合流》,王水照、侯体健主编《中国古代文章学的衍化与异形——中国古代文章学二集》,第361页。
③ 祝尚书《论宋代时文的"以古文为法"》,《四川大学学报(哲学社会科学版)》2007年第4期。
④ 参本书第二章第四节。
⑤ 叶适《习学记言序目·皇朝文鉴四》,《历代文话》第1册,第292页。

文一举业选本多出自"职业文章家"乃至无主名的书坊。这一特性也显示出古文向举业发展的过程几乎不受士大夫控制的面貌。因此，在南宋士人"欲合周程、欧苏之裂"尝试失败的背后，我们还可以看到来自民间的巨大力量。如前所述，"职业文章家"与"能文书贾"从士大夫手中接过衡文之柄，而他们所制作的坊刻选本的主要受众，是与他们处在同一阶层的低级士大夫，或应试举子等介于士大夫与庶民之间的"中间阶层"。随着这一阶层的扩大，他们对于习文的需要逐渐成为主导文章学走向的力量。吴承学指出："晚明八股学术重心下移，呈现标准多元化，批评民间化以及创作社团化种种趋势，出现'文统在下'的异常局面。"①大凡举业选本，操作者为民间书肆，预设读者为尚未得第之举子，均为"士大夫周围人物"，也即"士庶中间阶层"。这一阶层造就了"文统在下"的局面。如龚宗杰所说，明代"文话的这种'寻章摘句'式的文本生成方式，所反映的，正是在明代尤其是中晚明整个社会习文需求不断扩张以及书籍出版业空前繁荣的大背景下，重视写作实践和文学表现功能的文章技法理论，开始向中下阶层渗透。这构成了文章学在近世发展演进的重要走向之一"②。由上文的论述可知，作为"近世"发端的南宋，文章学的这一演进走向便已经初露端倪。

第二节　宋代尺牍选本与日用文书写作传统的建立

如果说举业文章及其相关选本将文章写作与文章学由庙堂带入民间社会，那么尺牍选本便展现出宋人民间日用文书写作的实践。尺牍写作在宋以前并不为人所重，对此，宋人便已经指出。如周紫芝所说："简牍者，文章翰墨之余，世人往往以为不切于事，未尝经意。"③又如已入元的杜

---

① 吴承学《中国古代文体学研究》，人民出版社，2011年，第363页。
② 龚宗杰《"寻章摘句"：明代文话的文本生成及其文章学阐释》，王水照、侯体健主编《中国古代文章学的形态与体系：中国古代文章学四集》，第281页。
③ 周紫芝《太仓稊米集》卷五一《姑溪三昧序》，文渊阁《四库全书》本。

仁杰所说:"夫文章翰墨,固君子之余事。……至于尺牍,艺之最末也。"①文章已经为余事,尺牍更为余事之余。不过应当注意到,上述言论均出于尺牍集序跋,也可见宋代尺牍集编刻之繁荣。在宋代,人们对尺牍的态度似乎发生了转变,如王柏所说:"至于书疏尺牍,亦日用之不可缺者,尤宜尔雅。"②又如蔡建侯所说:"言,心声也;书,心画也。有是心,斯有是言;有是言,斯有是书。"③二者都力图将尺牍纳入雅文学与古文写作传统。本节拟围绕宋人对待尺牍态度的转变,讨论宋人尺牍写作与尺牍集的编刻,尺牍典范的形成、演进、渊源与转向,以期一探尺牍地位提升背后所反映的文体观念的丕变。

一、宋人尺牍集与尺牍选本之编刻

尺牍之结集流传自宋人开始,清人桂馥注意到这一点,称:"古人尺牍不入本集,李汉编《昌黎集》,刘禹锡编《河东集》俱无之。自欧、苏、黄、吕,以及方秋(厓)〔崖〕、卢(抑)〔柳〕南、赵清旷,始有专本。"④事实上,不仅是"古人尺牍不入本集",被编辑起来的宋人尺牍,起初也不能进入作家本集。如浅见洋二所说:"文集中收录的文本是文人有意面向社会,并想要载入史册、流传于世的文本,自然带有强烈的公开性。与之相对,尺牍具有较强的私密性,或许不宜收入文集中。"⑤无论是作者自编文集还是门生后学所编文集,都采取这样的态度,不收尺牍作品。而有好事者将这些集外作品收集起来,编为小集。这一过程,当先于尺牍进入文集。如周紫芝有《姑溪三昧序》,作于建炎二年(1128),是两宋之际已经出现李之仪尺牍小集,而收有十七卷尺牍的《姑溪居士文集》则编于乾道三年(1167)。另外,浅见氏也指出,《东坡先生往还尺牍》《东坡先生翰墨尺牍》等书简专集在收有尺牍的

---

① 杜仁杰《欧苏手简序》,佚名编《欧苏手简》卷首,日本内阁文库藏正保二年(1645)刻本。
② 王柏《鲁斋集》卷四《发遣三昧序》,《丛书集成初编》,中华书局,1985 年,第 63 页。
③ 蔡建侯《李学士新注孙尚书内简尺牍序》,《宋孙仲益内简尺牍编注》卷首,《常州先哲遗书》本。
④ 桂馥《晚学集》卷三《颜氏先友尺牍跋》,《清代诗文集汇编》第 389 册,上海古籍出版社,2010 年,第 553 页。
⑤ [日]浅见洋二著,李贵等译,李贵校译《文本的密码——社会语境中的宋代文学》,第 53 页。

文集出现之前"很早就已编成"①。前引桂馥所言，即当指这些小集而言。《百川书志》于"启札"类著录"《山谷老人刀笔》二十卷、《东莱尺牍》五卷、《苏公小简》一卷、《欧阳小简》一卷、《方秋崖小稿》一卷、《卢柳南小简》一卷、《孙仲益尚书小简》一卷、《赵清旷小简》一卷"②，与桂氏之言颇为相契。

这些小集，一部分归入文集之中，如《宋志》著录《范仲淹集》二十卷又《别集》二卷、《尺牍》二卷、《奏议》十五卷。这样的分集编纂方式，尚保持着原有的小集面貌。《直斋书录解题》著录《范文正尺牍》五卷，是范仲淹尺牍同样先有小集流传。与此相仿的还有周必大诸多小集中，有《书稿》十五卷。或者不分小集，完全混入文集之中。如前举李之仪《姑溪居士文集》中收入尺牍十七卷。又如《重编东坡先生外集》收入苏轼尺牍十九卷810通。至南宋，在本集中收入尺牍已经完全被接受，甚至书与尺牍的界限也开始消失。如朱熹与吕祖谦的通信，在《晦庵集》中被称作书，而在《东莱集》中则归入尺牍。

另一部分尺牍小集没有与作者别集合流，而是几种小集组合在一起，成为尺牍总集，如《遂初堂书目》著录的《本朝尺牍》。又如周必大校欧阳修《书简》，所用之书有《京师名贤简启》《英辞类稿》《圣宋简启》等，当皆为当时尺牍总集。此外，如王柏编有《发遣三昧》，序称："博采于韩欧苏黄而下诸公，分为十卷。"③现存的此类总集，则当推《欧苏手简》与《五老集》。

此两书都保持着小集丛刻的形式。《欧苏手简》四卷，含欧阳修、苏轼尺牍各二卷。近日新发现五卷本，则有苏轼尺牍三卷（末卷又杂录唐宋人尺牍、小品文）④。四卷本、五卷本皆有杜仁杰序，序中有"无科举"云云，显然作于元代。然而作序者未必就是编者，杜序有"新刊欧苏手简"云云，显然有《欧苏手简》编于作序之前。至于是书编者，据朱刚考证，"应该生活在周必大编定本欧集流行之前，或者难以获得周氏编定本的地区（如宋金对峙时期的北方）"⑤，总之在入元以前，是编于宋代，或宋代时间范围之

---

① 参[日]浅见洋二《文本的"公"与"私"——苏轼尺牍与文集编纂》，《文学遗产》2019年第5期。
② 高儒《百川书志》卷一八，上海古籍出版社，2005年，第266页。
③ 王柏《鲁斋集》卷四《发遣三昧序》，第64页。
④ 关于五卷本《欧苏手简》，参汪超《日藏朝鲜刊五卷本〈欧苏手简〉考》，《文献》2018年第5期。
⑤ 朱刚《苏轼苏辙研究》，复旦大学出版社，2019年，第88页。

内的尺牍总集。

至于《五老集》,则是将前举《百川书志》著录的《苏公小简》《方秋崖小稿》《卢柳南小简》《孙仲益尚书小简》与《赵清旷小简》汇刻于一处,合称"五老"。《四库全书总目》著录《群公小简》,称:"前有成化乙未徐传序,称苏文忠、方秋崖、赵清旷、卢柳南、孙仲益五先生之所著,而第六卷乃为欧阳修作。……则末一卷为信所增入。其改题六先生,亦信所为也。"①则明成化以前已有五家合刻本。周作人以为此书"或者是明人编选的"②。但如前所述,五家尺牍皆以尺牍小集的形式流传。孙诒让以为,上述小集"皆琐屑酬应书札,语多浅俗,盖宋元间书肆所编刻也"③,那么《五老集》也可以视作宋人的尺牍选本。

总之,尺牍在宋代开始结集,并形成了尺牍小集、别集中的尺牍与尺牍总集等多种样态,显示出宋人对于这一文体开始予以重视。尺牍典范也由此开始形成。

二、由道进艺:士大夫尺牍典范的演进

尺牍与书都是书信的种类,但不同于书,尺牍更加随意,作者通常不留底稿,这也是尺牍不能进入文集的原因之一。晋代二王等人的尺牍,因其书名而保存至今,为书法史家,而非文学史家所重。降及宋代,这一情况也并未获得改观,士大夫的尺牍,仍然被视为书法作品传播。苏轼身后,这样的墨迹遍布于世间,形成了苏轼接受史上的独特风貌。如《宋史·梁师成传》记载:"是时,天下禁诵轼文,其尺牍在人间者皆毁去,师成诉于帝曰:'先臣何罪?'自是,轼之文乃稍出。"④这是崇宁二年(1103)诏毁三苏集板之外,有关禁毁苏文的另一种表述,也可见墨迹形态的尺牍,是文集以外苏轼文章的另一种传播方式。好事者将这些文章收集在一起,便成为文字形态的尺牍集。如浅见洋二所说:"或许是因为苏轼作为文人学者的声望极高,

---

① 永瑢等《四库全书总目》卷一九二,中华书局,1965年,第1743页。
② 周作人《五老小简》,《我的杂学》,北京出版社,2005年,第69页。
③ 孙诒让《温州经籍志》卷二三,中华书局,2011年,第1102页。
④ 脱脱等《宋史》卷四六八《梁师成传》,中华书局,1985年,第13662页。

周围的人即使冒着风险也要不断记录、保存他的作品草稿。""如果是其他文人的话,其作品可能会散佚于世。"①由此看来,苏轼尺牍由图像跨入文字形式的流传,是因其作为当世名流的整体声望。

周必大称:"尺牍传世者三,德、爵、艺也,而兼之实难。若欧、苏二先生,所谓毫发无遗恨者,自当行于百世。"②可见与北宋士大夫复合型的知识结构相仿,欧苏尺牍为人所接受,也是在"集官僚、文士、学者三位于一身"③的综合层面上。不过,知人论世本身就是士大夫文学最正统的接受方式。如此,注重尺牍文献对于了解作者其人其世的意义,并且结集予以传播这一行为本身,事实上也赋予了尺牍与传统诗文对等的文体地位。

从知人论世的角度来看,欧苏尺牍编刻的递变,也可以反映出宋人对于尺牍接受重点的转变。尺牍集最初的形态一定是依受书人编次,如朱刚所说:"因为尺牍原不收入别集,最初编集东坡尺牍时,必是从许多受书人那里搜寻得来。"④将从各处收集来的尺牍拼凑在一起,便是依受书人编次的尺牍集。这是尺牍集编刻的原始形态,对于编者来说,将收集来的文献资料原样刻出,并不十分费力,也不至于出错。但是对于读者来说,这样的尺牍集无异于未完成的资料汇编,对于了解作者的生平脉络并无多少补益。于是,出现了整理程度较高,依写作时地编次的苏轼尺牍。如《外集》"据东坡生平经历,依写作时地排列尺牍,标出21个阶段。"⑤经过如此编排的尺牍,就仿佛编年诗,反映出作者一生的行迹以及情感的发展脉络。周必大整理的欧阳修《书简》编次仍然依照受书人,但如其所言:"《书简》十卷,命题以各人所至之官,故于称谓不必相应。虽并注岁月,而先后间有差互,既已误刊,重于改易,姑附注其下,又不可知则阙之。"⑥则是保持在以受书人编次的基础上,力图标明写作时序。这些都反映出编者通过尺牍反映作者生平以求知人论世的努力。

---

① [日]浅见洋二《文本的"公"与"私"——苏轼尺牍与文集编纂》,《文学遗产》2019年第5期。
② 周必大《省斋文稿》卷一六《又跋欧苏及诸贵公帖》,《文忠集》卷一六,文渊阁《四库全书》本。
③ 王水照《情理·源流·对外文化关系——宋型文化与宋代文学之再研究》,《王水照自选集》,第30页。
④ 朱刚《苏轼苏辙研究》,第72页。
⑤ 朱刚《苏轼苏辙研究》,第74页。
⑥ 欧阳修《书简》卷一〇,《欧阳文忠公集》卷一五三,《四部丛刊初编》本。

如前所述,知人论世或许还是出于作者的声望,好事者希望全面占有相关资料,并进一步全面了解其人。随着"周程、欧苏之裂"的发生与写作群体的转型,这一情况也发生了变化。到了《欧苏手简》,编者已经全面放弃了这种"求全"的编选思路。朱刚在对比成化本东坡七集《续集》所收尺牍与《欧苏手简》之后,确定"《手简》的性质乃是选本"①。既然有"选"的行为,其收集尺牍佳构,确立典范,指导尺牍写作的用意便昭然可见。这层用意也被此书的作序者不断揭示,如杜仁杰序称:"古人虽三十字折简,亦必起草,岂无旨哉?今观《新刊欧苏手简》数百篇,反覆读之,所谓但见性情,不见文字,盖无心于奇,而不能不为之奇也。近代杨诚斋、孙尚书启札,其铺张错综,非不缛袤,及溯流寻源,亦皆自二老理意中来。"②朝鲜杨洄跋称:"其所以通彼此、叙情怀,无如欧苏二老手简。"③均指出欧苏手简的文学造诣与在写作技艺层面的典范意义。

而在晚苏轼一辈的李之仪那里,尺牍之"艺"愈加被突显出来。李之仪以擅长草拟尺牍著称,苏轼称其"得简牍三昧"④,《宋史》本传则称"尤工尺牍"⑤。李之仪实措意于尺牍之写作。周紫芝称:"简牍者文章翰墨之余,世人往往以为不切于事,未尝经意,此亦士大夫一病。彼殆不知词采风流形于笔札便是文章一家事,尔等岂或有意哉?"⑥以此反衬出李之仪于尺牍写作的用心。王柏称:"因见小侄编类尺牍,以资笔端之芳润,曾语之曰:'此非所以为学也,不得已,亦当求于古作者可也。'偶有《姑溪三昧集》,出以示之。"⑦"非所以为学"云云,出于道学家立场。而在此让步句式之中,《姑溪三昧集》被确立为可以学习的"古作者"。可见,李之仪尺牍的集结不再是因其人的声望,而是将其尺牍写作技法列为可供学习的典范。

在士大夫尺牍成为写作典范的过程中,孙觌起到了至关重要的作用。孙觌以四六名家,四库馆臣称:"觌所为诗文颇工,尤长于四六,与汪藻、洪

---

① 朱刚《苏轼苏辙研究》,第84页。
② 杜仁杰《欧苏手简序》,佚名编《欧苏手简》卷首。
③ 杨洄《欧苏手简跋》,转引自汪超《日藏朝鲜刊五卷本〈欧苏手简〉考》。
④ 周紫芝《太仓稊米集》卷五一《姑溪三昧序》,文渊阁《四库全书》本。
⑤ 脱脱等《宋史》卷三四四《李之仪传》,第10941页。
⑥ 周紫芝《太仓稊米集》卷五一《姑溪三昧序》。
⑦ 王柏《发遣三昧序》,第64页。

迈、周必大声价相埒。"①其尺牍亦为人所重,国图藏明抄七十卷本《南兰陵孙尚书大全文集》收入尺牍十四卷。此外,孙觌还有单行的《李学士新注孙尚书内简尺牍》十六卷,南宋蔡建侯称:"富春故侯孙公觌独造是三昧,凡其片纸只字之遗落人间者,无不宝之以为矜式。"②墨迹散落世间,为人所宝,与上述苏轼尺牍的流传相仿,而"造是三昧"云云,则与苏轼对李之仪的评价相同。可见,孙觌尺牍是在欧、苏、李谱系上的进一步发展。后人评价孙觌尺牍时,也常援引欧苏为其导夫先路,如明人钱溥"宋有欧苏二大家书札,皆曰小简"③云云。明代杨守陈为《内简尺牍》作序,特地对比了此书与欧苏尺牍之异同,称"欧苏之作,虽半楮几字,雨散于四方者,人尽掇拾之以板传。然语或鄙俚,句或雷同者有之。盖一时任意信笔,初不料其传而掇拾之者,未始择也",而此书则"文采清新华妙,靡苟遣之辞,鲜重出之句。诵之至竟皆可爱可欣,而无一可厌恶者。其固有意于传耶?抑编者尝为之择也。以余论之,可谓尽美而足法者矣"④,从中可以看出从欧苏到孙觌,人们对待尺牍态度的变化:欧苏于尺牍初不措意,但因其人声望过高,片言只语流落人间者,均被好事者收集起来,其目的在于更加全面地占有与其人相关的资料;而孙觌的《内简尺牍》,无论是作者还是编者,都开始注意到尺牍的辞采。作者以传世为目的精心撰作,而编者的用意也不再是求全,而是严加选择,力求"尽美而足法",即确立尺牍写作的典范。

以上仍是就"选"这一行为而言,在这一点上,前举《姑溪三昧》已经可以看出端倪。在此基础上,孙觌对尺牍发展的贡献还在于,《李学士新注孙尚书内简尺牍》是迄今所见第一部尺牍注本。李注孙觌尺牍,虽也注重与孙觌尺牍有关的本事,这似乎又回到了欧苏尺牍知人论世的旧模式,但其重,还是在"教人写信"上,因此特重用语出典与互文关系。如马强才指出:"李祖尧在注释之时,引用苏轼诗歌最多,其次尺牍和文章。这就表

---

① 永瑢等《四库全书总目》卷一五七,第 1356 页。
② 蔡建侯《李学士新注孙尚书内简尺牍序》,《宋孙仲益内简尺牍编注》卷首。
③ 钱溥《成化本内简尺牍序》,《内简尺牍》卷首,文渊阁《四库全书》本。
④ 杨守陈《杨文懿公文集》卷二五《内简尺牍序》,《丛书集成续编》第 112 册,上海书店,1994 年,第 687 页。

明,李祖尧看到了苏轼尺牍的经典地位,更看到了孙觌对苏轼文学的学习和效仿。"①李氏指出孙觌尺牍与苏轼诗文的联系,灼然洞见。钱锺书先生指出:"仲益诗学东坡,笔力颇健。"又称其尺牍"务为雅语,而破碎乏韵味,摭用坡语多"②,同样指出了孙觌诗文尺牍对苏轼的学习模仿。而李注标出孙觌尺牍与苏轼的互文性,可以说明两点。其一,孙觌尺牍不再是随意为之,而是像诗歌写作一样,追求"无一字无来处",追求语言的典雅与语典、事典渊源有自。宋人尺牍这一发展趋向在黄庭坚已初露端倪,如钱锺书先生指出:"宋无名氏《南窗纪谈》谓黄鲁直作小简始专集取古人才语以叙事,朱弁《曲洧旧闻》卷九论宋人尺牍,亦谓山谷专集取古人才语以叙事。"③而李注孙觌尺牍钩稽语典的做法,则将尺牍写作的这一动向明确展露出来。其二,李注孙觌尺牍引用苏轼尺牍,也说明苏轼尺牍不再只是作为与苏轼其人有关的资料,而已经作为尺牍写作的范本,受到尺牍作者与注释者的关注。

尺牍的结集,代表着一种文章传统的形成,欧苏尺牍的编订是这一进程的开端,如周作人所说。而南宋士人关注到欧苏以后尺牍结集用意的变化,如朱弁指出:"旧说欧阳文忠公虽作一二十字小简,亦必属稿,其不轻易如此。然今集中所见,乃明白平易,反若未尝经意者,而自然尔雅,非常人所及。东坡大抵相类,初不过为文采也。至黄鲁直,始专集取古人才语以叙事,虽造次间,必期于工,遂以名家。二十年前士大夫翕然效之,至有不治他事而专为之者,亦各一时所尚而已。"④岳珂也提到:"小技如尺牍,本朝惟山谷一人。"⑤至王柏编《发遣三昧》,目的已在于教导子侄,"望其能倒学以识文章之正气"⑥。可见,南宋士人已经十分注重尺牍写作,并构建起自欧苏以下的典范谱系。上文所论自欧苏至李之仪、孙觌尺牍集的编刻与接受,正反映出这一尺牍典范谱系的确立与演进过程。

---

① 马强才《古代诗文注释领域的一次开拓——李祖尧编注〈内简尺牍〉论略》,《华西语文学刊》第七辑,四川文艺出版社,2012年,第164页。
② 钱锺书《钱锺书手稿集·容安馆札记》卷一第二二六则,商务印书馆,2003年,第342—343页。
③ 钱锺书《谈艺录》,生活·读书·新知三联书店,2011年,第77页。
④ 朱弁《曲洧旧闻》卷九,中华书局,2002年,第215页。
⑤ 岳珂《桯史》卷一五,中华书局,1981年,第173页。
⑥ 王柏《发遣三昧序》,第64页。

三、从庙堂到江湖：《五老集》与尺牍典范的民间属性

在今存宋人尺牍总集之中，《五老集》颇具代表性。是书所收，为苏轼、孙觌、方岳、卢方春、赵清旷五家尺牍。通过五人的身份特征与尺牍写作的特质，可以一探宋人所构建的尺牍典范的特性。

其中的苏轼、孙觌两家，为宋人标举的士大夫尺牍写作典范，前文已有论述。但是，如果与传统的诗文写作相比，士大夫尺牍的写作仍然可以显示出其特殊性。如周作人所说："写尺牍的人虽不把它与'书'混同，却也换了方法去写，结果成了一种新式古文。"①这种不同于传统古文的"新式古文"，便是今天文学史上所说的"小品文"。古人同样看出了这一点，于是在指导尺牍写作时，也会陈列小品文的典范作品，以展示此类文体的一般作法。如五卷本《欧苏手简》"卷五别录苏轼、林逋、颜真卿等尺牍、小品"②。这些明显溢出"欧苏手简"范畴的内容，显得有些文不对题，只能解释为同类文体的写作示范。由此也可以看出古人眼中尺牍与小品文的联系。有关"小品文"，钱锺书先生有精湛的描述，他将"小品文"与"极品文""一品文"相对，认为"小品文"是"家常体（familiar style），因为它不衫不履得妙，跟'极品'文的蟒袍玉带踱着方步迥乎不同"③。这一点，也反映在古人对尺牍的界定上。周必大在整理欧阳修尺牍时称："吉、绵本书简，有论文史、问古事之类，已移入《外集》第十六、十七、十八、十九卷中。"④可见，在周必大看来，这些涉及"文史""古事"的作品，是"蟒袍玉带"的"文章家大典册"，属于传统古文的"书"，而应当剔除出"尺牍"的范畴。由此，苏轼、孙觌虽然具有士大夫的身份，但当他们写作尺牍时，已不是着蟒袍、系玉带，立于朝廷的苏轼、孙觌，而只是作为"人"的苏轼、孙觌，写作"跟实际

---

① 周作人《五老小简》，第72页。
② 汪超《日藏朝鲜刊五卷本〈欧苏手简〉考》，《文献》2018年第5期。
③ 钱锺书《近代散文抄》，《人生边上的边上》，生活·读书·新知三联书店，2002年，第319页。
④ 欧阳修《书简》卷一〇，《欧阳文忠公集》卷一五三。

人生直接打交道的文字"①。他们笔下的尺牍典范作品,也具有不同于庙堂之作的特质。

如果说传统古文是冠冕堂皇的文章,其用意在于昭告天下,尺牍便是友人之间的窃窃私语。这样,尺牍便与传统古文及其所立足的庙堂形成了天然的对立。因此,士大夫尺牍的重要意义,往往体现在他们被逐出庙堂,不能或不敢从事传统诗文写作的时候。如浅见洋二在讨论"言论统制下的文学文本"时,便特别关注到苏轼谪居期间有关"避言"的言论,以及尺牍在表达这些言论时的重要作用,认为:"这些言论的表达,正是因为墨迹、石刻文本的私密特质才成为了可能。"②又如付梅指出,在北宋党争的政治背景下,"政治形势恶劣,正统文学受到牵连与监控,文人将注意力与情感投射到'小道'尺牍之中。此时尺牍中最大的一个主题即是对痛苦的排遣及对人生意义的追索"③。由此,尺牍在士大夫文学传统中,与"谪居文学"有着千丝万缕的联系。孙觌尺牍也体现出谪居心态。孙觌一生闲废二十余年,所作尺牍,亦多在退居期间。前举杨守陈为《内简尺牍》所作序,便称:

> 《内简尺牍》百余篇,皆尚书公退闲之时之笔也。其间有曰:"轩冕之乐,造物者视之不甚惜,独于一丘一壑,未尝辄以与人。"自叙有曰:"柳子厚不堪谪辱,欲自比于甕浮屠、病颡之驹,而怨怼不已。至比天为痈痔,草木、果蓏,呓呓至老死,其于定命,初无一毫之加。故某不敢以身之进退荣辱,望当世君子。"……其意度闲雅,识见迥迈若此。④

其于尺牍中表达谪居之适,以为丘壑之乐不减于轩冕期中所见,既不是朝堂之上节行备受诟病的孙觌,也不是草拟制诰文采飞扬的孙觌,而是谪居期间,丢弃一切外在身份、直面自己内心世界的孙觌。同样作为士大夫尺

---

① 叶圣陶《谈语文教本——〈笔记文选读〉序》,《叶圣陶语文教育论集》,教育科学出版社,1980年,第185页。
② [日]浅见洋二著,李贵等译,李贵校译《文本的密码——社会语境中的宋代文学》,第53页。
③ 付梅《北宋尺牍中士人出处矛盾心理与解脱之道》,《古典文献研究》第17辑下卷,凤凰出版社,2015年,第118页。
④ 杨守陈《内简尺牍序》,第687页。

牍典范的李之仪尺牍也能够体现出这一点，如杨兴美指出，李之仪尺牍"集中作于贬居期间，可以说是文人在谪居时期创作的最典型代表。而且，李之仪的尺牍始终贯穿着浓烈的'情'，真实展现着一个遭贬文士的内心世界"①。

由此看来，上述尺牍典范作品，其作者虽然都属于士大夫阶层，但在写作尺牍时，都已经剥落了士大夫的身份，沉潜于山林丘壑之间，以其士大夫的文字修养，书写非士大夫的情怀。文言写作也经由尺牍，从魏阙延展至江湖。

《五老集》中收入的另外两位作者——方岳与卢方春比较特殊。他们都曾中进士第，方岳还有过不算小的官职。但是，两人身上的士大夫属性都不是很明显。方岳一度被视作江湖诗人，这一点虽然还存在争议，但钱锺书先生创立"江湖体诗人"这一概念，用以定义方岳在诗坛上的位置，认为"巨山为江湖体诗人后劲，仕宦最达"，调和了其士大夫身份与近于江湖的诗歌风格，可为定谳。②卢方春曾入太学，《两浙金石志》载《宋封太学灵通庙敕牒碑》有"服膺斋长卢方春"云云③。嘉熙二年(1238)高中省元，《万历温州府志》"嘉熙戊戌周坦榜"中称卢方春为永嘉人，"省元，工诗"④。尝任主考，《康熙广东通志》载："郭阊，字开先，番禺人。三预计偕褒然为举首。柳南卢方春柄文衡，得其文惊异之。"⑤又尝与刘克庄等校订《文章正宗》，刘克庄自述："顷余刻此书于番禺，委同官卢方春辈置局刊误，属以召去，去时书犹未成。"⑥赵汝回有《送卢五方春分教端州》⑦，则卢方春亦尝任州郡学官。这些都显示出卢方春具有士大夫身份。但除此之外，我们几乎无法按照对待士大夫的方式去阐释与解读卢方春。卢方春善书法，《癸辛杂识》中提及廖莹中"刻小字帖十卷，则皆近世如卢方春所作秋壑

---

① 杨兴美《李之仪尺牍研究》，暨南大学硕士学位论文，2008年，第20页。
② 钱锺书《容安馆札记》卷一，第252则，第410页。参季品锋《钱锺书与宋诗研究》，复旦大学博士学位论文，2006年，第100—101页。
③ 阮元《两浙金石志》卷一一，《续修四库全书》第911册，上海古籍出版社，2002年，第72页。
④ 汤日昭、王光蕴《万历温州府志》卷一〇，《四库全书存目丛书》史部第210册，齐鲁书社，1996年，第685—686页。
⑤ 金光祖《康熙广东通志》卷一六，《广州大典》第246册，广州出版社，2015年，第540页。
⑥ 刘克庄《郡学刊文章正宗》，《刘克庄集笺校》卷一〇六，中华书局，2011年，第4420页。
⑦ 陈起《江湖后集》卷七，文渊阁《四库全书》本。

记,王茂悦所作家庙记、九歌之类。又以所藏陈简斋、姜白石、任斯庵、卢柳南四家书为小帖,所谓世彩堂小帖者。"① 其尺牍的最初结集,或许亦与其书名有关。除此之外,《五老集》所收卢方春尺牍,多为馈赠邀约、日用通问之作,完全是一派日常生活气象。可以认为,与方岳相仿,卢方春也是活动于江湖之中的士大夫。

至于《五老集》所收赵清旷一家,则纯为民间作者。此人生平几乎无考,《四库总目》有"清旷赵先生"云云,则"清旷"二字当为其号,其真名亦不得而知。只知此人为永嘉人,与北磵居简有来往。《北磵诗集》有《李燕公生华亭尉厅旧有相公阁可斋洪少府于废址更为梦燕堂用玉燕入怀事永嘉赵清旷索同赋》一诗云:"适笔胥氏问津来,祥兆其先必有开。偶尔入怀真是玉,及乎同梦却非梅。曰兰倘可名千古,指李何妨又一回。未问读书堂上客,断轮堂下亦英才。"② 此为笔者目力所及有关赵清旷生平的唯一资料。可见,此人实为不知名的地方文人。但这里所谓的"不知名"是就今人对文学史的认识而言,在当时当地,赵清旷应当小有名气。此人虽然在今天生平无考,但是在宋元之际的民间日用类书中,却颇受欢迎。举元代刘应李所编《新编事文类聚翰墨全书》为例,此书癸集卷三收入赵清旷《谢净士长老清明送物》,后甲集卷四则收《社日送物小柬》二篇、《重午送物》、《清明送物小柬》、《冬至送物骈札》二篇、《答七夕送物》四篇,以及未题名的《小柬》三篇。可见,在民间节庆酬赠尺牍领域,赵清旷被视作典范。不仅如此,赵清旷还出现在此类类书编者的行列之中。《四库全书总目》总集类存目载《启札锦绣》一卷,称:"永乐大典本,旧本题清旷赵先生编,不著其名。所录皆南宋人启札,而不题作者之姓名。盖当时盛行此体,书贾采辑刊版,备挦撦之用耳,不足以言文章也。"③ 同样可以看出赵清旷在庶民写作群体中的影响力。

由此看来,《五老集》所收作者,正好涵盖了传统士大夫、江湖士人与纯粹的民间写作群体。全建平在研究《新编事文类聚翰墨全书》时指出:

---

① 周密撰,吴企明点校《癸辛杂识》,中华书局,1988年,第86页。
② 北磵居简《北磵诗集》卷一,《和刻本中国古逸书丛刊》第50册,凤凰出版社,2012年,第332页。
③ 永瑢等《四库全书总目》卷一九一,第1736页。

"其收录的诗词文章绝大部分是宋人的,著名者、地方知名者、无名者鼎足而三。"①这一构成,移诸《五老集》也同样成立。应当指出,《五老集》的组成未必是刻意为之。如前所述,《五老集》中五人作品,是以小集的形式分别流传的,一直到今天所见的《五老集》,仍然保持着小集汇刊的形式。这种形式的总集是不稳定的,随时有添减的可能,如前所述《四库全书总目》著录的六卷本《群公小简》,便是在《五老集》的基础之上,添补欧阳修一卷而成。准此,《五老集》五位作者的聚合,应当具有一定的偶然性。但也正因其偶然性,使之具有了更为普遍的代表性。结合前举《翰墨全书》的构成,可以说,《五老集》所收入的五位作者,恰好是当时尺牍典范的缩影。在上述典范作家作品中,士大夫—地方知名者—无名者本身已经构成了由官方向民间的梯级结构。况如前所述,即使是士大夫的作品,也已经剥离了作者的士大夫身份。这样,可以认为,尺牍典范的确立,标志着立足于民间的古文写作传统正在形成。

四、技艺与日常：宋代尺牍典范的渊源与转向

虽然尺牍写作与尺牍集的编纂至宋代才受到重视,但事实上,有关尺牍写作的讨论,并不始于宋代。早在西晋以降,士人们便已经开始关注并讨论尺牍的写法。相关的论述呈现为"书仪"的著作形式。宋代的尺牍集与民间日用类书,或可视作"书仪"类著述的延续。

关于西晋至唐代的书仪,论者已经有较为详尽的研究。关于"书仪"类著作的功用与类型,吴丽娱指出：

> 尺牍文翰的修养与世家大族的交友之道及优美辞令相结合,于是有月仪的产生；与世族礼法结合,于是有吉凶书仪；与表章书檄等朝廷官府公式文牍结合,于是有表状笺启书仪文集。此三种书仪是魏晋以迄唐五代所见最多的书仪类型,敦煌写本书仪也正可以从此

---

① 仝建平《〈新编事文类聚翰墨全书〉研究》,宁夏人民出版社,2011年,第1页。

三种类型中找到依据。①

从中可以看出,中古对于尺牍的关注是与士族礼法、交际以及庙堂公文密切相关的,事实上是仪制在书面的延续。如郭炎武所说:"既然书信交际是面谈交际的补充和延伸,那么,面谈交际的仪式行为也就必然会以某种形式映射或渗透到文本之中。"②而《隋志》乃至《通志·艺文略》等,都将晋宋以来书仪著录于"仪注"类之中,也可见对于此类著作性质的判定。直到北宋司马光所编《书仪》十卷,仍然具有仪制性质。除卷一为书式外,此书其余各卷均为仪典。姚永辉在胪列宋人所修仪典之后总结道:"具有通礼性质,囊括冠、婚、丧、祭且流传至今的礼书属《司马氏书仪》和冠名为朱熹的《家礼》最受人瞩目。"③显然是在礼书的范畴中审视司马光《书仪》的。

但是,中古书仪所立足的士族礼法,在唐末五代受到了严重的冲击,至宋代已难以维系。如朱刚所说,经由科举选拔出的庶族知识分子"没有受过严格的家礼教养,所以在礼学上是无法与士族争雄的"④。因此在交际方式与交际文书的写作方面,宋人也会产生异于唐代的面貌。前举司马光《书仪》虽然还保存着中古书仪的样貌,但所涉仪制也不得不迁就当世的具体情况,如朱熹所说:"温公则大概本《仪礼》,而参以今之可行者。"⑤交际方式方面,失去了血缘士族的依托,官僚体系便成为维系士人关系的重要方式,周剑之在研究宋代启文时指出:"综观宋人对启文的分类,最突出的变化,即以职官制度为基础,形成一张繁密的士人关系网络。如同一张简明的职官表,上至师保、宰执,下至州县官员,几乎将宋代职官体系中的各种职位包罗殆尽。"⑥无独有偶,宋人尺牍集之编次也呈现出这样的面貌。前文提及,宋人尺牍集最原始的编纂方式是按照受书人编次,

---

① 吴丽娱《唐礼摭遗——中古书仪研究》,商务印书馆,2002年,第2页。
② 郭炎武《论唐宋书信的仪式属性及其社会秩序的建构功能》,《江西社会科学》2011年第3期。
③ 姚永辉《从"偏向经注"到"实用仪注":〈司马氏书仪〉与〈家礼〉之比较——兼论两宋私修士庶仪典的演变》,《孔子研究》2014年第2期。
④ 朱刚《唐宋四大家的道论与文学》,东方出版社,1997年,第26页。
⑤ 黎靖德编《朱子语类》卷八四,中华书局,1986年,第2183页。
⑥ 周剑之《新型士人关系网络与宋代启文的繁盛》,王水照、侯体健主编《中国古代文章学的阐释与建构:中国古代文章学三集》,复旦大学出版社,2017年,第124页。

这是受尺牍文献收集过程影响之固然。但是，不同的受书人之间应当如何排列？一些尺牍集选择了依照受书人官职高低的排序方式。如朱刚指出："《欧苏手简》仅以'司马温公'为首而已，《翰墨尺牍》则把地位高、名气大的人物都排在前面。"①与此相似，《内简尺牍》卷首有"分类之目"，实则依官职陈列受书人身份，自少傅以至于祠禄官。这种以受书人官职编次的方式，与上文提及的启的编次如出一辙，显示出类似的交际方式。

在交际文书的书写方面，宋人也显示出与中古的不同。当尺牍承担士族仪制的功能减退之后，宋人开始重视尺牍的写作技艺与辞采。如付梅所说，宋人尺牍"从虚文客套中解放出来，专门用以知己私交之间传情达意"②。所谓"虚文客套"，如宋人孔平仲所言："时国禁书疏，非吊丧问疾不得辄行尺牍。"③又如沈括所言："晋、宋人墨迹多是吊丧、问疾书简。"④宋人希望建立有别于此的尺牍范式，如洪迈评价蔡襄尺牍，称："此帖语简而情厚，初无寒温之问，寝食之祝，讲德之佞也。"⑤这里显然着眼于与晋宋"吊丧问疾"尺牍有别的属性，以"语简情厚"为尺牍之范式。所谓典范作品的尺牍集也便应运而生，并成为尺牍写作的教学读本，如前举朱刚文指出，上述依受书人编次的苏轼尺牍"皆以供人学作尺牍为出版目的"⑥，指出了尺牍集所建构的典范对尺牍写作的指导作用。又如《内简尺牍》蔡建侯序称："凡其片纸只字之遗落人间者，无不宝之以为矜式。……尝类而笺之，且欲刊之书肆，以便览者。"⑦明确指出编注此书的目的在于方便学习尺牍写作之人。五卷本《欧苏手简》则附录书信活套，而以正文中所收尺牍、小品文实之，其指导写作的用意更加明显。宋人开始注重尺牍技艺的习得，而仪制则退居其次。尺牍集在宋代也已经不是"仪注类"著作，而成了文章选本。

科举制度缔造了宋代有别于中古士族的士大夫群体，同时，宋代的庶

―――――――
① 朱刚《苏轼苏辙研究》，第72页。
② 付梅《宋人尺牍的文学性》，《南京师范大学文学院学报》2014年第4期。
③ 孔平仲《孔氏谈苑》卷四，中华书局，2012年，第259页。
④ 沈括《梦溪笔谈》卷一七，中华书局，2015年，第163页。
⑤ 洪迈《容斋随笔》卷一五，中华书局，2005年，第196页。
⑥ 朱刚《苏轼苏辙研究》，第72页。
⑦ 蔡建侯《李学士新注孙尚书内简尺牍序》，《宋孙仲益内简尺牍编注》卷首。

民阶层,一定程度上也是由科举制度缔造的。在讨论宋代士人阶层分化时,内山精也曾经表示:"每三年一开科举,就有多达十万人规模的落第者产生,不能升进为'士'的他们,其结果当然是沉淀在民间了。……这就意味着,如果科举被继续实施下去,那么在'庶'的阶层中,每三年就会增加十万懂得文言,能够使用文言的人。毫无疑问,围绕科举的这种机制,具有将文言(以及官话)向民间徐徐渗透的力量。"①落第举子与及第进士,所秉持的是相同的教育背景与知识结构,其中自然包括为应对文书行政而具备的文章写作能力。落第使得这些人沉淀在民间,也使这种文章写作能力沉淀在民间。

尺牍作为一种日用文书,充斥在宋代的民间生活之中。基于上述宋代士、庶阶层的联系,甚至可以认为,日常文书往来,一定程度上也是对公文往来的一种模仿。前文所言士大夫尺牍集的编次对启文的模仿便是例证,如果说尺牍往来具有日用性的话,那么启文的投递一定是基于官僚体系的。而指导民间文书写作的《五百家播芳大全文粹》,其"叠幅小简"类也依照受书人官职分类,自宰相至县官。可见,依受书人官职的编次方式,正是民间古文写作传统受士大夫写作影响的一点痕迹。事实上,"尺牍"这一文体,本身也曾经作为公文文体使用。如前举吴丽娱对中古书仪的描述中,便有"表状笺启书仪"一项。在宋代,"尺牍"又称"启札",而"启""札"两种文体,原本皆为公文。"启"在宋以前被作为一种上行公文,用于陈情、奏事;"札"则更为灵活,既可为上行公文,又可为下行公文,还可为平行公文,欧阳修称:"凡群臣百司上殿奏事,两制以上非时有所奏陈,皆用札子,中书、枢密院事有不降宣敕者,亦用札子,与两府自相往来亦然。"②而二者都经历了如前举邹志伟文中所说的"从公牍到私书"的转变,元人熊禾称:"书坊之书,遍行天下,凡平日交际应用之书,例以启札名,其亦文体之变乎?"③付梅则表示:"宋代以前尺牍概念广及一切公私书

---

① [日]内山精也《宋末元初的文学语言——晚唐体的走向》,高克勤、侯体健编《半肖居问学录》,上海人民出版社,2015年,第178页。
② 欧阳修《归田录》卷二,中华书局,1981年,第29页。
③ 熊禾《新编事文类聚翰墨全书序》,刘应李《新编事文类聚翰墨全书》卷首,《续修四库全书》第1219册,上海古籍出版社,2002年,第367页。

函,应用性是其首要功能。宋人尺牍概念则明确为私人书简的总称。"①

获得了写作能力的庶民阶层,也模仿士大夫的方式,经营起自己的交际网络。马强才指出:"对于文人士大夫而言,书信应酬可谓基本的技能和必修的课程。"②其中作为士大夫基本技能的书信应酬,也被带入了民间社会。仝建平在描述《翰墨全书》的性质时指出:"该书主要是为具备一定文化程度的人士书写应酬交际文书而编纂的。"③便是就这一部分书信写作而言的。如前所述,《五老集》的构成与《翰墨全书》等民间日用类书相呼应,显示出民间古文写作传统的形成。但这一传统并不是凭空而来的,而是对士大夫写作传统的模仿。前举仝氏书中也指出:"宋代士大夫交际以启札为风尚,上行下效,影响到民间应酬交际文书的渐趋流行。"④由此也可以看出古文写作传统自上而下的流转过程。可以说,作者群体由士向庶的沉降,与文体自身由公到私的转变,共同促成了宋代以"尺牍"为代表的民间日用文书写作传统最终形成。

小　结

宋人尺牍代表了民间的古文写作传统,这一传统有别于中古的文章写作,也与宋代士大夫的古文有所不同。宋人尺牍集的编纂首先以尺牍小集的形式出现,这些小集一部分汇入作者的个人别集之中,一部分合为尺牍总集,甚至出现了单行的尺牍注本。士大夫尺牍的结集,起初是因为其人的声望,读者希望更为全面地占有其文献资料。与此同时,尺牍集作为典范作品,指导尺牍写作的功能日益凸显。不仅是士大夫作品可以成为典范,事实上,宋人的尺牍典范呈现出士大夫—地方知名人士—无名人士的梯级面貌。而即便是士大夫的尺牍作品,也具有有别于庙堂的非士大夫属性。科举制度同时缔造了宋代不同于以往的士、庶阶层,二者构成

---

① 付梅《宋人尺牍的文学性》,第88页。
② 马强才《古代诗文注释领域的一次开拓——李祖尧编注〈内简尺牍〉论略》,《华西语文学刊》2012年第2期。
③ 仝建平《〈新编事文类聚翰墨全书〉研究》,第1页。
④ 仝建平《〈新编事文类聚翰墨全书〉研究》,第36页。

宋代尺牍的写作主体。前者在唐宋之际社会转型的影响下,摆脱了中古书仪对仪制的重视,建立起注重写作技法与辞采的尺牍典范。后者则将原本属于士大夫阶层的文言写作带入了民间日用。

宋代尺牍之面貌如此。降及明代,尺牍写作与尺牍集的编刻更为繁荣。前文所述,作为尺牍写作主体的沉潜在民间的写作力量,在明代愈发壮大。如欧明俊所说:"其时,山人墨客标榜成风,促进了尺牍创作。"[1]而这一写作群体,正是宋末士庶之间作者群的延续。如钱锺书先生所说:"江湖诗人之称,流行在《江湖诗集》之前,犹明末之职业山人。"[2]在明代,存在于士庶之间的"具备一定文化程度的人士"群体趋于稳定,并得到了制度保障。如内山精也所说:"明清时代对于举子已有一定的身份保障,士、庶之间产生了诸如'生员''举人'这样的身份。……上述那样的身份保障,等于从法制上承认了'士''庶'之间的中间阶层的存在。"[3]这是明代发生的新变化。但明代存在于士庶之间的写作群体及其所秉持的写作传统,实渊源有自。宋代尺牍写作与尺牍集的编刻,正为其导夫先路。

本 章 小 结

在宋代,中国全面进入了科举社会。科举对于宋代社会的影响是广泛而深远的,如论者指出:"科举制度的完善,吸引士人从边疆马上回到翰墨书斋,由此而造成宋代美学的人文旨趣和书卷精神。"[4]以为有宋一代士人的风貌,全由科举所塑造。对于作为个体的士人而言,科举渗透到了其生活的方方面面,如魏希德所说:"科举占据了士人生命的每一个阶段。从童年到青年,士人教育的重点都是考试所规定的知识和技能。成年以后,士人作为考生、教师、考官或者监督儿子学习的父亲继续和考试打交

---

[1] 欧明俊《明代尺牍的辑刻与传布》,《古典文学知识》2018年第4期。
[2] 转引自王水照《南宋文学的时代特点与历史定位》,《文学遗产》2010年第1期。
[3] [日]内山精也著,朱刚等译《庙堂与江湖——宋代诗学的空间》,第286页。
[4] 刘方《宋型文化与宋代美学精神》,巴蜀书社,2004年,第65页。

道。"①而对于作为群体的宋代士人而言,科举制度则造就了宋代不同于前代的士大夫阶层,同时也造就了远多于士大夫的备考学子与落第举子。可以说,一个宋代人自识字起,便无法逃脱科举制度的影响,无论他是否通过科举的选拔进入士大夫行列。他们自幼习得了适应科举制度的思维方式与表达方式,获得了相应的知识储备与写作能力。这些知识与能力将伴随他们终生,并不因为及第或落第而发生改变。由此,科举成为沟通士庶的桥梁。

在科举影响下的宋代士人中,有幸冲出重围,脱颖而出的士大夫久已为人所关注。而在此过程中产生的大量落第者与备考者,同样是不容忽视的。如前举魏氏书中指出:"参加考试的考生数目庞大,准备考试的人数更多,这都说明精英改变了对考试意义的看法。尽管士人了解登科人数有限,通过初级考试的机会也越来越小,他们还是继续投入到举业之中。参与不代表成功,登科也不代表入职政府,但是参与本身就能产生社会资本,这种资本在地方上可以带来权力和名声。"②可以说,通过科举跻身士大夫阶层的人毕竟是少数,参加科举而未能及第方是常态。宋代社会认可了这一群体,认为他们虽未能成为士大夫,却也因为参加过科举,或接受过举业训练,而在身份上具有了标出性。如葛兆光所说:"近年来相当多的研究都表明,宋代士人在通过科举进入政治权力之外,他们还有相当多的人处在国家与民众之间。"③由此,科举制度在产生士大夫的同时,也产生了数目可观的"士庶中间阶层"。后者同样掌握了举业知识与写作技能,却未能转化为出仕的凭证,便必然会寻找其他的出口加以释放和施展,从而形成了沉潜在民间社会的、有别于士大夫阶层的写作传统。因此,科举制度本身虽为选拔士大夫而设,但与之相配套的举业选本及相关的写作教学活动,却反映出宋代民间社会中"非士大夫"的文章写作形态。

举业选本的编者与潜在读者均属于"士庶中间阶层",自然逐渐远离

---

① [比]魏希德著,胡永光译《义旨之争:南宋科举规范之折冲》,第2页。
② [比]魏希德著,胡永光译《义旨之争:南宋科举规范之折冲》,第276页。
③ 葛兆光《中国思想史》第二卷,复旦大学出版社,2001年,第271页。

士大夫话语,脱离士大夫的控制。在选目方面,此类选本起初力图对士大夫经典古文作品重新加以解释,以为举业教学所用,最终终于脱离了士大夫写作传统,转而直接自科场之中寻找典范作品。《论学绳尺》代表了这一新动向,如明人何乔新所说,此书专选"南渡以降场屋得隽之文"①。由"以古文为时文"转而直接自时文之中寻求文章典范,举业选本所建构的经典谱系彻底与士大夫分离。与此同时,《论学绳尺》注中,每每关注与《十先生奥论》的互文性,显然是以《十先生奥论》为一先在之典范文本。可见,当时坊刻备程试之用的选本已经自成谱系。如《十先生奥论》《论学绳尺》诸书,绝少见于士大夫的记录,但如慈波所说:"《论学绳尺》在宋末的不断续刊,其根本原因当是由于此书'盛行于世',有高涨的市场需求。"②士大夫的讳言与此书的风行形成了鲜明的对比。可见,脱胎于科举制度的举业选本,已经完全脱离士大夫的掌控,在民间社会中的出版、市场、消费过程中实现了自主发展。

  传统士大夫赋予文章的功用是"经世致用",这一点在举业选本之中同样有效。如前所述,应考举子的知识储备与写作技能事实上是与士大夫相仿的,由此,在他们为应举出仕做准备的阶段,事实上也会进行有关现实政治的思考。如张海鸥所说:"无论科场论还是实用论,无论北宋南宋,论文的内容通常是论史、论理、论政。"③当然,举业选本所选科场论还有另一层功用,便是进身应世之阶。吕祖谦称"有用文字,议论文字是也"④,当是兼就两层功用而言的。到了尺牍选本之中,文章的功用便发生了变化,不再用于处理庙堂之上的经国之大事,转而用于民间日常的人伦往还。这样的转变,也是出于上述文章写作主体身份的变化,滞留在"士庶中间阶层"的作者,将官场通问的写作模式带入了民间社会,如内山精也所说,举业的肄习使"曾经作为士的表征而存在的文言,开始被许多非士阶层的人们所使用。这也是'神圣文章语'(文言)走向通俗化的表现形

---

① 何乔新《椒丘文集》卷九《论学绳尺序》,文渊阁《四库全书》本。
② 慈波《〈论学绳尺〉版本问题再探》,《文学遗产》2015 年第 4 期。
③ 张海鸥等《宋代文章学与文体形态研究》,中山大学出版社,2018 年,第 100 页。
④ 吕祖谦《古文关键·看古文要法》,《历代文话》第 1 册,第 237 页。

式之一"①。宋代尺牍的结集有着明显模仿启札的痕迹,而启札写作同样经历了这一转变过程,如邬志伟指出:"状、启、札从文体诞生时起为奏进之书,属于公牍,但随着时间的推移,这几种文体的使用群体和致书对象都出现下移。"②可见,文章的功用由经世致用转向人伦日用,正反映出文章写作主体的下移与文章的日常化转向。

　　上述文章写作下移的过程,还可以从《文房四友除授集》《文章善戏》所收拟人制诰中看出。从《文房四友除授集》中可以发现,两组制诰的作者,郑清之与刘克庄均有知制诰的经历,而写作这组文章时,或处于闲居,或处在外任。这一过程,是高级士大夫因自身身份的下移,将高阶层的文体书写带入了下层社会。而到了《文章善戏》中,便出现了大量生平不明乃至无名氏的拟作,③则是沉潜在民间社会的写作群体攫取了相应文体的写作权力。但不同于此前所论,在这两种选本之中,文章的功用均发生了转变。庙堂之上的官职除授并没在民间发展出相对应的职能,这些来自民间社会的拟作,完全是"无用"的以文为戏。此外,前文提及尺牍与宋代小品文的关系,而一部分小品文也流向"无用"一途。如王水照先生所说:"不刻意为文,只是信手点染,努力在三笔两笔中写出一种情调或一片心境。"④可见,这一类文章在一定程度上承担了诗歌的职责,抒情与审美成为其核心内容,外在的功用则退居其次。这可以视为文章日常化发展的新动向。

---

① [日]内山精也著,朱刚等译《庙堂与江湖——宋代诗学的空间》,第 285 页。
② 邬志伟《从公牍到私书:论唐宋启文的新变》,《海南大学学报(人文社会科学版)》2016 年第 6 期。
③ 关于《文章善戏》选目,参金程宇《静嘉堂文库所藏〈文章善戏〉中的宋元俳谐佚文辑存》,《稀见唐宋文献丛考》,中华书局,2009 年,第 108—126 页。
④ 王水照《宋代散文的技巧和样式的发展——宋代散文浅论之二》,《王水照自选集》,第 430 页。

结　语

一、本书的结论

本书所处理的具体问题，前文各节有各节之小结，各章有各章之小结，结论俱见，不必再作重复。在此，仅就绪论部分提出的三个核心问题，围绕本书所论，尝试抽绎出若干结论。

1. 宋人选宋文推动了文章学的成立

"文章学"的成立须建立在"文章"观念成熟的基础之上，因而宋人选宋文体现出宋代"文章"观念的成熟，正是其推动宋代"文章学"成立的机制。与此同时，"文章"观念呈现出"杂"的特征，很难用简单抽象的概念进行一言以蔽之的概括。而选本正是以其编选实践，完成了对"文章"观念的描述。

在宋代，"文章"摆脱了"文笔"对举框架，成为了一种有别于"诗"的著述形式，"文章"体式正式成熟。宋代出现了一批专选"文章"的选本，对这一体式进行了确认。如《圣宋文选》《古文关键》《崇古文诀》《文章轨范》《文髓》《妙绝古今文选》，以至《欧阳先生文粹》《曾南丰先生文粹》《三苏先生文粹》《龙川水心二先生文粹》，乃至《二百家名贤文粹》，书名中所标明的"文"，已不同于《文选》之"文"，而专指非"诗"之"文"。此外，选本首先是"集"。如章太炎所说："《七略》惟有诗赋，及东汉铭诔、论辩始繁，荀勖以四部变古，李充、谢灵运继之，则集部自此著。总集者，本扩囊别集为书，故不取六艺、史传、诸子。"[①]集部与经、史、子部最为显著的区别在于，集是单篇文章的集合，而非首尾完整的著作。由此，宋人选宋文包含的"诗文"对举框架，以及总集自身所隐含的"单篇"的要求，共同确定了"文

---

① 章太炎《文学总略》，《国故论衡》，商务印书馆，2010 年，第 81—82 页。

章"应当具备的"非诗""非著作"的体式特征。

随着体式的确定,"文章"观念的内涵也逐渐清晰起来,即以单行散句的"古文"为中心,与此同时,也兼包骈文、韵文等未能进入"诗文"对举框架中"诗"的范畴的文体。事实上,骈文、韵文也可以包含在"古文"观念之中,从而在以"古文"为中心的"文章"观念中占有一席之地。吴承学依据部分以"古文"命名的选本之选目,作出了宋人的"古文"观念"以散体文为主,但并不绝对排斥骈体文与辞赋"的判断。[①] 但在宋人选宋文的实践中,骈文与韵文仍具有一定的标出性,时时显示着与古文的区别。例如在《二百家名贤文粹》中,辞赋与箴铭颂赞等体屈居于全书之末,统归于"杂文"之中,显示出极次要的地位;而骈文在宋代被限制在了有限的应用场合,选本方面,也产生了专门应对相应场合的骈文选,如《五百家播芳大全文粹》,可以看出骈古文间存在的轩轾。在宋代的"文章"观念中,古文(散文)、骈文韵文隐然存在着形上等级差异,而二者共同构成的"文章"又优于"诗"。与文体互参现象中"以高行卑的体位定势"[②]相同,宋人选宋文中各种体裁的文本也在努力寻求进入更高等级的可能性。本为韵语的碑志与箴铭颂赞,可以因为散体序文而进入古文的行列,骈文与七言诗两种体式掺杂的乐语与上梁文,也更倾向于作为文章被接受。古文—骈韵文—诗的梯级结构由此可见。而宋代"文章"的内涵,正是以古文为中心,兼含骈韵文,而将诗排除在外的。

相应的,"文章"观念的外延也得到了扩展。章太炎在引述《论衡·超奇》有关儒生、通人、文人、鸿儒的论述后指出:"文与笔非异途,所谓文者,皆以善作记奏为主。自是以上,乃有鸿儒。鸿儒之文,有经传、解故、诸子,彼方目为上第,非若后人摈此于文学外,沾沾焉惟华辞之守,或以论说、记序、碑志、传状为文也。"[③]在宋代"文笔"框架既被"诗文"框架取代,"文章"观念也在一定程度上恢复了文笔未分时的样貌。但文章体式的确立与文章内涵的明确,使得"文章"有了立足的根基。基于此,"文章"便可

[①] 吴承学《中国古代文体学研究》,人民出版社,2011 年,第 329 页。
[②] 蒋寅《中国古代文体互参中"以高行卑"的体位定势》,《中国社会科学》2008 年第 5 期。
[③] 章太炎《文学总略》,第 74 页。

以将其畛域极大地向外开拓，而不必受到"非文"的诟病。由此，一批一向不入流的文体进入了"文章"的范畴，例如筵席之间优伶颂美宾主所用的乐语，以及用于建筑过程中重要仪式的上梁文。这些来自民间的文体，在宋代均被士大夫接受，而由宋人选宋文纳入"文章"的范畴。此外尺牍、题跋等文体，也日益受到宋人选宋文的重视，逐渐获得了"文章"的地位。同时，一批一向不为"文"的文本也被宋人的"文章"观念收入囊中。前引章氏之文进一步表示："昭明太子序《文选》也，其于史籍，则云'不同篇翰'，其于诸子，则云不以能文为贵。此为裒次总集，自成一家，体例适然，非不易之定论也。……且沉思孰若庄周、荀卿，翰藻孰若《吕氏》《淮南》？"①提出即使是以"事出于沉思，义归乎翰藻"为标准，子、史仍有进入"文"的可能。而宋人事实上已经进行过这一工作，当他们面对前人著述时，如《文章正宗》，将《春秋》三传、《国语》《国策》以至《史记》《汉书》割裂为单篇文章收入，《妙绝古今》则收《孙子》《列子》《庄子》《荀子》与《淮南子》，已经将经、史、子部著作改造为文章进行接受。而当宋人面对当代文章时，如《圣宋文选》《十先生奥论》，偏好收入同一作者的成组论体文，几同于子书；又如《续文章正宗》叙事类，备载当世名公之碑志，有如国史。如此，则是以文章承担起了子、史的功能。经历了体式与内涵的确定，"文章"已经成为一种独立的著述形式，虽然在功能上可以与子、史相通，但仍然是子、史之外复有"文"，而非以子、史为文。这便是"文笔"框架虽然瓦解，但"文章"并未恢复到"有文字著于竹帛"的宽泛概念，而是在外延扩大的同时保持了内核的稳定，在含义丰富的同时又具有特定的指向的原因。

当然，宋人对"文"或"文章"的使用是复杂的，"文章"观念的历时性演变在共时层面上均有所体现。如《宋文鉴》之"文"、《文章正宗》之"文章"，乃至《古文真宝》之"古文"，全部都是合诗文而言的。但是，宋人选宋文所体现的具有上述体式、内涵与外延的"文章"是最具有学术史意义的，这是"文章学"之"文章"。这样的"文章"观念的形成，为专门讨论"文章"的学

---

① 章太炎《文学总略》，第75页。

问,即"文章学"的成立提供了前提。

2. 宋人选宋文建构了"经典"的雏形

宋人选宋文所建构的经典,首先是"人"的经典,即经典作家谱系。古人评文,事实上更加重视文章的作者,如方孝岳所说:"一切的文章,本都是人的内心的表现。所以批评一切文章,都从作者的为人来着眼,才是高人一着。"①宋人尚"统",所建构的文统也是以人为中心的。

宋人选宋文建构经典作家谱系,大约可以分为三个阶段。第一阶段为北宋末期,以《圣宋文选》为代表。此书为现存编纂时间最早的宋人选宋文,特别重视北宋古文运动的先驱人物与北宋名臣,或许就是更早出现而已佚之《宋文粹》之流在北宋末期的汇总。王禹偁以及位列宋初三先生的石介、孙复悉数入选,范仲淹、欧阳修、余靖等庆历名臣,以及司马光、王安石两位熙丰之间的政治领袖也在选目之中。这在其他宋人选宋文中是很少见到的。以《宋文鉴》为例,仅收入石介文章十三篇、王禹偁文章六篇、孙复文章两篇。其他选本中,王禹偁、石介擢在高位仅一两见,而孙复则再未受到如此重视。

第二阶段为南宋中期,以《宋文鉴》及《古文关键》《崇古文诀》等为代表。表现为上述各家悉数退场,而"宋六家"的格局水落石出。事实上,《圣宋文选》所建构出的经典作家大致包含了三代人,即宋初古文先驱、庆历士大夫与元祐后学。这是一个按照时间顺序铺展开的谱系,如果正常发展,那么元祐后学的系统将更加清晰,他们也将完成经典化,南宋产生的《苏门六君子文粹》便显示出这一倾向。但宋室南渡打断了这一进程,"北宋"被割裂出来,成为事实上一个独立的历史阶段。选本对北宋文章进行经典化的任务,也由对当代文学发展的客观描述,变成了对前代文学成就的总结。于是,"宋六家"从宋初古文先驱与诸多庆历名臣之中脱颖而出,而以"苏门六君子"为代表的元祐后学则成为文章高潮之后的沉寂。在这一时期的选本之中,元祐后学的最终退场经历了漫长的过程。吕祖谦在《古文关键》中建立了距"唐宋八大家"仅一步之遥的典范

---

① 方孝岳《中国文学批评》,生活·读书·新知三联书店,2007年,第36页。

谱系,只是以张耒替代了王安石。于是张耒的退出与王安石的进入,即二人对"唐宋八大家"最后一个席位的"争夺",可视为"宋六家"的凝定与元祐后学退场的一个缩影。"宋六家"凝定之后,便成为超越时间的典范体系,从对北宋文章发展的线性描述中脱离出来,并在此后持续发挥着影响。

第三阶段为南宋后期,以《十先生奥论》《诸儒奥论策学统宗》与《文章正印》《古文集成》等为代表,标举出"奥论"系与理学家典范。笔者在此只能给出这一阶段的大致时段及代表性的选本,和大致的典范作家体系。因为这一阶段的特点,实在是小家喧腾,而未能有足以号令文坛或者足以代表当时文坛风貌的大家被选本推举出来。也就是说,当"北宋"成为一个独立的历史阶段,"宋六家"作为北宋文章的最高成就被标举出来之后,两宋之间的文章典范便出现了断裂。宋人选宋文并没有完成对南宋文章典范的提炼,在上述选本中,被选作家普遍依地缘或学缘分布。四川与江西自五代以来便是两大人文渊薮,在南宋文章选本之中,仍有大量川籍(或代表蜀学)与江西籍作家入选。而更为显著的,则是浙东文人与理学家的双峰并峙。南宋浙东地区成为文章学发展的重镇,吕祖谦注释了乃师林之奇所编的《观澜文集》,并自编了《宋文鉴》与《古文关键》,其本人的作品,也多为《十先生奥论》《二十先生回澜文鉴》等南宋选本所收,陈亮、叶适等也多见于上述选本,且二人又专有《龙川水心二先生文粹》。理学家一向不以文为能事,但在南宋文章选本之中却占据了重要的一席之地,不但有朱子后学所编专收理学家作品的《五先生文粹》《勉斋北溪文粹》等专门选本,而且在《文章正印》《古文集成》等书中,理学家作品也是以专题形式出现的。

与此同时,追求选文的时效性也是上述第三阶段选本的特征。被选作家的迅速更迭,使得潜在的典范作家尚未获得明确的标举,便已经过时。这一现象似乎表明,此一时期的选家已无意于作家的经典化,他们的兴趣在于提供最时新的"文"的样式。也就是说,此时正在发生着由"人"的经典化向"文"的经典化的转移。吴承学所划分宋人选本的编次方式,有"以人叙次"与"以技叙次"两项,前者的代表是《古文关键》《崇古文诀》,

后者则以《文章轨范》为代表。① 三种选本的比较正好可以看出上述转型,《古文关键》以人编次,其卷首冠以《看古文要法》,也多以人立论;《崇古文诀》虽仍按照作者时序编排,但已不见围绕作者的评价,各篇总评均就文章而言;至于《文章轨范》,则完全打乱作者,全然着眼于文章技法进行编次与评价。由对作者的重视转向对技法的重视,可以视作宋人选宋文在塑造经典过程中发生的转变。

总之,宋人选宋文的"经典化"与唐宋"古文运动"的进程相适应,建立起一批唐宋文章典范。如果我们将视野稍加扩大,还可以看出,宋代文章选本依照"古文运动"建立起的标准对先唐文章典范加以改造的"再经典化"过程。此实为中国古代文章学之转关,影响着以下千余年的文章接受。与此同时,还应注意到,宋人选宋文在塑造出经典的同时也对未能进入经典谱系的作家形成遮蔽。并且,宋人选宋文所建构的经典,与今人认识的文学史不尽相同。今人所标举的"中兴大家",多数被淹没在南宋文章选本的小家喧腾之中,而今天在文学史上的名气远不及四学士、六君子,文集亦不传的马存,在南宋几种主要的综合性文章选本中,共有九篇文章入选,虽然数量不多,但在前揭南宋选本中元祐后学集体退潮的背景下能有如此的入选规模,已经相当可观,其受重视的程度甚至超过了秦观、晁补之和陈师道。宋人选宋文距今尚远,尚待近千年的时间,对其中所体现出的经典作家作品进行淘洗,才能形成今人"一致"认定的经典。宋人选宋文之中,只是构建了这一"经典"的雏形。但这也恰好反映出宋人对于当代经典的原始认知,对于研究宋代文学史有着不可替代的作用。

3. 宋人选宋文展现了文章审美的变革

宋代处于中国传统社会大变革的时代。浑言之,则为宋代转型说,宋代结束了唐以前的中世时代,开启了元明清的近世;析言之,则又有唐宋转型说、两宋转型说、宋元转型说,宋代社会处在连续的变化之中,将中国传统社会由中世逐渐过渡到近世。这样的转变也深刻影响着宋人选宋文的编纂及其间表现出的文章批评。宋人汲汲于编选当代文章,塑造本朝

---

① 参吴承学《中国古代文体学研究》,第337—340页。

的经典,从历史的发展脉络上看,正是摆脱了中世以来的文章观念与文章传统。宋人选宋文所建构的文章典范,名义上追寻古代文章的写作方式,事实上则是为近世文章写作开创了新传统。明清两代无论是秦汉派还是唐宋派的古文写作,事实上都是沿着"八大家"的路径行进的。此为浑言宋代转型对于宋人选宋文与宋代文章学的影响。若析言之,则现存宋人选宋文多数产生于南宋,是南宋士人处在宋元变革的进程当中,回视总结唐宋变革的成果,并尝试处理当下社会变革产生的诸多新现象。宋代社会经历了连续变化,使得多种因素共同呈现于宋人选宋文所体现的文章批评之中,宋人选宋文与宋代文章学由此显得异彩纷呈。

如前引方氏之言所述,文章是作者内心的反映,文章的批评首先应从作者着眼,宋代社会文化的转型对于宋代文章学的影响,也重点体现在创作主体身份的转变上。在唐代,诗赋起家的进士群体开始崛起,经五代之乱,统治中世政治文化领域的门阀士族最终瓦解,唐代的进士集团也成长为成熟的科举士大夫。唐代进士素有"浮薄"之讥,宋人便称:"进士科当唐之晚节,尤为浮薄,世所共患也。"①他们视经学为迂阔,视吏事为俗务。这一现象在宋代发生了转变,科举士大夫在身份上逐渐形成了兼具官僚、学者与文学之士的面貌,在知识结构上,则集儒学、吏事、文章三位于一身。

这一转变自然也会投射到文章写作与选本编纂的过程之中。文章不再只是流连风月之物,处理政事与学问的文字进入了文章的范畴。诏令奏议是一度游离在文章观念边缘的一类文体,在总集的编纂中有独立的谱系。而到了《崇古文诀》,已经开始于偏重文章技法讨论的选本中收入奏议类文字,如所收欧阳修《论杜韩范富》,实即《论杜衍范仲淹罢政事状》。至真德秀《文章正宗》"辞命"类为诏令等下行公文,《续文章正宗》"论事"类为奏议等上行公文,正式将这类文体纳入"正宗"的文章。② 诏令奏议等各类公文终于成为宋人选宋文之大宗,甚至一向被视为吏事而不

---

① 欧阳修、宋祁《新唐书》卷四四《选举志》,中华书局,1975年,第1169页。
② 参拙稿《宋代文章纂集与公文文体转型》,《文艺研究》2022年第11期。

为文人所重的公移与判词,也进入了宋人选宋文之中。① 文章的领域得到了极大的拓展。

至于学问,凡一切科举士大夫知识领域所及,无不可发为文章。与此同时,宋人选宋文的编纂工作,也对于知识的管理表现出极大的重视。宋人知识结构的转变对于著作知识管理产生了影响,如巩本栋在研究类书时指出:"《艺文类聚》'杂文部'有'经典、谈讲、读书'三类,数量不足一卷。《太平御览》扩而大之,置'学部'十三卷,'学''经典''劝学'等 27 类,已十数倍于前书。这与自宋太祖以来崇儒重文的国策和重视读书的社会风尚是相吻合的。"② 这样的影响也体现在文章选本之中,大型综合性选本,如《二百家名贤文粹》,力图含括宋人可以通过文章展现的一切知识门类;又如《宋文鉴》,更是以整合元祐学术为指归。同样,持不同学术观点的士人,也力图以文章选本展现本学派在知识领域探索的成就,例如朱熹与陈亮,在学术上互不相让,却都热衷于欧曾选本的编纂。其编选的原则,都是基于自己的学术思考。天人之际的思考与文章表达成为一体之两面。同时,吏事与作文也不再相妨。这不能不说是文章创作主体身份的转变带来的文章学上的新现象。

降及南渡之后,文章的创作主体再次发生变化。"三位一体"的知识结构面临着瓦解,大量掌握文言写作能力的人未能跻身知识精英阶层,他们不再关注文章以外的事情,而以作文与传授作文技法为生,成为职业文章家。同时,出版业的高度发达,使得民间书贾也参与到文章选本的制作过程之中。文章写作主体与选本的制作者发生了如此转变,使得宋元之际的文章选本与文章学表现出对于技法的重视与强烈的摄利需求,这一转变又与社会历史的宋元转型相呼应。

二、承上启下的宋代文章学

从以上的总结中可以看出,把握宋人选宋文与宋代文章学的关键词

---

① 参拙稿《儒者之效:南宋地方行政与理学家的公移写作》,《中国文学研究》2022 年第 2 期。
② 巩本栋《〈太平御览〉的分类及其文化意义》,《中国高校社会科学》2016 年第 2 期。

在于"转型"。宋人选宋文所展现的文章审美的变革自不待言,"文章"观念的形成与文章典范的建构,在宋人选宋文之中,也经历了逐渐形成与不断变化的过程,这与前文所述宋代于中世、近世之间承上启下,其内部又处在连续变化之中的时代特征相一致。因此,任竞泽、谷曙光等在探究宋代文体学时所关注的"拐点"意义,事实上可以扩展至整个宋人选宋文与宋代文章学研究。以下,笔者拟再围绕"转型",即宋人选宋文所展现的宋代文章学的承上启下意义,展开若干问题。

1. 科举的意义

宋代进入了成熟的科举社会,科举考试的影响渗透到读书人的一生之中,举业对于文章写作的影响,也首先体现在文章的作者身上。前文所述宋代文章作者经历的两次转型,事实上都与科举密切相关。科举制度造就了宋代的科举士大夫阶层,从中走出了一批知识精英,他们占据了北宋文坛的核心,深刻影响了北宋一代的文章风貌。与此同时,科举也造就了数量更为庞大的落第者。他们活动在士大夫的周围,声名为科举士大夫所掩盖,或者偶然传世。在北宋,他们已成为一股潜在的文章史发展的力量。[①] 降及南宋,在逼仄的国势之下,立足庙堂的科举士大夫对于文坛的影响力开始减弱,这批掌握了科举所需的全部知识与技能,却未能通过科举选拔,处在士庶之间的落第者,与虽然及第,却未出仕做官,同样处在士庶之间的乡居士大夫结合,左右着这一时期的文章发展。由此可见,宋代文章作者身份的两次转型,均是科举造就的。科举也经由文章作者,影响了宋代文章学的转型。

具体到宋人选宋文对典范作家的建构,事实上也是与科举影响下文章作者的转变同步的。如前所述,《圣宋文选》特别重视宋初古文先驱与庆历名臣,此时尚处在科举在宋代发挥影响的初期。宋初的古文作者或者未能取得科名,但日后成为庆历名臣的新进士群体,正在努力寻求与这些人的合作。如朱刚所说:"主张改革的年轻官员(范仲淹、欧阳修等)为了与保守派的资深官僚抗衡,而求助于社会舆论,以官办学校聘用教授的

---

① 参朱刚《唐宋"古文运动"与士大夫文学》,第230—249页。

方式,积极收召民间思想家。"①宋初古文写作由此发挥出影响。至于宋人选宋文中"宋六家"格局的正式形成,同样与科举有关:"宋六家"本身便是宋代科举士大夫的最高代表。除此之外,应当注意到,虽然作为个体,六人进入古文经典行列的途径有异,但是作为整体的"宋六家"并不是偶然聚合而成的。三苏、曾、王全部是欧阳修的门下士,作为整体的"宋六家",事实上大体脱胎于"欧门文人集团"。而这一文人群体的最终形成,又与欧阳修主持的嘉祐二年(1057)贡举关系密切。王水照先生便指出:"这个嘉祐二年的举子集团,并非每人都是'欧门'的成员,但它以其高品位的学术文化根底和文学素质,为欧门的形成提供了优化组合的充足条件。"②嘉祐二年贡举素称"得人",而从中走出了"欧门文人集团",并最终以此为基础凝定为古文"宋六家",这恐怕是其对宋代文章学发展的最大贡献之一。

南宋文章选本所建构的文章典范虽然丛杂,但如上文所述,大体上呈现出浙东文人与理学家的双峰并峙。其中浙东文人的文章写作与关于文章的讨论,显然与举业教学相关。魏希德指出:"永嘉学术体现在永嘉教师举业课程的一些核心内容里面,这些内容强调经典诠释、历史研究、政府决策和文章写作能力。"③看似驳杂的永嘉学问,被统归于"备考"的视野之下,而他们有关文章之学的讨论,也列于其中。以宋人选宋文观之,如"以陈君举为主,而东莱、水心次之,固见其为出于金华学派"④的《十先生奥论》及其所代表的"奥论"系列选本,便是以传授科场之学为指归的。

自视为醇儒的理学家对此颇为不满,如朱熹称吕祖谦"又为留意科举文字之久,出入苏氏父子波澜,新巧之外更求新巧,坏了心路"⑤。但道学文章,事实上也发迹于举业。如所谓乾淳太学体,便是发源于科场的性理文章,正是科场的成功使得性理文章成为时尚。选本方面,无论出于本意与否,理学文章都被当做了举业范本。以《文章正印》为例,在是书序中,刘震孙将朱熹《中庸章句序》、邵雍《皇极经世书》等纳入文章之"正印",并

---

① 朱刚《唐宋"古文运动"与士大夫文学》,第91页。
② 王水照《嘉祐二年贡举事件的文学史意义》,《王水照自选集》,第202页。
③ [比]魏希德著,胡永光译《义旨之争:南宋科举规范之折冲》,第39页。
④ 蒙文通《中国史学史》附录《四库珍本〈十先生奥论〉读后记》,上海人民出版社,2006年,第157页。
⑤ 朱熹《晦庵先生朱文公文集》卷三一《与张敬夫》,《朱子全书》第21册,第1334页。

称:"学者玩味,因批以求意之相关,因点以观文字之造妙,则胸中洞融,笔下霶霈。擢棘闱,冠兰省,魁枫陛,累累之印垂金,腰间之印如斗,皆自此正印中来矣。"①显然是以道学为文章之正,而习得文章正印的目的,则是应举出仕。可见,南宋文章选本已经将道学文章纳入举业话语之中。

除以作者为媒介外,科举还直接影响到文章观念与文章批评。最为明显的,便是考试文体受到空前重视。如果说唐代试诗赋造就了"诗国高潮"的话,那么宋代试策论便培养了宋人好议论的作风。宋人选宋文非常重视议论文字,专收论体文的"奥论"系列选本且不论,即使在综合性选本之中,如《圣宋文选》所收十四家,多数均先收成组论,其后数篇他体文章,不过是点缀;又如《二百家名贤文粹》三百卷,议论性质的论著类独占将近一半篇幅;《续文章正宗》则在《文章正宗》的基础上,将"议论"拆分为"论理"与"论事"两类,也可见议论文章在宋代的高度发达。吕祖谦直截了当地提出:"有用文字议论文字是也。"②此言的背景正是举业教育。如果说诗赋策论尚有应举以外的功能,那么随着经义的兴起与试论的程式化,考试文章逐渐形成专门的体式。这些科举专用文体,也在宋代进入文章选本,作为"文章"得到了承认。《宋文鉴》收入了苏轼说书三篇、张庭坚经义两篇,展现出考试文体由策论向经义发展的过程。《论学绳尺》则专收体式上有别于实用论的试论,而此书所收的部分论题与范文,甚至就来自考场"真题"。③ 与此同时,随着文章写作在科举考试中作用的突显与科场文章程式化的发展,人们对于文章批评的兴趣,也逐渐转向对程式的分析与对如何取悦考官的探讨。考试需要相对公允的评价标准,文章也便逐渐由随物赋形变为法度森严,从而使对法度作理论化的描述成为可能。这实在关乎文章学之成立,祝尚书断言:"科举制度的变迁既是诗学、赋学和文章学发展的动因。"④"时文程式化是文章学成熟、成立的'接生婆'。"⑤

---

① 刘震孙《新编诸儒批点古今文章正印》卷首,台北"故宫博物院"藏宋刻本。
② 吕祖谦《古文关键·看古文要法》,《历代文话》第 1 册,第 237 页。
③ 参[比]魏希德著,胡永光译《义旨之争:南宋科举规范之折冲》附录二表 2,第 302—304 页。
④ 祝尚书《宋元文章学》,中华书局,2013 年,第 40 页。
⑤ 祝尚书《宋元文章学》,第 43 页。

由此可见，无论是文章观念的转变还是典范作家的更迭，都投射出科举的影响。而这一影响直接关系到宋人选宋文的产生与变化。宋人选宋文在"文选学"衰落的语境下产生，而任竞泽指出，宋代"文选学"衰落"则主要是由于《文选》自身功能上已然无法适应新的时代环境、科举制度的需要"①。由此，宋人选宋文终结了中世以《文选》为代表的文章经典。降及宋元之际，举业已经造就了大量沉潜于民间的士庶中间阶层，加之举业选本与民间出版的结合，造就科举士大夫的举业文章已经与士大夫身份分离。清人将"坊肆所售举业时文及民间无用之族谱、尺牍、屏幛、寿言等类"②排除在采书的范围之外，但此言正透露出科举将宋人选宋文带入近世的消息。

2. "周程、欧苏之裂"

所谓"周程、欧苏之裂"，是宋代思想史上的一大转关，同时也影响到宋代文章发展的进程。从作者的角度看，思想史上的"周程、欧苏之裂"正好是前文所述宋代文章作者两度转型之衔接。自中唐以来，士人的知识结构便发生着转变。经术上由章句训诂之学转向有关天人之际的探讨，文章上则由流连风月之作转向载道的古文。并且，思想借文章得到表达，文章也同样借助思想内容增重。学术与辞章成了一而二、二而一之事，儒学复古运动与"古文运动"同步展开。降及宋初，这场"复古运动"仍然在思想领域与文学领域同步推进，宋初古文先驱同时也是道学发展的先驱，这是宋代文章作者发生的第一次转型。随着二者各自向精深发展，其间的矛盾也越来越无法调和。同时，知识的累积也使得学者穷一生之力，也无法在双方均取得最高成就。于是"周程、欧苏之裂"不可避免地发生了，人们各得一偏，各自将自己所得的一部分知识进一步推向深狭，于是"文章"成为一门专业，这是宋代文章作者发生的第二次转型。由此看来，周程、欧苏之分裂造成了宋代文章作者的第二次转型，而"分裂"背后所包孕的未裂时的状态，正是宋代文章作者第一次转型的成果。

具体到宋人选宋文所推举出的"宋六家"文章典范，正好对应着"周

---

① 任竞泽《宋代文体学研究论稿》，商务印书馆，2011年，第179页。
② 永瑢等《四库全书总目》卷首，第1页。

程、欧苏之裂",表现出宋代文章发展史上富于包孕的时刻。《圣宋文选》标举宋初古文先驱与庆历名臣,则代表着文章、道术未分之时。宋初古文先驱也是道学的先行者,同时为文学史家与思想史家所重。而庆历名臣则代表了宋型科举士大夫的新面孔,是宋人知识结构走向"集三位于一身"的关键。到了"宋六家",无一不是宋型科举士大夫之中的佼佼者,他们的脱颖而出,正代表了文道未分之时知识阶层所能达到的最高成就。因此,宋人选宋文对"宋六家"的标举,正是周程、欧苏未裂之时的完成状态。但与此同时,"宋六家"又处在周程、欧苏既裂之初。如裴云龙所说:"和北宋六家散文有关的并称表述大多以欧阳修和苏轼为中心展开,由此分别形成了以欧、苏为核心的两个基本的经典子系统。"[①]可见,在周程、欧苏之间,"宋六家"系统事实上是偏重欧苏一端的。而周程所代表的"宋五子"系统,却始终未能进入古文家的经典体系,即便是朱门高弟真德秀依照道学标准编纂的《续文章正宗》,也未能以"宋五子"取代"宋六家"。可见"宋六家"的凝定是欧苏对周程的排斥,在总结周程、欧苏未裂的最高成就的同时,也将周程、欧苏撕裂开。这一过程事实上将文统从道统之中剥离出来,使文统获得了独立被标举的可能。如罗根泽所说:"苏轼虽'为辞章之宗'但还不忘情事理志业,到黄庭坚、陈师道的刻镂学诗,晁补之、李之仪的刻镂学文,才真是纯粹的辞章家,和谈道的性理家、谈事的经术家,各不相侔了。"[②]与此相呼应,"文章"观念也开始走向独立。文章不再是作者道德水平或所表达的思想内容的附庸,作为表现手法,文章获得了独立被评价的可能。南宋晚期选本对于技法而非作者的重视,展现出这一点。

"周程、欧苏之裂"标志着文章家与道学家的分道扬镳,然而,周程、欧苏既裂之后,二者也并非井水不犯河水,全然独立发展的。南宋的知识阶层虽然各得周程、欧苏之一偏,但始终希望恢复北宋典型的科举士大夫"集三位于一身"的知识结构,重建知识世界的秩序,并在新秩序中占据话语权。篇幅达到三百卷的《二百家名贤文粹》,几乎全面展现了宋人文章

---

① 裴云龙《北宋六家散文的经典化研究(1127—1279 年)》,北京师范大学博士学位论文,2015 年,第 159 页。
② 罗根泽《中国文学批评史》,商务印书馆,2015 年,第 804 页。

之中所能触及的一切知识领域。而具体到周程、欧苏之间,则前文所言南宋文章选本中双峰并峙的理学家与浙东文人,便分别为二者的代表。不同于北宋五子近乎偏执地强调作文妨道,南宋理学家或多或少地对文章之学持开放态度。他们或者标举道学之"正宗",对文章典范系统进行大刀阔斧的删削,或者以文章为表达手段,令其成为道学之附庸。总之,希望进行知识整合的理学家们,无法无视道学之外文章的存在,并想方设法将文章纳入他们以道学为中心的知识体系。至于浙东文人,或曰浙东学派,则是欧苏特别是苏轼一系在思想领域的延续。浙东学者实传苏氏之学,他们在欧苏文章之外,又传学术之薪火,与理学家分庭抗礼。总之,"周程、欧苏之裂"发生后,无论是思想家还是文章家,都没有安分地保守自己的分疆,而是不断试图对对方的领域进行争夺。南宋文献中也常常可以看到"欲合周程、欧苏之裂"的表述,只是这些努力最终都以失败告终,宋型科举士大夫的知识结构终于未能恢复,文章写作从此进入了"非士大夫"的民间社会。

虞集感叹宋末文道之离散,称:"宋之末年,说理者鄙薄文词之丧志,而经学文艺判为专门,士风颓弊于科举之业。"[①]倒是举业选本无意间完成了对周程、欧苏的统合。南宋讨论文章技法的选本,多数带有举业教学的目的,而道学文章也被《文章正印》《古文集成》等书收容,成为举业文章的范例。如前所述,举业的兴盛本身也具有强烈的民间属性,由此,在"周程、欧苏之裂"发生之后,无论统合二者的尝试成功与否,宋代文章作者与文章学都无法避免地向近世演进。

3. 欧苏与《宋文鉴》的意义

在周程、欧苏之间,欧苏一端显然是更具有文章学意义的。因而仅看欧苏一端,或仅看欧苏二人,同样可以发现其中所包孕的宋代文章学的转向。

如前文所述,"宋六家"格局脱胎于嘉祐二年贡举中形成的"欧门文人集团"。由此,身为座主的欧阳修,实可以一人之力,承担起此前所言"宋六

[①] 虞集《刘桂隐存稿序》,《全元文》第26册,第110—111页。

家"的文章史意义。欧阳修出身于庆历名臣群体,早年积极汲取古文写作方式和来源于民间的儒学复古思想,与范仲淹领导的政治改革同声相应,与宋初古文先驱声气相通,同时享年之久、官位之高,也使其足以成为宋型科举士大夫最高成就的代表。晚年汲引后辈,一手制造了享誉此后千余年的"欧门文人集团",堪为文坛之盛事,同时在思想上却未能跟进宋学之发展,与当时太学中流行的新思潮出现裂隙,埋下"周程、欧苏之裂"之伏笔。① 由此可见,宋代文章作者的关捩实在"宋六家",而"宋六家"则以欧阳修为机杼。事实上,在艺术审美方面,欧阳修也堪为宋代之枢纽。艾朗诺在研究宋代艺术审美转型时指出:"欧阳修品鉴书法不再以王羲之、王献之的典范为准则,这使他不得不面对一个难题,即书法好的铭文题材若与儒家教化相悖应当如何处置。牡丹花香艳诱人,不似松、竹、梅素淡高雅,向来不得士大夫青睐,却引起欧阳修的兴趣。同样,北宋文人将五代宫廷词人所避忌的市民俗味引入词内,也是一种突破。"② 由此可见,欧阳修结束了中世以宫廷文化和贵族沙龙为代表的审美风尚。而作为破后之立,来自民间的趣味被援入士大夫的审美思想之中。这一现象被程杰称作"草昧之气"③,诸多原本不应引发审美活动的事物均可进入审美领域,同样,原本不应归入"文章"观念或处于"文章"观念边缘的篇章,也都被接纳成为文章。

苏轼的贡献在于,将上述欧阳修的意义进一步强化并确定下来。以边缘文体之进入为例,欧阳修率先写作了《会老堂致语》,开启了士大夫自为私家宴饮乐语的先河。而此类宾主酬酢之乐语的发扬光大则是在苏轼集中,并在"后东坡时代",即黄、陈以下大肆流行,并最终使乐语成为一种士大夫交际应酬的实用文体,推动了"文章"观念的更新。此外,与欧阳修相比,苏轼的"草昧之气"更浓,如果说欧阳修自民间汲取养分,用以瓦解宫廷沙龙式的中世审美,所建立起的是一套宋型科举士大夫话语的话,那么苏轼虽然身为科举士大夫,但其所代表的审美思想事实上开启了向民

---

① 参朱刚《唐宋"古文运动"与士大夫文学》,第96—103页。
② [美]艾朗诺著,杜斐然、刘鹏、潘玉涛译《美的焦虑:北宋士大夫的审美思想与追求》,第2—3页。
③ 程杰《北宋诗文革新研究》,文津出版社,1996年,第92页。

间的转型。苏轼其人其文有着沟通士庶雅俗的能力。苏轼自言："上可以陪玉皇大帝,下可以陪卑田院乞儿。"①其身后的影响也是遍布于各个阶层的,如清人所言："大苏死去忙不彻,三教九流都扯拽。"②至于文章,苏轼也在欧阳修的基础上,对来自民间的边缘性文体投入了更多的关注。除前举乐语之外,苏轼将题跋、尺牍等书写个人心性的小品文也带入了"文章"的行列。如马茂军所说:"苏轼散文的这种内转,是明代小品文的前导,标志着中国古典散文向近现代散文的转型,这是苏文高踞于那个时代和整个中国古典散文美学的意义和价值。"③选本的编纂推动了这一进程,苏轼尺牍选本在南宋不断产生,而大量短小的史评也被《三苏先生文粹》等三苏选本收集起来,成为苏轼文章的重要组成部分。此外,苏轼文章还受到了举业的关注,三苏选本由古文选本发展成为科举范本,且三苏文在举业选本形态由范本经格法向帖括演进的过程中始终参与其中。苏氏文章参与科举之深入由此可见,而科举正是沟通士庶的津梁。

由此可见,欧苏二人不但代表了宋代文章写作的最高成就,同时也是宋代文章审美递变、宋代文章学转型过程中最富于包蕴性的作家。如果说宋代是中国文章发展之"拐点"的话,那么欧苏便是宋代文章发展之"拐点"。如此,《宋文鉴》收入欧苏二家文章超过收文总数的五分之一,诚可谓目光如炬。除经由欧苏二家展现宋代文章审美之转型之外,《宋文鉴》的编选思想中,也透露出宋代文章发展的诸多新现象。例如对于奏议制诰文体的高度重视,对于举业文体的标举,以及对于乐语、上梁文等民间日用文体和题跋等小品文的接纳等,在本书的论述中多有涉及。《宋文鉴》是研究宋代文章选本所无法绕过的一部书,其中对北宋文章发展作了全面的总结,从中也可看出宋代文章学承上启下的意义。如果说从作者的角度看,欧苏是宋代文章学的"拐点",那么从选本的角度看,《宋文鉴》堪当此任。因而在此附带论及,庶几可以为全书之收束云。

---

① 陶宗仪《南村辍耕录》卷二〇,中华书局,1959年,第249页。
② 褚人获《坚瓠集》壬集卷一,《续修四库全书》第1261册,上海古籍出版社,2002年,第344页。
③ 马茂军《宋代文章学》,社会科学文献出版社,2016年,第40页。

附 表

表1 南宋三苏选本所见苏轼集外文

苏轼文集		三苏文集	三苏文粹（百卷）	三苏文粹（七十卷）	标题三苏文	东莱标注	备 注
卷二	儒者可与守成论	六一	四〇	一三			
	物不可以苟合论	六一	四〇	一三			
	易论	五二	二	一二			又见《栾城应诏集》卷七
	书论	五二	二	一二			
	诗论	五二	二	一二			
	礼论	五二	二	一二			
	春秋论	五二	二	一二			
卷三	论好德锡之福	六一	四〇	一三			
	论郑伯克段于鄢	六三	六	一五			
	论郑伯以璧假许田	六三	六	一五			
	论取郜大鼎于宋	六三	六	一五			
	论齐侯卫侯胥命于蒲	六三	六	一五			
	论禘于太庙用致夫人	六三	六	一五			
	论闰月不告朔犹朝于庙	六三	六	一五			
	论用郊	六三	六	一五			
	论会于澶渊宋灾故	六三	六	一五			
	论黑肱以滥来奔	六三	六	一五			

续 表

	苏轼文集	三苏文集	三苏文粹(百卷)	三苏文粹(七十卷)	标题三苏文	东莱标注	备 注
卷三	论春秋变周之文	六三	六	一五			
	宋襄公论		一六	二十			
	士燮论(自"鄢陵之役"起)		一八	二一		七	又见苏过《斜川集》
卷四	续欧阳子朋党论		三七	一九		五	
	屈到嗜芰论		三七	一九		五	又见苏过《斜川集》,题《读楚语》
卷六	乃言底可绩	一六	四	一七			
	圣逸说殄行	一六	四	一七			
	视远惟明听德为聪	一六	四	一七			
	终始惟一时乃日新	一六	四	一七			
	王省惟岁	一六	四	一七			
	作周恭先作周孚先	一六	四	一七			
	惟圣罔念作狂惟狂克念作圣	一六	四	一七			
	庶言同则绎	一六	四	一七			
	唐虞稽古建官惟百夏商周倍亦克用乂	一六	四	一七			
	道有升降政由俗革	一六	四	一七			
	观过斯知仁矣	一六	八	一七			
	君使臣以礼	一六	八	一七			
	以佚道使民以生道杀民	一六	九	一七			

续　表

苏轼文集		三苏文集	三苏文粹（百卷）	三苏文粹（七十卷）	标题三苏文	东莱标注	备　注
卷六	问供养三德为善	一五	七	一六	四二		
	问小雅周之衰	一五	七	一六	四二		
	问君子能补过	一五	七	一六	四二		
	问侵伐土地分民何以明正	一五	七	一六	四二		
	问鲁犹三望	一五	七	一六	四二		
	问鲁作丘甲	一五	七	一六	四二		
	问雩月何以为正	一五	七	一六	四二		
	问大夫无遂事	一五	七	一六	四二		
	问定何以无正月	一五	七	一六	四二		
	问初税亩	一五	七	一六	四二		
卷七	汉高祖赦季布唐屈突通不降高祖		八八	三九	五三	二三	
	汉宣帝诘责杜延年治郡不进		八八	三九	五三	二三	
	叔孙通不能致二生		八八	三九	五三	二三	
	狄山论匈奴和亲		八八	三九	五三	二三	
	文宗访魏郑公后得魏谟		八八	三九	五三	二三	
	张九龄不肯用张守珪牛仙客		八八	三九	五三	二三	
	颜真卿守平原以抗安禄山		八八	三九	五三	二三	
	汉武帝唐太宗优劣		八八	三九	五三	二三	
	书韩维读三朝宝训		八八	四一		二五	

续　表

苏轼文集		三苏文集	三苏文粹（百卷）	三苏文粹（七十卷）	标题三苏文	东莱标注	备注
卷七	王弼引论语以解易其说当否	三八	五八	三二		一七	
	礼刑		五八	三二		一七	
	古乐制度	三九					
	汉封功臣	三九					
	复古	三九					
	人与法并用		五八	三二		一七	
	拟殿试策问	四〇	五八	三二		一七	
	禹之所以通水法	三一	五四	三一		一七	
	修废官举逸民	三一	五四	三一		一七	
	天子六军之制	三一	五四	三一		一七	
	休兵久矣而国益困	三一	五四	三一		一七	
	关陇游民私铸钱与江淮漕卒为盗之由	三一	五四	三一		一七	
卷一〇	仁说		八八	四一	五三	二五	似苏辙《孟子解》第八章
卷二一	李西平画赞				五四		
卷四八	上韩枢密书				四八		
	上王兵部书				四八		
卷四九	与孙知损运使书				四九		
卷六四	罪言		八八	四一		二五	
	蜡说				五三		

续　表

苏轼文集		三苏文集	三苏文粹（百卷）	三苏文粹（七十卷）	标题三苏文	东莱标注	备注
卷六五	尧逊位于许由				五三		
	巢由不可废		一四	四〇	五三	二三	
	尧不诛四凶		一一	三九	五三	二三	
	尧桀之民		八九	四〇		二四	各本接于《齐高帝欲等金土之价》后，合为一篇
	管仲分君谤		一八	三九		二三	
	管仲无后		一八	三九	五三		
	楚子玉以兵多败		一八	三九			
	宰我不叛		一三	三九	五三	二三	
	司马穰苴		一九	三九			
	孟尝君宾礼狗盗		二〇	三九		二三	
	颜蠋巧贫		二〇				
	田单火牛		二〇	三九			
	张仪欺楚		二〇				
	商君功罪		二〇	三九	五三	二三	
	王翦用兵		二〇	三九		二三	
	郦寄幸免		八九	四〇		二三	
	穆生去楚王戊		八九	四〇	五三	二三	
	汉武无秦穆之德		八九	四〇		二三	
	王韩论兵		八九	四〇		二三	
	西汉风俗诌媚		八九	四〇		二三	

续　表

苏轼文集		三苏文集	三苏文粹（百卷）	三苏文粹（七十卷）	标题三苏文	东莱标注	备　注
卷六五	司马相如创开西南夷路		八九	四〇		二三	
	司马相如之诒死而不已		八九	四〇			
	窦婴田蚡		八九	四〇		二三	
	汉武帝巫蛊事		八九	四〇			
	霍光疏昌邑王之罪		八九	四〇		二三	
	赵充国用心可重	八〇	八九	四〇	五三	二三	
	梁统议法		八九	四〇		二三	
	直不疑买金偿亡		八九	四〇	五三	二三	
	邳彤汉之元臣		八九	四〇		二三	
	朱晖非张林均输说		八九	四〇	五三	二四	
	曹袁兴亡		八九	四〇		二四	
	管幼安贤于荀孔		八九	四〇		二四	
	周瑜雅量		八九	四〇		二四	
	唐彬		八九	四〇		二四	
	阮籍		八九	四〇			
	刘伯伦非达				五四		标题本与《陶潜非达》《自评文》《戴安道不及阮千里》《琴鹤之祸》总题《杂说》

续　表

苏轼文集		三苏文集	三苏文粹（百卷）	三苏文粹（七十卷）	标题三苏文	东莱标注	备注
卷六五	卫瓘拊床		八九				
	孟嘉与谢安石相若		八九	四〇		二四	
	庾亮不从孔坦陶回言		八九	四〇		二四	
	郗方回郗嘉宾父子事		八九	四〇		二四	
	晋宋之君与臣下争善		八九	四〇		二四	
	渊明非达				五四		标题本与《刘伯伦非达》《自评文》《戴安道不及阮千里》《琴鹤之祸》总题《杂说》
	宋杀王彧		八九	四〇		二四	
	齐高帝欲等金土之价		八九	四〇		二四	各本在《尧桀之民》前，合为一篇
	崔浩占星		八九				
	唐太宗借隋吏以杀兄弟		八九	四〇		二四	
	褚遂良以飞雉入宫为祥		八九	四〇	五三	二四	
	李靖李勣为唐腹心之病		八九	四〇		二四	又见苏过《斜川集》，题《书二李传后》
	韩愈优于扬雄		一四	四〇		二四	又见《程氏遗书》卷一

续 表

苏轼文集		三苏文集	三苏文粹（百卷）	三苏文粹（七十卷）	标题三苏文	东莱标注	备 注
卷六五	柳子厚论伊尹		一二	三九	五三		
	白乐天不欲伐淮蔡		八九	四〇		二四	
	刘禹锡文过不悛		八九	四〇			
	历代世变		八九	四〇		二三	
	相如长门赋	八〇			五三		
卷六六	自评文		八八	四一	五四	二五	标题本与《刘伯伦非达》《陶潜非达》《戴安道不及阮千里》《琴鹤之祸》总题《杂说》
卷六七	题文选		八九	四〇		二四	
	书谢瞻诗		八九	四〇		二四	
	题蔡琰传		八九	四〇		二四	
	书文选后		八九	四〇		二四	
	书诸集改字		八八	四一		二五	
卷七一	戴安道不及阮千里				五四		标题本接于《琴鹤之祸》前，与《刘伯伦非达》《陶潜非达》《自评文》总题《杂说》

续 表

苏轼文集		三苏文集	三苏文粹（百卷）	三苏文粹（七十卷）	标题三苏文	东莱标注	备 注
卷七一	琴鹤之祸				五四		标题本接于《戴安道不及阮千里》之后，与《刘伯伦非达》《陶潜非达》《自评文》总题《杂说》
未见于苏轼文集							
易说			二	一二			见苏轼《易传》卷七
周礼法周官			六二				见《外集》卷一六
上好礼则民易使			六二				见《外集》卷一六
君子有不言之辩			六二				
辩曾参说			一三	三九	五三		见郎晔本卷五七

表2 《二十先生回澜文鉴》目录

卷数	作者	标号	标题	备 注
一三	马存	七十三	子长游赠盖邦式序	
		七十四	送陈自然西上序	
	张耒	七十五	秘丞章蒙明发集序	
		七十六	送秦少章赴临安主簿序	
		七十七	药戒	

续 表

卷数	作者	标号	标题	备注
一三	张耒	七十八	进斋记	
	李觏	七十九	袁州学记	
一四	胡寅	八十	诸侯论	见《读史管见·威烈王二十三年》
		八十一	义士论	《十先生奥论》题"豫让"
		八十二	报仇论	《十先生奥论》题"张良"
		八十三	诸将论	《十先生奥论》题"秦"
		八十四	称王论	见《读史管见·高祖三年》
		八十五	韩信论	
		八十六	四皓论	见《读史管见·高祖十二年》，又见胡宿《文恭集》
一五	（阙名）	八十七	萧何收秦图书	
		八十八	高帝入关论	
		八十九	除挟书律论	《古今合璧事类备要》外集卷一七题陈傅良
		九十	自立为西楚霸王	
		九十一	宾客皆天下俊杰	
		九十二	与宾客入海上	
		九十三	说沛公以利啖秦将	
		九十四	吕后本纪	
一六	陈傅良	九十五	和戎	
		九十六	国势	
		九十七	形势	

续 表

卷数	作者	标 号	标 题	备 注
一六	陈傅良	九十八	形势	
		九十九	民心	《十先生奥论》题"民"
		一百	吏	
		一百一	谋	《十先生奥论》题"谋论下"
一七	陈亮	一百二	陈涉	见《陈亮集·汉论·高帝朝》
		一百三	高帝	见《陈亮集·汉论·高帝》
		一百四	郦食其	见《陈亮集·汉论·高帝朝》
		一百五	项羽	见《陈亮集·汉论·高帝朝》
		一百六	韩信	见《陈亮集·汉论·高帝朝》
一八	（阙名）	一百七	三王	见《策学统宗》卷一,题"敷文"
		一百八	降鲁	
		一百九	过鲁祠孔子	
		一百十	文帝二	
一九	叶适	一百十一	序发一	
		一百十二	君德一	
		一百十三	治势上	
		一百十四	国本上	
		一百十五	民事上	
二〇		一百十六	民事下	

续　表

卷数	作者	标号	标题	备注
二〇	叶适	一百十七	财计上	
		一百十八	财计中	
		一百十九	官法中	
一	司马光	一	诸侯论	见《通鉴》
		二	智伯论	见《通鉴》
		三	燕丹论	见《通鉴》
		四	唐论	
		五	远谋	
二		六	隐逸说	
		七	用法说	
		八	保身说	
	范仲淹	九	严先生祠堂记	
	孙复	十	建孟子庙记	
三	王安石	十一	虔州学记	
		十二	送孙正之序	
		十三	谏官	
	石介	十四	辨谤	
		十五	送张季常序	
四	汪藻	十六	永州玩鸥亭记	
		十七	郑固道寓屋记	
		十八	镇江府月观记	
		十九	严州高风堂记	

续表

卷数	作者	标号	标题	备注
四	洪迈	二十	信阳军建学记	
五	张栻	二十一	周先生祠堂记	
		二十二	诸葛忠武侯祠记	
		二十三	三先生祠记	
		二十四	张子房平生出处	
		二十五	西汉名节	
六	朱熹	二十六	克斋记	
		二十七	藏书阁记	
		二十八	周先生书堂记	
		二十九	戊午谠议序	
		三十	崇安县学田记	
七	吕祖谦	三十一	高祖	《古论大观》题陈傅良
		三十二	文帝	
		三十三	景帝	
		三十四	武帝	
		三十五	宣帝	
八		三十六	臧僖伯论	见《东莱博议》卷一"臧僖伯谏观鱼"
		三十七	郑伯论	
		三十八	臧哀伯论	见《东莱博议》卷三"臧哀伯谏纳郜鼎"
		三十九	诗	
		四十	书	

续 表

卷数	作者	标号	标题	备注
九	吕祖谦	四十一	郑庄公论	
		四十二	仲孙湫论	
		四十三	奔竞	
		四十四	责实	
		四十五	武备	
一〇	周必大	四十六	学校选举	
		四十七	风俗	
		四十八	汉风俗	
		四十九	西汉人才	
		五十	文武	
一一	杨万里	五十一	颜子上	不存
		五十二	颜子中	
		五十三	曾子上	
		五十四	曾子下	
		五十五	韩子	
一二		五十六	国势上	
		五十七	国势中	
		五十八	治原上	
		五十九	人才上	
		六十	刑法上	
一三	刘子翚	六十一	尧舜	
		六十二	禹	

续 表

卷数	作者	标号	标题	备注
一三	刘子翚	六十三	汤	不存
		六十四	文王	
		六十五	周公	
一四		六十六	孔子	
		六十七	颜子	
		六十八	曾子	
		六十九	子思	
		七十	孟子	
一五	郑湜	七十一	君体一	
		七十二	君体二	
		七十三	君体三	
		七十四	相体一	
		七十五	相体三	
一六		七十六	相体四	
		七十七	国体二	目录作"国体一"
		七十八	国体三	
		七十九	国体四	
		八十	国体五	
一七	林之奇	八十一	冬官	
		八十二	复古论	《古文集成》题"复井田论"
		八十三	抑商贾	

续 表

卷数	作者	标号	标题	备注
一七	林之奇	八十四	民备	《古文集成》题"民事论"
		八十五	心术	
一八	刘穆元	八十六	益卦	
		八十七	复卦	
	张震	八十八	诗	
	方恬	八十九	秦论	
		九十	西汉论	
一九	戴溪	九十一	武帝上	《十先生奥论》题"武帝一"
		九十二	武帝中	《十先生奥论》题"武帝二"
		九十三	武帝下	《十先生奥论》题"武帝五"
		九十四	宣帝	
		九十五	光武	
二〇		九十六	公孙弘	
		九十七	萧望之	
		九十八	刘向	
	刘公显	九十九	班固论	
		一百	诸葛亮	

表3 《策学统宗》篇目版本对照表

题目	作者	宛委本	台藏本	上图本	国图本	备注
尧舜	刘子翚	前一	前一	卷一	前一	
尧舜	吕祖谦					

续　表

题　目	作　者	宛委本	台藏本	上图本	国图本	备　注
尧舜	陈傅良	前一	前一	阙		
三王	郑伯熊			卷一		
大禹	刘子翚					
大禹	吕祖谦					
大禹	陈傅良					
成汤	刘子翚	前二	前二	阙	前一	
成汤	吕祖谦					
成汤	陈傅良					
文王	刘子翚					
文王	吕祖谦			卷一		
文王	陈傅良			阙		
武王	吕祖谦			卷一		
武王	陈傅良			阙		
伊尹	吕祖谦	前三	前三	卷一		
伊尹	陈傅良					
周公	刘子翚					
周公	吕祖谦					
周公	陈傅良					
孔子	刘子翚					
曾子	刘子翚	前四	前四	阙	前二	
曾子	杨万里					
曾子	杨万里					

续 表

题　目	作　者	宛委本	台藏本	上图本	国图本	备　注
曾子	杨万里	前四	前四	阙	前二	
颜子	刘子翚					
颜子	杨万里			卷二		
颜子	杨万里					
子思	刘子翚	前五	前五	阙		
孟子	刘子翚					
孟子	杨万里			卷二		
老子	郑伯熊					
韩子	杨万里	阙	阙	阙		
夏	苏辙		后一	卷二		
商	苏辙			阙		
周	苏辙					
东周典礼人心	执善					上图本题"诚斋"
东周世变	执善			卷二		
秦	刘子翚	阙			阙	
秦	方恬					
秦	苏轼		后二			
秦	陈傅良			阙		
秦	胡寅					
六国	苏洵					
汉舆地图	吕祖谦		后三	卷三		
高祖	吕祖谦					上图本题《高祖以天》

续 表

题 目	作 者	宛委本	台藏本	上图本	国图本	备 注
高祖	吕祖谦		后三			
高祖	陈 亮					
文帝	吕祖谦					
文帝	阙 名					
阙四叶				卷三		
景帝	吕祖谦					
武帝	吕祖谦					
阙六叶						
宣帝	吕祖谦					
宣帝	刘子翚					
阙三叶		阙			阙	
元帝	吕祖谦		阙			
光武	陈 亮					
明帝	陈 亮					
章帝	陈 亮					
七制	陈 亮					
三国	刘子翚			卷四		实苏辙作
三国	刘子翚					
阙二叶						
西晋	刘子翚					
东晋	刘子翚					
隋	苏 辙					

续 表

题 目	作 者	宛委本	台藏本	上图本	国图本	备 注
阙二叶						
太宗	刘子翚			卷四	阙	
玄宗	默斋					
宪宗	刘子翚					
管仲	苏洵			卷五		
管仲	苏轼			阙		
乐毅	苏轼			卷五		
豫让	胡寅			阙		
陈涉	阙名					上图本题"龙川"
项羽	苏洵			卷五		
项羽	陈亮	阙	阙			
项羽	陈傅良					
项羽	胡寅			阙	续一	
项羽吴王濞	陈傅良					
范增	苏轼			卷五		
范增	陈傅良					
张良	苏轼			卷五		
张良	胡寅					
张良	陈傅良			阙		
张良二疏	陈傅良					
陈平	陈傅良			卷五		
平勃	刘子翚					

续　表

题　　目	作　者	宛委本	台藏本	上图本	国图本	备　　注
张耳陈馀郦食其	陈傅良			阙		
郦食其	陈　亮			卷五		
韩信	胡　寅			阙		
韩信	陈　亮					
韩信	陈傅良			卷五	续一	
韩信	陈傅良			阙		
韩信樊哙贾谊终军	陈傅良					
韩信黥布	陈傅良			卷五		
曹参	陈傅良	阙	阙			
曹参丙吉	陈傅良					
叔孙通	陈傅良			阙		
周勃	陈傅良					
周勃汲黯霍光	陈傅良					
贾谊	陈傅良					
贾谊	苏　轼			卷六		
晁错	苏　轼			阙	续二	
晁错	秦　观			卷六		
晁错	陈傅良			阙		
季布魏尚孟舒	陈傅良			卷六		
绛灌	陈傅良			阙		
周亚夫	陈傅良			阙		
汲黯萧望之	陈傅良			卷六		

续 表

题　　目	作　者	宛委本	台藏本	上图本	国图本	备　　注
卫青张安世	陈傅良			卷六	续二	
赵充国	陈傅良					
赵充国龚遂	陈傅良					
霍光	陈傅良			阙		
霍光田千秋蔡义	陈傅良			卷六		
韩延寿	吕祖谦					
萧望之	吕祖谦					
萧望之	戴溪					
于定国	吕祖谦					
四德四端	真德秀	阙	阙			
阙二叶						
定性	程颢					
仁	朱熹					
本论	欧阳修					
明论	苏洵				阙	
机论	方恬					
阙二叶						
激俗	方恬			卷七		
阙六叶						
法原	李清臣					
阙三叶						
天	陈傅良					

续表

题　　目	作者	宛委本	台藏本	上图本	国图本	备　注
阙二叶				卷七		
士	陈傅良					
阙二叶						
民	陈傅良					
使过	陈傅良					
责实	吕祖谦					
阙二叶						
奔竞	吕祖谦					
内外	吕祖谦					
阙八叶		阙	阙		阙	
财	方恬					
阙二叶				卷八		
谋	陈傅良					
阙一叶						
守	陈傅良					
阙二叶						
武备	吕祖谦					
阙二叶						
恢复	陈傅良					
恢复	陈傅良					
以下阙若干叶						

表4 《二百家名贤文粹》类目与版本对照表

体	类		海源阁本	上图本、北大本、国图本及阙卷
论著	古圣贤	古圣贤一	海一	阙63卷
		古圣贤二	海二	
		古圣贤三	海三	
		古圣贤四	海四	
	历代人臣	历代人臣		国六八(残)(历代人臣六)
		历代人臣		国六九(历代人臣七)
		历代人臣一	海五	国七十(历代人臣八)
		历代人臣二	海六	国七一(历代人臣九)
		历代人臣三	海七	国七二(历代人臣十)
		历代人臣四	海八	阙8卷
		历代人臣五	海九	
		历代人臣六	海十	
		历代人臣七	海十一	
		历代人臣八	海十二	
		历代人臣九	海十三	
	圣道	圣道一	海十四	
		圣道二	海十五	
		圣道三	海十六	
		圣道四	海十七(残)	
		圣道五	海十八	周叔弢藏九一(圣道七)
		圣道六	海十九	周叔弢藏九二
		圣道七	海二十	阙17卷,已知有臣道一1卷

续　表

体	类		海源阁本	上图本、北大本、国图本及阙卷
论著	圣道	圣道八	海二一	阙17卷,已知有臣道一1卷
	治道	治道一	海二二	
		治道二	海二三	
		治道三	海二四	
		治道四	海二五	
		治道五	海二六	
		治道六	海二七	
		治道七	海二八	
	臣道	臣道二	海二九	
		臣道三	海三十	
	官职	官职一	海三一	
		官职二	海三二	
	用人	用人一	海三三	
		用人二	海三四	
	朋党	朋党一	海三五	
	风俗	风俗一	海三六	
	财用 兵	财用一、兵	海三七	
	边防	边防一	海三八	
		边防二	海三九	
		边防三	海四十	
	杂著	杂著一	海四一	

续 表

体	类		海源阁本	上图本、北大本、国图本及阙卷
论著	杂著	杂著二	海四二	阙17卷,已知有臣道一1卷
		杂著三	海四三	
		杂著四	海四四	
策	1 制科策	制科策一	海四五	北一三五(残)
		制科策二	海四六	北一三六
		制科策三	海四七	北一三七
		制科策四	海四八	北一三八(残)
		制科策五	海四九	北一三九(残)
	2 馆职策	馆职策	海五十	北一四〇(残)
	3 廷试策	廷试策一	海五一	(一四一)
		廷试策二	海五二	(一四二)
		廷试策三	海五三	(一四三)
		廷试策四	海五四	(一四四)
		廷试策五	海五五	(一四五)
		廷试策六	海五六	(一四六)
	4 时议策	时议策一	海五七	(一四七)
		时议策二	海五八	(一四八)
		时议策三	海五九	(一四九)
		时议策四	海六十	(一五〇)
		时议策五	海六一	(一五一)
		时议策六	海六二	(一五二)
		时议策七	海六三	(一五三)

续　表

体	类		海源阁本	上图本、北大本、国图本及阙卷
策	4 时议策	时议策八	海六四	（一五四）
		时议策九	海六五	（一五五）
		时议策十	海六六	（一五六）
		时议策十一	海六七	（一五七）
书	1 上皇帝书	上皇帝书一	海六八	（一五八）
		上皇帝书二	海六九	（一五九）
		上皇帝书三	海七十	（一六〇）
		上皇帝书四	海七一	（一六一）
		上皇帝书五	海七二	（一六二）
		上皇帝书六	海七三	（一六三）
		上皇帝书七	海七四	（一六四）
		上皇帝书八	海七五	国一六五
		上皇帝书九	海七六	国一六六
		上皇帝书十	海七七	国一六七
	2 上宰相书	上宰相书一	海七八	国一六八
		上宰相书二	海七九	（一六九）
		上宰相书三	海八十	国一七〇
		上宰相书四	海八一	国一七一
		上宰相书五	海八二	国一七二
		上宰相书六	海八三	国一七三
		上宰相书七	海八四	国一七四
		上宰相书八	海八五	国一七五

续　表

体	类		海源阁本	上图本、北大本、国图本及阙卷
书	3 上执政书	上执政书一	一	国一七六
		（上执政书二）		（一七七）
		（上执政书三）		（一七八）
		（上执政书四）		（一七九）
		（上执政书五）		（一八〇）
	4 上侍从书	（上侍从书一）		（一八一）
		（上侍从书二）		（一八二）
		（上侍从书三）		（一八三）
		上侍从书四	海八六	（一八四）
		上侍从书五	海八七	（一八五）
	5 上台谏书	上台谏书一	海八八	（一八六）
		上台谏书二	海八九	（一八七）
	6 上监司帅守书	上监司帅守书一	海九十	国一八八
		上监司帅守书二	海九一	国一八九
		上监司帅守书三	海九二	国一九〇
		上监司帅守书四	海九三	（一九一）
		上监司帅守书五	海九四	（一九二）
		上监司帅守书六	海九五	（一九三）
		上监司帅守书七	海九六	（一九四）
		上监司帅守书八	海九七	（一九五）
	7 杂上时流	杂上时流	海九八	（一九六）
		杂上时流二	海九九	（一九七）

续　表

体	类		海源阁本	上图本、北大本、国图本及阙卷
书	8 师友问答	师友问答一	海一〇〇	(一九八)
		师友问答二	海一〇一	(一九九)
		师友问答三	海一〇二	(二〇〇)
		师友问答四	海一〇三	(二〇一)
		师友问答五	海一〇四	(二〇二)
		师友问答六	海一〇五	(二〇三)
		师友问答七	海一〇六	(二〇四)
		师友问答八	海一〇七	上二〇五(残)
		师友问答九	海一〇八	上二〇六
		师友问答十	海一〇九	上二〇七
		师友问答十一	海一一〇	上二〇八(残)
		师友问答十二	海一一一	(二〇九)
		师友问答十三	海一一二	(二一〇)
		师友问答十四	海一一三	(二一一)
	9 拟古书	拟古书、答外国书	海一一四	(二一二)
	10 答外国书			
记	1 国事记	国事记	海一一五	(二一三)
	2 郡国学记	郡国学记一	海一一六	(二一四)
		郡国学记二	海一一七	(二一五)
		郡国学记三	海一一八	(二一六)
		郡国学记四	海一一九	(二一七)
		郡国学记五	海一二〇	(二一八)

续　表

体	类		海源阁本	上图本、北大本、国图本及阙卷
记	3 祠庙记	祠庙记一	海一二一	(二一九)
		(祠庙记二)	一	(二二〇)
		(祠庙记三)		(二二一)
		(祠庙记四)		(二二二)
		(祠庙记五)		(二二三)
		祠庙记六	海一二二	(二二四)
		祠庙记七	海一二三	(二二五)
	4 寺观记	寺观记一(宫祠附)	海一二四	(二二六)
		寺观记二	海一二五	(二二七)
		寺观记三	海一二六	(二二八)
	5 厅壁记	厅壁记一(题名附)	海一二七	(二二九)
		厅壁记二	海一二八	(二三〇)
	6 官宇记	官宇记一	海一二九	(二三一)
	7 楼观记	楼观记一	海一三〇	(二三二)
		楼观记二	海一三一	(二三三)
		楼观记三	海一三二	(二三四)
		楼观记四	海一三三	(二三五)
		楼观记五	海一三四	(二三六)
	8 堂宇记	堂宇记一	海一三五	(二三七)
		堂宇记二	海一三六	(二三八)
		堂宇记三	海一三七	(二三九)
		堂宇记四	海一三八	(二四〇)

续 表

体	类		海源阁本	上图本、北大本、国图本及阙卷
记	8 堂宇记	堂宇记五	海一三九	(二四一)
		堂宇记六	海一四〇	(二四二)
		堂宇记十一（疑为七之误）	海一四一	(二四三)
		堂宇记八	海一四二	(二四四)
		堂宇记九	海一四三	(二四五)
	9 图籍记	图籍记一（画记附）	海一四四	(二四六)
		图籍记二	海一四五	(二四七)
	10 画像记	画像记（人物附）		
	11 城邑记	城邑记一（山川风物附）	海一四六	(二四八)
	12 园池记	城邑记二、园池记	海一五〇（以下四卷错简）	(二四九)
序	1 经史序	经史序一	海一五一	(二五〇)
		经史序二	海一五二	(二五一)
		经史序三	海一五三	(二五二)
		经史序四	海一四七	(二五三)
		经史序五	海一四八	(二五四)
	2 文集序	文集序一	海一四九	(二五五)
		文集序二	海一五四	(二五六)
		文集序三	海一五五	(二五七)
		文集序四	海一五六	(二五八)

续　表

体	类		海源阁本	上图本、北大本、国图本及阙卷
序	2 文集序	文集序五	海一五七	(二五九)
		文集序六	海一五八	(二六〇)
		文集序七	海一五九	(二六一)
	3 诗集序	诗集序一	海一六〇	(二六二)
		诗集序二	海一六一	(二六三)
	4 图籍序	图籍序一	海一六二	(二六四)
		图籍序二	海一六三	(二六五)
	5 送别序	送别序一	海一六四	(二六六)
		送别序二	海一六五	(二六七)
		送别序三	海一六六	(二六八)
		送别序四	海一六七	(二六九)
		送别序五	海一六八	(二七〇)
		送别序六	海一六九	(二七一)
		送别序七	海一七〇	上二七二(残)
		送别序八	海一七一	上二七三
		送别序九	海一七二	上二七四
	6 名字序	名字序一	海一七三	上二七五
		名字序二	海一七四	上二七六
		名字序三	海一七五	上二七七
杂文	1 赋	赋一	海一七六	(二七八)
		赋二	海一七七	(二七九)
		赋三	海一七八	(二八〇)

续　表

体	类		海源阁本	上图本、北大本、国图本及阙卷
杂文	1 赋	赋四	海一七九	（二八一）
		赋五	海一八〇	（二八二）
	2 颂	颂一	海一八一	（二八三）
	3（《贺收江南》以下为贺表，疑漏标类目）	颂二	海一八二	（二八四）
	4 铭	铭一	海一八三	上二八五
		铭二	海一八四	上二八六（残）
	5 箴	箴一	海一八五	
		箴二	海一八六	
	6 赞	赞一	海一八七	
		赞二	海一八八	
		赞三	海一八九	
	7 檄谕	檄谕	海一九〇	
	8 题跋	题跋一	海一九一	阙 1 卷
		题跋二	海一九二	
		题跋三	海一九三	
		题跋四	海一九四	
		题跋五	海一九五	
		题跋六	海一九六	
		题跋七	海一九七	

说明：实际不存但可以推知的类目、卷次加括号表示。海源阁本部分类目也经剜改，他本与海源阁本不同者，也加括注。

参考文献

1. 宋人选宋文

佚名《圣宋文选全集》，《中华再造善本》，北京图书馆出版社，2006年版。

佚名《重广眉山三苏先生文集》，《中华再造善本》，北京图书馆出版社，2006年版。

佚名《三苏先生文粹》，上海古籍出版社，2017年版。

佚名《重广分门三苏先生文粹》，《日本宫内厅书陵部藏宋元版汉籍选刊》，上海古籍出版社，2012年版。

佚名《标题三苏文》，国家图书馆藏宋刻本。

江钿《新雕圣宋文海》，《宋集珍本丛刊》，线装书局，2004年版。

林之奇编，吕祖谦注《东莱集注观澜文集》，《吕祖谦全集》，浙江古籍出版社，2017年版。

吕祖谦《宋文鉴》，中华书局，1992年版。

吕祖谦《古文关键》，《吕祖谦全集》，浙江古籍出版社，2017年版。

蔡文子注《增注东莱吕成公古文关键》，《中华再造善本》，北京图书馆出版社，2004年版。

吕祖谦《东莱标注三苏文集》，《中华再造善本》，北京图书馆出版社，2004年版。

陈亮《欧阳先生文粹》，《北京图书馆古籍珍本丛刊》，书目文献出版社，1998年版。

佚名《曾南丰先生文粹》，《中华再造善本》，北京图书馆出版社，2004年版。

虞祖南评，虞夔笺注《二十先生回澜文鉴》，南京图书馆藏宋刻本。

佚名《类编层澜文选》，《中华再造善本》，北京图书馆出版社，2005年版。

佚名《精骑》，台湾"国家图书馆"藏宋刻本。

方颐孙《太学新编黼藻文章百段锦》，《续修四库全书》，上海古籍出版社，2002年版。

罗振常辑《经进三苏文集事略八种》，复旦大学图书馆藏1930年蟫隐庐铅印本。

郎晔《经进东坡文集事略》，《四部丛刊初编》，上海书店，1989年版。

魏齐贤、叶棻《圣宋名贤五百家播芳大全文粹》，《景印文渊阁四库全书》，台湾商务印书馆，1986年版。

魏齐贤、叶棻《圣宋名贤五百家播芳大全文粹》（宋刻百卷本），《中华再造善本》，北京图书馆出版社，2006年版。

魏齐贤、叶棻《圣宋名贤五百家播芳大全文粹》（明抄百卷本），《宋集珍本丛刊》，线装书局，2004年版。

魏齐贤、叶棻《圣宋名贤五百家播芳大全文粹》（傅增湘校一百一十卷本），《宋集珍本丛刊》，线装书局，2004年版。

魏齐贤、叶棻《圣宋名贤五百家播芳大全文粹》（一百五十卷抄本），《宋集珍本丛刊》，线装书局，2004年版。

魏齐贤、叶棻《圣宋名贤五百家播芳大全文粹》（一百二十六卷抄本），学生书局，1985年版。

叶棻《圣宋名贤四六丛珠》，《续修四库全书》，上海古籍出版社，2002年版。

佚名《苏门六君子文粹》，国家图书馆藏明崇祯刻本。

赵汝愚《宋朝诸臣奏议》，上海古籍出版社，1999年版。

佚名《十先生奥论注》，《景印文渊阁四库全书》，台湾商务印书馆，1986年版。

谭金孙《诸儒奥论策学统宗》，《宛委别藏》，台湾商务印书馆，1981年版。

旧题陈绎曾《新刊增入文筌诸儒奥论策学统宗》，台湾"国家图书馆"藏元刻本。

旧题陈□□《诸儒奥论》，国家图书馆藏明万历刻本。

佚名《永嘉先生八面锋》，《丛书集成初编》，中华书局，1985年版。

方逢辰批点《蛟峰批点止斋论祖》，《四库全书存目丛书》，齐鲁书社，1997年版。

李诚父《批点分类诚斋先生文脍前集》，《中华再造善本》，北京图书馆出版社，2005年版。

佚名《新刊国朝二百家名贤文粹》(海源阁本),《中华再造善本》,北京图书馆出版社,2005年版。
佚名《新刊国朝二百家名贤文粹》(上图本),《中华再造善本》,北京图书馆出版社,2006年版。
佚名《新刊国朝二百家名贤文粹》(北大本),《中华再造善本》,北京图书馆出版社,2005年版。
佚名《新刊国朝二百家名贤文粹》,国家图书馆藏宋刻本。
楼昉《迂斋标注诸家文集》(五卷本),国家图书馆藏宋刻本。
楼昉《迂斋先生标注崇古文诀》(二十卷本),国家图书馆藏宋刻本。
楼昉《迂斋先生标注崇古文诀》(三十五卷本),《中华再造善本》,北京图书馆出版社,2005年版。
佚名《圈点龙川水心二先生文粹》,台湾"国家图书馆"藏宋刻本。
周应龙《文髓》,台湾"国家图书馆"藏明宣德三年(1428)刻本。
真德秀《文章正宗》,《景印文渊阁四库全书》,台湾商务印书馆,1986年版。
真德秀《续文章正宗》,《宋集珍本丛刊》,线装书局,2004年版。
刘震孙《新编诸儒批点古今文章正印》,台北"故宫博物院"藏宋刻本。
王霆震《新刻诸儒批点古文集成前集》,《中华再造善本》,北京图书馆出版社,2005年版。
汤汉《东涧先生妙绝古今文选》,《中华再造善本》,北京图书馆出版社,2005年版。
祝穆《新编四六宝苑群公妙语》,中山大学图书馆藏明抄本。
林希逸、胡谦厚《文房四友除授集》,《百川学海》,中国书店,1990年版。
佚名《精选皇宋策学绳尺》,国家图书馆藏清抄本。
魏天应编,林子长注《校正重刊单篇批点论学绳尺》,复旦大学图书馆藏明刻本。
谢枋得《叠山先生批点文章轨范》,《中华再造善本》,北京图书馆出版社,2005年版。
郑持正《文章善戏》,日本静嘉堂文库藏影宋抄本。
佚名《诸儒笺解古文真宝后集》,《和刻本中国古逸书丛刊》,凤凰出版社,

2012年版。

佚名《欧苏手简》,日本内阁文库藏正保二年(1645)刻本。

佚名《五老集》,日本内阁文库藏庆安三年(1650)刻本。

2. 其他古籍(按四部分类)

阮元校刻《十三经注疏》,中华书局,2009年版。

朱熹《四书章句集注》,中华书局,1983年版。

范晔《后汉书》,中华书局,1965年版。

房玄龄等《晋书》,中华书局,1974年版。

魏收《魏书》,中华书局,1974年版。

李百药《北齐书》,中华书局,1972年版。

魏徵、令狐德棻《隋书》,中华书局,1973年版。

刘昫等《旧唐书》,中华书局,1975年版。

欧阳修、宋祁《新唐书》,中华书局,1975年版。

薛居正等《旧五代史》,中华书局,1976年版。

脱脱等《宋史》,中华书局,1985年版。

司马光《资治通鉴》,中华书局,1956年版。

李焘《续资治通鉴长编》,中华书局,2004年版。

黄以周等《续资治通鉴长编拾补》,中华书局,2004年版。

李心传《建炎以来系年要录》,中华书局,2013年版。

曾巩撰,王瑞来校证《隆平集校证》,中华书局,2012年版。

王称《东都事略》,齐鲁书社,2000年版。

陆心源《宋史翼》,浙江古籍出版社,2016年版。

佚名《宋大诏令集》,中华书局,1962年版。

杜大珪《新刊名臣碑传琬琰集》,《中华再造善本》,北京图书馆出版社,2003年版。

吴师道《敬乡录》,《适园丛书》本。

黄宗羲原撰,全祖望补修《宋元学案》,中华书局,1986年版。

王梓材、冯云濠《宋元学案补遗》,中华书局,2012年版。

龚延明、祖慧《宋代登科总录》,广西师范大学出版社,2014年版。

孟元老撰,邓之诚注《东京梦华录注》,中华书局,1982年版。

祝穆《方舆胜览》,中华书局,2003年版。

王崇炳《金华徵献略》,复旦大学图书馆藏清雍正刻本。

李元弼等《宋代官箴书五种》,中华书局,2019年版。

程俱撰,张富祥校证《麟台故事校证》,中华书局,2000年版。

周必大《淳熙玉堂杂记》,《丛书集成初编》,中华书局,1991年版。

孙逢吉《职官分纪》,《景印文渊阁四库全书》,台湾商务印书馆,1986年版。

郑樵《通志二十略》,中华书局,1995年版。

陈骙等《南宋馆阁录·续录》,中华书局,1998年版。

马端临《文献通考》,中华书局,2011年版。

张四维《名公书判清明集》,中华书局,1987年版。

徐松辑《宋会要辑稿》,上海古籍出版社,2014年版。

脱脱、倪灿等《宋史艺文志·补·附编》,商务印书馆,1957年版。

尤袤《遂初堂书目》,《丛书集成初编》,中华书局,1985年版。

晁公武撰,孙猛校证《郡斋读书志校证》,上海古籍出版社,1990年版。

陈振孙《直斋书录解题》,上海古籍出版社,1987年版。

王应麟撰,武秀成、赵庶洋校证《玉海艺文校证》,凤凰出版社,2013年版。

杨士奇《文渊阁书目》,《丛书集成初编》,中华书局,1985年版。

高儒《百川书志》,上海古籍出版社,2005年版。

晁瑮《晁氏宝文堂书目》,上海古籍出版社,2005年版。

陈第《世善堂藏书目录》,《丛书集成初编》,中华书局,1985年版。

焦竑《国史经籍志》,《续修四库全书》,上海古籍出版社,2002年版。

孙能传、张萱等《内阁藏书目录》,《续修四库全书》,上海古籍出版社,2002年版。

季振宜《季沧苇藏书目》,《丛书集成初编》,中华书局,1985年版。

永瑢等《四库全书总目》,中华书局,1965年版。

余嘉锡《四库提要辨证》,中华书局,2007年版。

张升《〈四库全书〉提要稿辑存》,北京书店出版社,2006年版。
于敏中、彭元瑞《天禄琳琅书目·天禄琳琅书目后编》,上海古籍出版社,2007年版。
范邦甸等《天一阁书目》,上海古籍出版社,2010年版。
骆兆平《新编天一阁书目》,中华书局,1996年版。
阮元《两浙金石志》,《续修四库全书》,上海古籍出版社,2002年版。
张金吾《爱日精庐藏书志》,中华书局,2012年版。
瞿镛《铁琴铜剑楼藏书目录》,上海古籍出版社,2000年版。
莫友芝撰,傅增湘订补《藏园订补郘亭知见传本书目》,中华书局,2009年版。
丁丙《善本书室藏书志》,浙江古籍出版社,2016年版。
陆心源《皕宋楼藏书志》,浙江古籍出版社,2016年版。
陆心源《仪顾堂书目题跋汇编》,中华书局,2009年版。
孙诒让《温州经籍志》,中华书局,2011年版。
叶德辉《书林清话》,中华书局,1957年版。
傅增湘《藏园群书经眼录》,中华书局,2009年版。
傅增湘《藏园群书题记》,上海古籍出版社,1989年版。
冀淑英《自庄严堪善本书目》,天津古籍出版社,1985年版。
李国庆编《弢翁藏书题跋》,紫禁城出版社,2007年版。
刘琳、沈治宏《现存宋人著述总录》,巴蜀书社,1995年版。
祝尚书《宋人别集叙录》,中华书局,1999年版。
祝尚书《宋人总集叙录》,中华书局,2004年版。
祝尚书《宋集序跋汇编》,中华书局,2010年版。
中华再造善本工程编纂出版委员会《中华再造善本总目提要》,国家图书馆出版社,2013年版。
章学诚撰,叶瑛校注《文史通义校注》,中华书局,1985年版。

黎靖德编《朱子语类》,中华书局,1986年版。
萧绎撰,许逸民校笺《金楼子校笺》,中华书局,2011年版。

封演撰,赵贞信校注《封氏闻见记校注》,中华书局,2005年版。
潘汝士《丁晋公谈录(外三种)》,中华书局,2012年版。
文莹《湘山野录　续录·玉壶清话》,中华书局,1984年版。
沈括《梦溪笔谈》,中华书局,2015年版。
王闢之、欧阳修《渑水燕谈录·归田录》,中华书局,1981年版。
陈师道、朱彧《后山丛谈·萍洲可谈》,中华书局,2007年版。
李廌、朱弁、陈鹄《师友谈记·曲洧旧闻·西塘耆旧续闻》,中华书局,2002年版。
赵令畤、彭乘《侯鲭录·墨客挥犀　续墨客挥犀》,中华书局,2002年版。
蔡絛《铁围山丛谈》,中华书局,1983年版。
张邦基、范公偁、张知甫《墨庄漫录·过庭录·可书》,中华书局,2002年版。
邵博《邵氏闻见后录》,中华书局,1983年版。
洪迈《容斋随笔》,中华书局,2005年版。
陆游《老学庵笔记》,中华书局,1979年版。
赵彦卫《云麓漫钞》,中华书局,1996年版。
王楙《野客丛书》,中华书局,1987年版。
孙奕《履斋示儿编》,中华书局,2014年版。
李心传《建炎以来朝野杂记》,中华书局,2000年版。
张世南、李心传《游宦纪闻·旧闻证误》,中华书局,1981年版。
叶绍翁《四朝闻见录》,中华书局,1989年版。
赵升《朝野类要》,中华书局,2007年版。
岳珂《桯史》,中华书局,1981年版。
吴子良《荆溪林下偶谈》,《景印文渊阁四库全书》,台湾商务印书馆,1986年版。
罗大经《鹤林玉露》,中华书局,1983年版。
黄震《黄氏日抄》,《景印文渊阁四库全书》,台湾商务印书馆,1986年版。
王应麟撰,翁元圻辑注《困学纪闻注》,中华书局,2016年版。
周密《齐东野语》,中华书局,1983年版。

周密《癸辛杂识》,中华书局,1988年版。

叶寘、周密、陈世崇《爱日斋丛抄·浩然斋雅谈·随隐漫录》,中华书局,2010年版。

上海师范大学古籍整理研究所编《全宋笔记》,大象出版社,2019年版。

刘壎《隐居通议》,《丛书集成初编》,中华书局,1985年版。

陶宗仪《南村辍耕录》,中华书局,1959年版。

顾炎武撰,黄汝成集释《日知录集释》,上海古籍出版社,2014年版。

缪荃孙《艺风堂杂钞》,中华书局,2010年版。

江少虞《宋朝事实类苑》,上海古籍出版社,1981年版。

章如愚《群书考索》,广陵书社,2008年版。

林駉《古今源流至论》,《景印文渊阁四库全书》,台湾商务印书馆,1986年版。

刘达可《璧水群英待问会元》,《续修四库全书》,上海古籍出版社,2002年版。

谢维新《古今合璧事类备要》,《景印文渊阁四库全书》,台湾商务印书馆,1986年版。

王应麟《玉海》,《景印文渊阁四库全书》,台湾商务印书馆,1986年版。

王应麟《小学绀珠》,《丛书集成初编》,中华书局,1985年版。

刘应李《新编事文类聚翰墨全书》卷首,《续修四库全书》,上海古籍出版社,2002年版。

解缙等《永乐大典》,中华书局,1986年版。

王禹偁《小畜集》,《四部丛刊初编》,上海书店,1989年版。

石介《徂徕石先生文集》,中华书局,1984年版。

孙复《孙明复小集》,《景印文渊阁四库全书》,台湾商务印书馆,1986年版。

苏洵撰,曾枣庄、金成礼笺注《嘉祐集笺注》,上海古籍出版社,1993年版。

欧阳修《欧阳文忠公文集》,《四部丛刊初编》,上海书店,1989年版。

王安石《临川先生文集》,《王安石全集》,复旦大学出版社,2016年版。

曾巩《曾巩集》,中华书局,1984年版。

程颢、程颐《二程集》,中华书局,2004年版。
苏轼《明成化本东坡七集》,国家图书馆出版社,2019年版。
苏轼《苏轼文集》,中华书局,1986年版。
苏轼撰,张志烈等校注《苏轼全集校注》,河北人民出版社,2010年版。
苏辙《苏辙集》,中华书局,1990年版。
秦观撰,徐培均笺注《淮海集笺注》,上海古籍出版社,1994年版。
陈师道《后山居士文集》,《中华再造善本》,北京图书馆出版社,2003年版。
黄庭坚《豫章黄先生文集》,《四部丛刊初编》,上海书店,1989年版。
黄庭坚《山谷集》,《景印文渊阁四库全书》,台湾商务印书馆,1986年版。
晁补之《济北先生鸡肋集》,《四部丛刊初编》,上海书店,1989年版。
李之仪《姑溪居士全集》,《丛书集成初编》,中华书局,1985年版。
张耒《张耒集》,中华书局,1990年版。
孙觌《宋孙仲益内简尺牍编注》,《常州先哲遗书》本。
孙觌《内简尺牍》,《景印文渊阁四库全书》,台湾商务印书馆,1986年版。
张栻《张栻集》,中华书局,2015年版。
吕祖谦《东莱吕太史集》,《吕祖谦全集》,浙江古籍出版社,2017年版。
周必大《文忠集》,《景印文渊阁四库全书》,台湾商务印书馆,1986年版。
杨万里《诚斋集》,《四部丛刊初编》,上海书店,1989年版。
杨万里《诚斋策问》,《丛书集成续编》,上海书店,1994年版。
朱熹《晦庵先生朱文公文集》,《朱子全书》,上海古籍出版社、安徽教育出版社,2010年版。
陆九渊《陆九渊集》,中华书局,1980年版。
陈亮《陈亮集》,中华书局,1987年版。
陈傅良《止斋先生文集》,《四部丛刊初编》,上海书店,1989年版。
楼钥《攻媿集》,《景印文渊阁四库全书》,台湾商务印书馆,1986年版。
叶适《叶适集》,中华书局,2010年版。
黄榦《勉斋集》,《景印文渊阁四库全书》,台湾商务印书馆,1986年版。
真德秀《西山先生真文忠公文集》,《四部丛刊初编》,上海书店,1989年版。
魏了翁《鹤山先生大全文集》,《四部丛刊初编》,上海书店,1989年版。

刘克庄《后村先生大全集》,《四部丛刊初编》,上海书店,1989年版。
王柏《鲁斋王文宪公文集》,《续金华丛书》本。
王柏《鲁斋集》,《丛书集成初编》,中华书局,1985年版。
方岳《秋崖集》,《景印文渊阁四库全书》,台湾商务印书馆,1986年版。
马廷鸾《碧梧玩芳集》,《景印文渊阁四库全书》,台湾商务印书馆,1986年版。
金履祥《仁山集》,《丛书集成初编》,中华书局,1985年版。
王若虚撰,胡传志、李定乾校注《滹南遗老集校注》,辽海出版社,2006年版。
方回《桐江续集》,《景印文渊阁四库全书》,台湾商务印书馆,1986年版。
苏伯衡《苏平仲文集》,《四部丛刊初编》,上海书店,1989年版。
阮元《揅经室集》,中华书局,1993年版。

萧统编,李善注《文选》,上海古籍出版社,1986年版。
李昉《文苑英华》,中华书局,1966年版。
姚铉《唐文粹》,《四部丛刊初编》,上海书店,1989年版。
吕祖谦《续增历代奏议丽泽集文》,《吕祖谦全集》,浙江古籍出版社,2017年版。
金履祥《濂洛风雅》,《丛书集成初编》,中华书局,1985年版。
贺复征《文章辨体汇选》,《景印文渊阁四库全书》,台湾商务印书馆,1986年版。
茅坤《唐宋八大家文抄》,黄山书社,2010年版。
黄宗羲《明文海》,《景印文渊阁四库全书》,台湾商务印书馆,1986年版。
董诰等《全唐文》,中华书局,1983年版。
严可均《全上古三代秦汉三国六朝文》,中华书局,1958年版。
张金吾《金文最》,中华书局,1990年版。
曾国藩《经史百家杂钞》,岳麓书社,1987年版。
黄永武《敦煌宝藏》,新文丰出版公司,1986年版。
李修生主编《全元文》,凤凰出版社,1998年版。

徐俊《敦煌诗集残卷辑考》，中华书局，2000年版。

钱锺书《宋诗纪事补订》，生活·读书·新知三联书店，2005年版。

曾枣庄、刘琳主编《全宋文》，上海辞书出版社、安徽教育出版社，2006年版。

傅增湘撰，吴洪泽补辑《宋代蜀文辑存校补》，重庆大学出版社，2014年版。

刘勰著，范文澜注《文心雕龙注》，人民文学出版社，1958年版。

胡仔《苕溪渔隐丛话》，人民文学出版社，1962年版。

何汶《竹庄诗话》，中华书局，1984年版。

吴讷、徐师曾《文章辨体序说·文体明辨序说》，人民文学出版社，1962年版。

胡应麟《诗薮》，上海古籍出版社，1979年版。

袁黄《游艺塾续文规》，日本内阁文库藏明刻本。

查慎行《初白庵诗评》，国家图书馆藏清乾隆刻本。

何文焕《历代诗话》，中华书局，1981年版。

陶秋英《宋金元文论选》，人民文学出版社，1984年版。

王水照编《历代文话》，复旦大学出版社，2007年版。

唐圭璋编《全宋词》，中华书局，1965年版。

程明善《啸余谱》，《四库全书存目丛书》，齐鲁书社，1997年版。

葛渭君《词话丛编补编》，中华书局，2013年版。

3. 学术著作（按作者音序）

[美] 艾布拉姆斯著，郦稚牛、张照进、童庆生译《镜与灯：浪漫主义文论及其批评传统》，北京大学出版社，1989年版。

[美] 艾朗诺著，杜斐然、刘鹏、潘玉涛译《美的焦虑：北宋士大夫的审美思想与追求》，上海古籍出版社，2013年版。

[美] 包弼德著，刘宁译《斯文：唐宋思想的转型》，江苏人民出版社，2017年版。

常方舟《失落的文章学传统：〈古文辞通义〉》，复旦大学出版社，2020年版。

陈广宏《中国文学史之成立》,上海古籍出版社,2016年版。
陈晓芬《中国古典散文理论史》,华东师范大学出版社,2011年版。
陈元锋《北宋翰林学士与文学研究》,复旦大学出版社,2019年版。
陈柱《中国散文史》,上海三联书店,2014年版。
程福宁《文章学基础》,湖南大学出版社,1987年版。
程福宁《中国文章史要略》,西藏人民出版社,1996年版。
程杰《北宋诗文革新研究》,文津出版社,1996年版。
程千帆《程千帆全集》,河北教育出版社,2000年版。
慈波《文话流变研究》,复旦大学出版社,2020年版。
戴燕《文学史的权力(增订版)》,北京大学出版社,2018年版。
邓建《文学批评视角下的宋代选本研究》,暨南大学出版社,2021年版。
邓小南《祖宗之法：北宋前期政治述略》,生活·读书·新知三联书店,2006年版。
[日]东英寿著,王振宇等译《复古与创新：欧阳修散文与古文复兴》,上海古籍出版社,2013年版。
杜海军《吕祖谦文学研究》,学苑出版社,2003年版。
[日]儿岛献吉郎著,孙俍工译《中国文学通论》,山西人民出版社,2015年版。
方诚峰《北宋晚期的政治体制与政治文化》,北京大学出版社,2015年版。
方笑一《北宋新学与文学：以王安石为中心》,上海古籍出版社,2008年版。
方笑一《经学、科举与宋代古文》,浙江大学出版社,2017年版。
方孝岳《中国文学批评·中国散文概论》,生活·读书·新知三联书店,2007年版。
冯友兰《中国哲学史新编》,人民出版社,1999年版。
冯志弘《北宋古文运动的形成》,上海古籍出版社,2009年版。
[日]副岛一郎著,王宜瑷译《气与士风：唐宋古文的进程与背景》,上海古籍出版社,2013年版。
傅乐成《汉唐史论集》,联经出版事业公司,1977年版。

[日]高津孝著,潘世圣译《科举与诗艺——宋代文学与士人社会》,上海古籍出版社,2013年版。
葛晓音《汉唐文学的嬗变》,北京大学出版社,1990年版。
葛兆光《中国思想史》,复旦大学出版社,2001年版。
龚自知《文章学初编》,商务印书馆,1926年版。
谷曙光《贯通与驾驭:宋代文体学述论》,人民文学出版社,2016年版。
管琴《词科与南宋文学》,北京大学出版社,2018年版。
郭绍虞《中国文学批评史》,商务印书馆,2010年版。
郭象升《文学研究法》,太原中山图书社,1932年版。
郭英德等《中国古典文学研究史》,中华书局,1995年版。
郭英德《中国古代文体学论稿》,北京大学出版社,2005年版。
郭预衡《中国散文史》,上海古籍出版社,2000年版。
何寄澎《唐宋古文新探》,大安出版社,1990年版。
何寄澎《北宋的古文运动》,上海古籍出版社,2011年版。
洪本健《欧阳修和他的散文世界》,上海古籍出版社,2017年版。
侯体健《刘克庄的文学世界——晚宋文学生态的一种考察》,复旦大学出版社,2013年版。
侯体健《士人身份与南宋诗文研究》,复旦大学出版社,2018年版。
黄霖《20世纪中国古代文学研究史:散文卷》,东方出版中心,2006年版。
姜鹏《北宋经筵与宋学的兴起》,上海古籍出版社,2013年版。
江枰《明代苏文研究史》,江西人民出版社,2010年版。
蒋旅佳《宋元文章总集分体与分类研究》,中华书局,2021年版。
蒋祖怡《文章学纂要》,《民国丛书第四编》第51册,上海书店,1993年版。
金程宇《稀见唐宋文献丛考》,中华书局,2009年版。
[日]近藤一成主编《宋元史学的基本问题》,中华书局,2010年版。
李建军《宋代浙东文派研究》,中华书局,2013年版。
李强《北宋庆历士风与文学研究》,上海书店出版社,2011年版。
蔺羡璧《文章学》,南开大学出版社,1985年版。
刘大杰《中国文学发展史》,商务印书馆,2015年版。

刘方《宋型文化与宋代美学精神》,巴蜀书社,2004年版。

刘方《文化视域中的宋代文论》,学林出版社,2006年版。

刘俊文主编《日本学者研究中国史论著选译》,中华书局,1992年版。

刘师培《刘申叔遗书》,江苏古籍出版社,1997年版。

刘咸炘《推十书(增补全本)》,上海科学技术文献出版社,2009年版。

[美]刘子健著,赵冬梅译《中国转向内在——两宋之际的文化内在》,江苏人民出版社,2002年版。

罗根泽《中国文学批评史》,商务印书馆,2015年版。

马茂军《宋代文章学》,社会科学文献出版社,2016年版。

蒙文通《中国史学史》,上海人民出版社,2006年版。

闵泽平《南宋理学家散文研究》,齐鲁书社,2006年版。

莫道才《骈文通论》,齐鲁书社,2010年版。

莫砺锋《朱熹文学研究》,南京大学出版社,2000年版。

[德]瑙曼等著,范大灿编《作品、文学史与读者》,文化艺术出版社,1997年版。

[日]内山精也著,朱刚等译,慈波校译《庙堂与江湖——宋代诗学的空间》,复旦大学出版社,2017年版。

聂崇岐《宋史丛考》,中华书局,1980年版。

潘富恩、徐余庆《吕祖谦评传》,南京大学出版社,1992年版。

潘富恩、徐洪兴主编《中国理学》,东方出版中心,2002年版。

裴云龙《北宋六家散文经典化研究:南宋金元时期(1127—1279)》,商务印书馆,2020年版。

钱仓水《文体分类学》,江苏教育出版社,1992年版。

钱穆《国史大纲》,商务印书馆,1994年版。

钱穆《中国文学论丛》,生活·读书·新知三联书店,2002年版。

钱锺书《谈艺录》,生活·读书·新知三联书店,2001年版。

钱锺书《写在人生边上·人生边上的边上·石语》,生活·读书·新知三联书店,2002年版。

钱锺书《容安馆札记》,商务印书馆,2003年版。

[日]浅见洋二著,李贵等译,李贵校译《文本的密码——社会语境中的宋代文学》,复旦大学出版社,2017年版。

任竞泽《宋代文体学研究论稿》,商务印书馆,2011年版。

沈松勤《宋代政治与文学研究》,商务印书馆,2010年版。

施懿超《宋四六论稿》,上海古籍出版社,2005年版。

束景南《朱子大传:"性"的救赎之路(增订版)》,复旦大学出版社,2016年版。

[日]寺地遵著,刘静贞、李今芸译《南宋初期政治史研究》,复旦大学出版社,2016年版。

孙移山《文章学》,档案出版社,1986年版。

唐春生《翰林学士与宋代士人文化》,中国社会科学出版社,2011年版。

[美]田安著,马强才译《缔造选本:〈花间集〉的文化语境与诗学实践》,江苏人民出版社,2016年版。

仝建平《宋元民间交际应用类书探微》,中国社会科学出版社,2015年版。

[日]土田健次郎著,朱刚译《道学之形成》,上海古籍出版社,2010年版。

王凯符、吴庚振、徐江《古代文章学概论》,武汉大学出版社,1983年版。

王水照《王水照自选集》,上海教育出版社,2000年版。

王水照、朱刚《苏轼评传》,南京大学出版社,2004年版。

王水照、熊海英《南宋文学史》,人民出版社,2009年版。

王水照、吴鸿春编《日本学者中国文章学论著选》,上海古籍出版社,1994年版。

王水照主编《宋代文学通论》,河南大学出版社,1997年版。

王水照、朱刚主编《中国古代文章学的成立与展开:中国古代文章学论集》,复旦大学出版社,2011年版。

王水照、侯体健主编《中国古代文章学的衍化与异形:中国古代文章学二集》,复旦大学出版社,2014年版。

王水照、侯体健主编《中国古代文章学的阐释与建构:中国古代文章学三集》,复旦大学出版社,2017年版。

王水照、侯体健主编《中国古代文章学的形态与体系:中国古代文章学四集》,复旦大学出版社,2020年版。

王云熙、顾易生主编《中国文学批评通史》,上海古籍出版社,2011年版。

王兆鹏《宋代文学传播探原》,武汉大学出版社,2013年版。

[美]韦勒克、沃伦著,刘象愚等译《文学理论》,生活·读书·新知三联书店,1984年版。

[比]魏希德著,胡永光译《义旨之争：南宋科举规范之折冲》,浙江大学出版社,2015年版。

吴承学《中国古代文体形态研究》,中山大学出版社,2000年版。

吴承学《中国古代文体学研究》,人民出版社,2011年版。

吴丽娱《唐礼摭遗：中古书仪研究》,商务印书馆,2002年版。

奚彤云《中国古代骈文批评史稿》,华东师范大学出版社,2006年版。

熊礼汇《中国古代散文艺术史论》,湖北人民出版社,2005年版。

徐洪兴《思想的转型——理学发生过程研究》,上海人民出版社,2016年版。

徐洪兴《道学思潮》,上海社会科学院出版社,2006年版。

徐嘉瑞《近古文学概论》,《民国丛书第一编》第59册,上海书店,1989年版。

杨庆存《苏轼与苏门文人集团研究》,四川人民出版社,2010年版。

叶文举《南宋理学与文学：以理学派别为考察中心》,齐鲁书社,2015年版。

余英时《朱熹的历史世界：宋代士大夫政治文化的研究》,生活·读书·新知三联书店,2011年版。

余英时《论天人之际：中国古代思想起源试探》,中华书局,2014年版。

曾祥芹《文章学探索》,中州古籍出版社,1990年版。

曾枣庄《宋文通论》,上海人民出版社,2008年版。

曾枣庄《中国古代文体学》,上海人民出版社,2012年版。

张伯伟《中国古代文学批评方法研究》,中华书局,2002年版。

张海鸥《宋代文章学与文体形态研究》,中山大学出版社,2018年版。

张会恩《文章学初论》,河南人民出版社,1993年版。

张会恩、曾祥芹《文章学教程》,上海教育出版社,1995年版。
张寿康《文章学概论》,山东教育出版社,1983年版。
张寿康《文章学导论》,湖北教育出版社,1985年版。
章太炎《国故论衡》,商务印书馆,2010年版。
张希清《中国科举制度通史》宋代卷,上海人民出版社,2017年版。
张毅《宋代文学思想史》,中华书局,1995年版。
张智华《南宋的诗文选本研究:南宋人所编诗文选本与诗文批评》,北京师范大学出版社,2002年版。
赵惠俊《朝野与雅俗:宋真宗至高宗朝词坛生态与词体雅化研究》,复旦大学出版社,2019年版。
周振甫《中国文章学史》,中国文联出版公司,1994年版。
朱东润《中国文学批评史大纲(校补本)》,上海古籍出版社,2016年版。
朱刚《唐宋四大家的道论与文学》,东方出版社,1997年版。
朱刚《唐宋"古文运动"与士大夫文学》,复旦大学出版社,2013年版。
朱刚《苏轼苏辙研究》,复旦大学出版社,2019年版。
朱刚、刘宁主编《欧阳修与宋代士大夫》,上海人民出版社,2007年版。
朱迎平《宋文论稿》,上海财经大学出版社,2003年版。
朱迎平《宋代刻书产业与文学》,上海古籍出版社,2008年版。
祝尚书《宋代科举与文学》,中华书局,2008年版。
祝尚书《北宋古文运动发展史》,北京大学出版社,2012年版。
祝尚书《宋元文章学》,中华书局,2013年版。
邹云湖《中国选本批评》,上海三联书店,2002年版。

4. 单篇论文(按发表时序)

顾实《文章学纲要序论》,《国学丛刊》1923年第一卷第3期。
张志公《谈"辞章之学"》,《新闻业务》1962年第2期。
林枳敢《文章学初探》,《文汇报》1962年4月19日。
姚从吾《宋五百家播芳大全文粹对宋代史研究的贡献》,《唐宋附五代史研究论集》,大陆杂志社,1967年版。

曾祥芹《呼吁开展文章学的研究——语文教学科学化刍议》,《安阳师专学报》1980年。

刘家骥《写作课程不容轻视——兼谈〈文章学〉的建设问题》,《四平师院学报(哲学社会科学版)》1980年第1期。

张寿康《文章学古今谈》,《语文战线》1980年第8期。

张涤华《关于〈唐文粹〉》,《安庆师范学院学报》1982年第1期。

葛晓音《欧阳修排抑"太学体"新探》,《北京大学学报(哲学社会科学版)》1983年第5期。

朱迎平《唐代古文家开拓散文体裁的贡献》,《文学遗产》1990年第1期。

李凯《宋代总集编纂与文学批评》,《广西民族学院学报(哲学社会科学版)》1991年第1期。

王学泰《〈宋文鉴〉的编刻与时政》,《传统文化与现代文化》1993年第4期。

朱刚《从类编诗集看宋诗题材》,《文学遗产》1995年第5期。

陈望南《谢枋得和〈文章轨范〉》,《中山大学学报(社会科学版)》1996年第2期。

陈广胜《吕祖谦与〈宋文鉴〉史学》,《历史研究》1996年第4期。

李弘毅《〈文章正宗〉的成书、流传及文化价值》,《西南大学学报(哲学社会科学版)》1997年第2期。

沈杰《谢枋得〈文章轨范〉简论》,《四川师范学院学报(哲学社会科学版)》1998年第6期。

洪本健《从〈宋文鉴〉的编选看有关北宋散文繁荣的若干问题》,《古籍研究》2000年第2期。

[日]东英寿《南宋本〈欧阳文忠公集〉的成立过程及其特征》,王水照等编《首届宋代文学国际研讨会论文集》,复旦大学出版社,2001年版。

祝尚书《论乾淳"太学体"》,《新国学》第三卷,巴蜀书社,2001年版。

黄强、章晓厉《南宋时期集唐宋八大家为古文流派的趋势》,《扬州大学学报(人文社会科学版)》2001年第5期。

祝尚书《论宋季的拟人制诏》,《北京化工大学学报(社会科学版)》2002年第3期。

方笑一《"经义"考》,《华东师范大学学报(哲学社会科学版)》2002年第6期。

高洪岩《论唐宋八大家散文选本经典化与文论的演进》,《沈阳师范大学学报(社会科学版)》2003年第2期。

祝尚书《〈欧苏手简〉考》,《中国典籍与文化》2003年第3期。

吴承学《现存评点第一书——论〈古文关键〉的编选、评点及其影响》,《文学遗产》2003年第4期。

黄强、章晓厉《推举"唐宋八大家"的重要动力》,《扬州大学学报(人文社会科学版)》2004年第1期。

江枰《吕祖谦编选〈古文关键〉质疑》,《贵州文史丛刊》2004年第4期。

马茂军《〈圣宋文海〉作者江钿考略》,《学术研究》2004年第4期。

樊宝英《选本批评与古人的文学史观念》,《文学评论》2005年第2期。

王水照《文话:古代文学批评的重要学术资源》,《四川大学学报(哲学社会科学版)》2005年第4期。

邱江宁《吕祖谦与〈古文关键〉》,《浙江社会科学》2005年第9期。

杜海军《吕祖谦与"唐宋八大家"》,《广西师范大学学报(哲学社会科学版)》2006年第1期。

张海鸥、孙耀斌《〈论学绳尺〉与南宋论体文及南宋论学》,《文学遗产》2006年第1期。

杜泽逊《明宁献王朱权刻本〈文章欧冶〉及其他》,《文献》2006年第3期。

卞东波《关于〈论学绳尺〉的笺注者林子长》,《文学遗产》2006年第4期。

马茂军《〈宋文鉴〉与〈宋文海〉》,《大庆师范学院学报》2006年第12期。

岳振国《〈圣宋名贤五百家播芳大全文粹〉版本流传考述》,《图书馆理论与实践》2007年第5期。

李培文《〈圣宋文选全集〉考述》,《南京图书馆新馆开放暨百年馆庆学术研讨会论文集》,广陵书社,2008年版。

辛更儒《有关〈永嘉先生八面锋〉的几个问题》,《中国典籍与文化》2008年第1期。

漆子扬、马智全《从〈文章正宗〉的编选体例看真德秀的选学观》,《湖南大学学报(社会科学版)》2008年第2期。

戴建国《以类书为例看汉宋之间人文的嬗变》,《苏州大学学报(哲学社会科学版)》2008年第3期。

汪超《论〈文选〉对两宋总集编纂的影响》,《沈阳师范大学学报(社会科学版)》2008年第4期。

郑永晓《从〈宋文鉴〉看吕本中、吕祖谦文学思想之传承》,《第五届宋代文学国际研讨会论文集》,暨南大学出版社,2009年版。

王水照、慈波《宋代:中国文章学的成立》,《复旦学报(社会科学版)》2009年第2期。

孙先英《论真德秀〈文章正宗〉的审美价值取向》,《贵州大学学报(社会科学版)》2009年第4期。

[日]高津孝《关于中国北宋的古文选集》,《版本目录学》第二辑,北京图书馆出版社,2010年版。

田晓菲《子书的黄昏:中国中古时代的子书》,傅杰编《望道讲座演讲录——复旦大学中文学科发展八十五周年纪念文集》,复旦大学出版社,2010年版。

刘宁《"论"体文与中国思想的阐述形式》,《北京大学学报(哲学社会科学版)》2010年第1期。

王水照《南宋文学的时代特点与历史定位》,《文学遗产》2010年第1期。

黎国韬《"致语"不始于宋代考》,《中山大学学报(社会科学版)》2010年第2期。

杜海军《林之奇〈观澜文集〉及其对唐宋派形成的影响》,《闽江学院学报》2010年第6期。

郭庆财《南宋浙东学者的文道思想述论——以吕祖谦、叶适为中心》,《湖州师范学院学报》2011年第3期。

郭炎武《论唐宋书信的仪式属性及其社会秩序的建构功能》,《江西社会科学》2011年第3期。

任竞泽《〈文章正宗〉"四分法"的文体分类史地位》,《北方论丛》2011年第6期。

钟翀《湖沧王氏与宋刻〈三苏先生文粹〉》,《东阳日报》2011年9月21日。
马强才《古代诗文注释领域的一次开拓——李祖尧编注〈内简尺牍〉论略》,《华西语文学刊》第七辑,四川文艺出版社,2012年版。
吴承学《中国文章学成立与古文之学的兴起》,《中国社会科学》2012年第12期。
巩本栋《论〈宋文鉴〉》,《中国文化研究》2012年第1期。
王水照《王应麟的"词科"情结与〈辞学指南〉的双重意义》,《社会科学战线》2012年第1期。
沈松勤《叶适"集本朝文之大成者"刍议》,《文学遗产》2012年第2期。
陈广宏《"古文辞"沿革的文化形态考察——以明嘉靖前唐宋文传统的建构及解构为中心》,《文学遗产》2012年第4期。
张丽娟《董应梦与重广眉山三苏先生文集》,《北京大学校报》2013年6月25日。
李建军《宋人古文选评之典范——〈崇古文诀〉选评特色及价值考述》,《古籍整理研究学刊》2013年第1期。
罗书华《从文道到意法:吕祖谦与散文学史的重要转折——兼说〈古文关键〉之"关键"的含义》,《中国文学研究》2013年第3期。
朱迎平《单体总集编纂的文体学意义——以唐宋元时期为例》,《中山大学学报(社会科学版)》2013年第5期。
许浩然《从〈宋文鉴〉的编纂看南宋理学与馆阁之学的分歧》,《中国典籍与文化》2014年第3期。
付梅《宋人尺牍的文学性》,《南京师范大学文学院学报》2014年第4期。
刘树伟《吕祖谦〈皇朝文鉴〉版本考》,《图书馆学刊》2015年第1期。
慈波《〈论学绳尺〉版本问题再探》,《文学遗产》2015年第4期。
于晓川《〈崇古文诀〉的"中和"文章观》,《文艺理论研究》2015年第4期。
叶文举《开放性的〈皇朝文鉴〉及其背后的学术之争——兼与〈古文关键〉编选比较》,《浙江师范大学学报(社会科学版)》2015年第5期。
巩本栋《〈文苑英华〉的文体分类及意义》,《中山大学学报(社会科学版)》2015年第6期。

李成晴《从〈宋文海到宋文鉴〉——以国家图书馆藏残宋本〈新雕圣宋文海〉为中心》,《儒家典籍与思想研究》第八辑,北京大学出版社,2016年版。

金程宇《记佚存东瀛的两部宋代骈体文选——兼谈日本禅林四六与宋代骈文之关联》,《文学研究》2016年第1期。

李裕民《〈圈点龙川水心二先生文粹〉研究》,《历史文献研究》2016年第1期。

巩本栋《〈太平御览〉的分类及其文化意义》,《中国高校社会学》2016年第2期。

慈波《套类、选本与论诀:南宋举场论学的三个维度》,《中山大学学报(社会科学版)》2016年第3期。

邬志伟《从公牍到私书:论唐宋启文的新变》,《海南大学学报(人文社会科学版)》2016年第6期。

孙文起《论宋代文章总集与"传体文"文体地位的确立》,《北京社会科学》2016年第10期。

程苏东《失控的文本与失语的文学批评——以〈史记〉及其研究史为例》,《中国社会科学》2017年第1期。

钱建状、艾冰梅《宋代制举与行卷》,《励耘学刊》2017年第1期。

戴路《晚宋词科制度补考》,《中国典籍与文化》2017年第4期。

李由《楼昉〈崇古文诀〉版本新考》,《文献》2017年第4期。

程章灿《文儒之戏与词翰之才——〈文房四友除授集〉及其背后的文学政治》,《清华大学学报(哲学社会科学版)》2017年第5期。

于小川《南宋古文选本中的曾巩散文》,《中国社会科学报》2017年7月4日。

常方舟《词章之学、文史之学与文章学——兼论现代学科意义上的文章学的成立》,《问学:思勉青年学术辑刊》第3辑,复旦大学出版社,2018年版。

江枰《二苏对其〈策论〉的摒弃及二书的流行》,《学术论坛》2018年第1期。

沈如泉《〈新编四六宝苑群公妙语〉考述》,《西南交通大学学报(社会科学版)》2018 年第 1 期。

欧明俊《明代尺牍的辑刻与传布》,《古典文学知识》2018 年第 4 期。

谭新红《论宋人对唐宋文经典的建构》,《江汉大学学报(社会科学版)》2018 年第 4 期。

汪超《日藏朝鲜刊五卷本〈欧苏手简〉考》,《文献》2018 年第 5 期。

张兴武《论词科选才与南宋四六文的振兴》,《浙江大学学报(人文社会科学版)》2018 年第 5 期。

朱刚《"修庙"与"立学":北宋学记类文章的一个话题——从王安石〈繁昌县学记〉入手》,《华东师范大学学报(哲学社会科学版)》2018 年第 5 期。

[日]浅见洋二《文本的"公"与"私"——苏轼尺牍与文集编纂》,《文学遗产》2019 年第 5 期。

5. 学位论文(按完成时序)

赵冬梅《中国古代文章学》,复旦大学博士学位论文,1998 年。

高洪岩《陈绎曾与元代中后期的文章学》,复旦大学博士学位论文,2002 年。

刘湘兰《中国古代散文文体概论》,中山大学博士后出站报告,2007 年。

孙武军《南宋文章选评思想研究——以五部选评本为例》,陕西师范大学硕士学位论文,2009 年。

孙耀斌《宋代科举考试文体研究》,中山大学博士学位论文,2009 年。

张秋娥《宋代文章评点研究》,武汉大学博士学位论文,2010 年。

杨旭《宋代文体观念研究》,清华大学博士学位论文,2011 年。

王婧文《南宋古文选本批评研究》,沈阳师范大学硕士学位论文,2014 年。

于兆军《版印传媒与两宋文学的传播及嬗变》,河南大学博士学位论文,2014 年。

罗婵媛《南宋文章学研究》,中山大学博士学位论文,2015 年。

李由《宋代文章学考论》,南京大学博士学位论文,2017 年。

图书在版编目(CIP)数据

宋人选宋文与宋代文章学研究/李法然著. --上海：复旦大学出版社,2025.3
(复旦古代文章学研究书系/王水照主编)
ISBN 978-7-309-16893-8

Ⅰ.①宋… Ⅱ.①李… Ⅲ.①古典散文-古典文学研究-中国-宋代 Ⅳ.①I207.62

中国国家版本馆 CIP 数据核字(2023)第 119057 号

宋人选宋文与宋代文章学研究
李法然 著
责任编辑/王汝娟

复旦大学出版社有限公司出版发行
上海市国权路 579 号　邮编：200433
网址：fupnet@fudanpress.com　http://www.fudanpress.com
门市零售：86-21-65102580　团体订购：86-21-65104505
出版部电话：86-21-65642845
浙江新华数码印务有限公司

开本 787 毫米×960 毫米　1/16　印张 22.75　字数 349 千字
2025 年 3 月第 1 版
2025 年 3 月第 1 版第 1 次印刷

ISBN 978-7-309-16893-8/I·1361
定价：88.00 元

如有印装质量问题，请向复旦大学出版社有限公司出版部调换。
版权所有　侵权必究